이호철 소설의 일반론 및 작품론

6 이호철 소설의 일반론 및 작품론

초판 1쇄 2001년 3월 30일 / 지은이 천이두 외 / 펴낸이 김성달 / 펴낸곳 새미 등록일 1994.3.10 제17-271/
편집 최순애(팀장)·서경아·이현아 / 기획 김태범(팀장)·김유리 / 총무 허일영(팀장)·박아름 /
홍보 김성달(팀장)·황충기 / 물류 정근용(팀장) / 마케팅 정찬용(팀장)·한창남·김상진·이충
섭·김철 / 일본 조정환·요꼬다 / 인쇄 박유복(팀장)·안준철·한주연 / 주소 서울시 강동구 암사 4
동 452-20, T : 442- 4626(대)·442-4623∼4, F : 442-4625, www.kookhak.co.kr /
E-mail kookhak@kornet.net, kookhak@orgio.net
ISBN 89-89352-30-4 03810, 가격 15,000원

* 저자와의 협의하에 인지 생략합니다.

이호철 소설의 일반론 및 작품론

새미

이호철 소설의 일반론 및 작품론

Lee ho-cheol

6 이호철 소설의 일반론 및 작품론

【 1부 】

묵계와 배신(천이두)
관조자의 세계(김치수) 외

묵계와 배신
— 이호철론

천이두[*]

1. 묵계와 배신

일 년 전은 우리 집이 어떠했었나, 아버지는, 오빠는, 올케는? 이 년 전은 우리
집이 어떠했었나, 아버지는, 오빠는, 올케는? 이렇게 따져 올라가 보거든요. 그러
면 아무 것도 이상해진 것은 없는 것 같아요. ……그렇지만 십 년 전은 어떠했나?
이십년 전은? 이렇게 생각하다가 다시 일년 전이나 오늘로 돌아오면 훨씬 차이가
생겨지는 걸. 아주 뚜렷하게 말이야요.

— 「닳아지는 살들」

이것은 이호철의 어느 작중 인물의 말이다. 필자가 그의 작품들을 한 자리에 모
아놓고 주욱 통독한 뒤 퍼뜩 머리에 떠오른 생각이 이런 것이었다.

1955년 그가 문단에 데뷔한 이래의 10년 동안의 작품들을 하나의 전체로 생각할
때, 딱이 집어서 이렇다고 말할 수는 없다 하더라도, 아무튼 한결같은 어떤 흐름이
랄까, 분위기랄까 하는 것이 느껴지는 게 사실이다. 그런데 그 10년을 가령 초기니

---

[*] 문학평론가.

중기니 하는 몇 개의 계단으로 나눠서 서로 비교해 본다면, 그 사이 상당히 변모하여 온 사실을 발견하게 되는 것이다. 이런 기묘한 당착감과 더불어 이런 타입의 작가야 말로 뭐라 한마디로 잘라 말하기가 까다롭지 않을까 하는 망설임이 앞선다.

아닌게 아니라 동시대의 작가, 더구나 노 대가의 레테르가 붙기 이전의 작가를 말해야 할 경우 망설임이 앞서지 않는 바 아니리라. 이 작가와 자기 사이가 지나치게 가까운 거리(시간적 공간적 거리)에 있기 때문에 근시안적인 견해에 멀어지지 않을까 하는 불안감 때문이요, 무한한 진행선 상에 있는 이 작가를 어느 임의의 시점에다 고착시켜서 왈가왈부하는 것은, 그 작가의 약속된 미래가 많다고 느껴지면 질수록, 자신과의 견해는 결국에 있어 한 허망한 가설에 그칠 게 아니겠느냐는 불안감 때문이다.

그러나 이런 망설임이란 따지고 보면 새삼스럽기 짝이 없는 것이다. 인간이 별수 없이 시대적, 역사적 조건에서 벗어날 수 없는 이상 비평적 양식이란 것도 객관적인 한계가 있을 밖에 없고, 또 비평활동이 예술가의 놀음이 아닌 바에야 예언자 행세란 아예 가당치도 않는 일이기 때문이다.

이호철씨의 작품세계가 뭐라 잘라 말하기 망설여진다는 것은 물론 상기한 불안감 때문만이 아니다. 그의 작품세계의 본질적 성격 자체가 뭐라 한마디로 잘라 말하기는 힘든 성질의 것이라는 말이다.

아무리 일정한 레테르가 붙지 않은 동시대(同時代)의 작가라 할지라도 어느 정도 안심하고 그 작품세계를 말할 수 있는 작가가 있고, 그러기가 어려운 작가가 있다.

가령 그 작가적 출발점에서부터 비교적 안착된 자기세계를 확립하고, 꾸준히 그 세계를 밀고 나가는 작가가 있다. 이런 경우 작가와 독자 사이에는 일종의 묵계(默契)가 성립된다. 즉 작가는 자기 세계를 사수하겠다는 것이요, 독자는 일종의 안정감을 가지고 그 세계를 지지(支持)하겠다는 묵시 말이다. 이런 작가가 가장 안심하고 말할 수 있는 유형의 작가다. 그 묵시의 내용이 무엇인가, 그리고 작가는 그것을 충실히 준수하고 있는가, 어떤가? 다시 말하면 꾸준한 심화 천착의 지속인가, 아니면 안이한 매너리즘의 반복인가, 그것만을 간파(看破)하면 되기 때문이다.

처음부터 독자와 묵계 같은 것을 체결하기를 거부하는 작가가 있다. 자기 가능성의 영역을 꾸준한 모험 속에서 확대해 나가는 작가 말이다. 이런 작가는 자기에 대하여 독자들이 갖고 있는 컨벤션을 자진하여 배반한다. 독자들이 항상 참신한 매력으로 자기 작품을 환영해 주기를 바라는 바이지만 설사 독자의 컨벤션이 엉뚱한 당혹감으로 냉대한다 하여도 할 수 없다는 식이다. 독자의 컨벤션에 굴복하느니 차라리 미래의 독자에게 운명을 건다는 배짱이다. 이런 경우 한 편 한 편의 작품활동은 작가 자신에 있어서도 모험행위이지만 독자의 컨벤션에 대해서도 도전행위다. 전자에 비하면 말하기 까다로운 작가다. 그러나 노상 그런 것만도 아니다. 독자의 컨벤션에 대한 그들의 도전은 항상 정면공격이기 때문에 그 전략을 간파하기가 그다지 어렵지 않다. 그 전략의 진지성 여부만 간파한다면 그들의 공격 앞에 독자의 컨벤션은 투구를 벗을 것인가 아니면 일소(一笑)에 부칠 것인가를 쉽사리 결정할 수 있기 때문이다.

그러나 일관된 자기세계를 밀고 나가면서 한편으로는 조심스럽게 자신의 가능성의 영역을 확대해 나가는 작가도 있다. 자기에 대한 독자들의 컨벤션에 타협하면서도 서서히 그 컨벤션을 무너뜨리는 작가 말이다. 독자가 가장 최면술에 걸리기 쉬운 작가란 이런 유형의 작가다. 왜냐하면 독자들은 자기와 맺은 묵계를 작가가 충실히 준수하고 있는 줄만 알았지, 그 묵계의 배후에서 작가의 배신의 음모가 진행 중임을 좀처럼 간파하지 못하기 때문이다.

작가 이호철씨는 이 마지막 유형(類型)에 속하는 작가다.

10년 간의 그의 작품세계가 어느 면에서는 일관된 성격을 갖고 있는 게 분명한데, 어느 면에서는 굉장히 달라져 왔다고 느껴지는 이유가 여기 있다. 그는 꾸준히 자기세계를 밀고 나온 게 사실이다. 그러면서도 한편으로는 거의 독자의 컨벤션에 거슬리지 않을 정도의 조심성을 가지고, 조금씩 조금씩 변모 전환을 계속해 온 것이다.

그러면 그의 10년 간의 작품 세계에 내재(內在)하는 바 일관된 성격이란 어떤 것이며, 그 조심성스런 변모전환이란 어떤 것인가? 추론의 목적은 그 두 가지의 본질을 밝혀 보려는 데 있다.

2. 무드의 미학

그의 창작집 「나상」의 첫머리에 실려 있는 「소묘(素描)」라는 작품은 여러 가지 의미에서 그의 문학적 기점이 되어 있다고 보여진다. 거의 데생에 가까운 이 소품의 첫머리는 이렇게 시작되고 있다.

산제(山祭) 솔가지에서 까마귀 한 마리가 목쉰 소리로 거칠게 까옥 까옥 울었다.
오돌할멈은 희다 못해 담배댓진이 밴 것처럼 부옇게 누르스름한 머릿칼이 거꾸로 온통 곤두서게 온 몸을 굽히고 돼짓물을 퍼주다가 소스라치면서 일어났다.
"웬 까마귀가 산제 터에서 우누"

흉조라고들 하는 까마귀의 목쉰 울음으로 시작되는 이 몇 줄의 문장은 이 작품 속에서 벌어지게 될 상황의 성격을 함축적으로 암시하고 있다. 배경은 두메산골. 물소리, 솔바람소리가 들리고 산제터에서는 목쉰 까마귀가 '애타게', '또렷또렷'하게 들려온다. 이런 분위기 속에 거의 실성들린 듯한 노파(오돌할멈)가 주문을 외우듯 칠성님에게 비손을 하고 있다. 작중 현실이란 다만 이것 뿐, 아무런 사건이 없다. 그러나 이런 몇 가지 작중의 여건들은 하나의 특이한 분위기를 조성해준다. 뭔가 일이 벌어지리라는 불길한 예감 말이다. 실상 이 작품에 일관하는 것은 이러한 불길한 예감을 빚어내는 무드뿐이다. 작자는 모든 사건의 전모(全貌)를 신중하게 이러한 무드의 배후에 숨겨버리고 있다. 독자가 그 무드의 배후에 가리워 있는 사건에 접근을 할 수 있는 유일한 실마리는 노동과 빈곤과 노쇠와 미신으로 찌들어 버린 이 '오돌할멈'의 실성들린 비손을 듣는 일 뿐이다. 그 비손하는 소리를 통하여 손주가 전쟁터에 나갔다는 것, 자기는 이 산골에 혼자 농사짓고 돼지 기르며 있다는 것을 알게 된다. 이윽고 편지 한 장이 날아온다. 이게 수수께끼 같은 이 작품의 중요한 키·포인트다. 노파의 비손을 통하여 그게 일선에 있는 손주에게서 온 편지라는 것을 독자는 알게 된다. 노파는 글을 못 읽지만 유달리 짧게 쓴 편지인 것은 알 수 있다. 노파의 비손은 더욱 실성기가 돋아 보인다. 불길한 예감이 고조된다. …며칠이 지난 뒤 이 오막살이에서 '오돌할멈'의 자취가 사라졌다. 돼지의 꿀꿀거림도 안 들린다. 산제터 아름드리 소나무가 베어져 있다.

이것이 작중상황의 전모다. 오직 불길한 예감만이 팽팽하게 감돌고 있을 뿐이다.

모든 사건은 팽팽하게 지속되는 이 무드의 배후에서 일어난다. 독자가 작중현실에서 어떤 일이 벌어졌던가를 적확히 알 수 있는 건 아무 것도 없다. 그저 막연히 이 집에 날아온 그 편지는 손주의 전사(戰死)통지였을 게라는 것, 할머니가 그 바람에 광사(狂死)했을 게라는 것, 그리고 그 산제터 아람드리 소나무를 넘어뜨린 것도 공들인 비손의 보람 없음을 알게 된 노파의 원한의 소행이었을 게라는 것을 짐작할 수 있을 뿐이다.

멜로디 없는 음악을 무드 음악이라고 한다지만 이 작품은 그런 점에서 액션 없는 무드 소설이랄 수 있다. 액션을 독자 앞에 제시하는 게 아니고, 그것이 빚어내는 어떤 무드를 실감하게 하는 것, 그게 이 작품의 특이한 점이다.

「소묘」에서와 같이 철저히 무드만으로 일관하는 작품은 그 뒤 거의 그의 작품에서 찾기 힘들지만, 아무튼 이러한 요소는 그의 작품세계에 있어서의 한 미학적 기점을 이루고 있다고 생각된다. 작중현실에 일정한 무드를 설정하는 능력에 있어서 그리고 그 속에 투입된 인물상호의 역학관계가 그 무드와 긴밀한 상호관계를 맺게끔 분위기를 조성하는 능력에 있어서 이호철씨만큼 뛰어난 작가가 흔치 않으리라.

첫째 그의 문장 스타일부터가 그러한 무드를 조성하는 데 안성맞춤이라고 할 수 있다.

그는 이 땅의 삼십대 작가치고는 매우 두드러진 스타일리스트의 한 사람이라고 생각된다. 그의 유니크한 스타일은 거의 그의 모든 소설에서 일관되어 있다. 작가가 자기의 모든 소설에서 일관된 스타일로 밀고 나간다는 것은 일단 좋은 일일 수 있지만 오히려 나쁜 일일 수도 있다(이 점은 나중에 이야기하겠다). 그러나 그렇게 함으로써 독자와의 관계에서 작가가 큰 이득을 볼 수 있는 것은 사실이다. 즉 자기에게 품고 있는 독자의 컨벤션을 충실히 준수하고 있다는 인상을 줌으로써 독자의 신뢰감을 살 수 있다는 점이 그것이다. 이호철씨가 일관된 자기세계를 가지고 있다는 인상을 주는 것은 무엇보다도 먼저 이제껏 그가 일관된 스타일로 밀고 왔다는 사실에 기인한다.

어느 작품에서나 그의 문장은 거의 예외없이 완만(緩慢)하고 유장(悠長)하여 어떤 여유를 느끼게 한다. 그러면서도 이 완만하고 유장한 센텐스에서 지루감이나 진부감이 느껴지지 않는다. 오히려 비비드하고 신선한 생동감이 안겨오는 것이다. 분명

완만하고 유장한 문장인 것은 사실이지만 거기에 일정한 리듬이 흐르고 있기 때문이다. 그의 문장을 조금만 소리내어 읽어본 사람이면 이런 점은 누구나 쉽사리 느낄 수 있을 것이다.

그의 문장은 유장하고 율동적일 뿐 아니라, 그러한 리드미칼한 가락 속에 작자 자신의 짙은 육성의 토운을 느낄 수 있는 것도 또한 사실이다. J·M 마리는 리듬과 이미지를 비교하여 전자를 주정적인 것, 후자를 주지적인 것이라 하였지만, 이호철 씨의 리드미칼한 문장에서 작자자신의 육성의 토운을 느끼는 것도 우연이 아니다. 그의 문장은 대부분 주정적인 것이다. 리드미칼한 육성의 토운을 느끼게 하는 그의 문장은 숙명적으로 표현대상을 객관적으로 묘사하는 데서보다도 주정적으로 서술하는 데서 더 두드러진 매력을 발휘하게 되는 것이다. 사실상 그의 문장은 대부분 묘사보다도 더 많이 서술에 위치하는 편이다. 더러 객관적 묘사를 의식적으로 시도한 듯이 보이는 구절이 눈에 뜨이기는 하지만, 어느새 그 구절 속에 작자 자신의 짙은 육성의 토운이 윤색되기 시작하면서, 결국은 주관적 서술로 옮아가고 있는 것이다. 그를 가리켜 홍사중씨가 다혈질의 작가라 한 것도 아마 이런 점을 두고 한 말은 아니었을까.

> 흰바탕에 붉은 글씨로 쓴 복덕방 휘장이 바람에 너펄거리고 있었다. 그것은 대다수 사람들의 산다는 일의 천편 일률적인 무더움같은 것을 느끼게 하였다. 산다는 것은 무더움이다. 태반의 사람들에게 있어서 그렇다. 적어도 자기의 경우 그렇다. 김대위는 이렇게 생각한다. 북적거리는 사람들 속에 잠겨서 살아간다는 것은 일종의 무더움이다. 퍼뜩 맏아들이 머리에 떠올랐다. -추운 저녁의 무더움

전에 필자는 이호철씨의 「닳아지는 살들」을 말하면서 시점의 혼선을 지적한 일이 있었다(『현대문학』지 107, 108호 참조). 꽝, 당, 꽝, 당, 하고 울리는 쇠붙이 소리를 두고, 그것을 서술하는 작자의 객관적 시점과 그 소리를 듣고 연상작용을 일으키는 작중인물 '영희'의 주관적 시점이 거의 한 덩어리로 밀착되어 있었던 사실을 볼 수 있었던 것이다. 거기에 비하면 이 구절에는 비교적 정확한 원근법이 준수되고 있는 건 사실이다. 대상을 추상하는 작자의 객관적 시점과 그 대상으로 인연하여 내부독

백을 하는 '김대위'의 주관적 시점과 또 그 '김대위'의 내부독백을 서술하는 작자의 전지적 시점이 비교적 분명하게 밝혀져 있다. 그러나 그 이질적인 세 가지 시점의 넘나드는 모양이 극히 자연스럽고 스무스하다. 세 가지 시점들이 그 아슬아슬한 경계에 가서는 거의 오우버랩(overlap)되어 있다. 그러나 그것만이 아니다. 비록 짤막한 부분일망정 세 가지 이질적 시점으로 진술되고 있는 이 귀절이 거의 한결같이 모노토운(monotone)적이며 율동적이고 어딘가 작자 자신의 육성의 가락을 느끼게 하고 있다.

이러한 그의 주정적인 스타일은 독자에게 어떤 대상을 객관적으로 전달하는 데서보다도 독자로 하여금 그 대상에서 빚어지는 어떤 무드를 환기시키는 데서 뛰어난 효과를 발휘하는 것이다.

다음으로는 그는 작중 현실에 어떤 분위기를 조성해줄 만한 몇 가지 티피클한 요소—소리, 냄새, 빛깔, 혹은 어떤 자연사물같은—를 도입하여 그것을 구체적인 작중의 액션과 밀착시키고 있다. 뿐만 아니라 그러한 요소들이 작품테마를 뒷받침할 만한 효과적인 라이트모티프가 되게 만들고 있는 것이다. 그것도 우연한 객관적 사실인양 드라이하게 도입하는 게 아니고, 거기에 짙은 주정적인 의미부여로써 윤색하여 도입한다는 것이다. 이런 점도 역시 다혈질적인 그의 작가적 기질에서 비롯하는 것이겠다.

가령 「소묘」의 첫머리에 있어서 까마귀 소리는 우연한 자연표현으로서의 까마귀소리가 아니라, 작중의 불행을 예고하는 불길한 음향으로써 도입되고 있다는 것은 그 소리를 듣고 '웬 까마귀가 산제 터에서 우누?' 하고 '소스라쳐 놀라는', '오돌할멈'의 반응 속에서도 쉽사리 찾을 수 있다. 더구나 그 까마귀 소리가 작자의 청각에는 '애타게', '또렷또렷하게' 들렸던 것이다. 「나상」의 서두에 있어서 '번갯빛'은 '칼날같은' 것이었고, 또 그 빛은 작중인물 '나'와 '철'로 하여금 '막연한 원시적인 공포'를 유발하는 에이전트로 되어있는 것이다. 「닳아지는 살들」에 있어서의 꽝, 당, 꽝, 당, 하는 소리, 「무너앉는 소리」에 있어서의 쿵, 쿵, 소리도 몰락해가는 영희일가의 운명과 밀착되어 있다. 「일기졸업생」에 있어서 멀리서 들려오는 데모대의 아우성소리는 '여운형노인'과 '송진우노인' 사상의 입씨름의 효과적인 배음이 되어 있고 「등기수속」에 있어서 경기관총을 앞에 실은 드리쿼터의 헤드라잇 불빛은 초

조와 불안의 강박관념을 감돌게 하는 작중의 분위기의 결정적인 에이전트일 뿐 아
니라, '현구'로 하여금 꿈 속에서 '몇 번이나 깜짝 놀라게' 하는 에이전트인 것이다.

> 찝차도 차츰 열을 띠기 시작하였다. 땅거미가 지고 헷드라잇을 켠 찝차는 차츰
> 생명이 전염되어 생명체가 되어 갔다. 찝차 자체의 논리로서 달리는 것이 아니라,
> 엉뚱한 속에서 엉뚱하게 일체감이 되어있는 장군과 김대위는 논리를 좇아 달리
> 고 있는 것이었다. 그들은 이 상태를 그냥 유지하고 싶었다. 흑빛 찝차의 강렬한
> 열 때문이었을까? 읍거리 사람들은 눈이 휘둥그래졌다.
>
> ―「추운 저녁의 무더움」

뿌띠·인테리 '김상권'(60년의 배당)이 '당신같은 사람이 파시스트의 요소를 완벽
하게 갖추고 있는 사람이란 말요.'하고 오금을 박았던 능란한 사기술과 왕성한 속
물적 정열을 가진 '박항석'의 그 '나대로의 필연성'의 구체적인 양상을, '차츰 생명
이 전염되어 생명체가 되어가는' 찝차의 필연성 속에서 찾기는 그리 어렵지 않다.
찝차는 이제 단순한 물리적 실재가 아니다. '시작은 경솔한 개인이 해 놓구 뻗어나
가는 것은 개인을 떠나서 무한대로 독주를 해버리는'(1기 졸업생) 패너티시즘의 가시
적인 생태 바로 그것인 것이다. 「추운 저녁의 무더움」에 일관하는 전율적 무드는
퍼내틱한 '나대로의 논리'를 강요하는 찝차 주인의 모습에서 그리고 그 논리에 감
염되어 자체내의 에너지로 폭주하는 찝차의 맹목성에서 비롯하고 있는 것이다. 하
나의 물리적 실재에 불과한 찝차가 가공할 퍼내태시즘의 맹목성으로 변용되어지는
것은 그것에 생명을 부여하는 작자자신의 주정적 윤색이 되어있기 때문이다.

다음으로 그는 인물, 사물, 장면 등을 독자에게 전달함에 있어서도 그 자체의 객
관적 리얼리티의 제시에 치중하느니보다도 그것들에 의하여 환기되어지는 감각적
반응을 전달함으로써 독자의 감수성을 신선하게 자극하여 주고 있다. 즉 대상의 사
실적 전달에서보다도 그 대상이 빚어내는 감각적 무드의 전달에 재능을 발휘한다
는 것이다.

「닳아지는 살들」에 있어서의 꽝, 당, 꽝, 당 소리는 '송곳처럼 쑤시는 구석'이 있
고, '식모'는 '넓은 터전의 내음새를 거칠게 풍기고' 있다. '내가 할바이를 잡았지

요’라고 말하는 ‘남규일’(타인의 땅)은 어릴 때 ‘어딘가 선뜩한 구석’이 있었다. ‘극좌 모험주의는 극우 파시스트와 종이 한 장 차이’라는 논리로써 ‘신흥쁘르죠와’가 되려는 자신의 치부를 위한 마캬베리즘을 합리화하는 ‘김씨’(소시민)는 그 웃음 속에 즉물적인 내음새를 풍기고 있는 것이다.

> 이렇게 생활 그 자체의 화신으로 화해버린 듯한 김씨는 언제나 그랬지만 술이 취하자 얼굴빛이 더욱 번들번들해 왔다. 그리고 이 김씨 앞에서 정씨는 더욱 꺼칠 꺼칠하게 늙고 깡마르고 왜소해 보였다.
>
> —「소시민」

추상적 도식적 상황 속에서는 그 능력을 십분으로 발휘하면서도 정작 실제적 즉물적 현실에서는 쪽을 못쓰는 일종의 이상주의자 ‘정씨’와 지난날 추상적, 도식적 상황 속에서는 비록 ‘정씨’의 부하였을지 모르지만 실제적 즉물적 현실 속에서는 종횡무진으로 그 속물적 진가를 발휘하는 ‘김씨’ 사이의 상호역학의 전도(顚倒)관계를 한 술좌석의 분위기를 통하여 적절하게 전달해주고 있다. 이것은 결코 사실적인 장면묘사가 아니다. 독자의 감수성을 신선하게 자극하기 위한, 장면의 분위기의 전달인 것이다.

> 순간, 이 방의 담배댓진 같은 것으로 꽉 차 있는 듯한 내음새와 더불어 싯누런 한문 서적에서 풍기는 듯한 제법 육중하게 때묻은 분위기가 왈칵 안겨왔다.

‘약간 천(賤)티가 풍기고’, ‘약간 으늑하고 육중한 구석도 풍기는’ 늙은 관상쟁이의 거처하는 방을 그 방에 들어서는 손님의 감각을 통하여 이렇게 전달하고 있다. 여기에 이르러서는 이미 구체적으로 실재하는 사물은 없다. 그러한 사물들이 풍기는 내음새와 빛깔과 분위기가 있을 뿐이다.

「소묘」에서 「소시민」까지의 그의 소설미학의 한결같은 성격은 그것이 무드 미학이었다고 할 수 있다. 작중현실에 일정한 무드를 조성하여 놓고 그 속에 적절한 몇 명의 타입들을 투입시켜, 그들로 하여금 그 무드의 파상(破狀)을 누벼가게 만들고 있는 것이다. 따라서 작중의 액션은 그 무드의 배후에서 일어나거나 적어도 그 액션의 동적, 원색적 모서리는 무드의 베일에 가리워지고 스러져서 거의 어렴풋한 평면적 윤곽만을 드러내는 것이다.

「나상」에 있어서의 '철' 형제의 우열의 서열관계의 전도(顚倒)도 서두에서 빚어진 '막연한 원시적인 공포'의 무드를 전제로 할 때에만 완전한 의미를 갖게 되는 것이며, 「닳아지는 살들」 등 연작소설에 있어서의 일가의 몰락과정도 '응접실'의 분위기의 배후에서 일어난다. 「추운 저녁의 무더움」에서 거리를 폭주하는 찝차는 순전한 전표적 무드의 에이전트일 뿐이다(이런 점에서 이 작품은 「소묘」와 거의 궤를 같이하는 무드소설이다). 전쟁이라는 열병으로 말미암아 한 시대의 질서가 무너지고, 그 속에 사는 인간들의 개성이 무너지는 과정은 어디까지나 완월동제면소 안에서의 일이며, 더구나 십년전의 일을 회고하고 있는 주인공이며 나레이터인 '나'의 의식 안에서의 일이다. 작중의 액션들은 나의 주관적 서술을 거치는 동안 그 입체적 원색적 모서리가 '나'의 마음의 분위기 속에 가리워지고 스러지는 것이다.

3. 변용의 자세

「소묘」에서 「소시민」에 이르는 이호철씨의 소설미학은 무드 미학이었다. 그러나 그 무드의 질료는 서서히 변모되어온 사실을 간과해서는 안 된다. 그의 소설들이 한결같은 무드로 일관되어 온 것은 사실이라 하더라도, 그 사이 그의 대(對)인간 대(對)현실의 자세는 꾸준히 심화 확대되어 왔던 것이다. 우선 두메산골의 한 노파의 죽음(소묘)을 한 시대의, 그리고 그 속에 사는 인간 개성들의 붕괴양상(소시민)과 비교해 보라. 그 사이 그의 소재의 범위가 얼마나 확대되었는가. 그리고 사회, 인간에의 그의 인식의 차원이 심화되고 있는가? 그러나 그 사이의 변모과정은 독자의 컨벤션(그 작가에 대한)에 거의 아무런 역겨움을 주지 않을 정도로 조심스러운 것이다. 이제 전형적인 몇 작품을 보아가면서 그러한 변모과정을 살펴보기로 한다. 「소묘」에 제기되어 있는 명제는 한 노파의 소망과 환멸 사이의 갈등이다. 물론 이 노파의 비극은 손주를 빼앗아간 전쟁이라는 시대적, 역사적 현실과 밀착되어 있기는 하다. 그러나 이 노파에게 절실한 문제는 오직 모든 소망의 비등점인 손주가 죽었다는 엄청난 사실일 뿐이지, 그 사실의 근원적 에이전트인 시대적 역사적 현실은 아닌 것이다. 전쟁이야 어떤 성격의 전쟁이든 어떻게 돌아가든 이 노파에게는 알 바 아니다. 손주가 죽었다는 사실만이 그녀에 있어서의 절실한 현실인 것이다. 이리하여 이 작품은 시대적 역사적 상황에서 유리되어 있다.

「나상」에는 전작에서 찾을 수 없는 두드러진 테마 의식이 표출되어 있다. 일정한 규범이나 인간관계에 의하여 규정되어지는 인격이니 성격이니 하는 것의 의미가 정작 그 규범이니 관계니 하는 기존의 허울을 벗어버린 벌거숭이의 자리에서는 전혀 달라질 밖에 없지 않겠느냐는 명제가 그것이다. 사실상 작중화자인 '철'의 이야기를 통하여 독자는 가정 혹은 부모와의 관계 위에서 규정되어지던, '철'과 그 형 사이의 인간으로서의 우열관계가 정작 포로가 된 뒤 즉 벌거숭이가 된 뒤에는 완전히 그 서열이 뒤바뀌는 것을 보게 된다. 물론 이러한 서열관계의 전도의 결정적 계기가 되는 것은 6·25라는 현실이기는 하다. 철 형제를 벌거숭이 포로로 만든 것은 전쟁이 있었기 때문이다. 그러나 그 전쟁은 「소묘」의 노파에 있어서와 마찬가지로 어떤 성격의 것이든 어떻게 돌아가든 철 형제에 있어서 상관없는 것이다. 그들에게 문제로 되어진 것은 그들이 벌거숭이가 될 수 있었다는 사실뿐이기 때문이다. 그런 점에서 이 작품도 전작과 마찬가지로 시대적 역사적 상황과의 긴밀한 교호관계 위에서 인간을 인식한 작품이랄 수는 없다.

그러나 이 작품에서는 전작에서 찾을 수 없는 두드러진 명제가 있다. 인간을 인간상호의 역학관계 위에서 인식하고 있다는 점이 그것이다. 인간을 그 상호관계 위에서 포착한다는 것은 그 관계의 의미가 아무리 시대적 역사적 상황에서 유리된 내용의 것이라 하더라도 인간존재의 사회적 양식을 시인하는 기본적 모티브가 되기 때문이다.

「파열구」에서는 인간상호의 역학관계의 의미가 한층 더 심화되어져 있다. 인간상호의 역학적 균형의 형성에 있어서 그리고 그 균형의 구열(龜裂)에 있어서 인간의 심층의식의 의미가 문제되어져 있다. 작중인물 '갈표'의 시점으로 일관되어 있는 이 작품을 통해서 우리는 그의 과거와 현재 사이를 자유롭게 왕래할 수 있다. '석후'에 대한 패배의식이 '계영'에 대한 싸디즘으로 미군의 일개 고용인으로 전락돼 있다는 열등감이 외국유학의 행운을 약속받고 있는 '형국'에 대한 짓궂은 야유로 왜곡표출되는 비밀은 '갈표'의 심층의식 속에 도사려 있는 착잡한 콤플렉스에 있는 것이다. '갈표'의 내부에 소용돌이치는 이러한 콤플렉스는 작품의 메인 무브먼트인 야간보초근무의 춥고 음산한 분위기에 의하여 서서히 부풀어 오르기 시작한다. 그리하여 그 극점에 이르러서 하나의 파열구를 찾아 폭발하고 마는 것이다. 오만한, 강대한, 우월한 모든 것일 수 있는, 그리고 우정을 배신한 '석후'일 수도, 애정을 저버린 '계영'일 수도, 자기보다 우월한 '형욱'일 수도 있는 하나의 초점—미군 G·M·C—을 향하여.

「용암류」에 이르러서는 또 하나의 중요한 명제가 제기돼 있다. 사회 혹은 동시대인에의 공동체의식의 투철한 모색의 자세가 그것이다. 이 작품에는 전작들에서 볼 수 있었던 바와 같은 인간 상호의 역학관계의 의미가 제시되어 있다. 그러나 전작에서와 같이 시대적 역사적 상황에서 유리된 '추상화된 현실'의 자리에서가 아니라, 혁명과 우정과 애정이 상호침투하는 보다 구체적 현실의 자리에서 그 의미를 추구하고 있는 것이다. 주인공 '동훈'은 자리에서 각기 그 자체의 정당성을 주장하면서 선택을 강요해 오는 세 가지 티피클한 방향의 정점에 서 있다. 즉 혁명(4·19)을 음모하는 '단단하고 떼글떼글한', '석주'의 시대적 명령과 '추악한 세력' 속으로 무너져 들어가면서도 '내 탓은 아니다' 하는 '태규'의 우정적 호소와 '인천행 드라이브'를 권유하는 '수경'의 '현실의 정수'를 느끼게 하는 속삭임과. 이러한 역학관계 위에서 자의식의 소용돌이를 거쳐 '동훈'이 선택한 방향은 비록 '분명치는 않고' 어쩌면 보다 더 '큰 방향'일지도 모르기는 하지만 결국 '석주'의 집 쪽이었던 것이다.

'동훈'의 이 자세에서 다름 아닌 작자자신의 한 중요한 전환의 계기를 보는 것이다. 운명공동체에 대한 작가로서의 연대의식의 확인을 보는 것이다.

'닳아지는 살들' 등 일련의 작품에서는 얼핏 보기에는 「나상」이나 「파열구」무렵의 작중상황으로 돌아간 듯한 인상을 받는다. 일정한 몰락의 무드 속에 몇 개의 인간 타입들을 투입시켜 놓고 그들이 빚어내는 심리적 갈등관계를 추적하고 있기 때문이다. 그러나 그 몰락의 무드(응접실의)가 보다 넓은 현실의 메카니즘에서 비롯되고 있다는 것은 그의 문학세계의 한 중요한 계기가 된다. 현실의 이방지대인 것처럼 보이는 '응접실'의 상황은 실상 사회현실이 빚어내는 독소적 분위기에 의하여 그 무드의 파장이 누벼지고 있는 것이다. 그러나 그것만이 아니다. 이 작품들은 넓은 의미에서 일종의 가족사라고 할 수 있는 성질의 것이다. 작중의 현실적 시간은 「오월의 어느날 저녁」(제1작)과 「칠월 비오는 밤」(제2작)과 「시월의 한밤중」(제3작)사이의 불과 몇 달간에 불과하지만 그러나 그 배후에는 무수한 세월이 깔려 있다. 영희 일가의 '든든한 배경'이던 어머니, 언니, 그리고 왕년의 활동적이던 아버지도 비록 이 '응접실'에서 자취를 감추기는 하였어도 충분히 현재적 의미를 간직하고 있는 것이다. 말하자면 영희 일가의 몰락은 어제 오늘의 우연적 사실에서 비롯하는 게 아니라, 오랜 세월 사이의 필연적 인과율에서 비롯하고 있는 것이다.

이리하여 작자는 의식적이든 무의식적이든, 인간 및 그 상호의 역학관계의 의미를 명백한 역사의식을 가지고 인식하기 시작했다고 할 수 있다.

「육십년의 배당」, 「타인의 땅」, 「일기졸업생」 등은 우리의 근대사를 현재의 시점에서 반성하고 있다는 점에서 「닳아지는 살들」 등의 연작소설에 그 백그라운드로 암시되었던 역사적 시대적 상황을 정면에서 문제삼은 작품들인 것이다.

장편 「소시민」은 이제까지 보아온 바 작가 이호철씨의 모든 가능성이 하나의 결정체를 이루었다고 할 수 있는 우수작이다(미완작품을 말할 밖에 없게 된 것이 유감이지만).

이 작품은 그가 간직한 바 예술적 가능성을 남김없이 발휘한 작품일 뿐 아니라, 그가 이제껏 꾸준히 심화 확대해 온 바 작가적 인식의 밀도를 높은 차원으로 끌어올린 작품인 것 같다. 「소묘」 이래 그간 꾸준히 지속해온 바 무드의 미학은 「소시민」에 이르러서 거의 완벽에 가까운 효과들을 발휘하고 있을 뿐 아니라, 산문미학이 올바른 인간에의 인식(물론 개념적 인식이 아니라, 문학적 인식이지만)에서 비롯하는 것인 이상 그것은 궁극적으로는 시대적 역사적 상황과의 긴밀한 교호관계를 전제로 할 때에만 완벽하게 가능하지 않겠느냐는 그의 작가적 명제를 본격적으로 실천한 작품이다. 작자는 주인공 '나'의 나레이션을 통하여, 십년의 세월이 격(隔)한 '오늘의 시점'에서 전쟁으로 인한 한 시대의 붕괴과정 및 그 상황 속에서의 인간개성의 마멸양상을 그려내고 있다. 완월동 제면소에 모여 있는 그러한 탁류 속에도 청징한 새로운 가능의 샘물이 솟고 있었음을 놓치지 않았다. '나'는 그러한 청징한 샘물을 잠깐 만났다 스쳤을 뿐인 애꾸소녀의 그 맑은 눈빛 속에서, 그리고 한 번

만났을 뿐인 어느 소년의 '적의(敵意)가 번득이는' 눈빛 속에서 찾아내고 있는 것이다.

　　그때 그 소년의 눈길이나 억양에서 소년답지 않은 웬 적의(敵意)가 번득였던 듯하다. 그리고 그 눈길에서 나는 선뜩하도록 칠칠한 바람을 느꼈던 것이었다. 모두가 한 덩어리로 한 방향으로 술렁을 이루어 밀려가는 속에서, 그와는 다른 어느 차원이 집요하게 이렇듯 도사리며 새싹을 이루고 있다고 생각했던 것이었다.
　　과연 십여년 후, 이 소년은 가난한 대학생이 되어 외세배격과 주체성 회복이라는 명제를 내걸고 데모를 일으킨 그 학생 데모의 주동자의 하나로 되어 있었던 것이었다. 나는 그 소년의 이름을 잊지 않고 있었던 것이었다.

이 작품에 관한 종합적 검토는 별 수 없이 그것이 완성된 뒷날까지 보류할 밖에 없다. 그러나 아무튼 그가 이 땅의 우수한 중견작가의 한 사람이라는 것을 서슴없이 말할 만한 시점에 도달한 것만은 확실한 것 같다.

그러나 여기서 한가지 말하지 않을 수 없는 것이 있다. 그의 문장 스타일과 관련되는 문제 말이다.
앞서 필자는 그가 이땅의 삼십대 작가치고는 드물게 보는 스타일리스트의 한 사람이라는 말을 한 바 있다. 작가가 자기나름의 스타일을 확립한다는 것은 어떤 종류의 화가건 일단 자기 나름의 뎃생력이 있어야 한다는 것이나 마찬가지로 기본적으로 소중한 조건이다. 그러나 좋은 소설가로 만족하지 않고, 제 일급의 산문가가 되고자 하는 사람에게 있어서는 왕왕히 자신의 스타일이 가장 첨예한 투쟁의 대상이 되어 왔다는 것은 문장사가 말해주는 교훈이다.
한결같이 일관된 스타일로 밀고 나간다는 것은 매너리즘의 함정이 기다리고 있다는 그런 의미만이 아니다. 값싼 흥행사처럼 자주 자주 레퍼토리를 갈아야 관객의 구미를 맞출 수 있다는 그런 의미는 더구나 아니다.
작가가 그 작가적 인식의 차원을 높이기 위한 고투에 있어서 제 일차적 질곡이 되어지는 것은 다름 아닌 자신의 기존의 스타일이라는 그런 의미로 하는 말이다. 왜냐하면 스타일이 작가에 있어서 구체적인 인식의 양식일 때 인식차원의 고양작업과 스타일의 해체 재구성작업은 숙명적으로 병행되기 마련이기 때문이다.

그러나 이호철씨의 경우 이런 일반론 말고라도 좀더 시급하게 제기되는 문제가 있다. 그에서와 같은 스타일은 그것이 도달할 수 있는 어느 한계가 기다리고 있다는 점이 그것이다. 나상, 파열구, 닳아지는 살들, 추운 저녁의 무더움 같은 단편소설에서 그가 뛰어난 성공을 거둔 것은 사실이다. 그러나 그것은 결코 산문적인 인식의 깊이에서가 아니라, 일정한 무드를 조성하는 데 뛰어난 때문이 아니었던가? 성공할 것임에 틀림없는 것으로 보여지는 「소시민」에 있어서도 그 성공의 비결은 그것이 일인칭소설이었다는 가장 평범하면서도 본질적인 사실에 기인하지 않을까?

어떤 분위기나 무드만으로서도 훌륭히 알뜰한 성공을 거둘 수 있는 단편소설의 경우에 있어서는 그의 주정적 스타일은 오히려 생광(生光)을 발휘할 수 있다. 주관적 의미부여, 리드미칼한 육성적 토운조차도 어떤 종류의 분위기를 조성함에 있어서는 오히려 안성맞춤일 수 있기 때문이다. 또 장편소설인 경우라 할지라도 일체의 작중 현실을 주관적으로 서술해서 무방한 소시민에서와 같은 일인칭 소설의 경우는 그 주정적 스타일이 하나의 격조로써 올려온다는 점에서 안성맞춤이다. 사실상, 「소시민」에서 다혈질적인 비분강개조의 넋두리나 사변적인 주석같은 것을 적지 않게 발견할 수 있음에도 불구하고 그것들이 조금도 거슬리지 않은 어떤 실감으로 독자에게 스며들어 오는 이유도 독자들의 감수성이 완전히 작중화자인 '나'의 마음의 분위기 속으로 동화되어지기 때문이다. 그리고 이러한 효과는 본격적인 삼인칭 장편에서는 도저히 거둘 수 없는 것이다. 이런 점에서 생각할 때 그의 제일의 장편소설인 「육십년의 배당」(제1부에는 발표되지 않았지만)이 「소시민」에 비하여 훨씬 떨어지는 이유도 결코 우연이 아닐 것이다. 「소시민」이 제2장편이니까 그만큼 전작보다 진경을 보일 수 있겠다는 것도 부인할 수 없겠지만, 그보다는 본질적으로 이호철씨에서와 같은 주정적 스타일은 「육십년의 배당」 같은 본격적인 삼인칭장편에는 마뜩치 않다는 이유 때문일 것이다.

하기야 일체의 작중현실을 '나'의 시점으로 진술한 푸르스트의 「잃어버린 때를 찾아서」는 전질 십사권의 대장편이 아니냐, 입체적 동적인 미학만이 장편의 그것이 아니고, 평면적인 분위기의 미학도 충분히 장편소설의 그것이 될 수 있지 않느냐는 반문이 있을지 모른다. 이건 분명한 사실이다. 어떤 종류의 미학이든 좋으면 좋은 것이다.

그러나 푸르스트의 평면적 무드의 미학은 가장 전형적인 에피큐리언의 미학, 반사회적 순수미학이었다는 사실을 생각할 때 시대적 역사적 상황과의 긴밀한 교호관계 위에서 인간을 인식하려는 작가 이호철씨로서는 앞으로 하나의 큰 과업이 제기되어 있다고 할 수 있겠다.

관조자의 세계
— 이호철론

김치수[*]

1955년부터 작품을 발표하기 시작한 이래, 1962년 동인문학상을 수상함으로써 명실상부하게 작가적 역량을 인정받은 이호철씨는, 50년대에 문학적 활동을 시작했던 작가들 가운데 현재까지 작품활동을 하는 드문 경우에 속하고 있다. '드문 경우'라는 말을 쓰는 이유는, 그와 거의 동시대에 문학활동을 시작했던, 그리고 그와 함께 그 시대의 문학을 대표했던 많은 작가들이 대부분 소설을 쓰지 않거나 신문소설만을 쓰고 있는 반면에, 현재까지도 작품활동을 계속하고 있는 경우가 그를 비롯하여 불과 몇 작가에 지나지 않기 때문이다. 물론 한 작가의 역할이나 生命이 그 작가의 活動時期의 長短에 좌우되는 것은 아니지만, 일반적으로 작가의 活動時期가 짧은 우리 文壇의 경향에 비추어 그가 여전히 정력적으로 작품을 발표하고 있다는 사실은, 그를 위해서나 한국문단을 위해서 다행스런 일이 아닐 수 없다. 한 작가가 15년 동안 끊임없이 무엇인가 이야기하기 위해서는 자기자신 안에서 계속적인 갈등과 고민과 추구의 과정을 밟지 않고는 불가능하다. 이러한 과정을 통해서 작가는 자기자신이 쌓아 온 것이 무엇인지 독자들에게 인식시켜 주고 있는 것이며, 그러한 인식을 통해서 우리는 그 작가의 외롭고 고통스런 삶의 樣式에 共感하게 되고 뿐만 아니라 거기에서 어떤 새로운 가치관까지도 발견하게 되는 것이다. 위대한 작

---

[*] 문학평론가.

가일수록 외롭고 고통스런 삶의 樣式에 대한 共感의 幅을 넓게 하고, 뛰어난 倫理觀－價値觀에 대한 의식을 고취시킨다는 사실을 우리는 도스토예프스키나 카뮈에게서 찾아볼 수 있다. 이러한 작가에게 있어서 삶이란 '나'라거나 '社會'라거나 하는 것의 어느 한 쪽에만 의미를 부여하는 것이 아니고, '나'로부터 '사회'로 흘러가는 끊임없는 意識의 擴散과 '社會'로부터 '나'에게로 流入되어 오는 秩序의 壓力 속에서, 그것이 야기하는 모든 것을 包容하고, 그것이 야기하는 모든 것에 대해서 물음을 던지는 受容과 質問의 세계이다. 따라서 이 경우에는 '나'와 '사회' 사이에 끊임없는 긴장이 요구되고, 보편적인 것을 본질적인 것으로 환원시키는 방법이 작가적 역량으로 나타나야 하는 것이다. 그러기 위해서 작가는 자기 작품 안에서 感性的인 요소와 理性的인 요소를 동시에 갖추어야 하는 것이며, 이 두 가지 요소의 밸런스를 통해서 그 작품의 성공과 실패라는 판단을 받기에 이른다. 삶에 대한 우리의 태도, 가운데는 논리적으로 설명할 수 없으면서도 확실히 느낄 수 있는 어떤 것과, 논리적으로 설명할 수 있는 어떤 것이 항상 존재하고 있다. 여기에서 感性的인 요소라는 것은 前者를 이야기하는 것이며 理性的인 요소라는 것은 後者를 말하는 것이다. 이 두 가지 요소가 서로 배반할 성질을 띠고 있지만, 작가가 그 배반을 극복하여야 하는 것은 그가 문학작품이라는 하나의 樣式을 선택했기 때문이다. 따라서 논리의 뒷받침을 받지 못한 感性이란 센티멘탈리즘으로 떨어져버리고, 感性이 없는 理性이란 문학의 범주는 떠나버린다. 이러한 感性과 理性의 함수 관계가 문학작품의 중요한 내용을 이룩하고 있음을 인식함에도 불구하고, 정작 그것이 어떤 내용의 感性인지 혹은 어떤 논리의 理性인지 규명하고 그것이 '삶' 속에 어떻게 굴절되고 어떤 의미를 띨 수 있는지 평가하지 않는다면, 문학작품에서 感性과 理性은 무의미한 것에 지나지 않는다. 그런 점에서 李浩哲씨의 작품을 읽는다는 것은 대단히 의미있는 일이 될 것 같다. 특히 최근에 발표한 「큰 산」은 이호철씨가 지금까지 쌓아온 문학 내용을 단적으로 이야기해 주는 두 가지 요소를 명확하게 보여준다. 그런 점에서 「小市民」 이전의 작품부터 검토해 보는 것이 우선 필요할 것 같다.

　李浩哲씨의 작품들 가운데 가장 초기작에 속하는 「脫鄕」은 이호철씨의 문학의 몇 가지 속성을 용의주도하게 암시하고 있는 것 같다. 용의주도하게 라는 말은 작가가 이미 자기 자신의 문학적 성격을 어떻게 보여 주겠다는 意圖的 암시를 하고 있다는 말이 아니라 그 뒤에 발표된 소설들에서 거슬러 올라간 결과가 그렇다는 말이다.

첫째 抒情的인 아름다움에 대한 이 작가의 애정이다. 고향을 떠나서 부산에 피난 온 네 사람의 10대와 20대의 인물들의 생활이 비록 매일 밤 貨車를 바꿔 타고 부두 노동을 하면서도, 그리고 그들이 서로를 배반할 삶의 惡을 배워가면서도 그들의 본성 속에 감추어진 아름다움은 드러나고 만다. '좋은 반찬은 서로 양보들을 했다. ……어두운 화차칸 속에서나마 막걸리 사발이나 받아다 마시면, 넷이 그러안고 법석대곤 했다'고 하는 것처럼, 그들이 비록 그날 그날의 생계를 유지하기 어려운 형편에 놓여있지만, 삶의 고달픔 속에 숨어 있는 아름다움을 놓치지 않으려는 작가의 의도는 여러 곳에서 드러난다. 가령, 「소묘」(57)에서는, 하나밖에 없는 孫子와 단둘이 살던 할머니가 그 손자를 군대에 보낸 뒤에 살고 있는 삶을 묘사한다. 그녀의 삶이란 오직 그 손자의 무사한 귀향에만 의존하고 있다. 이러한 외롭고 괴로운 삶을 살고 있음에도, 할머니가 손자를 위해 큰 소나무를 향해 빌고 있는 모습은, 까마귀·여우의 울음소리, 소나기·핏빛 보름달 등에 의해 보다 초라하고 비극적으로 보이면서도, 그것의 역설적인 아름다움을, 土俗的 세계에 있어서 無知와 悲劇的 삶의 抒情을 그리고 있는 것이다. 어린애들이 殺人을 하게 되는 이야기 「짙은 노을」(58)에서는 '발간 저녁 햇볕 속의 텅 빈 운동장에 그 서넛의 갸름갸름한 그림자는 퍽 애처롭고 처량하고 쓸쓸한 것은 느끼게 하였다'고 표현함으로써 끔찍스런 살인을 예고하면서 동시에, 그것이 어른들의 殺人과 같이 잔혹하지 않은, 어린이들의 때묻지 않은 실수의 아름다움을 보여준다. 삶의 밑바닥을 헤매고 있는 듯한 버스 차장의 이야기 『먼지 속 서정』에서도 순발이와 광석이의 고달픈 삶에 '抒情'을 불어넣으려고 하는 이 작가의 집요한 애정을 볼 수 있다.

참 바깥은 복잡하다. 둘이 다 을씨년스럽게 춥다. 광석이는 하늘을 올려다보며 하품을 하였다. 참 무언지 기분이 좋았다. 순발이는 두 손을 입에 갖다 대고 호호 불었다. 참 바깥은 복잡하다 .무엇인가 철물같은 것이 흐르듯이 흐르고 있다. 육중하게 뒤틀며 더덕더덕한 것이 서서히 흐르고 있다. 그리고 둘은 어처구니없게 잠시 떨어져 나왔다. 어딘가 엉뚱한 이역(異域) 같은 곳에 떨어져 나왔다. 그리고 참 기분이 좋다. 호젓하고 가볍고 쓸쓸하고 적당히 구슬프면서도 좋다.

　'복잡한 바깥세계'에 시달리면서도 그들이 사랑을 약속하는 로맨틱한 아름다움의 세계를 경험하는 것처럼 작가는 모든 사물을 아름답고 抒情的으로 보려고 노력하고 있다. 순발이와 광석이가 느끼고 있는 것처럼 작가는 마지막 기대를 빼앗긴 노파에게서도, 살인을 하는 어린애들에게서도, 고된 삶을 사는 버스차장에게서도 '참 기분이 좋다, 호젓하고 가볍고 쓸쓸하고 적당히 구슬프면서도 좋다'는 슬픔의 美學, 소외의 美學, 破局의 美學을 보여준다. 이러한 抒情的 세계란 感性의 所産이다. 따라서 여기에서는 어떤 論理的 근거를 보여주지 않는다. '호젓하다', '가볍다', '쓸쓸하다', '구슬프다'라는 형용사가 서로 다른 상태를 이야기함에도 불구하고 '좋다'고 하는 것은 이 작가의 그러한 抒情的 性格 때문이다. 이와 같은 형용사는 「脫鄕」의 네 주인공들의 관계에도 적용되는 것이며, 노파의 삶이 보여주는 비극을 아름답게 만들어 주는 이유가 되기도 하고, 어린이들의 殺人이 끔직하게만 보이지 않은 어떤 것이기도 하다.

　그러나 李浩哲씨가 다루고 있는 사건의 내용이란 어떠한 것일까. 그것은 겉으로 묘사될 수 있는 만큼 아름다움의 세계가 아니라 天刑을 받은 듯한, 인간의 삶에 값하지 못할 만한 비참하고 잔혹한 현실이다. 거의 실성한 것처럼 칠성님께 빌고 있는 노파의 삶이란, 가난과 무지와 외로움(혈연이 하나밖에 없다는)과 運命의 背反이라는 모든 不幸의 총화같은 인상을 준다. 故鄕을 떠나온 靑少年들로서 家庭도 없고 貨車에서 추위에 떨고 매일 부두노동으로 생계를 유지해야 하고, 야박한 人心과 싸워야 하고, 유일한 連帶感을 갖고 있는 한 親舊의 죽음을 경험하고, 언젠가는 背反하게 될 운명을 암시하고 있는 「脫鄕」의 네 주인공의 삶은 '뿌리뽑힌 자(déraciné)'의 절망적 생활 그것이다. 어머니가 죽고 아버지마저 죽은 뒤 의붓어머니와 異腹동생만이 있어서 차장이 되었거나, 어머니가 누군지도 모르고 고아로 전쟁에 참가하고 유치장생활도 경험한 뒤 차장이 된, 순발이와 광석이의 삶은 기구한 운명에 다름 아닌, 밑바닥의 생활이었다. 어린애들의 단순한 장난이 어른의 한 마디 말 — 저걸 그냥 내버려두니? 사내대장부가……해봐, 마지막까지 — 에 촉발되어 순간적인 살인행위를 저지르고 마는 「짙은 노을」의 이야기는 '귀염성스럽고 시원스러운 느낌'

으로 받아들이기에는 그 어린애들이나 가족들에게는 너무나 심각한 것이었다. 말하자면 李浩哲씨가 이야기하고 있는 현실 속에 뛰어들어가 보면, 그것은, 파국의 아름다움이라든가, 외로움의 즐김이라든가, 運命의 美化라든가 殺人의 귀염성스러움으로는 도저히 받아들일 수 없을 만큼, 냉혹하고 심각한 것이었다. 그런데 그럼에도 불구하고 李浩哲씨의 초기작들이 抒情的 세계의 아름다움을 느끼게 하는 이유는 어디에 있을까. 그것은 아마도 이 작가가 취하고 있는 觀照者적 입장 때문인 것 같다.

「脫鄕」에서 '나'는 '애당초 나는 두찬이처럼 심술이 세다거나 광석이처럼 주변이 좋다거나 하원이처럼 겁이 많다거나, 그 어느 편도 아니었다. 나는 이젠 우리 넷 사이가 어떻게 돼도 좋았다.', '광석이나 두찬이는 그들대로, 나에게만은 이렇다 할 아무런 감정도 품지는 않았으나, 처음 화차살이가 시작될 때보다 퍽 어석버석해진 것만은 사실이었다.'고 고백하고 있다. 이 고백은, 네 사람에게 주어진 현실 속에서 '나'가 어떤 의지를 갖고 있다거나 행동하는 입장에 서지 않고 그것을 觀望하는 태도를 취하고 있음을 말해준다. 네 사람 사이가 어떻게 돼도 좋다는 말은 그 네 사람으로 이룩된 현실을 '나'가 이미 떠나 있으며, 따라서 '나'는 네 사람의 連帶的 운명에 관여하지 않고 바라볼 뿐이다. '짙은 노을'에서 殺人 이야기를 들은 '나'의 반응도 그러한 觀照者的 觀察者의 입장을 그대로 보여 준다. '이 얘기를 들었을 때 나는 전혀 태연자약했다고는 말할 수가 없지만, 그런 선뜩하다기보다 '야 요놈들 봐라' 이런 종류의 가벼운 귀염성스러움과 뭔가 시원스러움을 느꼈던 것이었다.' 사건과는 직접적인 관련을 맺지 않으면서 사건을 바라봄으로써 자신의 불만을 배설하는 '나'는 사건을 즐기고 있는 것이다. 그러기 때문에 李浩哲씨의 소설에서는 사건 속에 뛰어들어 있는 행동자로서의 '나'가 존재하지 않고, 사건 밖에 있는 관찰자로서의 '나'가 있을 뿐이다. 觀望者로서의 '나'는 그러므로 어떤 主張을 내세우는 일이 없고 항상 느낌을 이야기할 뿐이다. 그것은 바로 작가의 意識의 閉鎖性을 의미한다. 어떤 사건을 보아도 자신의 생각을 발표하는 일 없이 그것을 묵묵히 관찰하고 있는 '나'는 사실상 李浩哲씨의 많은 작품들 속에서 한번도 콩피당(Confident : 마음속 이야기를 하는 사람)을 가져본 일이 없다. 그것은 아마도 李浩哲씨의 작품을 이해하고 그 성격을 규명하는 데 중요한 의미를 띠고 있는 것 같다. 그것은 자기 자신에 대한 신뢰와 자기 외부에 대한 불신에서 야기되고 있는 경우가 많다. 가령 앞에서 引用한 글을 다시 읽어보자.

참 바깥은 복잡하다. 무엇인가 철물같은 것이 흐르고 있다. 육중하게 뒤틀리며 더덕더덕한 것이 서서히 흐르고 있다. 그리고 물은 어처구니없게 잠시 떨어져 나왔다. 어딘가 엉뚱한 이역(異域)같은 곳에 떨어져 나왔다. 그리고 참 기분이 좋다.

여기에서 주인공은 자기를 둘러싸고 있는 세계를 복잡한 것으로 파악하고, 자기만의 세계(차장으로서의 자기가 아니라 중국집 방에 갇혀 있는 자기)를 그 곳으로부터 떼어냄으로써 편안함과 만족을 느끼는 것이다. 그것은 외부에 대해서 意識의 門을 닫고 있음을 의미하고 그러기 때문에 콩피당이 존재하지 않는 것이다.

콩피당의 不在로 인해서 李浩哲씨의 '나'는 일반적으로 아무런 주장을 하고 있지 않음을 우리는 보았다. 주장을 할 수 없을 때 사람들은 느낌을 말한다. 感性에 해당하는 느낌은 구체적이고 논리적인 것을 추상화하게 된다. 가령 「脫鄕」에서 '나'가 하원이를 버리려 할 때 '바람도 없이 내리는 눈송이여, 아, 눈송이여'라고 외치는 것이라든가 「素描」에서 손자의 전사통지를 받고도 그것을 읽을 줄 모르는 할머니가 그날 밤 '웃음의 소리를 해 보았으나 좁은 방은 침침하고 오늘따라 텅 빈 것처럼만 느껴졌다.'든가 「짙은 노을」에서 소년이 살인하는 순간을 '비로소 한길에 선뜩한 고요함이 깔린다.'고 한다든가 하는 것이 그것이다. 그의 표현에 형용사가 많이 등장하고 있는 것도 이와 같은 추상화를 돕기 위한 것이다. '나'의 主張이 들어있지 않은 추상화는 사물에 대한 感情을 나타냄으로써 어떤 것을 表象하고 있다. 그렇다면 李浩哲씨의 작품에 여러 번 나오는 주인공의 울음—눈물은 무엇을 의미하는가.

사실상 李浩哲씨의 주인공들은 자주 눈물을 흘린다. 그들은 울음—눈물의 名手들이다. 孫子를 위해서 빌고 있는 노파가 '눈물을 후벼내고', 밤이 되면 어린 하원이는 흐느끼거나 소리내어 울고, '나'도 마음속으로 하원이를 버리면서 '눈물이 두 볼을 흘러내리'는 것이며, 「裸像」의 동생과 형도 울음을 터뜨리고, 「먼지 속 抒情」의 공석과 순발이도 '소리없는 눈물을 씻었다.' 李浩哲의 소설집(新丘文化社刊·『現代韓國文學全集』 第8권) 한 권에서 주인공들이 눈물을 흘리거나 울음을 우는 경우는

100회 이상이나 되고, 그 가운데 一人稱인 '나'가 눈물을 흘리는 경우도 20회가 넘는다. 인간에게 있어서 눈물은 感情의 가장 直說的인 표현이다. 말하자면 그의 주인공들의 感情狀態라는 것이 原初的 단계에 머무르고 있음을 말한다. 그의 주인공들은 마음속에 맺혀 있는 恨이나, 자기 자신의 불행한 상태나, 따뜻한 情의 세계나, 배반의 씨를 잉태하게 된 자신의 깨달음을 표현하는 데 눈물을 흘리고 있는 것이다. 그것은 삶의 喜怒哀樂을 울음으로 표현하는 것을 의미한다. 이때 울음은 논리적인 것이 아니고 感性的인 것이다. 주인공들은 말을 함으로써 자신의 意思를 표현하는 것이 아니라 눈물을 흘림으로써 感動했다든가 원통하다든가 기뻤다든가 슬펐다는 것을 표시할 뿐이다. 그들이 눈물을 흘릴 수밖에 없는 이유는, 그들이 말을 할 수 없었던 이유는 앞에서 말한 대로 콩피당을 갖고 있지 못하기 때문인 것이다. 여기에서 콩피당을 가지고 있지 못하다는 것은 주인공과의 意識의 斷絶이라는 實存的인 의미를 가지고 있는 것일까? 그렇지는 않은 것 같다. 그의 주인공들에게는 카뮈의 뫼르소나 싸르트르의 로캉뎅이나 말로의 첸에게서 볼 수 있는 存在論的인 고뇌가 없다. 그의 주인공들은 存在와 狀況에 대한 깊은 천착을 하는 것이 아니라 자기들이 살아온 삶을 이야기해줄 뿐이다. 그 때문에 콩피당이 없는 李浩哲씨의 작품들은, 그것의 현대적 비극을 표상하고 있는 것이 아니라 抒情的 세계를 보여주고 있는 것이다. 그런 의미에서 그의 주인공들에게 눈물이 남아 있다는 사실은 그들이 그처럼 힘들고 고된 삶을 살고 있음에도 불구하고, 아직도 구제받을 수 있는 인간들이란 것을 의미하고 있는 것이다. 이것은 주인공들에 대한 작가의 애정이며, 동시에 人情的 세계에 대한 작가의 동경인 것 같다. 그런 점에서 李浩哲씨는 理性的인 작가가 아니라 感性的인 작가로서 출발하고 있는 것이다.

李浩哲씨가 感情的 작가라고 하는 것은, 작가가 주인공의 內面에 들어가지 않고 주인공들의 행위를 밖에서 抒情的으로 그리고 있기 때문이라는 것을 앞에서 말했다. 李浩哲씨는 말하자면 論理的인 것을 感性的인 것으로 煥置시키는데, 그것은 崔仁勳씨의 경우와 비교하면, 반대되는 方法論임을 드러내 준다. 「GREY 俱樂部顚末期」(59)로부터 작품활동을 시작한다는 崔仁勳씨는 주인공들의 밖에서 주인공을 관망하는 것이 아니고 주인공의 內面에 들어가서 주인공과 함께 고민하고, 모든 感性的인 것을 論理化시키려고 노력해 왔다. 그러기 때문에 崔仁勳씨는 李浩哲씨와 마찬가지로 작품 안에 콩피당을 가지고 있지 않지만, 그의 주인공들에게는 存在論的인 고뇌가 있다. 바로 그런 이유로 崔仁勳씨의 작품은 抒情的이지 못하고 오히려 告白的 성격을 띠고 있다. 李浩哲씨와 崔仁勳씨가 서고 逆의 方法論을 채택하고 있다는 사실은 상당히 많은 점을 말해 준다. 하지만 여기에서는 李浩哲씨의 작가적 변모과정을 살펴보는 것이 더욱 중요한 문제이다. 李浩哲씨의 代表的 長篇 「소시민」과 최근에 발표한 「큰 산」은 李浩哲文學의 擴散的 性格과 內容을 가장 선명하게 보여 주는 작품인 것 같다.

65년 李浩哲씨는 그의 작품집의 뒤에 다음과 같은 말을 덧붙이고 있다.

> 日常의 여러 현상은 반드시 그 자체의 獨自性으로만 있는 것이 아니라 어떤 전체의 통일성 속에서 일관한 역사적 文脈 속에서 파악되어야 한다. 개개의 枝葉的인 것은 전체성의 파악 속에서만 그 의의가 드러나고 共感의 넓이와 진정한 리얼리티를 획득할 수 있다.

그리고 그는 계속 말했다.

> 小說家를 희생하면서까지 藝術家가 되려고 하는 경우가 있는가 하면 예술가를 희생하면서 소설가이려고 하는 경우도 있다.

그렇다면 李浩哲씨는 어느 쪽을 선택하고 있는가. 아마도 우리는 李浩哲씨의 초기작들의 抒情性에서 그의 藝術家的 모습을 볼 수 있을 것이다. 그에게 있어서 藝術家的인 면이란 '언어의 含蓄, 대담한 취사선택, 긴밀한 구성, 짙은 딜드'를 의미하고 있는 것이다. 그러나 이 글에서 李浩哲씨가 밝히고 있는 바와 같이 그의 관심은 小說家的 모습과 예술가적 면모가 동시에 나타나는 종합적인 세계에 있는 것이다. 「小市民」 이전에도 이러한 '종합'의 의도는 이따금 단편적으로 드러나 있다(예를 들면 「破裂口」, 「溶岩流」 등이다). 그러나 작가의 그러한 야심이 가장 두드러지게 본격적으로 드러난 작품은 「小市民」에서인 것 같다.

「小市民」은 6·25동란 당시 부산 완월동 제면소에서 생활하고 있던 10여 명의 인물의 이야기다. 以北에서 피난을 나와 처음에는 부두노동을 하다가 우연히 이 제면소에서 일하게 된 '나', 단순하고 소박하고 무식하면서도 전쟁의 소용돌이 속에서 흔한 원조밀가루로 국수를 만들어 팔아 小資本을 이룩한 주인, 小資本家로서 먹을 것 걱정을 안 하면서도 가정관계의 복잡함과 성적불안과 소시민적 한가함으로 고통을 받고 있는 주인 여자, 일제시대의 지원병으로 버어마 전선에까지 끌려갔다 온 일이 있고 지금도 일본군을 절대절명의 것으로 생각하며 전란과 소용돌이를 彼岸의 불로 바라보고 주인에게는 順從만 하는 신씨, 원래 고등교육을 좀 받았고, 일제시대에는 九州로 징용에 끌려갔고, 그 뒤에는 남로당에 가담하여 어느 곳의 책임자 노릇을 했고 지금은 제면소에서 찌들어져 가고 있는 정씨, 무식하면서 옛날에는 정씨의 부하였고 제면소에서 수단과 방법을 가리지 않고 돈을 벌고, 마침내는 李承晩지지의 테러에 가담하는 김씨, 일본의 一橋大學을 나오고 한때 保聯에 관계하고 아내가 가출하고 친척뻘이 되는 제면소에 기식하다가 자살한 강영감, 김해의 소지주의 아들행세를 하고, 강자에게 약하고 약한 자에게 강하고, 小市民的 허세가 심하고 병역기피자로 제면소에서 일하다가 전쟁에 끌려가서 죽는 곽씨, 천안에서 피난 오고 卒兵으로 일선에 나간 남편을 갖고 있는 순박한 마음을 소유하고 제면소의 식모로 있다가 김씨와 함께 살림을 나가고 결국은 양공주로 타락하고만 천안색시 등이 만들어내는 사건이 이야기의 중심을 이루고 있다. 이들이 생활하고 있는 것을 작가는 이렇게 합리화하고 있다.

어차피 사회전체의 격동 속에서는 종래의 형태로 있던 사회 각 계층의 단위는 그 단위의 성격을 잃어버리고 모든 계층이 한 수렁 속에 잠겨서 격한 소용돌이 속에 휘어들어 탁류를 이루게 마련이었다.

이 작품에 등장하는 인물의 구성을 통해서 그리고 여기에 인용한 '나'의 관찰이 그러한 것처럼 이 작가는 「小市民」에서 그의 관심을 社會로 돌리고 있다. 그것은 描寫의 세계에서 分析과 비평의 세계로의 변모를 의미하는 것이며, 예술가일 뿐만 아니라 소설가이기를 원하는 이 작가의 야심을 드러낸 것이다. 이 작가에게 있어서 소설가는 발자크적 리얼리즘의 구현자인 것 같다. 그것은 感性的인 세계에서 理性的인 세계로의 轉換을 의미한다. 피난시절의 부산 사회의 모습을 제면소를 통해서 이야기해 주고 있는 이 작가는 '小說은 社會의 거울이다.'는 저 古典的인 명제를 실현하고자 했던 것이다. 사실 「小市民」은 제면소를 중심으로 하여 그 당시 우리 사회의 一面을 훌륭하게 보여주었다. 가령 혼란의 와중에서 가난한 사람이 어떻게 하여 小資本家가 될 수 있으며, 小資本家가 된 그들이 어떠한 生活樣式을 취하게 되는지를 주인부부를 통해서 볼 수 있고, 일제시대의 많은 인텔리가 그랬던 것처럼 社會主義에 가담했던 인텔리가 解放 후 5,6년 동안에 어떻게 몰락해 갔는지 정씨와 강영감을 통해서 실감있게 느낄 수 있고, 무식하고 가난하면서도 소박한 의욕을 가지고 자기의 삶을 개척해 나가려고 했던 사람들이 李承晩政權의 테러團에 가담함으로써 생활면에서는 성공하고 사회적으로는 파시스트가 되었음을 '고향 사람'과 김씨를 통해서 보여주었다. 이런 인물들의 삶이란 곧 그 시대에 있어서 사회의 한 縮圖인 것은 사실이다.

그러나 우리가 보다 더 주목할 것은 이호철씨의 소설에 자주 등장하는 '나'가 이 소설에서 어떻게 나타나고 있는가 하는 것이다. 「小市民」 이전에 등장한 '나'는 아무런 주장도 하지 않고, 사건의 내면에 뛰어들지도 않고 밖에서 관찰하는 입장을 취해왔었다. 그런데 「小市民」에서 '나'는 다음과 같은 주목할 발언을 하고 있다.

> 과연 이 지점에서 각자는 어느 곳으로 향하고 있는 것인가. 나는 나 나름의 감수성과 비평안으로 이 완월동 제면소를 둘러싼 한 사람 한 사람을 적지 않은 호기심으로 바라보기 시작하고 있었다. 그리고 그 중에서도 가장 관심이 가는 것이 역시 천안색시와 김씨였고, 정씨와 신씨, 그리고 일교대학을 나왔다는 놀라운 사실을 죽은 다음에야 알게 된 강영감의 일이었다.

이 글에서 '나'는 '나 나름의 감수성과 비평안'을 가지고 무엇인지 분석하고 주장할 것을 예고하고 있다. 그러나 이 소설을 끝까지 읽는 동안, '나'가 '나'의 意識을 갖고 무엇을 주장하거나 행동하는 것을 찾아본다는 것은 상당히 어려운 일에 속하게 됨을 알게 된다. '나'는 환경이나 현실이 이끄는 대로 끌려다니고 있다. 주인 여자가 성적불만을 해결하기 위하여 자신을 불렀을 때 거절하지 못하고 주인 여자의 요구에 응하는 것이라든가, 강 영감의 딸 매리에게 끌려 다닌다든가, 천안 색시가 이끄는 대로 둘만의 시간을 갖는다든가 하는 것이다. '모든 상황은 그 상황 자체의 논리를 좇아서 뻗어가게 마련이고, 일단 그 상황 속에 잠긴 태반의 사람들은 어쩔 수 없이 그 상황의 논리 속에 휘어들게 마련일 것이다.'는 그의 주장대로 '나'는 제면소의 상황에 맞추어서 그 시대의 혼란에 휩쓸려서 살아가고 있을 뿐이다. 社會라는 것은 나에게 있어서 運命的인 절대적 힘을 가지고 있고 따라서 '나'는 그것에 대해서 아무런 저항을 하지 못한 채 그것이 이끄는 대로 끌려갈 뿐이다. 그러나 정작 주의 깊은 독자라면 '나'에 대해서 두 가지 점에 관심을 갖지 않을 수 없다. 그 하나는 '나'의 주장이면서 행동이다. 이 소설에서 '나'는 몇 번의 주장을 한다. 즉 곽씨와의 싸움을 하는 것과, 정씨에게 술을 먹으면서 덤비는 것과, 마지막에 入營을 하면서 주인 여자가 忌避하라는 것을 거절한 것 등이다. 곽씨와의 싸움에서 '나'는 '이 왜소한 소지주 종자야' 라고 외치고 있고, 정씨에게는 '정씨, 정씨는 왜 요즈음의 김씨에게 대해서는 그렇게 신경을 쓰고 있으면서 나에 대해서는 근원적으로 완강하게 문을 닫고 있는 겁니까?'고 항의하는 것이다. '나'가 이렇게 자신의 주장을 이야기한 경우는 아마 초기의 '나'에서 상당한 발전을 의미한다. 그 다음은 그 주장 속에 들어 있는 '나'의 태도다.

그는 나보다 급속도로 타락하고 있는 김씨에게 더욱 그다운 연줄을 느끼고 있는 눈치였다. 내가 이북에서 지주(地主)집으로 몰수를 당하였고 월남을 했다는 사실을 지금도 큰 전제로 두고 나를 대하는 것이었다. 주로 나를 끌어내어 술을 마시고 이 애기 저 애기 넋두리기는 하였지만 정작 나의 이 즈음의 일상(日常), 나의 살아가는 일에 대해서는 근원적으로 완강하게 무관심 태세를 견지하고 있 는 것이었다. 그것이 어느 땐 섭섭하기도 하고, 한편 무섭게 느껴지기도 하였다. 같이 한 수렁 속에 우연히 어울려 들어 있기는 하지만, 일단 어떤 고비에 가면 서로 제각기 반대 쪽으로 가게 마련되어 있는 것이라고, 그렇게 마음 속 깊이 계산하고 있는 모양이었다. 솔직한 이야기가 나는 꼭 까닭은 없었지만 내가 그의 편이라는 것을 강조하고 싶었다.

이러한 태도에서 '나'는 정씨의 정신에 대해 깊은 존경심을 갖고 있음을 볼 수 있다. '나'는 김씨와 정씨를 비교할 때마다, 김씨의 조직 노동자다운 단단함이 파시스트로 타락할 가능성을 갖고 있는 데 섬뜩함을 느끼는 반면에 知的인 정씨의 엄격함이, 그렇게 쉽게 무너지지 않고 쇠잔해 가더라도 파시즘으로 타락하지 않을 것으로 예견하고 있다. '나'가 강 영감에 대해서 강 영감의 과거를 안 뒤에는 '살았을 적에 강 영감을 그렇게 대우했던 것이 뭉클한 회한으로 다가오는 것이었다.'고 느끼는 것도 정씨에 대한 태도에 다름 아니다. 그렇다면 정씨나 강 영감에 대한 콤플렉스는 어디에서 연유하는 것일까. 앞의 인용문에서 볼 수 있는 것처럼 그것은 '地主 출신'이라는 것과 '월남했다'는 사실에서다. 여기에서 후자의 경우는 '失鄕民'이 가질 수 있는 '뿌리뽑힌 자'의 불안과 고민이라는 점에서 쉽게 납득할 수 있는 것이다. 그러나 前者의 경우는 한국적 思考의 한 병폐에 지나지 않는다. 地主출신이라는 것은 자기와는 아무런 상관도 없이 주어진 것이며, 그것이 자기 정신의 형성에 미치는 영향을 考慮하고 있다는 것은 너무나 圖式的인 유추인 것 같다. 그럼에도 불구하고 그것이 '나'의 콤플렉스를 가져오고 있는 것은 한국적 상황이 갖고 있는 특수성 때문일 것이다. 왜 이런 콤플렉스를 극복하지 못할까. 그것은 아마도 현실적으로 불가능한 理想을, 과거의 삶이나 현재의 제스처에 의해서, 아니 志士的 포우즈를 통해서 파악하려고 하는 로맨티스트들 때문일 것이다. 여기에서 '나'의 태도가 자주 바뀌는 것(때로는 정씨 편에 서고 때로는 김씨 편에 서고 때로는 매리 편에 서고, 때로는 천안색시 편에 서는)도 그 때문일 것이다. 그러나 이러한 '나'의 告白에도 불구하고 '나'는 이 소설에서 아무 것도 주장하지 않고 있다. '그리고 나는 두 가지 뜻에서 보수주의자였음이 확실하다. 그 첫째는 정씨와 비교해서이고, 그 둘째는 이 매리와 비교해서 말이다.'는 '나'의 해석은 결국 오늘의 한국이 처해 있는 역사적 상황을 설명하고 있을 뿐이다. 말하자면 이 작품에서도 '나'도 역사 속에 뛰어든 사람이 아니라 역사를 관망하는 사람의 입장을 고수하고 있는 셈이며, 따라서 이 작품에서도 작가의 對社會的 관심이 확대되었을 뿐, 社會的 존재로서의 '나'에 대한 논리적 인식에 도달하지는 못하고 있는 것이다. 李浩哲씨가 탁월한 리얼리스트가 되지 못하고 있는 이유도 여기에 있다. 따라서 李浩哲씨는 小說家와 藝術家의 종합에서 부분적인 성공을 거두고 있는 것이다. 이 소설이 결과적으로 과거의 투쟁경력을 소유한 정씨와 강 영감의 몰락, 소시민적인 기회주의자 김씨와 고향 사람의 파시즘化와 致富, 그 두 세력의 중간에서 전자의 편에 섰던 '나'의 입대로 끝나는 것은 무엇을 의미할까? 특히 정씨의 아들이 15년 뒤에 獨裁에 항거한 義擧學生이 되었다는 것은 무엇을 말해주고자 한 것일까? 아마도 이에 대한 해답으로 李浩哲씨는 「큰 산」을 쓴 것일지도 모른다. '큰 산이 구름에 가려서 안 보이는 것이, 어찌 이렇게도 이 들판에, 이 누리에, 쓸쓸한 느낌을 더하게 하는 것일까.' 하는 '큰 산'은 李浩哲씨가 지금까지 동경해 왔던 모든 것의 總和인 것 같다. 반면에 고무신은 李浩哲씨가 지금까지 싫어해 오면서도 그 존재를 무시할 수 없었던 어떤 것인 것 같다. 이런 태도를 종교적 표현을 빌리면 샤머니즘이라고 할 것이다. 어떤 대상을 感性的方法으로 인식하고 있을 때, 그리고 그것을 圖式化시킬 때 그것을 정신의 샤아마니즘이라고 부를 수 있다면, 바로 그것은 한국적 思考의 한 표현이 되고 있다. 그러므로 李浩哲씨가 「小市民」 이후에 도달한 결론이 「큰 산」이라고 한다면, 그것은 李浩哲씨 개인을 위해서 아무런 발전도 의미하지 못한다. 왜냐하면 '큰 산'에 대한 인식이 지금까지 李浩哲씨가 해 왔던 論理의 感性化에서 별로 변화된 모습을 찾아볼 수 없기 때문이다. 그러나 李浩哲씨의 文學이 지금까지 걸어 온 길이, 感性과 理性, 非論理와 論理, 개인과 사회라는 두 개의 對立概念 사이에서 끊임없이 고민하고 방황하는 데 있었다면, 「큰 산」은 그러한 고민과 방황의 세계를 집약적으로 보여 준 것이며, 그런 점에서 이 작품은 현실에 대한 작가의 태도를 정직하게 보여 준 것이리라.

李浩哲씨의 작품 가운데 日帝時代를 그린 「他人의 땅」은 李浩哲씨의 방황이 무엇인지 암시해 준다. 전통적인 것과 외래적인 것의 끊임없는 갈등, 그리고 그 속에서 무너져 가고 있는 한국적 精神, 그것은 開化 이후 이 땅이 짊어지고 있던 고민이었다. 그 동안 많은 지식인들은 '나'와 社會와의 관계에서, 전통적인 것과 새로운 문화와의 사이에서, 感情과 논리 사이에서 방황을 해 왔고, 여기에 한국적 고민의 樣相이 드러나고 있으며, 李浩哲씨의 문학은 그것을 體現하고 있는 것이다. 초기에는 抒情的 세계를 그리다가, 社會的 관심을 확대시키고, 그럼에도 불구하고 아무 말도 할 수 없는 '나'를 통하여 李浩哲씨는 '失鄕民'의 小心症과 閉性을 보여주었다. 그리고 오늘날 모든 사람은 어쩌면 '失鄕民'일는지도 모른다. 바로 그 때문에 李浩哲씨의 작품에 共感하고 있는 것이다. 그러나 15년의 세월이 지난 지금, 이제 '나'는 무엇인지 말하지 않으면 안 된다. 感性的으로가 아니라 論理的으로 말이다. 李浩哲씨가 말하고 있는 '과도기'란 어느 일정한 시대를 의미해서는 안 되는 것이다. 왜냐하면 사람들은 항상 자기 시대를 과도기라고 생각하고 있으니까. 小說家와 藝術家를 종합하려는 李浩哲씨의 노력이 얼마만큼 성공적으로 나타날 수 있는지 그 다음 말에 귀를 기울이고 싶다.

소시민적인 일상과 증언의 문학

이보영*

I.

　우리의 역사적 상황에 대하여 李浩哲만큼 집요하게 성찰의 노력을 기울여온 작가도 드물 것 같다. 그 역사적 상황을 直視하노라면 그 상황의 근원적이면서 전체적인 파악으로 나아가지 않을 수 없어져, 작품은 長篇으로 확대된다. 가령 南北分斷, 釜山政治波動, 韓日問題 같은 역사적 민족적 문제를 으레이 小市民的 현실 속에서 小市民의 눈으로 취급하곤 한다.

　그 냉혹한 문제들은 원천적으로 로망스의 즐거움이나 순수문학의 허울을 쓴 感性의 유희를 허용치 않는다. 그 결과 李浩哲 소설은 번번이 역사적 상황의식 속에 매어있는 인상을 준다.

　일찍이 金柱演은 「새 시대 文學의 成立」(1968년)에서 李浩哲 소설에는 金承鈺의 작품에서 볼 수 있는 금욕, 자기세계, "사소한 것의 사소하지 않음"에 주목하는 트리비얼리즘이 없어서 허풍스럽고 오기에 찬 것이라고 비난한 적이 있지만, 객기가 많은 그릇된 판단이었다. 李浩哲은 소시민생활의 사소한 면에도 관심이 많을 뿐 아니라 매우 강하되 겸허한 윤리의식의 소유자이기 때문이다. 가령 역사적 · 민족적

---

* 문학평론가.

문제를 취급할 때도 李炳注나 崔仁勳처럼 위에서 독자를 계몽하는 자세가 없이, 일단 자신이 처한 소시민세계의 입장에서 그 문제를 구체적으로 추적하고 비판하기 때문이다.

그럼 李浩哲에게 그처럼 중요한 그 소시민의 본질과 소시민을 대하는 그의 기본적인 태도는 무엇인가? 현대소설에서의 일상적 현실은 주로 소시민의 현실이다. 한국 소설의 경우는 특히 그렇다. 최초의 본격적인 근대소설 「無情」이 나온 식민지시대의 한국인은 일제의 간악한 경제정책에 의하여 소수의 대지주와 巨商과 親日派를 제외하고는 정신적·경제적으로 내일이 불안한 소시민이었다. 「無情」의 이형식부터가 전형적인 소시민이지만, 李光洙는 그 평안도 출신의 고아를 서울에서 가난한 하숙생활을 하는 소시민 지식인이면서 동시에 日常의 한국침탈로 인한 정신적인 고아로 취급하였고, '祖國'에 대한 그의 애정과 사명감을 강조함으로써 그 소시민성을 명예롭게 은폐할 수 있었다. 廉想涉에 와서는 그 '祖國'이라는 신화 혹은 추상관념은 '집'이라는 구체적인 현실로 바뀌었기 때문에 처음으로 소시민적인 "유희적 기분"이나 "조그만 결백"을 지탄하는 「三代」에서의 소시민 비판이 어느 정도 가능했었다. 兪鎭千의 「金講師와 T敎授」에서의 소시민 지식인의 심리는 김강사의 이중삼중의 성격으로 암시될 수도 있다.

이와 같은 대표적인 先例들은 李浩哲 소설의 소시민세계와 직접간접으로 관련이 있다. 「小市民」의 '나' 역시 作者처럼 6·25 때 북한을 탈출한 외톨이 실향인이어서 어쩔 수 없이 소시민이다. 이것은 역사적으로 보아서, 日常 식민지로 전락했던 한국의 비극적 후유증인 남북분단의 필연적인 결과이다. 또한 사회경제적으로 볼 때, '나'는 大家族제도의 붕괴 및 자본주의경제와 메커니즘에의 예속으로 인하여 고아적인 소시민이다. 자기보다 열등한 계층에 대한 멸시와 富强한 자에 대한 메저키스틱한 선망, 추종의 양면성을 지니게 되는 그에게는 자칫하면 도덕적인 의미에서의 고아가 될 가능성이 있다. 셋째로 '나'는 상징적인 의미에서 「無情」의 이형식이 나라 잃은 정신적인 고아였던 것과 비슷하게 북쪽의 고향을 잃고 방황하는 고아이다.

이런 세가지의 小市民性이 「小市民」의 '나'의 내부에 복합되어 있다는 점에서 그 소시민성은 독특하다.

주지하다시피 소시민의 일상은 사소하고 진부할 만큼 평범하다. 여기에 안주해 버리면 소시민의 근원적인 위기의식은 둔화된다. 그러나 李浩哲의 대표적인 장편에서 주인공(小市民)의 위기의식은 일상적 차원에서 뿐만이 아니라 그것을 넘어서는 역사적 민족적인 차원으로 확충되며, 그 결과 그 장편에서는 구차한 소시민적 위기의식과 함께 포괄적인 역사의식이 작품의 動因이 된다. 그 결과 「深淺圖」같은 예외는 있지만, 그 장편 소설들은 소시민의 일상과 동시에 그것과 관련된 역사적 증언의 무대가 된다. 예컨대 우리는 「小市民」에서 부산의 완월동 제면소를 중심으로 한 소시민생활의 細部와 함께 소위 부산정치파동의 일부 현장과 그 파동의 영향을 읽을 수 있고 「逆旅」에서는 소시민적인 체면의식이나 금전타산과 함께 韓日관계 정상화와 관련된 民族史의 아픈 그늘을 읽을 수 있으며, 「그 겨울의 긴 溪谷」을 통하여 월남피난민의 强迫症과 함께 7·4남북공동성명의 복잡한 여파를 읽을 수 있다.

역사적 증언은 민족의 운명과 관련된 것이다. 「逆旅」後記에서 "20세기의 오늘을 사는 한국작가 치고 이 주제(한일문제)는 누가 다루던 한 번은 다루어야" 한다고 말한 것은 李哲浩의 역사적 증언에의 의지를 입증한다. 남북분단이나 한일문제는 소시민의 연애나 부동산투기문제와 달리 민족적인 문제이기 때문에 민족적 양심이 있는 작가라면 다루지 않을 수 없다는 것이다.

그런데 바로 그 점에서 문제가 생긴다. 대부분의 소시민 소설에서는 그 민족적 문제가 등장한다고 해도 삽화적이거나, 소시민의 일상 속에서 증발된다. 반면, 소시민 개인의 성격이나 일상을 그것대로 살리면서 그것을 민족적인 문제와 관련시켜 그 문제도 강조할 수 있는 방법은 무엇일까? 李哲浩이 쓴 이북아저씨가 백골단의 데모에 가담한 장면이 나오지만, 이 작품에서 더 중요한 것은 그 데모와 관련된 小市民의 파시즘에의 傾斜의 문제이다. 그 역사적인 현장(데모)에 참여한 김씨 등은 실상 졸개에 불과했다는 사실이 입증하듯이 소시민은 그 성격상 역사의 주도세력이 못되거나, 흔히는 그 강렬한 현장에서 비켜 서있다. 「小市民」에서 중요한 것은 데모隊의 행동적 증언보다도 목격자의 증언이요, 그의 반성적 증언이다. 그것은 李哲浩의 소시민 소설이 어차피 집단주의적 行動小說이 아닌 바에야 불가피한 노릇이다. 물론 그 심리적·반성적 방법은 南北分斷이나 7·4남북공동성명 같은 민족적인 문제와 직접 관련이 없는 평범한 공무원 사회를 다룬 「深淺圖」에서도 주로 쓰여지고 있지만 「小市民」, 「逆旅」, 「그 겨울의 긴 谿谷」에서는 작자의 역사적인 증언에의 의지가 소시민의 심리적 상황 속으로 파고든 점이 특이한 것이다. 그 성과는 또다른 문제지만.

2.

李哲浩의 첫 장편소설이 「小市民」(1964년)이었다는 것은 그의 정직성을 말해준다. 그러나 취급대상이 소시민 사회이기 때문에 자신의 정직에는 불만이 따른다. "어차피 小市民은 小市民"이라는 마술적인 同語反復의 늪에서 빠져나오려 한다. 그 결과 「小市民」은 소시민 사회를 일단 긍정하고 들어가는 태도와 거기서 벗어나려는 태도의 갈등이 생기고, 그게 이 작품의 動因으로 작용한다.

「小市民」은 재미있다. 인물들도 날라리 외에는 생동감을 준다. 이것은 작자가 소시민 사회에 긍정적으로 뛰어들어서 관찰하고 함께 생각한 데서 온 소득이다. "왜소하고 치사"하다고 형용되는 소시민적 생활과 심리의 표출을 이만큼 오민조밀하게 해낸 例는 별로 없었다. 작중인물들의 소시민적인 타산, 노예근성, 感傷, 善意나 무력감 등을 냉정히 혹은 다숩게 그려낸다.

작자는 중심배경인 완월동 제면소의 일상을 "팅팅 부어오른 괴어있는 일상"이라고 표현한다. 바꿔 말하면 그는 소시민 사회를 정체 속에서 몰락과정에 있는 것으로 파악한 것이다. 과연 그렇다. '나'와 함께 당면문제의 객관적·역사적 인식과 통찰이 가능한 유일한 주요인물인 정씨만 해도 지식인의 교활한 회의정신을 부정하고 혁명적인 投身의 정열을 찬양하면서도 어쩔 수 없이 무력해지고 만다. 순박했던 천안색시(제면소의 식모)도 김씨의 손아귀 속에 든 후로는 타락일로를 걷는다. 매사에 소심하고 선의적이지만 아첨적인 곽씨, 버마전선에 참여했던 日帝時代를 못 잊어하는 제 분수만큼 사는 신씨, 性的으로 무력하여 오쟁이를 차곤 하는 제면소 주인도 소시민 사회의 常住인물이다.

그들에게는 귀족적 미덕도 향토적 의욕도 종교도 없다. 따라서 그들의 행동은 번번이 회화적이다. 그렇더라도 무력하되 파렴치하지는 않아서 기분 나쁜 인물들은

아니다. 반면 모지락스러운 김씨과 이북아저씨의 회화적인 모습이나 행동(그들의 데
모하는 모습이나, 이북아저씨가 年中 카키색 고무장화만 신고 다니는 모습)은 그들의 파렴
치성 때문에 기분 나쁜 종류의 것이다. 이들의 확대형인 파시즘의 골수분자가 모두
기분나쁜 희화성을 띠는 것은 그들의 파렴치에 기인한다. 그 무력한 소시민과 파렴
치한 소시민의 중간에 위치한 '나'는 「小市民」의 중심인물이면서, 내레이터로서의
초연성이 부여돼 있다. '나'의 내부에서 위에 언급한 이 소설의 두 가지 動因의 갈
등이 벌어지고 소화된다.

이번에는, 소시민적 생활의 '타념'에 절어서 안주해버린 위의 인물들의 사건과는
다른 방향의 사건이 있으니, 그것이 바로 소시민적 일상에서 벗어나려는 의지의 발
현이므로 이 점도 주의해 보자.

따분한 소시민적 일상을 도덕적 규범을 어김으로써 벗어나려는 수단으로 外道가
있다. 가령 제면소 여주인과 '나' 및 동회서기와의 외도인데, 단 이것은 창조적인
애정관계가 아니어서, 그녀의 정신적 몰락을 재촉하는 발작적 행동이다.

다음으로는 소시민의 파시즘에의 경사가 있다. 1952년 5월에 있었던 부산정치파
동은 이승만 독재정권확립을 위한 것이었고, 이를 위해 동원된 官制 압력단체가 소
위 白骨團, 땃벌떼, 민중자결단이었다. 그리고 舊地主 세력이 중심이 된 한민당을
누르고 이승만 독재를 지지한 세력은 자유당과 피난지에서 급성장한 벼락부자들이
었는데, 여기에 동조한 민중자결단 등이 오합지졸이었음을 「小市民」은 증언해주고
있다. 파시즘의 특징인 기회주의적인 속임수에 편승한 김씨나 이북아저씨부터가
기회주의자들(소시민)이었다. 단 「小市民」의 작자는 그와 같은 소시민의 파시즘에
의 경사나 데모사건을 어디까지나 소시민생활의 文脈 속에서 다루고 있음이 주목
된다. 그러므로 비록 그 민중자결단 등의 데모의 묘사가 역사적 증언으로서는 미흡
한 감을 주지만, 그런 묘사에 작용한 作者의 역사적 증언에의 의지는 그것대로 평
가되어야 한다.

지금까지 든 왜소한 소시민적 일상에서의 탈출수단은 부정적인 성질의 것이다.
여기에 대조되는 긍정적인 사건이 바로 '나'와 정씨의 누이동생 정옥과의 연애이
다. 그것은 말하자면 戰時라는 불안한 雨期의 詩요, 소시민적 일상의 늪 위에 피어
난 깨끗한 꽃이다.

소시민의 연애는 어떤 점에 그 의의가 있을까? 애초부터 귀족의 특권과 유산이 없이 태어난 소시민이 그 귀족의 정신적 수준에 이를 수 있는 길을 괴에테는 敎養 意慾에서 구하였고, 그래서 「빌헬름 마이스터의 修業時代」에서는 그 교양수단으로서 세익스피어劇 상연의 노력과 함께 연애의 시련을 빌헬름에게 과했었다. 교양은 자연적 충동을 넘어선 自律的 人格의 形成을 위한 것이다. '나'가 남자관계가 난잡한 梅利와의 불장난같은 연애를 그만둔 후, 정옥이 한 쪽 눈은 이상하지만, 총명할 뿐 아니라 한 女人(정옥의 어머니)을 동시에 父子가 사랑함으로써 야기된 윤리적 파국의 소산이요, "하늘나라의 예쁜 것을 마음속으로 기리면서 살거나 아니면 죽어버리거나 두 가지 중에 하나를 선택해야 할 사람"으로 自評했듯이 어딘지 초속적인 매력이 있는 처녀임을 알았을 때 '나'의 정옥에의 애정이 강화된다. 가난한 정옥의 방에서의 둘의 연애와 정옥의 病死로 인한 '나'의 고통은 독자를 사로잡는다.

그러나 「小市民」의 불가피한 아이러니는 소시민적 일상에 반발해온 '나'가 정옥이 죽은 후 제면소의 일상으로 복귀하고, 장정신체검사장에서는 소시민적인 굴욕을 겪어야 한다는 점에 있다. 여기에 대한 대응책으로 作者는 작품의 종말부분에서 '나'가 제면소를 떠난 지 15년 만에 만난 정청년(정씨의 장남)을 반소시민적인 이상적 인물로서 끌어들였다. 그는 소시민적인 恨("계집모양으로 쓰잘 것 없는 恨")을 부정하는 대학을 졸업한 젊은이인데, 그의 "모든 불만을 철저하게 걸러서 저 보이지 않는 내면 깊숙이 차곡차곡 정리해두고 쌓아놓은 그런 정갈한 인상"을 대하자, '나'는 軍入隊後 15년동안 "하루하루 약게 살아온" 자신을 뉘우친다는 것이지만, 정청년과 그의 긴 小市民論은 정씨의 긴 小市民論보다도 더 作中事件과 동떨어진 관념적 논의여서 실감을 주지 못한다(차라리 제면소에 늦게 들어온 소시민적 感傷이 없는 언국을 정청년에 대치할 수도 있었을 것 같다).

결국 '나'는 소시민은 소시민일 수밖에 없다는 동어 반복의 圓에서 빠져나오지 못한 채로 자신의 이상적 분신에 의탁하여 반소시민적 경지를 그리워한 결과를 가져왔다. 그런 점에서 「小市民」은 소시민 소설답다. 그 점이 정직하다. 그러나 '나'는 우직하지 않다. 소시민 근성의 청산의 길은 제 분수를 알고 지켜나가되 어떤 문제의 역사적인 전망에도 밝은 건전한 개인주의에서 찾게 되기 때문이다.

"결국 나는 나와 전체의 양갈랫길에서 나 자신을 아끼는 길을 택할 수밖에 없었능기라요. 역사에의 반역이라고 고함을 지를 테지만, 잠깐, 어떤 종류의, 누구의 역사 말입니까. 적당한 양심의 가책을 받으면서 나는 나 자신을 지키고 싶었능기라요. 이 양심의 가책이야말로 바로 나 자신의 방법으로서의 역사에의 참여였는기라요."

이것이 李浩哲의 「小市民」에서 도달한 실질적인 소시민 근성의 극복책이다. 개인적 위기와 역사적 상황에 대한 제 분수만큼의 책임감에 투철하겠다는 결심의 저변에는 "일상다반사에 완전히 녹아드는 것"은 참을 수 없지만, 반면 혁명적 정열에 의해 구질서를 파괴한다고 해도 새질서 역시 세월이 흐르면 속물적이게 되기 마련이라는 것, 자유도 좋지만 그 자유에는 정신의 空洞이 수반되기 쉽다는 인식이 깔려 있다.

그럼 '나'의 이런 개인주의는 그 후의 작품에서 어떤 저항을 받고 굴절되는지 알아보기로 하자.

3.

「小市民」은 위에서 지적한 몇 가지 단점이 있으면서도 李浩哲의 작가적 성장을 위해서 필요한 작품이었다. 그가 그후에 주로 취급한 중요한 주제와 기본적 방법, 곧 일단 소시민 속에서 소시민의 눈으로 대상을 취급하되, 소시민의 일상적 문제와 더불어 역사적 민족적 운명과 관련된 문제에도 치중한다는 방법을 실행하였고, 豫示했기 때문이다.

李浩哲의 경우 월남한 소시민의 현실문제를 근원적으로 따지고 올라가면 남북분단문제가 떠오르고, 더 소급해 보면 그 분단의 根因인 한일관계의 문제가 대두한다.

물론 근원적 관심의 대상으로는 神, 原罪, 샤머니즘 혹은 인간성 자체같은 문제도 있지만, 李浩哲은 神學的이 아니라 역사적인 윤리의식으로 문제를 많이 탐색하기 때문에 이북 피난민의 도덕적 타락이나 한일관계의 모럴을 취급하지 않을 수 없다.

「서울은 滿員이다」(1972년)에서의 吉女의 정부인 이북출신의 사기한인 남동표와

금호동집의 역시 파렴치한 이북출신의 두 아들 및 「南風北風」의 김광일은 「小市民」의 이북아저씨와 같은 부류의 인간이다. 그들은 이중의 의미에서 고아이다. 실향민이어서 그렇고 도덕적으로 타락한 인간들이어서 그렇다. 단, 그 도덕적 의미의 孤兒性에 대한 절실한 반성을 담았기 때문에 「南風北風」은 그보다 훨씬 더 통속적인 「서울은 滿員이다」보다도 다소 차원이 높다.

두 작품이 다 무대는 서울이다.

> 원체 한국 세상이 엎치락뒤치락거리고 불과 이십 년 동안에 별의별 희한한 일을 다 겪었으니 이 속에 사는 사람들인들 얼마나 복대겼겠으며, 이 속을 살아가자니 얼마나 말로 다 할 수 없이 복잡하였을 것인가. [……]

> 하여, 서울은 바야흐로 싸움터다. 성실보다는 요령, 일관한 신념보다는 눈치, 진실한 우정보다는 잇(利)속, 협동보다는 적의가 온 서울 하늘을 덮게 마련이다. [……]

> 여하튼 서울서야 뭐니뭐니해도 이렁저렁 지내려면 장사가 그중 낫다.1)

작가의 창작태도가 안이하고 독자의 비위를 맞추려는 경향이 있으면 아무리 그 성격묘사나 話術이 능란해도 그 작품은 통속소설 혹은 통속적인 풍속소설인데 「서울은 滿員이다」가 여기에 해당되며,「南風北風」도 대체로 그런 경향의 것이다.

「南風北風」(1977년)에 등장하는 이북 피난민은 두 부류로 나뉘어진다. 매사를 합리적이요, 선의적인 쪽으로 해석하는 이준서 같은 소시민과, 외국상사의 한국대리점을 경영하는 사기성이 농후한 김광일 같은 소시민이다. 자신의 뿌리없는 뜨내기의 공허감을 메꾸기 위해 땅과 집을 사서 정착해보려는 이준서는 동향의 고교동창생인 김광일의 처 미세스 최가 알선한 집을 사기 위한 중도금을 김광일이 몰래 가로챈 결과 난처한 입장에 놓이게 된다. 「南風北風」의 상당한 부분은 그 집값으로 인한 이준서의 고민과 관련되어 있다. 김광일은 그밖에도 파렴치한 행동을 하는데, 처의 친구를 범하고, 자기 때문에 고생한 처와의 이혼에도 가책을 느끼지 않는다.

---

1) 「서울은 滿員이다」에서.

그런 김광일의 타락적 행동에 대한 이준서의 반성은 이렇다.

월남한 이북사람들이 순진한 남쪽사람들을 오염시켰다는 애기가 논리적으로
는 설 수 있는 애기가 아니다. 그러나 그 점을 빤히 알면서도, 준서는 그런 쪽의
느낌에서 헤어날 수가 없었다. [……]

이북사람들이 월남하면서 몰고온 바람은 이북바람이 아니라, 개개인 사정만큼
의 반(反)이북바람이었다. 함경도적 혹은 평안도적이라는 생리적인 패턴은 그대
로 보전 내지는 과장한 채, 그들이 몰고 내려온 실질적인 바람은 북쪽에서 개개적
으로 닥쳤던 사정만큼의 반체제적인 바람이었다. 그 가운데서도 김광일이가 걸렸
던 사정은 가장 처참한 종류가 아니었을까? 차라리 이북에서 반동으로 몰려서 월
남을 하고, 그렇게 월남을 해서도 일관하게 반공전선의 일선에 서있던 사람들이
라면 이 대한민국에서 그 나름의 일관성은 있고, 스스로 떳떳할 수 있는 면은 있
다. 그러나 김광일처럼 그 체제에 붙어 있다가 본의든 본의 아니든 배반한 꼴로
나온 사람들이 그 후 걸어온 길은 더 비뚤어져 있고 도덕적으로 더 처참하다.

그리하여 이준서는 같은 실향민이라는 입장에서 뭔가 공범의식 같은 것을 느끼
는데, 이것은 매우 중요한 도덕적 반성이며, 역사적인 증언의 가치도 있다. 失鄕者
김광일의 도덕적 타락은 그 개인에만 한정된 것은 아니기 때문이다.

그런 도덕적 타락이 최대한 허용되는 영역이 李浩哲 소설의 경우는 장사이다.
"한국은 장사하기에 정말 좋은 곳"(「그 겨울의 긴 谿谷」)이요, "이렁저렁 지내려면 장
사가 그중 낫다"는 말들이 그 점을 입증한다. 그것은 이북 피난민이 당장의 생활을
위해 달라붙지 않을 수 없었던 영역이기도 하다. 물론, 「그 겨울의 긴 谿谷」의 이두
용같은 융통성없는 복덕방 업자도 있지만, 김광일이나 이북아저씨(「小市民」)의 경
우, 장사야말로 악마적 융통성이 풍부해서 그들의 북쪽에서의 정치적 변절이 그 속
에 미묘하게 연장될 수도 있는 영역이다. 이데올로기의 규범이나 도덕률이 엄격히
적용될 수 없으니 더욱 편리하다.

이처럼 이북 피난민의 장사의 모럴을 政治의 연장선 위에 위치시킨 것은 李浩哲

의 약사의식의 윤리성을 단적으로 입증해준다.

그러나 전체적으로 살펴볼 때, 이준서의 그 도덕적 반성은 다분히 통속소설적으로 사건을 전개해온 이 작품의 종말부분에 나와 있고, 이준서 자신이 도덕적인 사색형의 인간이 아니어서 그 반성의 호소력은 반감되어 있다.

李浩哲의 「逆旅」(1978년)는 한일국교정상화 후의 한일문제와 관련된 家史的인 성격의 소설이다. 여기서도 作者는 소시민의 對日本人문제같은 현실문제를 주로 심리적으로 다루면서 동시에 작품 전체를 역사적인 증언으로 삼으려 노력하고 있고, 개인의 윤리문제도 역사의식에 입각하여 취급하고 있다.

終戰 약 30년 후 이즈미 다쯔오[泉達夫] 노인은 해방 전의 첩이었던 조여사와 그 소생인 게이스께(한국명 성갑)와 게이꼬[경자] 남매를 만나보고 싶어하며, 조여사만이라도 일본에 데려와 함께 살고 싶어한다. 그래서 아들 게이조[敬三]에게 조치원에 사는 그들의 근황을 알아보도록 당부하여 게이조의 구식민지로의 "逆旅"가 시작되는데, 그 "逆旅"에는 한국인에 죄의식을 느끼는 게이조같은 양심적인 지식인의 "逆旅"이면서 동시에 國益을 앞세운 일본 자본가의 경제침략적인 "逆旅"의 뜻도 포함된다.

해방 전, 북한에서 헌병대원이던 다쯔오와 오빠들의 독립운동으로 집안이 거덜난 끝에 거의 강제로 다쯔오의 첩이 된 조여사와의 사연은 한일관계의 잔인한 국한을 상징한다. 그 결과 해방 후 28년 만에 게이조가 한국에 온다는 소식을 들은 경자(게이꼬)와 게이조 사이에 생기는 심리적 갈등이 「逆旅」의 중요한 動因이다.

또 하나의 動因은 도덕적으로 타락한 이북 피난민 박훈석과 관련된 것이다. 해방 후 다쯔오家가 일본으로 쫓겨간 후 조여사와 결혼한 그는 만주경영에 참여한 오오다니(大谷)라는 토건회사 사장에 봉사한 트럭 운전수였는데, 현재까지도 그 화려했던 만주시절에 향수를 느낄 만큼 민족의식이 없고, 다쯔오에게서 성갑 남매를 근 30년 동안 부양한 대가를 받아내려고 할 만큼 파렴치한 인간이다. 조여사와 경자 등은 이런 박훈석의 수작에 반발하며, 그래서 생기는 가족간의 심리적 갈등은 「逆旅」의 또 하나의 중요한 動因이 된다.

세번째의 動因은 영리를 위해서는 북한의 간첩노릇도 하는 日本商人 나가노(永野)와 관련된 것이다. 박훈석에게서 성갑의 양어장 운영자금지원의 부탁을 서신으로 받은 다쯔오는 오오다니상사 사장(오오다니 토건회사 사장의 아들)을 움직여 자금지원을 고려하도록 만들었는데, 그 나가노가 선수를 써서 자금지원을 박훈석에게 제의하였으나 경자의 사전제보로 나가노의 정체가 밝혀지며, 이북 간첩접선의 혐의를 받은 박훈석도 겨우 혐의를 벗게 된다는 것이다.

　이렇게 볼 때 「逆旅」는 경자와 조여사 및 경자의 이복동생 성병의 민족의식과, 박훈석의 식민지적 노예근성 및 나가노의 공작 등의 갈등이 心理的인 動因으로 작용한 작품임을 알 수 있다. 「逆旅」의 사건구성을 살펴본다면, 게이조의 한국방문, 그에 대한 경자와 조여사의 미묘한 마음의 갈등, 민족적 자존심은 있지만, 어장경영자금의 욕심 때문에 기회주의적 태도를 취하는 성갑, 그 경영자금을 울궈내려고 다쯔오에게 편지를 보내는 박훈석의 꿍꿍이속을 다룬 데까지는 家史的인 부분이다. 그러자 박훈석의 계획이 순조롭게 진행될 듯 싶을 때 나가노사건이 터진다(물론 그는 조총련과 관련있는 인물이다). 그리하여 나가노의 정치적 공작에 박훈석이 휘말려 들어 당국에서 그를 연행하여 문초한다. 그 결과 종전까지의 「逆旅」의 家史的 성격은 갑자기 정치적 요소를 띠게 된다. 스탕달이 "음악회 도중에 갑자기 울린 피스톨의 총성, 요란하고 비속한 어떤 것이지만 주목하지 않을 수 없는 것"이라고 비유한 그런 정치적 요소 말이다. 그런 정치적 요소로 인하여 「逆旅」의 家史的 성격은 용두사미가 된다. 家史的 요소는 情的이요, 정치적 요소는 비정하다. 한일관계 자체도 정치적인 면에서는 냉혹한 것이지만, 家史的인 면에서는 情的이어야 함에도 그 양국관계의 특수성이랄지 국교정상화 자체가 미국의 극동정책의 산물이라는 비정한 면이 있어서 정나미 떨어지는 면이 있다. 그래서 경자는 "무엇이 답답한지 모르게 그냥 덮어놓고 답답하구나. …… 무언지 나의 이 모든 것이 통틀어 빌려 입은 옷처럼 몸에 안 맞고 어색해. 거북하고. 내 생각의 어디까지가 정말이고 어디까지가 거짓말인지 분간이 안 되는 느낌이야."라고 성병에게 실토한다. 이것은 李浩哲의 心理的 통찰의 결과다. 그녀로 하여금 일본인 부친과 오빠에 대한 육친의 情을 이럴 수도 저럴 수도 없게 만든 것이 주로 그 家史의 정치적 특수성이었다. 그것은 역사적인 필연이라 하더라도, 문제는 그 정치적 요소가 家史의 흐름 속에 충분히 수렴되기는커녕 그런 흐름을 중단하여 주요한 작중인물의 성격의 발전을 저지한 결과를 가져왔고 그런 점에서 독자의 기대를 채워주지 못하게 되었다는 데 있다.

李浩哲 자신도 이 소설의 그런 난점을 알고 있었으리라. 그럼에도 그 정치적인 요소는 필요했다. 그 家史의 비극적 요인을 역사적 근원적으로 추적해 보면 남북분단과 나가노가 관련된 조총련의 문제를 취급하지 않을 수 없었을 것이다. 기왕 역사적인 증언을 하려면 비정한 정직성을 가지고 되도록 전반적으로 철저히 해야 한다. 역사에도 밀착해야 한다. 그래서 일제의 滿洲侵略史의 소묘 같은 너무 장황스러운 부분이 삽입된다.

그러나 소설은 역사적 증언으로서의 신문기사나 史料와는 근본성격이 다르며, 또 달라야 한다. 그래서 우수한 정치소설은 본능적으로 정치적이면서 비정치적이려고 한다. 李浩哲의 경우는 心理的 反省的 수법에 의하여 정치적 요소를 家史에 수렴시키면서 주인공의 성격의 발전을 도모하는 것이다. 그럼으로써 政治的 총성은 음악회와 조화된다. 그 본보기가 「그 겨울의 긴 谿谷」이다.

이 작품의 고찰에 앞서 「逆旅」에 대한 몇 가지만 더 備忘錄식으로 덧붙여둔다.

한일관계의 착잡한 심리적 측면을 다각도로 꽤 깊이 천착한 作者의 역량은 그에 상응한 평가를 받을 만하다.

「逆旅」에서 가장 현저하게 부각된 인물은 박훈석과 경자이며, 그보다 못한 것이 조여사와 게이조다. 강원도에서 미천하게 태어나 머슴, 종합병원의 火夫, 운전수, 술집경영 등 여러 직종을 경험한 박훈석을 통하여 李浩哲은 또 한번 도덕적으로 타락한 이북 피난민의 문제에 대한 관심을 보여주었다. 그리고 한 인물의 젊은 시절부터 노년에 이르기까지의 중요한 사건과 심리를 중점으로 소상히 묘사한 것은 李浩哲 소설에서의 박훈석이 처음이다.

"(미국이 주도한) 새로운 세계질서의 재편과정 속에서 …… 구식민지 관계는 구체적으로 하나하나 매듭을 지으며 청산될 틈이 없이 유야무야로 얼버무려질 밖에 없다. 그러나 한국인 개개인으로 본다면 국제질서의 새로운 사정도 새로운 사정이지만, 일본인에 대한 舊怨은 어쩔 수 없는 국민감정이다. 또한 국토가 분단되었으며 일가친척들이 일거에 분열되었다는 비극은 어디에다 호소할 데도 없는 것이다."

「逆旅」의 정치적 심리적 배경을 요약한 진술이다.

"죄를 지은 사람이 완전히 속죄하지 않고 유야무야로 지내다가 자기 죄로 인해
서 희생된 사람들(한국인)의 부릅뜬 눈을 보게 될 때 어떻겠어. 당연히 공포감이
느껴지는 것이지."

게이조가 귀국 후 아내에게 한 말이지만, 그런 일본인의 죄의식이나 공포감도 생
활의 일상 속에 매몰된다. 그들 개개인의 죄의식도 한국에 대한 국가적인 무관심이
나 國益 속에 무산되거나 정당화될 수도 있다.
일본색이 너무도 많이 한국에 잔존해 있을 뿐만 아니라, 더욱더 침식해 들어오고
있는 현실을 다음과 같은 일본인의 말이 예증해준다.

"어쨌든 우리(日本人)는 다시 한국으로 진출하고 있어. 경제적으로, 문화적으로,
패륜이라는 형식으로. 패륜이면 대체 어쨌다는 거야. 세면 센 만큼 어떤 식으로든
힘을 쓰게 마련이거든."

이 引用文의 마지막 부분은 박훈석의 노예근성이 반기와할 말이다. 그런 일본인
의 逆旅에 대한 민족적 주체의식이 강한 젊은 세대(박성병 같은)의 逆旅를 예상해 볼
수 있다.

4.

「그 겨울의 긴 谿谷」(1978년)은 李浩哲의 최근의 秀作이다.
7·4남북공동성명발표 다음날 밤의 박서건노인의 변사사건에 대한 이억구와 장
운학의 놀람으로 시작되는「그 겨울의 긴 谿谷」은 마치 「逆旅」에서 한일관계라는
민족적인 문제가 대체로 조여사家의 家史라는 초점에 수렴되듯이 남북분단이라는
민족적 문제를 이억구(李億九) 家의 家史라는 초점에 수렴시키고 있다(前作에서는 거
의 종말부분부터 나가노의 공작과 그 여파로 인해 그 초점이 흐려져 있으나 「그 겨울의 긴

谿谷」에서는 종말까지 그 초점이 꾸준히 유지된다).

일제시대에 황해도 재령에서 대지주였고 도회의원을 지냈고, 해방 후 월남하여 우익정당에 가입하여 민주주의자로 행세하고 도민회 고문으로 있어온 박영감의 죽음은 이억구와 장운학에게 자기들이 박영감을 죽인 이북간첩으로 오해받지 않을지 전전긍긍하게 만든다. 그들은 당국에 호출되어 조사를 받는데, 이때부터 화제는 이억구의 신원과 관련된 그이 집안내력의 서술로 옮아간다.

원산 부근의 안변군 현산리를 생활 근거지로 잡은 이억구家의 이해를 위해 중요한 예비지식은 두 가지이다.

中興始祖 李盛炫 군수가 李朝末에 안변군에서 가렴주구로 치부하여 권세를 누렸다는 것과 이성현과 그 長孫의 주색잡기로 서서히 집안이 몰락해가는 도중에 이억구가 이성현의 기생첩에서 태어났다는 사실이다.

이억구의 個人史에서 중요한 것은 그가 보통학교 졸업 후 자전거수선점포, 정어리기름공장 등 장사를 하다가 한때 농촌계몽운동을 한 후에 면사무소서기를 거쳐 부청의 양정과에 근무하던 중 해방이 되어 공산당 里責을 했고, 그의 친일행위가 지구당 대회에서 폭로되어 里責을 그만둔 후 1·4 후퇴 때 월남하여 처음에는 부산에서, 지금은 서울에서 장사를 하여 기반을 굳혔다는 점이다(그는 현재 낚시가게 겸 DP점을 차리고 있고 낚시회 총무이다).

그의 유별난 성격적 특징은 體制에의 순응성과 기민한 현실 적응성이다. 日政 때는 친일적으로, 해방 후 이북에서는 공산당적으로 행동하고, 월남 후에는 기회주의적인 융통성을 가장 잘 발휘할 수 있는 장사를 한다. 그에게는 小英雄心이 있어서 무슨 일에 앞장서기를 좋아한다. 일정때에는 앞장서서 하오리를 입고, 검도와 유도를 했으며, 공산당 치하에서는 종가집 길삼이네(이성현의 고손자)를 토지개혁 때 추방하는 데 앞장섰는데, 그가 里責을 한 것도 그렇게 해서라도 현산리의 李씨문중을 보호하려는 데 일부 목적이 있었다.

그의 소영웅심의 이면에 작용한 것이 庶出의 열등의식이다. 그것은 "항열자 하나도 못 얻어쓰고 우습게 생긴 억구라는 이름"이 원한에 사무쳤다고 길삼이 모친에게 실토한 말에 드러나 있다.

이런 억구와 대조적인 인물이 가끔 伏線的 인물로 언급되다가 종말에 와서 부각되는 두용(억구의 친척조카)이다. 그의 아버지는 緋日사상이 격렬했던 사람이요, 그 자신은 일정 때 마을을 위해 町會長을 했으나, 해방 후에는 근신하다가 월남 후에는 장삿속이 어두워서 고생을 한다. 복덕방업자이면서도 변두리의 셋방으로 전전할 정도이다.

세번째로 부각되는 인물이 길삼이다. 농토와 집을 몰수당하고서 월남한 후에 은행에 근무하다가 지금은 신문논설위원으로 있는 길삼은 영리한 이기주의자다. 억구는 월남한 가난한 친척에게 이따금 동정적인 행동을 보이는 인정이 있지만, 길삼에게는 그게 없다.

지금까지 개략적으로 설명한 이억구家의 家史가 자주 삽입되면서 이억구와 장운학의 박영감 변사와 관련된 심리적 반응이 전개된다. 그 심리적 반응의 골자는 대한민국의 선량한 시민이면서도 이북 피난민은 前歷(가령 이북 공산당 里責)으로 인한 피해망상증에 시달린다는 것이다. 심지어 박영감의 死因이 그의 고혈압과 7·4공동성명 쇼크로 결론지어진 후에도 이억구 등의 피해망상증은 가시지 않는다.

그 결과 「그 겨울의 긴 谿谷」은 심리적으로 볼 때 이억구 등이 피해망상증과 당국의 추적으로 '쫓기는 소설'이라고 말할 수 있다. 그런데 장운학과 달리, 억구를 뒤쫓는 또 하나의 그림자는 자신이 관련된 종가집 추방사건과 특히 두용의 근황 -약삭빠르게 처신해온 자기와는 너무 대조적으로 우직해서 빈궁을 못 면하는 근황이다. 길삼이야 자기처럼 "대한민국적으로 호강"하고 있어 별로 신경에 안 걸리지만, 두용은 그렇지 않으며, 억구가 오랫동안 서로 내왕이 없었던 그의 거처를 찾아감으로써 「그 겨울의 긴 谿谷」의 사건은 클라이맥스에 이른다.

그의 거처는 "털끝만큼도 오염되지 않은 방 모습이었고, 무언지 모르게 고향쪽의 정취를 남겨주고 있는" 인상을 준다. 여기에 감동한 나머지 다음과 같은 이억구의 뜻깊은 자기반성이 나온다.

> "나는 늘 세상을 속이면서 살아온 것 같아서요. 허나 정작 세상은 속아주질 않드면. 우선 나 자신부터가 속지를 않고. …… 이 남쪽에 나와서 웬만큼 터를 잡고 살아갈 만큼 된 이즘에 와서는, 나 자신이 나 자신을 용납 않고 들볶아대고 있어요.…… 조카보다 제가 늘 형편이 나아있다는 것에 저는 늘 무언지 불안을 느끼

곤 했우다. 조카를 선 뜻 찾아뵙지 못한 이유도 이 점일 꺼우다. 조카보다 내가

잘 살고 있다는 데에 주눅이 들었었지요."

소시민적인 기회주의적 처세술을 내심에서 거부하게 된 이억구의 이런 실토정은 피난민의 도덕적 타락의 根因으로서의 남북분단에 대한 李浩哲의 관심이 인간성 자체에의 근원적 관심으로 발전된 결과이다. 그리하여 「小市民」의 이북아저씨부터 시작된 失鄕民의 도덕적 孤兒性은 이억구의 그 고백을 통하여 극복되는 것이다. 그 만큼 작자의 실향민의 모럴에 대한 관심은 철저해졌다고 볼 수도 있으며 그런 철저 함을 「그 겨울의 긴 谿谷」의 비교적 안이한 실향민에의 관심과는 차이가 심하다. 이억구의 실토정에 대해서, 해방 후 북한의 혼란과 비극은 나이가 차지 않은 사람 들이 너무 성급하게 큰일을 떠맡은 데 기인하므로 앞으로는 남북통일 같은 과제도 차근차근 협동적으로 해결해나가야 할 것이라고 대답하는 두용의 반응은 억구의 이기적인 小英雄心을 은근히 비꼬면서도 더 나아가 협동을 강조한 점에 억구와의 화해가 암시되어 있어서 이 작품의 결말로서 알맞다.

「그 겨울의 긴 谿谷」은 사건보다는 인간성의 천착과 통찰에 더 역점이 주어졌고, 그 결과 작자의 역사적 증언에의 의지를 일부 예증하는 7·4 남북공동성명발표일 의 박영감의 해방 직전후 한국 정치정세에 대한 긴 해설을 삽입한 단점을 보상하고 있다.

물론 이 작품의 은밀하기도 하고 강하게 부딪쳐오기도 하는 감동은 그런 박영감 의 해설적 증언이 아니라, 위에서 그 효과를 여러 번 언급한, 心理的·반성적 증언 쪽이 家史的 사건을 통한 인간성의 탐구라는 작자의 의도에 잘 부합된 데 기인한 다.

5.

李浩哲 같은 작가는 윤리의식이 강하기 때문에 비극적 문제를 다루지 않을 수 없다. 그런데 비극은 박훈석같은 도덕적인 떨거지가 아니라, 어떤 고결한 규범을 확신하는 인격에만 닥칠 수 있다. 小市民에게는 개성은 있으되 확고한 인격이 서있

지 않아서 비극이 불가능하다. 그가 비극적 영웅으로 上昇하면 이미 소시민이 아니라 떳떳한 시민, 아니 정신적 귀족이다. 이때 그가 믿는 것은 神이나 운명같은 신성한 他力이 아니라, 주체적인 인격이라는 自力이다. 李浩哲은 「深淺圖」(1968년)의 이원영 주사를 통하여 市民小說의 비극적 경지로의 접근을 시도하였다. 주요사건은 실상 간단하다.

모 중앙관서의 서무과장인 이원영 주사는 과에 배당된 예산이 남으면 그 잔여금을 국고에 모두 환송한다. 여기에 과장이하 직원들이 불만이어서 이원영을 설득하고 회유해보지만 끝내 고집을 굽히지 않자, 국장급에까지 교섭하여 그를 설득하지만 이원영은 기어이 사표를 내던지고 시골로 내려가버린다는 것이다. 그의 고집을 지탱한 것은 투철한 公僕的 양심과 그 양심을 지킬 수 있는 인격의 힘, 혹은 "용기와 뚝심"이다. 그 예산잔여금문제를 중심으로 하여 직원들의 안이하고 적당주의적인 사고와 處世智가 노출된다. 대충 분류해 보면 다음과 같다.

먼저 과장은 "대한민국 어느 관청 치고 따낸 예산 돌려보내는 데는 없다"는 현실주의자여서, 이원영의 원칙론을 공리공론이라고 하여 비난한다. 그는 남은 예산을 연말 선물로 직원들에게 선심을 쓰고 싶어하는 호인이기도 하다. 다음으로 김 사무관은 高試에 합격했다는 제 실력을 과신하고 있는 출세주의자이며, 과장을 무능력자로 경멸하고 있다. 이원영과 과장의 예산잔금에 관련된 암투를 이용해 과장에게 골탕을 먹여주려는 저의도 있다.

한편 대지주의 아들로 태어난 구 사무관은 세상을 탈없이 살아가려는 원만주의자요, 양 주사 역시 "어떠튼 좋은 것이 좋은 것"이라는 同語反復의 呪縛에서 벗어나지 못하는 적당주의자다. "항상 근원적인 안목이라는 것은 따뜻한 것과 결부가 되고서야 제대로의 구실을 할 수 있는 것"이라는 그의 인정론이랄지, 역사적 조건은 궁극적으로 빠져나갈 수 없다는 숙명론, 그리고 "(정치)체제의 벽"은 불가항이라는 체념적인 사고의 저변에 깔린 패배주의적인 소시민 근성을 이원영은 통찰한다.

그런가 하면 국장은 "모든 것은 기술적인 문제가 아니라 근본적으로 인간의 문제, 자세의 문제, 모럴의 문제로 귀착"되고 행정혁신의 문제해결도 사람의 혁신이 앞서야 한다고 정당한 주장을 하면서도 문제해결에는 시기가 있으니 급하게 이루어질 수 없다고 유보조건을 단다. 그는 개인의 그때그때의 섬세한 정세판단과 윤리적 결단에 의해서만 실현될 수 있는 인간혁신의 문제를 시기상조라 하여 회피한 것이다.

李浩哲은 이런 적당주의자와 도피주의자들에 항거하여 사표를 던진 이원영을 결코 인간미가 없는 원칙론자로 만들지 않으려고 세심한 주의를 기울였다. 이원영은 사표를 내기 전에 제 원칙론이 관념유희나 객기가 아닌지, 자기라고 해서 소시민 근성에서 초연할 수 있는지 의심도 해보고 그 사표 제출이 반체제적 행동으로 몰릴 수도 있어 두렵기도 했던 것이다. 이처럼 그에게는 용감한 반면 소심한 면도 있다. 단, 근원적 안목에는 일관성이 있어서, 가령 日政시대에 면장을 했으면서도 지금은 결백한 농촌지도자연하는 아버지의 소시민적(小市民的)인 處世智를 공격하지만, 그것도 아버지와 술을 대작하면서의 일이다.

이원영의 사표는 "당장 우리 앞에 엄연히 있는 문제부터 우리 자신의 문제로서 해결"하려는 성실성과, 그 문제를 전체적으로 파악하여 밝은 면은 긍정하되, "부정적인 영역에 몸으로 부딪치고 전면적으로 부딪쳐서 불꽃을 튀기며 부서지는 것"을 택하는 다이내믹한 知性과 젊은 정열의 소산이다.

그렇다면 예산잔여금 반납시비의 시작에서 이원영의 사표제출까지의 과정은 소시민 근성을 벗어나 주체적인 시민의식 혹은 인격을 확립하려는 노력의 과정이다. 그리고 이런 이원영의 시민의식의 형성을 알게 모르게 배후에서 도운 것은 그의 집안에서 조상적부터 대대로 지켜져 왔다고 부친이 강조한 청렴결백한 선비정신과, 그 자신이 대학시절에 가담했던 4·19 의거로 구현된 시민적인 항거의 정신이다.

李浩哲의 또 하나 다른 세심한 주의는 호칭에서도 나타난다. 이원영 주사만 성명이 밝혀져 있을 뿐, 양 주사, 구 사무관, 김 사무관은 이름을 밝히지 않았고, 과장과 국장, 심지어 이원영의 아버지와 중앙관서의 이름도 밝히지 않았다. 그럼으로써 이원영을 히어로로 부각시키는 동시에 다른 인물의 성명과 중앙관서 이름도 안 밝혀서 그 관서와 인물들에 우화적인 보편성을 부여할 수 있었다.

「深淺圖」는 심각한 비극소설이나 사상소설은 아니지만, 외롭고 투쟁적인 시민적 합리주의에 투철한 이원영이라는 人間型을 창출해낸다는 점에서 소시민 근성의 청산을 위한 매우 건전한 市民小說이다. 물론 이 소설에서는 역사적 증언을 볼 수 없다. 남북분단, 한일문제, 부산정치파동 및 4·19 의거 혹은 7·4 남북공동성명 같은 역사적 사건이 등장하지 않는다. 李浩哲이 역사의식에 의하여 파악하곤 했던 이북 피난민의 도덕적인 타락의 문제도 취급되지 않았다(실상「深淺圖」에는 이북 피난민이 한 사람도 없다). 우리의 주변에서 흔히 볼 수 있는 소시민적인 관리사회의 사건이 취급되어 있을 뿐, 크든 작든 정치적 요소마저도 개입되어 있지 않다.

이것은 사소한 듯하면서 중요한 일이다.

李浩哲 소설의 자극제는 두 가지다. 역사적 사건과 일상적 사건이다. 그의 대표적인 장편소설은 「深淺圖」를 제외하면 역사적인 사건을 끌어들였거나 작품의 기동력으로 삼아서 주로 심리적·반성적인 증언을 시도하였다. 그러나 소시민 속에서의 역사적 증언도 중요하지만, 작가의 예민한 눈만이 포착할 수 있는 소시민적 일상 속에서의 啓發的인 사건도 중요하다. 바꿔 말하면 평온한 음악회에 난데없이 울리는 피스톨 총성과 함께, 「深淺圖」의 과장의 테이블 위에 떨어지는 사표서의 바스락 하는 소리도 필요하다.

한편 李浩哲 소설의 主題의 방향을 돌이켜본다면, 역사적 사건이나 민족적 문제와 관련된 그 작품들에서 李浩哲의 주요관심은 점차 소시민 근성의 인정스럽거나 비판적인 관찰에서 그 소시민 근성의 과감한 극복의 방향으로 진전되었으며, 「深淺圖」와 「그 겨울의 긴 谿谷」이 그런 전진적 방향을 예증한다. 물론 「그 겨울의 긴 谿谷」에서 그런 소시민 근성의 극복의 문제는 남북분단의 정신적 상흔 및 통일의 염원 같은 문제와 얽혀 있기는 하다. 그러나 이 작품에서 중요한 것은 政治도 결국 인간성의 문제라는 命題로 주제가 귀결된다는 점이요, 그 점은 「深淺圖」의 경우도 매한가지이다. 이 점과 관련하여, 근대적인 시민이란 생활환경의 제약을 받되 그 제약을 넘어설 수도 있는 에토스 혹은 인간형을 의미한다는 사실이 강조되어야 한다.

앞으로 李浩哲의 (小)市民意識이 어떤 인물과 사건을 통하여 어떻게 작품에 구현될지 궁금하다.

이호철, 이데올로기에 대한 인간적 대응

구중서[*]

　이호철은 전후세대 작가들 중의 한 중심 인물이다. 1950년의 6·25전쟁을 스무 살이 채 안 된 숫된 청년으로서 받아들이기 시작하고, 1·4후퇴를 통해 갑자기 고향 원산(元山)을 떠나 부산 부두에 옮겨진다. 8·15해방으로부터 겨우 5년이 지나서 일어난 전쟁이었으며 그 동안에나마 이호철은 북한 공산주의 체제를 체험했다. 이 체험은 사뭇 어린 국민학생 시절에 시작된 것이 아니고 거의 철든 무렵인 중·고등학생 시절에 겪은 것이다. 그리하여 그는 해방 직후 북한 사회 상황을 비교적 분별력을 가지고 겪어 본 후 또 갑자기 월남하게 되어 남한의 자본주의 사회에서 살게 되었다.

　그리고 바다를 통해 남하하여 영위하는 삶의 첫 장면을 기록한 것이 바로 그의 데뷔작 「탈향(脫鄕)」이다.

　중공군이 밀려 나온다는 바람에 무턱대고 배 위에 올라타긴 했으나, 도시 막막하던 것이어서 바다 위에서 우리 넷이 만났을 땐 사실 미칠 것처럼 반가왔다. 야하 너두 탔구나, 너두, 너두. 뱃간에서 하루 저녁을 지나, 이튿날 아침엔 부산 거리에 부리어졌다. 넷이 다 타향 땅은 처음이라, 마주 건너다보며 그저 어리둥절했

---

* 문학평론가.

다. [……] 이럭저럭 한 달쯤 무사히 지났다. 그러나 고향으로 돌아갈 날은 아득했
　다.

「탈향」의 이 네 청년은 함께 부두노동을 하고 저녁이면 철도역의 화찻간에서 잔
다. "하룻밤 신세를 진 화찻간은 이튿날 곧잘 어디론가 없어지곤 했다. 더러는 하루
저녁에도 몇 번씩 자리를 옮겨 잡아야 했다. 자리를 잡고 누우면 그런대로 흐뭇했
다." 역사의 격변기와 전쟁의 극한 상황을 통해 고향과 가족으로부터 뿌리 뽑혀 떠
나고, 낯선 타향에서 불안정하지만 강인하게 살아남는 삶의 기록이다.
　「탈향」의 주제는 네 명의 풋내기 동향 친구들이 처음엔 서로 떨어지는 것을 곧
죽는 것으로 느낄 만큼 의지하는 일체감이 있었으나 귀향을 기약할 수 없는 나날이
계속되는 속에 은밀히 서로 헤어져 살아갈 배포를 먹게 되는 서글픔이다. 이것은
우정을 지키는 것도, 배반을 하는 것도 아닌 착잡함이다. 그리고 소설의 결말은 "눈
보구 싶다. 눈이" 하는 고향에 대한 간절한 향수다.
　현실 체험과 소설의 이 일치 위에 소박한 대로 이호철의 리얼리즘이 시작된다.
같은 역사 상황을 체험하면서도 이호철보다 연상으로 장년이 되어 있던 세 중견
작가, 김성한·손창섭·장용학은 이미 자신 안에 누적된 사변으로 관념화의 경향
을 보이고 있었다. 이에 비해 이호철의 출발은 단순하지만 정직한 면을 지녔다. 게
다가 전제 없이 남북 이데올로기 체제의 면면을 실감했고, 뿌리 뽑히고 다시 뿌리
내리는 삶의 혹독함을 맛본 나름으로 터득한 어떤 시각을 가지고 있었다. 이 시각
은 소설의 안이하고 감상적인 타성들을 거부했다. 그 시각을 작품 안에 담은 것이
단편 「파열구(破裂口)」였다. "중 뿔난 것이 하나도 없으면서 괜히 중뿔난 척하구, 우
리와 만나기만 하면 심각해지기부터 하우? 적어도 요런 재수 없는 소릴 지껄이지
않도록, 우리도 좀 겉멋일랑 버리고 진흙 바닥에 끈덕지게 살아 보자. 이런 거지."
작품 속에 이런 토로가 나올 뿐 아니라 이 작품에 관한 별도의 노우트에서 작가는
"이젠 좀 설익은 야심이라든지 얼핏 새로운 것처럼 보이는 어처구니 없는 기만
들…… 그러한 새로운 면모를 띤 촌스러움을 탈피해 가야 하지 않을까" 하고 말하
기도 했다. 이것이 공허한 관념의 사치를 거부하는 이호철의 한 소설미학이라고 볼
수 있다.

이와 같은 각성이 있은 직후에 작가 이호철은 4·19와 5·16이라는 충격적인 역사적 사건을 맞이한다. 4·19직후 일시나마 언론의 자유가 실현되고 이 땅의 소설 공간이 모처럼 남과 북을 동시에 포용하고, 이데올로기 문제를 논의에 올릴 수 있게 된 때에 씌어진 것이 「판문점(板門店)」이다. 휴전 후 남북 대화의 유일한 창구로 설치된 판문점 회담장에서는 이따금 실속 없는 입씨름이 벌어진다. 이 장소에서 우연히 만나 함께 어느 차 안에 들어앉은 북쪽의 여기자와 역시 기자 명분으로 그곳에 간 남쪽의 청년 진수 사이에 입씨름이 벌어진다. 스물네 살의 북쪽 여기자가 말한다. "신념이 문제지요. 자유는 허풍선과 같은 허황한 것일 수가 없어요. [……] 결국 이념이 문제겠군요. 당신의 생각은 나태 그것이야요. 타락되고 싶다는 말밖에, 놀고 싶다는 말밖에 아니야요. 자유에 대한 옳은 인식도 없고, 일정한 이념도 없고, 있는 것은 그날 그날의 동물적인 희뿌연 자기밖에 없어요. 비트적거리고 주저앉고 싶은 자기……." 이 말에 대해 남쪽의 청년이 대꾸한다. "그럼 자기를 팽개치고 무엇이 남아요. 놀고 싶고 적당히 나쁜 짓하고 싶은 자유란 최고급이지요. 사람은 원래 그렇게 생겨 먹었지요. 그것은 크낙한 관용으로써 받아들일 수 있는 사회가 있어요. 부피와 융통이 있는 그런 것은 적당히 용서가 되면서도 전체로 균형이 잡혀 있는 참 어느 것이 허풍선이냐 따질까요." 또 다른 날 다시 만나는 두 차례의 대화가 있었지만 결론은 북쪽 여기자의 "아주 벽창호군요" 하는 말과 남쪽 청년이 "기집애, 조만하면 쓸 만한데"하고 속으로 생각하며 쓸쓸하게 혼자 웃는 것이다. 단순히 기계적이거나 논리적인 대화로서의 판가름이 아니고 남쪽 청년의 적당한 퇴폐 예찬을 통해 인간적인 여유의 분위기가 담겨 있다. 그리고 이만한 여유와 감당은 역시 작가의 성숙된 기량에 의해 묘사될 수 있었던 것이다.

「닳아지는 살들」은 이호철의 작품 계열에서 좀 이색적인 것이라고 할 수 있다. 이 작품은 일찍이 그의 「파열구」를 통해 부정된 이른바 "겉멋" 같은 것을 느끼게 하기도 한다. 이것은 어쩌면 5·16이라는 또 하나의 역사적 사건을 겪으면서 이 작가의 심층에 생겨난 일종의 무료를 표현한 것인지도 모르겠다. 온통 무료해 하고 무기력하고 멍청해져 있는 사람들로만 채워진 한 가족에 대한 회화적 묘사로 된 작품이다.

그러나 이 작품도 이호철의 작품 세계에서 완전히 이질적인 것은 아니다. 작품의 군데군데에서 되풀이 삽입된 일종의 긴장감. '꽝 당 꽝 당'하는 쇠망치 소리 같은 것이 있다.

"[……] 근육이 좋은 사내가 혹은 서서 두드리고 있을 것이었다. 불꽃이 튀기도 할 것이다. 그 근처 뜰에는 사람들이 둘러 앉아서 이 거리의 이야기를 하고 있을 것이다. 5월 밤이 익으면 저녁밥도 적당히 삭아지고, 모여 앉아서 이야기하기가 좋은 것이었다. 담뱃불이 두서넛 발갛게 타고 있을 것이었다." 여기에 바로 진흙 바닥 골목과, 완력과, 세월 이야기와, 여유가 굳건한 말뚝 모양으로 이 작품 안에 자리잡고 있는 것이다.

실상 이호철의 소설은 5·16과 같은 사건으로 인해 흐트러지는 것이 아니었다. 그의 또 다른 작품 「부시장(副市長) 부임지(赴任地)로 안 가다」는 시국 현실을 허심탄회하게 증언하고 풍자해 놓았다. 이 소설에서 주인공 규호는 겁이 많은 성격으로 그려진다. 때는 5·16직후로서, 군인 세 명이 집에서 찾아온 것을 수사기관에서 연행하러 온 것으로 착각하고 규호는 피신길에 오른다. 군인들이 규호를 찾은 것은 한 지방 도시의 부시장 자리에 모셔 가기 위한 것이었음이 나중에서야 밝혀진다. 이 때 규호는 군인들에게 말한다. "아니 그렇게두 사람이 없냐? 나 같은 놈을 부시장으루 고를 만큼 준비가 없었어? [……] 싹수가 훤하다." 그리고 이 소설은 결국 "1960년대의 혁명은 이렇게 엉뚱한 사람들의 엉뚱한 모서리만 누비며 지나갔을 뿐"이란 말로 끝난다. 자칫 다루기가 힘들어지고, 다룬다고 해도 경직해지기 쉬운 시국 문제들을 이호철은 인간적인 성품, 겁이 많거나 또는 엉뚱하고 순진하게 겁이 없는 성품의 주인공들을 등장시켜 여유있게 다루어 낸다. 통일 문제를 다룬 장편 「물은 흘러서 강(江)」은 엉뚱하게 겁 없는 주인공을 통해 거침없이 역사의 바른 방향을 역설하게 한 것이다.

이호철은 1950년대 말 이후 한국 현대 리얼리즘 소설에 있어 중심의 유역을 지키며 앞으로 나아가고 있다.

작가와 소시민
— 이호철의 작품세계

백낙청*

I.

李浩哲씨의 대표적 단편들을 모아놓은 것을 읽으면서 그가 무척 오랫동안 활동해온 작가임을 새삼 실감하게 된다. 첫 단편 「脫鄕」이 『文學藝術』지에 선보인 것이 1955년이니까 올해는 그의 문단생활 25년이 꽉 차는 해다. 그의 나이도 이제 마흔 아홉, 내년이면 50이다. 그런데도 이호철 하면 문단의 원로·중진이라는 분들보다는 젊은이들 쪽에 더 가까운 — 아니, 젊은 작가들 틈에서 약간 나이 먹은 정도라는 생각이 앞선다. 이건 물론 15년 넘어 그와 알고 지내면서, 내 또래는 매우 젊고 이호철 씨는 우리보다 약간 덜 젊다고 항상 생각해온 나 자신의 타성일 수도 있다. 그러나 그 동안 우리 문단에서 그의 실제 역할이 젊음의 편에 서는 것이었음이 사실이고, 이번에 4반세기의 창작활동을 일단 마무리하며 스스로 골라뽑은 작품들을 읽어도 그가 아직껏 젊음을 잃지 않은 작가임이 드러나지 않는가 싶다.

작가 이호철의 이런 업적은 오늘날 그가 우리 사회에서 누리는 명성으로 인해 얼마만큼은 가리워진 느낌도 없지 않다. 우선 그는 여러 편의 성공적인 신문연재소설의 작가로서 문단과는 별 인연이 없는 수많은 독자들에게도 알려져 있는데, 그

---

* 문학평론가.

바람에 그가 단단하고 절제된 단편들도 꾸준히 써왔다는 사실이 문단에서도 곧잘 잊혀지는 것이다. 비슷한 결과는 좀 다른 차원의 명성에서도 생기는 것 같다. 1960 년대 말엽 이래로 이호철 씨는 우리 사회의 민주수호운동 내지 민주회복운동에 적극적으로 참여해서 뜻하지 않은 횡액도 당했다. 1974년의 소위 문인간첩단 사건으로 인한 옥고는 세상이 다 아는 일이지만, 그런 터무니없는 고난을 겪지 않을 수 없게 만든 종전의 활약들이나, 최근까지도 심심찮게 계속된 온갖 수고와 곤욕들은 아직도 제대로 보도된 바 없다. 어쨌든 그 과정에서 이호철 씨는 더욱 유명해졌고 그의 작품을 전혀 안 읽은 사람들도 기억하는 인물이 되었다. 이 사실 역시 어느 면에서는 그의 작품세계가 제대로 평가받는 데 오히려 장애가 되었던 것 같다.

물론 거기에는 이호철 씨 자신의 책임도 있다. 작품과 투쟁이 완전히 하나가 된 그런 유형의 작가가 그는 못되는 것이다. 아니, 내가 보기에 그는 도대체 투사가 아니다. 무슨 투사가 될 만큼 사람이 모질지가 못한 것이 내가 아는 이호철 씨인데, 세월이 워낙 수상한데다 좋은 사람들하고 좋은 일 하자는 것을 거절할 만큼 모질지는 더더구나 못하다 보니 어느덧 투사 아닌 투사가 되어버린 것이다. 작가 자신이 이 점을 어떻게 생각하는지는 정확히 알지 못한다. 그러나 「실향의 언덕에 서서」라는 그의 自傳文에서 자신의 어떤 '천성적인 둔감'과 벗들의 시선에 대한 민감성을 동시에 말하고 있는 것으로 보아(10人自傳小說集 '나' 참조), 70년대의 활약도 딱히 투사적인 기질이나 소신의 결과라기보다 심약하다가도 좋은 일이라면 세상 무서운 것을 깜박 잊어버리곤 하는 그의 호인다운 성품 탓이었다고 말해도 큰 차이는 없으리라 짐작된다.

이호철 씨 같은 사람이 투사로 이름이 났다는 사실 자체가 일종의 奇現象이라면 기현상이다. 그러나 70년대의 역사는 바로 그런 투사 아닌 투사를 낳을 수밖에 없는 역사였다는 점에서 이호철 씨의 사회활동과 그에 따른 명성은 전혀 기현상이 아니었다. 다른 누구도 아닌 그가 어머어마한 이름표를 달고 세인의 입에 오르내려야만 했다는 사실 자체가 많은 사람들을 웃기기도 했고 쓴웃음 속에서 깨닫도록 만들었던 것이다.

이처럼 그의 수고는 자신의 체질에 맞든 안 맞든 시대가 요구하는 수고였기 때문에, 더러 작가생활에 손해를 가져오면서도 크게는 그의 작가적 생명을 유지하는 데

보탬이 되었다고 생각된다. 다른 작가들의 경우에도 흔히 그랬지만 이호철 씨 역시 60년대와 70년대를 살아오면서 부닥친 가장 큰 위험은 소시민적인 삶 속으로 함몰되는 일이었을 것이다. 특히 한국사회의 대대적인 소시민화가 추진되는 60년대 중반의 시기는 이호철 씨로서는 「탈향」, 「裸像」등 초기작품의 소재를 거의 마무리지은 때와 일치했다. 이 무렵에 쓴 그의 첫 장편 『小市民』(1964~65년 『世代』에 연재. 그 후에 거듭 改稿하여 최근 庚美新書로 「決定本」을 냈음)은 새로운 문제의식을 모색하는 노력이었지만, 이야기 자체는 본격적인 소시민화 이전 시대의 대부분 소시민도 채 못되는 사람들의 이야기였고 『소시민』에 대한 작가의 개념도 전혀 뚜렷하지 않았다. 오히려 『서울은 滿員이다』(1966)의 대중적 인기와 더불어 작가 자신이 옛날의 경험세계로부터 너무 멀어져버릴 위험을 鄭明煥 씨도 일찍이 지적했던 것이다. 이호철 씨가 이러한 위험에 완전히 빠지지 않고 견뎌낸 것을 어느 한가지 원인으로 돌릴 일은 아니지만, 민주화운동에의 참여와 그로 인한 수난이 한 몫을 했음은 틀림없다. 첫 단편 「탈향」에 맞먹는 직접성과 생생함을 우리는 작가의 옥중체험에 근거한 단편 「門」(1976)에서 다시 맛보게 되는 것이다.

한일협정 이후 이 땅의 중산층에 주어진 상당한 물질적 혜택과 그에 따른 생활의 안정은 이호철 씨에게는 남다른 만족이자 유혹이었을 것이 짐작된다. 6·25를 전선에서 겪고 1·4 후퇴 때 홀몸으로 월남하여 온갖 고생 끝에 겨우 생활의 터를 잡아 67년에 뒤늦게 결혼을 한 그는 소시민적 일상의 안정과 행복을 누구보다도 만끽함직한 사람이었다. 그러나 바로 그러한 욕망을 심어 준 그의 경험과 배경은, 소시민적 일상이 아닌 그 어떤 과거나 미래와도 벽을 쌓으려는 그 세계에 영영 안주할 수 없는 체질로 그를 굳혀놓았던 것이다. 여기서 소시민세계를 대하는 이 작가의 태도에 끝없는 흔들림이 나오게 되며, 안일의 울타리 속에 주저앉을 듯 앉을 듯 하면서도 끝내 주저앉지는 않음으로써 초기 작품의 체험세계를 일단 탕진한 뒤에 새로이 이호철 문학의 본령을 찾아내게 된다.

2.

小市民的 日帝의 세계와 자신의 관계를 어떻게 잡을 것인가. 이것은 60년대 중엽

이래 한국 사회에서 점점 많은 사람들의 관심사가 되었고 바로 작가 이호철의 중심적 과제로 되었다. 이 과제를 그는 곧잘 세태에 대한 전면적인 戱畫化로 처리하기도 했고 드물게는 소시민 생활과는 전혀 다른 삶에 대한 직접적인 묘사를 해내기도 했다. 그러나 대체로 그의 성공적인 작품들에서는 소시민적 일상 속에 살고 있는 자신의 위치를 일단 인정하면서 소시민 생활의 한계를 점검하고 그 한계를 넘어선 삶의 가능성을 조심스럽게 모색하고 있다.

작품의 형식 자체도 소시민적인 현재의 시점에서 이와 대조적인 과거를 회상하는 방식을 취하는 경우가 많은 것도 그 때문이다. 「나상」(1955)은 아직 작가가 소시민의 문제에 눈을 돌리기 이전의 작품이고 여기서는 어디까지나 회고된 이야기 자체의 신선한 감동이 주가 되어 있지만, 이미 얼마큼 안정된 세월의 '어느 시원한 여름 저녁'에 친구끼리 베란다 위에 앉아 그 이야기를 들려주는 형식을 취하고 있음이 주목된다. 회고담을 들려주는 친구이자 바로 회고담 속의 동생이기도 한 '철'은 이런 말로 이야기를 끝맺는다.

자, 나는 다시 이렇게 범연한 내 고장으로 돌아왔구, 다시 내 그 오연함이란 것을 되찾아 입었다. 그런데 그전보다 좀 편편치 않다. 뒷받쳐야 할 의지라는 것이 자꾸 다른 것을 생각하기 때문이다. 나루선 아마 손해인지도 모르지…….

—57 - 8面

독자가 욕심내기에 따라서는 작가가 이 정도의 성찰로 마무리짓느니 차라리 '액자' 속의 회고담 자체를 정면으로 다루어 포로시절의 형제 이야기나 당시의 시대상까지를 좀더 풍성하게 형상화해 주었으면 할 수도 있다. 그러나 섣불리 그런 욕심을 부리다가는 오히려 이 짤막한 이야기가 갖는 신선함과 단아함을 해치게만 되기 쉽다. 그리고 이호철 자신은 과거의 자기 경험을 소재로 한 大河小說의 작자보다는 현재의 '철'과 같은 사람의 그 '범연한 내 고장'과 '오연함', 그러면서도 완전히 편편치 않고 편편해서도 안 될 그 삶에 대한 섬세한 비판자로 나가는 것이 본분이었던 것이다.

「生日招待」(1965, 1976)에서는 소시민적 일상과 6·25 당시의 '절체절명의 순간'

70

과의 대비가 훨씬 의식적으로 행해지고, 모두들 '살찐 암퇘지들 같은 짐승 냄새들을 풍기'면서 잘 차린 음식을 퍼먹고 있는 현재에 대한 비판이 노골적으로 표명되어 있다. 남북관계를 처음 다룬 작품의 하나로 유명한 「板門店」(1961)도 오히려 주인공의 형과 형수의 생활로 대표되는 소시민적 현실에 대한 비판이 큰 비중을 차지하고 있으며, 「큰산」(1970)과 「異端者·(4)」(1973)에서도 소시민적 현재와 무언가 그보다 크고 훌륭했던 것의 기억, 아니면 도시생활의 틀에서 잠시 벗어난 자리에서 돌이켜 본 무언가 불건강하고 왜소한 일상생활, 이러한 대조를 작품의 서술형식으로 삼고 있다.

서술형식 자체가 그렇게 안 되어 있는 경우에도 이호철의 성공적인 단편들은 대개 그러한 기본적인 대조를 어떤 식으로든 부각시키고 있다. 「여벌집」(1972)은 그 차분하고 자상한 시선과 단아한 짜임새가 廉想涉의 후기 단편을 연상시키는데, 후기의 염상섭이 그렇듯이 「여벌집」의 작자도 소시민세계의 안쪽에 일단 자리잡은 사람임이 분명하다. 겨우겨우 여벌로 장만한 재산 때문에 성가신 일이 생길 때마다 골치 아파 죽겠다고 푸념을 하면서도 은근히 색다른 재미를 느끼고 더러 오기도 부려보는 주인공 부부의 심리라든가, 도시계획에 들어갔느니 어쨌느니 하면서 한바탕 벌어지는 자그만 소동의 세밀한 기미같은 것은, 소시민 생활의 내부에 얼마만큼 정착되지 않고는 잡아내기 힘든 조목들이다. 우리 문단에서 소시민의 삶을 덮어놓고 매도하는 작품은 많지만 그 삶의 은밀한 낌새를 이만큼 실감나게 포착해낸 작품이 몇이나 될까 생각해볼 때, 「여벌집」은 소품이라면 소품이지만 결코 만만찮은 작가적 시선의 산물임을 알게 된다.

이러한 시선이 유지되는 것은 작가가 결코 자신의 소시민적 일상에 완전히 함몰되지 않고 그것과 다른 사람에 대한 기억을 간직하기 때문이다. 「여벌집」에서도 '나'는 전세 준 집 일로 한참 골치를 썩히며 즐기며 하다가 혼자서 이런 생각을 한다.

> 우리 경우에는 그것이 봄, 가을 재산세 낼 때만 우리 것으로 의식되는 여벌 재산이지만 그 C동 집의 실체(實體)는 우리와는 상관없이 험한 생활의 한가운데 들어앉아 있는 느낌이었다.

삭주에서 왔다는 그 노인네는 이 집에 사는 동안 안간힘을 써서 급기야는 며느리가 통근하기 편리한 곳으로 시내 쪽으로 나앉았을 것이다.

그리고 그 후에, 시골서 있는 돈 없는 돈 탈탈 긁어가지고 뜬소문만 믿고 올라왔던 그 사람은 이 집을 근거지로 하고 블록공장을 하다가 왕창 망했다지 않는가.

다시 그후에 안채에 들었던 과수댁과 건넌방에 들었던 날품팔이꾼. 그들도 불과 짧은 기간이었지만 명색이 집권이라는 나보다도 이 C동 집과는 더 피부로 밀착되어 있었을 것이었다. 집이란 그때그때 쓸모가 있어서만 집이요, 소용이 닿는 정도만큼 집인 것이다.

—260面

한때 '나'는 그 날품팔이꾼이 주인에게 말도 않고 조망대를 깨부수고 부엌을 내달았다고 분개했던 일이 있다. 그러나 바로 제 손으로 타일을 까내고 했던 '그만큼 집이요, 바로 그만큼 그 사람의 집'이라는 생각도 해본다.

그런 때 그 사람이 느꼈을 단순한 충족감. 먼 조망이나 감상하자고 품을 들여 조망대를 내달던 때의 나 자신을 그와 비교해 본다. 이런 것이 나의 감상(感傷)일까. 그냥 센티한 감정일까.

—260 - 1面

물론 그것은 단순한 감상만은 아니듯이 양식있는 한 소시민의 일시적 반성을 넘어서지도 못한다. 또 여기서는 넘어서지 않는 것이 작품의 균형을 위해서 다행스럽기도 하다. 그러나 그러한 성찰로 열려진 정신의 소산이기 때문에 이 작품은 단순한 소시민 의식의 토로만은 아닌 생기를 지니며, 끝에 가서 '내'가 아내의 십중팔구 부질없는 흥분을 두고 은근히 웃고 있는 모습에 호감이 가는 것이다.

「이단자(1)」에서 「(5)」에 이르는 連作(단편집 『異端者』에 수록)의 세계도 바로 그런 것이다. 「이단자(3)」(1973)의 박영재는 소시민임에 틀림없지만, 3년전까지만 해도 빈민촌인 '180번지 동네'에 살았던 기억을 간직하고 있기 때문에 곽인석씨가 무기회(無起會) 어쩌고 하며 설치는 것이 '형편없이 싸가지없게' 보인다. 결국 곽씨의 열성이 의외의 방향으로 번져 수사기관에 연행되는 사태까지 벌어지고서야 능동적으로 움직이기 시작한다. 그러면서 "누구나 자기가 사는 사정 속에서 바로 사는 분수만큼 端緒는 있고 길은 열린다는 평범한 사실이 새삼 확인되는 느낌이었다"는 결론에 도달한다. 그러나 이 대목은 「여벌집」의 결말보다 야심적인 대신에 설득력이 좀 모자라지 않나 싶기도 하다.

「이단자(5)」(1973)가 훨씬 성공적인 것은, 소시민 생활의 질서를 위협하는 요소가 좀더 구체적으로 제시되고 따라서 그 위협에 대한 '현우'의 반응도 작가의 막연한 주장이나 암시에 그치지 않고 독자가 직접 눈으로 보고 판단할 수 있는 것이기 때문이다. 이북에 남겨두고 왔던 동생이라면서 '宋哥'가 전화를 걸었을 때 정말 동생이면 어쩌나 하고 내외가 모두 반갑기보다 떨떠름해하는 표정들이나 그러면서도 동생이 아니었음을 확인하고 너무 안도하는 아내에 대한 순간적인 반감, 그런 분위기에서 "마음껏 가정적임을 윤색한 듯한 아내의 간드러진 목소리" — 이러한 자자분한 진실들을 포착해낸 솜씨는 이호철의 장기라고 말할 수 있다. 그런데 앞서도 강조했듯이 그가 이처럼 소시민 생활의 낌새에 민감한 것은 자신이 그 생활에 완전히 동화되어 있지 않기 때문이다. 이 작품에서는 고향을 떠나며 동생과 무심코 헤어지던 날의 기억과 그때를 되새긴 지상편지의 절절한 그리움이 그러한 동화 안된 의식을 담고 있으며, 송가의 접근을 못내 버거워하면서도 쉽사리 관계를 끊지 못하는 그의 약하다면 약한 성격이 사실은 발전의 動因을 안고 있는 것이다. 송가 앞에서 공연히 주눅이 드는 자기의 태도가 결국은 '소시민 근성'의 한 속성임을 스스로 확인하기도 하지만, 뒤에 가서 송가 쪽에서 자존심을 보이며 떠나간 순간 자신의 삶에 대해 좀더 날카로와진 통찰을 얻게 되는 것이다.

> 이제 와서야 현우는 처음부터 송가에게 주눅이 들고 한풀 꺾이고 들었던 것이 바로 분명한 근거가 있었다고 뒤늦게 머리가 끄덕여졌다. 그렇게 냉소를 받으면서, 그리고 아내에게서도 쫑알쫑알 핀잔을 들으면서도, 현우가 송가와의 관계를 끊지 않고 이나마 유지시켜 온 그 근거도.
>
> 가정이라는 것을 의식하는 양태에 문제가 있었던 것이다. 송가의 경우, 가정이란 일정한 울타리가 없이 그대로 무방비 상태로 바깥세상에 이어져 있었고, 그렇

게 바깥세상과 튼튼하게 밀착되어 있었지만, 현우의 경우에는 온상으로 얄삽한 안주의 터로 요컨대 가계부 쪽으로만 좁은 파이프 하나가 바깥쪽으로 내밀어져 있었던 것이다.

—316面

　물론 현우의 이러한 결론도 우리가 액면 그대로 받아들일 것만은 아니다. 송가의 가정이 바깥세상과 정말 그렇게 밀착되어 있는지, 아니면 가정을 '얄삽한 안주의 터로' 삼고 있는 현우이기 때문에 송가의 '무방비 상태'를 사실 이상으로 알아주는 것인지가 분명치 않은 것이다. 현우네보다 더 개방된 삶인 것만은 확실하지만 그것이 어딘가 「退役先任下士」의 김상호처럼 튼튼치 못한 측면을 동시에 지녔으리라는 의심도 떨쳐버리기 힘들다. 그러나 어쨌건 「이단자(5)」의 결말에서 현우 내외가 송가의 집을 일부러 찾아감으로써 자기 삶의 벽을 하나 헐게 되는 장면은 드물게 흐뭇한 순간이 아닐 수 없다.

3.

　작자가 이렇게 소시민세계 속의 자기를 일단 확인하고서 조심스럽게 그 극복을 탐색하는 형태가 아닐 경우에 이호철 문학의 성과는 매우 기복이 심해지는 것 같다. 이때는 소시민세계 전체와의 대결, 또는 소시민화되는 시대 자체와의 정면 대결이라는 거창한 작업이 불가피해지는데, 적어도 이제까지의 이호철 씨는 이 일을 감당해내기에도 사람이 충분히 모질지가 못했던 것 같다. 그래서 사태의 본질에 정면으로 대들기보다는 그가 즐겨 쓰는 표현대로 '분위기'와 '낌새'에 과도하게 집착하여 매너리즘에 빠지기도 하고, 「副市長 赴任地로 안가다」(1964)처럼 그의 희화적 재능을 제대로 살린 단편에서도 결말의 직설적인 일반론, 그리고 "육십 노인과 恐犬의 그로테스크한 심심풀이 장난" 따위에 과도한 의미를 부여하려는 무리를 저지르기도 한다.

　「닳아지는 살들」(1962)은 그 점에서 매우 흥미 있는 본보기다. 이 작품은 「탈향」, 「나상」 등 초기단편들의 세계에서 벗어나 주제와 기법면에서 모두 새로운 영역을

74

개척해본 야심적인 시도로서, 작가에게 "東仁文學賞"의 영예를 안겨준 화제의 작품이며 나 자신이 작품을 처음 읽고 감명을 받았던 기억이 난다. 그러나 이번에 그의 다른 작품들과 함께 다시 읽으면서 받은 느낌은 이 소설에서와 같은 표현주의적 시도는 역시 이호철문학의 본령은 아닌 듯하다는 것이다. 「닳아지는 살들」에 그려진 집안은 이 사회의 기성층이자 불건강하고 무기력하며 "우리와는 다른 무엇인가 싱싱한 것"에 의해 대치될 운명에 놓인 세계를 상징하고 있는 셈이다. 그러나 실제로 우리 사회의 그러한 세력 또는 집단을 실감있게 표상했다기보다는 비슷한 주제를 가진 어떤 서구 희곡들의 분위기를 한국의 현실에 가깝게 옮겨놓았다는 인상이 짙다. 그리고 쉽사리 연상케 되는 체호프나 메테를링크의 작품과 비교해볼 때, "꽝 당 꽝 당" 소리의 非寫實性에 대한 작가의 자신없는 태도를 위시하여 — 이 점은 속편으로 나온 「무너앉는 소리」를 읽으면 더 분명해지는데 「닳아지는 살들」을 독립된 단편으로 읽는 것이 더 효과가 좋은 것 같다 — 작품으로서의 허점이 너무나 많다. 근본적으로는, 작가가 시대적 현실을 포괄해서 진단하려 하면서도 그 부패의 진상에 대해서나 기다려지는 새로운 것의 모습에 대해서 끝까지 천착해 보는 자세가 부족하기 때문인 것 같다.

「퇴역선임하사」(1965~66)는 정통적인 사실주의 수법으로 우리 사회의 어느 한 모서리를 재미있게 그려내 준 중편 내지는 연작단편이다. 그러나 「이단자」 연작에서처럼 작가 자신이 깊이 개입되어 있지 않기 때문에 어디까지나 사회의 어느 모서리에 대한 보고요, 분량에 비해서는 그러한 보고를 통해 제기됨직한 이 시대의 절박한 관심사들을 제대로 담지 못했다는 느낌이다. 오히려 「추운 저녁의 무더움」(1964)이 압축의 묘미와 더불어 분위기 포착에 능한 작가의 특기를 한껏 살려, 민간사회의 소시민화가 마음놓고 진행되는 시대의 다른 일면을 의미심장하게 파헤치고 있다. 그에 비해 「班常會」(1978)는 「이단자」와 크게 다를 바 없는 세태의 일면인데 작가가 애정을 쏟는 아무런 대상이 없기 때문에, 작가의 분위기 묘사도 다분히 매너리즘에 흐르고 만다. 잘 사는 아낙네들이 모인 자리인 반상회에서 박자에 어긋나게 주착을 떨었다가 묘하게 따돌림을 당하는 미장이 여편네에 대해 작가는 진정으로 동정하고 있지 않다. 그렇기 때문에, 아무리 주착바가지라도 못 사는 사람의 본능은 잘 사는 자들의 냉대하는 낌새에 누구보다 민감할 터인데도 미장이 여편네는

한참을 생각해서야 "차츰 아슴아슴하게 짐작이 갔다"는 식으로 못난이가 되어 있
는 것이다.

하기는 「이단자」 연작 자체에도 근본적인 문제가 없지 않다. 우선 '이단자'의 개
념부터가 분명치 않은데, 1·2편의 姜氏나 3의 郭氏, 4의 준오, 5의 송가, 그 누구도
이단자의 이름에 제대로 값한다고 보기 어렵다. 송가 하나가 소시민의 세계와는 상
당히 이질적인 인물이지만, 앞서 지적했듯이 과연 얼마나 철저히 이질적인지는 충
분히 검증이 되어 있지 않으며, 3과 5에서 영재와 현우가 조금씩 이단화되어 간다
고는 하지만 사실은 여기다 '이단'이란 말을 갖다 붙인다는 것 자체가 일종의 소시
민적 자기만족으로 될 위험이 있다. 다시 말해서 이호철 문학에서는 소시민의 세계
와 본질적으로 다른 세계의 모습이 좀더 뚜렷하게 인식되고 당당하게 추구될 필요
가 남아 있는 것이다.

이미 살펴보았듯이 초기 작품 이후로는 소시민화 이전의 체험이 『생일초대』의
회고담이나 「이단자(3)」에서의 '180번지 동네'의 존재처럼 문득문득 기억으로 되살
아나 현실을 비판하고 있기는 해도, 일상화된 질서를 대신할 어떤 새로운 질서의
개념과는 이어지지 않기 때문에 일시적인 각성제 이상은 되지 못한다. 오히려 그런
기억이 퇴색할수록 작가의 마음속에는 그 난세의 체험보다 더 오래된 경험, 어릴
때 고향에서 느꼈던 근원적 질서의 경험이 절실해진다. 「큰 산」에서 보여주는 것이
바로 그것이다.

그 '큰 산'은 청(靑)빛이었다. 서쪽 하늘에 늘 덩더룻이 웅장하게 퍼여져 있었
다. 아침저녁으로 혹은 네 철을 따라 표정은 늘 달랐지만, 근원은 뿌리깊게 일관
해 있었다. 해뜨기 전 새벽에는 청청한 빛으로 싱싱하고 첫 햇볕이 쬐면 산머리에
서부터 백금색으로 빛나고 햇볕 속의 한낮에는 머얼리 물러앉은 청빛이었다. 해
질녘 저녁에는 골짜기 하나하나가 손에 잡힐 듯이 거멓게 윤곽을 드러내고 서서
히 보랏빛으로 물들어간다. 봄엔 봉우리부터 여드러워지고 겨울이면 흰색으로 험
준해진다. 가을에는 침착하게 물러앉고, 여름이면 더 높아 보인다. 그 '큰 산' 쪽
으로 마파람이 불면 비가 왔고, '큰 산' 쪽에서 바다 쪽으로 샛바람이 불면 비가
그치고 하늘이 개었다. 그 '큰 산'은 늘 우리 모든 사람의 마음속에 형태 없는 넉

넉함으로 자리해 있었던 것이다. 그 '큰 산'이 그곳에 그렇게 그 모습으로 뿌리깊게 웅거(雄據)해 있다는 것이, 늘 우리들 존재의 어떤 근원을 이루고 있었던 것이다. 깊숙하게 늘 안심이 되었던 것이다.

　아, 그 큰 산, 큰 산.

— 2823 - 面

金珖燮의 명시 「山」을 연상시키는 詩的 정취와 으젓함을 갖춘 문장이다. 물론 어린 시절 고향산천의 모습이 어른의 삶에 어떤 기준을 제시하며 타락한 일상에 대한 비판이 되는 것은 낯익은 낭만주의적 주제이며, 「큰 산」에서나 이호철의 다른 작품들에서 현실생활에 '큰 산'에 해당되는 큰 원칙이나 뿌리가 없다는 인식이 좀 더 구체적인 분석을 회피하는 일종의 '알리바이' 역할을 하는 면도 없지 않다. 그러나 이호철에게서 '큰 산'의 기억은 그것이 남북의 분단이라는 민족사의 비극으로 상실된 것의 기억이기 때문에, 보다 현실적인 문제의식으로 발전될 수가 있다. 단편 「큰 산」도 은연중에 통일에의 갈망을 표현함으로써 그 매력이 더해지고 있는 것이다.

　그런 면에서도 「이단자(5)」는 이호철 문학에서 중요한 위치를 차지하고 있다. '180번지 동네'의 기억은 작가 자신의 잃어버린 고향에의 그리움과 항상 겹쳐져서 새로워질 필요가 있고 '큰 산'의 기억은 지금 이곳의 민중현실과 연결됨으로써만 낭만적 도피의 함정을 피할 수 있는 것인데, '송가'의 존재는 그런 대로 양자의 이런 접합에 가까운 셈이다. 남북교류에 대한 현우의 감상적이면서 석연치 못한 태도를 그는 이렇게 윽박지른다.

　　"만나고 안 만나고의 차원으로만 접근할 문제는 이미 아니지 않겠습니까. 대체 남북 이산가족끼리 한번쯤 만나서는 어쩌겠다는 겁니까. 더 애가 타고, 더 답답한 노릇 아니겠음까 ……. 감상적으로 이러구 저러구할 성질은 처음부터 아니라는 말임다. 남이나 북이나 막론하고 잘 먹고 잘 지내고 잘 살던 사람들로부터 달라져야 될껌다. 형님부터 말임다. 문제는 그 점임다."

　현우는 씁스무레하게 웃었다.

작가와 소시민　**77**

　　"왜 나 같은 것보구 그러지? 정말 잘 사는 사람이 얼마나 많은데."』

　　"잘 살구 못 살구의 비교 문제가 아니라는 말임다. [……] 정말로 딱 부러지게
애길 해봅시다. 형님은 남북의 교류를 진짜로 바랍니까. 진짜로 말임다. 이북의
가족문제로 이러구 저러구 엄살부릴 문젠 이미 아니라는 말임다. 전체와 전체를
놓고, 그런 단위로 접근해야 함다."

—312 - 2面

　　송가의 이런 다그침은 현우의 아픈 데를 찌르고 있을 뿐더러 작가의 자기반성을
담고 있다고 보아도 좋을 것이다. 특히 분단과 민족분열의 아픔을 다룬 이호철의
많은 작품들에서 독자가 느끼는 아쉬움은, 좀더 과감하게 버릴 것을 버리고 선량한
소시민이나 마음 약한 실향민의 '엄살'도 그만 부리고 그야말로 '전체와 전체를 놓
고' 한번 정면으로 문제를 다루어주었으면 하는 것이다. 「판문점」만 하더라도 그
선구자적 공로는 높이 사주어야겠지만, 소시민적 일상에 대한 비판에 중점이 가 있
고 정작 「판문점」의 주제는 다분히 '진수' 쪽의 일방적인 상상과 환상으로써 핵심
을 피해버린 느낌이다. 그보다 앞선 「滿潮」(1959)의 경우는 1·4 후퇴 전 고향이 잠
시 국군 치하에 들어갔을 때의 정경을 회고담의 수법을 빌지 않고 정면으로 그려냈
는데, 거기에는 철부지나 기회주의자는 있어도 정말 악한 사람은 하나도 없는—
말하자면 '큰 산'의 영향력이 그대로 유지되고 있는—차라리 목가적 풍경이다. 이
단편의 매력도 거기서 찾아야지 6·25의 동족상잔에 대한 증언으로서는 전혀 핵심
에서 벗어난 것이 된다. 최근에 작가가 7·4 공동성명 후 남북대화의 움직임에 대
한 실향민들의 반응을 그리면서 8·15 앞뒤의 이북 실정까지 더듬어본 전작장편
『그 겨울의 긴 谿谷』(1978)도 분단문제를 제대로 다루는 데 성공한 것 같지는 않다.
송가가 현우에게 던진 충언이 실천되지 않은 것이 그 한가지 원인이 아닐까 싶다.

4.

　　냉정하게 말해 이호철 씨는 4반세기의 문단경력을 쌓는 동안 실망스러운 작품도
적지 않게 썼고, 또 후배들이 기대하는 만큼 안 싸워 주었다고 핀잔도 어지간히 들

어 왔다. 그가 사람이 좋은 것만은 누구나 믿는 터이라 선배라고 별로 어려워하지도 않고, 송가가 형님 형님 하면서 현우를 마구 대하듯이 이호철 씨를 닦아세우는 젊은 축도 많다. 그러다가도 지나놓고 생각하면 놀라운 것이 그는 끝내 이것저것 잘 받아주며 선배노릇 하기를 완전히 포기하는 법도 없다. 그러나 한층 놀랍고 고마운 것은, 그가 특별히 힘들여 써내는 작품들은 착한 마음씨와 더불어 그 착함에 의당 따라야 할 단단함을 지니고 있으며 이런 작품이 벌써 20년이 넘도록 끊길 줄을 모르고 있다는 것이다.

다만 1980년대가 열리면서 누구나 말하는 앞으로의 새로운 시대에는 이호철 씨로서도 무언가 획기적인 전환이 있어야 할 것이다. 이제부터는 아마 투쟁을 한대도 투사답게 모질게 해야되는 시대가 오고, 창작에 전념하더라도 소시민적 일상의 한계를 점검하는 작업만을 되풀이해서는 독자의 요구를 충족시키지 못할 단계에 이르지 않았는가 한다. 앞으로 새로운 이호철문학의 영역이 어디로 펼쳐져야 할지는 4반세기에 걸친 그 자신의 노력의 결과로 비교적 뚜렷해졌다고 믿는다.

복수의 시성
— 이호철론

김상일[*]

李浩哲씨의 초기 단편에 「西氷庫 驛前風景」이 있다. 대단원에 이르면 이런 장면이 보이는데, 격구의 수준에서 요약하면 다음과 같다.

저 앞 철길을 건너 두 여인이 걸어온다(먼 빛으로 보아도 예사 여자가 아니다). 나(話者)는 지랄이 하고 싶었는데 잘됐다. 휘파람을 불었다. 별로 반응이 없었다. 더 크게 다시 불었다. 「드디어 신호가 닿은 모양이었다.」 그들은 힐끔 돌아보았다. 손짓을 하고, 한 쪽은 그쪽으로 가자거니, 한 쪽은 이쪽으로 가자거니 하는 모양이다. 그러나 나는, 이쪽으로 오건 그쪽으로 가건 아랑곳할 바가 아니었다. "문제는 신호를 받았다는 역신호에 있고, 나의 신호가 완벽하게 닿았다는 것을 알리자는 데에 있다. 나는 신바람이 나서 더욱 두 손을 내흔들며 우엉우엉 황소 울음소리를 질렀다. 어쩌자는 게 아니라 오라는 뜻도 이쪽에서 가겠다는 뜻도 아니고 그저 신호가 닿았다는 것이 대견할 뿐이었다."

구태여 요약한 것은, 여기 李浩哲씨가 독자에게 전하려는 메시지의 하나가 있다고 판단되었기 때문이다. 작가는 그의 메시지를 '신호'작가의 경우에는 離散的記號

혹은 言表(énoncé)로 바꾼다. 이 언표나 말의 連를 독자는 읽는다. 그런데 만일 이들에게 독후감쯤을 물었다고 하면 어떻게 '반응'할까. 어떻게 '역신호' — 複코드화할까. 앞의 결구는 이윽고, 예의 여자는 "야 이 비겁한 자식아, ……왜 못 와? 돈 없어 그러니? 돈 안 받을 게 와" 했다. 이유없는 증오다. 話者는 '어쩌자는 게 아니'었는데도 불구하고, 휘파람소리를 프로포즈쯤으로 수신한 것이다. 코드變換을 해보이면, 작가는 꼭이 어떤 하나의 의미만을 전달하기 위해서 작품을 쓴 것이 아니었는데도 불구하고, 독자는 그러한 작가의 의도와는 달리, 그것이 어떤 하나의 의미—가령, 기호는 현실의 指向對象(référent)만을 가리키고 있는 것으로 '반응'하는 것이다. 그리하여 이 작품은, 표제가 告示하고 있는 바와 같이 서빙고 역전풍경을 묘사한 데 불과했다고 해독할 터이다. 그러나 이러한 반응을 보였을 경우, 이 작가는 어떻게 응수할까. 예의 話者는 말했다. "어쩌자는 게 아니라…… 그저 신호가 닿았다는 것이 대견할 뿐이었다"고 시치미를 떼리라, 독자가 설령, 다른 해석을 할 경우 (신호가 아니라 기호였으니까)에도 같은 태도로 응수할 것이 분명하다. 작가의 그러한 응수는 무엇인가. 하나의 텍스트를 해석하는 데는, 거기 하나의 의미를 부여하는 데 그치지 않고, 반대로 그것이 어떤 複數의 의미작용에 의해서 성립돼 있는가를 평가하라고 요구하고 있는 것은 아닐까. 만일 작가의 메시지가 그렇다면, 우리는 그의 작품을 망라적으로 분석해 보일 필요가 없다. 왜냐 하면 한 텍스트에서 복수적인 의미의 體系가 존재하고 있다는 것이 확인되면, 그것은 그의 다른 작품과도 관계가 있었거나 혹은 해당될 것이기 때문이다.

　언어에는 두 개의 神이 있다고 하는 야콥슨의 언명은 유명하지 않았는가 한다. 은유적(métaphorique) 담화와 換喩的(métonymique) 담화의 대립이 그것이다.1) 문장 강화 따위에 이 수사학적 單位들의 정의가 나와 있지만 그것들은 모두가 일정한 관점이 없는 것들로 전혀 쓸모가 없으니, 우리의 관점에서 다시 개념규정할 필요가 있겠다. 프레이저의 그것을 빌면 이렇다. 전자는 類似는 유사를 낳고, 혹은 결과는 그 원인과 유사하다는 것, 후자는 예전에 서로 접촉했던 것은 물리적인 접촉이 그친 뒤에도 공간을 두고 서로 작용을 계속한다2)는, 법칙에 따라 이루어진다는 것이다.

---

1) Jakobson, 「言語의 두 局面과 語症의 두 타입」, 『一般言語學論文集』 所收 Minuit 61~쪽.
2) Frazer, 『黃金가지』(簡約本) Macmillan 版 12쪽.

이것들을 다시 언어학적인 관점에서 정리해보면 이렇게 될 것이다. 전자는, 어떤 대상이 유사의 대상의 이름에 의해서 지시되고, 후자는 어떤 대상의 경험상 그것과 연합되는 대상에 의해서 지시된다고, 전자는 이를 테면 範列論的 해석이요, 후자는 連辭論的 해석이 되는 것이지만, 야콥슨에 따르면, 은유적 클라스에는 서정시, 낭만주의나 상징주의의 작품 혹은 초현실주의의 희화 따위가 이에 속하고, 환유적 담화나 언표는, 영웅서사시, 사실수의 소설 따위가 지배적으로 나타나있다는 것이다. 그렇다면 李浩哲씨의 「西氷庫 驛前風景」은 어느 클라스에 속하고 있는 것일까. 두 개의 축 가운데서 어느 편이 더 지배적으로 나타나 있는가. 이 작가는 리얼리스트라는 정평이 있다. 지금까지의 그의 작품에 대한 비평가의 평가가 그것인데, 이들은 언표나 말의 連에서 하나의 의미밖엔 보지 않는 것이다. 이들의 눈엔 기호가 신호로 밖엔 보이지 않았던 모양인 것이다. 시니피앙이 곧 현실의 대상을 지시하고 있다고만 믿는다. 그러나 이미 시사한 바와 같이, 이 작가의 기호의 複數性에 대한 인식과, 그리고 이윽고 해명되겠지만, 그의 언표의 각 단위는 거의 代置할 수 있었다는 점에서, 그는 결코 리얼리스트가 아니었다. 정녕 그의 텍스트는 隱喩的 축이 우세하지 않았는가 한다. 만일 그것이 사실이라면, 우리는 당연히 範列論的(paradigmatique)으로 접근하지 않으면 안된다. 만일 텍스트가 그러한 접근법에 견디어낼 수 있다면, 같은 말이지만, 의미작용의 複數性을 체계화할 수 있었다고 하면, 李浩哲文學의 시성도 자명해질 터이다.

그러면 먼저, 제목부터, 이 제목이 문제를 제기하고 있는 것이다. '西氷庫'는 무엇인가. 그 一次的, 혹은 인접하는 단위로 미루어보아 그것은 서울특별시의 한 지명이다. 그런데 이 지명은 조선왕조 때 얼음의 저장소가 있었다는 데서 비롯한다. 그 구조는, 山을 군데 군데 굴을 파고 通風을 못하게 했다고 한다. 이 정도의 指標를 가지고 그것들을 체계화하면 어떻게 될까. 西氷庫 → 朝鮮王朝 → 山 → 굴 → 通風禁止가 되는데, 이 단위들을 다시 의미론적으로 코드變煥해보면 이렇게 되지 않을까 한다. 滅亡(조선왕조의) → 神聖(山은 신성하니까) → 죽음(굴은 穴과 유사했고, 또 통풍금지는 운동중지와 유사했기 때문에) 따위로 체계화할 수 있는 것이다. 이 단위들은 다시 요약(물론 더 증식시킬 수도 있다)하면 멸망 → 죽음이 된다. '죽음'을 '신성'과 대치시켜보아도 불편하지 않았기 때문(그 逆도 眞이다)에 제거한 것이지만, 이 체계는,

그러니까 제2차적 의미작용이나 구조가 더욱 명확해질 것이다. 멸망 / 승리, 죽음 /
탄생(혹은 부활, 삶)이 그것이다. 이 대립항의 각 단위가 等價的이었던 것은 말할 것
도 없지만, 이 지면이 멸망이나 죽음의 공간인 것만은 거의 확실한 것이다. 그렇다
면 이 제목은 멸망, 죽음의 역전풍경이 되는 셈인데, 그러한 指標(地名)는, 複數의
다른 素群―인물・장면・분위기 따위의 특성을 지시하는 촉매의 역할을 하고 있
는 것이다.

　다음의 轉寫文은, 이 텍스트의 첫 素連續(장면)의 전부다.

　　저녁 다섯시 못미처 서빙고역에 내렸다. 내린 손님은 통틀어 나와 승현이 단둘
　　뿐이었다. 1분 정거 후 제법 기적소리도 요란하게 차꼬리를 좌우로 궁싯거리며
　　기차가 떠나가고, 석탄 때가 까맣게 묻은 늙은 자갈밭 포옴에 남게 되자, 우리는
　　저만큼 마주보며 히쭉 한번 웃었다. 승현은 두 눈을 가늘게 하고 나를 잠시 건너 ・
　　다보다가 조금 겸연쩍고 쑥스러워진 듯 자갈을 하나 집어들어 힘껏 팔매질을 하
　　였다. 돌은 저 앞쪽 철로에 떨어져 쨍하고 쇳소리를 냈다. 쇳소리로 비로소 이 근
　　처가 이 시각에 이 정도로 조용하다는 것이 일깨워졌다.

　꼭 이, 저녁 다섯시를 지정한 이유는 무엇일까. 대립항에는 새벽 다섯시, 혹은 正
午가 있을 수 있는 것이다. 그런데 왜 하필 저녁 다섯시인가. 바르트는 이렇게 설명
한 적이 있다. 요소연속은, 서로 연대관계에 따라 결부된 몇 가지 지표의 논리적
연속이요, 대립항의 하나가 연대적인 先行項을 가지고 있지 않을 때 열리고, 다른
하나의 대립항이 後續項을 가지고 있지 않을 때 닫힌다[3]는 것이다. 그러나 우리가
지금 논의하고 있는 텍스트는, 선행항이 이미, 제목에 있었던 것이다. 제목은 전체
클라스라고 할 수 있다면, 이 초두의 장면전개는 이를 테면 補클라스에 해당한다.
멸망, 죽음을 특정화(희망이라면 形象化)한 셈이다. 선행의 의미작용과 相補的 관계가
있다. 이 장면은 제목에서부터 이미 열려있었던 것이다. 그리하여 저녁 다섯시는
멸망, 죽음의 시간이 된다. 의미상의 유사성이 있지 않은가. 해는 그 무렵에 쇠진,

---

3) Barthes, 「얘기構造分析序設」, 『얘기의 詩學』 所收 Seuil 版 29쪽.

멸망 중에 있었고 이 시간은 동시에 죽음이 '못 미처' 있는 시간이기도 했던 것이다. '……에 내렸다'고 하는 動詞가 또한 예외일 수가 없다. 새벽 다섯시 지나서 서울행 기차에 '올랐다'가 아니다. 삶을 경영하기 위해서, 혹은 생활전선에서 싸워 승리하기 위해서 출발한 것이 아니라 멸망, 죽음의 히에라르키의 한 랭크가 될 추락, 타락, 下降 따위, 요컨대 이 이상 내려가거나 떨어질 수 없는 奈落을 향해 내린 것이다. 서빙고는 나락인 것이다. 나중에 예사여자가 아닌 매춘부가 등장하는 것도 결코 우연이 아니다. 첫 요소연속에 이미 그 先行項으로서 타락이나 나락의 지표가 있어, 그것이 당연히 후속항에서 기능할 것이기 때문이다. 이러한 연대관계의 설정에 독자는 놀라지 않을 수 없었으리라.

'내린 손님은 통틀어 나와 승현 단둘뿐이었다'고 한다. 나락의, 連辭的 脈絡에 잘 조화된 두 인물이 등장하고 있다. 내린 건 '사람'이 아니라 '손님'이었다고 하는 지정이 우리에게 특정적인 정보를 제공하고 있지 않았을까. 사전적 정의에 따르면, 손님은 딴 데서 임시로 와서 묵는 사람이라는데, 이 명사는, 두 인물의 등장과 동시에 이들의 가능성이 벌써 봉쇄되고 있는 듯이 보였기 때문이다. 그러나 그 행동거지나 성격 따위는 일괄처리해야 할 것이다.

"1분 정거 후 제법 기적소리도 요란하게 차꼬리를 좌우로 궁싯거리며 기차가 떠나가고……" 서빙고의, 혹은 나락의 정황이 구체적으로 소개되고 있다. 5분 정거가 아니고 왜 1분인가. 바쁘다. 시간에 쫓기고 있다. 이윽고 '제법'이라는 副詞도 특징적이다. 그것은 다음의 토씨 '……도'와 대응하고 있는 것이지만, 그것들은 어떤 존재의 不定을 강조하기 위해서 사용되고 있었다. 그것은 무엇인가. 기차. 鑛物이다. 광물이 생물처럼 움직이고 있었기 때문이다. 그것은 불길감 혹은 공포감을 안겨주리라. 왜냐 하면 무생물이 생물처럼 움직이고 있었으니까. 유사한 대상의 이름에 의해서 지시하자면 기차는 恐龍인 것이다. 隱喩. 따라서 공룡이 꼬리를 좌우로 궁싯거리며 떠났다고, 대립항을 대치시켜 읽어도 조금도 저항감이 없었을 터이다.

"……석탄 때가 까맣게 묻은 낡은 자갈밭 포옴에 남게 되자, 우리는……" 방금의 센텐스에 이어, 이 지표는 文明論的 코드를 가지고 접근할 것을 요구하고 있다. 언사적으로 보면, 단위 하나하나가 자기의 맥락을 찾아서 인접하는 다른 단위와 결합하면서 하나의 결구를 이루고 있었지만, 한편 범렬적인 관점에서 해독해 보면, 얼핏 보아 하찮은 이 말의 연쇄에서도 거의 단위마다 等價的인 대립항이 체계를 이루면서 존재하고 있었고, 동시에 그러한 대립항을 지표로 하여, 후속되는 요소연속에도 마치 고리가 연쇄를 이루며 다시 나타나는 것이다. '석탄'은 무엇인가. 물론 전후의 맥락과의 관계를 고려해야 하지만, 그것은 죽음이나 나락이 아닐까. 그것은 공룡 따위 고대생물의 주검이요, 또 그것은 굴穴 따위 그룹이 보였기 때문이다. '때'도 동단이다. 그것은 무엇인가의 殘滓요, 무엇인가의 붕괴한 찌꺼기였기 때문이다. '까맣게'는 죽음이나 나락의 빛깔이다. '늙은 자갈밭'은 또 무엇인가. 노쇠의, 죽음의 사막인 것이다. 광물이요, 廢墟요, 요컨대 기하학적인 이미지인 것이다.

　"우리는 저만큼 마주보며……" 팔매질을 하였다. 돌은 철로에 떨어져 쨍 하고 쇳소리를 냈다. 쇳소리는 이 근처가 그 정도로 조용하다는 것을 일깨워줬다고 한다. 거듭 인용하거나 요약한 이유는, 우리는 지금 外的코드 변환을 시도(그 결과는 범렬론적 의미체계가 형성된다) 하고 있긴 하지만, 이 작업은 어디까지나 內的코드변환을 상관항으로 하여4), 거기서 일탈하지 않으려는 것으로, 보다시피 방금 인용한 언표에도 선행함이 되풀이 나타나고 있는 것이다. 이 한에서 언표의 의미론적 분절은, 이를 테면 極小場面을 이루고 있는 셈인데, 앞에 나타난 사막, 폐허, 요컨대 불길한 기하학적 이미지는 이번에도, 예외없이 논리적으로 연속되고 있었다. 돌(자갈) → 철로(쇳소리) 따위 그룹이 그것이다. 각 단위는 모두가 광물적이다. 그것은 죽음을 생산한다. 쇳소리는 근처가 조용하다는 반증이 되고 있었다고 하는데, 이 '조용하다'는 동사는 무엇인가. 다시, 제목에 함축되고 있는 의미론적 체계를 상기시켜보겠는데, 조선왕조는 이미 조용해졌고, 山은 언제 보아도 조용했을 것이며, 굴도 마찬가지로 조용했고, 통풍금지를 했으니 절대 조용했다. 이 동사를 명사화한다면 그것은, 혹은 靜寂은 죽음이었던 것이다. 광물 / 죽음이다. 이 대립항은 연속되는 요소연속에도 반드시 되풀이 나타날 것이다. 광물의 기능은, 차갑고 썰렁하고 섬뜩하고 조용한 죽음을 생산하리라. 이것이, 지금까지 여러 단위 사이의 유사(따라서 대립된)관계를 기술하면서 얻은 이 작품의 모티브인 것이다.

　話者 등이 역 앞으로 나서자 바로 한길이었다. 한길에는 으레껏 통행인이 많아야

---

4) Lotman, 『藝術텍스트의 構造』 Gallimard 版 87쪽.

한다. 그런데 사람은 없고, 트럭이 보였다. 죽음의 거리에 사람이 있을 턱이 없고 불길한 기하학적 이미지만 보인 것이다. 선행항의 후속이다. 트럭은 "또 한 대, 또 한 대, 또 한 대" — 이 단조로운 반복에서 우리는 메카니즘을 연상하게 되지만 미상불 이 금속(트럭)은, '철근'을 만재하고 먼지를 일으키며 왈가당왈가당이다. 적재물이 철근이었다는 것은 무엇인가. 그것도 죽음인 것이다. 그렇다면 트럭은 죽음을 나르는 葬儀車다. 인간적인 사물이나 운동이 보이지 않는다. 이 장의차가 움직이고 있었던 것도 아니다. 또 한 대, 또 한 대, ……왈가당 왈가당 죽음의 소리만 송신하고 있었던 것이다. 먼지조차도 움직이지 않았다. 그것은 "급하게 제자리 맴을 돌다가", "맥없이 스러지곤 하였다"는 것이 아닌가. 인간적인 사물이 전혀 없었던 것은 아니다. "먼 건너편에는 외인주택"이 있었다. 그러나 그것들은 "짙은 그늘 속에 싸늘한 윤곽을 드러내고 서있었다." 그러니까 짙은 죽음의 그늘 속에 싸늘한 광물적 直線(曲線은 인간적)을 드러내고 있었을 뿐인 것이다.

가장 西氷庫다운 같은 말이지만 가장 砂漠 → 廢墟요 죽음 → 奈落다운 다음과 같은 장면의 묘사는, 우리 文學史上 그 유례를 볼 수 없을 것 같다.

> 이백미터쯤 떨어졌을까. 한강 가로 골재(骨材)공장의 높고 육중한 시멘트기둥이 깎아지른 듯이 우람하게 막아서 있고 휑하게 빈 해가 지고 있는 서편 하늘이 그 위로 멀리까지 퍼져있다. 골재공장의 그 시멘트기둥은 역광(逆光)을 받아 시꺼멓게 버티고 섰으니 그 뒤쪽 하늘은 여린 황혼빛이다. 좌르륵좌르륵 자갈 쏟아지는 소리가 근처에 들린다. 흡사 수도꼭지처럼 생긴 쇠기둥이 높이 매달려 있어, 그곳으로 야금야금 자갈이 쏟아져 나오고 산더미만한 큰 자갈더미가 그 옆에 쌓여있다.
>
> 아무리 둘러보아도 사람은커녕 개 한 마리 얼씬하지 않는다. 우르릉우르릉 깊은 땅 속에서 울려나 오는 것 같은 진동이 퍼져오고, 보이지는 않으나 천천히 천천히 쇠사슬 감기는 소리가 들리고, 이따금 좌르륵좌르륵 그 높이 매달린 수도꼭지처럼 생긴 무쇠구멍이서 자갈이 쏟아지고 있고, 그러나 사람은 코빼기도 안 보인다……

더 전사하고 싶었다. 바르트는 「S/Z」에서 그의 讀法에 견디어낼 수 있는 텍스트를 古典的이라 부른다고 말하고 있었지만5), 이 정황묘사는 連辭/範列的으로 분석해보아도 능히 견디어낼 수 있는 名文章의 표본인 것이다. 지금 우리는 범렬론적으로 밖엔 접근하지 못하고 있는 실정이지만, '골재(骨材)공장'은 무엇인가. 이 작가가 리얼리스트였다고 지목하는 讀法에선, 記號의 지향대상—자갈 따위 건축재료를 가리킬 터이다. 그러나 소설을 건축공학적 코드를 가지고 읽는다는 것은 전혀 넌센스가 아닌가. 작가가 '건축재료공장'이라 하지 않고 구태여 골재공장이라는 단위를 選擇/結合한 점에 대해서 주의하지 않으면 안 되는 것이다. 骨材工場은 문자 그대로 죽음의 공장인 것이다. 火葬터쯤 연상해도 무방하다. 우리는 지금 경험상의 연합관계를 설명하고 있는 것이 아니라. 의미론적 유사성을 기술하고 있었기 때문이다.

주지하다시피, 화장터 풍경은 "높고 육중한 시멘트기둥이 ……" 우람하게 막아서 있었을 터이다. 길(生命의)을 봉쇄하고 있다. 배경에는 태양(明이요, 탄생이요, 생명의)쯤 있을 법도 한데 없다. 해는 휑하게 비어있지 않았는가. 서편 하늘은 또 무엇인가. 화장터(죽음)의 傳承的 이미저리에 따르면, 그것은 西쪽—사막이나 나락은 西城 三萬里 밖에 있었고, 그것은 또 黃昏(인생의 황혼), 역사나 문명의 崩壞의 지표였던 것이다. 이 지표는 전혀 존재론적이다. 그래서 기둥(굴뚝)은 시꺼멓고(죽음의 이미지), 하늘은 황혼빛(붕괴의 이미지)이라고 지정한 것이다. 統辭論的인 단위 하나하나는 제각기 맥락 속에서 자기 존재를 주장하면서도 그것들은 동시에 제2의 의미체계와도 결합되어 있었던 것이다. 높이 매달려 있는 쇠기둥의, 그 무쇠목구멍에서는 좌르륵 좌르륵, 혹은 야금야금 자갈을 쏟는다. 지금 죽음을 생산하고 있는 중인 것이다. 산더미만한 큰 자갈더미는, 그 불길한 기하학적 이미지는 죽음의 피라밋이다. 사막의 피라밋. 문명은 그 자체가 죽음을 생산하고 있는 것이다. 문명은 죽음의 저장고인 것이다 .무쇠구멍은 그 심벌이다. 공장 주변에는 사람 코빼기도 안 보였다. 이것도 후속항의 하나에 불과한 것이지만, 인간의 소외는 당연했던 것이다. 우르릉우르릉 깊은 땅 속(이미 선행항이 있었다. 奈落)의 소리와 같은 진동은 또 무엇인가. 輓歌요

---

5) Barthes, 『S/Z』 Seul 版 10쪽.

葬送曲이다. 쇠사슬소리도 동단이다. 그런데 짐짓 소리를 기대할 수 있는 대상에서는 소리가 없다. 백사장으로 트럭이 소리없이 느리게 왔다갔다 했다는 서술이 그것인데, 백사장은 사막이요, 트럭은 광물, 이를 테면 죽음을 반복하고 있는 셈이니 소리가 있을 리 없었던 것이다. 그것이 불안감이나 공포감을 유발한다. 그리하여 이 문명의 화장터는 삭막하고 을씨년스럽고, 차갑고 선득선득한 분위기가 되었다. 휑한 하늘 위에 헬리콥터가 한 대 있었는데, 예의 기차가 地上의 공룡이었다면, 이건 날으는 공룡 혹은 주검을 먹고 사는 독수리다.

로트망은 앞의 책에서, 등장인물과 성격에 언급하여 이렇게 설명하고 있다. 주요인물의 행동거지의 意外性은, 성격이 이미 알려진 행동의 가능성으로서가 아니라, 범렬로서 형성된다는 것이다. 그러니까 사상체계의 수준에서는 단일하지만, 텍스트의 수준에서는 可變的이며 여러 가지 가능성의 결합으로서 형성됨으로써 실현된다[6]는 것이다. 그리고 덧붙여 성격의 타이펄러지를 보여주고 있는 것인데 그 相關性 / 不變性, 삶 / 죽음, 自然 / 文明 따위 대립적 단위와 그 下位區分의 클라스의, 가령 可變性에는 사랑·진리·인간성 따위가 있고 한변 不變性에는 획일성·독단주의·의무·엄격성 따위 의미론적 해석이 보인다. 지금까지의 우리의 관점과 대응하고 있다는 것을 알 수 있는데, 이번에도 같은 관점에서 작중인물론을 시도하려는 것이다.

먼저, 이 작품에 등장하는 인물들을 망라적으로 소개해두려고 한다. 먼저 全體集合을 지정해둘 필요가 있었기 때문인데, 話者와 승현, 그리고 나머지는 無名(!)으로, 驛員·뻐스차장과 技士·극장광고원·공차기하는 소년들·전라도 소녀·賣春婦·여자 工大生이다. 이 전체집합에서 주요인물(話者)과 대화하는 인물들은 승현 외에, 驛員·극장광고원(그것도 助手少年)·전라도 소녀·매춘부다. 구태여 이들을 따로이 분류한 것은, 주요인물의 성격은 그 행동거지―가령 다른 인물들과의 對話를 통해서 해명될 것이었기 때문이다.

이미 지적한 바 있지만, 화자 등은 서울서 온 '손님'이었다. 西氷庫는 딴 데다. 그런데 그러한 지정(손님)은 무엇인가. 이들의 가능성이 이미 봉쇄되고 있었던 것이

---

6) Lotman, 앞의 책, 353쪽.

다. 물론 西氷庫(딴 데)에 의해서. 상관항을 만들어보라. 서울은, 가령 사람은 서울로, 망아지는 어디론가로 보내라는 속담이 의미하고 있듯이, 서울은 인간다운 곳이었다. 삶→사랑→탄생→勝利(出世)라는 체계가 성립될 수 있다. 그리하여 서울/서빙고는 사랑/증오, 삶/죽음, 自由/규율, 빛/어둠 따위를 增殖시킬 수 있으리라. 다시 이 대립항에서 주요인물/다른 등장인물 따위로 下位區分해 보면, 결론은 이미 나 있는 것이다. 주요인물과 다른 등장인물과의 관계는 정상적 대화 따위가 있을 수 없고, 언제나 他人(손님)이요, 따라서 그 사이엔 증오와 규율과 어둠 따위가 가로 놓여있을 수밖에는 없었다. 화자 등의 가능성이 처음부터 봉쇄돼있다고 언명한 이유다. 현실조사를 해 보일 필요가 있을까. 물론 이 작가가 창조한 성격이 어떻게 실현되고 있는가를 확인할 필요는 있는 것이다.

맨 처음의 '제복에 제모를 쓴 역원'과의 관계다. 제복과 제모는 아다시피 규율의 심벌이다. 그는 의무에 충실해야 한다. 그는 24시를, 마치 굶주린 승냥이처럼 사방을 노려봐야 한다. 그래서 그는 어둑(때가 낀)한 굴(驛)에서 "삐끔 우리 쪽을 내다본" 것이다. 화자는 그러한 승냥이와 "반 장난삼아 무작정" 대화가 하고 싶어진다. "형씨는 이 직업 몇 년이나 하셨소?" 물론 승냥이는 '외면'하였다. 밉다. 화자는 싱거운 녀석이었던 것이다. 확실한 일은, 승냥이와는 장난할만한 자유가 허락될 수 없었던 것이다.

다음은 극장광고원과의 관계다. 이들도 예의 승냥이처럼 제복 제모다. 서빙고의 주민은 모두가 기하학적 이미지로 무장하고 있는 모양이다. 삐죽한 고깔모자에 물색안경을 썼다고 하는 외모가 그것이다. 더욱이 이 샌드위치맨의 행동거지는 自動販賣機다. 발걸음은 "하모니카가락에 맞추어 스카가토로 쾌속조"인 데다가, "걸을 때마다 자연적(!)으로 방망이(고무신에 묶어놓은 것이다)는 둥, 둥, 둥, 북을 두드리고 있다."오른팔은 오른팔대로 자동적으로 북의 반대편을 두드리고 있는 기계적 동작이 그것이다. 이러한 자동판매기와의 對話는 불가능했으리라. 그래서 화자는 조수 꼬마에게 묻는다. "저 할아버진?" 자동판매기를 가리킨 것이다. "할아버지 아니에요. 우리 아저씬데.", "참, 그렇겠구나." 싱겁다. 질문은 이쪽의 주체성을 확립하기 위한 공격이다. 그러나 화자는 여전히 '반 장난 삼아', 意味作用을 하지 않는 신호만을 보내고 있었던 것이다. 물론 그들이 미운 것도 아니었다. 다만 이랬다 저랬다

하고 싶을 따름이다. 가령 엉뚱하게, "저 삼촌(자동판매기) 학교는 어디 나왔지?" 하
는 따위 질서가 없는 '질문'이 그것이다. 화자 등은 無聊한 것이다. 이 대화에 의해
서 서빙고에는 어딜 가나 예의 文明의 화장터의 技士(더우기 工大출신이란다)만이 있
다는 메시지를 얻은 셈이었지만, 어쨌든 화자 등의 행동거지에서 우리가 확인한 것
은 이들이 무엇인가 유별난 가능성 혹은 可變性을 모색하는 인물이었다는 점인 것
이다. 엄격한 규율이나 메카니즘(그것은 인간의 붕괴요 죽음을 의미하고 있었다)과 對立
的인 인물인 것만은 확실한 것이다. 공차기하는 소년의 일단은, 화자 등과 대립적
인 인물의 표본이 된다.

　　조무라기들 너댓이 편을 갈라서 공을 차고 있다. 별로 왁자지껄 떠들지도 않고
　　얌전하게 차고 있는 것이, 어거지로 마지못해서 차고 있는 듯이도 보인다. 이 근
　　처 애들도 놀긴 놀아야 할 터인데 마땅 하게 놀만한 놀이가 없어서 그것을 하는
　　듯이도 보인다.

코드變煥을 해보일 필요가 없겠다. 왁자지껄 떠드는 소리가 삶이나 생명을 의미
하고 있었다면, 이 조무라기들은 지금 죽음을 演技하고 있는 것이다. 삶을 이미 完
成한 것일까. 공차기에도 엄격한 룰이 있다. 이랬다 저랬다 변덕을 부리지 못한다.
이 점에서도 화자 등과는 변별적인 것이지만, 소년들은 룰을 墨守하는 괴뢰들인 것
이다. 장난이나 놀이는 생명의 약동하는 심벌, 그런데 그것이 제거되고 없었으니
괴뢰가 아니고 무엇인가. 소년들은 화장터의 祭物이었던 것이다. 전라도 소녀 등도
예외가 아니다. 화자는 별로 흥미는 없었지만, "예쁜데요"를 연발하면서, 그러니까
인간적인 대화를 하려고, "동생이 어디 갔지?" 하고 묻는다. 동생의 미래(종말이 아
니라 미래)를 묻고 있는 것인데, "어렵쇼", "골재공장쪽을 가리키"는 것이 아닌가. 죽
음의 공장이다. 제물(동생)이 왔다. 이번에도 화자는 이들의 삶(행방)이 궁금하여 "동
생이랑 어디로 가려구?" 한다. 그런데 "교회 가요"다(!). "십자로 뒤 언덕에 삐죽한
교회당." 이 텍스트에는 십자로가 몇 번이고 나오는데 그것은 무엇인가. 예수의 죽
음을 연상할 수 있다면 그것은 죽음의 位相이다. 더욱이 교회는 '뒤 언덕'에 있단
다. 뒤 → 過去 → 죽음이요, 언덕은 골고다의 언덕 → 죽음의 언덕이다. 그것은 또

삐죽하단다. 끝이 삐죽한 拷問道具. 이 소녀 등도 예외없이 나락의 주민이었던 것이다. 이러한 상황에서 화자 등은 자기를 어떻게 실현해야 하는가.

마침내 대단원이다. 지금까지, 어디까지나 텍스트 內的인 관점을 시종일관 견지하면서 기술해온 바와 같이 주요인물의 행동거지엔 질서가 없다. 언제나 엉뚱했던 것이다. 이랬다 저랬다 한다. 驛員에겐 불쑥, 몇 년이나 그 일에 종사하셨소? 혹은 극장광고원에게는 학교는 어디 나왔지? 따위, 질문으로 독자를 폭소하게 했고, 그러나 이 인물이 뜻밖에도 예의 전라도 소녀를 대하자, 어디로 가려구? 하며, 사랑이나, 인간성 따위를 보여주는 것이다. 저금까지의 그의 행동거지로 보아서 그는 변덕장이였던 것이다. 그런데 또 의외에도 대단원에 이르면, 예의 예사스럽지 않은 여자를 먼 발치로, 보고는 이렇게 중얼대는 것이다.

지랄이 하고 싶었는데 됐다.

하는 것이 아닌가. 그리곤 "나는 휘파람을 불었다" 이후의 結構는 이미 요약했기 때문에 반복하지 않겠는데 지랄이란 무엇인가. 변덕을 부리고 싶은 것이다. 이것은 욕이 아니다. 주요인물이 지랄하고 싶었던 것은 문명의 폐허에서, 그러니까 증오(매춘부와의 관계 따위), 규율, 획일성, 죄악, 비인간성 따위가 지배하는 체제 아래, 최소한의 인간성을 확인하거나 실현하기 위한 보루요, 자유나 가능성을 이룩하기 위한 자세인 것이다. 그것은 自己卑下가 아니라, 善이요, 빛이요, 생명, 삶이요, 소망이요, 사랑인 것이다. 단위는 더 그룹화될 수 있다. 따라서 그러한 複數的인 성격을 규정할 수는 없다. 언제나 가변적인 인물의 성격을 어떻게 규정한다는 말인가. 설령 규정할 수 있었다 하더라도, 그 가능성은 언제나 미지수로 남으리라. 이 한에서 李浩哲씨는 文學史上 특이(복수성의)한 인간상을 창조한 것이다.

소설가와 예술가의 갈등

김윤식*

1. 원점으로서의 「나상」

사람은 누구나 자기동일성을 확인하고자 하는 강렬한 욕망을 가지고 있는데, 이를 보통 생명력이라 부른다. 이 생명력이 특히 날카롭게 인식되는 경우나 시기가 유별나게 드러나는 사람이 있을 수 있다. 여기서 유별나다는 것은 그것이 역사적, 사회적 의미와 연결된다는 뜻이기도 하다. 인간의 자기동일성 확인에 대한 열망이 강조될 경우를 생각해보자. 누구나 자기동일성을 확보하고 있었을 것이다. 그러나 그것이 주위 환경세계의 강력한 폭력 앞에 무너지거나 위축되어, 지키기 어렵게 될 경우를 맞게 된다. 성장이란 유기체가 환경에 동화하는 과정인 만큼, 껍질을 벗지 않으면 성장 자체가 불가능해지게 마련이다. 동화작용이란 그러니까 자기 동일성 확보를 위한 유기체와 환경세계 사이의 타협이라 할 것이다. 유기체가 환경 세계화 절묘한 균형관계를 취하는 일, 그 균형이 이루어지자 금방 균형이 깨지는 일이 발생하고, 다시 균형을 찾아내고자 온갖 노력을 이루어가는 일, 이를 여러 각도에서 고찰할 수가 있을 것이다. 피아제(Jean Paul Piaget)는 이러한 유기체의 삶의 인식방법을 동화작용과 이화작용의 시각에서 검토하였으며, 골드만(Lucien Goldman)은 구조가

---

* 문학평론가.

아니라 구조화의 과정으로 이해하였다. 구조가 만들어지자마자 그것이 깨져야 하는데, 그러니까 구조화의 과정이 지속적으로 놓여 있는 셈이다. 상상적 저작물 일반, 그러니까 문학, 사상, 철학 등은 그러한 구조화 과정의 일환이며, 특정인의 상상적 저작품이 유독 어떤 사회나 시대에 문제적인 것으로 부각되는 것은 그 특정인의 구조화 과정이 정밀도에 비례하는 것으로 볼 수가 있다. 골드만은 발생적 구조주의의 이론적 틀을 만들어냄으로써 상상적 저작물의 높이랄까 깊이를 가늠하는 기준을 마련한 바 있다. 상상적 저작물이란 유기체가 세계와 어떤 절묘한 관계를 유지하면서 자기동일성을 견지해나가는가를 보여주는 지표와도 같은 것이라 할 수 있다.

이호철의 소설을 문제삼는 마당에서 엉뚱하게도 피아제라든가 골드만을 들먹거리는 일이 어색할지 모르나 필자의 생각으로는 이 점이 무엇보다 중요한 것이라 믿는다. 그 이유는 이러하다. 우리 문학이 문단적 성격에서 문학적 성격으로 확대된 것은 이른바 전후문학(1950년대 문학) 이후라 할 수 있는데, 이로부터 지금까지 그 중심부에 몸을 두고 있었던 문인으로는 이호철 오른쪽에 나설 자는 그리 많지 않다는 사실을 먼저 들 수 있겠다. 두루 아는 바와 같이 전후세대란 6·25이후 등장한 작가군을 가리키는데, 張龍鶴, 孫昌涉, 金聲翰, 吳永壽, 康信載, 등 6·25 직전에 등장한 문인들도 포함되지만 그보다는 전후에 등장한 吳洋源, 徐基原, 李浩哲, 崔仁勳, 宋炳洙, 鮮宇輝, 郭鶴松, 崔翔圭, 李節宣 등을 지칭함이 보통이다. 이들 중에서 오늘날에도 작가로 군림하고 있는 현역으로는 거의 이호철 혼자에 지나지 않는데, 그 이유를 알아보는 일은 문학사적 과제가 아닐 수 없다. 전후세대에 속했던, 전례없이 예리하고도 재주있는 작가들이 千祥炳, 李浩哲, 崔翔圭를 빼면 모두 문단 및 문학에서 동시에 탈락하고 만 것으로 보이는 이 마당에 그 이유를 밝히는 것이 어째서 문학사적인 과제인가? 이런 물음을 던져본 사람은 골드만의 견해를 조금 이해할 수 있을 것이다. 사람은 누구나 자기동일성 확보를 위해 필사적인데, 이호철을 뺀 나머지 사람들은 자기동일성 확보 방법을 문학이라는 상상적 저작에서가 아니라 다른 것에서 구했을 뿐이라 할 수 있다. 혹은 정치꾼으로, 혹은 장사치로, 혹은 철학자나 시사 평론가로 자기를 세움으로써 자기동일성을 확보할 수 있었다. 그들이 한 때 문학을 선택한 것도 그러한 자기동일성 확보의 방편에 지나지 않았던 것이다. 이호철이 거의 유일하게 처음 선택했던 문학을 지금껏 고수하고 있는 것은 골드만의 설명에 따르면 그것이 자기동일성 확보에 가장 합당한 것으로 그가 판단했기 때문이다. 문학사적인 설명이 필요한 대목이 바로 여기에서이다. 그것은 이호철의 출발점이자 원점회귀의 단위라 할 수 있는 처녀작 「탈향」(脫鄕, 1955), 「나상」(裸像, 1956년)에서 실마리를 찾아낼 수 있다. 이들 작품에서 문제되는 것은 과연 무엇인가?

　　　하루밤 신세를 진 화찻간은 이튿날 곧잘 어디론가 없어지곤 했다.

　이렇게 시작되는 처녀작 「탈향」은 네명의 元山 청소년들이 중공군 개입에 따른 UN군의 원산 교두보 작전으로 LST에 실려 釜山 바닥에 떨어졌고 거기서 피난살이를 하는 과정을 그려낸 작품이다. "야하, 부산은 눈두 안 온다, 잉"이라고 외치는 대목은 참으로 이 청소년의 피난 감정을 적절히 나타낸 것이라 할 것이다. 원산 아이들이 눈도 안 오는 부산 바닥에 떨어졌을 때 그들의 심정은 이른바 크리스테바(Julien Kristeva)가 말하는 오욕(abjection)이 아니었을까, 크리스테바의 오욕 개념은 금세기 해체주의 사상의 중요한 골격의 하나로 독창적 사상, 그러니까 지(知)의 뉴 프런티어에 해당되는 것으로 알려져 있다. '왜 쓰는가', 곧 '왜 문학작품을 쓰는가(선택하는가)'라는 궁극적인 물음에 대해 크리스테바는 인간의 세상에 태어날 때 모친으로부터 떨어져나가는 순간의 그 오욕스러움, 그 저주스러움, 그 형언할 수 없는 낭패감을 내세워 해답을 삼고자 하고 있다. 이호철의 경우 원산에서 부산 부두로의 앱젝션은 곧 모체에서 떨어져 나온 유아의 그 오욕스러움, 저주스러움에 대한 자기동일성 확보의 일종으로 볼 수는 없을 것이다.

　　　"아하, 부산은 눈두 안 온다, 잉."

　이것은 이호철 개인의 앱젝션이다. 그것은 또한 울먹거림의 일종이기도 하다. 눈도 안 오는 부산 부두에 떨어졌다는 것, 그것은 어머니의 자궁에서 떨어졌던 순간의 그 오욕스러움과 등가이자 동격이다. 이 사실 때문에 이호철은 단순한 崔仁勳의

LST체험(「하늘의 다리」,1972년)의 문명사적 시각과는 다른 것으로, 원초적이고 본질적인 것이라 할 것이다. 이호철이 문학에서 본질적으로 벗어나지 못하는 이유의 하나는 여기에서 말미암은 것이다. 이 점이 얼마나 이호철에게서 근원적이었는가는 「나상」에 오면 더욱 분명해진다.

사변이 일어나자 형제가 다 군인의 몸이 됐다.
1951년 가을, 제각기 북의 포로로 잡혀 북쪽 후방으로 인계돼가다가 둘은 더럭 만났다.

이러한 상황은 우화적이라 할 만하다. 형은 바보였다. 동생은 똑똑하였다. 포로가 된 이 형제는 바보인 형으로 하여 우화적 설정이 불가피해졌다. 온갖 바보 노릇을 저지르는 형 때문에 아우는 몸둘 바를 잃는다. 형은 어느새 죽어가고 있다. 바보인 형의 죽어감이란 무엇인가?

"아하, 눈이 내린다."

형이 해야 될 말을 똑똑하다는 동생이 뇌까리고 있다. 형은 대열에서 이탈되고 인민군에 의해 총살된다. 이 작품에서 문제되는 것은 똑똑하다는 동생이 작가가 될 수 밖에 없는 운명의 표정을 짓고 있음에 있다. 형으로부터 앱젝션당한 아우란 무엇인가? 모체로부터 분리당할 때의 그 오욕스러움이 제 1차적인 글쓰기 행위의 모티베이션이라면 제2의 모티베이션은 원산에서 LST를 통해 부산 부두에 떨어진 그 형언할 수 없는 오욕스러움일 것이며, 제3의 모티베이션은 형(죽음)으로부터의 앱젝션이라 할 것이다. 살아남은 아우는 어떠했던가? 형으로부터 떨어져나온 이 아우는 다음과 같은 자리(자기동일성)에 와 있었다.

"자, 나는 다시 이렇게 범염한 내 고장으루 돌아왔구, 다시 내 그 오연함이란 것을 되찾아 입었다. 그런데 그전보다 좀 편편치 않다. 뒷받쳐야 할 의지라는 것이 자꾸 다른 것을 생각하기 때문이다. 나로선 아마 손해일는지도 모르지."

이렇게 볼 때, 작가 이호철은 세가지 모티베이션에 의해 '글쓰기'행위로 나아가지 않을 수 없었다. 첫번째 앱젝션은 보편적인 것이어서 유독 이호철스러운 것이라 할 수는 없다. 그러나 제2, 제3의 앱젝션은 이호철만의 것이라 할 수는 없다 해도 이호철만이 대표할 수는 있는 것이라 할 것이다. 제2의 앱젝션이란 원산이나 平壤으로 대표되는 월남인의 계층성을 대표하는 것이며, 제3의 앱젝션은 개인 이호철만의 것인지도 모를 일이다. 요컨대 이호철이 '글쓰기 행위'에서 결코 이탈하거나 탈락할 수 없었던 이유를 설명하기 위해서는 근원적인 이유를 먼저 물어야 함은 당연한 일이다. 위와 같은 설명이 어색하다든가 틀렸다든가를 문제삼는 일과, 글쓰기 행위의 근원적 이유를 질문하는 방식의 중요성은 구별되어야 할 것이다. 우리가 지금 문제 삼고 있는 것은 한 인간에게서 글쓰기 행위의 근본동기가 무엇인가에 있을 뿐인데, 옳고 그름을 떠나서, 이호철의 경우 그것을 세가지 모티베이션으로 살펴보고자 했을 따름이다.

만일 세 가지 모티베이션이 논의해볼 만한 것이라면, 그중에서도 제2앱젝션에 일단 관심을 던져볼 것이다. 자기동일성 확보를 위해 인간 이호철이 끊임없이 취하고 있는 절묘한 균형감각 유지가 의미를 갖는 것은, 제2앱젝션의 범주에서라면, 당연히 월남민이라는 특정한 계층의식, 그러니까 골드만 투로 말하면 집단의식의 표현에 해당되는 것이다. 말을 바꾸면 이호철에게서 자기동일성 확보는 분단시대를 살아가는 동안에는 결코 변질되거나 쇠약해질 수 없는 것이다. 물론 이호철은 「소시민」(1964년)이라든가 「서울은 만원이다」(1966년) 등을 썼다. 환경세계에 적응하는 방식의 일종이었을 것이다. 그렇지만 그러한 균형감각 확보를 위한 노력은 결국 자기동일성 확보를 위한 방편이었던 만큼 「소시민」을 평가할 때의 문제점은 제2 앱젝션의 의미가 「소시민」 속에서 얼마나 견지되었는가의 여부에 있을 것이다. 이 점을 놓치면 「소시민」이나 「서울은 만원이다」는 한갓 범속한 작품이거나 아니면 단순한 풍속묘사 소설에 멈추고 말 것이다.

한편 제3의 앱젝션은 어떤 의미를 갖는 것일까? 원산 피난민 계층을 저변으로 하면서도 이호철 개인의 특징이 이 범주 속에 스며 있을 것으로 생각되는 만큼, 이호철 창작의 본질이 이 범주에서 달성될 것으로 보아도 크게 틀리지 않을 것이다. 이호철은 원난 피난민이면서 이호철 개인인 까닭이다. 그에게 형이 있든 없든 그것은 아무런 상관이 없다. 문제는 자기동일성 확보를 위한 인간 이호철의 끝없는 균형화 작용에 있을 것이며, 이것은 상상적 저술인 소설 속에 어떤 형태를 보여주고 있는가에 있을 것이다. 피난민 의식만을 그의 작품에서 보는 것은 제2액젝션의 수준이다

제3액섹션의 수준에까지 내려올 때 비로소 '대변인'이 아닌 작가 이호철의 본질에 좀더 가까이 갈 것으로 생각된다. 이 제1에서 제3까지에 이르는 거리 측정을 암시하는 것이 이 글의 겨냥한 곳이라 할 수 있다.

2. 소설가 이호철의 표정

제3의 액젝션이란 무엇인가? 이런 물음에 대해 일찍이 작가 자신이 아주 정확한 대답을 해놓고 있어 인상적이다. 조금 길게 인용해보고자 한다.

> 소설가 속에 어차피 다소는 동서하고 있는 예술가는 제멋대로 생겨먹었고 방자하다……. 소설가 속에 다소는 동서하고 있는 예술가란 첫째, 게으르고 골치 아픈 것을 싫어하고 장난꾸러기이다. 인생과 세상은 자기 취미에 알맞도록만 내다보여지게 마련이다. 여기에 부닥치면 분석하고 분류하고 결론을 내리는 저 논리의 조작, 비평 업무는 무색해진다. 예술가를 달래어 이끌어가며 결국 그것을 소설 제작에 기술적으로 동원해야 할 사람은 바로 소설가 자신이다. 큰 윤곽은 소설가가 정하지만 디테일에서는 예술가가 동원되어야 한다.[1]

소설가와 예술가의 구별을 문제삼는 것은 작가 이호철을 이해하는 데에 아주 중요한 대목인데, 이러한 날카로운 구별을 해놓았던 것 자체가 얼마나 그가 소설에 관한 달인의 경지에 들어갔는지를 새삼 말해주는 것이기도 하다. 「탈향」, 「나상」을 쓴 지 10년 만에 씌어진 소설가와 예술가의 구별에 관한 윗글에서 주목되는 것은 소설가를 논리적, 비평적 몫을 맡은 것으로, 예술가를 '골치 아픈 것'을 싫어하는 것으로 파악해 놓은 점에 있다. 한 작가 속에 이 두 가지가 공존하고 있다는 것은

---

1) 李浩哲, 「소설 작가의 자세」, 『시상계』, 1965년.

이호철소설을 이해하는 데에 거멀못이 되는 셈이다.

다시 이 문제를 분석해보기로 한다. 소설이 만들어지는 과정에서 현실을 재구성하는 것은 물을 것도 없이 소설가의 몫이다. 예술가는 단지 재구성된 현실의 표현 과정에서 '거의 우연의 소산'으로서 '소설가 자신도 모르게' 구석구석에서 작용한다. 작가 이호철은 소설가인가 예술가인가를 묻는 일은 그 때문에 문제적이라 할 만하다. 소설가로서의 이호철에게서는 현실인식이야말로 중요한 것이며 그것은 물을 것도 없이 「탈향」, 「나상」에서 원점회귀 단위로 놓인 앱젝션으로서 피난민 의식이었다. 이 피난민 의식이 한층 분명한 논리성을 띠고 확연히 모습을 드러낸 것은 그에게 『현대문학』 신인상을 안겨다 준 단편집 「판문점」(1961년)이다. 이 작품의 주인공이자 작중화자인 통신사 기자 진수의 입을 통해 판문점은 이렇게 그려져 있다.

> 2백년 쯤 뒤 판문점이란 고어로 '板門店'이 될 것이다 …… 그때 백과사전에는 이렇게 쓰일 것이다. 1953년에 생겼다가 19××년에 없어졌다. 지금의 개성시의 남단 문화회관이 바로 그 자리다. 원래 점(店) 혹은 점포하는 말은 '상점'이라든가 '가게'라는 말과 동의어로 쓰였다. 이 어휘의 시초는 역사의 단계에 있어 초기 수공업 시대에까지 소급되어야 한다. [……]
>
> [……] 일 테면 사람으로 치면 가슴패기에 난 부스럼같은 거였다. 부스럼은 부스럼인데 별로 아프지 않은 부스럼이다. 아프지 않은 원인은 부스럼을 지닌 사람이 좀 덜됐다 불감증이다 어수룩하다는 데에 있다. 한데 그 부스럼은 그 사람으로서도 딱하게 알기는 아는 모양인데 어쩐단 도리가 없다. [……]

말하자면 이러한 대목이 소설가의 몫으로서의 현실인식의 측면이다. 주인공 진수의 입을 통해 말해지는 위의 대목은 이를 테면 소설가가 염치도 없이 얼굴을 내놓았기 때문에 흡사 신문 사회면 기사 같은 표정을 짓고 있는데, 이렇게까지 얼굴을 드러내지 않을 수 없을 만큼 이호철의 정치적 감각은 집요한 것이다. 이러한 겉돌기 쉬운 역사감각에서 한 단계 밑으로 내려간 곳에 참된 소설가의 솜씨가 드러난다. 주인공 진수를 에워싸는 소외감(피난민 의식)을 드러내는 방식의 논리적 측면, 곧 현실 재구성력이 그것이다. 진수의 소외감은 먼저 형의 집에 얹혀 산다는 점에서 제시된다. 형과 형수가 아무리 친절하다 해도 그 속에서 기식하고 있는 주인공은 서먹서먹함에서 결코 벗어나지 못한다. 소속감이 부족한 형편이다. 판문점행 버스 속에서도 사정은 같다. 외인 기자 노부부의 정다운 대화에 비하면 자기는 얼마나 낯선 것인가. 정작 판문점에서는 흡사 남의 나라에 온 듯 이방인 감정에서 벗어나지 못한다. 북쪽 여기자와의 만남에서는 이 점이 더욱 고조된다. 형과 형수, 외국 기자, 북쪽 여기자 등과의 관계는 한결같이 부스럼의 존재와 같은 것이 아니겠는가. 이 낯설음은 섬칫하면서도 친근한 것이다. 이 앰비벌런트한 감정이야말로 소설가의 감각이다. 진수가 북쪽 여기자에게 어떻게 접근해야 하며, 얼마만큼의 거리를 유지해야 하며, 그 여기자를 두고 "기집애, 조만하면 쓸 만한데, 쓸 만해"라고 생각하더라도 "어쩐단 도리가 없는 것" 그것이 이 작품의 참주제이자 소설가의 현실감각이다.

그렇다면 이 작품에서 그 망아니같이 걷잡을 수 없고 방자하며 골치 않는 것을 싫어하는 '장난꾸러기'로서의 예술가의 얼굴은 깡그리 사라지고 없는 것일까? 마땅히 이런 물음을 우리는 던져볼 수 있는데, 그 이유는 이호철 자신이 소설가와 예술가가 "어짜피 다소는 동서하고 있다"고 주장해 놓았음과 관련된다. 「판문점」에서는 이 장난꾸러기이자 방자한 짓을 일삼는 예술가의 얼굴은 상대적으로 보아 아주 희미하게 드러나고 있을 뿐이다. 북쪽 여기자와 헤어진 뒤 집으로 돌아온 그날밤 자리에 누웠을 때 꿈인 듯 생시인 듯 들려오는 그녀의 목소리 부분이 겨우 예술가의 그것이 아니었을까.

[……] 폭이 넓은 푸른 강물이 급하게 흘러가고 푸른 옷을 입은 그녀가 노래를 부르면서 그 물에 떠내려가고 있었다. 강둑에 선 그를 올려다보자 안타까운 표정으로 물 속에서 손을 빼내어 흔들었다. 소곤대는 목소리로 급하게 조잘대었다.

들키지는 않았어요. 당신의 오른편으로 나가고 난 왼편으로 나가기를 잘 했어요. 나는 정말 와들와들 떨었지요 [……] 안녕, 내 이 혼자 감당해야 하는 비밀은 약간은 무게를 지녔어요. 이런 것 좋을까요? 그러나 안심하세요. 불원간 부숴낼 거야요. 안녕, 빠이빠이. 그녀는 쨍한 햇볕 밑을 급하게 흘러내려갔다.[……]

요컨대 작품 「판문점」은 압도적으로 소설가의 얼굴이 크게 드러났고 그 때문에
예술가의 얼굴은 아주 희미한 것으로 되어 있다. 예술가가 얼굴을 내밀어 장난을
치기에는 소설가의 현실감각이 너무 거세고 또 정확하였던 셈이다. 목소리로만 겨
우 예술가는 살아 있을 뿐이며 그 목소리조차도 비몽사몽간의 그것이었다. 그렇지
만 이 주눅들린 목소리야말로 작품 「판문점」을 성공시킨 거멀못이다. 주인공 진수
의 가슴 깊은 곳에 뚜렷이 자리잡고 있는 이 은밀한 목소리가 미미하게 작품 전체
를 울리어 작은 메아리를 끊임없이 만들어내고 있기 때문이다. 물론 「판문점」에서
는 소설가 쪽이 우세함은 사실이며, 그것이 주도적인 몫을 했고, 창작 모티브도 거
기에서 말미암은 것이지만 거기에 예술가의 방자함이 짓눌림의 상태로나마 작용하
지 않았다면 이 작품은 우수한 작품일 수는 있어도 훌륭한 작품이라 하기는 어려울
것이다. 1960년대 우리 소설사가 「판문점」을 기억하여야 되는 이유를 설명할 때에
우리의 이러한 설명 방법도 보태져야 할 것이거니와, 실상 이러한 설명 방법은 진
작 작가 자신이 말해놓은 바였다.

3. 예술가 이호철의 선구적 역할

「탈향」, 「나상」의 작가 이호철이 「판문점」에까지 이르기에는 여섯해의 시간이
필요하였다. 그것은 세가지 앱젝션을 처음부터 안고 있었던 이호철 특유의 세계 전
개에 다름 아니었는데, 「판문점」은 그 중에서도 예술가 쪽이 위축된 대신 소설가
쪽이 압도적인 표정을 짓고 등장한 것으로 규정될 수 있다. 만일 이 「판문점」 계열
을 두고 이호철의 작품을 평가하는 이정표의 하나로 삼는다면 그것은 「나상」 계열
을 제1기로하고, 「판문점」 계열을 제2기로 분류할 수 있을 것이다. 제3기에 놓이는
작품군은 무엇인가? 이런 물음은 「판문점」의 성격을 새삼 규정하는 것에 관련되는
것이기도 하다.

「판문점」의 특징은 소설가와 예술가의 자리다툼에서 소설가 쪽의 압도적 우위
성에 의해 규정된다. 그렇다면 그 반대 현상은 무엇인가? 예술가가 소설가 위에 군
림하거나 적어도 예술가 쪽이 우위성을 차지하는 창작방법을 머리속에 둘 수 있다.
만일 작가 이호철이 작가 속에 들어 있는 이 두 개의 실체의 갈등을 자각적으로

인식하고 있었다면 응당 「판문점」 다음 단계를 예상할 수 있는 일이다. 중편 「무너앉는 소리」(1960~1963년)가 그 해답인 셈이다. 「닳아지는 살들」, 「무너앉는 소리」, 「마지막 향연」의 3부작을 묶어 중편 「무너앉는 소리」로 표제를 달았다는 것부터 조금 설명을 해둘 필요가 있다. 좋게 말해, 이러한 방식은 '연작소설'이라 할 것으로서, 한 작품에서 나온 인물이나 사건이 다음 작품에서 되풀이되어 나타나되, 작중화자를 바꾼다든가 사건을 바라보는 시각을 달리함으로써 같은 사건의 여러 가지 측면을 드러내기 위한 방식으로 고안해낸 것이다. 조금 형식이 다르기는 하나 뒷날 1970년 우리 소설계에 큰 모습으로 나타났던 尹興吉의 「아홉컬레의 구두로 남은 사나이」에서 또 趙世熙의 「난장이가 쏘아올린 작은 공」에서도 그대로 나타난다. 尹씨의 것은 단순한 연작이지만 趙씨의 것은 그야말로 진전하는 사건을 다른 측면에서 보여주기 위해 고안해낸 것이었다. 곧 참주제가 기법을 발견해낸 것이어서 문학사적 진전을 이루었던 것이다. 「무너앉는 소리」는 다만 꼭 같은 사건이나 상황을 등장인물의 각각 다른 시각에서 보여준 것이어서 참주제가 기법을 발견해낸 것이라 하기는 어렵다. 그럼에도 불구하고 이 형식의 새로움은 분명한데, 글 이유는 무엇이었을까? 이 의문은 오래도록 남겨둘 필요가 있는데, 소설이란 무엇인가를 묻기 위해서도 이 의문이 필요하기 때문이다.

3부작 「무너앉는 소리」는 그 나름의 의미가 있겠고 그것은 연작형식이 제기하는 문제와 관련되는 것이기도 하지만, 이들 3부작을 분석하기 위해서는 먼저 「닳아지는 살들」에 관심을 집중할 필요가 있다. 실상 따지고 보면 「판문점」의 대각선 쪽에 놓인 것은 「무너앉는 소리」라든가 「마지막 향연」이 아니고 오직 「닳아지는 살들」이다. 이 작품에 1962년도 동인 문학상이 주어진 것은 결코 우연일 수 없다. 나머지 두 작품은 일종의 후일담이자 혹은 같은 것이며, 구색을 갖추기 위해 소설가의 트릭, 그러니까 정치적 감각(작품 제작상의 감각)에서 나온 물건일 터이다. 이러한 지적이 막바로 3부작의 존재를 부정하거나 헐뜯는 것이 아님은 물론이다.

어째서 「닳아지는 살들」이 문제적인가? 이 물음은 어째서 「판문점」이 문제작이었던가에 막바로 이어져 있다. 「판문점」은 앞에서 살펴본 바와 같이 소설가의 얼굴이 압도적으로 드러나 있었고 그 위세에 눌려 주눅들린 예술가는 겨우 목소리만 남아 있는 형국이었다. 그것은 "왜 쓰는가?"의 원인인 앱젝션의 강렬성에 온 이호철 개인과 그가 속한 유랑민 계층 의식에 알게 모르게 연결된 것이어서 논리적이자 시사적이고 또한 비판적인 것이기도 하였다. 그 비판적인 것이란 또한 역사적인 것이기도 한데, 곧 '분단 문제'가 역사에 대한 변명을 요구하고 있기 때문이다. 원점이라 할 수 있는 「나상」, 「탈향」은 소설가와 예술가가 균형감각을 취한 것이었으며, 그 균형 감각이 소설가 쪽으로 크게 기울어진 것이 「판문점」이었다. 이 점에서 「판문점」은 한편으로는 도전적이며, 다른 한편으로는 균형감각의 파탄으로서의 위험성이기도 하였다. 균형감각 회복을 위해 씌여진 것이 「닳아지는 살들」인 만큼 여기에는 예술가의 얼굴이 압도적인 모습으로 군림하고 있다. 그렇다면 먼저 소설가의 얼굴은 어떠한가?

한 집안에 가장이 있다. 늙은 이 가장은 중풍으로 반신불수이자 언어상실증 환자이다. 은행장을 한 탓에 생활의 여유는 있는 편이었다. 아들 성식이 있다. 아무 것도 하지 않는 무직자이다. 음악 전공의 이 집 아들 성식의 아내 정애는 시아버지를 모시는 역할밖에 하지 않는다. 남편 성식과의 사이에 소생이 없고 두 사람 사이는 불모지대로 되어 있다. 이집 딸 영희는 29세의 노처녀이다. 노처녀다운 온갖 조건을 다 갖추고 있다. 기묘하게도 이 집에서 기식하는 선재라는 청년이 있다. 이북에서 불알만 차고 달랑 피난온 이 청년이 어떤 연유로 이 집 식객이 되었는데, 실상 이 "연유"야말로 이 작품이 가지고 있는 극히 애매모호한 부분이자 결정적인 대목인 셈이다. 그리고 순자라는 식모가 있다. 「마지막 향연」에서도 성식의 친구가 난데없이 등장하지만 중요한 것이 아니다. 요컨대 적어도 「닳아지는 살들」에서 「무너앉는 소리」까지는 위에 나온 인물이 전부이다. 이들 인물 중에서 제일 문제적인 것이 떠돌이 청년 선재의 존재이다. 어째서 선재가 이 집에 기식하게 되었는가? 그 '연유'야말로 이 작품에서 결정적인 곳인데, 바로 이것이 소설가의 얼굴이 비쳐보인 곳이다. 곧 선재가 이북서 온 청년이란 점이다. 어째서 이북에서 온 청년이 이 집에서 그토록 소중한, 그러나 더러운(앱젝트) 존재에 해당되는 것일까. 이 집안의 맏딸이 20년 전에 이북으로 시집을 갔다는 오직 이 애매모호한 사실 하나에 지나지 않는다.

이북으로 시집을 가서 이제는 20년 가까이 만나지 못한 언니의 시사촌동생이
라니, 그렇게 알 밖에 없었다. 1·4후퇴 때 월남을 하여 험한 세상 건너오면서

그 나름의 두터움이 베어들 만도 하였다. 3년 전에 세상을 떠난 늙은 어머니가 그(선재-필자)를 몹시 아껴주고 측은해 하였다. 제 맏딸의 시동생이라는 연줄을 생각해서였을 것이다. 역시 일흔이 되어 노망도 들기는 했지만 맏딸의 이모저모를 선재에게 되풀이하여 물어보는 눈치였다. 임종 때도 온 가족이 다 모여 있었지만 둘레둘레 선재를 확인하고서야 안심을 하였다.[2]

소설가의 목소리는 오직 이 대목뿐이다. 주눅들린 목소리이자 비몽사몽간의 그것이기도 한데, 이 대목은 저 「판문점」에서의 꿈속에 들리던 북쪽 여기자의 주눅들린 목소리와 엄밀히 대응되고 있다.
「닳아지는 살들」이 예술가의 압도적인 얼굴의 드러냄이라 했을 때 구체적으로 그것은 무엇을 가리키는 것일까? 설명보다도 예술가의 '방자함'을 그대로 보이는 것이 지름길이다.

(가) 꽝 당 꽝 당
　먼 어느 곳에서는 아따금 여운이 긴 쇠붙이 뚜드리는 소리가 들려왔다. 밑 거리의 철공소나 대장간에서 벌겋게 단 쇠를 쇠망치로 뚜드리는 소리 같았다. 근처에 그런 곳은 없을 것이었다. 그렇다면 굉장히 먼 곳일 것이었다. 굉장히 굉장히 먼 곳일 것이었다.
　꽝 당 꽝 당.
　단조로운 소리이면서 송곳처럼 쑤시는 구석이 있는, 밤중에 간헐적으로 들려오는 그 소리는 이상하게 신경을 자극했다.
(나) 꽝 당 꽝 당
　그러나 그 쇠붙이 소리는 같은 30초 가량의 간격으로 이러지고 있었다. 뾰족 뾰족한 30초다. 영희 목소리의 밑층 넓은 터전으로 잠겨 그 소리는 더욱 윤기를 내고 있다.
(다) 꽝 당 꽝 당

---

2) 「닳아지는 살들」.

잠시 잊어버렸던 그 소리는 다시 광물성의 딴딴한 것으로 번쩍번쩍 달려 들었다. 방안에서보다 더 크게, 육중하게 지축을 흔들듯이 달려들었다.

(라) 꽝 당 꽝 당

쇠붙이 쇠망치 부딪는 소리가 조용해진 틈서리로 파고 들어왔다.

(마) 꽝 당 꽝 당

쇠붙이에 쇠망치 부딪치는 소리는 여전히 계속되고 있었다.

(바) 꽝 당 꽝 당

쇠붙이 소리는 어느덧 평범하게 멀어져 있었다.

(사) 꽝 당 꽝 당

그 쇠붙이 뚜드리는 소리도 띠끌띠끌하게 더욱 투명했다. 이미 간헐적으로 이어지는 것이 아니라 조급하게 계속되고 있었다.

(아) 꽝 당 꽝 당

쇠붙이 두드리는 소리가 뾰조록이 돋아 올랐다.

(자) 꽝 당 꽝 당

쇠붙이 소리는 밤내 이어질 모양이었다.

이 작품을 구성하고 있는 기본원리이자 육체는 물을 것도 없이 이 쇠붙이 뚜드리는 소리이며, 그 소리의 변주 (가) → (자)에서 왔다. 기묘하게도 이 환청은 실체이기도 하다. 곧 환청이 그대로 물체, 물질적인 존재로 군림하고 있는 형국이다. 그 때문에 작중인물 중 어느 한 사람에 국한되지 않고 누구에게나 들리는 것이다. 이 작품이 단순한 우화소설로 떨어지지 않은 것도 바로 이 때문이다. 그렇지만 단순한 세태소설이나 또는 이른바 본격소설의 범주에 들기 어려운 것도 바로 이 때문이다. 이러한 '방자함'의 출현이야말로 소설을 '예술적 수준'으로 이끌어 올리는 참된 계기가 아닐 수 없는데, 이 점에서 작가 이호철의 천재성이 인정된다. 한 나라 문학사의 도약은 이러한 천재성에 의해서 겨우 가능하다는 사실은 새삼 강조되어도 좋으리라 믿는다. 다르게 말하면 우리 소설사는 이 점에서 이호철 이전과 이후로 구분된다. 곧 「하늘의 다리」에서 崔仁勳은 저녁 서쪽 하늘에 걸려 있는 커다란 여인의 다리를 보여주었다. 주인공 준구의 눈에만 보이는 애드벌룬만큼 큰 여인의 다리 환각은 대체 무엇인가? 원산서 LST를 타고 부산으로 피난 온 청년의 눈에만 보이는 이 '환각의 창조'야말로 예술가 崔仁勳의 몫이었다. 눈에 보이지도 않는 안개를 물질적인 안개로 바꾸어낸 「무진기행」(1964년) 金承鈺의 환각의 창조야말로 작가 金承鈺의 천재성의 증거가 아니었던가. 아무도 보지 못하는 그것이 어째서 한 사나이의 앞과 뒤를 가로막아 지척을 분간치도 못하게 만들었을까? 이런 물음은 1960년대적인 허무감이랄까 절망감에 그 해답이 들어 있을 것이다. 절망감이라든가 허무감이란 예술가의 몫인 까닭이다. 예술가란 '방자함'을 최대의 무기로 삼는다. 제주도 4·3사건을 어떻게 소설로 그릴 것인가? 이러한 절망 앞에 섰을 때 비로소 「순이 삼촌」(1978년)의 작가 玄基榮은 돌담으로 둘러싸인 보리밭에서 요란하게 들리는 '환청' 현상을 생생히 들려주었다. 그것은 玄基榮의 천재성이다. 있지도 않는 냄새를 맡아야 했던 5월 광주의 작가 임철우는 「직선과 독가스」(1984년)에서 '환취(幻臭)'를 창조해내었다. 모두가 예술가로서의 독창성, 천재성을 드러낸 사례라 할 것이다. 이러한 천재성의 맨 앞자리에 작가 이호철이 우뚝 서 있다.

4. 소설가—공적인 것의 참뜻

소설가 속에 동서하고 있는 건방지고도 방자한 짓을 하는 예술가 쪽을 작가 이호철이 보여줄 때는 이 작가가 내적 충실을 향해 힘을 저축하고 있음과 관계되고 있는 지도 모를 일이다. 「무너앉는 소리」란 따지고 보면 작가의 이러한 내면풍경에 해당되는 작품인지도 모를 일이다. 「무너앉는 소리」는 기법상의 특출함에서 우리 소설사에서 우뚝 선 작품이며, 또 그러한 상상력의 질서와 맥락에서 한가지 전형을 이루었음을 틀림없는 일이어서 이 점만으로도 소설사에 길이 남을 것이다. 그럼에도 불구하고 작가 이호철은 소설가이기를 갈망하고 또 실체로 소설가였다. 재능이 있어서 소설가가 되기는 어려운 법이다. 재능은 예술가 몫인 까닭이다. 소설가란 재능에 앞서 할 말이 있고, 그 말을 하지 않고는 삶의 의의를 갖지 못하는 그러한 특수인을 가리키는 부호와 같은 것이다. 한 작가가 유독 예술가의 노릇을 행할 순간은 소설가가 몸을 쉬고 싶은, 그래서 소설가로서의 힘을 축적하여 좀더 멀리 뛰기 위한 움츠림과 흡사한 현상이다. 이호철이 「남에서 온 사람들」(1984년)을 쓴 것이 그러한 사실을 증거한다.

중편 「남에서 온 사람들」은 소설가 이호철의 작품이자 소설가 이호철만의 작품이다. "이것만은 내가 쓰지 않으면 안 된다"라는 명제가 성립되기 위해서는 "나만이 이것을 알고 있다"를 넘어섰을 경우에 비로소 성립될 것이다. '자기만이 알고 있는 것' 때문에 소설가가 되는 것은 아니기 때문이다. 자기만이 알고 있는 그 무엇이 있되 그것이 소설의 명분을 갖기 위해서는 그 '무엇'이 역사라는 '공적인 것'에 관련되었을 경우여야 한다. 이 조건을 떠나면 '나만이 알고 있다'는 명제는 무의미하다. 누가 한 인간의 개인사에 흥미를 가질까보냐. 그런 것은 그 개인의 친척이나 자손들에게나 유효한 것일 뿐이다. 소설가의 설 자리와 자연인의 설 자리는 이처럼 분명히 다른 것이다.

「남에서 온 사람들」은 6·25적의 얘기이다. 19세의 원산중학 졸업반(지금으로 치면 고3이고 당시로서는 고급중학교 5학년 또는 6학년에 해당함)인 작중화자인 '나'의 시각으로 그려진 이 작품에서 주목되는 것은 다음과 같은 대목이다.

> (가) "동무는, 당원입니까?"
>
> "네"
>
> "어느 당이지요?"
>
> "남로당입니다. 물론 작금에는 북로당과 합당했습니다만."
>
> "당원증은 갖고 계시겠지요?"
>
> [……]
>
> "좋아요. 자세헌 애긴 뒤에 듣기로 하지요."
>
> 하고 나는 철두철미 공적인 표정으로 다시 일행을 구석구석 골고루 둘러보면서, 금방 그가 물은 출신 성분과 직업의 차이를 알아듣기 쉽도록 설명해주었다.
>
> (나) 갈승환 씨는 그날 저녁 취침 직전, 노동당원으로 당원증을 못 지니고 있는 사연을 설명하려 뒤늦게 은밀하게 나를 만난 자리에서 정작 본 용건은 제쳐놓고 저간의 그들 사정부터 대충 귀띔해주듯이 이렇게 알려주었는데, 이때

도 나는 기분이 썩 개운치는 않았다. 그것은 어디까지나 그의 자의(恣意)요 충정이었을 뿐이지, 분명하게 공적으로 보장된 위치일 수는 없어 처음부터 나로서는 그저 지나가는 말로 흘려들을 밖에 없었던 것이다.

(다) 그런 공적인 정황으로서보다도 우선 나는 개인적으로 처음부터 갈승환 씨가 께름하고 싫었던 것이다.

(라) "그러니까 동무는, 어쨌건 간에, 공적인 기준에서 지금 그런 얘기 하는 거 아니겠어? 사적으로는, 정현 동무와 도저히 떨어질 수 없을 만큼 가까워졌지만, 공적으로……."

(마) "공적도 사적도 아니에요. 저는. 그런 게 왜 굳이 구별이 되어야 하남요. 저는 이때까지, 사적으루만 김정현 동무와 친했던 것은 아니었어요. 그 점 분명히 갈승환 동무는 오해하고 있었지요.

(바) "김정현 동무와 친해진 게 공적도 사적도 아니라고 동무는 말하고 있는데, 대강 그런 기준에서 울진까지 같이 나갈 수도 있는 문제 아니겠어? 근데 그 점, 동무가 단호하게 거절하는 건 뭐지요?"

(사) "제가 공적도 사적도 아니라고 하는 건 진짜로 공적도 사적도 아니어서 아니라는 게 아니라, 실은 큰 테두리로는 공적인 기준이 의당 깔려 있다는 뜻이 아니겠습니까요. 아무데서나 꼭 공적인 얼굴을 하고 공적인 말을 농해야만 공적이 되능감유. 그러면 괜히 서걱거리기나 하고 서로 불편해지기나 쉽지유."

(가)에서 (사)까지에 이 작품의 참주제가 깃들여 있다. 그것은 '공적인 것'에 대한 통렬한 비판이자 깊은 통찰이라 할 것인데, 이것이야말로 소설가의 몫이다.

지금껏 소설가란 공적인 것을 위해 있다는 점을 살펴왔다. 이호철의 경우 그것은 이중적이다. 하나는 역사에 대한 공적인 증언을 위한 것이며, 이 점에서 그의 원산에서 중학생으로 체험한 그것 자체가 의미를 갖는다. 특정한 인간으로서의 이호철의 은밀한 개인적 체험(나만이 아는 것)은 원산 교두보 작전이라든가, LST라든가, 의용군 참가 등으로 요약될 수 있고, 그것은 6·25라는 역사로 열려 있다. 이 점에서 그것은 공적이다. 그러나 이것만으로는 소설가의 반열에 오를 수 없다. 기록문학자를 두고 아무도 소설가라 부르지 않겠기 때문이다. 소설가, 그러니까 진짜 소설가는 예술가와는 달리, 또 증언이나 하는 기록자와도 달리 '공적'이어야 한다. 이 경우 공적이란 무엇인가? (가)에서 (사)속에 그 바른 뜻이 깃들여 있다. 이 점에서 「남에서 온 사람들」은 의미 깊은 작품이며, 이호철이 진짜 소설가임을 제일 잘 말해주는 작품 중의 하나이다.

「남에서 온 사람들」이란 무엇인가? 6·25가 났을 때 원산까지 의용군으로 끌려온 남쪽 청년 50여명의 일단이 있었다. 그중에는 몇 명의 남로당(자칭)원도 끼어 있었으나, 대부분 중학생이거나 대학생들이었다. 이들을 임시 수용하는 곳의 기관요원(중간 관리인)으로 원산중학생인 작중 화자 '나'가 이들과 함께 지낸 동안을 다룬 것이다. 이 작품에서 문제되는 것, 그러니까 참주제가 깃들인 곳은 '공적인 것'의 본질이 무엇인가, 그것은 어떤 형식으로 드러나며 또 내재화되어 있는가, 그것은 또 어떤 점에서 사적인 것과 구분되는가에 있다. 남로당이란 어떤 경우에 공적인가? 북로당의 아성 속에 표류해온 남로당이란 공적이라 할 수 있는가? 가소로운 일이 아닐 것인가? 사적인 것 중에서도 사적인 것에 지나지 않는 것은 아니었을까? 남로당원이라 자칭하는 갈승환이 가소로운 인물로 보이는 것은 이 때문이다. 남로당원 김석조가 국회의원 아들이며 승마도 잘하며 철딱서니없는 서울서 온 중학생 김정현과 친하고 그를 감싸고 좋아하는 일이 당성에 위배되는 것(적대계급에 대한 증오심 갖기에 위배됨)이며 따라서 공적인 것이 아니고 아주 사적인 행위에 지나지 않는 것일까? 안 그럴지도 모르는, 오히려 큰 테두리에서 보면 그 쪽이 한층 공적인지도 모를 일이다. 김정현을 후방으로 돌려보내고 김석조와 '나'가 일선으로 나아가 소모품이 되는 과정에서 이 점을 확연히 드러난다. 바로 이 점에서 「남에서 온 사람들」은 소설가 이호철의 거대한 표정이자 우리 소설의 어른스러움을 보여준 작품이다. 이 작품과 함께 중편 「어떤 부자(父子) 이야기」를 읽는다면 한 소설가의 내면풍경이 손에 잡힐 듯이 선명해진다. 그것은 우리의 청춘시절을 회상하는 일만큼 즐겁기도 한 것이다. 소설가 이호철이 우리에게 즐거움과 위안을 주는 힘까지를 아울러 가진 점도 지적해두고 싶다.

이호철의 소설, 닫힘과 열림의 세계

권영민*

I.

한 시대의 작가가 자신의 시대에 부합되는 하나의 명칭으로 그의 문학 세계를 평가받는다는 것은 행복한 일이다. 그러나 시대의 변화와 삶의 다양한 충동을 따라 끊임없이 자기세계를 변혁시켜온 작가는 그 하나의 명칭에 안주하지 않는다. 그에게 씌워지는 명칭이 문학사적인 의미로 고정되기 전에 그는 언제나 또 다른 영역에서 또 하나의 자기 이름을 찾고 있기 때문이다. 이러한 변혁의 작가일수록 하나의 명칭으로 하나의 시대에 고정되어 있기보다는 새로운 역사와 더불어 살아 있는 작가로 그 존재를 드러낼 수 있다.

작가 이호철, 그는 고통스러운 자기 변혁의 과정을 작가적인 운명으로 받아들인 사람이다. 그의 독특한 삶의 체험과 다양한 작품세계는 하나의 주제로 통합되기 어려운 여러 가지 의미를 담고 있다. 그러기에 그의 이름 앞에는 30년이 넘는 작품활동의 역사를 그대로 말해 주는 갖가지 수식어가 붙어 있다. 그의 초기 소설은 단편소설의 양식이 추구하는 상황성의 의미를 극대화하는 데에 성공하고 있다는 점에서, 무드의 미학을 연출하는 스타일리스트로서의 성격을 그에게 부여하도록 한다.

---

* 문학평론가.

그가 일상적인 삶의 현실에 관심을 기울이기 시작하면서, 그의 소설은 소시민적 근성에 대한 비판적인 대변자라는 새로운 역할을 수행할 수 있게 한다. 분단 상황에 대한 인식의 전환이 이루어지기 시작하는 동안, 그는 자기 체험의 밑바닥에 괴어 있는 이북 출신으로서의 실향의식을 바탕으로 분단 극복을 위한 새로운 문학적 지평을 열어 보이기도 한다. 파행적인 정치상황에 대항하기 위한 민주화의 투쟁에서도 그는 지식인의 비판적인 자세를 지켜온 실천적인 작가로서 그 역량을 평가받고 있다.

이러한 이호철의 문학적 지향을 역사와 현실에 적극적으로 대응하고자 하는 작가의식의 소산으로 평가할 수 있다. 그의 소설세계에서 쉽게 확인할 수 있는 기법과 주제의 변주는 상황성의 인식으로부터 역사성의 발견으로 이어지는 관점의 확대과정으로 그 성격이 규정된다. 그리고 개인적인 내면세계로부터 사회적인 현실로 그 폭을 넓혀가고 있는 소설적인 무대의 변화도 이와 함께 수반되는 것이라고 할 수 있다.

2.

작가 이호철의 소설은 그 서사적인 진폭과 변화에도 불구하고 하나의 중요한 모티브와 연결되어 있다고 해석되곤 한다. 어떤 비평가는 이 중요한 모티브를 작가정신의 기반과 관련시켜 '실향민의식'이라 규정한 바 있고, 현실적인 상황의 문제로 확대하여 '분단의식'이라 이름지어 놓은 일도 있다. 이같은 해석은 작가 이호철의 개인사를 통해 그 직접적인 연유를 쉽게 밝힐 수가 있다.

이호철은 주지하다시피 1950년 6·25전쟁 당시에 인민군으로 참전했다가 포로가 되었으며, 일시 풀려나 고향에 돌아갔으나 다시 단독으로 월남했다. 1932년에 함경도 원산에서 태어난 그가 고향을 버린 것은 자세한 정황을 이해하기 어렵지만, 그의 생애에서 가장 뼈저린 체험으로 간직되었으리라는 점을 부인할 수가 없을 것이다. 그의 문단 등단 작품인 「탈향」(1955)과 「나상」이 바로 이러한 체험에 근거하고 있다는 것도 널리 알려진 사실이다.

이호철의 작가적 체험으로서의 고향 상실은 개인적인 내면의식 속에서 갈등의 요인으로 부각되는 자기 정체의 상실로 소설을 통하여 문제화된다. 일상적인 생활 공간에서 자기 삶의 뿌리를 제대로 지탱하지 못하고 있는 소시민들의 형상은 그가 가장 많이 즐겨 다루어온 소설적인 소재들이다. 장편소설 「소시민」(1964)에서부터 「남풍북풍」(1966)에 이르기까지 작품 속에 형상화된 인물들은 모두 왜소한 모습으로 뒤틀린 서사적 자아의 소설적 형상들이다. 이들은 자신들의 실향체험에서 비롯된 강한 피해의식으로 인하여 새로운 삶의 터전을 제대로 가꾸지 못한다. 뿌리 뽑힌 자들의 방황과 자기 상실의 문제를 일상성의 차원에서 치밀하게 그려낸 그의 소설들은, 그러므로 '실향민의식'의 구체적인 징후들을 속속들이 파헤치고 있는 셈이다.

그런데, 이호철이 즐겨 다루고 있는 고향 상실의 테마들은 개인적인 내면의식보다 민족 분단의 역사적 상황과 결부됨으로써 더욱 강렬한 사회적 의미를 획득하고 있다. 그의 고향 상실은 민족 분단의 비극이라는 사회적인 차원으로 언제나 확대될 수 있는 가능성을 지니고 있다. 그렇기 때문에 그의 소설이 평범한 일상인들의 생활공간에서 맴돌고 있는 것처럼 생각될 경우에도, 그 내면에는 분단상황이라는 어두운 그림자가 짙게 드리워져 있음을 확인할 수 있다. 「판문점」(1961)에서부터 분명하게 나타나기 시작한 이러한 소설적 경향은 「닳아지는 살들」과 같은 상황성의 작품에서도 은밀하게 자리잡고 있으며, 「그 겨울의 긴 계곡」이나 「문」과 같은 장편에서 극명하게 주제화되고 있는 것이다.

'실향민의식'이라는 개인적인 피해의식에서 '분단의식'이라는 민족사적인 과제로 확대 심화되고 있는 이호철의 소설적 관심의 변화는 그것이 단순한 작가의 정신적인 변모만을 뜻하는 것이 아니라 분단시대의 역사적 전개와 서로 대응하고 있다는 점에서 우리의 주목의 대상이 된다. 이호철의 소설적 출발은 전후 현실의 황폐성에 대한 인식과 이어진다. 동서 이데올로기의 냉전논리에 의해 남북으로 갈라선 민족이 한데 엉켜 싸워야 했던 6 · 25전쟁이 휴전으로 종식된 후에, 우리 민족에게 남은 것이라고는 이데올로기에 대한 지독한 혐오뿐이다. 해방 직후 새로운 민족국가의 건설을 꿈꾸었던 감격도 사라졌고, 새로운 정치적 이념도 자취를 감춘다. 삶의 의욕마저 잃어버린 세대들이 폐허 위에서 발견한 것은 그들이 어느새 상실의 시대의 힘없는 주인공이 되어버렸다는 엄청난 사실이다. 이호철은 이러한 상황적인 혼동 속에서 이중적인 피해의식을 안고 문단에 나선다. 그는 고향을 버렸고, 맹목적인 이념도 버렸지만, 실상 그의 실향의식을 메울 수 있는 가능성을 제대로 발견하지 못함으로써 더욱 본질적인 고뇌에 부딪치게 되는 것이다. 「탈향」의 주인공들이 어렴풋하게 떠올리는 고향의 추억들이 바로 그 착잡한 작가의 심경의 거울 구실을 하고 있음은 논의의 여지조차 없는 일이다.

그러나 이호철은 여기서 주저앉지 않는다. 그는 이 황폐한 터전에 새로운 뿌리내리기 작업에 관심을 기울이게 되었던 것이다. 이른바 '소시민'이라고 명명되었던, 그러나 사회학적 계층개념으로 규정하기 힘든 사회적 부동세력 속에 자아를 던지고, 그는 위축된 개인들의 틈에서 삶의 터전을 가꾼다. 소설 「소시민」에서부터 그가 적극적으로 관심을 기울인 것은 결국 삶의 뿌리 내리기 작업이다. 이 작업의 과정에서 우리는 「서울은 만원이다」, 「공복사회」, 「남풍북풍」 등의 세속적인 일상사와 직면한다. 하지만 이호철은 이러한 일련의 작업에서도 아무런 소득을 얻지 못한다. 뿌리 뽑힌 자들이 결코 뿌리 내리지 못하는 모순의 상황만이 노정되고 있기 때문이다. 작가 이호철은 그의 소설적 시각의 정시(正視)의 방향에서 사시(斜視)의 방향으로 바꾼다. 「퇴역선임하사」, 「자유만복」, 「어느 이발소에서」, 「탈사육회의」 등에서 확인할 수 있는 풍자적인 요건은 바로 이러한 변화를 말해 주는 근거가 된다.

이호철의 풍자적 시선은 그가 결코 회복하지 못한 실향의식을 저변에 깔고 있다는 점에서 자못 냉소적이다. 그리고 바로 그 냉소적인 요건 때문에 자의식에 더 큰 상처만을 안겨주었을지도 모른다. 그의 풍자성은 그가 택한 자유, 뿌리 내리기 힘든 현실을 지향하고 있다는 점에서 더욱 자의식 그 자체에 가깝다고 할 수도 있을 것이다. 이러한 국면에서 작가가 빠져들 수밖에 없는 것은 허무주의뿐이다. 이호철은 그의 소설이 안고 있는 풍자성과 자의식을 끌어안고 허무주의의 일상성에 함몰될 위기를 맞게 되지만, 현실의 삶에 대한 그 나름의 법칙성을 구상하고 있는 「큰 산」을 통해 그 위기를 이겨낸다. 소설 「큰 산」은 일상적인 삶의 국면을 균형있게 처리한 문제작이다. 이 작품에서 이호철은 그의 뿌리내리기 작업이 요원하다는 사실을 스스로 인정하면서도, 삶의 전체적인 균형과 윤리적인 요건까지도 보다 달관적인 자세로 조망할 수 있는 위치를 선택하다. 「큰 산」으로 상징되는 가치체계에 대한 그의 인식은 삶의 문제를 인간적인 관점에서 이해하고자 하는 그의 태도의 변화를 극명하게 보여주는 셈이다.

그러나 이러한 균형은 비논리로 치닫는 현실의 논리에 의해 여지없이 파괴당한다. 그는 70년대 초반의 정치상황에 직면하면서 그가 애써 찾아낸 사뭇 낭만적이기조차 한 「큰 산」의 의미를 포기한다. 현실의 폭력에 대하여 몸 전체로 대항할 수밖에 없는 단계에 도달하게 되자, 그의 작가정신은 강한 자유에의 열망을 실천해 보이기 위한 의욕에 다시 불을 붙이는 것이다. 그것이 바로 행동적인 지식인으로서 이호철이 보여준 새로운 면모이다. 이호철은 한동안 글을 쓰지 못하지만 그 자신의 문학적 실천을 새로운 역사적 단계로 끌어올릴 수 있는 기회를 얻게 된다. 그는 현실의 비리와 부조리가 궁극적으로 분단의 모순에서 비롯되고 있음을 확인하게 되었고, 분단 모순의 극복을 위해 다시 그의 소설적 작업에 힘을 기울인다. 그 결과로서 우리는 「그 겨울의 긴 계곡」, 「물은 흘러서 강」 그리고 최근의 화제작 「문」과 같은 장편소설을 대면할 수 있게 된 것이다.

3.

이호철의 작품세계의 변모과정은 개인의식을 뛰어넘어 역사성의 의미 추구로 내닫는 주제와 기법의 변증법적 통합과정으로 이해할 수 있다. 하지만, 그의 소설은 '실향민의식'에서 '분단의식'으로라고 하는 단선적인 논리만으로는 그 풍성한 소설적 감응력을 설명하기 힘들다. 그의 소설이 소설이라는 양식의 차원에서 추구하고 있는 미학적 요건에 대한 점검도 함께 병행되어야만 그 해석이 어느 정도 만족할 수 있을 것이다.

이호철은 단편소설의 양식과 장편소설의 양식을 동시에 실현한 작가이다. 그러나, 소설의 일반론에서 흔히 구분하고 있는 양식상의 차이를 이 작가가 어떻게 구분하고 있었는지를 따질 필요도 없이, 철저한 상황성 추구라는 공통된 특질을 모든 소설의 양식에서 드러내어 보여주고 있다. 이러한 지적은 그의 작가적 기질을 논한다든가, 그의 소설적 수법을 논하기 위한 근거로 이용될 수 있지만, 그의 소설이 궁극적으로 의도하고 있는 문학적 지표를 이해하기 위한 단서가 된다는 점에서 새롭게 주목할 필요가 있다.

　이호철의 작품세계에서 중요한 분기점을 이룬다고 할 수 있는 「탈향」, 「닳아지는 살들」, 「소시민」, 「판문점」, 「큰 산」, 「문」 등은 그 양식상의 차이에도 불구하고 상황성의 인식에 관심이 집중되어 있다. 이들 작품은 모두 소설적 무대와 시간의 폭을 제약함으로써 소설 양식의 내면적 공간의 확대를 꾀하고 있으며, 그 결과로 상황성의 의미를 강조할 수 있도록 고안되어 있는 것이다.

　「탈향」의 경우 ‘황량한 낯선 공간’이라는 소설적 상황을 전제하지 않을 경우, 그 소설적인 주제의 인식은 불가능하다. 「닳아지는 살들」은 더욱 엄격한 구도 속에서 상황성의 의미를 부각시킨 작품이다. 행위가 거세되고, 인물이 이미 굳어져 있는 상태에서 소설은 특유의 무드만을 살려내는 상황의 제시로 긴박감을 연출한다. 장편 소설의 형식인 「소시민」의 경우에도 이야기의 전체적인 구도에서 시간성의 의미가 제거된다. 피난시절의 부산은 ‘어디서 무엇을 해먹던 사람이건 이곳으로 밀려들면 어느새 소시민으로 타락하기 마련인 공간’으로 성격화된다. 그러므로, 이 소설에서는 등장인물의 운명이나 성격은 그리 중요시되지 않는다. 어쩌면 주인공이라고 명백하게 내세울 만한 인물도 없다고 할 수 있다. 개체화된 인간들의 모습을 하나의 공간, 하나의 상황 속에 얽어 놓고 있기 때문이다. 「소시민」의 경우 그것이 분명 혼동의 시대를 그려내고 있음에도 불구하고 작품을 통해 그 시간적 경과와 사회적 변화의 과정을 역사적으로 이해한다는 것은 불가능하다. 작가 이호철은 역사성을 제거한 대신에 소설의 내면공간을 최대한 확대함으로써, 피난시절 부산에서 서로 부딪치며 살아온 사람들의 삶의 상황을 극대화하고 있는 셈이다.

　최근작인 「문」은 바로 이러한 상황성의 의미를 가장 극적으로 처리하고 있는 작품이다. 이 작품에서 작가는 이념의 대립과 갈등으로 점철된 분단의 역사를 좁은 감방의 문을 열고 그 속에 밀어넣는다. 감방 속에서의 생활이라는 제한된 시간이 우리 민족의 분단의 역사를 감당할 수 있을 만큼 확대된다. 감방의 한정된 공간도 남북의 이념대립이라는 무한히 큰 과제를 포괄할 수 있도록 내면의 상황을 확대시킨다. 그 결과로 소설 「문」은 분단의 역사를 포괄하고 이념의 대립을 끌어안을 수 있는 넉넉한 상황적 공간을 형성할 수 있게 되는 것이다.

　그런데 이같은 상황성의 추구는 작가 이호철의 현실인식의 태도와 깊은 연관을 맺고 있다. 1950년대의 전후 현실은 '실향의식'을 안고 있는 작가에게 상실한 고향과 대비되는 상황으로 인식된다. 이미 앞에서 지적한 바 있듯이 폐허의 상황 속에서 작가는 이중의 피해의식을 벗어나지 못한다. 그러므로 작가는 결코 역사에 대한 전망을 획득하지 못한다. 역사에 대한 전망이 부재하는 현실은 하나의 단절된 공간으로 인식될 뿐이다. 극단적인 표현이 「닳아지는 살들」의 공간이라고 한다면, 이것은 전후 소설이 도달한 궁극의 지점에 다름없다고 할 것이다. 이러한 유폐의 공간에서 이호철이 자기 폐쇄의 위기를 벗어버리고 새롭게 착안한 영역이 일상의 현실이다. 그는 세속적인 인간들의 삶을 소시민이라는 테두리 속에 집어넣어 관찰하기 시작한다. 물론 이곳에도 역사성의 의미가 스며들 공간은 없다. 여전히 역사에 대한 전망이 부재하는 비윤리의 상황 속에서 작가 이호철은 풍자의 언어를 익히게 되는 것이다.

이호철의 소설이 추구하고 있는 상황성의 의미가 역사적 전망을 포함할 수 있도록 확대된 것은 그가 분단상황에 적극적인 관심을 구체적으로 드러내기 시작하면서부터라고 할 수 있다. 하지만 어떤 경우에도 작가 이호철은 그러한 상황에 도달하는 과정을 구차스럽게 개진하지 않는다. 이미 노정되어 있는 문제의 상황만을 제시하는 데에 힘을 기울일 뿐이다.

그러므로, 이호철의 소설에는 근대적인 리얼리즘의 소설에서 맛볼 수 있는 적나라한 인생과 그 운명적인 전개과정을 만날 수가 없다. 그의 소설에는 영웅적인 주인공도 없고, 파동치는 역사의 과정도 없다. 삶의 총체적인 의미를 구현하고자 하는 소설적 전망도 확인하기 어렵다. 그는 치밀한 묘사와 구도를 통해 상황성의 의미를 극적으로 표출하고 있을 뿐이다. 이렇게 본다면 이호철은 어떤 면에서 리얼리스트로서보다는 오히려 엄격한 스타일리스트로서 자기 소설의 세계를 장악하고 있다는 것이 적절한 지적이 아닐까 생각되기도 한다. 그의 단편이 보여주고 있는 완결성의 의미를 생각한다면, 이같은 지적이 이호철의 소설적 성과를 더욱 풍요로운 것으로 인정할 수 있는 새로운 시각을 제공한다는 점도 부인할 수 없을 것이다.

이호철의 소설에서 가장 중시되고 있는 상황성의 의미는 어떻게 소설적 형상성을 획득하고 있는가? 이 질문은 결국 작가 이호철의 소설적 성과를 다시 묻는 물음이 되기도 한다. 말하자면 한 작가의 문학적 실천에 대한 문학사적인 의미규정과 다를 바가 없다.

이호철의 소설에서 일관되게 추구되어온 상황성의 의미는 '닫힘'의 공간으로 요약된다. 상실의 아픔을 안고 떠도는 사람들의 땅이거나, 과장된 허위의식만이 판치는 일상의 현실이다. 이것은 모두 분단의 상황 속에 안긴다. 이미 앞에서 전망의 부재라는 상황의 비극성을 지적한 바 있듯이 이호철의 소설은 역사적 전망으로부터 차단되어 버린 공간을 극대화시켜 보여준다는 점에 그 특징이 있다.

그런데, 이같은 소설적 의미를 상징적으로 드러내고 있는 소재가 '문'이다. '문'은 이호철의 소설에서 가장 원초적인 작가 체험의 출발지이다. 소설 「탈향」에서부터 최근작 「문」에 이르기까지 상황성의 의미를 구현하는 소설적 소재로서 '문'의 선택은 자못 흥미롭다.

이호철이 초기의 소설에서 즐겨 사용한 '문'의 의미는 '닫힘'의 공간을 그려내기 위한 것이다. 「나상」의 주인공이 앉아 있는 베란다, 「판문점」이 암시하고 있는 상반된 상황, 「닳아지는 살들」의 인물들이 바라보고 있는 응접실의 출입문 등은 모두 닫혀 있는 공간의 의미를 강조해 주는 소설적 장치로 활용된다. 그리고 그것은 곧바로 분단의 상황을 유추할 수 있도록 확장된 의미를 획득하게 되는 것이다.

> 판문점이란 이러한 세계 유일의 점포로서 남북으로 난 두 개의 문이 판자문으로 되어 있어, 그 문을 열고 닫을 때마다 쾅 닫아도 한참을 흔들흔들했다. 천장이 낮고 길쭉한 단층집으로 휑하게 큼직한, 흡사 2세기 전 국민학교 교실 같은 마루방인데, 신을 신은 채 드나들어도 괜찮게 되어 있었다. 문은 북문하고 남문이 있었다. 이를테면 그 문이 판자문이라는 말이다. 그런데 그 문을 두고 제법 근엄한 (적당히 우울한 표정쯤하고 맺은) 묵계가 있었다. 남문 사용자는 남문만 사용할 것, 북문 사용자는 북문만 사용할 것. 그리고 그 방 한가운데엔 가로줄이 쳐 있었고 그 줄을 사이에 두고 마주 무쇠 테이블이 놓여 있다. 각각 세 개씩 여섯 개의 테이블이다. 그 테이블 뒤로 무쇠로 만든 의자와 작은 테이블과 의자들과 마이크와 스피커가 우글우글 놓여 있다.

> 한 달에 한 두세 번 그 판자문이 사용된다. 10시 가까이 되면 남쪽과 북쪽에서

각각 자동차와 버스가 굴러온다. 늠름하게 위엄을 부리며 살기가 등등해서들 서성댄다. 북문과 남문이 쿵쾅쿵쾅 열리면서 남문 사용자들과 북문 사용자들이 용건을 떠메고 우르르 들어선다. 후덕후덕들 자리를 차지해서 앉는다. 연필과 백지를 꺼내고 더러 저희끼리 귓속말을 주고 받는다. 드디어 남문 사용자들의 거두가 들어선다. 훤칠하게 키가 큰 미국 사람이다. 남문으로 들어선 사람들이 일제히 일어나서 예를 표한다. 쇠붙이 의자에 마루에 부딪는 소리가 시끄럽다. 이어 북문 사용자의 거두가 들어선다. 역시 북문으로 들어온 사람들이 일제히 일어서서 예를 표한다. 드디어 양편이 다 자리가 잡히고 잠시 그럴 듯한 침묵이 흐른다. 이렇게 되면 그 테이블 한가운데로 가로지른 흰 줄이 제법 경계선다운 육중함을 지니고 부각된다. 객관적인 당위성이 느껴지는 것이다.[1]

희화적인 수법으로 그려놓은 「판문점」의 장면에서 '문'은 개방의 통로로서 그려지고 암시한다. 이 경우에 '문'은 결국 두 개의 상황과 두 개의 공간을 염두에 두고 있는 것임을 쉽게 알 수 있다. 도대체 '문'이라는 것 자체가 하나의 공간으로 통합된 세계에서는 그 존재 의미를 인정받기 힘들다. '문'은 열릴 수 있음에도 불구하고 닫혀 있을 때에 그 폐쇄성의 의미가 더욱 강조될 수 있다.

작가 이호철은 민족 분단의 상황을 '문'의 이중적인 의미로 풀이하고 있다. 이러한 인식은 대부분의 작가들이 분단의 상황을 '장벽'의 이미지로 그려내고 있는 점과 엄청난 차이를 드러낸다. 닫혀 있음에도 불구하고 언제든 열릴 수 있다는 상황의 이중성을 '문'의 속성을 통해 암시하고 있기 때문이다.

이호철의 최근작인 「문」은 바로 이러한 현실인식의 소설적 구현이라고 할 수 있다. 이 작품은 정치적 폭력과 그 폐쇄성의 한계를 잘 보여준 바 있는 1970년대 유신 독재체제의 사회적 상황을 배경으로 한다. 소설적 배경이 이미 닫혀 있는 상황성을 문제 삼고 있다는 것 자체가 이 작가의 기왕의 소설적 작업과 무관하지 않음을 말해 준다. 게다가 이 소설이 작가의 자기 체험과 직결되어 있다는 사실도 주목을 요한다. 이른바 '문인간첩단사건'으로 옥고를 치렀던 작가가 조작된 정치적인 사건의

---

1) 「판문점」.

피해 당사자로서 자기 입장을 서사적 공간에 객관적으로 배치시킴으로써, 그 현실 공간의 폐쇄성에 도전하고 있기 때문이다.

소설 「문」의 주인공은 작가로서, 일본 재일교포 사회에 기반을 둔 어느 잡지사의 초청을 받고 일본 여행길에 오르게 된다. 그런데 뜻밖에도 그곳에서 이북의 고향 학교의 동창을 만나고 자신이 다니다가 그만둔 그 학교의 졸업장을 전달받는다. 주인공은 귀국한 뒤에도 이 문제가 혹시 시끄러운 일을 불러일으킬지도 모른다는 불안감을 감추지 못한다. 그런데 때마침 정치적 상황이 악화되고 긴급조치 등의 탄압이 가해지자, 민주화 운동에 앞장섰던 주인공은 구속되고, 집요한 신문과정을 거치면서 결국 일본 방문 때의 일들이 문제로 부각된다. 그리고는 북쪽과의 접선 등의 이유로 간첩의 누명을 쓰기에 이른다. 물론 주인공은 이 모든 조치가 정치적 탄압임을 알고 있었기 때문에 자기 의지를 조금도 굽히지 않지만, 체제의 비리를 은폐하기 위한 '문'잠그기의 독선이 분단의 비극마저도 조작된 이념극으로 위장하고 있음을 보게 된다.

이 소설의 중요한 갈등은 주인공이 감방 안에서 자기 고향 출신의 간첩 사형수를 만나면서부터 고조된다. 동일한 감방 안에서 남으로 밀파된 간첩으로 사형언도를 받은 인물과 주인공이 서로 대면한다. 주인공은 유사한 죄명을 갖고 있는 두 사람 사이의 미묘한 입장과 이념적 노선에 대해 깊이 생각한다. 그리고는 결국 닫혀 있는 이데올로기의 문과 폐쇄된 정치상황의 문을 남과 북에서 동시에 열어야만 한다는 결론에 도달하게 된다.

그리고 바로 이러한 자기세계의 문을 여는 작업만이 새로운 역사의 장을 가능하게 하는 일임을 생각한다. 남쪽은 남쪽대로 스스로 걸어잠그고 있는 정치적 독선의 문을 열고, 북쪽은 북쪽대로 유폐된 이념의 문을 열 때, 분단의 상황을 극복할 수 있는 가능성이 발견될 수 있음은 두말할 필요조차 없는 일이다.

그렇습니다. 문은, 남북이 열리는 문은 달리 열리는 것이 아니라, 남북의 구치소 문이 같이 열리는 데서부터 비롯되어야 할 것입니다. 선생이 담고 있는 그 방의 문이 바깥 세상을 향해 활짝 열려서 뚜벅뚜벅 선생께서 정문을 향해 걸어나가시고, 동시에 북쪽의 구치소 문도 열려, 그 속의, 선생처럼 매사에 의연하고 조선

사람으로서 한국 사람으로서 높은 긍지가 한껏 담겨 있어 보이는 고귀한 인품들
이 조만식 선생을 앞세우고 뚜벅뚜벅 정문을 향해 걸어나올 때, 그때 남북의 문은
제대로 열리는 것일 겁니다.[2]

남북의 현실은 남과 북으로 갈라놓고 그 자체의 영역을 폐쇄시켜 놓고 있는 것은
남은 남쪽대로 북은 북쪽대로 고집해 온 닫혀 있는 ‘문’ 때문이라는 지적을 앞의
인용에서 확인할 수 있다. 자기 상황의 폐쇄성을 스스로 극복하는 길만이 남북 분
단의 상황을 극복할 수 있다는 이 주장 속에는 닫힌 상황성의 의미를 문제 삼아온
작가 이호철의 고뇌가 끝닿은 모습이 짙게 투영되어 있다. 그것은 폐쇄된 상황성으
로부터의 탈출이며, 무엇보다도 당당한 자기 모순의 극복이다. 바로 여기서 자유와
민주의 의미가 연결되며, 폐쇄된 상황의 논리는 벗겨지게 된다. 역사성보다도 더욱
우위에 놓아야만 했던 상황성의 궁극적 의미는 이 ‘문’의 열림을 향한 노력이었음
을 우리는 넉넉히 짐작할 수 있는 것이다.

4.

이호철의 문학은 결국 상황성의 ‘문’을 여는 작업에 바쳐진다. 이것은 작가 개인
으로는 원초적인 아픔이 되었던 실향의식으로부터 벗어나는 길이다. 문제의 영역
을 사회적으로 확대시켜 볼 경우 분단상황의 고통을 극복해 나아갈 수 있는 방법이
되기도 한다. 물론 이호철은 이 작업에 부여되는 성취의 몫을 결코 따져본 적이 없
다. 그러기에 그는 언제나 “문을 여는 사람이 오히려 늦게 그 문을 들어가야 한다”
는 평범한 논리에 따를 뿐 ‘문’을 여는 사람으로서 기득권을 내세우는 법이 없다.
바로 이것이 작가로서의 미덕이다.

이호철의 문학은 소설적인 형식의 이완을 최대한 활용하고 있다는 점에서 언제
나 넉넉하게 느껴진다. 행동적인 작가의 고집을 지니고 있음에도 불구하고, 이호철
은 소설의 이야기를 성급하게 몰아치지 않는다. 어떤 비평가는 이것을 이호철 문학

---

2) 「문」.

의 약점으로 지적한 경우도 있지만, 소설의 형상성이라는 차원에서 볼 때 상황성의 의미를 내적으로 확장시키기 위한 방법으로서 이완적인 태도는 오히려 성공적인 경우가 더 많다.

물론 이호철의 문학은 리얼리즘의 정공법적인 접근이 별로 드러나 있지 않다. 도 도한 사건의 흐름을 보여주는 소설도 많지 않고, 한 시대의 삶을 전형적으로 보여 주는 운명적인 주인공의 모습도 만나기 힘들다. 내적으로만 확대된 상황, 그 속에 찌든 모습으로 서 있는 사소한 등장인물들의 형상을 대할 때마다, 이호철의 소설이 여전히 청년기에 머물러 있는 것이 아닌가 하는 생각을 하게 되는 경우가 없지 않 다. 소설적인 감응력이라는 점에 있어서도 비슷한 느낌을 떨쳐 버릴 수가 없는 것 이다. 이것은 물론 보는 이의 사각에 따라 그 판단을 달리할 수 있는 문제이지만, 이호철의 문학이 지니고 있는 약점이자 장점이 되고 있는 것이다. 뛰어난 묘사의 언어를 구사하는 그가 삶의 역사성의 의미를 총체적으로 구현할 수 있는 대하적 장편의 구상을 아직은 시도한 적이 없다든지, 여전히 그의 대표작들이 단편소설의 분야에서만 거론되고 있다는 것은 우리 독자들이 안고 있는 작가에 대한 아쉬움이 다. 어쩌면 그것은 '문을 여는 사람'의 입장에 대해 우리가 가져야 할 단 하나의 희망일지도 모른다.

이호철의 풍자소설

민현기[*]

I.

많은 한국 현대작가들 중 이호철만큼 작가적 생명을 견실하게 발전적으로 유지하고 있는 경우를 찾기도 힘들다. 이것은 표면적으로는 그가 비슷한 시기에 문단에 나온 여타의 작가들에 비해 훨씬 오랫동안 작품활동을 지속하고 있다는 뜻이기도 하지만, 본질적으로 시간이 흐를수록 더욱 치열하게 전개된 그의 작가정신과 시대적 상황에 철저하게 대응하면서 진행된 정직한 자기점검의 과정을 거쳐 점차로, 심화 확대된 작품세계의 끊임없는 변화를 긍정적으로 강조하는 말이기도 하다. 더욱이 웬만큼 작가적 능력을 인정받았다 싶으면 어느 사이 조로해 버려 슬쩍 뒤로 물러앉아서 大家然한 포즈를 취하고 있든지 아니면 고통스러운 창조작업보다는 아예 현실생활과 안락의 평안을 노골적으로 원하면서 작가라는 이름만 걸어놓은 채 곡예를 하듯 살아가는 사람들이 유난히 많은 한국의 문학풍토를 생각하여 볼 때 특히 이호철의 이같은 작가적 면모는 여러가지 방향에서 깊이있게 인식될 필요가 있다.

1955년 단편 「脫鄕」이 『문학예술』에 추천됨으로써 본격적인 작품활동을 시작한 이호철은 지금까지 30여 년이 지나는 동안 장·단편 합하여 80여 편의 작품을 발

---

* 문학평론가.

표했다. 30여 년을 쉬지 않고 개인과 사회의 상호 관계 및 시대적 삶의 핵심 문제를
작품의 전면에서 다루기란 결코 쉬운 일이 아니다. 많은 논자들이 지적했듯이 이호
철의 작품세계는 철저히 한국의 역사와 현실에 밀착되어 있다. 그는 변화무쌍한 서
구의 유행사조에 정신을 빼앗김이 없이 사회적 모순이 난마처럼 뒤얽힌 현실 상황
속에서 항상 자기한계를 극복하기 위해 노력하였고 또 그 고통스러운 모색의 과정
을 정직하게 작품으로 표현해 놓았다. 이것은 삶에 대한 강한 의지와 올바르게 살
아가는 인간에 대한 남다른 애정이 없이는 불가능한 일일 것이다. 따라서 이호철의
거의 모든 작품에 일관되게 나타나는 분단한국의 사회적 모순에 대한 비판과 그
사회 구성원들의 불행한 삶에 대한 구체적인 묘사는 개인과 사회를 통일적으로 파
악하겠다는 작가 자신의 확고한 문학관의 표명인 동시에 그것의 필연적 소산으로
이해될 수 있다. 이것은 또한 이호철 자신의 다음과 같은 직접적인 발언을 통해서
도 명백히 확인해볼 수 있다.

　　종합의 정신, 포괄하는 정신, 현실수용태세의 결핍이 우리 작가들에게 치명적
인 것이 아니었을까. 거기 남는 것은 내용 없는 기교, 자독행위(自瀆行爲)뿐이었다.
위대한 산문예술가들이 흔히 위대한 범부였다는 것은 지나간 역사가 증명해 주
고 있다. 소설작가인 경우 이 사실은 재삼재사 명심해야 할 일이 아닌가 한다. 일
상의 여러 현상은 반드시 그 자체의 독자성으로만 있는 것이 아니라 어떤 전체의
통일성 속에서 일관된 역사적 문맥 속에서 파악되어야 한다. 개개의 지엽적인 것
은 전체성의 파악 속에서만 그 의미가 드러나고 공감의 넓이와 진정한 리얼리티
를 획득할 수 있다.1)

　　십구세 때 단신 월남한 나는 바로 그 고리끼의 책 한 권을 끼고 왔습니다. 나는
이북에서 자랐기 때문에 일찍이 19세기 러시아 민중문학의 실체에도 남보다 빨
리 접하게 되었고, 그러다 보니 역사관이니 세계관이니 하는 것들도 어떤 의미에
서는 웬만큼 틀이 잡힌 채 부산거리에 떨어지게 되었고, 그 바탕에서 1955년 문

---

1) 이호철, 「소설가의 자세」, 『현대한국문학전집8』(신구문화사, 1966), 474쪽.

단이라는 곳에 발을 들여놓았습니다만 이 무렵의 우리 문단 사정은 어떠했는가.[2]

잘 알려진 대로 이호철은 실천적 문인이며 지식인이다. 그는 1973년 "YWCA 民守協 시국성명"에 가담하는 것을 시작으로 파행적인 한국의 정치현실에 직접 몸으로 대응하면서 무수한 고초를 겪은 바 있다. 그리하여 1974년에는 국가보안법위반으로, 78년에는 "원주노래사건"으로 79년에 "YWCA사건"으로, 그리고 80년 5월에는 계엄법 위반으로 잇달아 옥고를 치르면서 치열하게 민주화운동에 앞장섰다. 물론 그의 이러한 현실인식과 체험은 많은 장·단편의 토대를 이루면서 그가 속한 세대의 보수성을 혁파하는 동시에 역사의 진보를 회의하는 나약한 지식인의 태도를 신랄하게 비판하는 계기로 작용했고, 더 나아가 그 나름의 뚜렷한 민중주의적 문학관을 형성하는 밑바탕이 되었다. 이와 같은 이호철의 발전적 의식과 행위를 언급한 많은 글 가운데 다음의 글을 대표적으로 꼽을 수 있다.

이호철 선생은 지식인화된 민중이 아니고 민중화된 지식인이다. 민중생존과 민족통일과 민주화운동이 따로 분리될 수 없다는 명제는 80년대 들어와서야 상식적인 대전제로서 당당하게 대접을 받게 되는데, 문학에서 그 "통일예감"과 "민중예감"의 단초는 이호철 선생이다. 지식인들의 이론과는 달리 민중은 우상화된 영웅이 아니라, 한없이 여리고 착하고 겁 많은 사람들이며, 지식인들의 섣부른 좌절, 실망과는 달리, 그 선량하고 착하고 겁 많은 사람들이 민중적 사람의 빛을 통해서 위대한 진리에 도달할 때 그 힘은 치열하되 폭이 넓고, 또 사랑으로 막강하다는 그 투쟁과 사랑과 구원과 종교와 혁명의 변증법적 갈등, 상승적 통합에 이르는 소설적 길을 그는 그 살벌했던 50년대 말부터 꾸준히 열어 오고 있었던 것이다. "문단" 운운했지만, 이선생은 문단은커녕 남도 북도 아닌 휴전선에 내내 계셨고, 억울하고, 외롭고, 그립고, 통일되기 전에는 사는 게 사는 것 같지 않아서 주책없이 눈물만 흘리고 계셨다. "불온분자"라는 낙인에도 불구하고 내내 착하게 자신의 착함으로 시대의 "자신을 불온분자로 낙인찍는" 불의를 내내 증거하면서.

---

2) 이호철, 「민족해방과 문학」, 『민족문학』, 자유실천문인협의회 편(청사, 1986), 24쪽.

그것은 소설가의 모습이라기보다는 민중의 모습에 훨씬 더 가까운 것이다. 그리고 그 모습은 어느 지식인의 우렁찬 목소리보다 감동적이다.3)

물론, 이호철에 대한 위와 같은 웅변적 찬사가 곧 그의 모든 작품을 해명하는 열쇠가 되는 것은 아니다. 중요한 문제는 이러한 현실적 궤적을 그리기까지 그가 실제로 작품을 통해 추구한 것이 무엇인가를 구체적으로 밝히는 일일 것이다. 다시 말해 작가가 처했던 그때 그때의 현실적 상황 안에서 작품으로 형상화시킨 것들이 역사적인 삶의 맥락 속에서 어떤 의미로 상호 연결되고 있으며, 뒤의 작품이 앞의 작품을 어떤 방식으로 변형시키고 있는가를 단계적으로 살펴보아야만 비로소 작가의 전기적 사실과 전체 작품의 핵심적 내용이 근거하고 있는 세계가 보다 명확히 그리고 보다 총체적으로 파악될 수 있을 것이다. 그러나 여기서는 글의 성격상 이 광범위한 문제를 모두 다룰 수가 없다. 그리고 비록 전체 작품은 아니지만 이호철의 중요한 몇몇 대표 작품들에 대해서는 지금까지 여러 사람들에 의해 상당히 깊이 있게 논의되어 왔기4) 때문에 여기에서 다시 그것들을 재론할 필요성을 느끼지 않는다. 필자는 이 글에서 가능한 한 논의의 초점을 분명히 하기 위해 대상 작품의 범위를 축소시켜 이호철이 60년대 중반 이후에 많이 발표한 풍자소설을 그의 작가의식과 관련시켜 살펴보기로 하겠다. 그 중에서도 특히 5·16 이후의 정치·사회적 모순과 소시민적 속물근성을 통렬히 비판한 「부시장 부임지로 안가다」(『사상계』, 1965.1.)와 「퇴역선임하사 1」(『한국문학』, 1965)을 중심으로 논하여 보겠다.

---

3) 김정환, 「역사와 개인」, 『까레이 우라』해설(한겨레, 1986), 317~318쪽.
4) 특히 다음 글을 참고할 수 있다.
　천이두, 「묵계와 배신-이호철론」, 『현대한국문학전집8』, 443~455쪽.
　김치수, 「관조자의 세계-이호철론」, 『현대한국문학의 이론』(민음사, 1972), 349~359쪽.
　염무웅, 「다양한 관심의 세계-이호철의 작품세계」, 『한국문학대전집15』(태극출판사, 1976), 577~589쪽.
　최원식, 「사멸하는 현실과 살아있는 현실-이호철의 작품세계」, 『민족문학의 논리』(창작과비평사, 1982), 190~197쪽.
　김종철, 「통일과 문학」, 『오늘의 책』(한길사, 1984년 가을호), 440~446쪽.

2.

데뷔 이후 자신의 문학적 기반을 점차 개성적으로 넓혀가기 시작한 이호철은 60년대에 들어서면서부터 더욱 뚜렷하게 그가 지닌 작가적인 능력을 발휘하였다. 특히 1961년에 발표한 「판문점」과 62년에 발표한 「닳아지는 살들」은 여러 가지 방향에서 당시의 문단에 신선한 충격을 던져 주었다. 그 결과로 그는 앞의 작품으로 『현대문학』의 신인상을, 뒤의 작품으로 『사상계』가 정한 그해의 "동인문학상"을 수상하는 영광을 누렸다. 이호철은 이러한 객관적인 공인에 부응하여 이후 계속 『일기졸업생』, 「소시민」, 「부시장 부임지로 안가다」, 「퇴역선임하사」, 「서울은 만원이다」, 「자유만복」, 「공복사회」 등의 문제작들을 잇달아 발표하였다. 이 기간에 그가 발표한 많은 소설작품들의 경향을 한마디로 요약하기는 매우 힘들다. 그만큼 작가의 관심사가 다양하고 개인과 사회를 향한 시각의 토대가 넓기 때문이다. 그러나 이 시기의 작품경향을 편의상 나누어 본다면 대체로 세 가지가 된다. 하나는 권태와 무료의 일상적이며 허망한 사람을 상징적인 의미로 극화한 「닳아지는 살들」계열의 작품들과, 다른 하나는 실재했던 역사적 인물들의 행적을 통해 과거와 오늘의 현실상황을 대비, 조명해 보는 「일기졸업생」계열의 작품들과 마지막으로는 60년대 사회의 정치적 모순과 그 구성원들의 꾀죄죄한 소시민적 사람을 신랄하게 풍자한 「부시장 부임지로 안가다」계열의 작품들이다. 이들 중에서 작품의 수효도 가장 많고 또 작품의 질적 수준에 있어서도 뛰어난 작품들이 다소 포함되어 있는 것은 마지막 계열에 속하는 풍자소설들이다. 여기서는 이와 관련시켜 그 대표적인 작품으로 일컬어질 수 있는 「부시장 부임지로 안 가다」와 「퇴역선임하사」를 중점적으로 논하여 보겠다.

풍자문학은 부정의 부정을 강조하는 변증법적 인식론에 기반을 둔 독특한 문학이다. 부패한 세계와 부도덕한 인간의 우행을 폭로·조롱·탄핵함으로써 이상적인 세계와 모범적인 인간을 반어적으로 제시하는 풍자문학은 그 존재의의를 전통적으로 예술의 사회적 효용성에 두고 있다. 풍자문학의 현실비판적 성격은 진실이 없는 세계를 탄핵하는 작가정신의 소산이다. 탄핵을 위한 탄핵이 아니라 개혁을 위한 탄핵이기 때문에 작가정신의 근저엔 늘 가치있는 사람에 대한 강한 갈망이 존재하고 있다. 풍자문학이 게시하는 진실이 비리와 악덕이라는 반가치를 고발, 부정함으로써 구체화된다는 사실과 또 그것이 드러내는 미적 효과가 골계라는 사실을 종합해 보면 풍자문학의 기능 역시 문학 일반이 지향하는 이른바 웃으면서 진실을 말하는 교훈적, 쾌락적 기능과 그대로 합치됨을 알 수가 있다.

「부시장 부임지로 안 가다」는 그 제목부터가 풍자적이다. '부시장'과 '부임지'라는 언어적 배열과 '못 가다'가 아닌 '안 가다'라는 표현이 특히 그렇다. 작가는 이 작품을 통해 5 · 16 직후의 한국현실의 기형적 모습을 정치 · 사회적인 측면에서 통렬하게 비판하고 있다. 만약에 이 작품이 교묘한 풍자적 장치를 이용하지 않고 정공법으로 씌어졌더라면 서슬이 퍼렇던 당시의 군부정권 아래에서 제대로 발표되기 어려웠을 것이라는 생각이 들 정도로 당대의 '혁명'적 분위기를 밑에서부터 위까지 철저하게 희화시켜 놓았다. 따라서 이 작품을 읽고 나면 '반공을 국시의 제일의로 삼고'로 시작되는 '혁명공약'을 밤낮으로 라디오로 흘려보내며, 국민들을 겁주고 위협하면서 이른바 혁명의 정당성을 강제로 주입시키려 했던 사람들이 과연 어떤 부류의 사람들이었고, 또 그들의 그러한 행위가 얼마나 허구적이었는가를 뚜렷이 알 수 있다. 작가는 이들이 근본적으로 비이성적이고 즉흥적이며 바보스런 주인공 '규호'와 별반 다를 것이 없다는 점을 강조해 놓고 있다 .자신이 마산 부시장으로 천거된 사실도 모르고 무조건 도망만 다니는 '규호'나 또 그런 인물을 공직에 앉히겠다는 발상을 하는 사람들이 똑같이 신랄한 풍자의 대상이 된 것이다. 이것은 나쁜 정치적 상황이 그 사회 구성원들을 더욱 타락시키고, 타락한 구성원들이 더욱 나쁜 정치적 상황을 만든다는 보편적 인식의 반영이기도 하다. 작품 속에서 계속 도망만 다니는 주인공과 그럼에도 계속 그를 찾는 권력층과의 관계는 악순환의 연속인 한국 정치사의 핵심적 부분을 다시 한번 되돌아보게 만들고 있다.

'규호'는 학교 선생으로 퇴역 육군 중위 출신이다. 그는 무척 소심한 사람이다. 사건은 5 · 16이 일어나고 얼마 되지 않아 그의 집에 갑자기 군인들이 찾아오면서부터 기이한 방향으로 얽혀들기 시작한다. 퇴근하고 막 돌아왔을 때, 군인들이 조금 전 '잡으러' 왔으니 '어서 피하라'고 재촉하는 아내의 말에 '규호'는 전후 상황을 따질 사이도 없이 미리 겁부터 잔뜩 집어먹는다. 그를 그렇게 만든 것은 요사이 동료 교사들이 몇 명 잡혀갔기 때문이다. 그들은 모두 현실을 비판했던 사람들이다. 사실상 '규호'는 그런 사람들 속에 끼지도 못한다. 그러면서도 그는 무조건 이제는 틀림없이 자기가 잡혀갈 차례라고 생각해버린다. 작가는 여기서 5·16 후 각계 각 분야에서 자행되었던 체포와 구금의 끔찍한 사회적 의미를 한 겹 많은 사내의 우스 꽝스런 반응을 통해서 역으로 드러내고 있다.

이 작품에서 주로 부각되는 것은 이렇다할 죄(?)도 없이 여기저기 정신없이 쏘다니는 '규호'의 경멸스런 도피행각이다. 그것은 계속되는 '설사'와 '싸구려 여인'과의 동침으로 요약될 수 있다.

해장국을 먹다가 또 변소로 가고, 구포 바닥의 어느 다방에서 코오피를 마시다가 또 변소로 갔다. 뱃속은 그냥 꼬르륵대었다. 촌구석 다방이고 아침이어서 그렇겠지만 다방에서는 라디오만 틀었다. 짜개지는 행진곡이 울리다가 또 '반공을 국시의 제일의로 삼고' 여자 아나운서의 목소리가 터져 나오자, 규호는 깜짝 놀라서 마시던 코오피를 그냥 놓고 흐떡흐떡 코오피값을 치르고 층층다리를 내려오면서 쌍년 쌍년 하면서 그 아나운서의 욕을 하고 있었다.[5]

규호는 동래 온천장에서 색시를 끼고 또 하룻밤 자고는 그 이튿날 열한 시쯤까지 색시와 더불어 온천을 하고, 거들어지게 안마사까지 불러서 안마를 한 후 다시 버스를 집어타고 구포로 나갔다. 그저께 저녁의 그 술집에 들렀을 때는, 벌써 그저께 저녁 하룻밤을 같이 지낸 그 여자는 금강산 화투패를 떼다가 제법 꽤 익숙한 낯짝으로 달려나오는 것이었다. 서방님이 오신다고 법석을 피우고, 우르르 색시들이 쏟아져 나오는 것이었다.[6]

이렇듯 '규호'의 행위와 의식은 우매하고 혼탁하다. 일반적으로 풍자소설에 등장하는 인물은 바보처럼 그려지거나 악한처럼 제시된다. 바보는 스스로의 무지를 악용하는 사람이고 악인은 남의 무지를 악용하는 사람이다. 물론 위의 경우는 전자에

---

5) 『현대한국문학전집 8』, 433쪽.
6) 앞의 책, 436~437쪽.

속한다. 사리를 판단하는 정상적인 기능이 퇴화된 대신 일정한 상황 내에서의 모든 반응이 극도로 자기편향적 본능에 사로잡혀 있는 '규호'의 바보스런 모습을 통해서 독자는 혼탁한 작중현실에 대한 비판적 거리를 획득하게 되고, 진실로 비판되어야 할 것과 옹호되어야 할 것이 무엇인지를 동시에 인식하게 된다. 단적으로 '규호'는 5·16으로 대표되는 폭력적 정치권력에 대항하기는커녕 오히려 조건반사적인 공포심만을 내보이면서 우왕좌왕 추태를 연출하는 부정적 인간군상 중의 하나인데, 작가는 바로 이러한 부류의 사람들로 인하여 악화된 현실이 더욱 악화됨을 풍자적으로 보여주고 있는 것이다.

「부시장 부임지로 안 가다」를 통해 사리를 판단하는 정상적인 기능이 퇴화된 인물과 그러한 인물을 공직에 발탁하려는 정치권력의 부정적 모습을 함께 비판하면서 5·16이라는 역사적 사건이 분비한 기이한 풍속도를 그린 이호철은 계속 군인들의 특권의식, 허위의식, 속물근성을 입체적으로 풍자한 「퇴역선임하사」를 발표했다. 작가가 이처럼 군인들의 부정적 처세방식에 관심을 기울인 까닭은 당시의 현실이 이른바 군출신들의 물리적 힘에 의해 비정상적인 방향으로 이끌려가고 있다는 생각을 하였기 때문일 것이다. 따라서 이 작품을 대하는 독자는 당시의 일반 국민들의 눈에 비친 현역군인 또는 퇴역군인들의 부정적인 모습이 작가의 치열한 풍자정신 속에 어떤 방식으로 수용되어 어떤 방향으로 나타나고 있는가를 확연하게 인식할 수 있다. 그만큼 작가가 택한 비판, 공격의 대상이 확실하다는 뜻이다. 「퇴역선임하사」는 연작 형태로 3편이 순차적으로 발표되었는데, 여기서는 첫번째 작품만을 분석해 보겠다.

「퇴역선임하사」의 주인공 '상호'는 13년 동안이나 군대생활을 한 사람이다. 그는 항상 '공군하사관 생활을 청렴 결백하게 마친 것을' 자랑하지만, 실제로 그것은 고급장교로서 출세하지 못한 자신의 열등감을 숨기기 위한 교묘한 말놀이에 불과할 따름이다. 그의 청렴·결백론이 얼마나 허구적인지는 제대 후 그가 벌이는 속물적인 행각을 통해 잘 나타나고 있다. 과거의 생활신조가 현재의 타락으로 변질되고 있다는 것부터가 문제가 된다. 엄격하게 말해서 '상호'가 13년 동안의 군대생활을 통해 배운 것은 '허황된 수다'와 '비뚤어진 비굴'뿐인데, 바로 이것 때문에 그의 제대 후의 삶이 혼탁하고 무질서한 양상을 띠게 되는 것이다. 만일 작가가 오로지 계급으로만 구별되는 군대생활을 내부의 기계적 인간관계나 상급자와 하급자 사이의 눈에 보이지 않는 반목과 갈등 또는 호령 하나로 모든 걸 해결하려는 장교들의 틀에 박힌 정신상태를 집요하게 묘사하였더라면, 주인공의 허위의식과 속물근성이 뿌리내리고 있는 토양이 보다 확실히 규명될 수 있었을 것이다. 그러나 작가가 힘주어 풍자하고 있는 것은 주인공이 본능적으로 만들어 보이는 가짜 '대령적 몸짓과 억양'의 사회적 의미이다. 그리고 여기에 그대로 속아넘어가는 주위 사람들이다. 이것은 현역 대령인 '박진우'의 어눌한 행위와 '상호'의 옛 상관 '김희청'의 허풍스러운 말, 이를테면 "그 기백, 그 배짱, 그 주체성, 됐어어 됐어어. 모름지기 공군 하사관의 명예를 걸구 됐어어 됐어어."라는 말과 직접 관계된다. 가짜 대령과 진짜 대령의 차이가 도대체 무엇인가를 되묻는 차원에서 전개되는 이 세 사람들의 우스꽝스런 행동과 상호 반응은 결국 군인들이 지닌 정신적 특질을 풍자하겠다는 작가의 명백한 의도를 반영하는 것이 된다. 군인들에 대한 작가의 이러한 풍자적 시선은 특히 다음과 같은 장면에서 잘 나타난다.

금호동이나 마장동 같은 졸병이나 하사관급 제대자들이 우글거리는 근처에 단간방 판잣집이라도 얻어서 허황된 특무상사 관록이나 시위하면서 푸줏간이라도 벌일까. 그런데서는 자연스럽게 유지행세도 될 것 같다. 그러나 그런 곳에서는 역시 쇠고기가 잘 안 팔릴 것이니까 푸줏간은 알맞지 않고 대포집이라도 해야 할 것이다. 상호는 꾸역꾸역 이런 저런 궁리를 하였다. 일정한 기술도 배운 게 없고, 절어든 버릇이란 실속없는 허풍과 창간호부터의 『사상계』잡지와 졸병들 앞에 거들먹거리는 재주밖에 없다. 역시 그런 졸병들만 모여 사는 곳을 고르자니 난감하였다.[7]

군대 생활 동안 주인공에게 '절어든 버릇'이란 허풍과 속물적 자기과시욕구 그리고 졸병들을 향한 계급적 우월감뿐이다. 따라서 제대 후 그가 하는 짓들도 모두 그 나쁜 버릇의 연장선 위에 있다. 군대에서 배운 습성을 그대로 끌고 다니며 그는 온

---

7) 『한국문학대전집15』, 567쪽.

갖 유치한 언행을 부끄러운 줄 모르고 연출한다. 작가는 이것을 통해서 당시의 한국 군대가 해결해야 할 핵심적인 문제를 지적하고 있다. 그것은 군대 복무기간 동안 대부분의 군인들이 지나치게 기회주의적이거나 타성적인 생활방식에 젖어 있을 뿐, 어떻게 하면 올바르게 사는가, 인간답게 사는 방법이 과연 무엇인가와 같은 삶의 근원적 문제에 대한 성찰의 기회를 거의 갖지 못한 채 많은 시간을 보내고 있다는 점이다. 따라서 그들이 갑자기 사회로 나왔을 때, 특히 장기복무자일 경우, 그들이 갖고 있는 능력이란 기껏 작품의 주인공처럼 부정적인 성격을 띠지 않을 수 없다는 것이다. 따라서 작가가 이 작품에서 그리고 있는 현역, 퇴역 군인들의 모습은 개인적인 측면이 아닌 집단적인 측면에서 이해되어야만 한다. 하사 출신이 계속 대령으로 행세하다가 그것이 여의치 못하자 이번에는 '허황된 특무상사 관록이나 시위하면서' 살 궁리를 하는 것을 우리는 단순히 한 개인이 지닌 성격적 결함으로 파악해 버려서는 안 될 것이다. 그것은 궁극적으로 군대 전체의 분위기와 그로부터 야기되는 여러 형태의 구조적 모순을 암시하는 것이 분명하기 때문이다.

풍자소설에서 독자가 확인하는 것은 등장인물이 변화·발전해 가는 것이 아니라 계기 없이 되풀이되는 인물의 愚行 그 자체뿐이다. 그리고 이와 같은 어리석은 행위의 반복으로 인해 필연적으로 사태의 악화가 초래된다. 「부시장 부임지로 안 가다」나 「퇴역선임하사」에서 주인공의 어리석은 자기소비적인 행위가 반복되면서 작중현실이 극도로 어지럽혀지는 것도 마찬가지이다. 물론 이처럼 인물과 그가 처한 상황을 풍자적으로 제시하는 작가의 근본 의도는 다른 데 있지 않다. 그것은 독자에게 심리적 반동을 유도하여 부정적 인물을 비판하고, 악화되는 현상의 개선을 촉구함으로써 보다 뚜렷한 삶의 진실을 열망하도록 하는 데 있다. 5·16과 그 후의 한국 현실을 희화적으로 비판한 이호철의 풍자소설 역시 진실이 없는 사회, 그 인간모멸의 어지러운 풍속을 결코 외면하지 않겠다는 치열한 작가정신의 소산이다. 따라서 1965년부터 발표되기 시작한 그의 일련의 풍자소설들이 한국현대소설 연구 영역에서 더욱 중시될 필요가 있다고 생각된다.

개인사에 음각된 민족사
— 6~80년대 단편들을 중심으로

염무웅*

I.

이호철(李浩哲) 전집 제1권 『판문점』(1988)의 권말에 실린 '자서전적 연보'에 보니 내가 이호철 선생과 인사를 나눈 것이 1965년으로 나와 있다. 아마 그 무렵이었을 것이다. 어쩌면 그보다 한두 해 전 같기도 한데, 도무지 정확하게 기억할 수가 없다. 아무튼 새해 연초에 김승옥·김현 등 친구들에게 묻혀서 회현동 황순원 선생 댁에 말하자면 세배를 간 셈이었다. 방안에는 서기원·이호철 등 내로라 하는 30대 소장 작가들 한 떼가 미리 포진하고 앉아서 술잔을 돌리며 기염을 토하고 있었다. 이호철 선생과 처음 인사를 나눈 것이 이 자리였다고 기억되는데, 그는 그때 기성문인들의 이런 자리에 처음 참석하여 어리둥절 쭈뼛거리기만 하는 나에게 유난히 친절을 베풀어 말도 걸고 술잔도 건네고 하였다. 김승옥 같은 친구는 그 자리의 선배들과 이미 몇 차례 어울린 적이 있었던 듯 스스럼없이 좌중의 화제에 끼여들곤 했으나, 나로서는 이런 분위기가 처음이었다. 그러니 이선생의 친절과 관심이 여간 고맙지 않았다. 어쩌면 그는 나에게서 문단사회에 처음 발을 들여놓았을 때의 자기 자신의 초라한 모습을 보았을지도 모를 일이다.

---

* 문학평론가.

이것이 오래지 않은 옛날 일 같은데, 웬걸 어느덧 4반세기가 넘는 과거로 되었다. 그러고 보면 나는 지난 30여 년 동안 문단의 선배작가들 가운데 누구보다도 더 자주 이선생을 만나 따뜻한 정을 나누어온 것 같다. 아마 수백 번의 술자리와 수십 번의 산행을 함께 했을 것이다. 술자리가 유독 많았던 것은 독립문과 녹번동을 거치는 귀가길이 같았던 탓도 없지는 않다. 잡지사나 출판사 같은 데서 여럿이 만났다가 흩어질 때면 나는 으레 이선생과 동행이 되는 수가 많은데, 한잔 안하고 맨송맨송 헤어진 적이 별로 없었던 것 같다. 피차 어려웠던 6, 70년대 그 시절 나는 이선생의 술을 뺏어먹는 요령을 알고 있었다. 한두 잔 내가 먼저 사고 일어설 듯한 기색을 보이면 사람과 헤어지기 싫어하는 이선생은 대체로 언제나 맥주로 이차를 가자고 붙잡는 것이다. 그러곤 끝내 시계까지 풀어 술값으로 맡기고 이야기에 열을 올렸던 것이다.

등산도 얼마나 많이 갔던가. 이선생은 산에서 참 잘 걷는다. 훨씬 젊은 내가 도저히 따라잡기 힘들다. 그래서 우리는 인민군 출신이라 역시 다르다느니 어쩌느니 하는 객쩍은 농담을 던지곤 했다. 김윤수 교수가 출감한 직후, 그러니까 76년일 텐데, 그때 대여섯이 소백산에 출감환영 등산을 갔다. 안개는 잔뜩 끼었는데 이선생은 휭하니 앞장서 가고 보이지 않는다. 김교수는 뒤에 처지고 중간에서 어쩔 줄 모르게 된 나는 부지런히 달려가 이선생에게 혼자만 앞서가면 어쩌느냐고 항의를 했던 일이 즐겁게 떠오른다. 그런데 이번엔 내가 이선생한테 야단을 맞은 일이 있다. 85년쯤이던가, 대구의 친구들이 이선생을 비롯한 몇 분을 그쪽 산으로 초대했다. 개천절이 낀 연휴였는데, 운문산을 오르기 시작하자 곧 바람이 불고 비가 쏟아진다. 때늦은 태풍이었다. 아무래도 서둘러야 될 것 같아 강행군을 하는데, 이번엔 이선생이 나보고 이렇게 무리를 하면 되느냐고 꾸중이었다. 아하 이선생이 예전 같지 않구나, 이제 드디어 나이가 드시나 보다 하는 걸 그때 나는 처음 느꼈다. 최근에도 불광동 예전 이선생 댁에서 시작하는 등산로를 따라 비봉 쪽으로 등산을 했는데. 전처럼 속보가 아니었다. 빨리 걷지 못해서라기보다 빠르고 늦고의 차원을 넘어선 원숙함이 걸음걸이에 배어 있는 듯했다.

이번에 이 글을 쓰기 위해 나는 이선생의 단편소설들을 상당수 다시 읽어보았다. 못 읽고 지나간 것도 몇편 있었고, 예전에 읽었는데 전혀 처음 읽는 듯한 것도 적지 않았으며, 잘 알고 있다고 생각했으나 완전히 새삼스럽게 읽히는 것도 꽤 있었다. 이호철의 문학세계를 제대로 다루자면 당연히 그의 많은 장편소설들이 집중적으로 논의되어 마땅하다. 그러나 이번에 새로 작품을 읽으면서 확인한 것은 오래 전에 읽은 기억이라는 것이 별반 신뢰할 만하지 못하다는 사실이었다. 따라서 본격적인 이호철론은 뒷날로 미루고 우선 이번에 읽은 단편소설을 중심으로 그의 문학을 다시 조명해봄으로써 간난과 신고의 분단역사를 힘겹게 살아 이제 회갑을 맞이하는 이선생께 조그만 축하의 뜻을 표하고자 한다.

2.

지금까지 이호철의 문학에 대해 갖가지 분석과 평가가 있어왔다. 50년대에 등장한 대부분의 작가들이 이미 오래 전에 절필하거나 침묵에 가까운 주변적 활동으로 밀려난 데 비하여 여전히 현역작가로서 왕성한 작업을 지속하고 있다는 사실 자체가 우선 찬탄의 대상이 되게 마련이다. 작가가 소설쓰기를 계속한다는 이 당연한 사실이 돋보이는 것은 우리의 파란 많은 현대사에 비추어 결코 이상한 일이 아니다. 다른 모든 지적활동이 그러하듯이 작품을 창작한다는 것은 당대 현실과의 긴장된 대결을 필연적으로 동반하게 마련인데, 지난 반세기의 분단역사는 한 개인이 그것을 감당하기엔 너무도 벅찬 굴곡과 낙차를 부과해온 것이다. 따라서 우리는 한 작가가 자기 현실과의 관계에 있어 의미있는 긴장을 일정한 수준에서 유지해나가는 것만으로도 그가 끊임없는 성장과 자기쇄신을 이룩하고 있다고 판단하지 않을 수 없게 된다.

그리하여 이호철에게는 자신의 개인적 현실로부터 민족적 현실로 관심을 확대시켜온 작가 또는 산업화·도시화 시대에 있어 소시민의 세태풍속을 사실적으로 묘사해온 작가라는 평이 일반화되어 있다. 물론 이러한 평가는 틀린 것이 아니다. 그러나 이호철의 문학에 있어서 개인현실과 민족현실이 어떤 매개에 의하여 얽혀 있는가(내 생각에 이호철의 문학이 개인적인 것으로부터 공동체적인 것으로 일직선적인 확장을 해나갔다고 보는 것은 기계론적 관찰이거나 피상적인 인상비평에 가깝다.), 그리고 그것이 이호철 문학의 풍속소설적 외피와 어떻게 연관되는가 하는 내적 구조가 밝혀지지 않는다면 그의 문학세계에 대한 충분한 이해가 이루어졌다고 할 수 없을 것이다.

흔히 문학을 삶에 대한 형상적 인식이라고 하거니와, 이호철의 소설세계를 구성하는 디테일들이야말로 구체적이고 감성적인 능력에 의해 싱싱하게 포착되어 있다. 작가의 시선은 대상을 거의 즉물적인 단순함으로, 다시 말해 관념적인 예단이나 현실적인 연관을 사상한 천진함으로 바라보는 것이다. 생각건대 이런 일종의 생득적 순수성이 이호철의 작가적 생명력에 탕진되지 않은 싱싱함을 보장해준 기초인 듯싶다. 이런 점은 자연인 이호철에게서도 확인되는 바인데, 나는 가령 앞서의 '자서전적 연보'에서 다음 대목을 읽다가 미소를 금치 못했다.

1980년 5월 소위 계엄확대조치로 남산 지하실에 끌려가 두 달 동안 평생에 가장 괴로운 나날을 보낸 끝에 서울구치소로 이감되었을 때 "감옥에 갇히면서 훨훨 날 기분을 맛보는 자신이 내심 어이없기도 했으나, 「태양의 찬가」노래를 흥얼거릴 정도로 신났었음. 감시 헌병이 이런 나를 이상한 눈길로 들여다보고 있었음"하고 기록된 대목이 그러하다. 객관적 상황은 무혐의나 기소유예 따위로 석방된 것이 아니라 몇달 몇년이 될 지 모르는 감옥살이를 위하여 구치소로 이감된 것이다. 도대체 남산 지하실로, 서울 구치소로 끌려온 것이 처음부터 억울하기 짝이 없는 일이었다. 따라서 분노로 으르렁거리든지 낙담하여 진이 빠져 있든지, 하여튼 그와 비슷한 상태에 있는 것이 상식적인 태도일 것이다. 그러나 두 달 동안 태양을 못 보다가 잔뜩 흐린 하늘이나마 하늘을 보게 되었을 때의 감격은 이 모든 상식적 관점을 뛰어넘어 동심적인 해방감을 맛보게 하는 것이다. 이 순간에는 억울하게 감옥에 왔다는 사실, 10·26 이후의 온갖 정치적 격동, 아니 생애 전체의 현실적 연관들이 전면적으로 무화되고 오직 유구한 하늘과 벌거숭이 인간만이 마치 창세기의 그날처럼 남는다.

물론 이런 상태는 삶의 과정에서 결코 지속적으로 유지될 수 없고(그래서도 곤란하지만) 단속적으로 섬광처럼 찾아올 뿐이다. 그 섬광에 의하여 작가는 어둠에 가려졌던 존재의 실상, 말하자면 가공되지 않은 삶의 원형을 잠시 목격한다. 이런 무념무상의 경지에서 사물을 바라보는 듯한 순간의 그의 묘사는 그지없이 아름답고 실감에 가득 찬다. 다음의 대목을 읽어보자.

해는 겨우 동쪽 산마루에 걸렸다. 서편 웃마을은, 휘돌아간 산줄기에 가리어 끊겼다 나타났다 띄엄띄엄 올려다보인다. 오목한 마을 복판은 연기와 부드러운 아침안개 속에 휩싸여 자욱하다. 안개 속에 기와집들이 성깃성깃 내보였다. 윗보매기 고을에서부터 앞들판을 휘돌아내려오는 큰물이 늦가을 햇볕에 번쩍번쩍 빛났다. 우엉우엉 소 울음소리가 부드럽게 아침안개를 헤쳤다.(「만조」, 1959)

자연의 정경이 거의 시적인 순결함 속에 살아 숨쉬고 있다. 그런데 이처럼 싱그러운 자연묘사는 평화로운 전원생활을 다룬 소설의 일부가 아니라 6·25전쟁의 와중, 그러니까 국군이 북진하여 한동안 북쪽 땅을 점령하고 있던 시절의 이야기에 삽입되어 있는 것이다. 말하자면 구치소에 이감되어 몇 달만에 하늘을 보고 신이 나서 노래를 흥얼거리는 장면에서 우리가 경험하게 되는 어처구니없을 정도의 신선함, 거의 비현실적인 생동감 같은 것을 이 대목에서 우리는 느낀다. 소시민들의 생활현장도 이런 천진무구하고 거의 원초적인 시선으로 관찰될 때 기막힌 실감으로 살아난다.

옆자리에서는 웬 사람들이 바둑을 두고 있다. 칠이 엉망으로 벗겨진 낡은 바둑판이어서 옆에서 보기에는 궁상맞았다. 바둑알도 형편없이 모자라서 마지막에는 서로 먹은 알을 교환해가다가 그것도 모자라서 성냥개비를 끊어놓고 혹은 재떨이에서 담배꽁초를 주워서 놓곤 하였다. 바둑판이나 바둑알이나 새로 하나 장만을 하든지 아니면 바둑을 두지 말든지 하필이면 저런 식으로 둘 것은 뭐냐고 나는 조바심 섞어 신경질스럽게 생각하였다. 그러나 다시 생각하면 이런 점포에는 저렇게 생긴 바둑이 어딘가 어울려 보이기도 하였다.(「여벌집」, 1972)

이 장면에서 지금 '나'는 한가하게 바둑 구경을 하러 나와 있는 것이 아니다. 도시계획에 들어 있는 집 때문에 복덕방으로 구청으로 헐떡거리며 쫓아다니다가 대지증명을 떼기 위해 대서소로 들어와 기다리고 있는 중이다. 그러나 여백이 그림을 돋보이게 하듯 소설의 줄거리와 전혀 상관없는 듯한 이러 엉뚱한 세부묘사가 끼여듦으로써 얽힌 실타래 풀듯 생활의 미로를 헤쳐가는 소시민적 삶의 고단함이 도리어 확실한 실감으로 부각되는 것이다.

그런데 곰곰이 살펴보면 이호철 문학에 있어서의 수많은 생생한 묘사들은 어떤 냉철한 객관적 시점에 의해 중성적으로 전달된다기보다 소설적 화자 즉 주인공＝서술자의 극히 민감한 주관적 감성에 의해 매개되고 있음을 간파할 수 있다. 다시 말해 독자들은 사건과 사물들을 직접 대하고 있다기보다 독특한 개성적 감수성의 프리즘을 통해서 대상을 보고 있음을 깨닫게 되는 것이다. 그런데 앞서 지적했듯이 이호철의 감수성은 어떤 관념적 전제나 현실적 이해타산 또는 논리적 연관 위에 기초해 있는 것이 아니라 어떻게 보면 극히 순진하고 즉물적·원초적인 것이어서 때로는 예컨대 실존주의 소설 같은 데서 보았던 일종의 '낯설게 하기'의 효과를 발생시킨다. 물론 이때의 '낯설게 하기'는 미리 정교하게 계획된 미학적 장치로서의 그것이 아니다. 가령 여기서 단편 「생일초대」(1976)의 한 토막을 음미해보자. 성규·완규 형제는 서울에서 서북청년회라는 반공단체의 간부로 활동하다가 국군이 후퇴할 때 남들을 먼저 내려보내느라 뒤처지게 된다. 정신을 차렸을 때는 벌써 전선이 남쪽으로 밀려 내려간 다음이라 그들은 허겁지겁 뒤쫓아간다. 그러다가 국군에게 붙잡히게 되는데, 그들로서는 자신들의 신분을 증명할 길이 없어 결국 즉결처분을 당할 절박한 경우에 처한다. 그들은 총살되면 묻힐 자신들의 무덤을 파고 있고 카빈총을 멘 중사 계급장의 순직한 한 사람이 그들을 지키고 있다. 이 절체절명의 상황을 완규는 다음과 같이 회상한다.

> "[……] 그러나 형님도 답답했던지, '씨팔 죽을 때는 죽더래도 그 담배 한대 얻어피웁시다레' 하더군. 그러나 그 둥사는 약간 당황하듯이 1킬로쯤 떨어진 둥대본부 쪽을 돌아다보더니, '표 안 나게 작업 하면서 가만가만 피우시우' 하고 비로소 처음으로 목소리를 내더군. 땅 파는 곳을 지덕해줄 때도 그냥 손짓으로만 했었거든. 그러고는 손수 새 담배 두 대를 금방 붙여서 던져주더군. 그때 그 경황에도 약간 우스워지더라. 작업하면서 가만가만 피우라는 그 '작업'이라는 소리가 말야. 스스로 죽어서 묻힐 구덩이를 파는 것도 과연 작업에 속힐까. 좀 어이가 없고 한심해지더군."

‘스스로 죽어서 묻힐 구덩이를 파는 것’을 바라보는 세 겹의 시선이 여기서 동심원을 그리고 있다. 남쪽 사회에 내려와 회사 중역으로 성공한 형 성규의 생일을 맞아 완규가 초대받은 고향 손님들 앞에서 한창 입담 좋게 옛날얘기를 떠벌리는 장면인데, 이 장면을 보는 독자와 거기 등장하는 인물들이 공유하는 현재적 시선이 맨 가장자리를 둘러싸고 있다. 다음에는 완규의 이야기 속의 상황, 즉 죽음을 목전에 둔 극한적 순간에서의 과거적 시선이 있다. 전란의 소용돌이 한가운데서 생사를 예측할 수 없었던 과거와 상다리가 휘어질 만큼 차려진 음식상 앞에서 웃음꽃을 피우는 현재는 물론 극히 대비적이며 상호간섭적이다. 그러나 그럼에도 불구하고, 즉 그 과거와 이 현재 사이에 허다한 우여곡절이 개재되어 있을 것임에도 불구하고 양자는 하나의 끈으로 동일한 평면 위에 연결되어 있음이 분명하다. 그런데 이 대목을 읽는 독자들은 이러한 현실적 평면과 전혀 질을 달리하는 또 하나의 시선이 여기 작용하고 있음을 의식하지 않을 수 없는데, 그것은 단적으로 말해서 ‘작업’이란 단어에 의해 촉발되는 전혀 낯선 지평이다. 이 단어는 사태에 대한 상식적·현실적 해석을 교란시킨다. 사람이 땅을 파는 행위는 분명히 작업이라 부름직하다. 나무를 심으려고, 감자를 캐려고, 김장독을 묻으려고 사람들은 땅을 파고 그렇게 땅 파는 일상생활 속의 평상적인 행위가 작업이라 불리어진다. 그런데 총검의 위협 때문에 어쩔 수 없이 제가 죽어서 묻힐 구덩이를 스스로 파는 일조차 ‘작업’이라 지칭됨으로써 그것은 죽음을 목전에 둔 전쟁이 와중이라는 급박한 현실성이 돌연 제거되고 단순한 육신의 동작으로 환원되는 것이다. 그리하여 우리는 주인공들이 자리잡고 있는 과거(전쟁)와 현재(생일잔치)의 상황 전제를 원천적으로 새로운 눈으로 보고, 그들의 삶의 역정 자체와 그것을 둘러싼 역사적 맥락의 의미에 대해 각성된 시각으로 물어볼 수 있게 된다.

생각건대 이호철 문학의 뼈대를 이루는 것이 분단과 실향이라고 흔히들 말하는 우리 시대의 민족사적 운명이라 한다면, 그 운명의 중압을 뚫고 하루하루 살아가는 선량하고 힘없는 소시민의 사소한 일상의 세부들이야말로 그의 문학의 살이다. 그러나 그의 문학적 성취를 단순한 세태소설로부터 구별하게 만드는 것은 일상성의 늪에 매몰되는 것을 끊임없이 방해하고 간섭하는 이와 같은 어떤 원천적 시선, 근본적 물음이 있기 때문이다.

3.

이호철의 문학세계를 이해하기 위한 방편으로 여기서 잠시 그의 이력을 간단히 훑어보기로 하자. 그는 1932년 함경남도 원산(시내가 아니고 좀 떨어진 농촌마을로서 후에 시로 편입되었다)에서 중농 정도의 집안에 2남 3녀의 장남으로 태어났다. 어려서 한문을 배웠으나 별 재미를 붙이지는 못했고 해방되던 해 원산공립중학에 입학, 이 때부터 문학서적을 탐독하기 시작한다. 6·25가 발발하던 해 고등학교 졸업반이었던 그는 인민군으로 동원되어 전투에 참가했으나 총 한방 제대로 쏘지 못하고 포로로 붙잡혔다. 북진하는 국군에 묻어 북상하다가 석방되었고 한 달 남짓 고향에서 지내다가 중공군의 참전으로 다시 후퇴할 때 단신으로 배를 타고 월남하여 부산에 닿았다(1950. 12. 9). 이로부터 이호철은 가족과 고향으로부터 격리되어 남쪽 땅에서 외롭고 고단한 삶을 살지 않으면 안 되었다. 피난 수도 부산에서 부두노동, 제면소 직공, 미군부대 경비원 등으로 전전하였고 (이때의 경험이 장편소설『소시민』에 총화되어 있다), 처음으로 소설습작에 손대어「오돌 할멈」,「권태」같은 단편을 썼다. 1953년 서울로 올라왔고 55년 단편「탈향」이 황순원씨의 추천으로『문학예술』지에 발표되어 작가로서의 길에 들어섰다. 61년「판문점」으로 현대문학사 신인상, 62년「닳아지는 살들」로 동인문학상을 수상함으로써 그의 작가적 위치는 확고하게 자리잡혔다. 이상의 경력으로 미루어 알 수 있듯이 이호철은 스무살 전후 한창나이에 겪은 혹독한 격랑에도 불구하고 비교적 순탄하게 또 상당히 일찍 소설가로 입신하는 데 성공하였다. 그러나 문인으로서 이름을 내는 것과 생활인으로서 사회에 뿌리를 내리는 것은 전혀 무관한 것은 아니라 하더라도 별개의 것임에 틀림없었다. 자라난 고향과 낳아준 부모형제를 떠나 단신 실향민으로 살아간다는 것, 존재의 근원으로부터 추방되어 뿌리뽑힌 삶을 살아간다는 것, 그것은 이호철의 인생과 문학에 있어 근본적인 규정성이다. 그런 점에서 나는 단편소설「큰 산」(1970)이 이호철 문학의 근원을 이해하는 데에 극히 시사적인 작품이라고 생각한다.

어느 날 아침 깨어보니 첫눈이 내렸는데, 대문 옆의 블록담 위에 하얀 남자 고무신 한 짝이 놓여 있다. 아무것도 아니라면 정말 아무것도 아닌 이 일 때문에 '나'와

아내는 꺼림칙한 느낌에 휩싸인다. 가정의 단란함을 위협하는 어떤 불길한 손길이 다가오는 듯한 불안과 공포 속으로 빠져드는 것이다. 여기서 '나'는 어린 시절의 기억을 떠올린다.

> 우리 마을 서쪽 멀리 청빛의 마식령 줄기가 가로 뻗어갔는데, 마을사람들은 이 것을 '큰 산'이라고 불렀다. 내 경우 이 '큰 산'은 그곳에 그 모습으로 그렇게 있 다는 것만으로 항상 나의 존재의, 나를 둘러싼 모든 균형의 어떤 근원을 떠받들어 주고 있었던 것이다. 내가 태어난 뒤 가장 먼저 익숙해진 것은 어머니의 젖가슴이 었겠지만, 두번째로 익숙해진 것은 그 '큰 산'이었을 것이다. 아침저녁으로 우리 집에서 정면으로 건너다보이던 그 '큰 산', 문만 열면 서쪽하늘 끝에 웅장하게 덩 더룻이 솟아 있던 그 청빛 '큰 산'.

그런데 이 '큰 산'이 구름에 가려 보이지 않게 되면 갑자기 주위의 야산들이 시커 멓게 이상한 모습으로 변하고 들판도 의지할 데를 잃은 듯 썰렁해진다. 어느 날 '나'는 가을비 내리는 저녁때 혼자 집으로 돌아오다가 길가 무밭에 버려진 '지까따 비'짝을 흘낏 보고 섬뜩한 공포감을 느낀 적이 있다. '큰 산'이라는 존재의 튼튼한 기반이 가려질 때 모든 사물들은 본래의 제자리와 분수를 잃고 안정감을 상실한다. 어머니의 품과 그 '큰 산'에서 멀리 떠나와 있는 오늘의 삶은 어떠한가. 무심코 지 내는 일상생활의 균형과 안정은 지극히 사소한 외부적 힘의 개입에 의해서도 언제 든지 허물어질 수 있는 허약함을 본질로 한다.

소시민적 일상성의 근본적 취약성과 그 허구적 본질을 건드린 비슷한 계열의 작 품으로 가령 「소슬한 밤의 이야기」(1972)나 「덫」(1982) 같은 예를 들 수 있지만(이 작 품들에서 고무신짝에 해당하는 소도구는 강아지와 '死'자가 그려진 종이딱지이다), 이 문제 를 분단체제라고 하는 우리의 민족사적 현실에 관련지어 정면으로 다루는 데 성공 한 뛰어난 소설이 「이단자 (4)」(1973)이다. 작가 자신이라고 짐작되는 주인공 현우는 남북적십자 예비회담으로 온통 떠들썩할 무렵 북녘 땅에 두고 온 동생에게 주는 짤막한 지상편지를 어느 신문에 기고한다. 그런데 다음날 저녁 자기가 바로 현우의 동생이라고 자처하는 한 사나이의 전화가 집으로 걸려온다. 저녁에 들어와 그 애기를 들은 현우는 반가움은커녕 두려움과 의혹이 앞선다. 잠시 후 다시 걸려온 전화를 통해 그는 그 사나이가 "이북 있는 동생과 나이는 같았지만 고향은 십리쯤 떨어진 길명이라는 동네였고 성은 송씨"임을 알고 안도의 한숨을 내쉰다. 그러면서 현우는 울적한 심사가 되어 동생과 마지막 헤어지던 날, 그러니까 고향을 떠나던 날을 새삼 떠올린다.

> 길은 텅 비어 있었다. 사람 기척은커녕 흔한 우마차 하나 보이지 않았다. 지금 떠올려도, 그날 그 길에 사람 하나 없었다는 것이 현우는 거듭 불가사의하게 느껴진다. 현우는 외투 깃을 세우고 웅숭그린 채 잰걸음으로 거리 쪽을 향해 혼자 가고 있었다. 그렇다. 지금에 와서야 분명하게 짚어진다. 바로 그때 그 순간, 농촌 출신인 현우는 농촌 그 자체와 결별을 고하고 있었던 것이다. 주변의 산야는 써늘하였고 산자드락에 붙은 촌락의 집집들도 앞문은 잠근 채 뒤 창문으로 혹은 봉창 구멍으로, 제 고장을 버리고 혼자 떠나가는 현우를 저주 섞어 쳐다보고 있었다. '봐라, 저 새끼 간다. 저 새끼 간다' 하고.

이 대목에서 작가는 비록 최대한 억제하려고 노력하고 있으나 그것을 읽는 독자는 살을 찢는 아픔의 한가닥이 행간에 숨어 있음을 감지한다. 마음만 먹으면 언제라도 찾아갈 수 있는 고향을 가진 사람, 수화기를 들어 다이얼을 돌리기만 하면 부모나 형제의 목소리를 들을 수 있는 사람, 얽히고 설킨 공동체적 연고의 끈이 도시 생활에까지 이어져 보호막이 되어주는 사람, 말하자면 남쪽 출신의 보통 사람들은 이 사무치는 상실감, 이 어찌할 길 없이 막막한 절망감을 온전히 실감하기 어려울 것이다. 어떻든 현우는 그 사나이 송가의 출현으로 인해 고향을 떠올리게 되고 또 지나온 반생을 돌아보게 된다. "이때까지 살아온 세월 전체로 볼 때, 그쪽과 이쪽은 꼭 반반이다. 그쪽 이십년과 이쪽 이십년." 그런데도 현우에게는 "그쪽의 이십 년이 그 무슨 원천을 이루고 있는 느낌"이었고 "그 원천의 조명을 받으며 오늘을 살아가는 현우는 무언지 부박하고 얄쌍하고, 임시 가건물 같은 것"으로 생각된다. 그것은 마치 '큰 산'의 육중한 그림자 밑에 있을 때 야산도 들판도 마을도 냇물도 제

자리에 제 모습대로 있는 것 같고 '큰 산'의 자태가 사라지면 모든 사물들이 균형과 질서를 잃고 뒤죽박죽으로 되는 듯이 느껴지는 것과 비견할 수 있다.

그러나 지금 이곳에서의 삶이 '임시 가건물' 같다는 것은 실상 느낌일 뿐이다. 왜냐하면 일회적인 인생에 있어서 임시적인 삶이란 존재할 수 없기 때문이다. 매 순간의 삶은 그 자체로서 절대적인 것이어서 딴 무엇으로 대체되거나 더 나은 어떤 것을 위해 유보될 수 있는 것이 아니다. 남쪽 사회에서 터를 잡고 뿌리를 내려 살아가는 것이 이제 이호철에게는—그리고 우리모두에게, 결코 선택의 문제가 아닌 것이다. 그러나 도리어 바로 그렇기 때문에 이 땅의 삶이 좀더 사람다운 삶으로 되도록 노력할 이유가 우리에게는 주어진다.

그렇기는 하지만 작가 이호철에게 있어서 고향이라든가 '큰 산'이라든가 요컨대 어떤 원천적인 것에 대한 향수는 소시민적 안일성에 빠지는 것을 가로막는 제동장치로서의 기능을 하며 이 사회의 허위와 모순을 꿰뚫어보게 하는 각성제의 역할을 하는 것 같다. 이 점에서 그의 현실비판 내지 세태풍자 소설들은 민족분단이라는 좀더 뿌리 깊은 역사적 근원으로부터 현재의 삶을 바라보는 데서 성립한다. 이제 이 방면에서 이루어진 몇 편의 뛰어난 업적들을 살펴보자.

생각건대 「부시장 부임지로 안 가다」(1965)는 5·16 및 5·16 직후의 사회현실에 대한 가장 날카로운 문학적 풍자의 하나일 것이다. 작품의 주인공 규호는 백마고지 전투에도 참가하여 부상까지 당했던 퇴역 육군중위로서 지금은 마산에서 학교선생 노릇을 하고 있다. 5·16 쿠데타가 일어난 직후 선생들이 하나 둘씩 잡혀가는 상황에서(아마 교원노조 때문인 듯) 퇴근하여 집으로 들어왔다가 군인들이 그를 잡으러 왔었다는 말을 아내한테 듣자 즉각 피신을 한다. 그는 왜 자기가 도망다니는지 영문도 모른 채 소화불량에 시달리면서 음식점과 다방과 여관을 전전하면서 술과 커피와 계집질로 며칠을 보낸다. 여기서 한 장면 읽어보자.

> 해장국을 먹다가 또 변소로 가고, 구포바닥의 어느 다방에서 커피를 마시다가
> 또 변소로 갔다. 뱃 속은 그냥 꼬르륵대었다. 촌구석 다방이고 아침이어서 그렇기
> 도 했겠지만, 다방에서는 라디오만 틀었다. 짜개지는 행진곡이 울리다가 또 "반
> 공을 국시의 제일의로 삼고"하고 여자 아나운서의 목소리가 터져나오자, 규호는

또 깜짝 놀라서 마시던 커피를 그냥 둔 채 헐떡헐떡 커피값을 치르고 층층계 단
을 달려내려오며 쌍년 쌍년 하고 그 아나운서를 욕하고 있었다. 어느새 그는 반공
에 쫓기고 있는 것이었다.

그런데 이렇게 쫓기고 있는 사람은 다름아닌 예비역 장교이며 현역 교사이다. 말
하자면 이 사회의 중추를 이루는 모범적인 시민인데, 어느 날 그의 집에 군인들이
찾아오자 아내는 엎어놓고 잡으러 온 것으로 지레짐작하였고 그 자신은 아내의 말
에 대뜸 두 다리가 휘뚱거리며 온몸에 힘이 빠져 경황없이 집을 나갔던 것이다. 어
처구니없는 희극적 장면들이 계속되는 동안 독자들은 점차 이 희극의 배후에 깔려
있는 통렬한 현실풍자, 다시 말하면 반공이니 혁명공약이니 하는 외피의 안에 들어
있는 실체를 보게 되며 정치권력에 대한 조건반사적 공포심이 결코 남의 일이 아님
을 경험한다. 결국 군인들이 그를 찾아온 것은 잡으러 온 것이 아니고 그가 마산
부시장으로 내정되어 모시러 온 것임이 밝혀지는데, 이것이야말로 5・16 쿠데타의
정치적 허구성을 백일하에 폭로하는 통렬한 소설적 반전이다.

　「등기수속」(1964)은 언뜻 보기에 단순한 세태소설 같다. 주인공 현구는 두어 해
전에 신문사 국장이니 부장이니 하는 사람들과 함께 사두었던 땅을 자기 명의로
등기를 내기 위해 구청으로 동사무소로 또 등기소로 대서방으로 뛰어다닌다. 그러
는 동안 그는 대서방 영감, 등기소 여직원, 사법대서사, 구청 지적계 직원, 동회 서
기, 구청 산업계 사환, 구청 출장소 계장 등등 각급 각종의 관료행정 말단실무자들
을 접촉한다. 이 과정이 정밀하고 재치있게 서술되는 동안 우리는 그야말로 카프카
의 어떤 소설이 제공하는 일종의 미로학습 속에 갇혀 들어와 있는 듯한 막막함을
실감한다. 그리고 현구를 빠져나갈 수 없도록 친친 둘러싸고 있는 거대조직의 그물
이 완강한 현실적 힘을 발휘하면 할수록 우리는 점점 더 진짜 현실로부터 멀어지는
듯한, 다시 말해 어떤 불길한 악몽을 꾸고 있는 듯한 도착상태를 경험한다.

　그러나 물론 작가는 여기서 어떤 특수한 실존적 상황을 제시하는 데 목적을 두고
있는 것이 아니다. 애초에 현구가 2년 동안 차일피일 미루어오던 땅의 등기수속을
하기로 작정하게 된 것부터 정치적인 변동과 관계가 있는 것이었다. "바로 며칠 전,
계엄이 선포되자 현구는 막연하게 머리끝이 쭈뼛해지는 불안 속에서 그 땅의 문제

가 새삼스럽게 첨예하게 압박해" 왔던 것이다.(1964년 한일회담 반대데모를 진압하기 위한 6·3사태 때의 계엄령 선포였던 것으로 짐작된다.) 그래서 우선 대서방을 찾았던 것인데, 등기소로 가보라는 대서방 영감의 말에 현구는 "처음부터 암담한 기분에" 휩싸인다. 또 정작 서대문등기소라는 큰 건물 앞에 오자 그는 벌써 "덜컥 공포 비슷한 느낌"에 사로잡힌다. 사법대서소에 서류 일부를 맡기면서도 현구는 "암담하고 귀찮고 온 신경이 서서히 산란해오는 것을" 느낀다. 구청의 지적계 담당자한테서 지금 바쁘니 이따가 오라는 말을 듣고도 그는 또 "와락 절망적인 암담한 느낌에 휩싸이며 눈앞이 어찔어찔하고 이마와 목대에서는 땀이 철철 흘러내렸다." 그러는 가운데서도 현구는 철길 밑의 불어난 황톳물을 저벅저벅 건너며 "웬 엉뚱한 시원한 느낌에 혼자 끼들끼들 조금" 웃는다. 옛날 살던 동네의 동회로 주민등록 카드를 찾으러 들어가면서도 그는 "괜히 끼들끼들 혼자" 웃는다. 이런 과정이 서술되는 동안 사이사이에 "경기관총까지 장치한 드리쿼터가 헤드라이트를 켜고 군인들을 가득 싣고 큰길을 지나가"는 장면이 되풀이 묘사되는 것이다. 마침내 그날 밤 현구는 "열에 떠서 깊은 잠을 잘 수가 없었고, 군인을 가득 실은 드리쿼터가 헤드라이트를 켠 채 자기에게로 돌진해오는 꿈을 꾸며 몇 번이나 깜짝깜짝 놀랐다." 이렇게 함으로써 작품 「등기수속」은 세태소설의 형식을 통해 한 시대의 삼엄한 정치적 분위기를 부각시키는 데 성공하고 있다.

단편 「도주」(1977)는 지극히 단순한 구조로 되어 있다. 사건이랄 만한 것은 아예 없고 줄거리도 매우 간단하다. 주인공 '사내'는 감옥에서 풀려나온 지 사흘째 되는 날, 안에서 꼬박 열 달 동안 바로 옆방에서 이웃하며 친하게 지낸 '정씨'와의 약속을 지키기 위해 아내를 데리고 불고기집을 찾아간다. 그런데 오랜만에 보는 거리의 풍경은 열 달 전과 달라진 것이 별로 없음에도 불구하고 "매사가 눈이 부시고 매사에 어리둥절하고, 그리고 무언지 모르게 무서웠다." 정씨와의 약속 자체가 허황한 일로 여겨지고 정씨가 약속대로 나오더라도 "와락 무서워지지나 않을까 하는 불안한 예감"이 든다. 간신히 불고기집을 찾아 올라가 넓은 홀 안에 사람 기척이 없는 것을 흘낏 들여다보는 순간 그는 "등이 오싹하였다." 문을 열고 들어서는데 전자장치로 녹음된 인사말이 울리자 그는 또 소스라치게 놀란다. 홀 안은 바깥에서 보기와 달리 비어 있었던 것이 아니고 손님 서너 패거리가 여기저기 앉아서 느른하게 지껄이기도 하고 게걸스럽게 먹어대기도 한다. 그 풍경이 또한 "여간 생소하지 않았고, 무언지 모르게 차디찬 느낌"을 준다. 정씨는 아직 안 왔는데, 어느 구석에 숨어서 내다보고 있는 게 아니냐는 아내의 말에 그는 "소스라치듯이 새삼스럽게" 주변을 둘러본다. 길게 뻗은 어둑어둑한 복도가 그에게 "무언지 불길하고 꺼림칙하였다."

이렇게 작품이 진행되는 동안 독자들은 자기도 모르게 주인공의 불안심리에 감염되면서 기묘한 위기감에 몰리게 된다. 간간이 삽입되는 감방생활의 회상에 대비되어 음식점의 웨이터나 드나드는 손님들의 모습이 점차 편안한 일상성을 잃어버리고 공포의 대상으로 변해간다. 약속시간에서 십분쯤 지나 "짙은 갈색 바바리코트에 파랑색 베레모를 썼고, 네모진 짙은 라이방을 낀" 껑충하게 큰 사내 하나가 제임스 본드풍 가방을 들고 들어와 건너편에 자리를 잡고 이쪽을 주시하자 마침내 그의 불안은 최고조에 달한다. 그와 아내는 황급히 계단을 내려와 마치 뒷덜미를 낚아채려는 마귀의 손길에서 달아나듯이 택시를 잡아타고 도망치는 것이다. 그에게 바깥 세상은 "그저 덜덜 떨리게 무서울 뿐이었다." 이 작품에서 주인공 부부를 압박해오는 공포감은 물론 구체적인 객관적 근거를 가진 것이 아니다. 그러나 70년대 중엽 유신체제가 강제되고 긴급조치가 선포되어 온 나라가 철권통치의 서슬 퍼런 폭압 아래 얼어붙었던 시절을 겪어본 사람이라면 이 소설에 묘사된 불안과 공포가 결코 지나치게 예민한 신경증의 소산이 아님을 인정할 것이다. 그런 점에서 작품 「도주」는 심리소설의 형태를 빌린 하나의 정치소설이라고 불러도 좋을 것이다.

4.

두말할 나위 없이 민족분단의 현실은 작가 이호철에게 우선 벗어날 수 없는 개인적 운명이다. 그의 모든 문학적 사고는 여기에서 출발하며 아마 종착점도 여기일 것이다. 앞에서 우리는 북쪽 고향에서의 삶이 그의 인생의 밑바탕이요 더 근원적인 것이라는 작가 자신의 고백을 들은 바 있다. 그러나 남쪽에서의 삶이 비록 "몹쓸 꿈치고는 너무도 긴 꿈이어서 참으로 허망하구나"(「이단자 (4)」) 하는 감회를 주는 것이 문득 공감되는 바 없지 않으면서도 결코 '임시 가건물'일 수는 없다고 지적하였다. 이호철 자신이 실은, 때때로 아련한 향수와 육친에 대한 그리움으로 괴로워하지만 그보다 비교할 수 없이 더 강한 흡착력에 의해 이 남쪽 사회에 소속해 있는 것이다.

단편 「세 원형소묘」(1983)에 보면, '나'는 월남 이전부터 남쪽 세상에 대해 강한 호기심을 느낀 것으로 되어 있다. 고등학교 시절 나는 두 사람의 전혀 상반된 인물을 통해서 남쪽 세상을 경험한다. 하나는 전상동이라는 선배로서, 그는 뿌리있는 집안의 귀공자 같은 인상을 주는 인물로서 행동거지도 과묵하고 신중하며 의젓하였다. 해방 직후 북쪽 사회가 급격하게 달라지면서 슬그머니 월남했던 전상동이 47년 초 방학을 이용하여 모교에 나타난다. "서울서 요즘 진행되고 있는 국대안 반대의 선봉장으로 활약하고" 있다는 소개의 말과 함께 투쟁보고를 위해 단상에 오른 그는 그러나 결코 투사의 열변을 토하지 않는다. 시종 차분하고 알아듣기 쉬운 말로 "어디까지나 실제 정황에다 초점을 맞춰 차근차근 나직나직" 얘기를 풀어 나가는 것이다. "선전선동 문구나 무더기 관념어들, 구체적인 실체를 지시하는 것은 없이 거의 판에 박힌 일정한 억양만 장장 한 시간이고 두 시간이고 이어지는 그런 보고와는 너무나도 판이"한 그날의 전상동의 이야기 내용과 방식은 나에게 충격과 당혹이었으며 처음으로 "남쪽의 한 단면을 흘낏 편린으로나마 피부에 닿게 가까이" 느끼도록 한다. 다른 한 사람은 뒤늦게 같은 반에 편입해온 동기생 이광진으로서, 시골아이답지 않게 발랑 까지고 급한 성미에 이기적이고 엉뚱한 아이였다. 그가 어느 여학생과 연애사건을 일으킨 것이 빌미가 되어 월남했다가 남쪽에서도 무슨 사건을 일으키고는 지명수배를 받아 다시 학교로 나타난 것이었다. "그 때 이광진에게서 풍기는 그 냄새는 어느 구석이 어떻다고 꼭 집어낼 수는 없었으나 바로 남쪽 냄새 그것이었다. 구두 끝에 차락차락 닿는 까만 나팔바지의 주름이 칼로 벤 듯이 서 있었으며, 향긋한 미안수 냄새가 코를 찔렀다. 그러나 그 미안수 냄새는 비록 향기는 좋았지만 매우 이색적이고 역겨웠다. 부도덕하고 썩은 냄새로 혹 끼얹혀 오면서도, 밑빠진 것마냥 무원칙하게 시원시원한 느낌이기도 하였다." 역겨우면서도 매혹적이고 부도덕하면서도 활기에 넘친 이 남쪽 냄새는 후일 부산땅에 기착하여 밤에 부두로 일자리를 찾아나갔을 때 한 소년 노동자가 「신라의 달밤」을 기차게 부르는 것을 보면서 느낀 감상과도 통하는 것이었다.(이 일화는 '자서전적 연보'에도 그대로 기록된다.)

그런데 정작 그가 몸담고 있던 북쪽 사회 자체는 해방 후 어떻게 달라져 가고 있었던가. 북한체제의 성격과 그 안에서의 사람살이에 대해 이호철은 물론 정면으로 다룬 바 없다. 소설이라고 하는 것이 구체적인 생활의 실감을 기초로 성립되는 것이라 할 때 남한의 어떤 작가도 그렇게 할 능력이 없을 것이다. 그러나 그동안의 소설들을 찬찬히 읽어보면 그는 해방 직후 5년간의 경험을 잣대 삼아 북쪽 체제의 본질과 남북분단의 연원에 대하여 그 나름의 일정한 판단을 내리고 있음이 분명하다. 우화소설의 형식을 취한 「탈사육자 회의」(1966)가 이미 그러하거니와, 이호철 문학의 초기를 대표하는 「판문점」(1961) 역시 그런 관점에서 읽힌다. 주인공 진수는 통신사 기자의 행색을 하고 취재단에 섞여 난생 처음 판문점으로 가게 된다. 남북 기자단들의 왁자지껄한 입씨름이 벌어지는 판에 진수 역시 북쪽 여기자 한 사람과 이야기를 나눈다. 이 젊은 남녀간의 신랄한 대화를 통해 작가는 남북 체제와 사고 방식의 이질성을 부각시키려 한다. 그들이 자신과 상대를 얼마나 정확하고 진실하게 인식하고 있느냐 하는 것은 가늠하기 어렵고 또 소설의 성패에 직접 관계되는 것이 아닐지 모르지만, 작가의 공감이 진수 쪽으로 기울고 있다는 것은 뚜렷하게 감지된다.

북쪽 사회의 경직성, 관료주의, 삭막하고 살벌한 인간관계에 대한 작가의 비판적 의식이 좀더 분명하게 그려지는 것은 「세 원형소묘」의 박천옥, 「남에서 온 사람들」(1984)의 갈승환 같은 인물들을 통해서이다. 그들은 제 세상 만난 듯이 설쳐대며 "두 눈에 노상 핏발을 세우고 지글지글 증오로 불타고 있었으며" 늘 단호하고 의무감에 불탄다. 물론 이호철의 소설세계에서 그런 인물들이 북쪽 체제를 전적으로 대표하는 것만은 아니다. 마치 남쪽을 찾아 떠나간 사람들 중에 차분하고 품위있는 전상동과 더불어 양아치 같은 이광진이 있었듯이 북쪽으로 올라온 사람들 중에는 갈승환 같은 인간과 더불어 순박하고 활달하며 강건한 김석조 같은 인물도 있기 때문이다. 어떻든 이 문제에 관한 이호철의 최근 생각을 우리는 장편소설 『문』(1987)에서 읽을 수 있다. 실화소설에 가까운 이 작품에서 주인공은 감옥에서 옆방의 간첩 사형수에게서 깊은 감명을 받고 그 고귀한 인품에 뜨겁게 감동되면서도, 그리하여 "이 추악한 남쪽 세상을 비추어 보이는 맑은 거울 노릇"을 하고 있다고 존경을 바

치면서도 이렇게 그에게 쓰는 것이다.

　　월남해 온 사람들 누구나가 그 체제에 진절머리를 쳤던 첫째 이유는 자유가 없
다는 점, 곧 강한 권력, 따라서 공포였습니다. 별안간에 세상이 무시무시해졌고,
사람들마다 악마로 변했습니다. 혁명과 계급투쟁이라는 이름 밑에 사람 사는 세
상은 일거에 그 원천적인 자연스러움을 잃어버렸습니다. 아무리 좋은 일도 과하
게 지나치게 뻗어갈 때, 그건 일거에 지옥으로 변합니다. 과열한 것일수록 편향
과 광기를 낳게 마련입니다.

　　여기서 '악마' '지옥' '광기' 따위의 낱말로 지칭된 것이 구체적으로 어떤 현실적
사태를 지적하는 것인 나로서는 실감하기 어려우나, 적어도 주인공이 터무니없는
허위를 꾸며내고 있는 것이 아님은 믿을 수 있다. 그러나 그렇기 때문에라도 그것
이 과연 북쪽 체제의 본질적 속성인지 또는 과도기적인 한때의 시행착오였는지 따
져보는 것이 옳을 것이고, "이 추악한 남쪽 세상"의 그 추악함과 더불어 봉건왕조
시대와 일제시대를 통해 누적되어온 우리 민족 전체의 극복대상이었던 것은 아닌
지 숙고해볼 필요가 있을 것이다. 왜냐하면 통일은 남북의 어느 한쪽이 다른 한쪽
을 부정하거나 흡수하는 산술적 작업이 아니고 더 높은 차원으로서의 역사적 진보
를 내용으로 하는 인간적·민족적 갱생의 과정이기 때문이다.

<h2 style="text-align:center">5.</h2>

　　마지막에 잠깐 거론한 장편 『문』과 함께 내 회상은 다시 70년대 초로 돌아간다.
대통령선거를 앞두고 정국은 서서히 긴장하고 있었고 지식인사회에도 뭔가 숨막히
는 압력이 전해져왔다. 그 최초의 집단적 반응이 민주수호국민협의회로 나타났는
데, 여기에 이호철 선생을 비롯한 문인들 여럿이 서명에 참가하였다. 이 무렵부터
연례행사처럼 우리는 매년 정초 이선생 댁에 모였다. 유신이 선포된지 1년쯤 뒤 장
준하 선생의 주도로 개헌청원 백만인 서명운동이 막 불붙고 있었다. 문인들도 여기
에 적극 참여하자는 의논이 은연중 돌던 74년 정월 초하루에도 이선생댁에는 꽤

많은 문인들이 모였고, 성명 같은 걸 낸다면 역시 이선생이 맏형으로서 앞장서야
되지 않겠느냐는 데로 의견이 모아졌다. 그리하여 미국서 돌아온 지 얼마 되지 않
았던 백낙청씨가 성명서 초안을 쓰고 몇 사람이 나누어 급박하게 서명을 받은 다음
동숭동 백교수의 추운 연구실에서 먹지에 대고 여러 장 베꼈다. 복사기는커녕 타자
기도 아직 널리 보급되기 전이라 일일이 썼던 것이다. 그리고 1월 7일, 명동 코스모
폴리탄 다방인가에서 이선생 사회로 문인들의 개헌청원 성명서가 발표되었고 바로
다음날 긴급조치 1호가 발동되었다. 그리고 다시 일주일 뒤에는 이선생이 보안사
로 연행되었는데, 얼마 뒤 신문에는 커다랗게 '문인간첩단 사건'이라 하여 이선생
을 비롯한 다섯 문인의 사진과 함께 사건이 보도되었다. 참 별놈의 간첩단 사건도
있지, 그래 그중 셋은 1심에서 나오고 이선생과 다른 한 사람도 2심에서 풀려나는
그런 간첩단이 대체 세상에 어디 있단 말인가. 문인―지식인 사회에 겁을 주고 협
박을 하려는 박정권의 정치적 모략극이라는 것은 누구의 눈에나 분명하게 보였는
데, 그후 문인들은 겁을 먹고 위축되어 입을 다물었던가. 알다시피 민주화운동은
이선생이나 나 같은 사람도 운동의 변두리로 밀어낼 만큼 장강대하가 되어 70, 80
년대를 넘치게 흘렀다. 이 거대한 역사의 물길은 민족통일의 그날까지 흐름을 멈추
지 않을 것이다. 이선생 자신의 어느 산문집 제목처럼 마침내 '통일절'은 온다! 그
날까지 이선생의 건강과 문운을 빈다.

실향민의 비원과 통일에의 열망

채광석*

작가 이호철과 알게 된 최근 한두 해 동안 그를 만날 때마다 나는 언제나 그의 가슴 밑바닥에 짙게 배어있는 우수와 만나 가슴저려 하곤 했다. 그의 다수운 정감 사이로 쓸쓸함과 외로움의 두꺼운 지층이 무겁게 압박해 오곤 했던 것이다. 이러한 느낌은 그의 작품을 읽을 때도 거의 같은 질량으로 다가선다.

이것은 분명 최원식이 「사멸하는 현실과 살아 있는 현실」(『민족문학의 논리』)에서 지적한 바와 같이 월남한 이산가족으로서 어떻게든 남한 사회 속에 뿌리내리고 살아야 하는 현실적 당위와, 이같은 남한에서의 삶을 임시적인 것으로 받아들이게 하는 근원적 고향상실의식 사이의 대립 갈등의 누적에서 비롯된 것일 터이다.

달리 말하자면 그는 분단과정 및 분단고착화 과정에서 이를 빚어내는 냉전이데올로기와 그 체제로 인한 참혹 처절한 삶의 향상을 누구보다도 뼈저리게 느끼며 살아왔기 때문에 비록 비틀리고 찢겨진 삶일지라도 온갖 악다구니를 부려가며 분단현실을 그래도 용케 살아가는 소시민 내지 서민들의 모습을 냉철하게 살피되 흑백논리로 갈라치는 것이 아니라 다수운 눈초리로 바라 보는가 하면, 이들과 자신의 삶을 뿌리뽑아 분단극복을 향하여 신명나게 어울려 살 수 없도록 만드는 냉전 이데올로기와 그 체제로 말미암아 우울하고 답답하며 황량한 우수의 심정 또는 의식을

---

* 문학평론가.

가져왔던 것이다.

그런 까닭에 일찍이 1950년대 중엽부터 작품 활동을 개시한 이 호철의 문학은 50년대 그 자신의 체험에 바탕하여 "국수 공장 노동자들의 일상적 작태가 문자 그대로 소시민적 생리의 체취가 물씬 풍기게 무르익혀 기술"(구중서, 이호철 -시정성과 역사성, 『민족 문학의 길』)된 『소시민』류와 분단현실을 흑백논리에서 벗어나 다룬 「판문점」류가 70년대까지 상호침투적으로 얽히며 전개되어 나왔다. 그리고 이러한 상호침투적 관계는 예컨대 「이단자 (5)」(소설집 『이단자』), 「월남한 사람들」(소설집 『월남한 사람들』), 『그 겨울의 긴 계곡』 등 월남자들의 남한사회에서의 삶과 의식의 전개 과정을 파헤친 작품들에 전형적으로 구체화되어 나타난다.

주지하다시피 이 작품들은 분단 현실이 결과하는 삶과 의식의 왜곡을 월남자들의 구체적 모습을 통해 드러냄으로써 분단의 비극과 그 극복의 절실성을 감동 깊게 표출하고 있다. 그 자신의 월남자로서의 구체적 체험과 비원에 입각하여 월남자들의 세계를 다루어 생생한 사실성을 얻고 분단현실의 비극성과 그 극복의 절실성을 민족전체의 것으로 증폭되게 하는 것이다. 그러나 우리는 그가 앞서 말한 대립, 갈등을 끈질기게 자기화하려 애씀에 따라 그의 분단상황인식 또한 깊어져 왔음을 익히 알고 있지만 그와 동시에 거기에는 일정한 한계가 드러나 있음을 간과할 수 없다.

다시 말해서 분단상황의 비극적 현실이 가장 직접적, 집약적으로 구체화되어 나타난 것은 월남자뿐만 아니라 기층민중 일반의 삶인 만큼 분단극복의 주체는 당연히 민중이어야 함에도 불구하고, 월남자들의 세계를 뛰어넘어 민중의 세계로 나아가는 면모를 별로 보이지 못함으로써 분단극복의, 보다 튼튼한 미래 전망의 확보에 이르지 못하고, 이로 말미암아 분단 극복 의지 또한 다소 소극적으로 드러난다는 것이다.

물론 분단상황의 실상과 극복의지를 월남 이산가족들의 여러 가지 파탄적 삶과 그 바탕에 깔린 절절한 만남 또는 회복에의 비원을 통해 생생하게 드러내는 것의 중요성과 성과는 매우 큰 것이며, 이것은 흑백논리를 벗어난 그 특유의 다습고 넉넉한 인간미와 결부되어 감동을 고양시키는 측면 또한 높이 평가되어 마땅하다.

하지만 분단 극복의 주체를 확고히 민중에게 두지 못할 때 그 극복방향의 미래지향적 구체화에는 이르지 못하여 감동을 다소 막연한 현상적 비원의 차원으로 희석화시킬 염려가 있는 것이다. 크게 동떨어진 얘기일 수 있지만 그 하나의 단적인 예를 우리는 「이산가족 찾기」의 그다지도 절절하고 조건없는 감동이 그러한 가족 간의 이산을 빚어냈고 오늘도 계층간, 지역간, 민족간의 분단과 이산을 비롯한 갖가지 분단·이산을 확대 재생산해내고 있는 분단고착화 구조의 본원적 극복의 차원으로 나아가면서 정말로 신명나는 감동으로 이어지기보다는 현상적 비원의 표출 차원에 머문 것에서 본 바 있다.

어떻든 주체 설정의 불분명성이 드러내는 분단상황 인식과 감동의 희석화 위험성은 그것 자체가 냉전 이데올로기와 그 구조의 역사적 현실적 질곡에 따라 분단극복 방향과 그 미래 전망을 흐릿하게 만든 것, 즉 분단상황의 한 산물이므로 주체적 극복의 대상임에 틀림없다. 그리고 이호철의 짙은 우수가 다수운 정감의 안쪽에 크게 자리하고 있는 원인의 가장 중요한 한 가닥이 바로 이러한 주체적 극복의 여의롭지 못함에 있는 것이기도 한다.

그러면 70년대까지의 이호철 문학의 전개에 대한 보다 구체적인 논의는 위에 언급한 구중서, 최원식의 글과 백낙청의 「민족문학의 새로운 고비를 맞아」(『한국문학의현단계 II』) 등 및 다른 논자들의 글에 미뤄두고 여기서는 82년 말부터 83년 말까지 월간 『마당』에 연재되었던 「물은 흘러서 강」을 통해 이호철 문학을 좀더 살펴보기로 하겠다.

70년대 후반의 장편 『그 겨울의 긴 계곡』, 중편 「월남한 사람들」, 「어떤 부자 이야기」 등으로 끈질기게 지속되어 온 이 작가의 월남한 사람들 이야기를 통한 분단문제 접근이 최근 들어 「세 원형 소묘」(『실천문학』 제4권)로 끈질기게 이어지고 있는데, 「물은 흘러서 강」은 월북자 또는 납북자 가족을 중심으로 전개되고 있어 우선 눈길을 끈다.

이야기의 지역적 배경은 어느 농촌의 강변마을이고 시대적 배경은 1967~8년이며 그 줄거리는 대략 6·25때 좌·우의 극단적 흑백논리로 인해 빚어진 같은 젊은 또래요, 먼 친척 간인 박승호와 박수하 간의 화해할 수 없는 간극이 60년대 후반에 이르러서도 참다운 통일 운동을 조이는 끈으로 되어 있음을 밝혀 나가는 것이다.

먼저 경직된 흑백논리의 좌쪽 극단이, 이데올로기가 아니라 시대적 분위기에 휩쓸렸던 그들 사이에 간극의 단초를 부여하고, 여기에 감정이 개재되고, 이어서 그 우쪽 극단이 이 간극의 화해로운 해결을 저지함으로써 그 간극은 지속돼 나간다.

이윽고 부역자로서 요시찰 인물이 되어 묻혀 사는 승호와 수사관이 되어 끊임없이 의심의 눈초리를 들이대는 수하 사이의 간극은, 그 마을의 같은 또래로서 월북 또는 납북된 영수가 일본에서 사업가로 생존해 있다가 그릇된 경제구조와 그 정책에서 비롯된 재일교포 재산반입 적극 추진의 물결을 타고 국내기업과 합작하려 한다는, 뜬금 없는 소식이 전해지면서 술렁거리기 시작한 긴장의 고조에 닿는다.

이 긴장은 그들보다 아래 또래로서 영수의 여동생과 결혼할 예정인 기호가 그 소식을 화끈하게 알아본다고 상경했다가 돌아와서 엉뚱하게도 다음과 같은 말을 하며 통일 운동 청년회를 조직한다 어쩐다 설침으로써 파국으로 치닫게 된다.

> 지금 나라가 동강난 지 스무 해가 지나고 있는 이 막중한 마당에 그 사람에게 형님 소식이나 알아보자고 대어들기가 무척이나 미안해지드라니까유. 친살붙이 하나 둘에 그런식으로 매어달린 것이 아니고 모두가 큰 시야에서 대국으로 돌아 와야 할 것이에유. 하루빨리 나라가 통일되어야 모든 얽힌 매듭은 한꺼번에 풀린 다 이 말이예유. 그러자면 눈들을 크게 떠야 헐 것이예유. 제각기 제가 걸린 사정 만큼으로만 따로따로 대처헐 것이 아니라 대국을 보는 눈들어 하루 빨리 한데 모 아져서 나라의 통일을 당겨오는 데 모두가 같이 헌신을 해야 한다 이 말이지유. 이십 여년 동안이나 강산과 사람이 갈라져 있는 상태를 잊어버리고서, 잊어버리 고서 살면서, 대체 이 나라에 살았다고 할 것이 뭐가 있으며 살고 있달 것이 뭐가 있겠시유.

결국 작자가 여러 차례 되풀이해서 쓴 위 구절은 작자의 핵심적 육성일 터인 바, 이 말은 기호가 서울 가서 일본으로부터 온 어떤 교포를 만나 크게 감화받은 결과임이 판명되고, 이로써 그 사람은 영수거나 영수패거리이며 승호와 연결되어 기호의 배후로 작용하고 있다는 식으로 엮어져, 영수의 생존소식이나 기호의 주장에 전혀 소극적 부정적 태도를 취해온 승호와 기호 자신 및 많은 동네 젊은이들이 잡혀들어가게 된다. 그러나 이 파국은 그 배후를 조사한 중앙에서 철딱서니 없고 순진한 촌 아이들의 실로 조그마한 통일 운동을 엮어 재일교포 재산반입 추진에 찬물을 끼얹는 것은 득보다 실이 많다는 정치적 판단을 내림으로써 한바탕 소란만 일으키고 유야무야되고 만다.

아마도 이 작품에서 작자는 위의 인용문을 핵심으로 냉전 이데올로기와 그 구조의 허구성을 비판하고자 한 것으로 보인다. 사실 작자는 아들이 살아 있다는 소식을 듣고 한편으로는 미친 듯이 기쁘면서도 다른 한편으로는 께름직해 하며 안으로만 안절부절하는 영수의 부모, 영수의 동생 성수와 승호의 냉담하고 소극적인 태도. 기호의 아버지와 큰아버지의 태도, 소식의 전개에 따른 마을 사람들의 태도 등을 자상하고, 구체적으로 추적하여 냉전 이데올로기와 그 구조 및 그것이 빚은 냉전의식을 생생하게 표출하고 있다.

또 수하와 승호의 대화, 수하 패거리와 수사 담당자들의 언행 및 정치 경제 비판을 통해 그 뿌리를 파헤치면서 기호와 그의 배필 말례를 통해서는 그것의 극복을 주장한다.

그러나 작자는 60년대 후반의 농촌을 배경으로 한 이 작품에서도 분단구조로 인한 당시 농촌의 심화일로의 피폐상을 구체적으로 드러내고 분단 극복이 농민의 구체적인 생활상의 요구에서 출발하는 농민운동 등 민중운동을 통해 총합적으로 접근되는 것임을 부각시키지 못하고 있다. 즉, 뱃사공 처녀 말례와 젊은 농민 기호의 직접적인 통일 필요성 주장과 통일 운동 청년회 활동에 위탁하는 것이다.

물론 민족통일이 전체 민중·민족운동의 지상 과제요. 궁극적 종합적 목표로서 아무리 강조하여도 지나친 일은 아니다. 그러나 통일운동은 농민운동과 별개의 것이 아니며 당시의 농촌현실이나 농민운동의 수준으로 보아 통일 문제에의 접근은 농민의 생활상의 구체적 요구를 바탕으로 할 때 비로소 구체화될 수 있는 것이었는데도 이를 무시하고 통일문제의 직접적 제기를 표면에 내세우게 한 것은 운동 단계의 비현실적 비약이다.

이는 아마도 작자가 60년대 후반의 농촌이라는 배경을 단순히 허구적으로 차용하여, '이곳에서의 삶은 임시적인 것이며 통일의 그날이 오면 비로소 제대로 내 삶을 설계하게 되리라'는 자신의 오랜 통일 열망을 그 현실적 구체화 조건은 무시하고 전면에 표출시키고자 했기 때문인 것으로 보인다. 그리고 이러한 열망은 그 자신의 분단 과정 체험 및 월남자로서의 고향상실 의식이 고향 회복에의 강렬한 비원으로 솟구친 결과이며, 그의 작품이 분단극복의 주체를 보다 확고히 민중에게 두거나 민중 현실의 구체상에 입각한 민중운동의 단계를 보다 냉철히 감안하지 못하고 자꾸 통일 문제를 전면에 내세우려하는 것은 그가 그러한 비원과 열망에 크게 집착하고 있는 데서 비롯된 것일 것이다.

그렇지만 그럴수록 민중을 주체로서 굳건히 세우고 각 단계의 민중·민족운동이 곧 그 단계에서 통일문제에 접근하는 가장 구체적이고 합당한 길임을 보다 깊이 인식할 필요가 있다. 그리고 바로 이것이 70년대이래 지금까지 『서정적 리얼리스트』(김병걸, 「현실을 보는 세 개의 시선」) 이호철에게 주어진 과제이며 모든 작가의 과제이다. 그 인식의 깊이에 따라 분단 극복의 미래 전망은 보다 총체적으로 구체화될 수 있을 것이며 그의 짙은 우수 또한 극복될 것이기 때문이다.

【 2부 】
실향민의 문학(정명환)
60년대적 순진성과 그 풍속(김병익) 외

실향민의 문학
— [소시민]을 중심으로

정명환*

한 작가가 자기를 발전시켜 나간다는 것은 반가운 일이다. 하나의 작품을 쓴다는 행위는 독자에게 滋養을 주는 동시에 쓰는 사람 자신의 발전의 계기가 된다는 二重의 기능을 발휘해야 한다.

그러니까 이 이중의 기능을 보여주지 못하는 작가에 대해서는 우리는 실망을 느끼고 침체, 답보 또는 반복 등의 반갑지 않은 말로서 그 작가를 규정짓고 만다.

그러나 발전이라는 말이 돌연적이며 변덕스러운 방향전환을 뜻할 수는 없다. 그것은 매우 서서한 변화의 과정이며, 또 심지어는 지속되는 일정한 여건의 바리에이션이라고까지 말할 수도 있다. 가령 人體의 生長이 그렇다. 어린애가 자란다는 것은 느릿느릿한 변화인 동시에 이 변화에는, 변화하지 않는 어떤 요소가 내포되어 있다. 그러기에 우리는 이십 년만에 만난 국민학교 동창생을 알아볼 수가 있다. 모든 달라진 외모에도 불구하고 옛과 다름없는 그의 눈의 형태며 음성이며, 또는 어떤 몸짓이 살아남아서 우리의 同一視를 가능케 해준다. 우리는 이와 같은 말을 문화나 문학이나 또는 전반적인 사고방식에 대해서도 할 수가 있고 이 때 가령 미국문화니 한국문학이니 하는 超時間的인 인식의 표준을 얻게 되는 것이다.

작가 역시 예외는 아니다. 도시 근본적, 급진적으로 달라진다는 것이 인간의 조

---

* 문학평론가.

건을 넘어서는 것인 이상, 飛躍的 發展이니 突然變異라는 말을 하는 사람은, 그런 말을 함으로써, 자신의 관찰력과 통찰력의 부족을 드러내 보일 따름이다. 작가의 경우에 있어서, 그의 공식적인 탄생을 알리는 처녀작, 또는 일련의 초기작품 또는 그 이전의 미발표원고가 대단히 중요한 의미를 지니는 것은 이 때문이다. 비평가나 독자는 수십년에 걸친 그의 수다한 작품을 통해서 그가 달라져 가는 모습을 한 걸음 한 걸음씩 따라간다. 그러다가 마침내 어떤 의심이 싹트게 된다. 달라지는 테마 와 관심과 수법에도 불구하고 전 작품을 통해서 貫流하는 어떤 불변의 요소가 있지 않을까, 깊이와 넓이에 있어서 획득된 것이 사실은 한 요소를 중심으로 질서 잡혀 져 있고, 바로 그 요소가 가지가지의 객체와 충돌하면서 맺어나간 관계가 아닐까? [……] 그때 우리는 처녀작으로 다시 돌아가고 그 속에서 全作品의 神秘를 풀 수 있는 열쇠를 찾아내려고 한다. 또는 傳記的 事實을 살펴서 결정적인 사건을 캐내려 고 까지 한다. 사실 이런 방법으로 얻어진 비평의 一列로서 우리는 베베르의 「詩作 品의 起源」(Jean-Paul Weber, Genèse de l'Oeuvre Poétique)과 같은 책을 들 수 있다.

　이와 같이 恒數를 구하는 방법론은 융통성 있게 사용될 때 매우 커다란 효과를 지닌다. 그 반면에 한 작가에 있어서 달라지는 면과 달라지지 않는 면을 각각 과장 해서 생각하는 것은 위험한 일이다. 이 두 가지 태도는 다같이 반역사적이기 때문 이다. 전자의 경우에는 발전의 제단계를 이어나가는 상황과 여건을 등한시함으로 써 작품의 역사를 단절적인 것으로 보는 폐단을 가져온다. 그러니까 왜 달라졌느 냐, 달라지기 전과 그 후의 관계는 어떠한 것이냐, 왜 그 정도로 밖에는 달라질 수 가 없었느냐는 물음에 대답할 수 없는 것은 물론이다. 후자의 경우에는 모든 작품 은 반복의 과정이라는 일종의 숙명론에 빠지고 만다. 하기야 작가마다 일정한 집념 이나 잠재의식을 지니고 있겠지만, 그런 요소가 A작품에서는 A'의 모습으로, B작품 에서는 B'의 양상을 띠고 나타나는 곡절을 설명할 길이 없을 것이다.

　따라서 우리에게 중요한 것은 달라지는 것과 달라지지 않는 것에 대한 동시적 고찰이다. 아니 차라리 이 양자 사이의 긴밀한 상관관계의 고찰이라고 말해야 옳을 것이다. 사실 이 양자를 따로따로 분리해서 병행적인 것으로 볼 때는 우리는 작품 또는 작가라는 한 有機體의 모습을 무시하는 결과가 될 것이다. 달라지는 것이 달 라지지 않는 것에 가하는 浸透作用과 또 그 반대의 경우를 종합적으로 관찰함으로써만 우리는 한 작품의 특질과 한계를 구명할 수 있고, 이 상호침투작용의 연속과 이 연속이 가져오는 변질작용을 따라가 봄으로써만 한 작가의 生成의 궤적을 밝힐 수가 있을 것이다. 이렇게 볼 때 발전의 척도는 느리면서도 꾸준한 이 상호적인 침투작용과 변질작용의 강도, 성질, 그리고 그것에 대한 작가의 의식의 성격에 있다고 말해서 좋으리라.

李浩哲 씨가 적어도 主題面에 있어서 나날이 폭을 넓혀 온 작가의 한 사람이라는 것은 의심할 여지가 없다. 초기작품이 실린 「裸像」으로부터 최근에 완결된 「서울은 滿員이다」에 이르는 그의 활동을 보면, 개인적 현실로부터 사회적 사실로의 관심의 移行이 눈에 띄고, 이와 아울러 현실을 다루는 태도에 있어서도 감정적인 차원에서 敍事的인 차원으로의 이행을 느낄 수가 있다. 가령 「脫鄕」이나 「먼지속 抒情」이 보여주는 節制있고 餘韻있으면서도 自己告白的인 센티멘탈리즘과 「小市民」의 냉혹하고 비판적인 관찰의 사이에는 별로 공통성이 없는 듯이 여겨진다. 작가의 세계가 확대되어 나가고 동시에 작가의 사회적 기능에 대한 자각이 관심의 초점을 옮겨놓은 것이다. “십팔세의 소년은 자기가 인생에 대해서 아는 것, 즉 자기자신의 욕망이나 환멸을 소재로 해서 책을 쓸 수밖에는 없다. [……] 자신의 심정으로부터 벗어날 수 있을 때야 비로소 진실한 소설가가 형성된다.” 프랑소와·모리악이 「小說家와 作中人物」에서 하고 있는 이 말은 다른 모든 훌륭한 소설가의 경우와 마찬가지로 李浩哲의 경우에도 들어맞는다. 그리고 오늘날 한국의 소설가에게는 개인적인 엘레지나 영원한 인간감정을 노래하는 것보다도 더 시급한 과제가 있다는 것을 생각할 때, 사회의 諸現象에 눈을 돌려 그 의미를 찾고 사회구조 내에 있어서 개인을 파악하려는 그의 달라진 태도는 더욱 환영받을만한 일이다. “日常의 여러 현상은 반드시 그 자체의 獨自性으로만 있는 것이 아니라 어떤 전체의 통일성 속에서 일관한 역사적 문맥 속에서 파악되어야 한다. 개개의 지엽적인 것은 전체성의 파악 속에서만 그 의미가 드러나고 共感의 넓이와 진정한 리얼리티를 획득할 수 있다.” 李浩哲씨의 이 말은 「裸像」 이후 그가 걸어온 길, 그리고 아마 앞으로도 계속 걸어갈 길을 명시한 일종의 마니페스토와도 같은 것이다. 주로 단편을 발표해오던 그가 최근 장편작가로서의 모습을 나타내기 시작한 사실도 이런 점에서 이해되

어야 하리라.

　그러나 이런 환영할만한 발전은 李浩哲 씨의 완전한 變身을 뜻하는 것일까? 개인적 감정의 세계로부터 개인적 존재의 고뇌를 거쳐(창작집 자체가 이 두 단계를 보여주고 있다. 초기의 작품, 가령 「素描」·「빈 골짜기」·「脫鄕」·「먼지속 抒情」 등과, 「아침」·「破裂口」·「溶岩流」 등을 비교해 보면 된다), 社會內存在로서의 인간의 파악에 이르는 과정을 통해서 우리는 李浩哲씨가 줄곧 지녀온 어떤 기본적 입장을 지적할 수 없는 것일까? 나는 그런 입장이 있고 그것이 "所屬 잃은 사람"의 입장이라고 생각한다. 그리고 그의 거개의 작품의 발전은 이 "所屬 잃은 사람"이 인간과 세상을 보는 방법이 혹은 심화되고 혹은 확대되어나온 과정이라고 말할 수 있을 것 같다.

　그렇다면 李浩哲 씨의 경우에 있어서 소속 잃은 인간이란 무엇이냐는 점을 구체적으로 규정해보려고 할 때 몇 가지의 특징이 드러난다. 첫째로 그가 그리는 인간은 결코 상징적이거나 혹은 형이상학적인 의미에서가 아니라 엄격히 사회적인 의미에서 소속을 잃고 있다는 것이다. 비단 고향을 잃었다거나 가족을 등졌다거나 하는 경우 뿐만 아니라, 정신적 의미에서 길을 잃은 듯이 보이는 「溶岩流」의 인물들의 경우도 그들의 방황과 씨니칼한 논리는 사회적인 기원에 유래하고 있다. "도대체 이 젊은 정열들을 몰아갈 수 있는 틀이 없지 않나"(「裸像」 329쪽)라고 한 주인공이 한탄할 때 그 '틀'이라는 말은 새로운 철학이라기보다는 청춘을 용납할 수 있는 어떤 진정한 사회구조를 뜻하는 것이다. 그러기에 그들은 신문에 보도되는 새로운 일들이나 심지어는 아이를 낳는다는 사실에서 어떤 아우트레트를 찾으려고 한다. 이와 같이 고민의 뿌리도 또 해결의 가능성도 모두 사회적인 면에서 발견하는 李浩哲 씨의 작품은 카프카의 「城」이나 까뮈의 「異邦人」이 보여주는 소외된 인간과는 별로 공통성을 지니고 있지 않다.

　둘째 특징으로, 李浩哲 씨의 인물들은 결코 '自意的으로' 소속을 잃은 인물들이 아니라는 점을 우리는 지적할 수 있다. 겉으로는 안정되어 있는 듯이 보이면서도 사실은 썩어 있는 어떤 질서에 대해서 의식적으로 반항함으로써 스스로 파리아가 되는 인물들을 우리는 현대의 西歐文學에서 숱하게 보아왔다. 그들 역시 불행하긴 하다. 그러나 추방당했다기보다도 스스로 추방의 운명을 선택한 그들에게는 강렬한 책임감(자기와 세상의 양자에 대해서)이 뒤따른다. 이 반면에 李浩哲씨의 인물들에게는 책임감이 없다. 그들이 소속을 잃게 된 것은 결코 自意的이 아니라 一定한 상황에 의해서 강제되었기 때문이다. 따라서 그들은 반항이나 혁명의 편력으로 나서기는커녕 기회만 있으면 기존의 질서속으로 끼어 들어가려고 한다. 이와 같이 개인의 운명이 사회적 압력에 좌우되는 인물들을 보면, 가령 졸라의 「나나」와 같은 자연주의의 작품을 연상할 수도 있다. 그러나 '나나'와 李浩哲 씨의 인물들과의 유사성은 피상적, 추상적인 것에 불과하다. 왜냐 하면 결국에 가서는 패배하게끔 사회적으로 운명지워져 있다는 귀착점은, 그 패배의 과정보다는 한결 중요성이 없기 때문이다. 여건에 대한 복수라는 '나나'의 적극적 행동의 모습과는 정반대로 우리가 李浩哲 씨의 인물에서 보는 것은 "갇힌 세계에서 행동을 겪는다"는 우리나라 소설의 인물들의 일반적 특징이다. 그리고 李浩哲씨는 이런 인물에 대해서 매우 동정적인 哀愁를 보이는 초기의 태도를 넘어서서 한결 치밀하고 객관적인 관찰을 가하고 마침내는 그들을 戲畵化하는 경향을 보여주고 있는 것이다(「裸像」, 「小市民」, 「서울은 滿員이다」).

　마지막으로 우리는 그의 작품이 6·25사변이라는 구체적 상황의 소산인 점을 지적해 둘 수가 있다. 그것은 다른 많은 작가들과 마찬가지로, 李浩哲씨가 이 민족의 수난을 취급했다는 뜻에서 뿐만이 아니다. 내가 보기에는 작가 자신이 그를 길러준 풍토에서 떨어져 나온 失鄕民이라는 사실 역시 중요한 것이다. 가령, 「素描」·「滿潮」·「빈 골짜기」 등의 단편에 어려있는 詩情은 이 실향민 李浩哲의 머리에 남아도는 한토막의 會話, 하나의 몸짓 또는 한 폭의 情景에 맺힌 향수의 표현이다. 물론 이 향수의 표현이 오늘날까지 그의 작품의 주류를 형성해 왔다고는 할 수 없지만 실향민으로서의 그의 처지가 여러 가지 의미에서 그의 작품을 특징짓고 동시에 한계 지어온 것을 우리는 「小市民」의 분석을 통해서 알게 될 것이다. 다만 서론을 대신 하는 이 李浩哲 槪論에서 말해두고 넘어가도 좋을 만한 사실이 하나 있다. 그것은 6·25사변이 지난 지 벌써 십여 년이 되었다는 매우 단순한 사실이다. 그러나 이 단순한 사실은 그의 작품활동에 매우 뜻깊은 변화를 일으켰다. 왜냐 하면 그 시간이 경과되는 동안, 어떤 면에서는 국민 전체를 "소속 잃은 사람"으로 만들어버린 6·25사변이 그 후의 상황과의 상호작용 때문에 시시각각 새로운 의미를 띠게 되었기 때문이며, 또 한편으로는 李浩哲이라는 이름의 실향민도 그 사이에 그의 見地

와 感情에 있어서 변모를 했기 때문이다. 따라서 그의 작품을 푸는 열쇠는 바로 시간과 더불어 다른 양상을 띠는 6·25사변과(가령 「脫鄕」의 抒情과 「닳아지는 살들」의 "무너지는 소리"를 비교해 보라) 이 諸樣相을 파악하는 작가 자신의 달라진 처지 사이의 함수관계에 있다. 李浩哲씨의 발전은 이 점을 무시하고서는 이해될 수가 없을 것이다.

　李浩哲씨의 최초의 장편소설 「小市民」이 6·25사변이라는 결정적인 한 시기에 대해서 가해진 사회적 고찰이라는 사실은 첫눈에 분명하다. 그리고 이 사실은 오늘날의 한국문학에서 매우 중요한 뜻을 지니고 있다. 왜냐하면 이 소설은 전쟁을 겪으면서도 어떤 의미에서는 전쟁 속에 끼어들지 않은 群像을 취급하고 있기 때문이다. 우리는 여기에서 부모형제를 잃고 방황하는 인물도, 선택을 강요당한 극한 상황하의 인물도 전혀 찾아볼 수 없다. 전쟁을 주제로 한 소설에서 흔히 나오는 영웅주의, 흥분, 새로운 인간의 모습, 또는 비극적인 상황……. 그런 것은 이 소설과는 아무 상관도 없다. 우리 앞에 전개되는 것은 말하자면 화재의 현장 속에 끼어든 사람들이 아니라, 그 맞은 편에 서서 간접적으로 열기를 쐬고 있는 사람들의 사건이다. 「小市民」이 6·25사변을 주제로 한 다른 작가들의 소설과 구별되는 제일의 특징이 바로 여기에 있다.

　도시 사건이라는 말 자체가 들어맞지 않는다. 불이 언제 번져올지도 모르는 위기에 처해 있으면서도 평범한 생활을 영위할 수 있었던 당시의 釜山의 '小市民'에게 무슨 특기할만한 사건이 일어날 수는 없었기 때문이다. 비록 전쟁의 도가니 속에 빠져 있더라도 그것이 오래 계속되면, 일상적인 사실로 변하고 마는 것이 보통이다.

　습관은 의식을 흐려놓고 마는 것이다. 하물며 전쟁의 간접적인 영향력만이 작용하던 당시의 부산의 '소시민'에게 전쟁에 대한 강력한 의식을 요구할 수는 없었을 것이며 만일 그런 식으로 인물과 사건을 설정했다면 이 소설은 어떤 목적의식 때문에 현실을 왜곡하는 결과가 되고 말았으리라. 그러면서도 그들의 생활에는 전쟁의 흔적이 구석구석까지 스며있다. 나레이터가 끼어든 좁은 제면소의 자질구레한 인물들의 생활양태와 離合集散은 6·25라는 특정된 민족적 참극의 상황과 직결되어 있다. 「小市民」의 무대인 그 제면소는 이 점에서 볼 때 간접적이면서도 심각한 전쟁의 흔적이 새겨져 있는 일종의 마이크로코즘이라고 말해도 좋다. 이 때부터 모든 것이 "주저앉고" "무너지는" 결정적인 시기가 시작되기 때문이다.

이러한 曖昧性 속에서 부산에 있어서의 이른바 '소시민'의 생활이 전개된다. 그렇다면 작가가 '소시민'이라는 용어로써 뜻하려는 것은 무엇일까? 그는 이 소설의 군데군데에서 그 정의를 내리거나 그 특성을 규정지으려고 하고 있다. 몇몇 예를 들어보자

과거에 노동운동의 투사였다가 제면소의 직공이 되고 만 김씨의 경우를 두고 하는 말.

① "그도 결국 지난날 그를 떠받들어 주고 있던 모든 발판이 와해된 속에서 이렇게 일개 소시민으로 낙착이 되어 있는 것이었다."1)

역시 김씨의 경우, 그가 노동운동에 투신한 동기가 "계집 속에서 도망하려구 했던 것"임을 밝힌 다음 나레이터는 이렇게 말하고 있다.

② "그리고 결국 이런 사람들이 다수 참여했던 그 일이란 역시 본질적으로는 소시민적인 터전이 그 근저에 있었다는 것을 실감할 수 있었다."2)

③ "원래 하나의 계층으로서의 소시민이라는 건 간교하게 마련이고, 그 자신으로서는 일정한 세력을 못 갖는 것이지. 위에 붙거나 아래에 붙거나 그렇게 붙어서 돌아가게 마련이거든…… 그런데 일정한 위도 없고 아래도 형성된 것이 없이 진탕 해체된 바닥이 이 바닥이라. 이런 속에서 여기 소시민은 그들 자체의 논리로 급속하게 썩어드는 기라…… 어느 층에 소속된 속에서만 왜소하게 자기 이익을 추구하는 거지."3)

---

1) 「現代韓國文學全集」 제8권 39면.
2) 171면.
3) 210면.

여기에 인용한 세 가지 글을 통해서 우리는 李浩哲씨가 뜻하는 小市民이 무엇인지 정리되지 못한 資料가 무질서하게 산적되어 있는 이 작품에서 우리는 단편소설가로서 세상을 보아온 작가가 쓴 장편소설의 한계를 느낄 수도 있을 것이다.

아무튼 '나'는 퍽 날카로운 관찰자이다. 그러나 '나' 자신은 내가 관찰하는 대상들 앞에서 어떤 태도를 취하는 것일까? "그 때는 험한 세상 건너가는 두터움이 어느새 몸에 배어있던"(11쪽) '나'로서는 떳떳이 내세울만한 주장이나 定見과 같은 것이 없으리라는 것은 넉넉히 짐작이 간다. 앞서 인용한 바 있는 울음의 人間喜劇 앞에서 지은 苦笑도 어떤 의미에서는 자기 자신에 대한 고소였으리라. 그러나 예리하면서도 고민의 深淵을 모르는, 아니 차라리 고민의 彼岸에 서 있는 이 야릇한 실향민은 한편으로는 대단한 感傷派의 인물이다. 매우 성숙한 객관성과 통찰력을 발휘할 줄 아는 이 20세의 소년은 그의 나이에 알맞게 눈물을 흘리는 일이 한두 번이 아니다. 천안색시의 무릎 위에 두 손을 얹어 놓고 울고 있으면 그녀는 '내' 눈물을 말없이 닦아주었다(23쪽). 강 영감의 발인 날도 '나'는 울음 속에 잠겼지만, '나' 혼자 울기도 창피하여 손가락을 입에 넣고 질겅질겅 씹었다(46쪽). 양공주가 된 천안색시를 다시 만나면 또 "순간적으로 웬 아득한 서글픔이 왈칵 느껴왔다."(170쪽). 이런 장면이 여러 군데 나오는데 그 때는 정처없는 실향민의 신세가 어린 마음에 못내 서럽게 느껴지고 사면의 벽에서 고독과 애수의 바람이 휘몰아치는 것이리라. 물론 이런 感傷性과 앞서 본 날카로운 관찰력이 모순되는 것이라고는 말할 수 없다. 한 인간에 있어서 知性과 感傷이 분리된 채 뒤섞여 있을 수도 얼마든지 있으리라. 다만 한 가지 이상한 것은, 남에 대해서는 그토록 비판적인 '내'가 자신의 감상성에 대해서는 퍽 관대하고 事後에라도 그 의미를 따져보려고 하지 않는다는 점이다. "어느새 나는 또 누운 채 울고 있었다. 전혀 이유는 없는 무엇인가 허한 눈물이 맹물 같은 눈물이 비어져 나오는 것이었다."(118쪽, 傍點筆者). 이것은 자기자신에 대한 不誠實의 소산일까? 혹은 자신의 성실성을 따져보기에는 아직도 나이 어린 20세의 실향민의 반응일까? 아무튼 이 이유없고 말하자면 순수한 눈물을 통해, 우리는 콘텍스트가 전혀 다른 한 작품 속에 중첩되어 나타나는 李浩哲씨의 前身, 즉 「裸像」의 前半部의 殘影이 반영되어 있는 것을 쉽사리 알 수가 있다.

그러나 구체적인 事象의 관찰자와 감상적인 실향민을 겸하고 있는 이 소년은 동시에 일반화를 좋아하는 철학자이기도 하다. '나'는 하나의 인물이나 사건을 서술하기 前後에 대개 그 의미를 일반화해서 피력해 놓는다. "정씨와 나는 전차에 올라타자 서로가 생소해지고 어색버석해졌다."(86쪽). 왜 그럴까? 작가는 그 이유를 이렇게 설명한다. "사람 사이란 일정한 장소, 일정한 분위기 속에서만 일관된 관계를 유지할 수 있는 것인가 보았다."(同). 이 한 예만을 보더라도 '나'는 제법한 식견의 소유자이며 두터운 삶의 체험을 지니고 있는 인물로 보인다. 심지어 '나'는 인생의 한계마저 알고 있다. 정씨를 보면 "어떻게도 할 수 없는 한정을 인정한 사람의 초조기가 감돌았다."(21쪽). 그뿐 아니라 대화의 많은 부분은 政府論, 革命論, 知識人論 등으로 충당되어 있다. 우리는 인생과 사회에 대한 깊은 통찰력과 날카로운 비판력과 결정적인 견해를 가지고 있는 이 나레이터가 부러워진다. 그러면서도 또 한편으로는 어떤 의심이 싹튼다. 자칫하면 하염없는 눈물을 쏟는 갓 스물의 소년이, 어떻게 이와 같은 심오하고 단정적인 인생론을 펼 수 있을까? 그는 神童이며, 「小市民」은 신동의 눈을 통해서 본 사회일까? 작가는 이토록 유식한 '나'의 前身과 교양의 출처에 대해서 아무런 언급도 하지 않고 있다. 과연 신동일까? 혹은 具體的事象의 예리한 관찰과 소년다운 센티멘탈리즘과 버젓한 일반론을 三重的으로 지니고 있는 이 소년의 비밀의 열쇠를 다른 곳에서 구할 수는 없는 것일까?

이 문제를 해결함에 있어 가장 중요한 사실은, 부산 피난시절을 다룬 이 소설이 그보다 10여 년 후인 1965년에 쓰여졌다는 사실이다. 과거의 일을 현재의 입장에서 본다는 행위 자체가 소설에 있어서 문제가 되는 것은 물론 아니다. 만일 그렇다면 역사소설의 가능성은 전혀 없을 것이며 도시 歷史敍述이 뜻을 잃을 것이다.

그러나 현재의 입장에서 과거를 이야기하는, 따라서 과거를 해석하는 소설가는 보통 그것을 마치 현재에 있어서 겪고 있는 듯한 환상을 독자에게 주려고 애쓴다. 「마담 보바리」는 과거의 일을 과거체로 꾸민 소설이지만, 그것을 읽는 독자는 "이 이야기는 지나간 일이니까 나와는 상관없지"라고 생각하기는커녕 여주인공의 운명을, 자기의 현재에 있어서 미래를 향해 한 걸음 한 걸음씩 따라나간다. 그리고 이런 과거체에 의한 환상의 가능성을 의심하는 작가는 과거의 이야기를 현재체로 쓰기조차 서슴지 않는다. 가령 싸르트르의 「自由의 길」 제2부나 미셀·뷰토르의 「變心」이 그렇다. 한데 이와 같이 소설을 하나의 實質的 體驗의 터전으로 알고 읽어

나가려고 할 때 「小市民」은 어떤 양상으로 나타나는 것일까? 우리는 과거를 되산다는 고마운 환상에서 깨어나고 만다. 이 소설의 주된 내용은 1951년의 것이지만 사실은 1965년의 세상에서 쓰여졌다는 것을 작가 자신이 서슴치 않고 드러내고 있기 때문이다. 정씨의 아들이 똑똑하다는 것을 말하고는 그는 이렇게 덧붙인다. "과연 십여 년 후 이 소년은 가난한 대학생이 되어 왜색 배격과 주체성 회복이라는 명제를 내걸고 데모를 일으킨 그 학생 데모의 주동자의 하나로 되어 있었다."(88쪽). 그뿐 아니라, 4·19의 이야기며 5·16의 이야기와 같은 것이 수시로 튀어 나온다. 따라서 작가는 과거의 일을 현재의 일처럼 겪어보려는 독자를 애써 끌어내서 과거와 현재의 사이에서 갈팡질팡하게 만든다. 만일 플로베르가 李浩哲씨와 같은 태도를 취했다면 「마담 보바리」의 도중에서 자꾸 이렇게 말했으리라. "이것은 옛날 이야기요. 여주인공이 죽었다는 것을 미리 알고 이 소설을 읽으시오."

그나마 과거와 현재를 명확히 구별해 놓고 여기까지는 현재의 이야기고 다음부터는 다시 과거의 일이다라는 식으로 서술해 놓았다면 그것대로 읽힐 수 있었으리라. 물론 그때 문제가 되는 것은 과거의 처리방법이다. 가령 오늘날 본 10여 년 전의 디테일이 그대로 살아남을 수 있느냐는 문제가 생긴다. 한 마디 한 마디의 대화가 원형 그대로 살아남았을 이치는 만무하고, 더구나 과거의 事象이 현재의 입장과 전혀 유리된 채 포르말린 속에 잠긴 시체처럼 간직되어 있다는 것은 생성도중에 있는 인간으로서는 바랄 수 없는 것이다. 그러나 이런 거짓말은 李浩哲씨뿐만 아니라 거개의 한국작가, 그리고 전통적인 수법을 따르고 있는 허다한 외국작가의 경우에서도 얼마든지 볼 수 있는 것이니까 그 이상의 언급은 회피해 두자. 다만 대부분의 작가가 과거를 다시 사는 듯한 환상을 줌으로써 그것이 거짓말이라는 인상을 주지 않으려고 애쓰는 반면에 李浩哲씨는 현재의 입장을 취함으로써 그 허위성을 솔직하게 드러내고 있는 점이 틀릴 뿐이다.

그러나 「小市民」은 경우에 따라서는 時點을 혼동하고까지 있다. 과거를 과거로서 서술하고 간혹 현재의 입장에서 그것을 살핀다는 절도 있는 二元論마저 잃고 현재가 과거 속으로 기어들어간 점에 이 소설이 지니는 가장 큰 문제와 난점이 있다. 앞서 지적한 '나'의 三重의 구조는 이렇게 해서 형성된다. '나'를 이십 세의 가련하고 민감한 실향민으로 머물게 하는 동시에 35세의 李浩哲 자신을 그 속에 부어

넣은 것이다. 그것은 마치 16세기말로 고정된 李舜臣장군의 이야기를 소설화하면서도 그를 20세기 후반의 원자력잠수함대의 사령관으로 만들어 놓는 것과 다름이 없다. 지독하게 되면 35세가 20세 속에 깃들일 뿐 아니라 심지어 14세 속에 깃들이기도 한다. 그렇지 않다면, 1945년경에는 틀림없이 14세 정도였을 그가 日帝時代에 대해서 어떤 실감을 얻었기에 신씨를 보고 "결국 그에게는 태반의 사람에게 있어 아마 자명한 것으로 처리되어 있는 군국주의라고 불리는 일본군이 아직까지도 절대 절명의 것으로 적용되고 있는 것이다."(149쪽, 傍點筆者)라는 결정적인 선고를 내릴 수 있었을 것인가?

李浩哲씨가 왜 20세의 실향민에게 이 삼중의 구조를 지니게 했는지는 모른다. 다만 그것이 대단히 무리하고 따라서 그가 내세우는 리얼리즘과는 전혀 동떨어진 처사임에는 틀림없다. 하지만 '내'가 지니고 있는 이 三重의 무리한 구조가 李浩哲씨 자신의 발전단계를 집약적으로 나타내고 있는 점에서는 흥미롭다. 애수에 잠겨 따뜻한 눈물을 흘리는 '나'를 통해서 우리는 가령 「먼지속 抒情」이나 「脫鄕」을 다시 찾아 볼 수가 있다. 이것이 제일의 단계이다. 그 다음으로 엘레지的이던 실향민 李浩哲은 제2단계에 이르러서는 싸늘한 관찰자의 모습을 띤다. 예리하게 세상과 인간을 파헤치는 '나'는 「닳아지는 살들」이나 「登記手續」과 같은 작품의 卒味와 직결된다. 마지막으로 제3단계에 이르러서는 李浩哲씨는 이미 다른 실향민과의 공통적 감각에서 우러나는 눈물을 거둔 것은 물론, 구체적 사실의 파악에만 머무르지 않고 일반적 개념하에 무릇 事象을 판단하기 시작한다. 그리고 「小市民」은 인생철학 또는 사회철학을 운위하는 새로운 그의 모습을 보여주고 있다는 점에서 뜻이 깊다.

그간, 다시 말해서 1955년 문단에 데뷔했을 때부터 이 작품이 발표된 1965년까지에 걸쳐 李浩哲씨의 이런 변화를 가져온 것은 무엇일까? 물론 개인적 感傷으로부터 출발해서 타인에 대한 관찰을 거쳐 마침내는 인생이나 사회일반에 대한 종합적인 견해로 이른다는 것은 유능한 작가의 공식적인 발전과정이리라. 그러나 계속 실향민과 실향민이 가져온 여러 가지 문제를 다루면서 李浩哲씨가 보여준 이 발전과정은, 실향민인 작가자신이 이 사회에서 차지해 온 위치가 차츰 달라지고 이 달라짐이 그의 관심의 초점을 바꾸어 놓았다는 점에서 설명될 수는 없는 것일까? 개인적인 이야기를 늘어놓을 수는 없는 이 자리에서 필자가 할 수 있는 몇 마디 말은 다음과 같다. 李浩哲씨에게는 한때 실향민으로서의 쓰라림이 있었다. 그러나 오늘날 그는 이미 상당한 명성을 누리면서 비교적 안정된 지위에 올라서 있다. 여기서부터 그의 애매성이 비롯된다. 한편으로 그는 실향민에 대한 일종의 본능적인 인력을 느끼는 동시에 뿌리뽑힌 서민의 문제를 사회구조면에서 다루는 것이 한국문학이 짊어져야 할 가장 중요한 책임 중의 하나라는 것을 누구보다는 강렬하게 의식하고 있다.

그러나 또 한편으로 보면 그는 이 "학대받은 사람들"의 문제를 제 스스로의 문제로 실감하기에는 이미 너무도 그들과 먼 거리에 있다. 그 결과 몇 가지 변모가 생긴다. 첫째로 同感은 同情과 자리를 바꾸고, 둘째로 밀도있는 구체적 상황에의 집착 대신에 여유있는 일반론의 전개가 이루어진다. 셋째로는 「裸象」의 서정적 리얼리즘은 사라지고 戲畫化의 길이 트인다. 벌써 「小市民」의 군데군데에서 보여주고 있는 이 戲畫化의 경향― 가령 주인 마누라와 딸 사이의 다툼(206쪽)―은, 실향민의 한 사람으로서 그 틈에 뒹굴던 李浩哲씨가 이제는 인간을 높은 곳에서 굽어보게 되었다는 것을 의미한다. 戲畫化는 단순한 고발의 형식이 아니라, 優越感情의 표현이기 때문이다. 다시 말하면 "우스울 뿐 아니라 심지어 이해와 동정을 베풀 수도 있지만, 나 같으면 그런 행동은 하지 않겠다"는 距離의 의식이야 말로 그 전제가 되는 것이기 때문이다. 만일 싸르트르에게 현재의 자기가 과거의 자기를 넘어섰다는 의식이 없었더라면 그는 그의 유년시절의 자서전 「말」을 그토록 戲畫的인 스타일로 쓰지는 않았으리라.

이와 같이 지난날 실향민이었다가 오늘날은 실향민으로서 자기를 의식하지 않는 李浩哲, 그러면서도 주로 실향민을 눈여겨 보는 李浩哲이 가져 온 몇 가지 특색이 더욱 두드러지게 나타나 있는 것이 「서울은 滿員이다」라는 이름의 그의 둘쨋번 장편이다. 이에 가하여 넉넉히 대중소설이라고 부를 수 있는 이 작품은 작가와 독자 사이의 관계에 대한 우리의 반성을 또 다시 강요한다. 그렇다면 동정과 일반론이 섞인 이 戲畫的 大衆小說을 우리는 어떻게 생각해야 할 것인가? 그것은 또 다른 이야기가 될 것이다. 그리고 필자가 보기에 李浩哲씨가 걸어왔다고 생각되는 지금까지의 길, 다시 말해서 실향민을 중심으로 한 그의 사고방식의 변모와 이에 따르는 창작방법 및 그 목적의 변화가 진정한 의미에 있어서의 발전인지 아닌지에 대한 판단을 내리는 것도 여기서는 할애해 두자. 그러나 庶民(실향민의 개념의 확장)을 다루는 한국의 희소한 작가의 한 사람이라고 말해도 좋은 李浩哲씨의 궤적은 과거에 있어서와 마찬가지로 앞으로도 지켜 볼 만한 가치가 있을 것이다.

60년대적 순진성과 그 풍속의 상실
— {서울은 만원이다}

김병익[*]

시골에서 상경하여 험란한 도회지살이를 하는 한 여인의 유랑기를 동아일보에
연재하던 1966년의 서울 인구는 지금의 꼭 1/3이 되는 380만 명이었다. 비록 25년
전이라 하더라도 그 숫자는 참 순진한 시절의 귀여운 규모였을 것 같은데, 그러나
작가는 이 소설의 제목에 '만원(滿員)'이란 말을 썼었고, 이야기의 끝부분에 가서는
"바야흐로 서울 거리는 폭발할 듯하였다."고 적고 있는 것이다. 하긴 이때에는, 새
서울의 상징인 강남이 허허벌판이거나 잡초 우거진 야산이었고 한강을 건너는 다
리는 한둘밖에 없었으며 지하철이란 꿈도 못 꿀 때였고 도심지의 높은 건물이라는
게 서울시청과 반도호텔, 그리고 광화문의 정부청사 등 10층을 못 넘는 나지막한
것들이 모두였다. 도로 확장이라든가 도시재개발은 미처 손을 댈 수도 없었고 자가
용은 특별한 사람들만의 것이고 택시도 더러 이용되기는 했지만 마구 달리는 버스
가 서민들의 거의 유일한 발이었다. 아파트란 남의 나라의 말로 여겨진 당시, 가장
번화한 명동도 그렇지만 을지로, 종로 등 지금은 현대식 빌딩들이 임립한 도심지도
몇십 년 전에 지은 낮고 좁고 우중충한 한옥들이 그래도 나무 몇그루 제법 갖춘
마당을 끼고 있는 '사람 사는 동네'였다. 돌이켜보면, 사대문 안, 서린동과 서소문,
다옥동과 회현동이 서민들의 행동반경이 되던 때의 서울은, 오히려 전원적이고 한

---

* 문학평론가.

가한 동네이며 사람들도 순진하고 소박하여 '살 만한 도시'처럼 보였고, 정신없이 바쁘고 각박한, 아니 그런 말로는 도저히 어울리지 않을 정도여서 '전쟁'이나 '아비규환'이란 비유만이 통할 오늘의 서울에 비할 때, 실제로도 그러했다. 그러나 이 순진하고 소박한 60년대적 서울은 이미 아비규환의 90년대적 서울을 예비하고 있었고, 현대적 거대도시로 폭발할 도화선을 이 고전적인 수도 서울은 가설하고 있는 중이었다. 양적인 팽창이 질적 변화를 유도하는 그 전환의 시기가 바로 서울의 60년대 중반의 위상이었고 그 변혁을 풍속적으로 보여주는 것이 이호철의 가장 중요한 장편소설 중 하나이며, 신문 연재 당시 아주 현실감 있는 풍자로 장안의 독자들로부터 뜨거운 갈채를 받은, 그리고 지금은 도저히 향수 어린 감회없이는 읽을 수가 없는 『서울은 만원이다』의 '길녀' 그리고 그녀의 이웃들이 그린 서울살이의 궤적이다.

'서울살이'라 했지만 그것이 서울사람 아닌 사람의 뜨내기적 서울 살아가기라면 "가는 곳마다, 이르는 곳마다 꽉꽉 차 있"는 만원 서울의 사람들 거의 모두가 외지에서 뛰어들어온 타향사람들이다. 길녀 자신이 경남 통영에서 가난한 식구들을 보다 못해 일자리를 찾아 서울로 뛰쳐올라온 시골여자이지만, 본바닥의 서울사람인 '서린동집' 말고는 모두가 마산과 이리 혹은 충청도에서 일거리를 위해, 돈을 위해 무작정 상경했거나, 평양에서 함경도에서 밀리고 도망쳐 내려와 제 몫을 찾아내지도 못한 채 서울 거리를 헤매는 월남민이거나 했다. 그들은 서로 속이고 속고 싸우고 할퀴며, 마음을 죽이고 몸을 팔고 하며, 사기를 치기도 하고 절도도 하고 염치좋게 강요하기도 하면서, "적당적당히 하루하루를 때워나가는", 그래서 이 서울을 더욱 복잡하고 난잡하게 만들며, 서울 거리를 더욱 화려하고 번창하게 움직이게 하는, 그러나 스스로는 그만큼 더 타락하고 부황한 뜨내기들이다. 다방에서 주방사내에게 몸을 빼앗기고는 창녀가 된, 되어서는 그 뜨내기들과 다름없이 남의 돈을 훔치기도 하고 늙은 영감의 첩살이를 하기도 하고 거기서 도망쳐 떠돌이 사내와 살림을 차리기도 하는 그러다 문득 잊었던 고향집을 가보고 싶어 서울을 벗어나보는 길녀 자신이 기차 속에서 생각해보아도 그랬다. "서울이란 곳은 겉으론 화려하고 요란해도 그 속에 우글거리는 것은 새삼 인생 말종지물처럼 보이는 것이었다." 그럴 수밖에 없을 것이다. 서울은 만원이고 더 이상 감당할 수 없을 만큼 살아 있는 것들이 우글거릴 때에는, 동물의 세계에서도 보듯이, 그곳은 생존경쟁의 싸움터가 되지 않을 수 없기 때문이다. 그래서 "성실보다는 요령, 일관한 신념보다는 눈치, 진실한 우정보다는 잇속, 협동보다는 적의"가 '서울살이'의 방법이 된다. '여학교'를 나오고 순진하고 인정바르고 귀여운 길녀도 결국 그렇게 되고 말 듯이, 길녀의 친구 미경이나 포주인 복실어멈도, 길녀가 가장 기대고 싶어하고 정을 붙인 허풍스럽고 무책임한 남동표는 물론 그녀의 순정을 빼앗고는 그녀와 결혼하기 위해 끈질기게 달라붙는 촌스런 외판사원 기상현까지, 그리고 진지하지만 물정모르는 서린 동집의 서울토박이를 협박하여 돈을 뜯어내는 금호동집 식구들 등 모두가 한통속이다. 그러나 '서울살이'의 이 악덕들은 개인적인 것이 아니라 구조적인 것이다. 작가 이호철은 그 '난세'의 허황한 사람들이 뒤얽혀 싸우는 장면들을 매우 해학적으로 그려내면서도 그 근원적 원인은 마치 먹이사슬과 같은 권력과 자본의 왜곡된 구조에 있음을 지적한다.

대관절 이 서울의 이 수다한 사람들은 모두가 무엇들을 해먹고 사는 것일까.

하긴 돈을 찍어내는 곳이 서울의 조폐공사이니까 어차피 조폐공사에서 가장 가까운 거리에 있는 자들이 제일 큰 땡을 잡게 마련일 것이다. 그리고 이렇게 가장 가까운 거리에 있는 사람들이란 잘 아시다시피 그렇고 그런 사람들이다.

그렇게 한가운데 들어앉은 몇 안 되는 사람들로부터 바깥으로 향하고 불꽃이 튀어나가듯 혹은 물이랑이 퍼져나가듯 몇 겹으로 층이 둘러싸인다.

첫째 그룹, 둘째 그룹, 셋째 그룹, 이렇게 몇십 겹이 둘러싸인다. 첫째 그룹이나 둘째 그룹에 가까이 속하면 속할수록 위엄이 늠름하고 혈색은 좋으나 돈맛은 더 알아서 외곬으로 영악해진다. 천신만고로 얻은 현 지체를 유지하려고 전전긍긍이다.

한편 바깥쪽으로 가면 갈수록 타고난 대로의 구수한 인정은 있지만, 하루하루 살아가는 자질구레한 싸움은 노상 끊이지 않는다.

가운데 쪽에서는 장막 너머에서 저희들끼리 큰 싸움이 끊일 사이 없고, 들러리 쪽에서는 들러리대로 두부 한 모 가지고도 아옹다옹이다.

만원 서울을 가득 채우는 사람들의 대부분이 뿌리뽑힌 뜨내기들이고『서울은 만원이다』가 그런 사람들의 허황하고 '부평초'같은 삶으로 이루어지고 있거니와, 그들은 '조폐공사로부터 가장 바깥쪽'으로 밀려나서 "하루하루 살아가는 자질구레한 싸움"을 끊임없이 해대고 있는 것이다. "돈을 벌기는 그른 사람이지만 세상이 곤두선대도 굶지는 않을 사람"인 남동표는 길녀에게 얹혀지내기도 하고 이런저런 안 해본 일 없이 헤매다 서민금고 간부가 되어 거들먹거리다 회사가 망해가자 사채놓은 돈을 떼어 부산으로 도망치며, 그런 남동표에게 돈을 도둑맞은 기상현은 "여름에도 밤낮 춥기만한" 을씨년스런 시골청년이지만, 그 돈을 찾기 위해 자기가 깊이 마음둔 길녀의 행방을 찾아 시골에까지 편지를 보내며, 부자가 함께 바람난 서린동집에 끼어들어 공짜로 방을 얻어쓰기도 한다. 순박하게만 보이는 복실어멈은 서린동집 영감이 길녀와 차린 다옥동 살림집에 찾아들어 길녀 대신 첩살이를 하고 드디어는 잇속을 차린 후 영감을 차버리며, '왕년의 호사'만 자랑하며 거칠게 그러나 무능하게 살아가는 금호동집 형제들은 진지하기만 할 뿐 그래서 멍청스러울 수밖에 없는 '법학도'에게 동생이 시집간 것을 빌미로 장사밑천, 결혼밑천을 뜯어낸다. 그래서 그들은 영악스럽고 악착 같고 간교하기까지 한 사람들이지만, 그러나 도저히 미워할 수 없는, 순박하고 솔직하며 포근하고 '구수한', 작가가 15년 후에 회상한 바로는 "최소한의 인간적 삶이 온존되어 있는 재래형의 인간들"이다. 남을 등치고 그러고 나서는 능치는 데 누구보다도 '천재'적인 남동표만 해도, "기는 놈 위에 나는 놈 있다고 사기도 배짱도 없는 어중간한 축"에 불과하며, 도둑맞은 돈 때문에 원수 찾듯 남동표를 찾아다니던 기상현도 정작 남동표를 만나서는 "우선 왈칵 반갑기부터 한" 것이다. 기상현이 이럴 수 있게 된 것은, "서울생활에서 꽤나 외롭던" 때 문이었다. 그리고 보면 바닥에서 헤매며 아옹다옹하는 그 뿌리뽑힌 사람들 모두가 외롭고 쓸쓸한 사람들이다.

서울의 인간사. 서울에 사람은 만원이어도 한 사람 한 사람을 보면 모두가 쓸쓸한 사람이었다. 사람 사이의 만나고 헤어지는 것이 결국은 이런 거였다. 피차에 이렇다 하게 연줄을 느낄 만한 근거도 없고 심각하게 연대감을 느낄 만한 끈터귀도 없었다.

저저금 저 나름으로 살아가다가 우연히 부딪쳐서 서로 하루하루 살아가는 일
상이 비슷하고 그래서 잠시 인정을 나누고 서로 동정해주고 딱하게 여겨주고 친
숙한 투를 부리다가도, 어느 고비에 가서 헤어질 때가 되면 아무 것도 아닌 일로
너무나 허망하게 헤어지는 것이다.

서울사람들의 이 쓸쓸함은 리스만이 말한 현대 대중사회에 만연된 형태로 나타
나는 '군중속의 고독'이 아니다. 이호철이 그리고 있는 사람들의 쓸쓸함은 정확히
말해서, 서울살이를 해야 하는 사람들이 '전래적인 인간적 삶'을 잃어가는 혹은 버
려야 하는 데에서 맞이하여야 할 쓸쓸함이다. 『서울은 만원이다』의 사람들은 농촌
에서 혹은 이북에서 더 못 살아 몰려든 사람들이고 그래서 도시화가 되지 못한, 산
업화에 익혀지기 전에 전통적인 질박성의 세계에 머물러 있던 사람들이다. 그래서
가령 길녀는 잽싸게 살아가는 서울의 현대적 인간형이나 프리 인텔리를 경멸한다.
그런 사람들, 그러니까 '군중 속의 고독'을 해소하러 그녀의 몸을 사는 기관원, 기
자, 운전수, 의대생 등 도시적인 사람들에 대해 그녀는 "피차에 뒤끝이 너무도 깨끗
하고 장삿속처럼 야박해서 허망한 생각이 앞서"게 되며, 직업정치가든 의사든 "서
너 마디 한국말을 하면 꼬부랑말 한 마디 끼이지 않고는 혓바닥이 굳어서 못 배기
는" 따위는 "괜한 유식병(有識病)에, 아니꼽게 이편을 노골적으로 얕보는 억양이 서
려 있어 번번이 불쾌"해지고 그래서 이런 사람들에 견주면, "길녀 자기는 물론이려
니와 남동표나 미경이나 모두 백배 천배 선남선녀에 속하는 편"이라고 생각한다.
그러므로 길녀나 미경이, 남동표나 기상현 등 서울사람 아닌 서울살이의 사람들이
가지는 쓸쓸함은 한국인들의 전통적인 덕성들이 사양길에 들어서면서 자신들의 삶
의 방식과 태도가 효력을 잃어가는 데에서 빚어지는 내면 풍경이며 현대 도시사회
에 미처 적응할 수 없어 패퇴하고야 마는 현실에서 거두어지는 외적 정경이다. 이
들은 아마도 전통적인 취락구조적 사회의 마지막 인간 유형일 것이며 경제 개발로
급속하게 전개되는 산업화에 떠밀려 희생되어야 할 첫단계 집단일 것이다. 그래서
그들은 "뜬구름 속" 같은 서울에서 그 당장은 날뛴 보람으로 한몫 잡는 것 같지만
끝내는 무일푼의 원상태로 다시 떨어져버리고 마는 것이다.

　　매일매일이 바쁘고 매일매일 돈버는 재미로 흥청망청이지만, 결국은 돈 위에
올라타서 죽어라 하고 뛰는 꼴이 된다.
　　돈을 벌수록 배포는 커지고 웬만한 돈은 돈 같아 보이지 않고, 드디어 어느날
아침 눈 떠보면 모든 일은 지나간 일장춘몽일 뿐, 알몸뚱이만 남고 알거지가 되어
몽땅 남의 손으로 넘어간 뒤인 것이다.

　　그래서 이 소설의 주인공들은, 도시적 영악성에 적응할 수 있었던 복실어멈을 빼
고는 모두 좌절하고 패배할 운명에 놓인다. 남동표는 회사 돈을 빼내 부산으로 도
망치지만 희망 없는 뜨내기로 던져져버리고 길녀로부터도 버림받으며, 유일한 서
울내기로 상당한 자산가였던, 그러나 산업사회의 도시적 인간형으로 변환하는 데
에는 실패하였던 서린동 일가도 복실어멈과 금호동집 사람들에게 이리저리 뜯기고
빼앗겨서 '쑥밭'이 되어버린다. 길녀와 살림 차릴 만반의 준비를 다 해놓고 희망에
부풀어 있던 기상현은 그러나 그녀와 재회하지 못하고서 "맥살이 확 빠지고 서울
서 오륙 년 살았다지만 서울이 생소하기는 처음 올라왔던 때와 마찬가지"임을 깨
닫고 "눈물을 글썽"이며, "잊자, 잊자고 머리를 가로젓는" 꼴을 보인다 그리고 돈을
한 푼이라도 더 벌기 위해 종삼의 창녀촌으로 옮겨가 제법 좋은 경기를 보이기도
하고 창녀회의 간부로도 활달하게 활동하던 미경이도 거푸 유산을 한 끝에 쓸쓸히
숨을 거두고 만다. 시골에서 서울로 되돌아온 길녀가 미경의 임종 소식을 들었을
때의 탄식은 새로운 사회의 도래라는 것이 한 세대의 덧없는 희망 위에 이루어지고
있음을 요연하게 부각시킨다.

　　미경이가 죽어간댄다. 길녀는 어째 가슴이 섬찟하였다. 서울에 지하도 공사도
벌어지고 육교 공사도 벌어지고 교외 도로 공사도 이곳저곳 벌어지고……. 그러
나 미경이는 죽어간댄다.

　　미경이의 유해가루를 한강에 뿌리고 돌아오면서 길녀가 슬그머니 사라지는 것으
로 이 소설이 끝나기까지 매우 음습할 수도 있고 격렬할 수도 있는 『서울은 만원이
다』는, 그러나 작품의 실제에서는 아주 경쾌하고 발랄하며 사건들은 속도감 있게

진행되고 사람들은 싱싱하게 살아 있다. 그것은 날카로운 사실주의적 시선을 감싸면서 동시대인들에 대한 작가 자신의 따뜻한 애정을 기반으로 하여 타락해가는 사회와 때묻지 않은 인간을 풍자적으로 대조시킨 데에서 이룩된 행복한 성과에다가, 반복하며 구어문투로 전개하는 해학적인 문체, 그리고 간간이 작가 자신이 소설 속에 끼어들어 현실에 대한 적절한 이해를 줄 사설을 풀어놓는 수법이 잘 어울린 까닭일 것이다. 작품은 그래서 전후의 어지럽고 궁핍한 시대로부터 바야흐로 산업화로의 광포한 달리기를 시작하던 과도기의 60년대 중반에 대한 풍속적 고찰을 가하고 있지만, 그 생생한 삶의 현장에 대한 묘사를 통해 쇠퇴해가는 전시대와 다가오는 새사회 사이의 구조적 갈등과 왜곡을 꼼꼼하게 형상화하고 있는 것이다. 그리고 그는 이 빈곤과 혼란이 앞으로의 사회에서는 닦아 없어지고 더 건강하고 밝은 삶이 이루어지기를 기원한다. 서울은 만원이라도 "화려하게 단장이 되고 곳곳에 빌딩이 서고 사람들이 날로날로 문주란의 노래 같은 것에나 잠겨들기 좋아하고, 차관은 들어오고, 차관은 물론 유효적절하게 쓰이고 있을" 아름답고 활기찬 서울이기를 바라면서 그는 그럴 수 있을 때 우리 앞에 "새옷으로 단장한 길녀"가 다시 나타나리라고 믿고 있다. 이 인기 연재소설이 아쉽게 끝날 때 우리 독자들도 작가와 함께 그럴 수 있기를 바랐고, 작가가 희망한 대로 "5년 후쯤"은 아니더라도 멀지 않은 장래에 그렇게 되리라고 믿고 싶어했다.

그러나 길녀는 25년이 지난 이제까지 아직 나타나지 않고 있다. 그동안 우리가 숱하게 당해온 현실의 배신을 길녀도, 길녀의 대부인 작가도 마찬가지로 느꼈던 것이리라. 대신 이호철은 15년 뒤에 자신처럼 북에서 내려와서 왜소해지거나 감상적으로 되거나 허망해지거나 하여 왜곡된 삶을 살아가야 하는 "월남한 사람들"을 쓴다. 이 중편소설에는 남동표처럼 함경도에서 전쟁중에 남으로 내려와 갖은 고생 다하다가 이제는 전매청 수위로 일하면서 그 남동표처럼, 옛날의 호기는 여전히 살아 있지만 실은 더없이 꾀죄죄하고 서글픈 강성구와, 고향에서 소녀 적에 그 강성구로부터 구애를 받은, 그러나 이제는 무역회사를 경영하는 남편의 뒤에서 상당히 유복하게 살게 된 송인하의 재회가 기둥 줄거리로 나타난다. 길녀의 친구였던 미경이를 둘로 나눈 듯한, 매사에 적극적이고 활달하며 그래서 서글서글하게 채소 중개업을 하는 송인하의 친구인 지숙과, 남편감을 동생에게 빼앗기고서는 다방으로 술집으로 전전하며 폐인이 되어가다가 드디어 자살하겠다는 유서를 남기고 사라져버리는 인하의 언니 순하가 들러리로 출현하여, 주인공 두 사람과 함께 '월남한 사람들'의 비애를 증폭시킨다. 강성구, 송순하, 구지숙이 뒤틀리고 궁상스런 삶을 살아야 했던 것은 물론 모두 고향을 버리고 연고 없는 외지에서 살아야 했던 때문이고 전쟁통에 가족과 헤어져야 했던 까닭인데, 그런 그들이 "잘 살고 잘 지내라고만 넓은 것이 아니었고, 그런 뜻으로만 화려한 곳은 아닐 성싶은 "서울"에서 그들이 살아야 하는 한 그 왜곡된 삶은 교정될 수 없는 것이었다. 가장 유복하게, 그래서 처녀 적과 다름없이 훼손되지 않은 삶을 가지고 있는 송인하마저도 그 유복한 생활이 "생판 허구처럼 느껴질 때가 한두 번이 아니"게 생각된다. 그리고

[……] 1남 2녀를 거느리고 이만한 가정을 이루고 있으면서도 웬일인가, 아직까지도 문득문득 이 모든 것이 언젠가는 훌훌 털어버리고 고향의 아버지, 어머니 품으로 돌아가야 할 일이겠거니 하고 여겨지는 것이다. 마치 지금이라도 진짜로 고향에 돌아갈 수 있게 된다면, 지난 스무 해 남짓 동안 이 남한에서 구축해놓았고 자신도 어언 마흔 살 중턱이 넘게 늙은 일이, 일거에 하룻밤 꿈으로 물러가버리고 자기는 다시 스무 살 남짓의 그때 그 소녀로 돌아가서 고향의 아버지, 어머니 품으로 돌아가게 된다. 틀림없이 그렇게 된다. 그렇게 다시 제대로의 삶을 살게 된다 싶은 것이다. 이러한 환상이 대체 어디에서 연유한 것일까. 만일 실제가 그렇지 못하다면 송인하 자기만은 너무너무 억울하다는 생각인 것이다. 왜냐하면 자기는 스무 해 남짓 동안 오직 고향으로 돌아갈 날만 바라며 모든 희생을 감수해온 것. [……]

이라고 깊이 생각한다. 인하가 현재의 삶을 '허구'로 느끼는 것 이상으로, 언니 순하는 자신의 좌절의 연속이 남한에서의 삶을 '임시'라고만 여겨 결코 뿌리박을 수 없었기 때문이라고 생각하여 그녀는 동생에게 남긴 유서에서 이렇게 쓴다.

그건 아무튼, 그렇게 너와 나만 단둘이 월남해와서 그후 줄곧 나는 매일매일을

임시로 자처하며 살았어. 이건 임시다, 이건 임시다, 이제 언제고 통일이 되면 그
날로 돌아가야 할 몸이다, 하고 말야. 그렇게 허구헌날 임시를 자처하다보니, 뿌
리를 깊이 내리면서 살아질 리가 없었지 뭐니. [……] 허망하다 허망하다 해도,
이렇게도 허망할 데가 어디 있겠니.

그들의 삶이 허구이고 임시인 한 그들의 삶이 진실성을 지닌 그것일 수 없으며,
그래서 가령, 순하가 자살하겠다고 없어진다 해도 대수롭게 생각되지 않으며, 옛날
의 사랑을 되돌아보기 위해 인하와 성구가 다시 만나 호젓하고 내밀한 시간을 갖는
다 해도 실감날 것은 아니었다. 지숙의 수선스런 알선과 모처럼 멋을 내며 흥분에
들뜬 인하의 '청순한' 기대에도 불구하고 다방과 중국집에서의 성구와의 해후는 구
차하고 옹졸한 것이 되어버리고 말았다. 그것은 그들이 이미 중년의 나이로 제각각
의 다른 삶을 가지고 있어서만이 아니다. 인하가 다시 만난 성구에게 설명하듯이,
"어째서 이런 엉뚱한 곳에 흘러와 있는가 싶은 것이 [……] 깊은 회한같기도 하고
지나간 삼십 년 동안 살아온 삶이 송두리째 허망한 바다로 잠겨드는 느낌" 때문이
었다. 그러나 월남하여 외로이 살아온 삼십 년 만에 만난 그들의 해후는 과연 '창피
한' 것으로 끝난 것일까. 결코 아니었다. 인하는 고향 하늘과 똑같이 북두칠성이 빛
나는 밤하늘을 성구와 만난 그 밤에 바라보고서 더할 수 없이 "신선하고 싱싱한"
고향의 밤을 발견한 것이다. 그녀의 말에 대해 성구는 이렇게 말한다.

밤하늘의 별을 보고서 고향을 그 정도로 가까이 느끼고 새삼 망향에 사로잡혔
다는 건, 그런 일이 없었던 것보다는 좋은 일이겠지요.

강성구의 이 대답은 유복하게 사는 월남민의 사치스런 감상에 대한 비아냥일 수
도 있다. 그러나 망향의 순수한 감정은 허구와 임시의 삶을 이겨내는 힘이 될 수도
있을 것이다. 그럼에도 분단 극복의 문제는 반쯤 빛을 가리고 고향의 밤하늘을 찾
아보는 감상적인 제스처만으로 해소될 수 있는 것은 아니다. 그런 점에서 달동네에
서 밤마다 하늘의 별을 또렷이 보며 사는 강성구의 실제의 삶이 더 치열하다. 모쪼
록, 남·북 총리들이 오가며 상의하고 축구선수들이 통일을 위해 평양과 서울 경기

를 열고 있는 이때, 송인하의 순수한 고향에의 갈망과 강성구의 현실적인 태도가 밝고 조화롭게 어울려 분단이 해소될 길을 마련하길 빈다. 통일을 실체적으로 이루고 살아갈 수 있을 때 우리의 삶 모두가 실재에 뿌리박고 영구적인 힘으로 살아질 수 있게 될 것이다.

분단시대 소시민의 거울

임헌영[*]

역사는 항상 과도기라는 말이 우리의 분단시대처럼 잘 들어맞는 경우도 흔하지 않다. 정치·경제적 가치의 기준이 바뀌는 주기가 빠른 것은 물론이고 문학예술에서도 가치관의 변모 주기는 심한 쌍곡선을 나타내고 있음을 숨길 수 없다. 1950년 대의 실존주의적 허무주의와 뿌리뽑힌 삶들에 대한 냉소적인 접근법이 참여문학론을 거쳐 민족—사실주의, 농민—노동자—민중문학론으로 승화되어오면서 통일 지향 문학에까지 이르는 과정에서 실로 많은 작가들이 한 시기마다 떠올랐다가는 그 가치관의 변모에 발맞추지 못한 채 사라지곤 했다. 작가만이 그런 것이 아니었다. 시인도 평론가도 그랬지만, 아무런 글도 안 쓰는 소시민이나 지배층 인간상들도 세월의 부침에 따른 인생유전에서 헤어날 수 없기는 마찬가지였다. 물론 언제나 지배층의 특권을 유지하면서 변신하여 새로운 권력편제에 잽싸게 끼여든 거듭나기 인생이 없는 바 아니지만, 또한 따지고 보면 일제 식민지 시대부터 오늘까지 외세의 존적 권력구조는 항상 변함이 없기는 하지만, 문학사에서의 가치관 변모에 따른 명성과 영예의 명멸현상은 권력자의 그것에 못지 않게 그 부침이 극심함을 부인할 수 없을 것이다.

문학예술의 영원성이니 가치관의 시대적 전이니 하는 고상한 이론에도 불구하고

---

* 문학평론가.

어제의 문제작이 오늘의 냉대를 견디어야 하는 처지로 급전직하하는 현상은 우리 문학사의 한 특징이라고도 할 만큼 흔한 일이 되어버렸다. 그만큼 어제까지의 문학사를 지탱시켰던 가치의 척도가 엉망이었던 셈이다. 1950년대의 찬란했던 전후문학이 과연 먼 뒷날 우리 문학사에 몇이나 남을 것인가를 상상하노라면 이런 바람직스럽게 세우지 못했던 문학 풍토의 허망함을 느끼게 될 것이다. 만약 올바른 문학관에 의한 수업과정과 창작에 전념할 수 있는 풍토에서였다면 사라져갈 그 많은 작가들의 사정은 달라져 더 많은 작품들이 미래의 우리 문학사를 풍요롭게 만들어 줄 수도 있었는데 말이다.

이 역사의 혹독한 가치관의 풍화작용 속에서 가장 견고하게 남은 작품을 우리는 이호철에게서 찾을 수 있다. 실향민이라는 숙명적인 문학적 조건은 그로 하여금 서북청년회 식의 냉전이념을 창작의 발판으로 삼은 다른 실향민 작가와는 달리 오히려 뿌리뽑힌 분단체제에서의 삶을 각성시키는 방향으로 그 자세를 굳히게 했다. 한편 분단체제가 쌓아온 현상고착화 현상으로서의 소시민적 생존권의 아귀다툼에서 이호철은 초연하지 않고 거울을 짊어진 채 그 한가운데로 뛰어든 전통적인 사실주의 소설구조에 크게 기댄다. 이 두 가지 소설미학의 근본자세는 이호철로 하여금 웬만한 문학사적 겉모습의 변화에도 끄떡없이 견디어 다른 가치관으로의 전이에 적응토록 만드는 요인이 된다. 말하자면 분단인식에서의 중요한 문학사적 연결고리를 움켜잡은 그는 분단고착화가 빚어낸 소시민적인 다양한 삶의 모습까지를 분단의식으로 몰아감으로써 그 작품이 분단시대 전체를 관류할 수 있는 공감대를 이룩하게 만든다.

실향민으로서의 이호철은 분단인식 과정에서 북과 남을 가장 먼저 객관화시킬 수 있는 유리한 작가적 위치를 차지한다. 소설 쓰기가 바로 살아가는 방편일 수밖에 없었던 등단 초기에 그는 분단된 '남한'의 문학 풍토에 자의적으로 뛰어 든다. 일제 때나 8·15 직후의 북한에서의 문학관이 배경으로 깔리기는 했으나 등단(1955년)을 전후해서 그는 의식적으로 분단 한국의 문학적 감성을 적극적으로 수렴한 흔적이 나타난다.

"월남 작가라고 하지만 그것이 예컨대 민족문학의 형태로 집단의식화된 것은

『창작과 비평』 등을 무대로 하는 1970년대에 들어와서이고 1950년대에는 아예 그런 의식마저 없었지요. 오히려 그보다 1952년대 중엽에서 4·19이전까지의 한국문학의 중요한 특색이라고 할 수 있는 것이라면 서구 문학의 왜곡된 영향을 지적할 수가 있지요. 특히 실존주의 같은 경우가 그러한데…… 사실 저도 그 무렵에 그런 지적 흉내를 내보기도 했는데, 지금 생각하면 낯이 뜨거워요. 곧 사라져버리게 마련인 거품같이 마구 일어나며 번졌던 당시의 겉도는 분위기에 저도 한동안 현혹되었었지요.”(작품집 『천상천하』에 실린 “작가와의 대화―해설”, 李在賢과의 대담에서 한 말).

여기서 이호철은 분명히 “곧 사라져버리게 마련인 거품”으로서의 문학, “서구 문학의 왜곡된 영향”으로서의 문학이었던 1950년대의 전후문학의 실체를 알았으면서도 분단체제의 상황 때문에 거기로 뛰어든 흔적이 짙다. 사실 이 무렵은 그렇게 하지 않고는 아예 문학을 한다는 흉내도 낼 수 없었던 풍조였으며 더구나 실향민으로 월남 문학인이 지녔던 굳어진 대북한 인식의 일반적인 경향은 오늘의 유치원 수준이었음을 감안할 필요가 있다. 어떤 면에서는 소설 그 자체보다 더 소설적인 삶을 살아야만 했던 이 세대의 일부 작가들 가운데에서 가장 소설적인 이호철에게 초기의 소설 「탈향(脫鄕)」, 「나상(裸像)」, 「만조(滿朝)」 등은 자신의 체험세계를 그대로 드러낸다. 1·4후퇴 때 월남한 네 청년들이 부산에서 우연히 만나 함께 지내다가 분단고착화의 전망이 짙어짐에 따라 저마다의 길을 걷도록 헤어지는 이야기인 「탈향」은 이호철 문학의 한 원형을 이룩한다. 여기서 월남한 청년들은 나중에 이호철의 분단문학의 한 씨앗으로, 때로는 분단체제에 적응하여 출세한 경우(극히 드물다)도 있지만, 대개는 한국에서도 견디지 못해 미국으로 이민을 떠나거나 아예 남한 땅을 객지로 여긴 채 일생을 방랑과 눈물로 보내면서 통일만을 고대하는 예(특히 「이단자(4)」)도 있다.

그러나 이렇게 월남한 청년들이 민족과 역사를 객관적으로 바라볼 수 있게 된 시기는 그 훨씬 뒤가 된다. 이 무렵(1950년대)은 절망과 불안과 자유(그 개념은 오늘의 그것과 달랐다)를 거론하면서 실존주의적 고뇌의 늪을 헤매던 시절의 이호철에게는 “닳아지는 살들”(1962)에 이르러 분명히 분단체제가 빚은 영향이 끝내는 일개 소시민들의 삶 깊숙이에까지 이르고 있음을 감지토록 만들어준다. 이어 「등기수속」(1964년)과 「자유만복」(1965년)에 이르면 영락없이 군부독재의 냉전체제가 모든 인

간의 정서적 불균형상태로까지 확산되어감을 느끼게 만들어 이호철 문학의 제2기
로 접어들게 한다.

　제1기의 전후문학적 분위기에서 소시민들의 불안한 삶을 민족적 시각에서 파헤
친 제2기 소설로의 전환기에서 빼놓을 수 없는 주제가 바로 분단문제인데, 이를 그
는 「판문점」(1961년)에서 제기한다. 분단체제를 전후세대의 재치있는 환상으로 희
화화시켜버린 이 작품은 냉전이념이 밤안개처럼 짙게 드리웠던 5·16 직전의 음산
한 분위기(물론 이는 또한 밝았던 4·19직후의 시대적 조명이기도 하다)를 풍자한다. 여기
서 이호철은 남·북한 어느 쪽의 인간상이나 편견없이 바라볼 수 있는 편안한 자세
를 취하는데, 이는 그 뒤 이호철의 분단문학적 인식태도를 이룬다.

　「1965년, 어느 이발소에서」(1965년)를 우리는 이호철의 분단문학이 지녔던 새로
운 또 하나의 출발점으로 살펴볼 수 있다. 이 작품은 보통시민이 축 늘어져버린 당
시의 사회상을 꼬집어, 이럴 때가 아니라는 상징적인 말로 다그치는 삽화형 소품이
다. 이발소에서 어떤 절차를 거쳐 그 손님은 신고를 당해 조사를 받으나 보통시민
임이 밝혀져 무사했다는 이 이야기는, 딱히 말한다면 북한 체제가 지녔던 긴장감과
남한 체제가 가졌던 해이감을 대조시키면서 북한을 이기기 위해서는 우리가 이럴
때가 아니라 정신 바짝 차려야 한다는 대공경각심을 일깨우는 보통 시민의 우국충
정을 그린 것이다. 그런데도 도리어 그 청년은 신고를 당할 만큼 분단으로 말미암
은 냉전이념은 경직되어 있었을 뿐만 아니라 왜곡되기도 했다. 작가가 여기서 노리
는 것은 분단을 극복하기 위해서는 반공의 이념적 강화나 안보체제의 옹호 따위가
아니라 근본적으로 아예 주춧돌이 잘못 놓인 분단체제의 가치관 그 자체를 풍자하
려는 것이다. 이는 곧 「판문점」과 비슷한 구조로 모든 선입견에 따른 분단체제의
인식 자세를 깡그리 비판의 도마 위에 올리는 역할을 맡는다.

　「탈사육 회의」, 「울 안과 울 밖」 등은 앞의 분단문제에 대한 간접적인 접근에서
직접적인 쟁점 부각으로 그 자세를 바꾼 작품들이다. 1970년대를 전후했던 냉전이
념의 최고 긴장 순간으로서의 프에블로호 사건, KAL기 사건, 1·21 사건 등등으로
인한 남·북한의 위기 상황은 전혀 세계사적 흐름을 고려하지 않은 역사의 가재걸
음이었다. 「울 안과 울 밖」의 월남한 등장인물들은 각종 긴장 고조화 사건이 터질
때마다 술 마시기에 어울려 바쁘지만, 이것은 심리적으로는 고향이 이제는 아득해

지고 있구나 하는 통일에 대한 절망감을 나타낸다. 이들은 약간씩(또는 강하게) 북한에 대하여 나쁜 인상들을 안고 월남했기 때문에 3선개헌을 전후한 이 1960년대 후반기의 여러 사건을 역사적인 해부도로 치밀하게 분석하지 못하며 그럴 능력도 없는 그저 평범한 소시민에 불과하다. 그러나 이들은 자꾸만 잊혀져가는 자신의 고향 元山이란 곳이 어떤 의미로든 화제에 오르면 아련해져가는 추억을 떠올리곤 한다. 분단국 독일이 이 무렵 우리나라와는 대조적으로 어떻게 공존과 화해의 구조를 창조해내느냐 하는 문제를 소설 끝부분에 군더더기로 쓰고 있는데, 이것은 「판문점」의 기본구조와 같은 편견 극복의 작가적 대안제시로 해석된다.

이렇게 분단체제의 상황 아래에서 고향 못 잊기의 한 전형으로서의 인간상은 궁극적으로 「어떤 부자(父子)이야기」에 그대로 이어진다. 아들 송종현에게 낙하산 특수부대에 들어가 고향 땅에 뛰어내려 남겨두고 온 어머니를 모셔올 것을 강요하는 아버지는 끝내 아들을 잃고 자신도 비참한 최후를 마치게 된다. 송종현의 아버지는 식민지 시대 때부터 온갖 세파를 다 겪으며 8·15를 지나 북한에 적응하려다 끝내는 월남하는데, 그는 북한 체제에 대하여 "새파란 젊은 애들이 무얼 제대로 알았어야 정치고 뭣이고 있었지"라는 비판을 내린다. 송종현은 그 나름대로 "이 남쪽 세상에서의 사람들 사는 모양이 이렇구나, 갈수록 요지경 속이로군. 밑창이 그냥 훌러덩 빠져 있는 듯하군 그래. 밑창이 너무 단단해도 꺼끄럽고 성가시지만 말이다. 암튼 이 남쪽 세상에서의 사람들 부침이라는 게 대저 이렇구나. 이 지경으로 썩어 있구나. 말이 안 나오는 군"이라고 비판한다. 이들 부자는 남·북 그 어디서도 만족할 수 없는 것으로 나타난다. 도리어 식민지 시대를 그리워할 소지가 얼마든지 있다.

낙하산으로 북한에 내렸다가 어머니의 죽음을 확인하고 사촌들과 잠시 지내다 다시 내려온 송종현은 이렇게 말한다. "사람은 제 마음먹기에 따라서 얼마든지 이미 만들어놓아진 철벽을 뛰어넘을 수도 있고, 그렇게 한정없이 높이 고양될 수가 있을 것이다." 그가 느낀 것은 분단체제가 만든 한계상황 속에서 안일하게 살아가는 모든 사람들에 대한 경고이기도 하지만 이를 뛰어넘으려는 용기에 대한 좌절과 자기 인생의 포기이기도 했다. 사실 그는 다시 낙하산으로 북에 내렸다가 소식이 끊어진다. 이런 인간상 앞에서 체제의 우월성이 어떻고 하는 이야기는 안 통할 뿐만 아니라 쓸모도 없다.

「탈사육 회의」를 어떻게 해석하느냐 하는 문제는 이호철 문학의 올바른 이해의 한 중심고리를 이룬다. 멧돼지들이 인간에게 비겁하게 사육당하는 집돼지를 격멸하려다가 도리어 달콤한 현실 속에 안주하게 되기도 한다는 민족사적 풍자를 담은 이 소설은 남·북한의 대치상황을 연상시킨다. 4·19와 5·16까지도 능히 감지할 수 있는 이 풍자 속에서 작가는 민족사의 올바른 기풍과 바로잡는 역할과 비록 노예일지라도 안이하고 풍요롭게 살아가는 것을 최고의 가치로 여기는 집단을 돼지의 세계로 상정하여 비꼬고 있다. 여기서 작가는 분단을 다룬 다른 작품처럼 편견없이 두 쪽의 돼지가 지닌 입장을 다 대변하여 이는 「판문점」이래 이호철이 시종 한 번도 바꾸어 본 적이 없는 분단체제의 근본적 인식 자세를 엿볼 수 있게 한다.

분단체제에 대한 이호철의 근본입장은 남·북한 모두에게 쏟아내는 어쩔 수 없는 불만의 토로이다. 1980년대 이후 이호철은 물론 분단 소재 소설의 구조를 바꾼다. 그 이전에는 주로 월남한 사람들이나 남한 거주자일지라도 분단 때문에 직접·간접으로 희생당한 사람들을 내세웠다. 그러나 1980년대 이후 그는 거꾸로 월북해서 남에서 북으로 간 사람들을 통하여 월남한 사람들의 삶과 대비시키는 입장을 취한다. 이를 통하여 그는 남·북한을 객관화시킬 수 있는 작가적 시각을 확립하는데, 그 어느 쪽도 그에게는 만족할 만한 민족사적 정답으로는 비추어지지 않으며, 이런 상황에서 그는 양자택일적인 입장도 유보하고 있다. 이제 1990년대를 바라보며 이호철의 분단문학이 어떻게 변할지 자못 관심거리다.

초기의 10여 년에 걸친 전후문학적 분위기를 바꾼 이후 제2기로 접어들면서 이호철은 소시민 의식의 소설미학에 전력투구했으며, 이는 1960년대 이후 우리 문학이 낳은 소시민 문학의 가장 보람진 하나의 거울을 이룩한다. 역사적인 순서에 따르면 월남한 뒤의 절망과 불안한 삶의 시대적 상황 속에서 전후문학적 작품을 썼던 이호철이 1960년대의 근대화 과정 속에서 서서히 소시민으로 편입되면서 그 계층의 생활정서를 대변하는 일을 떠맡게 된다. 「닳아지는 살들」이 그 분기점으로 작용하는데, 경제성장과 발맞추어 중산층으로서의 면모를 갖춘 이 등장인물들은 1960년대 중반(한·일협정, 월남파병 등으로 인한 신중산층의 대두기인 1965년 전후)을 지나면서 우리 사회 어디서나 볼 수 있는 보통시민의 전형이다.

이들은 물론 같은 소시민적 범주 속에서도 중하류층과 중상류층이라는 엄밀한 사회과학적 분류가 따라야 할 서로 다른 속성을 지니고 있지만, 그 의식 유형에서는 이미 분단체제에 다분히 안주하는 「1965년, 어느 이발소에서」의 사나이들과는 사뭇 다른 인간상들이다.

「자유만복」의 한 사립학교 이사회를 둘러싼 여러 인간상들은 이호철의 소시민 문학의 전형인데, 여기에는 그 돈벌이 방법이나 수단 또는 축재의 양은 서로 다르지만 모두가 "정국의 안정이 필수적이어야 한다는 것"에서는 일치하는, 말하자면 시국관의 일체성으로 뭉친 사람들이다. 당연히 이들은 분단체제의 옹호자들로 이를 위해서는 어떤 부정도 애국으로 둔갑할 수 있다는 신념을 다진다. 이런 조직체로서의 학교에 근무하는 교사들이란 "남의 눈치 살피며 사는 데만 익숙해 있는 사람"들로서 "누구라도 이렇게 제 배짱대로 기승을 부리면 우선 선망감과 함께 겁에 질린다. 그러면서도 그들은 하나같이 만류할 생각보다 그 어떤 기대에 찬 기분, 터져라 터져, 뒤집어엎어라, 엎어, 이렇게들 생각하는" 부류로 가득 찬다.

소시민들은 가장 보수적이면서도 또한 혁신적인 요소도 지닌 모순된 계층으로 역사에 나타나는데, 이는 「시제터 유람객」을 보면 명백해진다. 차남 성수는 집안의 불평객으로 형수가 너무 서구식이라고 비난만 일삼는다. 아버지와 형과 함께 선산에 시제를 올리러 떠났으나 시골 사람들의 느려터진 행동거지에 질겁을 하고는 이내 차를 날쌔게 몰아 그대로 상경해버린다는 이 소설은 소시민의 모순된 속성을 잘 보여준다. 이런 용맹성 속의 비겁이나 비겁 속의 용맹성의 모순은 「서빙고 역전 풍경」이나 「물마시는 짐승」, 「부시장 부임지로 안 가다」, 「등기수속」등 여러 작품에서 그대로 나타난다. 「서빙고 역전 풍경」의 '나'나 '승현'은 거들먹거리며 변두리에서 꽤나 잘난 척해 보이지만 이내 막 나선 여자들로부터 도리어 모욕을 당하게 되며, 「물마시는 짐승」 역시 고급장교의 허위의식이 소시민적 계층에 기반함을 느끼게 한다. 「부시장 부임지로 안 가다」도 시국에 민감한 몸을 사리는 소시민적 본능을 그리며, 「등기수속」 역시 이기주의화해가는 근대화 과정속에서의 소시민 계층의 나약한 삶을 비추어준다.

이런 분단체제의 소시민화한 허전한 삶이 가장 정서적으로 잘 드러난 「토요일」

은 이미 1960년대의 산업화 사회로의 추진 작업이 일정한 사회·경제적 변모를 가져다 준 이후 시대인 1970년대의 한국 사회를 반영한다. 김인식은 군 장교 제대자로 줄을 타고 회사 이사로 들어간다. 김진숙은 지방에서 우여곡절을 겪은 뒤에(특히 파업 주동자 역을 했다) 회사에 들어간다. 박정자는 서울의 가문좋은 집안 노처녀인데 회사원으로 있다. 이들 세 인물은 다 조금씩 다른 소시민적 입장을 상징한다. 별일도 없이 따분한 이들은 토요일 오후 교외에서 어울려 술 마시고 헤어지는데, 문제는 이 작품이 지닌 암시성이다. 이미 김진숙이 파업의 지도자였다는 사실이나, 술집에서 사회비판적인 이야기를 나누는 일 등은 1970년대 중반에 맞게 된 유신독재의 전조를 느끼게 만든다(이 작품은 1970년 작이다).

산업화 사회로 굳어져가는 상황에서 이렇게 소시민적 의식이 황폐화해가는 모습은 「큰 산」에서 그 절정을 이룬다. 어느날 아침 일어나보니 흰 고무신 한 짝이 블록담 위에 얹혀 있자 부부는 이를 불길한 징조로 알고 아내가 남의 집으로 휙 집어던져 넣는다. 그러나 어느 눈 내린 날 아침 그 고무신은 또 등장한다. 남의 집에서 다시 던져져 보내어진 셈이다. 이 집 저 집 염병 돌 듯이 돌자 아내는 "아주 머얼리", "버스를 타고 멀리 가져"가 남의 집에 던져버린다. 남에게 지지 않고 악착같이 아내가 그 신짝을 내다버리는 이기주의적 심리는 그 사회가 지닌 불안의식 속에서 자기보호 본능이 극도로 날카롭게 나타난 소시민적 행위를 꼬집어 준다. 주인공 남편은 이래서 그 소심한 행위들이 모두 다 어릴 적 고향에 있었던 「큰 산」이 없어서 생긴 불안과 허전함 때문이라고 중얼거린다.

이런 신비주의적인(혹은 약간은 미신적인) 갈등구조와 해결책은 이호철의 소설에서 그리 낯설지 않다. 朴景利처럼 인간의 숙명론에 질질 끌려다니지는 않지만 이호철도 소시민적인 온갖 '재수' 붙이기와 떼기를 다 믿는 인간상을 그려주기 때문이다. 이런 점에서는 지식인도 예외가 아니다. 「여벌집」의 주인공인 '나'는 영락없는 소시민적 인간상의 규격을 벗어나지 않으며, 이런 인간상의 전형은 이미 「닳아지는 살들」에서 그 싹을 내보인다.

한편 소시민적 인간상이 1970년대 후기로 접어들면서는 산업화 사회의 경쟁대열의 치열한 전쟁에서 지친, 이른바 소외당한 인물이나 권태감에 지친 인간상으로 바뀌어 등장함을 본다. 「느른한 오후」의 약국을 경영하는 이모나 약대 3년생인 숙은 「토요일」의 두 처녀처럼 따분한 일상 속에서 헤어날 길을 정상적으로 찾지 못한 도시의 여인상으로 볼 수 있다. 「심심한 여자」의 수련이 일하는 아이 순희를 불러 개가 뭣하나, 해가 졌나 따위를 묻는 행위는 이런 여인상의 극단적인 풍자로 떠오른다. "슬슬 징글징글해지기 시작"(「느른한 오후」)한다는 표현은 도시의 여인들이 소시민화되어가는 과정에서 제1단계를 마친 다음에 겪는 과도기로 이 단계를 지나면 뻔한 단계가 되고 말 것이다. 여기서 이호철은 '징글'단계의 여인보다 더 전락해버린 여인은 잘 그리지 않는다. 아마 이것은 이미 그 단계에 이른 여인은 통속소설의 소재이기 때문에 사양한 탓이리라.

이런 소시민들의 군집성은 기어이 그 집단이 만든 윤리의식의 배타성 때문에 없어도 좋을 적대세력을 만들며, 그 적대세력을 쳐부수기 위하여 소시민만의 결집력을 위한 이념이 창출되어가는 과정을 그린 것이 「이단자(1), (2), (3), (4)」이다. 여기서 이단자가 다른 소시민보다 더 윤리적으로 꼭 나쁘냐는 판단은 유보되어야 한다. 군집성은 선을 악으로도 만들기 때문이다. 그런 뜻에서 「이단자」는 분단체제의 경직된 관제 윤리성을 상징하기도 한다. 여기서 그 군집성을 확대시켜 민족사적 수준으로 승화시킨 것이 「1기 졸업생(1), (2), (3)」이다. 동학 이후 8·15 직후까지의 정치 조감도를 작성하는 형식을 취한 이 환상적 작품들은 발표 당시만 해도 엉망이었던 우리 민족사적 흐름을 일깨우는 역할에 기여했다.

이호철 소설은 이처럼 분단체제가 남긴 숙명적 인간상으로서의 실향민과 1960년대의 산업화 과정 속에서의 소시민의 삶에 대한 증언으로 크게 나누어볼 수 있다. 여기서 실향민들은 거의가 분단체제에 적응하지 못한 채 통일 지향으로 치닫는 하층민으로 변했으며, 소시민 의식의 소유자들은 그 현실의식의 향방에서 개혁과 보수성을 동시에 지닌 것으로 밝혀진다.

소시민 의식을 대변할 만한 소설적 기교로서 이호철은 적당한 사변적 요설과 거침없는 각종 직설적인 표현이나 입심을 적절히 활용하여 성공을 거둔다. 또한 그의 소설에서 빼놓을 수 없는 기교의 하나는 문장력이 지닌 전통성이다. 근대 이후 서구화·일어화되어온 우리 소설 문장은 洪命憙의 『林巨正』이나 李箕永 등의 소설에서 느꼈던 토착성이 아쉬운데, 이호철에게서는 분단체제의 소설문학에서 그나마도 서구어법이 스며들지 않은 현대어의 은근함이 느껴진다.

비웃음의 70년대 연대기
— {재미있는 세상}의 세계

유종호[*]

I.

　근대소설이 공유하고 있는 기본충동의 하나는 당대 사회현실과 삶의 습속을 생생하게 그려 보여주는 일이다. 소설이란 문학의 갈래가 어엿하게 홀로 설 수 있었던 것은 이러한 기본충동이 많은 향수자를 끌어당길 수 있었기 때문이다. 우리의 20세기 소설이 많은 것을 빚지고 있는 서유럽쪽 근대소설에 관한 한 이렇게 일반화해서 말하더라도 크게 틀리지 않는다. 서사문학이 당대 사회현실에 관심을 가지지 않았던 시기를 찾을 수는 없을 것이다. 문학에 그리려는 현실은 또 다분히 당대의 사회현실이게 마련이다. 그럼에도 불구하고 당대의 사회현실 제시와 묘사는 근대소설을 거론할 때에 각별한 중요성을 띠게 된다. 더 먼 지난 날의 서사문학이나 극문학이 신화, 전설, 또는 성서나 민족설화에 그 줄거리를 의존하고 있는 것과 달리 근대소설은 별나게 당대 현실에서 그것을 구했다. 어지럽게 돌아가는 사회변화, 근대사회 특유의 활발한 신분이동과 지리적 이동은 그것 자체로서 진진한 줄거리의 공급원이 되어주었다. 그리고 활발한 사회변화와 신분이동의 시대에서 의지할 만한 삶의 모형을 가지지 못한 사람들은 허구의 삶 속에서 그것을 찾아나서게 되었

---

* 문학평론가.

다. 게다가 커다란 역사적 사건과 이 역사적 사건에 대한 개개인의 지식이 어울리는 시간단축의 과정은 당대의 인간 변전과 세태습속에 대한 관심을 더욱 촉진시키게 되었다. 소설의 당대성에 대한 강조는 이러한 맥락을 유념할 때에 아주 자연스러운 일로 떠오르게 된다.

사실 우리가 가보지도 못하고 또 살아보지도 못한 장소와 시대에 대해 어렴풋한 개념이나 심상을 가지게 되는 것은 근대소설을 통해서이다. 투루게네프나 톨스토이의 소설을 통해서 19세기 러시아의 삶에 대한 막연한, 그러면서도 생생한 심상을 가지게 되는 것이다. 이것은 가령 그리스 비극의 경우와는 사정이 다르다. 『외디푸스왕』이나 『안티고네』를 통해서 우리는 합리적인 설명의 뼈대를 아득하게 물리치면서 진행되는 삶의 수수께끼에 압도되기도 하고 취약한 심신을 초월해서 발휘되는 인간위엄에 깊은 감동을 받기도 한다. 그러나 옛 그리스사람들이 구체적으로 어떻게 살았는가에 대한 구체적 심상을 얻지는 못한다. 일상생활의 결이 배제되어 있는 비극 특유의 배타적 공간에서 모든 일이 벌어지기 때문이다. 그러나 근대소설은 실제로 삶의 실체라 할 수 있는 나날의 삶에 뿌리를 박고 있고 그러기 때문에 세상살이의 구체적인 결을 제시해 주게 마련이다. 근대소설이 고전비극보다 요설스러운 것은 그 때문이며 이를 통해 독자들은 통시적인 역사적 상상력이나 공시적인 지리적 상상력을 발휘할 수 있는 것이다.

60년대는 적어도 우리 사회에서는 어지러운 사회변화의 시대였다. 산업화와 도시화가 사회전체의 수준에서 또 상당 부분은 계획된 윤곽의 구도 위에서 진행되던 시기였다. 당시에 추진되어 발동한 사회변화는 지금도 진행되고 있고 또 역사에서 정지는 없는 것인 만큼 앞으로도 계속될 것이다. 이 변화는 대체적 윤곽을 계획한 구도 설계자들의 의도대로 진행되는 것도 아니고 또 몇몇 사람들의 의지에 의해서 좌지우지되는 것도 아니다. 그럼에도 일단 가속을 얻은 산업화와 도시화과정은 그 자체의 논리에 의해서 조정되면서 갈 길을 가게 된다. 농촌인구를 격감시키고 많은 사람들을 도시인으로 만든 변화는 80년대가 끝나가는 요즘에 그 현저한 결과를 실감하게 한다. 이 변화의 크기는 세대 간의 간격에서도 엿볼 수 있다. 요즘의 청소년이 공통적으로 거부감을 촉발받는 사항의 하나는 부모세대들의 어려웠던 시절 회상과 이에 따른 설교라고 한다. 계란이 가장 값싼 식료품의 하나가 되어 있는 상황에서 40년 전의 불충분한 영양섭취와 관련되는 궁상스러운 추억담은 우선 실감도 가지 않고 거기에 따른 훈계는 더더구나 설득력이 없다. 그만큼 살아보지 않은 시대의 삶과 습속을 그려본다는 것은 어려운 일이고 소홀치 않은 역사적 상상력이 필요하다. 사회사적인 요소를 많이 지니고 있는 소설은 살아보지 않은 시대에 대해서 많은 것을 알려 준다. 우리가 소설을 대하는 것은 그러한 사회사적 정보 획득을 위해서가 아니다. 그럼에도 불구하고 소설 읽기의 재미가 한 시대의 세태습속과 삶의 방식을 간접 경험하는 데에 부분적으로 의존하고 있음은 부정할 수 없다. 우리가 가령 20년대의 진지하나 서투른 우리 소설을 읽으면서 얻는 즐거움은 심미적인 것도 또 인간통찰에 관한 것도 아니다. 분명히 우리의 것이었던 어려웠고 되돌릴 수 없는 시절의 삶에 대한 일변에서 재미를 느끼는 것이다.

2.

이호철의 『재미있는 세상』은 60년대에 와서 가속을 얻었던 사회변화가 그런 대로 하나의 마디를 이루었던 70년대 초를 배경으로 하고 있다. 그리고 근대소설 일반의 기본충동의 하나에 충실하게 당대 사회변화의 구체를 정면으로 다루고 있다. 건실하고 진솔한 사실적(寫實的) 태도를 견지하고 있던 이호철에게 그것은 당연하고도 회피할 수 없는 문학적 노력으로 비쳤을 것이다. 작금의 사회변화가 결국은 산업화와 도시화 과정의 소산인 만큼 『재미있는 세상』에서도 당연히 도시화 과정과 도시적 삶의 제시가 주요한 뼈대로 되어 있다. 그러므로 작품의 첫머리가 지방민의 상경으로 시작된다는 것은 아주 자연스러워 보인다.

작자는 아마도 역사의 연속성을 시사하기 위해서 1847년 프랑스 군함이 좌초한 바 있던 전북 해안지방의 수완리를 작품 허두에 도입했을 것이다. 사회변화의 먼 시작의 하나를 시사함으로써 20세기 중반의 사회변화가 고립된 현상이 아님을 넌지시 알리는 것이다. 이 수완리라는 척박한 어촌에서 고기잡이를 생업으로 하는 서씨 집안과 전답이며 정미소 등을 소유하고 있는 택택한 지방 유지인 최씨 집안이 소개된다. 서씨 집안은 벼랑집이라는 이름으로 마을에서 통하고 있고 최씨 집안은 세거리집으로 통하고 있다. 벼랑집의 손녀딸인 서병숙이 상경하여 겪게 되는 모험과 성취, 그리고 세거리집 서출 막내딸인 최경옥이 상경하여 겪게 되는 신고와 역청의 대위법이 작품의 뼈대를 이루고 있는 셈이다.

이들의 상경과 서울 정착은 병숙의 조부인 서영보 노인과 경옥의 부친인 최광영 노인의 상경의 계기가 되고 두 노인이 서울에서 겪게 되는 모든 것은 사회변화에 대한 신기한 견문기록이 된다. 이들 두 노인의 도회경험은 이들이 서울생활에 익숙하지 못한 촌부자(村夫子)라는 사실 때문에 이들의 감관을 통해서 아주 낯설고 신기한 것으로 드러난다. 그리하여 모든 것이 가능하면서 동시에 허황스러운 서울의 생리와 이면이 이모저모로 진열된다. 따라서 이제는 결코 가깝지 않은 역사적 과거가 되어버린 이른바 제3공화국 말에 서울에서 산다는 것의 실상이 엿보인다고 할 수 있다.

그렇다고 해서 우리는 작가가 보여주는 당시의 사회현실이 그대로 객관적 충실성으로 일관해 있다고 생각할 필요는 없다. 사회현실이란 것은 관찰자의 시각에 따라서 어느 정도의 굴절을 겪게 마련이고 우리가 느슨하게 말하는 문학의 사회반영성도 작가의 시각에 의해서 매개된 것이다. 뿐만 아니라 모든 문학 장르는 각각 고유한 관습을 가지고 있어서 이 관습이 부과하는 제한을 작품은 수용하지 않을 수가 없다. 그러니까 문학작품이 넓은 의미로는 사회사연구의 자료로 될 수 있지만 그 객관성과 반영적 진실성은 세심한 검토를 요구하는 것이다. 살인사건의 범인 수색에 나선 형사가 우여곡절 끝에 범인을 찾아내는 것이 20세기에 유행하는 추리소설의 뼈대이다. 이때에 용의자로 등장한 사람들이 차례차례 무혐의로 밝혀지면서 마지막으로 전혀 뜻밖의 인물이 범인으로 드러나는 것이 대충의 추리소설의 정석이다. 바꾸어 말하면 용의주도한 범인은 추적자를 요리 조리 오도하고 헛짚게 하다가 마침내 덜미를 잡히는 셈이다. 그러나 그러기까지 번번이 헛탕을 치는 추적자는 용의주도한 범인에 비해서 상대적으로 두뇌회전이 더디고 우둔한 위인으로 그려질 수밖에 없다. 머나먼 역사적 미래의 역사가가 20세기의 추리소설을 자료로 해서 "20세기에서 범인 추적을 전문으로 하는 직업인들은 예외 없이 우둔한 인물들이었고 용의주도한 지능인들이 살인행위를 저지르는 수가 많았다"는 결론을 내린다면 크나큰 역사왜곡이 될 수밖에 없다. 이때에 우리들의 가상적 역사가는 문학의 사회반영성을 기계적, 도식적으로 이해한 것이 되며 또 추리소설의 작자와 독자들 사이의 암묵적 이해 그리고 추리소설 고유의 관습에 대한 몰이해를 드러낸 셈이 된다.

추리소설은 극단적인 경우이고 소설은 정도의 차이가 있지만 모두 그 나름의 관습 문법을 가지고 있으며 독자들은 이 관습의 성질을 알아두어야 한다. 지도를 활용하기 위해서는 독도법을 알아두어야 하듯이 소설의 적정이해를 위해서도 그 나름의 독도법을 익혀두어야 한다.

그렇다면 『재미있는 세상』이 크게 의존하고 있는 관습을 어떻게 정의할 수 있을까? 그 대체적인 윤곽에 관한 한 우리들은 쉽게 비평적 합의에 도달할 수 있을 것이다. 앞에서도 언뜻 비쳤지만 『재미있는 세상』의 기본 충동의 하나는 당대 사회변화의 실상을 제시하는 데에 있다. 그래서 모든 것을 신기하게 바라보는 시골사람들을 상경시켜 서울 구경을 시킨다. 그리하여 서울생활에 순치되어 가는 과정을 보여주는 것이다. 따라서 될수록 서울의 이모저모를 보여주는 것이 중요하다. 등장인물들이 다소 호들갑스런 경험의 소용돌이 속으로 쏠려 들어가는 것은 부득이한 일이 된다. 곧 성격묘사에 치중하기보다는 그들의 모험의 다양성을 지향하게 되는 것이다.

이 작품의 역동적 성격의 진원이 되어주고 있으며 긍정적 인물로 설정되어 있는 것은 서병숙이다. 억척 여성이면서 합리적인 면이 있고 정규의 학교교육은 많이 받지 않았지만 유식하고 적응력이 강한 그녀는 흔히 있는 가출소녀이다. 무작정 상경한 서울역에서 똑바로 유흥가로 유인되어 밑바닥 삶을 감수해야 하는 저 가출소녀의 일원이다. 담력과 순발력있는 그녀는 반넘어 정해진 전락의 길을 피하고 부잣집 가정부로 들어간 뒤 대담한 절도행위로 상당한 금액을 손에 쥔다. 절취한 패물을 쉽사리 처분할 수 있었고 그것을 밑천으로 하여 양장점을 경영하여 가족들의 상경을 가능하게 한다. 모든 것이 적어도 작품 속에서는 순조롭게 이루어진다. 양장점의 계속적 운영이 동업자의 이탈로 어려워지자 이번에는 꽃가게로 돌아서 선거철과 졸업기를 전후하여 착실한 이재능력을 발휘한다. 행운이 따르기도 하지만 영악스러운 덕이기도 하다. 그리고 마지막에는 배금주의와 이기주의가 판을 치는 도회에 염증을 내어 자기상실을 예방하기 위해 귀향하는 것이다. 그녀의 신분상승과 인간적 성숙이 너무나 쉽게 이루어진다. 불과 사오 년 사이의 일이다. 그러나 서병숙의 상승과정의 용이함은 도시의 허황함의 일부이기도 하지만 소망성취형의 인물을 주인공으로 설정하는 일부 소설의 관습의 일환이기도 하다. 그녀의 성격묘사나 인물묘사의 엄격한 진실성보다는 그녀의 도회모험과 그 과정에 드러나는 세태습속

제시에 중점이 놓여 있기 때문이다.

우리는 또 이 작품에서 편지가 중요한 구실을 하고 있음을 발견한다. 서병숙이나 그녀의 어머니나 최광연 노인이나 모두 만리장서의 명수들이다. 요즘 세상에 이렇게 긴 편지를 일삼아 쓰는 사람이 어디 있을까 하는 의문을 독자들은 가지게 될 것이다. 그러나 따지고 보면 근대소설의 형성기에는 순수 편지체 소설이 아주 많았다. 그때라고 만리장서 편지문들이 수두룩했던 것은 아니었을 것이다. 글쓰기는 어느 시대 어느 장소에서나 손쉬운 놀이가 아니었다. 그러나 편지쓰기는 소설의 관습의 하나였다. 요즘 와서 편지쓰기의 현격한 퇴조와 함께 설득력을 잃어가고 있는 것은 사실이나 그것이 소설관습의 하나인 것은 사실이다. 임종을 맞이하여 아름다운 목소리로 노래를 부르는 것은 현실에서는 가당치도 않은 일이지만 그것은 오페라에서 애지중지되는 관습이다. 엿듣기를 통해서 혹은 남의 편지나 일기를 몰래 뜯어보고 사태를 아는 것은 역시 현실에서는 쉬운 일이 아니겠으나 문학 속에서는 예사로운 일이다. 따라서 편지 읽기에 대해서 까다롭게 생각할 필요는 없다. 그것은 소설이란 놀이에 고유한 행마법(行馬法)의 하나인 것이다.

편지의 문체에 대해서도 사정은 마찬가지이다. 호남 사투리라는 공통요소 때문이라고 하지만 병숙이의 것이나 최노인의 큰아들 것이나 편지투가 대체로 비슷하다. 모두 희극이나 만담 가락을 띠고 있다. 뚜렷하게 개성적이지 못하다는 인물적 특성과도 관련되지만 소설 진행상의 편법이라는 관습의 활용이기 때문이라고 보아야 할 것이다. 이것은 등장인물의 대화언어에서 한결 두드러진다. 대화가 인물을 드러내기보다도 서울 견문의 보고가 되는 경우가 많다는 사정과 관련되는 현상이다. 따라서 낱낱 인물의 성격묘사나 개성적인 대화에 주목하기보다는 작가가 제시하는 세태습속에 주목해야 할 것이다. 그것은 소설 전체를 통해서 허다분하지만 가령 서울 주택지의 개발역사를 보여주는 장면에서도 그 일단을 엿볼 수 있다.

"여상(女商) 고개 너머 홍제동 건너편 문화촌 붐에서부터 시작하여, 미아리 수유리 붐, 자하문밖 붐, 한강 이쪽 한남동 붐, 불광동 갈현동 붐, 정릉 붐, 제2한강교가 서면서 동교동 서교동 붐, 조금 늦은 연희동 붐, 경인고속도로가 뚫리면서 화곡동 붐, 한강변의 아파트 붐, 그 다음 사당동 붐, 말죽거리 붐, 신림동 붐 [

……] 이렇게 서울을 한 바퀴 빙빙 돌더니 요즘에 와서는 신천동, 잠실동, 송파동
에 방이동, 삼성동, 석촌동, 삼전동, 풍납동 등등 서울 본바닥 사람으로는 전혀 생
소한 이름들이 오르내리는 것이다. 그리고 워커힐 너머 천호동이 동부 서울의 중
심으로 클로즈업되고 있는 것이다.”

—「희망과 전망」.

또는 한때 도둑촌이라는 악명이 높았던 동빙고동에 관한 서 노인의 말을 들어
보아도 될 것이다. 현실에서는 개연성이 적지만 동빙고동의 저택매입을 희망한다
며 서 노인이 복덕방을 앞세우고 이런 저택구경을 하는 것도 세태습속의 제시라는
소설적 목적을 위한 관습의 활용이요 행마법이다.

“동빙고동이라는 데가 하도 소문이 요란해서, 대체 어떻게 생긴 동네인가, 어
떻게들 살고 있는가, 진짜로 도적놈들은 도적놈들인가, 낯짝들은 어떻게 생겼는
가, 한번 귀경해 보려고 했다. 나같은 시골사람이라고 귀경하지 말라는 법도 없을
것이닝게.”

—「골라잡아 꽝」

위에서 추려본 소설관습을 참작한다면 이 작품이 생생하고 엄격한 성격묘사나
개연성에의 충실보다는 사회변화 속의 세태습속 제시에 주력하고 있으며 그 의미
의 부각에 역점을 두고 있음이 더욱 분명해진다. 『재미있는 세상』의 관찰과 보고가
작품의 재미를 이루고 있는 셈이다. 그 재미를 위해 많은 것을 종속시킨 작가는 그
러매 독자들을 시도 때도 없이 웃게 하는 것이다. 그리고 그 웃음의 원천이 되는
것은 정력적으로 36개 방향 무차별 공격에 나서고 있는 입심이다.

3.

시골사람들의 길들여지지 않은 눈으로 바라본 낯선 서울은 사람 사는 재미를 마
음껏 누리게 하는 요지경같은 세상이다. 그것은 돈이 만능인 세계이고 그 주민들이

비웃음의 **70**년대 연대기 **199**

한결같이 배금주의와 이기주의의 비늘로 무장하고 있는 세상이다. 그리고 상경한 두 노인이 결국은 같은 여성을 놓고 어이없는 해후를 하는 장면에서 드러나 있듯이, 인간관계가 도구적 활용성으로 매개되어 있는 삭막한 뒤얽힘의 세계이다. 금력과 권력의 집산지인 서울은 생존경쟁의 삐그덕거리는 소리가 요란하다는 점에서 분명히 활력으로 넘쳐 있으나 인간성 상실이라는 돌림병을 너나없이 앓고 있다는 점에서는 썩은내 요란한 괴어있는 늪이다.

이러한 낯선 서울을 바라보는 도회전입자들은 서울사람 그 누구에 대해서도 경의를 가지지 못한다. 모든 행동거지의 동기가 뻔하고 우습게 보인다. 사람이 사람을 두려워하거나 존경할 때에 웃음은 나오지 않는다. 친화적인 미소가 있고 우정이나 친근감을 타전하는 사전 기별로서의 한 미소도 있다. 그러나 계속적으로 터져나오는 웃음은 웃음주체의 우월성의 확인 위에서 가능하다. 별 거 아닌 사람들이 힘과 돈을 거머쥐고 꼴값을 한다는 기조 위에서 세상이 우습게 보이고 따라서『재미있는 세상』이 되는 것이다.

그런데『재미있는 세상』의 관점은 결곡하고 정갈한 시선으로 내려다보는 고매한 관점이 아니다. 만약 그렇다 치면 작품의 기조는 비분강개하는 개탄조가 되었을 것이다. 힐난하고 호통치고 혀를 차는 노여움의 가락이 되었을 것이다. 그럴만한 화상들도 못 된다는 것이 작품의 기본 시각이다. 따라서 시종 일관 비웃음의 가락이 작품을 관통하고 있다. 그렇기 때문에 작중인물들이 모두 엇비슷한 대화언어를 발음하는 것으로 비치기도 한다.

병숙의 조부는 까막눈이고 병숙 자신도 정식교육과정은 짧아 얼마 전까지 바닷물 출입이나 하던 소녀이다. 그러나 세태를 익히고 비웃을 수 있는 능력에서는 누구 못지 않다. 비웃음이라는 작품의 논리가 어느 정도 작중인물을 획일화하고 있는 또 하나의 관습이다. 배금주의나 이기주의 못지 않게 작품 속에서 비웃음의 대상이 되어 있는 것은 정치인의 형태이다. 여당의원으로 나오는 김 의원은 가장 희화화(戱畵化)되어 나오는 작중인물의 하나이다. 상식이 정치인에게 요구하는 기본자질, 곧 정치적 경륜이나 보통 수준의 도덕적 기품, 또 현대인으로서의 기본 상식 등 그 어느 하나 갖춘 것이 없는 시정잡배로 등장한다. 남달리 구변이 좋은 것도 아니고 인정기미를 통찰하는 형안이 있는 것도 아니다. 작중 인물이 대체로 그렇듯이 영악스러운 눈치놀음에나 그나마 통달해 있는 셈이지만 마지막에는 숨은 경쟁자의 가능성마저 알아보지 못하고 실리적 타격을 받는 것을 보면 그것만도 아니다. 결국 한국정치에 대한 비웃음의 시선에 노출되어 희화 일변도로 그려지는 것이다. 최 노인이 시골아들에게 보낸 편지에는 대단히 시사적인 대목이 있다.

> "이런 식의 비유를 쓰니까 병숙이는 어째 사실보다도 비속해진다마는 성국아,
> 늬들 형제가 날로 비속해 가니, 일부러라도 이런 비속헌 비유를 안 쓸 수 없는
> 이 애비의 심정을 미루어 헤아려 다오. 누군 비속헌 소릴허고 싶어 하겠냐. 상대
> 가 그 정도로 밖에 먹히지 않을 때는 헐 수 없이 그런 방법이라도 쓰는 것이다."

작품 속을 시종일관 관통하는 비속한 입심의 발생을 간결하게 해명해 주고 있다. 모두들 도시로 떠나려 하고 도시인은 모두 이민을 획책하는 『재미있는 세상』 사람들은 한결같이 의젓하고 기품있는 화법에 값하지 못한다는 것이다. 이것이 『재미있는 세상』의 기본시각이다. 우리가 거기에 반드시 동의할 필요는 없지만 이해할 수는 있다. 이 점 이호철의 입심과 요설 능력이 마음껏 발휘되어 읽는 이로 하여금 배설적인 시원함을 지속적으로 맛보게 한다.

긍정적 인물로 그려진 병숙과 그 집안은 귀향하여 전래의 분수를 찾으려 한다. 반면 경망하면서도 잇속에 밝은 세거리집 사람들은 상경하고 경옥은 미국 이민 수속하는 것으로 희극 한마당이 끝난다. 병숙의 귀향은 개연성의 차원이 아니라 일관성이란 차원에서 우리에게 의문을 제기한다. 여덟 살에 섬을 헤엄쳐 왕래했고 가출소녀의 위기를 극복하여 신분상승을 성취한 맹렬여성으로서의 일관성도 문제이다. 그러나 더욱 크게 그녀의 건강한 자기회복의 원천이 무엇이냐 하는 의문이 남는다. 또 그녀의 건강한 사고와 귀향이 다시 20년이 지난 오늘에 와서 어떻게 평가될 수 있느냐 하는 문제도 제기된다. 그 점 서병숙은 작가의 희망적 관측과 소망의 인물이다. 최소한의 긍정적 장치로서 병숙의 귀향이 필요했던 것이다. 긍정의 장치는 가령 또 서 노인에게 수표를 돌려주는 몸팔이 여성의 삽화에서도 발견된다. 비웃음 밑에 깔린 온정에도 불구하고, 병숙의 귀향이 현실적이지 못했다는 오늘의 판단은 『재미있는 세상』이 제기하는 가장 큰 문제로 남게 될 것이다. 이것은 아마도 문학

내적인 문제만은 아닐 것이다. 인간의 훼손을 수반하지 않은 근대화나 산업화가 일찍이 이루어진 적이 있었는가 하는 더욱 큰 맥락 속에서나 그 해답이 모색될 수 있을 것이기 때문이다.

뿌리 내리기의 어려움

성민엽[*]

李浩哲의 두 장편소설, 『南風北風』과 『까레이 우라』를 역사소설이라는 이름으로 한데 묶는 것은 무슨 뜻인가. 『南風北風』은 1966년 초겨울부터 약 1년간 한 '이북 나기'가 겪은 남한 생활의 체험을 그리고 있다. 『까레이 우라』는 1910년 봄에 사형 당한 안중근의 삶과 죽음을 소설적으로 재구성하고 있다. 과거의 역사적 사실의 소설적 재현이 역사소설이라는 통념에 비추어 보면, 1980년대 중반에 씌어진 『까레이 우라』는 역사소설임이 분명하지만 1970년대 중반에 씌어진 『南風北風』은 역사소설이라 하기 곤란할 것 같다. 그럼에도 이 두 소설을 역사소설이라는 이름으로 한데 묶는 것에는 그 통념을 비판하고 그것을 넘어서고자 하는 의도가 담겨 있는 것일 터이다.

과거의 역사적 사실의 소설적 재현이 역사소설이라는 통념에 비추어 볼 때 『南風北風』이 역사소설이 아닌 것으로 생각되는 것은 두 가지 이유 때문이다. 하나는 그 통념에 있어서의 과거라는 어사의 의미 배포가 어느 정도 이상의 오랜 과거(그 한계가 명시적으로 밝혀진 바는 없지만)라는 점이다. 『南風北風』은 70년대 중반에 씌어 졌고, 60년대 중반의 시간을 다루고 있으니까 그 시차는 기껏해야 10년인 것이다. 다음은 그 통념에 있어서의 역사적 사실이란 대체로 역사적 대사건과 그와 관련한

비범한 인물들을 의미한다는 점이다. 『南風北風』은 평범한 인물의 일상과 신변을 그리고 있을 따름인 것이다.

그 두 가지 이유 중 후자의 것은 이제는 거의 문제가 되지 않는다. 다시 거론되는 게 새삼스러운 느낌이지만, 역사의 주체로서의 민중의 발견과 더불어 이른바 민중사 소설의 대두로 그런 식의 통념은 거의 극복되었기 때문이다. "재생산적 개체가 보다 평범하면 할수록 역사적 운동을 이끄는 그의 천분(天分)이 작으면 작을수록 그의 일상생활, 그의 직접적인 심적(心的) 생활 및 언어에 있어 그의 생활의 사회적 기초 속에서 일어나는 동요의 전체가 보다 명확하게 보다 감각적으로 나타난다"는 한 문학적 리얼리즘 이론가의 역사소설론과 이른바 민중사 소설의 관점은, 강조점의 차이는 있으나, 기본적으로는 대체로 일치한다. 『南風北風』이 얼마만큼 역사적 사건과 개인적 운명이 교차되는 곳에 자리잡고 있는가는 따로 평가되어야겠지만, 그것이 평범한 인물의 일상과 신변을 그리고 있는 점은, 위와 같은 관점에서 볼 때, 그것을 역사소설이 아닌 것으로 만드는 결정적 근거가 되지 못한다. 역사의 핵심이 사회사이고 그 인식의 주요 대상이 민중의 일상생활에 있다는 견해를 받아들인다면 그것이야말로 역사소설의 한 가능성의 발현으로 생각될 수 있는 것이다. 물론 역사의식의 결핍으로 인한 단순한 풍속 도로의 추락을 제외하고 말이다.

전자의 문제에 대해 말하자면, 『南風北風』의 배경이 되는 시간과 이 작품이 씌여진 시간이 크게 보아 동시대로 파악될 수 있다면 그것을 역사소설이라 부르는 데는 난점이 생겨난다. 그러나 그 동시대성 혹은 현재성이 역사로서의 현재로 다루어지고 있다면 그것을 넓은 의미에서 역사소설이라 부르지 못할 이유는 없다고 생각할 수 있다. 이 관점을 극단으로까지 밀고 나가면 역사의식의 본질적 작용이 전제된 모든 소설은 역사소설로 규정지어질 수 있다는 논리에까지 가 닿을 수도 있겠다.

이렇게 볼 때, 『南風北風』과 『까레이 우라』의 두 소설을 역사소설이라는 이름으로 한데 묶는 데는, 그 자체로, 역사 인식의 주요 대상으로서 민중의 일상생활을 중시해야 한다는 주장과 역사로서의 현재를 다루는 것까지로 역사소설의 개념의 폭을 넓혀야 한다는 주장이 담겨 있는 것이다.

그러나 나는 이 글에서, 이 두 소설의 역사소설로서의 성과를 검토하는 데 주안점을 두지 않으려 한다. 그 문제가 중요하지 않아서가 아니라, 그에 앞서 이 두 소설에 관류하는 작가 이호철 및 이호철 문학의 어떤 핵심과 만나 그것을 이해하는 일이 내게는 더 급하고 더 흥미로운 일이기 때문이다. 바꿔 말하면, 나는 『南風北風』과 『까레이 우라』의 두 소설을 역사소설로 읽기에 앞서 그냥 소설로서 읽고 싶은 것이다.

『南風北風』의 주인공 이준서는 분단으로 인한 실향민이다. 1966년에 서른다섯 살인 이준서는 함경도 출신으로 1950년 12월에 LST를 타고 단신 월남했다. 그는 아직 독신이며 하숙 생활을 전전하고 있고, 그의 생활 방식으로 보아 자유직업 종사자이다(명시되고 있지는 않지만 아마도 작가쯤인 것으로 보인다). 그러니까 이준서는 작가 이호철 자신과 많이 닮았다. 연보에 의하면 이호철은 1932년 함경도 원산에서 태어나 그곳에서 자랐고 1950년 12월 LST편으로 단신 월남했으며 1956년에 등단, 1967년에 결혼하여 가정을 이루었다. 그러나, 말할 것도 없이, 작중인물 이준서와 작가 이호철이 어디까지 같고 어디부터 다른가는 우리의 관점에서는 그다지 중요하지 않다. 다만 다음과 같은 정도의 애기는 할 수 있겠다. 『南風北風』의 핵심적 주제는, 당겨 말하면, 뿌리내리기의 어려움인데, 70년대 중반의 이호철이 1966년~67년의 시간을 배경으로 뿌리내리기의 어려움에 대해 말하고 있는 것은 무슨 뜻인가 하는 점이다. 외견상 1967년 이후의 작가 이호철은 이남 땅에 뿌리내리는 데 성공한 것처럼 보인다. 그는 결혼하여 가정을 이루었고 자식을 낳아 키웠고 이 땅의 사회·정치적 현실에 당당한 주체로서 참여하며 실천적 삶을 살았다. 그렇다면 『南風北風』의 쓰기는 흔한 회고 취미의 소산인가. 아니다 거기에는 그 쓰기의 시점에 있어서의 현재적 반성이 담겨 있다. 얼핏 뿌리내린 것으로 보이지만 실은 뿌리내리기의 어려움을 여전히 앓고 있는 게 아니가, 하는 반성이다. 이때 뿌리내리기의 어려움은, 월남한 이북나기가 이남에 사회적 및 실존적으로 정착하는 문제에 국한되지 않는다. 그것은 보다 보편적인 의미망을 형성한다.

즉 이 땅의 현실의 부황함이 이땅에 사는 사람들로 하여금 이 현실에 뿌리내리기 어렵게 만든다는 것이다. 그것은 월남한 이북나기만의 문제가 아니다. 뿌리 없는 삶의 뿌리내리기의 어려움은 은폐하고 그것을 뿌리박은 삶으로 착각하게 하는 이데올로기적 장치와 그것의 허위성을 직시하는 데 있어 이북나기 쪽이 보다 더 민감하게 반응할 수 있을지 모른다는 정도로 얘기될 수 있을 것이다. 그러니까 『南風北風』은, 이북나기의 체험이 보편적인 것으로 확대 혹은 승화되는 데에서 그 문화적 의미를 확보하는 것이다.

이준서의 뿌리내리기의 어려움은 집과 여자라는 두 모티브를 통해 집중적으로 나타난다. 월남하고서 16년이 지나도록 이준서는 홀몸으로 하숙집을 전전해 왔다. 어느날 문득 그는 집과 여자를 갖고 싶다는 절실한 욕망을 느낀다.

> [……] 무언가 가슴 한복판이 뭉클해지는 것이었다. '내 집'이나 '장가'라는 말
> 이 그전처럼 생소하지만은 않고 사무친 그리움 섞어 그의 가슴 한복판을 살그머
> 니 후비는 것이었다.
> '정말이군. 이젠 내 집도 갖고 싶고 장가도 들고 싶군.'
> 하고 갑자기 절실해졌다.

그 절실한 욕망은 뿌리내리기에의 욕망이다. 그 전까지는 이준서에게 그런 욕망이 없었던 것일까. 문맥으로 보아서는 그렇다. 아마도 그것은 귀향의 꿈을 지녀 왔고 그 실현이 가능하리라는 막연한 기대를 가졌기 때문일 것이다. 그 절실한 욕망의 대두는 분단의 고착화의 하중과 관계될 것이다. 그러나 그렇다고 해서 이준서에게 그런 욕망이 그 전에는 전혀 없었던 것일까? 그렇지 않을 것이다. 이준서는 60년대 초에 약간의 땅을 사둔 적이 있는데, 그때를 회상하는,

> 그렇게 등기부를 받아 쥔 날은 준서도 울컥 눈물이 나올 뻔하였다. [……] 아,
> 그때의 그 대견하던 느낌, 이제 비로소 대한민국의 옹근 한사람이 되었다는 느낌
> 이었고, 광동의 그 칠십평이라는 땅이 완전히 자기 것이요 이제야 그 땅 칠십 평
> 만큼 뿌리를 내렸다는 느낌이었던 것이지만, 한편으로 생각해 보면 얼마나 치사
> 스러운 얘기인가 말이다.(방점—인용자)

라는 대목에서 이준서가 귀향에의 꿈·기대와 뿌리내리기에의 욕망을 함께 가지고 있었음을 짐작할 수 있다. 그 욕망을 실현하기 위해 이준서는 집을 사고 여자를 소

개받는다.

『南風北風』의 줄거리는 이준서가 어떻게 집을 사서 사기를 당하는가와 여자를 만나 어떻게 헤어지게 되는가의 두 줄기의 얽힘으로 짜여져 있다. 그러니까 뿌리내리기가 얼마나, 어떻게 어려운가를 핍진하게 보여 주는 것이라 하겠다.

이준서의 친구 김광일 역시 마찬가지이다. 처음 그는, 결혼하여 가정을 이루고 삼십만원 짜리 전셋집에 살고 있는 것으로, 그러니까 월남한 이북나기로서 이남 땅에서 뿌리를 내린 것으로 나온다(그 부부에게는 자식이 없다. 그 뿌리내림의 허약함을 암시하는 것이리라). 그러나 그는 필경 아내를 버리고 미국으로 건너간다. 결국 뿌리내리는 데 실패하고 만 것이다.

그 실패의 원인은 무엇인가. 김광일의 예에서 그것은 얼핏 김광일 개인에게 달려 있는 문제인 것처럼 보인다.

이북 사람들이 월남하면서 몰고 온 바람은 이북 바람이 아니라 개개인 사정만큼의 반(反)이북 바람이었다.

제목 중 '북풍'이라는 말의 의미가 밝혀지는 대목이다. 반(反)이북 바람이란 북한 체제에서의 반체제적인 바람을 말한다. 그런데 김광일의 경우는 무척 특이한 것이다. 그는 북에서 학년 민청위원장을 지냈고 서울 점령 교내 궐기대회 때 첫 주자로 등단하여 "동무드을!" 하고 탁자를 꽝 치기까지 했던 것이다. 화자는 "김광일처럼 그 체제에 붙어 있다가 본의든 본의 아니든 배반한 꼴로 나온 사람들이 그후 걸어온 길은 더 비뚤어져 있고 도덕적으로 더 참담하다"고 진술한다. 그 비뚤어짐과 도덕적 참담함이 김광일로 하여금 아내를 버리게 했고 버림받은 아내로 하여금 "암튼, 이북사람 하나 잘못 만나서 난 이 지경 되었지요."라고 말하게 한다. 그러나 문제가 이토록 단순하지는 않을 것이다 그토록 단순하다면 "월북한 이북 사람들이 순진한 남쪽 사람들을 오염시켰다"라는 얘기를 성립시키는 데서 그칠 것이다.

여기서 '남풍'의 의미를 생각할 필요가 있다. 이준서에게 남한의 첫 인상은 '물큰한 분위기'라는 말로 표현되는 그런 것이었다. 소개받기로 한 노처녀 미스 정이 다닌다는 코리아 헤럴드 회화강습소 앞에서 배회하는 이준서에게 '그 물큰하던 첫인상'이 뚜렷하게 되살아 오른다. '물큰'을 국어사전은 '냄새가 한꺼번에 확 끼치는 모양'이라고 풀이하고 있다. 그 냄새는 대체로 썩은 냄새 등의 악취이다. 그것이 '남풍'이다. 부황하고 황폐한 오염된 풍속인 것이다. 그것은 일종의 큰 수렁이다. 그 수렁 속에서 대부분의 사람들은 아글타글하며 허구에 매달려 헛바퀴돌 뿐이다. 화자는 이렇게 말한다.

> 6·25는 이땅을 물리적으로 잿더미로 만들었지만, 그 후의 17년 동안은 사람들로 하여금 정신적으로 도덕적으로 속속들이 황폐한 잿더미로 만들어 버린 것이 아닌가.

김광일의 타락에 그 자신의 몫이 있음은 말할 나위 없겠으나, 이 '남풍'의 몫도 그 이상으로 있는 것이다. '남풍'에 잘 적응하는 것이 뿌리내리는 일과 같지 않다는 점을 증언할 필요가 있을까. 얼핏 뿌리내린 것으로 보이겠으나 실은 허구인 것을! 그 뿌리는 들뜬 채 썩어갈 뿐이다. 김광일이 바로 그랬고, 이준서로 하여금 "그새 대한민국 사회에 깊숙이 들어가서 별별 오만 가지 일을 다 겪고 벌써 저 지경으로 지치고 퇴물이 되어가고 있"다고 느끼게 하는 송완혁이 그렇다. 뿌리를 내리지도 못하고 '남풍'에 잘 적응하지도 못하는 이준서는 스스로를 타락한 것으로 느낀다.

그 뿌리내리기의 어려움은 이남나기들에게도 마찬가지이다. 이성영이 그 대표격이고 미스 정, 미스 주, 미세스 최, 그리고 그 밖의 여러 인물들, 심지어는 일급 부역자로 징역을 살고 나와 이준서의 사기당한 집을 가로채려는 자에 이르기까지 김광일·송완혁·이준서의 꼴을 나누어 가지고 있는 것이다.

그런데 『南風北風』이 여기서 멈추었다면 이 작품은 패배주의로의 함몰이라는 혐의를 벗지 못할 것이다. 확연하게는 아니지만 이호철은 한 걸음 더 나아가고 있다. 이성영의 돌산 관리를 맡고 있는, 역사 이북나기인 사람에게서 이준서는 건강함을 본다.

> 우리 사회의 오탁(汚濁) 속에 송두리째 코를 쑤셔 박고 살고 있으면서도 그만은 전혀 오염되어 있어 보이지가 않았다. 그것은 어디서 연유하는 느낌일까. 그가 소

박한 농삿군 출신이었다는 데 있는 것이나 아닐까.

이 진술 자체가 다소 소박한 것이기는 하나, 그 건강함은 뿌리내리기의 모습이거나 적어도 그 가능성이라는 의미 내용을 갖는다. 이준서는 김광일에게도 그 길이 있다고 생각한다. 그 길이란 '개개적으로 제가 저질러서 생겨진 비뚤어진 인간 관계들을 하나 하나 제 책임 밑에 회복해 가는 길'이다. 그렇다면 이준서에게는 어떤 길이 있는가. 그 질문만이 암시적으로 제시될 뿐 작품 속에 답은 주어지고 있지 않으나, 이를 우리는 작가 이호철의 삶과 관련지어 생각해 볼 수 있다. 70년대 이후의 이호철의 실천적 삶 말이다 이렇게 보면, 뿌리내리기란 이제 사회적 실천과 현실 변혁의 과정 속에 존재하는 것으로 의미 변환되게 되는 게 아닌가. 『南風北風』은 그 의미 변환의 바로 앞자리에 서 있다.

『까레이 우라』 역시 통념상으로 기대되는 역사소설과는 다소 거리가 있다. 그 거리는 고전적 리얼리즘 소설의 틀을 벗어나는 데서 생겨난다. 이등박문의 개인사와 명치 유신 이후의 일본의 정치사, 그리고 조선의 상황 등이 상당 분량에 걸쳐 개괄적으로 진술되고 있는 것이다. 이 소설에 대해 작가가 '역사상황소설'이라고 이름 붙인 것은 그 때문이다. 그 개괄적 진술이 얼마나 사실에 부합하는가, 그리고 어떤 역사해석에 입각하고 있는가 등이 검토될 필요가 있음은 물론이나, 여기서는 그 검토 작업을 생략하고 이 작품의 소설적 구성의 문제로 곧장 뛰어들기로 하겠다.

『까레이 우라』가 안중근의 전기가 아님을 우선 지적해야 겠다. 안중근의 출생에서부터 성장 과정을 거쳐 의거 그리고 죽음에 이르기까지를 연대기적으로 서술하고 있지 않은 것이다. 이 작품에는 안중근에 관한 한 세 가지 시간대가 겹쳐지고 있다. 표면의 시간은 안중근의 사형이 집행되기 하루 전의 몇 시간 동안이다. 안중근은 마지막 면회를 마치고 감방으로 돌아와 여러 가지 상념에 휩싸이고 있다. 그 밑의 시간대는 안중근이 노우키에프스크를 떠나 블라디보스톡을 거쳐 하얼삔에 도착, 이등박문을 처단하기까지의 며칠간이다. 그 며칠간은 감방 속의 안중근의 회상을 통해 서술된다. 다시 그 밑에는 안중근의 성장 과정 중의 몇몇 단편들과 이른바 을사보호조약 이후의 안중근의 국내에서의 활동과 노령에서의 활동이 속하는 가장 앞선 시간대가 놓여 있다. 구체적으로 살피면 이렇다. 『까레이 우라』는 아홉 개의 장(章)과 에필로그로 이루어져 있다. 그 중 네 개의 장(제1, 3, 5, 6장)은 그 소설 공간이 여순 감옥 안에서의 안중근의 상념의 모습으로 열려서 다시 그 상념의 모습으로 닫히며, 세 개의 장(제2, 4, 7장)은 그 소설 공간의 열림만 그 상념의 모습에 의한다. 나머지 두 개의 장(제8, 9장)에만 그 상념의 모습이 나타나지 않는데, 여기서는 하얼삔에 도착한 뒤 거사를 준비하여 완수 하기까지(이등박문을 저격하고 '까레이 우라'를 — 러시아어로 '대한민국 만세'를 — 세 번 외치기까지)를 박진하게 묘사하고 있다. 이 구성 방식에 주목해야 한다. 이것은, 그 중 두 번째 시간대를 표면의 시간으로 하는 (즉, 안중근이 이등박문을 처단할 계획을 세우고 마침내 사살하기까지를 서술하는) 것과 근본적으로 의미 위상을 달리하는 것이다. 말하자면 그것의 의미 위상은 영웅적 행위 자체에 놓여 있는 것이 아니라 그 행위 이후의 성찰에 놓여 있는 것이다.

죽음을 하루 앞두고 자기 삶을 반성적으로 성찰한다는 것은 자연스러운 일이지만, 『까레이 우라』의 안중근의 경우, 첫째 그가 매사를 급하게 충동적으로 결정하는 성격이라는 점 때문에(그 급한 성격을 염려하여 그의 조부가 본명 應七을 重根으로 바꾸어 주었을 정도이다. 안중근이 노우키에프스크를 떠나 블라디보스톡으로 가게 되는 모습을 "온몸은 열에 뜬 것 같고 까닭 모를 흥분 속에 휘감겨 어찌할 바를 몰랐다."라고 작가는 묘사하고 있다), 그리고 둘째, 저격당한 이등박문이 죽기 직전 "바카나 야쓰(바보자식)"라고 내뱉었다는 사실 때문에 자연스러움 이상의 어떤 절박성을 띠는 것으로 나타난다. 말하자면 안중근은 성찰을 통해 자기 행위의 정당성과 의미를 재확인하는 것이다.

이등박문의 암살은 본래 어떤 의도에서 행해진 것인가. 거기에 직접 관련되는 것은 당시 노령의 의병 활동의 막힌 상황이다. 거듭되는 국내 진공작전은 예외없이 실패로 돌아가고 거기에 겹쳐 일본의 분열, 교란 공작이 가해짐에 따라 독립운동 전선은 심각하게 분열되고 있었다. 이 막힌 상황을 일거에 극복하기 위한 큰 전기의 마련이 이등박문 암살의 의도였다. 그 노령 의병의 막힌 상황은 노령 의병의 문제만이 아니라 반일 민족운동 전체의 문제로서 보편성을 띤다. 그러니까 안중근의 거사는 반일 민족운동의 고조를 겨냥하는 것이었고 또 한편으로는 일본 제국주의에 대한 경고였던 것이다.

그렇다면 왜 이등박문인가, 하는 의문이 제기될 수 있다. 일본 정국 안에서의 이등박문은 이른바 문치적 평화주인적 합리주의의 대표자이다. 이등박문이, 저격자가 한국인이라는 말을 듣고 "바보자식"이라고 내뱉는 것은, 그런 맥락에서 자신의 죽음이 일본내의 군부를 중심으로 한 무단적 급진주의의 득세를 불러올 것이고, 그렇게 되면 조선의 피해는 더 커질 것이라는 생각이 그 밑에 놓여 있을 수 있는 것이다. 안중근에게 그늘을 드리우는 게 바로 그에 대한 막연한 짐작이다. 안중근은, 이등박문이 을사 보호조약의 체결을 강압적으로 수행하는 장본인이며 그리하여 통감부의 초대 조선통감을 지냈고 한일합방 계획에 대해 적극론을 폈다는 사실들을 자신의 근거로 확인한다. 그 확인이 그로 하여금 다음과 같이 말하게 한다.

> 그렇지. 그런 자질한 일들은 모를수록 좋아. 지금도 모르지만, 몰라서 대체 어쨌다는 말인가. 그 일을 결행하는데 있어서도 그랬어. 제 나라 잇속을 위해 우리 나라를 짓밟고, 이 나라를 송두리째 집어먹을 갖가지 계교를 꾸며낸 장본인이었다는 것, 그 자에 관해 그 이상 더 무엇을 알았어야 했다는 말인가. 그 자에 대해 모르기는 지금도 마찬가지야. 그리하여 조금이나마 여한이 있을 까닭은 없어. 나는 드디어 그 일을 해냈거든. 우리 나라를 송두리째 집어삼키려고 함으로써 이 지역의 평화를 위협하는 현 일본정치에 대한 이 민족의 활기찬 증거의 본보기로서, 그 자는 내 눈앞에 나섰던 것이야. 따라서 이미 이또오 개인은 문제도 아니야. 나의 이 일본에 대한 경고의 파장이, 그리고 우리 민족으로서는 이 불씨가 뜨겁게 타올라서 어느 만큼 퍼져나갈 것이냐 하는 것이야.

안중근의 이 독백은 의심의 여지없이 옳다. 그러나 거기에는 이등박문의 정치노선에 대한 상대적인 긍정적 평가가 전제되어 있는 셈이다. 그 점을 두고 시인 김정환은, 도서출판 한겨레가 『까레이 우라』의 발문에서, "이등박문의 문치적 평화주의적 합리주의에 약간의 애정을 보일 만큼 자상"하다고 쓰고 있다. 과연 그렇게 볼 수 있을까. 아니다. 이등박문이든 일본 군부든, 제국주의라는 점에서는 동일하다. 그들의 차이는 전략상의 차이일 뿐이다. 제4장 말미에서 이등박문 자신의 입에 올려지고 있듯이, 이등박문의 제국주의적 대외전략은 '회유 농락정책'이라는 표현으로 집약될 수 있는 것이다. 가령, 복거일의 장편소설 『碑銘을 찾아서』가 이등박문이 암살을 모면했다는 가정 아래 펼쳐보이는 가상역사는 80년대 한국이 어떻게 회유·농락당하고 있는가를 핍진하게 보여 주는데, 그 상황은 얼마나 비참한 것인지!

아무튼 에필로그에서 묘사되는 다음과 같은 안중근의 모습은 대단히 인상적이다. 좀 길지만 인용해 보자.

> 자, 이제 완전히 끝났다, 하고 마음 속으로 중얼거리며 그는 팔깍지를 끼고 가만히 앉았다. 마음은 더 바랄 수 없을 정도로 맑아왔다. 이따금 그런저런 얼굴들이 흘낏흘낏 눈앞에 스쳐 지나갔다. 어머니, 아내, 두 아이의 얼굴이 가지런히 보이기도 하고 따로 따로 나타나기도 하였다.
>
> 그는 문득 "대한독립만세" 하고 온힘을 다 내어 목청껏 소리를 지르고 싶은 충동을 느끼곤 하였으나, 지금에 와서는 그러는 것도 부질없는 일로 여겨졌다.
>
> 그는 이따금 입가에 엷은 웃음을 흘리곤 하였다. 사람의 산다는 것이 이런 것이고, 죽는다는 게 이런 것인가. 지금의 이 느낌은 흔한 말의 세계를 훨씬 뛰어넘는 그런 것이었다.
>
> 그러자 문득, 그는 온몸을 부르르 떨며 두 눈을 크게 벌려 떠, 맞은편 벽을 뚫어지게 쳐다보면서 중얼거렸다. "아니지, 다아 끝나다니. 아니지. 아아, 그러고 보니까, 난 그 문제는 뒤로 미루어 오기만 했었구나. 아니 미루어 온 게 아니라…"
>
> 그는 갑자기 생나무 넘어지듯이 두 무릎을 꿇으며 조용히 가슴에다 성호를 그었다.
>
> "아, 주여, 당신의 아들을 어여삐 여기사, 당신의 품에 받아 주시오소서. 저는 확신이었나이다. 이승 사는 만큼으로 끝내 주님 뜻을 좇았사온즉, 이제 주님의 뜻대로 하시오소서."

이 인상적 묘사가, 나로서는, 몹시 안타깝게 느껴진다. 이것이 하나의 경지라면, 안중근의 그에의 도달 과정을 이 작품은 충분히 보여 주지 못하였기 때문이다. 이등박문 문제에 주어진 비중이 너무 컸기 때문일까. 혹은 작가의 어떤 계몽적 의도가 적절히 절제되지 못했기 때문일까. 이를테면, 민족운동의 투쟁의 신념과 '주님 뜻'과의 일치는 이처럼 부가될 수 있는 것이 아니라 고뇌어린 과정 속에서 생성·존재하는 것일 터이다.

이제 마무리를 지어야겠다. 앞에서 살펴본 『南風北風』의 뿌리내리기의 문제와 『까레이 우라』는 어떻게 연결되는가. 『南風北風』이, 뿌리내리기가 사회적 실천과 현실 변혁의 과정 속에 존재하는 것으로 의미 변환되는 바로 앞자리에 자리하고 있다고 앞에서 지적한 바 있거니와, 그에 견주면 『까레이 우라』는 그 의미 변환된 뿌리내리기의 한 추구라 할 수 있다. 자주적 민족국가의 한갓 식민지로의 전락이야 말로 뿌리뽑힘의 민족적 양상이 아닌가. 그때 뿌리내리기란 민족운동의 실천 속에 존재하는 것이다. 월남 실향민으로부터 민족 현실로 뿌리내리기의 의미를 심화·확대해 온 이호철에게 경하의 뜻을 표하고 싶다.

역사의 격류를 헤쳐 나가기
— 개화와 척사

전영태*

1. 오래된 새로운 소설

분단의 원인을 규명하는 방안과 분단극복을 모색하는 방법은 여러 가지가 있다. 그 많은 방안과 방법이 제시되고 있음에도 8·15이후 지금까지 거의 한치도 달라지지 않은 분단상태에서, 또 다시 방안과 방법을 궁리해야 하는 우리의 형편이 안타깝기만 하다. 동구의 대변혁과 소련의 해체라는 국제사회의 대개편을 거치면서도 한반도의 상황은 예전이나 지금이나 다를 바가 없다.

안타까움을 넘어서서 통탄에 이르는 이러한 상황에서 벗어나가기 위해서 우리의 근대사를 다시 더듬어 보고, 그 속에서 통일의 방안을 찾아보려는 지적 모험의 결과가 『개화와 척사』라는 작품으로 산출되었다. 이 시대의 현실을 단절된 국면으로 보려는 경향 때문에 분단상황이 더욱 공고해진다는 사실, 분단의 원인을 민족사 외부에서 찾으려고 했기 때문에 분단현실의 바깥에서 맴돌게 되었다는 사실 등을 소설의 형식을 빌어 새삼 일깨워 주고 있는 작품이다.

이 작품은 '소설의 형식'이라는 측면에서부터 놀라운 충격을 가하고 있다. 소설을 이끌어 가는 사유의 방식부터 색다르다. 문학이 형상적 사유에 의해서 구성된다

---

* 문학평론가·중앙대 교수.

는 기본적인 합의를 깨뜨리고 추상적·개념적 사유를 과감하게 도입하여 진실의 핵심 속으로 직접 파고들어간다. 극단적으로 말하면 역사를 소설화하는 것이 아니라 소설을 역사화하려는 작가의 의도를 확인할 수 있다.

왜 이런 형식을 취하게 되었을까? 그 까닭은 역사를 대하는 작가의 진실성과 현실의 문제를 해결하려는 급박한 의무감에서 찾아야 할 것이다. 역사를 제재로 한 형식적인 미학을 거부하는 것은 주제 자체가 미학적 발상으로 지탱하기 어려운 역사적 무게를 지니고 있기 때문이고, 통상적 소설의 틀을 벗어난 문제제기의 방법을 채택한 것은 작가가 제기하려는 문제를 기존소설의 형식으로 가둘 수 없기 때문이다.

역사소설을 "통속적 전기류나 중세의 로맨스와 구분되는 근대적인 장편소설로서, 현재와 획기적으로 구분될 수 있는, 적어도 두 세대 이전의 과거사를 명백히 역사적 과거라는 의식하에 형상화한 소설"(강영주, 「한국역사소설의 재인식」, 창작과 비평사, 18쪽)이라 정의한다면, 『개화와 척사』역시 역사소설임이 분명하다. 이 작품의 특성을 보다 명확하게 밝힌다면, "당대의 현실문제와 대결할 용기와 의욕이 결여된 작가들이 과거로 도피하고자 하는 의도에서" 쓰여진 소설이나 "과거를 현재에 대한 비유로써 형상화하고자 하는 역사소설"이 아니고, "과거의 역사를 현재의 전사로서 진실하게 묘사하려는 역사소설"이다.

『개화와 척사』가 이런 종류의 역사소설이라는 점은 논의의 진행을 통해서 소상하게 밝혀질 것이다. 앞서 현실의 문제를 해결하려는 "급박한 의무감"이 이 작품의 창작 동인(動因) 중 하나라고 밝혔지만, "급박한 의무감 때문에 작가의 주관적 의도에 부합하도록 역사적 사실을 왜곡·과장·미화·단순화하려는 경향을 이 작품의 어디에서도 찾아볼 수 없다. 오히려 자신의 의도에 반하는 역사적 사실까지 제시하여, 논리적 일관성을 위태롭게 하는, 역사를 대하는 작가의 진실성이 작품의 곳곳에서 나타나고 있다.

따라서 이 작품을 요즈음 유행하고 있는 "대체역사소설"의 맥락에서 살필 수 없는 것은 당연하다. 복거일의 『비명을 찾아서』와 이문열의 『우리 행복해지기까지』 등은 없었던 역사를 작의적으로 만들어서 역사에 대한 공상력과 상상력을 적절하게 자극시키는 작품들이다. 이런 종류의 소설은 나름대로 적당한 미덕을 가지고 있다. 역사에 대한 호기심을 촉구시키고, 역사적 사실의 이면을 탐구하게 하며, 역사와 현실이 어떻게 접합되는지 그 연관관계를 해명한다. 그러나 이런 소설은 "역사소설"이 아니라 어디까지나 "대체역사소설"이다.

최근에 한 평자는 이런 종류의 소설을 "황당무계한 「정감록」"이라고 규정한 바 있고, 이에 대한 작가의 격렬한 반발이 제기된 바 있는데, 소설적 자유의 부산물이 "대체역사소설"이라고 한다면 이에 대한 감정적 거부나 지나친 옹호, 어느 쪽도 정당한 의견표명이라고 보기는 어렵다.

『개화와 척사』는 박래적인 소설의 형태인 대체역사소설보다는 전래적인 몽유록계의 소설에 근접하고 있다. 자생적인 문화 형태가 외래적인 것보다 반드시 우월한 것도 아니고, 근대소설이란 개념이 원래 외래적인 것이어서, 이 작품과 몽유록계 소설의 연관성은 작품의 가치평가와 아무런 상관이 없다. 다만 전혀 새롭게 보이는 이 작품의 형식이 전통적인 소설 형식의 하나인 몽유록계 소설과 유사해 보이는 것이 자못 흥미롭다. 작가가 몽유록계의 소설을 전혀 의식하지 않고 이런 형태의 소설을 썼다면, 그것은 더 흥미로운 일이다.

몽유록계 소설은 꿈을 통하여 경험한 사실을 서술한다. 작가 자신이나 주요 등장인물의 꿈이 주요제재인데, 『개화와 척사』에는 꿈이 주도(主導)동기의 역할을 하지 않는다는 점에서 몽유록계 소설과 구별된다. 그러나 백일몽으로든 한밤의 꿈속으로든 후대의 인물과 만나서 영향력을 행사하려는 내용에서 몽유록계 소설과 유사점을 보인다. 매월당 김시습의 『원생몽유록(元生夢遊錄)』에서 신채호의 『몽견제갈량(夢見諸葛亮)』에 이르기까지 조선초부터 구한말에 이르는 몽유록의 흐름에 이 작품은 가까이 하고 있다. 작품의 무대가 천상이나 가상의 세계로 설정된 점, 현세에서의 불평·불만과, 실패·영락을 몽유의 세계에서 역전시키거나 재해석하는 내용, 정치적 간섭을 배제하려는 의도 등을 몽유록계 소설에 대한 접근으로 해석할 수 있다.

『개화와 척사』를 쓰기 위해 개항기의 문인들의 전집을 독파하면서, 박은식의 『서사건국지(瑞士建國誌)』, 신채호의 『이태리건국삼걸전』, 앞서 예거한 『몽견제갈량』, 그리고 『꿈하늘』, 『용과 용의 대격전』 등의 작품을 수용하는 과정에서 몽유록적 특성이 작품 속에 자연스럽게 흘러 들어갔을 것으로 추정할 따름이다. 특히 신채호의 영향을 추측할 수 있는데 작품의 여기저기에 인용된 신채호의 글은 작가가 신채호를 깊이있게 이해하고 상당한 영향을 받았다는 근거로 판단된다.

신채호는 「소설가의 속세」라는 글에서 소설을 국민의 나침반이라고 역설한다.

> 소설은 국민의 나침반이라 기설(其說)이 이(里)하고 기필(其筆)이 교(巧)하며 목
> 불식정(目不識丁)의 노동자라도 소설을 능독(能讀)치 못할 자 일무(一無)하며, 우
> (又)기독(其讀)치 아니할 자 일무하므로 소설이 국민을 약한 데로 도하면 국민이
> 약하며, 정(正)한 데로 도하면 정하며, 사(邪)한 데로 도하면 사하나니,[1]

소설이 정치사상과 세도풍속(世道風俗)에 대하여 커다란 영향력이 있음에도 국민들은 그 정교를 패괴(敗壞)케 한 재래소설을 좋아하는데, 이를 선도해 나가려면 국민의 나침반 역할을 할 새로운 소설을 써야 한다는 것이 단재의 주장이다. 이러한 견해와 『개화와 척사』에 담긴 내용은 기본적으론 그 궤를 같이한다. 역사를 흥미거리로 여기지 말고 역사 속에서 현재 고통의 원인을 발견해내야 하고, 그것을 실천의 원리로 삼아야 한다는 당위적 결론을 도출하는 것이다.

이렇게 보면, 『개화와 척사』는 형식적인 면에서부터 과거에서 현재에 이르는 한국적 전통을 충실하게 재현하고 있는 작품이라 할 것이다. 몽유록계의 소설을 연상하게 만들면서 애국계몽기의 소설관을 적절하게 흡수하고, 이것을 종래에 없었던 새로운 형식으로 펼쳐나가는 작품 전개의 구도에 주목할 필요가 있다. 이해조의 『자유종』을 떠올리게 하는 토론체 소설의 골격을 유지하면서 관념소설에 근접하고, 이것을 다시 역사소설의 궤도로 진입시키는 여러 형식의 묘한 접목 기술은 젊은 작가의 실험정신의 차원을 넘어선다.

그러나 『개화와 척사』는 형식보다는 내용의 전달에 치중한 작품이다. 스타일은 부수적인 요소에 불과할 뿐인데, 그럼에도 장황하게 형식적 특성 해명에 치우친 것은, 작가가 신기한 형식에 매달려 내용의 미학적 분식(粉飾)이나 독자의 일시적 호기심을 자극시키는 것에 관심을 가지지 않았다는 점을 역설적으로 증명하기 위해

---

1) 신채호전집 병집, 81쪽.

서이다. 좀더 거칠게 말하면 새로운 형태로 낙양의 지가를 올려보겠다는 상업적 욕심이 노골적인 것이 아니라는 이야기이다. 가상정치소설이 독자의 호기심을 극대화하는 풍토 속에서, 또는 대체역사소설이 역사적 흥미를 팽배케하는 문화 상황에서, 그런 종류의 소설과 한꺼번에 휩쓸리는 것을 거부하는 구조를 갖춘 작품이『개화와 척사』라는 말이다. 이런 말 때문에 그런 작가나 그런 출판사가 뜨끔함을 느낄 것인지 아니지는 불분명하지만…….

2. 끝없이 메아리쳐 이어지는 말

『개화와 척사』에는 익종 시대부터 오늘에 이르기까지 근대사에 명멸했던 수많은 인사들이 시공을 뛰어넘어 의견을 교환한다. 그들은 생존 당시의 자신의 처지나 태도를 설명하기도 하고, 과오를 인정·해명·변명하고, 오늘의 현실을 개탄하거나 내일에 대한 전망을 시도하기도 한다. 그들의 이야기는 들을 만한 가치가 있는 것도 그렇지 않은 것도 있다. 이야기의 본류에서 벗어난 지루한 신세한탄도 전개된다. 역사의 본질에 접근하는 이야기도 있고 그렇지 않은 것도 있다.

그렇다면『개화와 척사』류의 소설을 읽기보다는 예를 들어 강만길의 근·현대사 책을 읽는 것이 낫지 않을까? 역사 그 자체에 진입하는 것이 소설이라는 우회로를 통해 에워 돌아가는 것보다 효과적인 것이 아닐까? 이 작품을 읽다 보면 저절로 이런 의문에 빠지게 된다. 이에 대한 해답은 이 작품에 나와 있다.

역사책은 글을 통해 역사적 사실의 진행과 그 결과를 완결적으로 서술한다. 불분명한 원인을 최대한 명확하게 밝히고, 확실하게 정리할 수 없는 결과도 가능한 한 도내에서 확정짓는다. 거대한 줄거리를 가진 이야기가 역사의 지향점을 향해 매진해 나아가는 것이 역사적 서술의 특징이다.

그런데『개화와 척사』는 글로 정착되기는 했지만 글보다는 말을 중요시한다. 끝없는 말의 잔치, 일종의 향연이 불분명한 무대에서 잇달아 펼쳐진다. 역사책에서 읽을 수 없었던 대화를 통해 등장인물의 사상·생활의 여러 측면을 약여하게 파악할 수 있다. 작가는 자신의 목소리를 극단적으로 억제하고 작중인물의 목소리를 그 육감적인 면까지 전달하려고 애를 쓴다. 문자언어가 아닌 음성언어 중심의 끝없는 대화는 등장인물들이 살았던 역사적 ·현실적 분위기를 재현하는 데 큰 역할을 한다. 작가가 여러 종류의 역사서적과 논문을 통해 습득한 지식들이 글이 아닌 말로 유창하게 전개되는 것이다.

『개화와 척사』의 이러한 음성언어 중심의 전달체계는 요즈음 그 주장의 강도를 높이고 있는 해체주의나 포스트 모더니즘의 발상과 극단적으로 대립된다. 기존의 철학체계는 음성언어 중심의 언어체계라고 규정하고, 그것에서 비롯되는 이성중심 체계의 사고 방식에 일대 타격을 가하려는 것이 해체주의의 기도이다. 삶·언어· 역사를 어떤 궁극적인 목적에 비추어 중요성의 등차에 딸라 질서를 부여하고 순서를 매겨 그 서열을 정하는 목적론은 이제 필요없다는 것이다.

따라서 해체주의의 관점에서 보면 『개화와 척사』의 논리 구조는 케케묵은 옛날 것의 재탕에 지나지 않는다. 단순한 재탕이 아니라 강화라고도 볼 수 있다. 해체주의의 이런 관점과 극단적으로 대립한다는 점에서 『개화와 척사』의 의미는 놓여 있다. 해체주의가 이땅의 지성적 논리구조로 작용하기에는 이 땅의 역사와 현실은 비해체주의적 요소로 가득 차 있다는 것을 이 작품은 보여준다. 그렇게 많은 대화를 나누어도 미진한 문제가 산적해 있고, 중요성의 등차에 따라 질서를 부여하기에는 너무나 많은 시간이 소요된다는 사실을 작품 속에서 적시(摘示)한다.

해체주의의 바탕인 기호학은 원래 진실을 추구하지 않는다. 진리의 향방이 문제가 아니라 기표의 작동에 초점을 맞추는 기호학은 의미화 작업의 기호, 의미생산에 사용되는 기호체계를 밝히려 한다. 따라서 기호학에서 비롯된 해체주의는 진실을 연구하는 학문이 아니라 "담론체계"에 관한 특수성을 해명하는 지적 관심의 극대화된 영역이다. 지적 유희의 장점에서 행복한 고민을 하는 저편에서 음성언어 중심의 사고체계를 극렬하게 비난한다고 할지라도, 이편은 아직도 다 말하지 못하고 있는 말들을 소리를 높여 외쳐야 한다.

그 외침들이 메아리처럼 지상계와 천상계를 왕래하면서 반향하는 상태를 나타내려 한 것이 『개화와 척사』이다. 신채호가 죽어서도 자신의 주의 주장을 굽히지 않고 외치는 장면을 보고, 박규수와 박은식이 대화를 나누는 대목을 보자.

　　"단재는 언제부터 저러시는가?"

　　"언제랄 것이 없고 살아 생전이나 지금이나, 한결같사옵니다. 오직 한결같이
저 소리옵니다."

　　"그 점, 어느 점으로는 지금 북쪽의 저 사람과도 닮았구면, 세상이 어찌 되든,
애오라지 한결 같은 것은, 그러기도 여간해서는 쉽지 않으이. 다만 다른 점이 있
다면, 북쪽 저 사람은 살아서 저러고 있고, 단재 저이는 저승에서까지 저러고 있
는 점이구면."

　　"그렇게 보신다면, 선생님이 생각하듯이 두 사람을 만나보게 하는 것도 괜찮음
직 하긴 합니다만, 그것이 어떤 활로(活路)로 이어지지는 못할 것이옵니다. [
……]"

　이 대화에는 단재의 사상적 변화―영웅숭배적 민족주의에서 아나키즘에 대한
경도가 언급되고 있지 않다. 이것은 일면 김일성과 상통하는 고집불통의 태도를 강
조하기 위해서 그렇게 서술했을 것이다. 신채호의 음성중심적 주장이 김일성의 주
장과 같다는 것을 강조하는 것이 아니라, 주장을 표출하는 태도가 유사하다는 것을
명시하고 있다. 지상계와 천상계에 그런 태도가 공존하고 있는 것을 밝혀, 역사의
배면에 깔린 인간의 모습을 재조명한다. 이 경우 단재는 역사적 인물에서 현실의
인물로 변신한다. 『개화와 척사』의 언어중심체계는 단순한 로고스의 향연에서 벗
어나 말로 이해될 수 없는 역사와 현실, 생활에 대한 태도를 측정하는 시험장을 마
련하려고 한다.

　이 시험장에 등장하는 두 무리의 인간군은 개화파와 척사파로 분류된다. 근대화
태동기에서 오늘에 이르는 근대사를 이런 식의 이항대립으로 파악하고자 한 것은
일찍이 없었던 시도이다. 특히 북쪽은 척사를 이어받고 남쪽은 개화를 계승한다는
구도는 선뜻 수용하기 어려운 견해이기도 하다. 역사를 이항대립으로 파악하여 너
무 단순화한 것은 아닌지, 이러저러한 예외를 제쳐놓고 논리 전개에 합당한 인물들
만 등장시킨 것은 아닌지, 구한말 개항기의 시대적 쟁점을 위·아래로 확산시킨 것
은 아닌지, 소설 전편을 읽으면서도 그렇고 다 읽고 나서도 여전히 그런 의문을 떠
올리지 않을 수 없다.

　사실 이 전제를 수용하지 않는다면 이 소설의 역사논리에 동감할 수 없고, 작품

의 현실적 가치에 대해서도 수긍할 수 없다. 작가가 가장 힘을 기울여 고민한 부분도 이 부근일 것이다. 그래서 예단적으로 생각하는 개화파의 논리에서 벗어난 활동을 벌인 인물을 등장시키기도 하고, 수구지향적 가치기준에서 멀리 떨어진 척사파의 인물을 무대에 들어서게 하기도 한다. 이러한 작가의 노력을 종합해서 판단하면 개화와 척사의 대립을 역사소설의 논리로 확립시키고 있다고 생각한다. 다시 말해서, 역사의 논리로 학문적으로 밀어붙이기보다는 역사소설의 논리로 소설적으로 관철시키려는 것이다. 물론 그 반대의 경우도 예상할 수 있지만, 만약 그렇다면 그런 주장의 설득력은 논리의 생경한 뼈대에서 비롯된 것이 될 터라서, 소설적 설득력이 갖는 힘살의 두툼함과 폭넓은 감정의 공감대를 형성하지 못할 것이다. 이념의 뼈대에 현실의 근육과 신경체계를 부여하는 것이 소설이라면, 역사소설의 논리로 개화와 척사를 대립시키는 것이 더 큰 영향력을 행사할 것이다.

개화와 척사라는 거대한 상징체계의 대립으로 인해 빚어진 근대사의 분열과 분단의 획정, 이것을 우화가 아닌 현재의 전사로서 그려낸 작품이 『개화와 척사』이다. 루카치의 견해에 따르면, 역사소설은 현재의 이념을 역사적 제재에다 일방적으로 "투사"할 것이 아니라, 현재의 성립사라는 관점하에서 과거를 생생히 묘사함으로써 현재에 대한 우리의 인식을 좀더 풍부하게 하는 것이 바람직하다. 이 작품은 그러한 "투사"의 유혹을 강하게 느끼면서도(작가의 머리말을 보면 철저하게 "투사"한 것처럼 여겨지기도 하나), 정작 작품에서는 그것을 극복하고 현재의 성립사를 탐구하고 있다.

"급박한 의무감"이 아니라면 이만큼의 공부와 조사와 정열로 이 작품의 분량보다 몇 갑절 부피의 소설로 늘여 쓸 수도 있었을 것이다. 그리고 한 대목씩 확대하여 일련의 중편소설로 개작할 수도 있었을 것이다. 그런데 이러한 소설 생산의 밑천을 단번에 끌어모아 어찌보면 아깝게도 한 권으로 묶어 버린 까닭이 무엇일까. 두말할 나위없이 그것은 작가의 통일에 대한 열망 때문이다. 김 주석도 읽어야 한다는 작가의 요청에 동참하지 않을 수 없게 작품의 내용을 개화와 척사의 대립으로 휘몰아간 것이다. 개화파와 척사파가 이렇게 한 자리에 모여 대화를 나누고, 그들의 수다한 의견들이 끝없이 메아리쳐 이어지고 있다는 사실 한 가지로도 이 작품의 의미는 넉넉하게 확보된다고 하겠다.

3. 이제 풀기 시작하는 매듭

이 작품의 첫 단락을 읽을 때부터 궁금한 것은 작품의 결말을 어떻게 잡으려고 이렇게 패기를 찬 구도로 이야기를 전개하는가 하는 점이다. 결말에 대한 궁금증 때문에 가독성(可讀性)이 제고되고 전개방식에 끌려 마지막 장(章)에 이르면, 항일운동 말기의 유일당 조직의 전말과 북한의 주체사상에 대한 검토가 펼쳐진다. 유일당 결성의 동인(動因)이 명망가들의 고질적인 분열상에 있다는 것, 그런 분열을 막기 위해 북쪽에서는 실제로 유일당을 조직했지만 그 폐해는 심대하다는 것, 이런 사실의 제시는 이 소설의 결말에서 반드시 검토되어야 할 사항이고, 분단의 역사를 재조명하기 위해서 결론적으로 논의되어야 할 항목이다.

『개화와 척사』에는 숱한 명망가들이 등장한다. 그래서 명망가들의 경력과 그들이 비쳐보이는 한 소식이 날줄 씨줄로 엮어져 기층 민중의 역사는 그들의 개인사 뒤로 사라진 느낌을 주는 부분도 있다. 작가는 이 점을 깊이 인식해서 소설의 결말에 명망가들의 한계를 명확하게 노정한다. 유일당 운동을 전개한 조성환(曹成煥)은 의병대장 의암 유인석에게 이렇게 한탄한다.

> “선생님의 그 갸륵한 뜻이야 어찌 모르겠습니까마는, 되레 이 나라는 이름깨나
> 알려진 명망가들 싸움이 고질이었사와, 소인이나마 그런 대열에서 빠지고 싶었나
> 이다. 모든 종파싸움, 파벌싸움이 소위 명망가들의 자리다툼에서 말미암으니, 이
> 름 없이 자취 하나 남기지 않고 이 나라 산야와 북극 들판에 산화한 수만, 수십
> 만의 억울한 혼령들은 [……] 지금까지도 말 한마디 없이…….”

의암 유인석은 조성환의 이 말에 강력하게 동의한다. 그러나 명망가들의 쟁투를 없애려고 만든 강한 ‘중앙’, 강한 ‘중심’의 ‘유일당’, ‘로동당’의 사정은 어떠한가. “강철 같은 하나”가 ‘왕권’ 비슷하게 전락하고 있는 것이 저쪽의 실정이다.

명망가의 분열을 경계해야 하면서도 그들의 활약을 통해 북쪽의 완고한 체제에 대한 변혁을 촉구해야 한다는 역설적인 방안이 강구되는 것도 북쪽과 남쪽이 각각

지닌 한계 때문이다.

양세봉과 박렬이 일종의 선무사로 선택되고 개화와 척사의 융합선상으로 김 주석을 끌어내는 것으로 잠정적인 결론이 맺어진다. 그래서 청문회 비슷한 자리가 마련되고, 그 사회자로서 국조 단군의 목소리가 메아리치는데…… 사실 이러한 결말은 결말일 수가 없다. 그것은 이제 막 풀기 시작한 매듭일 따름이다. 풀어야 할 매듭의 고비는 숱하게 남아 있는데, 여기서 일단 마무리해야 하는 작가의 고뇌가 역력히 서려 있는 매듭이다. 그 고뇌가 어찌 작가 개인만의 것이겠는가?

이렇게 열려진 결말로 작품이 맺어지는 것은 결국 역사의 질곡 탓이다. 근대사의 총체적 의미를 개화와 척사를 중심으로 요약하고, 분단의 원천을 찾아 지하계까지 통찰하려는 의지를 보인 이 작품이 열려진 결말로 마무리되는 것을 함께 아쉽게 여길 따름이다. 열려진 결말의 여운을 역사를 통해 되씹고 곱씹음으로써 통일의 문에 한 발짝이라도 더 가깝게 다가서려는 것이 이 작품의 뜻이라면, 그런 뜻을 거부할 사람은 결코 없을 것이다. 역사의 격류를 헤쳐 나간 사람만이 통일 앞에 나설 수 있음을 작가는 보여준다.

1960년대의 세태소설
―{소시민}과{심천도}

최원식*

4·19혁명과 5·16쿠데타, 이 두 개의 충격적인 사건 속에서 열린 1960년대는 보나파르티즘이 지배하던 시기였다. 한 가난한 농민의 아들이 대통령 자리에 오른 이 때, 우리 사회는 좌절감과 함께 기묘한 활력 속에서 흔들렸으니, 근본적으로 농업국이었던 남한은 비로소 자본의 운동논리 속으로 급격히 빨려 들어갔던 것이다.

여기에 수록된 이호철의 두 장편 『소시민』(1964년)과 『심천도』(1967년)는 이와 같은 60년대의 세태를 흥미롭게 반영하고 있다. 『소시민』은 피난시절 부산을 배경으로 한다.

질금질금 내리는 늦봄비가 며칠이 계속되어 남포동 선창가 일대는 엉망으로 질퍽해져 있었다 …….

그런대로 그 즈음은 이 근처에도 활달한 기운이 떠돌고 있었다.

북쪽으로 떠나가는 사람이 많았다. 한창 북진을 할 때라, 내일내일 하고 올라들 갈 마음채비들로 바쁜 판이었다.(방점―필자).

늦봄의 북진이라면 중공군의 개입 이후 밀리던 국군과 국제연합군이 다시 반격에 나선 1951년이다. 이 소설은 1951년 늦봄에서 시작하여 전선이 38선 근처에서

---

* 문학평론가.

굳어가던 5월을 거쳐 휴전회담이 시작되는 여름에서 끝나고 있다. 그러니까 역전에 역전을 거듭하던 개전 초기의 극적인 양상이 사라지고 어느 일방의 승리 없는 휴전으로, 다시 말하면 본격적인 분단체제가 고착되는 시점을 포착하고 있다.

그런데 작품의 끝에 "최근에야 근 십오년 만에 나는 그 완월동 제면소에 다시 들러보았다"고 하듯이, 작가는 60년대의 현재에서 부산시절을 돌아보고 있는 것이다. 그럼 작가는 왜 새삼 부산시절을 꼼꼼히 추적하는가? 자본의 운동논리 속에 속절없이 말려든 60년대적 삶의 양식이 이미 분단체제가 고착된 50년대 부산시절에서 싹트고 있었음을 작가는 동찰했던 것이다. 이 점에서 작품의 제목 '소시민'은 상징적이다. 엄청난 인적 물적 파괴에도 불구하고 전쟁 이전의 분단체제로 복귀해 버린 1951년 부산시절, 우리 사회는 이념에의 열광으로부터 적나라한 생존의 유혹에 굴복해갔으니, 그것은 4·19에 의해 다시 날카롭게 각성된 이상주의가 5·16으로 좌절되면서 우리 사회 속에 자리 잡은 소시민적 삶의 양태의 근원으로 된다는 작가의 안목이 날카롭다.

이 소설의 주인공 나(마형)는 단신 월남한 스무살의 청년으로 부두노동을 거쳐 완월동 제면소(국수공장)의 노동자로 일하고 있다. '광석이 아저씨는 고향에 있을 때 우리집보다 형편없이 못살았다'고 고백했듯이, '나'는 중농(中農)이다. "대체 지금의 이게 현실인가. 그쪽의 그게 현실인가. 잘 가려지지 않는 것이다." 그는 극적인 체제바뀜 속에서 심각한 정체성의 위기를 경험하고 있는 것이다.

'나'는 바로 작가의 분신이다. 작가는 「자서전적 연보」에서 그때의 사정을 다음과 같이 밝히고 있다.

1950년 6·25반발, 그 무렵 나는 고등학교 졸업시험이 한창이었고 대학 진학 문제로 출신성분 때문에 무척 고민중이었는데 [……] 울진까지 내려옴 [……] 9월 26일 [……] 북진하는 국군과 맞부딪쳐 일전이 벌어졌으나 [……] 양양 다 가서 남대천변에서 잡혀 포로가 된 [……] 흡곡에서 자형을 만나 그 곳 주둔 현병의 허가로 풀려남. [……] 12월 초에 중공군 참전으로 [……] 단신 배를 타고 월남하여 12월 9일 부산항에 닿음 [……] 3부두에서 부두노동을 했는데 [……] 썩어문들어진 듯한 세상에 한발 들여놓았음을 실감하면서도, 한 편 자유라는 것의 정체가

안온하게 피부에 와 닿았음. 제면소 도제 등으로 전전하다가 [……] JACK부대의
경비원으로 들어감.

북한체제에 대한 회의에도 불구하고 인민군으로 참전하고, 중공군의 개입으로
말미암은 또 한번의 소용돌이 속에서 남한 자본주의사회의 한복판으로 단신 낙하
한 그의 충격적 경험이 이 작품 속에 깔려 있는 것이다. 이 때문에 완월동 제면소에
모이는 인물군상을 통해서 주인공이 남한 자본주의 사회를 학습하는 과정을 그린
『소시민』은 일종의 상장소설이다.
　작품의 중심무대는 주인공이 일하는 제면소이다. "부산 인구가 부풀어 오르고
국수가 잘 팔려서" 오히려 전쟁으로 국수공장은 호경기였던 것이다. 이 제면소의
실질적 운영권을 쥐고 있는 것은 주인 마누라인데, 그녀는 경제력뿐 아니라, 어린
주인공을 유혹하고 동회 서기를 집안에 끌어들여 공공연히 정사를 벌일 정도로 공
격적이다. 그리고 보면 주인 마누라를 비롯하여 이 작품에 등장하는 여성들은 대체
로 대담하다. 남편을 버리고 두 번씩이나 재혼한 강염감의 마누라도 그렇고, 순진
한 듯 안차서 군인 간 남편을 두고 김씨와 어울리며 주인공 '나'를 은근히 유혹하는
식모 천안색시나, 아버지가 월북한 뒤 고향 순천에서 가출하여 부산에 흘러 들어온
어린 식모 아가씨 또한 당차기 짝이 없다. 전쟁은 가부장제에 묶여 있던 여성들의
종속을 깨는 뜻밖의 효과를 가져왔던 것이다. 그것은 결국 6 · 25가 봉건적인 것 또
는 농촌적인 것을 어떻게 해체했는가를 웅변적으로 보여주었으니, 역설적으로 이
위에서 남한 자본주의의 끈이 탄탄대로로 열렸던 것이다.
　제면소의 주인은 경북 경산 출신이다. 이 주인이나 지게꾼으로 생애하는 그 형이
나 모두 무능한데, 이 가계는 "도회지 나와서 망해서 그렇지, 시골서야 큰 집안"이
었던 것이다. 주인공이 입대하기 전, 주인의 형집에 초대되어 "어느 시골집을 고냥
고대로 부산거리에 옮겨다 놓은" 듯한 판자집을 방문하는 장면은 얼마나 인상적인
가? 제면소하는 작은 아들에게 얹혀사는 노파와 가끔 술이 취해 동생집에 밤늦게
찾아와 술주정하던 그 형이란 사람이 되바라진 제면소집에서 볼 때와는 딴판으로
초라한 판잣집에서 의젓했던 것이다. 경산의 지주출신으로 6 · 25로 말미암아 부산
까지 밀려와 몰락해가는 이 인물을 통해 자본주의에 적응하지 못하고 역사의 무대

에서 퇴장하는 지주계급에 대해 작가는 연민의 시선을 감추지 못한다.

또한 이 작품에는 세 명의 좌익출신 ─ 강영감, 정씨, 김씨가 등장한다.

제면소 주인과 동향인 강영감은 처자에게 버림받은 채 제면소에 얹혀사는 초라한 오십 노인인데, 죽은 뒤에야 그가 도쿄[東京] 일교(一橋)대학 출신의 좌익 지식인이었음을 '나'는 딸인 매리의 말을 통해 알게 되는 것이다.

> 이건 극비밀이지만 우리 아부진 보련(보도연맹, 필자)에 안 있었입니꺼. 그때부
> 터 아주 바보가 됐지예. [……] 아부진 책이 많았어예. 어떤 책은 태워버리고 어떤
> 책은 내다가 팔구 합디더. 난 어릴 적부터 아부지가 착한 분이란 것만은 알고 있
> 었어예. 한동안은 도망을 다니구 집엔 안 붙어 있고 서슬이 등등하구 눈빛이 늘
> 무서울 때두, 있었지예. 그런데 그만 그렇게 일이년 사이에 바보처럼 됩디더예.

강영감은 전향한 좌익들을 통제·감독했던 '보도연맹'에 가입함으로써 몸과 마음이 함께 피폐하여 눈치꾸러기 노인으로 전락했으니, 사상의 자유를 박탈한다는 것이 얼마나 무서운 고문인가를 실감하게 한다. 그런데 작가는 강영감을 제면소 주인의 형에 견준다. 제삿날 저녁, 이 두 사람이 술잔을 기울이며 마주앉아 말없이 눈물만 흘리는 장면은 "섬뜩해지도록 쓸쓸"하다. 물론 두 사람은 사상적 동지는 아니었을 것이다. 그럼에도 이처럼 동병상련하는 이유는 무엇일까? 사상적으로 우익이든 좌익이든 이 두 사람은 근본적으로 농경사회의 백성이다. 농경의 순한 리듬에서 우러나오는 두 사람의 착한 심성과 어떤 의젓함은 이제, 천덕스러운 자본의 논리가 횡행하는 부산 바닥에서 전연 어울리지 않는다. 태평일민(太平逸民)의 시대는 지났던 것이다.

역시 주인과 동향인 배달꾼 정씨는 구주(九州)지방으로 징용나갔다가 돌아와 남로당에서 활동한 전력을 가진 인물로 작가에 의해 세심하게 배려되고 있지만 어딘가 작위적이어서 오히려 필자는 김씨에 주목하고 싶다. 어디에도 적응하지 못하고 자살로 마감한 정씨와는 달리 김씨는 왕년에 정씨의 하부로 활동한 경력에도 불구하고 상품의 논리에 발빠르게 편승한다.

두구 봐라. 진짜 이제부터 새로 일어날기다. 미군부대, 미국을, 등에 업은 놈들 말이다. 그쪽을 끼구 일어날테니 두구 봐라.

이 땅에 진주한 미군의 성격을 정확히 간파하고 있는 김씨는 그리하여 좌익 노동자로부터 변신에 변신을 거듭하여 미팔군 납품업자로 입신하는 것이다. 김씨와 함께 또 하나 흥미로운 인물이 '나'의 먼 친척인 광석이 아저씨이다. 국군이 밀고 올라왔을 때 "대한청년단장이라는 벼락감투도 쓰고 기세가 등등"했던 광석이 아저씨는 중공군의 개입으로 졸지에 단신 월남하여 부산의 밑바닥을 전전하는 처지로 떨어졌던 것이다. 남한사회가 "개판이라는 소리를 골백번이나 외"우며 월남한 것을 후회하던 그는 "그저 이 바닥에선 얼렁뚱땅 장사하는 길밖엔 없"다는 영리한 판단을 내리고는, 장삿길로 나서 국화빵장수에서 자유시장의 어엿한 점포주인으로 올라선다.

알구보이, 농사꾼이란 세상에 바보라, 죽도록 농사지어봐야 누구 알아주는 사람도 없능기고, 밤낮 그 꼴이 그 꼴인데. 허지만 장사라는 건 승부가 빠르거든……. 이럴 줄 알았으면 버얼써 나올 걸 그랬다.

농민에서 상인으로 변신하여 "날로 대한민국의 충성스런 국민의 한 사람이 되어갔"던 광석이 아저씨의 삽화는 날카롭다. 그런데 작가는 광석이 아저씨와 김씨를 이승만정권의 관제데모에 합류하게 한다. "옛 부자는 국회편이고 새 부자는 이승만 영감을 안 미나" 이승만독재의 지지기반은 바로 6·25의 참화 속에서 성장한 신흥상인층이라는 점을 이 작품은 생생하게 드러냈던 것이다.

극적인 체제 바뀜 속에서 정체성의 위기에 시달리던 주인공 "나"의 눈을 통해 완월동 제면소에 모여든 인물군상을 섬세하게 관찰하고 있는 이 소설은 6·25가 남한 사회의 자본주의적 재편에 어떻게 기능했는지 예각적으로 포착한 뛰어난 문학적 보고(報告)이다. 그럼에도 이 작품은 근본적으로 세태 소설이다. 시간의 파괴성을 승인함으로써 획득되는 작가의 냉소적 체념이 작품의 밑바닥에 숨쉬고 있기 때문이다.

『심천도』에서 작가는 원제『공복사회(公僕社會)』가 암시하듯 60년대의 관료사회를 분석하고 있는데, 시대와 장소 그리고 인물은 달라졌지만 이 작품은『소시민』과 일맥상통한다.

사건은 아주 간단하다. 중앙 부처의 어느 과(課)에서 남은 예산을 어떻게 처리하느냐 하는 문제로 일어나는 갈등이다. 물론 남은 예산은 국고로 환수하는 것이 마땅하지만 우리 관료사회에서 그런 일이란 드물 터이다. 그런데 고문관으로 통하는 이원영 주사가 국고 환수를 주장하고 나섬으로써 파란이 일어나는 것이다.

이 작품에는 많은 공무원들이 등장한다. 그 가운데에는 자유당 시절 들어온 사람도 있고, 4·19혁명 뒤 민주당정권 때 들어온 사람도 있고, 5·16쿠데타 뒤에 새바람을 타고 들어온 사람도 있다.

일본의 시시한 대학출신으로 자유당정권 때 공무원 생활을 시작하여 자유당 말기에 한 밑천을 잡은 민과장과, 황해도 은율의 큰 지주집안 출신으로 8240부대를 거쳐 공무원으로 들어온 구계장은 무사안일주의 구악을 대표하는 관료들이다. 꺽다리 김주사는 민주당정권 때 들어온 사람인데, 오히려 민과장의 심복 노릇을 하고 있으니 4·19혁명이 부끄럽다. 5·16 뒤에 들어온 사람들은 더욱 황당하니, 가령 국장의 경우를 보자.

> 그는 흔한 군인출신도 아니고, 그렇다고 대학가의 학자출신도 아니었다. 4·19 전까지만 해도 어느 국영기업체의 일개 계장 자리에 있었던 사람이다. 그 뒤, 어떤 연줄로 모 대학의 강사로 있다가, 그가 맡은 강의가 마침 행정학이어서 벼락치기로 발탁이 된 것이 5·16 이후였다.

'구악 일소' 운운하며 행정기구의 개혁을 선언했던 박정희정권 아래에서 구악보다 더욱 한심한 신악이 산출되었던 것이다. "4·19를 겪고 5·16을 겪기는 하였지만 관리들만은 용하게도 깊은 상처 하나 안 입고 그 소용돌이를 넘기었다." 정권의 변천에도 불구하고 관료기구는 끄떡없이 안으로 고요히 부패했던 것이다. 물론 그 안에는 개혁적인 관리도 있다. 고시 행정과 출신으로 의기충천해서 5·16 이후 관료 생활에 뛰어든 김계장은 3년 만에 예봉이 꺾이고 "어차피 세상은 이렇게 생겨먹은 것"이라는 냉소적 체념으로 떨어졌던 것이다.

　이처럼 두터운 관료기구의 벽 안에서 이원영 주사는 돈키호테가 될 수밖에 없으니, 결국 사표를 내고 낙향한다.

> 농사나 짓지요. 농민들과 같이 살아보는 것도 괜찮을 것 같아요. 허지만 상록수
> 식은 아닙니다.

　이 점이 바로 『소시민』과 다르다. 관료기구 안에서의 현실적 패배에도 불구하고 주인공은 낙관에 차 있다. 이호철 문학은 드디어 냉소적 체념에서 벗어났던 것이다. 『심천도』가 『소시민』보다 떨어지는 작품임에도 이호철 문학의 전개과정 속에서 차지하는 위치가 가볍지 않은 점이 여기에 있거니와, 70년대의 반독재 민주화투쟁에서 이호철 씨가 감당했던 역할이 『심천도』에서 뚜렷한 징후를 드러냈다고 보아도 좋다.

역사와 개인
— [카레이 우라]

김정환*

"오늘 젊은 사람들 말 들어보면 참 좋은데 문제는 통념화된 것 일반화된 것을
꿰뚫고 나와서 진정으로 구체적인 일감을 생각할 때 진정으로 일이 생길 수 있는
것인데 이건 모두가 너무 높아지고 지나치게 잘나려고 말하는 것 같아요. 문학사
에 운동사에 이름이 남겠다, 위인이 되겠다 그것이겠지. 모두가 다 그렇게 뛰기만
하면 일은 어떻게 되고 구체적으로 누가 하는 거냔 말야. 진정으로 맑은 마음에서
의 무사(無私), 역사에의 봉사, 실은 이게 나부터도 힘들거든. 모두가 대강대강 돌
아가는 통념을 근거로 해서, 그 위에서 대강대강들 보기 때문에 이야기가 관념적
으로 붕 뜨는 감이 없지 않아요. 책 몇 권 읽고, 거기서 깔짝깔짝 몇 마디 얻어들
은 것 가지고 벌써 건방져지고 뭐나 된 듯이 폼부터 잡으면서 그 서푼 어치의 알
량함을 가지고 그를 활용해서 이야기하는 경향이 있는데 그것부터 깨부숴야 할
거예요."

– 이호철, 좌담 「현단계 문학운동과 자유실천문인협의회」,

『민족문학』 86. 5월호 중에서

---

* 시인.

ⅰ.

　지난 초여름 한 좌담회 석상에서 이호철 선생이 위의 내용을 느닷없이 내뱉듯이 하셨을 때, 필자는 속으로 가슴이 뜨끔해지면서, 여간 아차 싶은 것이 아니었다. 정식 사회자는 박태순 선생이지만, 필자도 명색이 '장급(長級)' 실무처리자 신분으로 그 좌담에 참석했던지라 모처럼만의 '자실적인' 좌담, 아니 아마도 최초의 공개적이고 실무적이고, 그렇기 때문에 상호 비판적인(당위적 대외비판이 아니라) 자실 내부 좌담이 원만하게 혹은 무사하게(?) 끝나주기를 바랐던 심정만큼은 박선생 못지 않았던 터라, 발언내용이 그럴 듯하고 안 하고를 따지기 전에, 아이고 작살났군, 이거 어떻게 수습을 한다지, 정리하려면 죽었다! 복창 서너 번쯤은 해야겠구만, 아이고! 하는 심정이 우선적으로 눈앞을 깜깜하게 때렸기 때문이다. 이호철 선생은 99% 강제로 그 골치 아프다는 자실 대표직을 연초에 맡으시면서 연하장 겸 취임인사장에 '元老, 重鎭, 中堅, 新進' 등등 80년대 문학운동 운운하는 젊은 사람들 듣기에는 유구한 만큼 생소한 용어들 사이를 원활하게 조정하겠다는 포부를 밝히심으로써 '문단이냐 운동이냐'하는 의구심을 80년대 젊은 세대 일반에게 일부러 일으켜 놓으셨던 터였고, 그 자리에는 글을 치밀하게 논리적이되 천성은 다혈질인 젊은 비평의 기수 채광석, 그리고 루카치전공 노동문학(80년대 최대 쟁점인!) 담당비평가 현준만, 문학보다는 민주화운동에 훨씬 더 기울어진 장프통합(해체)론자 김도연, 그리고 생글생글 웃으면서도 아픈 데 콕콕 찌르기로 소문난 김사인이 포진하고 있었던 것이다. 전위적 리얼리즘 이론가 임헌영 선생도 중간 역할에서 바야흐로 젊은 쪽으로 기울고 있을 즈음이었다. 박선생이나 나나 어차피 한쪽 편을 들 수 없는 입장이고. 아이고! 저 양반이 젊은 사람들 이리저리 과격한 논리로 대들면, 그래 옳다 자네 말이 다 옳다 하고 내내 져주시더니 그예 폭탄선언 하시누나, 박선생이나 임선생이나 그런 심경이었을 것이다. 이를 어쩐다?

　그런데, 놀랍게도, 폭풍은 몰아차지 않았다. 그날 좌담은 '문단'도 아니고, '운동'도 아닌 '문학운동' 혹은 젊은 쪽이 한발 더 양보해서 '문학생산'쪽으로, 그리고 이선생 쪽이 한 발 더 양보해서 '전위형성의 필요성 인정'쪽으로 대체적으로 순조롭게 결말이 났던 것이다.

그 순조로운 결말이 요즘 유행하는 여·야 대타협 비슷한 어정쩡한 거라거나, 잠시 휴전 같은 아슬아슬하게 불안한 거였으리라고 미리 짐작해서는 안 된다. 어느 쪽이 어느 쪽을 설복했거나 항복한 그런 거라고 생각해서도 안 된다. 굳이 표현하자면 이호철 선생의 거대한 폭이 젊은 사람들의 그 격정적인 흐름마저 아프게 받아들여서, 어떤 격동적인 안정을 이루어낸 거라고나 볼까. 왜냐하면 아무도 자기 의견을 굽히지 않았고, 아무도 자기가 한 수 모자랐다고 생각할 필요를 느끼지 않고 그 좌담을 마쳤으니까. 실무상의 이야기자만, 좌담 테이프를 대충 풀어서 참석자에게 한 번 돌려보였을 때, 각자 자기 의견을 보충·삭제하기는 했어도, 이호철 선생에 대한 공세는 전혀 첨가되지 않았다. 신기할 정도로. 이왕 아양떠는 김에, 사설 한 마디 덧붙이자면, "대표 잘못 만나서 고생 많지?" 하신 이선생님 특유의 은근하고 미안하다는 투의 말씀에 내가, "아닙니다, 딴 건 몰라도 대표선생님 만큼은 제가, 운이 좋은 것 같아요."하고 대답했던 것은 내내 진담이었던 것이다.

그런데 신기하다니! 그건 얼마나 걸맞지 않는 표현인가! 한 바퀴만 돌려 생각해 보아도 위의 결말은 당연하다. 원로. 신인 관계를, 그 흔한 순수/참여, 예술/운동, 보수/급진, 우파/좌파, 친미/반미, 소심/용감 등등의 관계로 속 편하게 규정해 버리는, 아니면 그 속 편한 구분 속으로 안주해 버리는 요즈음의 유행현상에서 잠시만 벗어난다면, 이호철 선생의 생애와 성품은 위의 결말을 내기에 얼마나 적당하고 또 당연한가. 스스로 소심하다는 둥, 겁이 많다는 둥 하시지만, 선생은 인민군 포로라는 그(남한에서 보자면) 절대 약점의 출신성분을 '무릅쓰고', 분단의 삶 속에서 통일의 삶을 그리워하고, 외치고, 온 몸으로 절규했던 분단문학의 선구자다. 남북문제를 정권안보 차원으로 비하시켜 입에다 붙이고 귀에다 붙이고 심지어 코에다가도 붙여, 통일의 '통'자만 나와도 빨갱이라고 으름장을 놓으며 잡아다 매질하기 일쑤였던 그 해방분단 40년의 시절에, 이호철 선생은 당연하게도 한다하는 '반공법'사건이면 안 들어간 일이 없었고, 그래서 소심해졌다는 자타공인의 평도 마다하지 않는 터이지만, 그보다 중요한 것은, 그런 자기 조심에도 불구하고 소용없이 시시때마다 자신은 소심/용감에 관계없이 취조 제일표적이라는 걸 본능적으로 알고 있으며, 그 점을 마다하지 않는다는 점이다. 그것은 소심이 아니라, 또 하나의 용감이다. 막말로, 이왕 잡혀갈꺼, 광이나 잔뜩 내고 들어가자는 것이 인간의 일차심리 아닐 것인가? 들어가면 또 그냥 곱게 모셔주나, 천만의 말씀이다. "너, 이, 인민군 놈으새끼!" 하고 다짜고짜 을러치면, 아이고, 나 죽었구나! 하고 염치볼 것 없이 기질린 표정과 몸짓을 지으셨을 게다, 아마도. 다른 유명 인사들이야, 아주 살벌한 때 말고는 그래도 말로는 '선생님' 대접을 받았을 그 시각에 말이다. 그 억울함과 눈물의 시절을 그대로 온몸으로 받아들이면서 겹나는 것은 겹나는 대로, 이건 잘못된 거라는 분통은 분통 그대로, 그럼에도 불구하고 통일은 되어야 한다는 결의는 결의대로 표현해 낸 이호철 분단통일문학의 진수들을, 너무 감상적이라거나 소시민적이라거나 약하다거나 하는 형용사로 묘사해서는 안 된다. 정말 슬프다거나, 우리나라 정말 한심하다거나, 분단이란 것이 이처럼 소소한 데서까지 사람을 병들게 하는구나 하는 결론에 도달하는 거야 읽는 사람의 자유지만 말이다. 좀더 적극적으로 말하자. 이호철 선생은 지식인화된 민중이 아니고 민중화된 지식인이다. 민중 생존과 민족통일과 민주화 운동이 따로 분리될 수 없다는 명제는 80년대 들어와서야 상식적인 대전제로서 당당하게 대접을 받게 되는데, 문학에서 그 '통일예감'과 '민중예감'의 단초는 이호철 선생이다. 지식인들의 이론과는 달리, 민중은 우상화된 영웅이 아니라, 한없이 여리고 착하고 겹많은 사람들이며, 지식인들의 섣부른 좌절·실망과는 달리, 그 선량하고 착하고 겹많은 사람들이 민중적 삶의 빛을 통해서 위대한 진리에 도달할 때, 그 힘은 치열하되 폭이 넓고, 또 사랑으로 막강하다는 그 투쟁과 사랑과 구원과 종교의, 종교와 혁명의 변증법적 갈등·상승적 통합에 이르는 소설적 길을 그는 그 살벌했던 50년대 말부터 꾸준히 열어 오고 있었던 것이다. '문단' 운운했지만 이선생은 문단은커녕 남도 북도 아닌 휴전선에 내내 계셨고, 억울하고, 외롭고, 그립고, 통일되기 전에는 사는 게 사는 것 같지 않아서 주책없이 눈물만 흘리고 계셨다. '불온분자'라는 낙인에도 불구하고 내내 착하게, 자신의 착함으로 시대의(자신을 불온분자로 낙인찍는) 불의를 내내 증거하면서, 그것은 소설가의 모습이라기 보다는 민중의 모습에 훨씬 더 가까운 것이다. 그리고 그 모습은 어느 지식인의 우렁찬 목소리보다 감동적이다. 그 이호철 선생이 말씀하신다. "잘난 놈들은, 나중에 보니까, 말만 뺀지르 하고 약삭빠르고, 부황하게 설치는 놈들은, 오래 못가드만, 세상은 못난 놈들이 사는 거여. 당하기도 못난 놈들이 당하지만, 끝내 살아남기도 못난 놈들이 살아남는 거여." 나직한 목소리로, 꼭 뒤가 켕기시는 듯이 말끝마다, 어어(그래) 하시면서, 그 끝마무리 '어어' '어엉?'은 감탄사인지 강조사인지, 도돌이표 의문사인지, 그 중간에서 어물쩡거리는 투로, 그리고 그 착함으로, 이제는 이선생 단신이 아니라 숱한 문학적 운동적 동지들과 함께, 이호철 선생이 80년 초의 격동기, 그리고 '피의 5월'을 넘어선 결과는 한 마디로 엄청났다. 남과 북의 이분법이 없는, 강함과 약함의 이분법이 없는, 슬픔과 힘의 이분법이 없는, 감동과 충격의 이분법이 없는, 대하적 통일소설의 예감을 보이기 시작했던 것이다. 「남에서 온 사람들」을 위시로 한 '장편을 위한 연작소설'들이 그것이다. 이제 존칭 생략하고, 대강대강이나마, 이호철 소설을 더듬어 본다. 아니, 내 나름대로 덧붙여 본다.

2.

　4·19 문제작 「판문점」에서 「닳아지는 살들」 작품집 『이단자』·『문』, 장편소설 『소시민』·『서울은 만원이다』·『남풍 북풍』·『물은 흘러서 강』에 이르기까지 이호철은 '분단문학의 선구적 기수'라는 명예로운 호칭에서 '소시민화' '감상적 통일론' '대중작가' 등의 불명예스러운 호칭까지, 아마도 한국의 소설가가 부여받을 수 있는 호칭은 다 받아 보면서 작가생활 40년을 버텨 왔다. 건조한 대로 건강하고, 좀더 색다르게 표현하자면 강건한 문체는 꾸준히 유지하면서도 말이다. 그것을 일관된 거리고 보는 사람은 더더욱 없는 듯하다. 그런 중에 80년대 들어서서 드디어라는 말에 꼭 알맞는 분위기로 평자들은 그의 '장편을 위한 연작소설'을 대하고 평하기 시작했다. 아니 꼭 그런 것은 아닐 것이다. 언젠가는 하고 기다렸으니까, 드디어! 라는 반응을 보였을 것 아닌가. 하여간에, '분단문학' 방면에서는 남보다 터무니없이 앞서간 죄로 '소시민화' '감상적 통일론' 주장이 더 거세게 몰아쳤으리라. 모든 것은 같은 동전의 양면인 것이다. 그 숱한 이호철론을 대강대강 그렇다, 그럴 수밖에 없겠다 하는 심정으로 받아들이면서 나는 의견 한 가지를 덧붙여 본다. 이호철은 80년대 식으로 말하자면, 게릴라다. 눈물겹게 폭이 넓은 이호철 소설이라는 개념에 게릴라라는, 얼핏 들으면 경박하기까지 할 이질적인 개념을 들이대는 것은 무슨 소린가? 이호철은 문단생활 35년에 이르기까지, 전면전에 나설 만큼 어리석지

가 않았다. 이호철은 선언적으로 분단현실에 대들지 않고, 야금야금 분단정서를 파먹고 들어갔다. 깊이 따지자면 절규 쪽에 가까웠을 그의 작업은, 겉보기에는 소시민적으로 평온했고, 아기자기했고, 낯이 익었다. 그런데 낯익은 분단을 낯선 분단으로 만들고 낯선 통일을 낯익은 통일로 만드는 작업이, 그 찬란했던 민주화운동의 시기에 '소시민적'으로 보였다는 건 한편 그럴 듯 해도, '감상적'이라는 이유로 뭇매를 맞았다는 건 도시 이해가 가지 않는다. '눈물겨운' 것하고 '감상적인' 것 하고는 다른 것 아닐까? 「남풍 북풍」, 「물은 흘러서 강」 등에 나오는 그 숱하고 평범한 사람들의 '분단경험' 혹은 '통일의지'는 사소해 보이지만 면도날처럼 날카롭고, 잡다해 보이지만 정곡을 찌르고, 소시민적으로 보이지만 영웅주의적 통일론으로부터 벗어나려는 리얼리즘 작가의 첫 단계 진실성이고, 감상적으로 보이지만 눈물겹다. 그 다소 흔한 눈물의 '실향민 소설'에서 '힘있고 벅찬 눈물'의 80년대 통일소설로 넘어온 것이, 국부전에서 전면적으로, 게릴라 정신에서 혁명적 창조 정신으로 넘어온 거라고 보면서 나름대로 일관성을 부여하고 그와 동시에 80년 5월의 열기를 통한 위대한 변신이라고 표현한다면 어떨까? 하여간에, 이호철의 「남에서 온 사람들」과 비교될 경우 70년대 분단문학의 한 절정으로 평가됐던 윤흥길의 「장마」조차도 다분히 문학 내에서의 미학적 · 해결주의적 타협(이것은 궁극적으로 예술지상주의의 한 갈래인데)으로 드러나고 그 결말에서 이남정신(以南精神, 이것은 70년대 분단논리의 행간에서 벗어나지 못했다는 뜻이다)의 정서적 한계를 안쓰럽게 드러낸다. 이호철의 그 '남쪽 북쪽 모두 낯설은 상황'을 '남쪽 북쪽 모두 낯익은 상황'으로 바꾸는 문화운동적 일상화의 작업은 북쪽의 수해물자가 남으로 내려왔을 때, 즉 그 양쪽의 무수한 이데올로기적 선전을 꿰뚫고 '밥과 옷'이 우리에게 전달됐을 때의 그 감동, 즉 '낯익어짐과 충격과 감동'에 일맥상통하는 것이다. 다시 경어를 써서, 이호철 선생은 젊은 놈들이 '운동' '논리' 운운하면 아예 질색을 하고 두드러기가 솟는 표정을 지으시지만, 오직 하나, 순하고 착하고 겁많은, 순정결백한 한민족의 눈물보따리 한 움큼 부여잡고 남도 북도 아닌, 전라도도 경상도도 아닌 휴전선 그 살갗을 파고드는 철조망 하난 부여잡고 사셨던 관계로, 젊은 놈들의 그 숱한 '이론'에 한치도 어긋나지 않는, '시멘트 같은 이론에 스며든 눈물'이 되셨다. 강인한 눈물이 되신 것이다. 지방주의가 아닌 '건강한 지방정신'으로서의 동인지 무크들(마산의 『마산문화』, 광주의 『일과 놀이』, 대전의 『삶의 문학』, 부산의 『토박이』 등등 수도 없는)이 '지방의 목소리'로 한국 문학에 들어오고, 그리고 개개적으로 말하자면 현기영의 제주도 소설을 통해 제주도의 목소리가, 송기숙의 민담소설을 통해 전라도의 목소리가, 박노해·김용택 등을 통해 노동자 농민의 목소리가 한국 문학에 지방민주화·계층민주화적으로 들어서고, 그것들이 이호철 등의 '휴전선' 소설과 한데 어우러질 때, 그때서야 우리는 비로소 문학인도 통일운동에 기여하고 있으며, 남북 민중회담에 우리 스스로를 아프게 열 진용을 갖추었다고 감히 주장할 수 있는 것 아닌가.

3.

이제 이 책에 실린 작품들을 읽을 채비를 차려보자. 위와 같은 논의의 와중에, 이호철의 일관된 발전의 한 중간에, 이책에 실린 작품들은 놓여 있다. 얼핏보면 의외스런 모습으로 그에 걸맞지 않게 '영웅'을 주인공으로 한 것이 그렇고, 느닷없이 소설 현장을 블라디보스톡, 혹은 죽음 이후의 저승으로 잡은 것이 그렇고, 일본·러시아 인물에 대한 자상한 언급이 그렇고, 특히 「1기 졸업생」 연작에서 보이는, 대놓고 까부수는 투가 그렇다. 그러나, 그 의외스러움은 한 꺼풀만 벗겨내면 전혀 이호철적이다. 아니, '눈물겨운' 실향민 소설에서 '대하적인' 통일소설로 넘어가는 제현상들이다. 「까레이 우라」는 주인공의 그 영웅적 행위에 초점을 맞추고 있기보다는 진정한 영웅의 필수조건으로서의 인간적인 면에 대한 집착을 거의 주장적으로 드러내고 있다. 참으로 인간적인 것이, 참으로 진보적일 수 있다는 그의 확신을 거의 고집스럽게 형상화하는 쪽에 관심을 기울이고 있는 것이다. 그와 함께, 분단 이후의 통일로 가기 위한 한 예감으로서, 분단 이전의 통일 분위기, 그 중에서도 현대의 남한에서는 생소하기만 한 북만주 대륙 분위기의 재현에 온 힘을 쏟고 있다. 그 서두부와 결말부분은 말 그대로 명문이다.

3월 하순이라고 하나 요동반도의 끝머리에 붙은 항구의 바람은 속살을 깎아 훑듯이 맵다. 항구 쪽으로 들이치는 바람이 아니라 하늘 끝에서 곤두박질을 쳐내려오듯이, 시베리아 북쪽에서 내치는 바람이다. 이 지구 위에서 고지대가 아닌 평

지인 경우, 사람이 살고 있는 고장으로서 겨울의 최저기온 기록은 베르호얀스크
가 섭씨 영하 69.8도, 오이먀콘이 영하 71도라든가. [……] 그러나 겨울 한 철, 이
시베리아 일대는 고기압대로 들어, 바람기라곤 없는 청천(晴天)이 이어져, 엄청난
혹한도 근근이 참아낼 수는 있다.

– 제1장, 서두부

　3월도 하순인 25일, 요동반도 끝의 여순 감옥은 황해 바다를 타고 올라오는 남
쪽의 봄기운이 벽 틈서리에까지 어느새 스며 들었으나 아직도 시베리아 동북쪽
에서 뻗쳐오는 두터운 추위는 완강하게 버티고 있다. 한낮이면 양지바른 곳의 눈
은 녹았다가도 저녁이 되면 다시 얼어붙는다. 희끗희끗한 담장 밑외 눈덩이도 녹
는 둥 마는 둥 한다.

– 에필로그, 서두부

　이 벅차디 벅찬 대륙의 묘사가, 가슴 뭉클한데도 왜 아직도 이질적인 감동으로
밖에 안 느껴지는가? 작가는 혼신의 힘을 다하여, 이렇게 묻고 있는 듯하다. 그 대
륙에서 한 인간적인 인간이, 인간적인 번뇌와 유혹을 이기고 떳떳이 한 평생을 살
다가 떳떳이 대한민국의 남아로 죽기 위해 얼마나 광활하게 노력했는가를 알고 있
느냐고, 호통을 치는 듯하다. 그러나 작가와 스케일은 여전히, 턱없이 광대하기보
다는 자상한 쪽이다.
　그것마저, 묻고 있는 것이 아닐까? 대륙을 휘몰아, 여차하면 레닌이랑 만나서 독
립자금도 뜯고, 중국이고 일본이고 거침없이 내달렸던 그 독립운동의 시절은 다 어
디에 내팽개치고, 겨우 휴전선 하나 그었다고 요리조리 쫌팽이로 오그라 들었느냐
고, 묻고 있는 것이 아닐까? 이것은 아마도, 통일되기 전까지는, 그리고 너무 늦어
진다면 통일이 된 후라도, 영영 되찾을 수 없는 체험 세대의 목소리일 것이다. 역사
적 사실을 종횡무진으로 인용해대고 있는 투도, 분단에 책임이 있는 소위 '정치지
도자들'에 대한 무자비한 풍자, 질책도(안중근, 전봉준, 김구 말고는 도무지 배겨날 사람
이 없다!) 그런 포효와 무관하지 않다. 그것은 모두, 게릴라전에서 전면전으로 나아
가는 이호철 문학의 과정적 특성이다. 분위기는 대륙으로 큼지막하게 잡고, 정신은

전봉준 이래의 반외세 반봉건 약소민족 해방지향 정신으로 잡겠다는, 그러한 자세 가다듬기의 과정속에 위의 작품들이 위치해 있는 것이다. 이등박문의 문치적 평화주의적 합리주의에 약간의 애정을 보일 만큼 자상하지만, 일본군부의 무단적 급진주의에는 단호하다. 또 하나, 그와 동시에, 역사는 생각만큼 단순하지 않다는 인식도 다른 겹으로 자리잡고 있다. 「까레이 우라」는 이호철의 작품 중 두드러지게 광활 단순하지만, 그와 동시 복합적이고 입체적이기도 한 소설이다. 굳이 흠을 잡자면, 「까레이 우라」에서는 역사적 사실의 차용이 너무 과한 만큼, 천주교 사랑의 교리에서 혁명적 살인의 신념으로 화하는 과정이 별반 그려지지 못했다는 아쉬움이 남는다. 그리고 역사는, 일은 물론 마지막에 가서는 홀로 하는 거지만, 그 개인성 또한 혁명적 작업이라는 광대한 폭 속에 역동적으로 휘감겨질 수 있는 성질의 개인성이지 집단적 작업과 반대되는 개념으로 그것일 수는 없다는 생각이 얼핏 든다. 그 거대한 폭의 소유자가 바로 이호철임은 우리가 앞에서 놀라움으로 발견했던 바 아닌가? 그리고 「1기 졸업생」연작은 아직 미완성이므로, 섣부른 판단은 안 하니만 못하기 십상이지만, 풍자 정신이, 아프게 받아들이는 애정정신을 바야흐로 압도하고 있다. 물론 그 정도로 이 작품이 단순한 것은 아니지만, 그럼에도 불구하고 아프게 받아들인다는 것은 무엇인가? 아픔으로 폭이 넓어지는 일이다 죽은 자들에 대한 당연한 분노가, 우리들의 폭을 '치열하되 좁게' 만들어서는 안 된다. 그리고 과거에 대한 당연히 끓어오르는 분노가, 우리들 미래의 폭을 '치열하되 좁게' 만들어서는 안 된다. 1986년 8월 5일 한반도 남쪽, 이곳 서울에 이르기까지 이호철이 자신의 생애와 작품으로 증거해 낸 것은 바로 그 점이다.

자, 이제 완전히 끝났다, 하고 마음 속으로 중얼거리며 그는 팔깍지를 끼고 가만히 앉았다. 마음은 더 바랄 수 없을 정도로 맑아왔다. 이따금 그런저런 얼굴들이 흘낏흘낏 눈앞에 스쳐 지나갔다. 어머니, 아내, 두 아이의 얼굴이 가지런히 보이기도 하고 따로따로 나타나기도 하였다. 그는 문득 '대한 독립만세'하고 온 힘을 다 내어 목청껏 소리를 지르고 싶은 충동을 느끼곤 하였으나, 지금에 와서는 그러는 것도 부질없는 일로 여겨졌다.

— 「까레이 우라」 끝부분

죽은 사람은 영웅적인 죽음을 통해 영원에 이르고, 산 사람은 지상의 최대 혁명
과제(민주화 민족통일)에 몸을 바침으로써 또한 죽은 자에 가까이, 영원에 이를 것이
다. 종교적 구원과 혁명적 영원이 마침내 만나는 자리가 그곳이다. 이호철이 눈을
돌리고 있는 곳은 그곳이다.

4.

이호철 선생은 나를 보면 언제나, 당신이 체포됐던 곳인 울진 어드메쯤으로 데려
가고 싶다고 하신다. 문학청년 국군장교를 만난 덕에, 그래서 잠깐 '인간적'인 관심
을 받게된 덕에 그 임의 총살로부터 벗어나 겨우 살은 목숨이라고 하신다. 오늘도
멋모르고 통일, 민주화 어쩌고 하는 나를, 선생께서는 울진 어드메쯤으로 데려가고
싶어 하실까? 언제나 눈물겨운 분, 그러나 그 눈물은 분단이 아니라, 통일로 가는
눈물이며, 소시민이 아니라 통일민족으로 가는 눈물이며, 슬픔이 아니라 슬픔의 힘
으로 가는 눈물이다. 맞습니다. 선생님, 통일은 눈물과 강철 의지의 변증법이고, 역
사 발전은 개인과 집단의 변증법적 발전입니다. 통일되는 날까지 꼭 사소서. 백기
완, 김규동 선생님과, 이기형 선생님과 함께.

서늘한 맑음, 감각의 문학

정호웅[*]

1. 출발의 소설사적 의미

1955년에 등단한 이래 40여 년에 걸쳐 창작활동을 펼쳐 오고 있는 이호철은 큰 작가이다. 그를 큰 작가라 하는 것은 오랜 연조 때문만이 아님은 물론이다. 완강한 반공 이데올로기와 소박한 휴머니즘을 모든 것을 척도 하는 규범으로 설정해 객관 현실의 구체적 탐구를 외면하고 추상적 무시간성에 폐쇄되어 있던 전후소설을 넘어 소설사의 새로운 단계를 연 이래 일관하여 한국사회의 안팎을 반성적으로 성찰하는 어려운 행로를 쉼 없이 걸어 문학사에 이호철 문학이라 기록될 개성적인 큰 세계를 일구었기 때문이다. 첫 작품인 「탈향」에서 이미 그 같은 큰 작가의 면모가 분명하다.

중공군 참전으로 인한 대규모의 1·4후퇴 당시 엉겁결에 LST에 올라 부산바닥에 떨어진 한 고향마을 네 젊은이 광석, 두찬, 하원, 그리고 화자이자 관찰자인 '나'가 있다. 부두 하역장에서 젊은 육신을 팔아 버티는 생활이다. 이 작품의 바로 앞에 놓이는 「만조」에서 이미 두찬과 광석의 미묘한 갈등이 형성되어 있었던 터인데, 간고한 부산생활을 통해 더욱 노골화된다. 상황이 어려울수록 이성의 통제가 약화되고 원색적 욕망이 마구잡이로 터져 나오는 법이니 당연하다.

> 이 한 달 사이에 두찬이는 두찬이대로 광석이는 광석이대로, 남모르게 제각기
> 의 배포가 서게 된 것은(배포랄 것까지는 없지만) 그들을 탓할 수만 없는 일이었다.
> 쉽사리 고향으로 못 돌아갈 바엔, 늘 이러고만 있을 수는 없다. 다른 변통을 취해
> 야겠다. 두찬이와 광석이는 나머지 셋 때문에 괜히 얽매여 있는 것처럼 스스로를
> 생각하게 된 것이었다. 자연 우리 사이는 차츰 데면데면해지고 흘끔흘끔 서로의
> 눈치를 살피게끔 됐다.[1]

그들의 갈등을 '나'는 냉정하게 지켜본다. 그 냉정함은 생활을 감당 못해 시뻘건 욕망을 적나라하게 드러내고야 마는 인간의 나약함과 사악함에 대한 경멸에서 비롯된 것이기도 하지만, 이와 함께 그 같은 갈등에도 불구하고 같은 고향 출신이라는 점 때문에 함께 엉켜 지낼 수밖에 없는 상황으로부터 벗어나고자 하는 '나'의 내밀한 의지 때문이기도 하다. 입만 열면 고향 이야기이고 눈물단지인 나이 어린 하원이를 마음 밑 깊은 곳에서 버리는 '나'의 차가운 결단이 이를 증거한다.

> 무엇인가 못 견디게 그리운 것처럼 애탔다. 그러나 누가 알랴! 지금 내 마음
> 밑 속에서 일어나는 돌개바람 같은 것을……. 아, 어머니! 이미 내 마음 밑 속에선
> 하원이를 버리고 있는 것이다.[2]

그는 얄팍한 인정주의, 돌아갈 기약 없는 고향에의 그리움으로 눈물이나 짜고 있는 감상주의와 결별하고 단독자로 섰다. 제목처럼 '탈향'을 단행한 것이다. 얄팍한 인정주의, 감상주의와 결별하고 단독자로서 눈앞의 현실을 마주 대하게 되는 이 순간은 바로 출발의 시간이다. 객관 현실의 한복판을 향해 떠나는 젊음의 여행이 시작된 것이다.

이 출발은, 얄팍한 인정주의와 감상주의와의 결별은 소박한 휴머니즘과 비장한

---

1) 「탈향」, 『한국현대문학전집』, 신구문화사, 1968, 309쪽
2) 같은 책, 137쪽.

영탄조, 맹목의 이데올로기에 일방적으로 이끌리는 전후소설에서 벗어나 객관 현실의 구체적 탐구로 나아가기 시작했음을 알리는 소설사적 의미를 머금고 있다. 탈향한 '나'는 우호적일 리 없는 남한사회에 뿌리내리고 살아남기 위해 험한 세상을 건너가야 하는데, 그 행로의 추적은 곧 객관 현실의 구체적 탐구일 것이다. 이호철은 장편『소시민』으로 이를 증명해 보였다. 작가의 대표작이고 소설사적 의미가 대단히 큰 작품인 만큼 자세히 분석해 보도록 하겠다.

2. 객관 현실의 구체적 형상화와 50년대 소설과의 결별

『소시민』에 그려진 전환기적 변동상은 무척이나 혼란스러워 갈피를 잡기가 쉽지 않지만, 과감하게 단순화한다면 전락과 상승으로 개괄할 수 있다. 옛것에 매여 새롭게 형성되는 질서의 궤도에 진입하지 못하는 인물들은 여지없이 전락의 내리막길로 굴러내리게 되고 그 반대의 경우는 황당할 정도로 빠르게 상승하게 된다. '전면적 소용돌이'에 휘말려 '사회적 무정부 상태(『한국현대문학전집 8』, 신구문화사, 1966, 143쪽)'로 격심하게 흔들리고 있지만, 그럼에도 옛 질서의 해체와 새 질서의 형성은 뚜렷하니, 이 같은 양상이 광범위하게 펼쳐지는 것이다.

먼저 이념의 토대 상실과 그로 인한 이념인의 전락을 들 수 있다.

동경 일교대학(동경상대) 출신으로 해방 후 좌익운동에 투신했다가 보도연맹에 들기도 한 경력을 지닌 강 영감은 삶의 의욕을 완전히 상실하고 우중충한 잿빛 사물로 굳어 버리고 말았다. 결국은 목매달아 죽고 말지만, 그 죽음은 자살 일반의 단호한 비장감과는 전혀 무관하다. 잿불의 사그라짐처럼 자연스러운 소멸로 느껴질 뿐인 것인데, 역설적으로 그러기에 더욱 처절하게 다가온다.

무엇이 한 진보적 지식인을 이처럼 철저하게 망가뜨렸는가. 또 하나의 좌익 지식인 정씨의 전락과정이 이에 답한다.

대구사범을 다닌 경력의 남로당 간부 출신이다. 어떤 경로를 거쳐왔는지 밝혀져 있지 않지만 제면소 일꾼으로 등장했다. 타락한 질서의 소용돌이에 휘말려 모두가 타락해 가고 있지만, 그들은 완강하게, 자신의 삶을 걸었던 이념에 기대어 거기에 맞서려 한다. 그러나 "그것도 이미 어떤 실체가 아니라 차라리 매너리즘 같은 것으로 환영(幻影)이 되어가고(87쪽)" 있으니, 곧 무너져 탁류에 휩쓸려들기 직전에 안간힘을 쓰는 안쓰러운 몸부림일 뿐이다. 그도 결국은 강 노인을 좇아 불과 일 년 남짓 사이에 '완전히 탈진'되고 만다.

> 모든 이념이라든지 신념이라든지 그런 것들을 오던 길에 헤실헤실 흘러 버리고, 이제 마지막으로 오관(五官)만이 남아, 김씨처럼 적극적인 것도 못 되고 소극적으로 소심하게 즉물적으로 된 사람의 서글픈 단순성이 번뜩였다.[3]

왜 이런 지경에 떨어졌는가. 가족의 생계를 책임져야만 하는 중년의 굴레 때문이기도 하겠지만, 근본 원인은 '움직여 볼 터전이 없는, 닫힌 세월', 곧 토대의 상실이다.

자주적 통일국가 건설, 친일잔재 청산, 무상몰수 무상분배 원칙의 완전한 토지개혁 실시라는 기치를 내걸고 혁명전선에 섰던 실천적 이념인들은 모든 것이 무너져 내리는 소용돌이의 부산사회 속에서 그 이념의 토대를 잃고 여지없이 전락한다. 일선에서는 이념과 그 선택을 두고 치열한 전투가 이어지고 있지만 그것은 다른 세계의 일, 미국과 이승만 정권이 군림하는 부산사회의 새로운 질서 속에서 이념인이 설자리는 없어져 버렸다. 새로운 질서에 순응하지 않는 이념인의 앞에 놓인 것은 강 영감이나 정씨의 경우처럼 전락일 뿐이다. 이 바닥의 신(神), 곧 대세(大勢)가 이념인의 순결한 정신을 용납하지 않기 때문이다.

> 신(神)이란 곧 바닥의 대세(大勢)잉 기라요. 궁극의 풍경이라는 것이, 착하고 예쁘고 아름다운 사람들 사이라는 것이, 이 바닥에서 꽃필 자리가 못 되능 기라요. 이런 꽃방석은 가까이 죽음을 전제하지 않고는 마련하지 않을 깁니더.[4]

정씨를 깊이 이해하고 그의 이념에 동감하는 여동생 정옥의 말이다. 그녀의 단언대로 부산바닥의 신은 이념인들을 용납하지 않았다. 강 영감은 자살하고, 정씨는 낙

---

3) 같은 책, 223~224쪽.
4) 같은 책, 133쪽.

백(落魄)해 사물화됐다 곧 죽었고, "역겨운 세상과 살아가기 힘든 역겨운 하루하루를 빨아들여 정화(淨化)시킬 듯(90쪽)"한 맑은 눈을 지닌 그녀 역시 청춘에 요절했다.

전쟁통에 고향을 떠나 부산바닥에 몸을 부린 천안색시의 전락은 농촌 사회의 거대한 지각 변동을 예고하고 있다. 어수룩하고 순박하여 '나'가 '원만한 촌부다운 원형'을 발견하고 누님을 대하는 듯 친밀감이 느껴지는 그녀는 부산사회가 내뿜는 독소에 침범당해 무너져 내린다. 부산의 새 질서에 적응 순응하는 강한 생활력의 소유자인 김씨에게 휘말려 남편을 저버리고 마침내는 미국인을 상대하는 댄서로까지 전락하는 그녀의 급전직하하는 변모는 당해 현실의 한 단면에 대한 통절한 증언이다. 생래의 순박함을 잃고 조금씩 잡스러워져 가는 그녀의 변모는 동시에 부산사회를 움직이는 자본주의적 질서에 의해 기존 농촌사회의 모든 면에 뒤틀리고 오염당할 것임을 앞서 보여 주는 처절한 예고인 것이다.

전락하는 부류는 또 있다. 이미 삶의 모태인 농촌에서 분리되어 막벌이 지게꾼이 되었으니 바닥까지 곤두박칠쳐졌다 할 제면소 주인의 형은 말할 것도 없고, 제면소 주인조차 전락의 대열을 벗어나지 못한다. 전쟁 통이니 값산 국수가 잘 팔리긴 하지만, 원료인 밀가루를 얻기가 쉽지 않다. 미국 쪽이나 정부 관리들과 연결되면 수월하게 큰 돈을 벌 수 있겠지만 무식한데다가 단순·소박한 위인이니 그 복마전을 뚫을 마음도 먹지 못한다. 앞길이 불을 보듯 훤하다. 60년대 들면 변두리 복덕방 늙은이로 주저앉고 마는 것이다.

부산사회는 급속도로 팽창하며 활기차게 돌아가지만 그 움직임의 궤도에 올라타지 못하면 이처럼 전락하고 만다. 반대로 상승하는 부류들도 있게 마련이니 그들은 누구인가.

먼저 김씨. 과거 정씨 밑에서 남로당 활동을 함께 한 인물이다. 망설임과 번민이 없을 수 없으나 단호히 과거와 작별하고, 새로운 질서의 한복판으로 뛰어들었다.

나는 원래 뛰어드는 것도 빠져나오는 것도 빠릉 기라. 산전수전 다 겪어 보았고, 미련이라고는 추호도 없능 기라, 이왕 유식자는 몬 되지만 나대로 눈치 하난 있는 기고, 또 새로 살아나갈 자신도 어지간히 서 있능 기라.5)

서늘한 맑음, 감각의 문학 247

조실부모한 후 밑바닥을 떠돌며 온갖 풍상을 겪어 강한 생활력을 소유한 잡초 같은 사나이. 팔도 말을 다 구사할 줄 아는 정도이니 세상 돌아가는 속내에 훤할 수밖에 없다. '돈'이 최고의 가치로 군림하는 사회임을 꿰뚫어보고, "별의별 쌍놈의 짓 다 해서 돈만 벌면 그날부터 양반도 될 수 있는 기라(108쪽)." 호언하며 돈벌이에 나섰다. 세상 속내에 훤한 사람답게 미군 부대를 끼고, 한편으로는 이승만 정권을 유지하는 데 크게 공헌한 백색 테러 단체의 하나인 청년단 체육부장 감투를 썼다. 이처럼 당대 경제의 중심 중 하나의 미군 부대를 끼고 정치권력과 손잡았으니, 갈수록 상승할 것임은 자명하다. 15년 뒤 그는 서울 미팔군의 납품업자로까지 성장하는 것이다.

김씨는 이 작품의 인물들 중 가장 개성적이고 성공적으로 그려진 경우라 생각된다. 부산항을 통해 마구잡이로 밀려든 미국 자본과 물품에 힘입어 흥청대던 당대 경제 질서와 정치 질서의 맥을 움켜쥐고 상승하는 그는 당대뿐만 아니라 5,60년대 한국사회의 기본 성격을 한 몸에 체현하고 있는 하나의 상징체라 할 만하다. 돈벌이와 무관한 인간관계를 단호하게 청산하는 그의 냉혹함이 이에 정확하게 대응된다.

다른 한 부류는 월남자의 경우이다. 국군 입성시 대한청년단장이란 감투를 쓰고 기세등등하다가 단신 월남한 그 동향인 또한 김씨와 마찬가지로 '돈'을 최고의 가치로 떠받드는 배금물신주의에 빠져들었다. 어디에도 기댈 데 없는 뿌리뽑힌 존재이기에 그 빈 곳을 돈으로 채우려 드는 것은 당연하다 할 것인데, 그가 택한 직업은 장사였다. "그저 이 바닥에선 얼렁뚱땅 장사하는 길밖에(63쪽)."라는 것이 그가 꿰뚫어본 상승의 지름길이었고 그것은 정확했다. 어느덧 점포를 마련하고 기반을 잡아, 상승의 출발선에 선 것이다. 그러므로 그에게 이 체제는 지극히 고마운 것일 수밖에 없다. 이승만 대통령과 그가 다스리는 대한민국은 무조건 긍정적인 것으로 상찬된다.

그 전에 말끝마다 입에 올렸던 '개판' 소리는 어느 새 사라져 있었다. 그만큼 이제 살아갈 자신도 생기고, 이런 바닥이라는 것이 도리어 다행으로 느껴지나 보았

---

5) 같은 책, 78쪽.

다. 놀라운 일은 이렇게 고향을 버리고 피난길에 나선 것도 다행으로 여기는 듯하
였다.6)

  물신에 혼을 앗긴 인물의 개성적 성격 창조의 한 전범을 여기서 본다.

  우리 소설에서 월남자는 대체로 일구월심 고향에 대한 그리움에 붙잡힌 인물로
그려져 왔는데 그는 특이하다. 그를 월남자의 일반성을 충분히 반영하는 전형적인
인물이라고 하기는 불충분하지만, 어떻든 색다른 성격 창조라는 점에서 주목할 만
하다. 판에 박인 분단소설을 넘어설 수 있는 가능성의 하나가 여기 빛 발하고 있는
것이다.

  전락과 상승이란 거친 이분법적 범주가 포괄하지 못하는 독특한 인물유형이 확
인되니 지나칠 수 없다. 제면소의 최고참 일꾼인 신씨. 착실하고 온순한 성품에다
가 "일 자체에 집착을 하고 일하는 데에서 사는 맛을 느끼는(14쪽)", 그저 충직한
일꾼일 뿐인 평범한 그의 외면 안쪽에는 놀랄만한 내면이 자리잡고 있으니, 그는
"아직도 왜정 말기의 그 전시(戰時)(149쪽)"에 포박당한 의식의 불구자로 과거에 사
는 인물인 것이다.

>   그의 애기 가락에는 무척 그 시절을 그리워하는 듯한 투가 완연하게 노골적으
> 로 서려 있었다. 당시의 일본군, 사령관들의 이름이나 전투 사정도 놀라울 만큼
> 소상했고 [……] 그 자신이 속해 있었다는 [……] 부대의 사단장 야나다[柳田] 중
> 장 등의 일화들도 매우 소상하였고 되도록 미화하고 신격화시키고는 하였다. 그
> 러나 이런 그도 오늘의 사정에 대해서는 전혀 까마득한 백치인 것이다.
>
>   [……] 결국 그에게는 태반의 사람에게 있어 이미 자명한 것으로 처리되어 있
> 는 군국주의라고 불리는 일본군이 아직까지도 절대절명의 것으로 적용되고 있는
> 것이다. 이건 놀라운 일이었다. 이런 그에게 있어 해방 후에 몰려들어온 모든 논
> 리의 더미들은 무의미한 소음일 것은 당연하다.7)

---

6) 같은 책, 179쪽.
7) 같은 책, 149쪽.

과거에 붙박여 있기에, 그가 "눈앞에 벌어지고 있는 전란과 후방의 소용돌이를 큰 화재와 홍수와 같은 것으로 단순화시켜 받아들이는(149쪽)" 것은 자연스럽다. 시간의 힘은 위대하여 거의 언제나 과거를 미화시킨다. 그것이 어떠한 내용의 것이든 어린 시절을 애틋이 그리워하는 것은 모든 인간의 고유한 권리다, 라는 말은 이 같은 사정과 관련된 것이다. 미얀마전선까지 나아가 싸웠던 신씨의 군대 추억과 미화는 이 점에서 이해될 수 있는 것이지만, 그가 과거에 포박당한 의식의 불구자라는 것은 상징의 효과를 보다 뚜렷하게 하기 위한 과장이지 현실적인 것이라 하기는 어려울 터이다.

당대의 가장 중요한 문제 중 하나였던 친일잔재 문제와 관련해서는 신씨의 경우 말고는 한 마디 언급도 없어 기이한 느낌조차 주는 이 작품에서 유일하게 설정된 신씨라는 인물의 이처럼 강렬한 성격은, 작가의 작품 속에 담지 못한 친일잔재 문제를 압축하는 상징물이라 판단된다. 아마도 이처럼 지독하고 끈질기게 우리의 내부에 파고 들어 있다는 것, 그로 인해 우리의 생각과 감각을 우리가 발딛고 선 지금 여기의 현실로부터 끊임없이 이탈시키고 있다는 것 등을 드러내고자 한 것일 터이다. 이 인물유형은 소설에서의 일제잔재 문제에 대한 지금까지의 접근이 친일파 문제에 집중되었음을 생각하면 대단히 의미 깊은 성격 창조에 해당된다고 하겠다. 일본의 식민지배로부터 벗어난 직후인 50년대 사람들의 의식과 감각 또는 생활 속 일제 잔재의 양상은 어떠하며, 반 세기가 흐른 지금의 경우는 어떻게 달라졌는가 등에 대한 섬세한 점검을 요청하고 있는 것이다.

'비생산적 폭발성'을 내재한 채 "전면적 소용돌이(143쪽)"에 빠져든 부산사회의 모습은 조그만 제면소라는 중심 무대에 집중 진열되어 있는데, 이 같은 구조는 부산사회의 본질을 드러냄에 대단히 적절한 것으로 판단된다. 생계를 위해, 또는 징집을 피해 제면소에 모여든 군상들은 이 좁은 공간에서 마구잡이로 뒤엉키며 지극히 혼란상을 만들어 낸다. 공간의 협소함이, 그리고 폐쇄성이 그들 모두의 욕망을 원만하게 받아들이지 못하기 때문에 그러하다.

이처럼 협소하고 폐쇄된 공간에 다양한 인물들의 삶을 집중 진열함으로써 이 작품은 부산사회의 혼란상을 혼란이란 형식 속에 담아 내는 데 성공 할 수 있었다. 부산사회는 곧 남한사회의 축도이니 이 제면소는 당대 남한사회의 본질을 효과적으로 반영하는 새로운 형식인 것이다.

얄팍한 인정주의·감상주의와 단호히 결별하고 출발한 주인공의 여로에 펼쳐진 풍경들은 이처럼 전락과 상승의 마구잡이 뒤엉킴이 만들어 내는 혼란의 소용돌이였다. 그 같은 소용돌이를 바라보는 '나'의 가슴을 채우는 것은 '서러움'과 '억울함'의 정서이다.

> 짐작이 갔다. 어진 사람이라는 그 윤곽이 짐작이 가는 것이었다. 도대체 저렇게 단순한 어두워지는 바다를 향해 앉아서 이런 얽혀 있는 일들을 생각해야 한다는 일이 서러운 생각이 들었다. 어질고 어진 천안 구석의 사람들이 이 부산바닥에서 겪어야 하는 아득하게 어렵기만 한 일이 억울한 생각이 드는 것이었다.(방점 인용자)8)

이제 갓 스물인 실향민 청년의 속절없는 뿌리뽑힘에서 오는 것이기도 하겠지만, 그것은 또한 소중하게 간직해야 할 것들이 무참하게 짓밟히며 표류하는 현실과의 대면에서 생겨나는 것이기도 하니, 그 같은 정서의 밑바닥에는 타락한 현실에 대한 강한 분노와 비판이 자리잡고 있다.

그러나 '나'에게 무엇보다 시급하고 중요한 것은 타락한 현실일지라도 감당해 내야 하고, 그리하여 살아남아야 한다는 것이니 분노와 비판의 정신이 지속되기 어렵다.

> 그 억양도 자상스러운 억양으로 돌아와 있었고, 어느 새 또 그 굵은 테안경을 쓰고 있었다. 참, 사람이란 여러 가지고, 술수(術數)라는 것도 여러 가지라고 익살을 섞어 생각하며 순간 정씨와는 제법 그런 대화를 나누는 주제에 겨우 이런꼴로 이 주인 마누라에게 당해야 하는 나 자신이 착잡한 심정이었다. 그러나 생각한다는 것은 금물이다. 감당해 가야 하는 것이다. [……](방점—인용자)9)

---

8) 같은 책, 87쪽.
9) 같은 책, 98쪽

주인 마누라의 성적 노리개의 처지로 전락한 '나'가 자신의 타락을 속으로 통곡하며 행하는 스스로의 속다짐이다. 진창을 뒹굴더라도 살아남아야 한다는 절대명제를 붙들고 안간힘을 쓰고 있는 젊은 혼의 몸부림은 처절하다. 그러나 분노와 비판의 정신이 지속되지 않을 때 체념적 비관주의가 싹트는 것은 당연하니, 그 빈 자리를 '쓸쓸함'의 정서가 메우게 된다.

> 택시 바깥의 비 쏟아지는 거리는 전시(戰時)의 거리답지 않게 푹 가라앉아 있으면서도 낭자해 보였다. 그 낭자함도 웬 쓸쓸한 여운을 지니고 있었다. 시민관 앞의 영화 광고판에는 원통형 털모자를 쓴 울긋불긋한 여인이 담배를 물고 있었다. 뒤돌아보니 영도다리가 빗속에 하늘에 차오르고 있었다.(방점—인용자)10)

동족간의 전쟁이 한창 진행 중인데도 부산 거리는 온갖 부패한 욕망이 뒤섞이며 들끓어올라 낭자하다. 화려한 풍경의 뒷면을 보아 버린 사람, 그것에 대한 분노와 비판의 정신을 애써 거두어들인 사람에게 남은 것이 '쓸쓸함'인 것은 당연하다. 싫지만, 그러나 "차겁게 흘러가는(89쪽)" 현실의 대세를 따라야만 살아남을 수 있음에 어쩔 수 없다는 이 기묘한 갈등과 체념으로의 귀결 아래 놓인 것은 비관주의이다. 비록 대세를 굴복당해 "타념과 패배주의에 젖은(225쪽)" 소시민으로 주저앉게 되고 말지만 그럼에도 타락한 현실을 마음 깊은 곳에서는 인정하지 않는다는 데서 생겨나는 것이니, 이로 인해 타락한 현실의 마권 속으로 휩쓸려들면서도 그 이면과 자신의 삶, 나아가서는 자기 세대를 냉정하게 응시할 수 있었다.

이 같은 자기 반성의 대상이 '나' 개인 또는 그의 세대에만 국한되는 것이 아님을 우리는 지금까지의 작품분석을 통해 알 수 있으니, 전쟁을 겪으면서 급속하게 타락해 간 당대 한국사회 전체가 비판적 진단의 대상이 되고 있는 것이다.

그러므로 이 작품 전체에 감돌고 있는 비관주의는 될 대로 되라는 식의 것이 아니라 희망적인 것으로 전화될 수 있는 성격의 것이다. 15년 뒤, 한일국교정상화가 추진될 때 대학 정치과 학생으로 이에 맞서 외세 배격과 주체성 회복의 데모를 주도하게 되는 정씨의 아들을 만나 자신을 되비춰 반성하고, 이십 대의 "잔잔하게 낮

---

10) 같은 책, 98쪽.

은 목소리로 강철의 말뚝을 박는 듯한 확신에 찬(229쪽)” 목소리에 희망을 걸게 되는 것은 바로 이 때문이다.

현실의 마권에 휘말려 무기력한 소시민으로 전락한 세대를 넘어 현실과의 단호한 정면대결을 회피하지 않는 세대의 떠오름이란 전락—상승의 관계항은, 앞장에서 살핀 바 전락—상승과 한 짝을 이루면서, 또 하나의 탈향을 배태하고 있다.

우리는 앞에서 『소시민』이 50년대 소설과 완전히 결별하고 소설사의 새로운 단계를 여는 작품이라 판단되는 이유로서 얄팍한 인정주의·감상주의와의 결별, 객관 현실의 구체적 탐구를 들었는데, 양자는 긴밀히 관련되어 있다. 50년대 소설을 맹목적인 반공이념과 이에 근거한 소박한 휴머니즘의 문학이라 거칠게 진단 가능한데, 이 같은 특성은 객관 현실에 대한 구체적 탐구의 태도를 갖추지 못한 데서 비롯된 것이다. 객관 현실에 대한 구체적 탐구의 태도(방법론)를 지니지 못했을 때 현실의 자의적인 이해와 판단을 피하기 어렵다. 확고하게 틀지어진 이념이나 사상 체계를 잣대로 한 거친 유형화에 가 닿거나 현실 비적합적인 가공의 세계를 그럴 듯하게 구축하는 데 머물 뿐 진실의 드러냄 또는 담아 냄에까지는 나아갈 수 없는 것이다. 객관 현실을 왜곡하는 폭력적인 반공이념과 객관 현실을 왜곡하거나 그 표면만을 단편적으로 반영하는 데 그치는 소박한 휴머니즘이 50년대 소설을 가득 채운 것은 따라서 당연하였다.

『소시민』의 방법론은 이와는 매우 대척적이니, 작가는 화자이자 관찰자인 ‘나’의 생각을 빌려 다음처럼 밝혀 놓았다.

> 과연 이 지점에서 각자는 어느 곳으로 향하고 있는 것인가. 나는 나 나름의 감수성과 비평안으로 이 완월동 제면소를 둘러싼 한 사람 한 사람을 적지 않은 호기심으로 바라보기 시작하고 있었다.11)

‘나’는 세계를 추상할 수 있는 지적 능력을 지닌 인물이다. 그 같은 능력이 그로 하여금 단정적인 진단을 지나칠 정도로 남발하게끔 이끈다. 지식인인 정씨와 그의

---

11) 같은 책, 42쪽

아들 또한 그다지 깊은 통찰이라 하기 어려운 현실 진단을 장황하게 늘어놓곤 하는
데, 이 점에서『소시민』은 치밀한 언어에 실어 객관 현실의 숨은 본질을 날카롭게
찍어올리는 최인훈의『광장』(1960)에 못 미친다. 그러나 관찰자인 '나'의 눈을 통해
우리 앞에 제시되는 현실의 구체적 세목은『광장』에 비해 훨씬 풍부하고 생동감이
넘쳐흐른다. 남과 북, 밀실과 광장이란 추상적인 이원적 대립항들을 벼리삼고 주인
공 이명준의 현실 진단으로 그 사이를 메우고 있는『광장』에 비해 비교적 중도적인
주인공의 체험과 눈을 통해 대상의 구체적 양상을 세밀히 살펴 제시하는 이 작품은
크게 구별되는 것이다.『광장』의 언어가 지식인의 추상적인 성격의 것이라면『소
시민』의 언어는 보다 실제의 삶과 밀착된 구체적인 성격의 것이다. 작가 특유의 대
화 부분에서 이런 사정을 특히 분명하게 확인할 수 있다.

> "박씨!"
> 나는 그냥 말없이 바다 쪽만 바라다보았다.
> "나 무서워졌어유."
> "……."
> "어떻게 해야 좋지유? 우리 모두가 어떻게 되지유?"
> "……."
> "아무 소리라두 해 줘유. 아무 소리라두."[12]

 남에게 기대어서라도 안정을 찾으려는 천안색시의 허둥대는 말 몇 마디로 전락
의 고비에 놓여 두려움과 혼란스러움 때문에 안절부절못하는 천안색시의 처지를
드러내고 한마디 대꾸도 없이 바다만 바라보는 '나'의 침묵을 통해 안됐지만 어쩔
수 없지 않느냐는 비관주의에 젖어든 '나'의 내면을 여실히 부각시키고 있음을 본
다. 다른 등장인물의 처지와 생각도 이처럼 짤막한 대화로 절묘하게 제시되고 있는
데, 이것들이 종횡으로 엮여 당대 현실을 폭넓고 깊이 있게 반영하는 것이다. 물론
화자나 정씨, 그리고 정씨의 아들 중 지식인의 추상적 언어가 중요한 역할을 행하

---

12) 같은 책, 76~77쪽.

고 있음은 부정될 수 없지만 그것은 부차적인 것이다.

"가장 중요한 것은 구체적인 상황의 구체적인 파악(227쪽)"이란 정씨 아들의 말에서 그 명료한 표현을 얻고 있는 이 같은 방법론은, 1920년대 초에 쓰여진 염상섭의 「만세전」 단계에서 상당한 수준에 달했고, 이기영의 「고향」이나 채만식의 「탁류」가 발표된 1930년대에 이르면 매우 높은 차원으로까지 완성되었던 것으로 그 자체가 결코 새로운 것은 아니다. 그러나 1950년대 소설과 이를 넘어선 것으로 평가되는 『광장』의 허약한 측면 등을 전제할 때 그 중요성은 매우 큰 것이다.

얄팍한 인정주의·감상주의와 결별하고 현실과 정면에서 마주 섰던 「탈향」의 '나'는 『소시민』에서는 50년대 소설, 나아가서는 50년대 한국 사회와 결별하고 한 단계 더 전진하는 또 다른 탈향을 앞서 이끌었던 것이다.

3. 인간원형의 탐구

이호철 소설은 작가가 직접 경험하며 통과해 온 해방 직후의 북한사회와 전쟁기 이래의 남한사회를 배경으로 하고 있다. 앞에서 보았던 대로 작가는 '구체적인 상황의 구체적인 파악'이란 방법론으로 격동하는 현실의 다방면을 깊이 있게 탐사하여 높은 성취를 이루었다. 우리는 작가의 안내를 따라 이호철 문학이 거쳐가는 '그때 그곳'을 바로 눈앞에 보듯, 생생하게 실감하는 것이다. 그런데 주목되는 것은 이 같은 객관 현실의 탐구와 함께 인간원형의 탐구에 작가의 관심이 크게 기울어지고 있다는 사실이다. 시대와 무관하게 존재하는 인간원형을 탐구한다는 이 힘겨운 과제에 큰 관심을 기울여 왔다는 사실이야말로 이호철이 범상한 작가가 아님을 보여주는 단적인 증거라 할 터인데 그 구체적 양상은 어떠한가. 몇 경우를 살펴보기로 한다.

「탈향」, 「만조」에서의 두찬과 광석. 그들은 다음처럼 상반된 유형이다.

그러나 두찬이 편이 네댓 살은 더 들어 보였다. 훤칠하게 큰 키에 알맞게 뚱뚱한 것이며, 검은 얼굴에 뒤룩뒤룩한 눈, 두꺼운 입술, 술사발이나 들어가면 둔하게 왁자지껄하지만 여느 때는 통히 말이라고는 없었다. 광석이는 키는 큰 편이나

조금 여위었고 까무잡잡한 바탕에 오똑선 콧대, 작은 눈, 엷은 입술에 쉴새없이
날름거리는 혓바닥이며, 홀가분한 걸음걸이, 진득한 데라고는 두 눈을 씻고 보자
해도 찾아볼 수 없었다.13)

두찬은 언뜻 둔한 것 같지만 안으로는 옹골차 생명력이 넘치며 철두철미 실속을
차리는 인물이다. 자기 이익을 위해서는 얼마든지 비정해질 수 있는 이 인물은 어
떤 상황에서도 대세를 좇아 자기를 실현할 수 있는 하나의 원형으로 이호철 소설의
곳곳에서 만날 수 있다. 이에 비해 광석은 덜렁이이다. 앞에 나서 설치기를 좋아하
지만 실속은 챙기지 못하며 당연하게도 뒤가 무르다. 그렇다고 사람이 악하지는 않
으니 무해무익의 유쾌한 광대이다.

인간원형에 대한 작가의 탐구가 가장 뚜렷하게 확인되는 작품은 「남에서 온 사
람들」, 「칠흑 어둠 속 질주」, 「변혁 속의 사람들」 연작이다.

먼저 갈승환. 1946년 4월 하순 조선공산당, 인민당, 신민당의 세 당이 합쳐져 남
조선노동당이 결성되면서 '당원 5배가' 운동이 벌어졌는데 갈승환은 이때 입당한,
말하자면 얼치기 당원이다. 그런 그가 상황에 휩쓸려 자신의 의사와는 무관하게 의
용군의 일원으로 전쟁 상황의 한복판으로 떠밀리게 되었다. 일종의 극한상황이었
으므로 본성이 드러나는 것은 당연하다. 남의 결점을 들추고 비난함으로써 자신의
본색을 감추고 미화하려 하며, 온갖 수단을 동원하여 안전지대로 빠져나가려 한다.
자신에게도 타인에게도 성실하지 못한, 그러나 민첩하게 자신의 이익을 챙기는 인
물의 전형이라 하겠는데 그가 끝끝내 살아남은 것은 물론이다.

다음은 장서경. 일제 때부터 변호사인 아버지를 둔 상승 출신인데 부산 수산대학
3학년생일 때 전쟁을 만나 단신으로 전장을 뚫고 북상, 의용군으로 인민군에 입대
한 인물이다. 또랑또랑한, '묘하게 쏘는 힘'을 지닌 두 눈의 소유자인 그는 다른 사
람들과는 달리 열혈분자의 티는 조금도 내보이지 않고 그 북새통에도 한결같이 의
젓한 표정을 허물지 않는다. 시류에 따라 자기 이익을 좇아 표변하는 인물들과는
명확하게 구별되는 '순수한 열정'의 표상인 것이다.

---

13) 같은 책, 131쪽.

그 다음은 김석조. 인쇄공 출신의 남로당원으로 인민군에 자원 입대했다. 자신에게 큰 도움이 될 이런 이력을 그는 전혀 내세우지 않는다. 오히려 사상의 불철저라 비난받을 행위도 서슴없이 저지르는 지경이다. 도대체 어떤 인물인가.

> 어떤 일에서나 애매모호한 것, 껄쩍지근한 것, 자신의 살갗으로 자세히 와 닿지 않는 겉도는 이치라나 하는 것이 끼여들 틈서리라고는 없이 자기 식으로 철저하다고 할까 분명하다고 할까 그런 쪽이었다.[14]

요컨대 김석조는 '하루하루 살아가는 데에 그 어떤 근원적인 단호함, 제 배짱 하나는 단단히 갖고 있는' 인물인 것인데, 그 같은 속성이 이념이나 상황 이전의 본래적인 것임은 물론이다. 김석조는 작가의 인간 통찰의 날카로움이 창조해 낸 인물형으로 거듭 검토될 필요가 있다.

4. 대상 파악법의 특이함 ― 분위기와 느낌

이호철 소설에서 가장 빈번하게 사용되는 말의 하나는 '느낌'인데, 대상이 자아내는 분위기에서 오는 느낌으로 본질을 감지해 내는 작가 특유의 대상 파악법을 잘 보여 준다.

> ① 그리고 보면 새삼 기억나는 일이 한 가지 있다. 몇 년 전 인도의 뉴델리에서 마침 몇 개 나라 상품 전시회가 있어 호기심에서 구경한 일이 있다. 각국이 주로 인도로 수출 가능한 물품들을 진열해 놓았는데 미국, 일본 등은 아예 빠져 있는, 원체 몇 나라 안 되는 출품국 가운데 다행히 한국도 껴 있었다. [……] 그리고 나는 이 자리에서 비로소 우리 경제의 진면목과 대할 수 있었던 것이다. 비록 몇 나라 안 되지만 사회주의권 나라 서넛도 껴 있는 그 속에서 정작 우리 경제의 모습은 뭔지 천덕스럽고 야하고 그리고 뿌리가 극히 엷어 보였다.

---

14) 「변혁 속의 사람들」, 『이호철 전집 3』, 청계, 1988. 240~241쪽.

중공이나 북한은 그나마 낼 만한 것이 없었던 모양이고 소련의 경우는 수력발
전소 플랜트에, 안내원들의 무거운 분위기며, 역시 장중한 북국적 음악이며,
입구에 붙어 있는 스키 타는 모습의 커다란 사진이 인상에 남아 있지만 그런
나라들과 비교한 우리 나라 경제의 적나라한 모습이 비로소 흘긋 드러나 보이
던 것이었다. 요컨대 이런 식으로 보이는 것이 진짜배기 모습이다.15)

② [……] 귀에 선 노래가 이 골목 저 골목 끝에서 바람결에 묻어 오는 것으로
벌써 새 세상이 다가오는 낌새는 깊숙히 드러나고 있었는데,
높이 들어라 붉은 깃발을
그 밑에서 굳게 맹세해
하는 그 노래는 가사가 단순하고 알아듣기 쉬워도 금방 가난한 사람들의 살갗
에 스며들 수가 있었고 "일하지 않는 자는 먹지 마라!", "땅은 밭갈이하는 농
민에게!", "노동자 농민의 동맹 만세!" 등 낫과 망치를 둘러멘 노동자와 농민이
어깨동무하고 있는 그림을 곁들여 각종 낯설고도 자극적인 표어가 곳곳에 나
붙기 시작하고, 마분지 종이의 한 장 짜리 격문도 무수히 나돌았다. 그것들은
하나같이 감탄부 투성이였으며 선렬하였다. 그리고 그것들은 하나같이 우리
네 조선 사람 문장으로 쳐서는 너무너무 숨이 막힐 정도로 가파르고 다급하였
다. 그것들은 분명히 우리네 조선 사람의 숨결보다는 국제노동계급 쪽으로 더
가까웠다.16)

③ 그때 이광진에게서 풍기는 그 냄새는, 어느 구석이 어떻다고 꼭 집어 낼 수는
없었으나, 바로 남쪽 냄새 그것이었다. 구두 끝에 차락차락 닿는 까만 나팔바
지의 주름이 칼로 벤 듯이 서 있었으며, 향긋한 미안수 냄새가 코를 찔렀다.
그러나 그 미안수 냄새는 비록 향기는 좋았지만 매우 이색적이고 역겨웠다.
무척이나 부도덕하고 썩은 냄새로 훅 끼얹어 오면서도, 밑 빠진 것처럼 무원
칙하게 시원시원한 느낌이기도 하였다. 큰 체제에 각기 하나의 분자로서 째어

---

15) 「밀려나는 사람들」, 『천상천하』, 산하 1986, 12~13쪽.
16) 「변혁 속의 사람들」, 『이호철 전집 3』, 청계, 246쪽.

들어 있는 것이 아니라, 제각기 흩어진 상태의 알갱이로 원칙도 아무것도 없이 제멋대로 돌아가는 세계가 흘깃 들여다보였던 것이다. 맞다, 그것은 그 뒤 '50년 12월, 내가 이북 피난민으로 부산에 닿아, 밤에 첫 일자리를 찾아 3부두로 나갔을 때, 산더미로 쌓인 레이션 더미 위에서 불과 열예닐곱 살 될까 말까 한 소년 노동자가 두 다리를 건들건들 흔들며 구성지게 부르던 「신라의 달밤」을 처음 들었을 때의 역겨움이 섞인 기묘한 감동과도 통하는 것이었고, 같은 무렵, 숱하게 라디오에서 내쏟던 페티 페이지 노래를 들으며 썩은 물을 흠뻑 뒤집어 쓰는 듯한 그 느낌과도 통하는 것이었을 터이다.[17]

인용이 길었는데 작가 특유의 대상 파악법을 강조하기 위해서이다. ②는 해방 직후 북한사회의 본질을 명료하게 드러내고 있다. 낯선 박래의 이데올로기와 그에 근거한 체제가 군림하기 시작한 상황에서의 거칠고 조급한 분위기가 서서히 자리 잡아 나가고 있음이 실감나게 와 닿는다. ③은 미국 자본주의 산하에 든 남한사회의 핵심성격을 보여준다. 개인의 자유가 어느 정도 보장되고 있기에 활기가 넘쳐나지만 그러나 안으로는 곪아 가고 있는 사회가 풍기는 분위기이다. 작가는 ①의 화자 입을 빌려 이 같은 분위기에서 오는 느낌이야말로 대상을 정확하고 깊이 있게 파악할 수 있게 한다고 주장하고 있는 것인데, 이에 이호철 문학의 중요한 특징 하나가 분명해졌다.

대상이 풍기는 분위기를 통해 그 속성의 한복판으로 단숨에 다가서는 작가의 빼어난 감각은 그가 타고난 예술가임을 말해 준다. 그러나 이런 감각은 지적 통제로부터 벗어나려는 속성을 지니고 있으니 문제이다. 대상의 안쪽과 다른 것들과 얽혀 이루는 관계망의 분석적 탐구를 가로막는 인력을 내뿜기도 하는 것이다.

대상이 풍기는 분위기에서 오는 느낌으로 그 성격을 파악하는 이 같은 방법론이 그대로 작품 자체를 이룬 경우도 있다. 작가에게 제7회 동인문학상의 영예를 안겨준 「닳아지는 살들」(1962)과 이에 이어지는 「무너앉는 소리」, 「마지막 향연」 연작과 세상의 무서움을 그린 「도주」, 그리고 「큰 산」 등이다. 이 중 크게 주목받지 못했지

---

17) 「세 원형소묘」, 『실천문학』 4호, 1983, 422쪽.

만 이호철 문학을 이해하는데 하나의 열쇠와도 같은 의미를 지니는 것으로 판단되는 「큰 산」을 살펴보기로 한다.

한 월남민이 자기 집 담 위에 고무신 한 짝이 올려진 것을 발견하였다. 앞 뒤를 알 수 없는 괴이한 일이니 두려울 것은 당연하다. 남의 집 담 너머로 집어던졌다. 그 집 사람들도 두려워할 것임은 물론이니 또 다른 집으로 던져 버렸다. 돌고 돌아 그 고무신 한 짝은 맨 처음 집으로 돌아왔다. 소시민의 소심함과 나만 상처 입지 않으면 된다는 이기주의가 날카롭게 파헤쳐진 것이다. 그런데 작가는 여기서 한 걸음 더 나아간다. 이 소심함과 이기주의는 '큰 산'이 안 보여서 생겨난 것이라 진단하는 것이다.

> 그 '큰 산'은 청빛이었다. 서쪽 하늘에 늘 덩더릇이 웅장하게 퍼져 있었다. 아침 저녁으로 혹은 네 철을 따라 표정은 늘 달랐지만, 근원은 뿌리 깊게 일관해 있었다. 해 뜨기 전 새벽에는 청청한 빛으로 싱싱하고, 첫 햇볕이 쬐면 산머리에서부터 백금색으로 빛나고, 햇볕 속의 한낮에는 머얼리 물러앉은 청빛이었다. 해질녘 저녁에는 골짜기 하나하나가 손에 잡힐 듯이 거멓게 드러내고, 서서히 보랏빛으로 물들어 간다. 봄에는 봉우리부터 여드러워지고, 겨울이면 흰색으로 험준해진다. 가을에는 침착하게 물러앉고, 여름이면 더 높아 보인다. 그 '큰 산'쪽으로 샛바람이 불면 비가 왔고, 그 '큰 산'은 늘 우리 모든 사람의 마음 속에 형태 없는 넉넉함으로 자리해 있었다. 그 '큰 산'이 그곳에 그렇게 그 모습으로 뿌리 깊게 웅거해 있다는 것이 늘 안심이 되었던 것이다. 깊숙하게 늘 안심이 되었던 것이다.
>
> 아, 그 '큰 산', '큰 산'.18)

깊이 뿌리내린 웅장한 산. 그리하여 모든 사람의 가슴속에 무형의 넉넉함으로 자리잡은 산을 이제는 볼 수 없게 되었다는 것인데, 큰 산에 대한 어루만져지는 듯한 애정어린 추억과 인용 마지막의 저 뼈를 저미는 듯한 한탄 아래 가로놓인 것은 형

---

18) 『이호철 전집 1』, 216~217쪽.

언할 수 없는 깊고 큰 상실감이다. 그렇다면 '큰 산'은 무엇일까. 고향의 실제 산일 수도 있을 것이다. 또는 이제는 되돌아갈 수 없는 지난 시절의 농촌 공동체이거나 그 속에 엄연했던, 사람다운 삶을 가꾸고 지키는 질서일 수도 있을 것이다. 그러므로 그것은 월남민인 '나'만이 아니라 우리 모두가 한때는 가졌으나 이제는 잃어버린 그 무엇인 것이다. '큰 산'에 대한 간절한 그리움과 그것을 잃어버린 것에 대한 깊은 한탄은 월남한 사람들의 뿌리뽑힌 삶을 다루거나 아니면 이 부황난 남한사회의 타락한 속을 헤집어 탐사하는 경우에도 여일하게 기본 전제로 자리잡고 있음을 확인하는 것이다.

이호철의 작품을 읽으면 특유의 입심이 이끌어 내는 현실의 온갖 지저분한 잡동사니 면면들 저쪽에 그 악취와 독소들이 범접하지 못하는 맑은 기운이 서늘하게 드리워져 있음을 느낄 수 있다. 그가 파행적인 우리 현대사의 한복판을 온통 상처입은 채 살아오며, 오히려 그 같은 역사를 근본에서 비판하는 문학을 키워 올 수 있었던 궁극적 요인은 이것이었다. 염무웅 교수의 "생각컨대 이런 일종의 생득적 순수성이 이호철의 작가적 생명력에 탕진되지 않은 싱싱함을 보장해 준 기초일 듯싶다(「개인사에 음각된 민족사」, 『소슬한 밤의 이야기』, 청아, 1991, 390~391쪽)."라는 지적은 이호철 문학의 핵심 하나를 찍어올린 날카로움을 지닌 것이다. 작가 특유의 빠른 속도감의 문제 또한 이에서 비롯되는 것일 터이다.

마지막으로 역사 탐구의 새로운 형식이 시도되고 있으니 주목된다. 60년대의 「1기 졸업생」연작과 최근의 장편 『개화와 척사』에서 시도한 가상의 역사 재구성의 형식이 그것이다. 이 같은 형식이 조선조 이래 개화기에 이르기까지 널리 존재했던 몽유록 형식에 이어져 있음은 두루 아는 대로이다. 파행적으로 전개된 지난 역사를 비판적으로 검토함으로써 바람직한 출구를 찾으려는 시도일 것인데 문제는 주관화의 유혹을 얼마나 효과적으로 통어하고 객관적 진실을 드러냄에 나아가는가일 것이다. 신채호의 「꿈하늘」, 「용과 용의 대격전」 이래 단절되었던 이 형식을 되살림으로써 작가는 우리 소설계에 중요한 과제 하나를 제시한 것이다.

작가의 체험과 소설적 자아
— {남녘 사람 북녁 사람}을 중심으로

임규찬[*]

I.

이상화의 「빼앗긴 들에도 봄은 오는가」는 흔히 저항시로 손쉽게 치부된다. 그러나 사실 첫 연부터 심상치 않다.

'지금은 남의 땅 — 빼앗긴 들에도 봄은 오는가'

식민지 땅이기에 이른바 봄도 봄 같지 않으리라는 지레짐작에 모든 것이 슬프고 비장하리라는 생각을 갖기 쉽지만, 「빼앗긴 들에도 봄은 오는가」는 이 통념에 정면으로 반기를 드는 데서 출발한다. 이미 사물화된 '땅'과 생물화된 '물'과의 대조부터가 그렇거니와 덧붙여 '봄'의 신생 속에 깃들여 있는 어쩔 수 없는 생명의 기운. 신명의 문제가 그것이다. 실제로 2연으로부터 마지막 연 '지금은 들을 빼앗겨 — 봄조차 빼앗기겠네'에 이르기까지 약동하는 봄의 들에 온몸을 들이미는 화자의 행동과 마음을 보라. 비록 빼앗긴 땅일지라도 어쩔 수 없는 살아 있음에 황홀해야 하는 착잡한 심리야말로 이 시의 진정한 매혹이다.

약간은 느닷없는 이야기같지만 다시 읽는 이호철의 소설에도 감상적 허위 위로 마른번개가 치고 있었다. 특히 연작소설 『남녘 사람 북녁 사람』을 읽으면서 더욱

---

* 문학평론가.

그러했다. 북쪽으로 해방을 맞아 고등학교를 다니다 한국전쟁 와중에 인민군에 동원되어 포로가 되고, 거기서 운 좋게 풀려났다가 다시 단신 월남한 작가의 이력 탓인지 필자 역시 그의 문학에 대한 몇 가지 선입관에서 솔직히 자유롭지 않았다. 이른바 실향민 작가로서 남다른 이야깃주머니가 풀어낼 문학세계, 그리고 해방 직후부터 한국전쟁에 이르기까지의 남북체제에 대한 객관적 형상화와 평가라는 역사의 거대서사를 은근히 기대했었다. 그래서 내심 전자의 측면은 어느 정도 만족하였으나, 후자의 측면에서는 아직도 해소되지 않는 기대 심리를 지금껏 가지고 있다.

사실 최근 들어 그런 기대 자체가 이미 관념화된 의식의 허물일 수 있다는 생각도 들었다. 그러면서 동시에 이호철 소설 속에 새로이 용틀임하는 산 감관, 산 신체성이 나를 유혹했다.

2.

작가라면 누구나 자신의 체험과 전혀 무관할 수 없는 일이겠지만, 이호철의 경우 어느 것이든 그것을 키워낸 텃밭과 같은 자리가 바로 체험세계이다. '소설이란 현실의 각 단면을 제각기 처한 조건과 입장에서 자질하게 자세히 구체적으로 쓰는 것이기 때문이지요. [……] 제가 본 현장을 혹은 제가 뿌리내린 현실을, 제가 살고 있고 보아내고 받아들인 만큼의 현실을 드러내려고 했을 뿐입니다'(「당대적 삶에 뿌리내리기」, 『천상천하』, 산하, 1986년). 특히 해방 후 북녘에서의 삶, 인민군 생활, 단신 월남의 체험 등을 소재로 한 작품에서 이런 면모는 쉽사리 우리 눈에 포획된다. 물론 「탈향」·「나상」·「만조」·「빈 골짜기」 등 초기작과, 80년대 이후 최근에 발표한 일련의 작품들은 그 성격이 다르다. 흔한 말로 문학적 초월에서 오히려 사실적 복귀로 역류되는 흐름처럼 다가온다. 「탈향」·「나상」 등은 그 자신의 발언대로 시대적 분위기라는 검열 속에서 상당한 문학적 변용이 이루어졌던 바, 그것의 특징은 우선 시점에서부터 나타난다. 「남에서 온 사람들」·「칠흑 어둠 속 질주」·「변혁 속의 사람들」 등 80년대에 발표한 작품과, 최근에 발표한 「남녘 사람 북녘 사람」이 1인칭 시점으로 씌어졌고 그것이 직접 작가 자신임을 드러내는 서술 방식인 데 비해, 앞의 작품들은 비교적 다양한 서술 방식으로 씌어져 있다. 또 체험의 문학적 형상화 방식에서도 차이가 있다. 간단한 예로 「나상」은 '북의 포로'가 되어 북쪽 후방으로 호송되는 과정을 그린 작품인데, 작가 자신이 겪었던 인민군 체험을 뒤바꿔 놓기까지 하였다. 그런데 『남녘 사람 북녘 사람』은 체험적 사실로부터 한 발짝도 이탈하지 않았다.

어쨌든 이번에 『남녘 사람 북녘 사람』과 자신의 체험을 기록한 에세이들을 동시에 읽으면서 실제 경험과 문학적 초월의 문제를 다시 생각할 기회를 갖게 되었다. 그리고 그 과정에서 무엇보다 이호철의 특징으로 평가되는 독특한 인물형상, 거기에 작가의 자화상이 포개지면서 중요하게 다가오는 '소설적 자아(自我)의 문제'를 떠올렸다. 사람이란 누구나 시·공간적으로 제약받는 필연성의 자연세계에 속하는 물질적 존재이기도 하면서, 동시에 시·공간적 울타리를 넘어서는 자유의 존재, 영혼의 소유자이기도 하다. 그 점에서 소설은 이 양극 사이를 오가는 유동성과 활동성을 비교적 제약없이 가장 자유롭게 펼칠 수 있는 무대이다. 우리들의 실제적 삶이란 생의 유한성 속에서 감성과 이성, 직관과 사유의 소용돌이에 제 육체와 마음을 출렁거리게 할 수밖에 없다. 따라서 자아는 어떤 방식으로든지 존재하는 것이 분명하지만, 그것이 구체적으로 무엇인가, 즉 자아의 존재 및 그 인식을 나름대로 규정하려고 하면 문제는 그렇게 간단치 않다. 소설은 이에 대한 하나의 답안 찾기이다. 특히 과거화된 직접 체험을 대상으로 한 소설에서 이 문제는 가장 정직하게 자신의 얼굴을 드러내게 마련이다. 더구나 이호철은 어제의 자기를 오늘의 자기와 동일시하기 때문에 '소설적 자아'는 세계를 증류하는 일종의 여과기와 흡사하다. 무엇보다 이 자아는 논리적 사고 타입의 인간보다는 직관적 감정 타입의 인간에 가까워서 정서적 경험의 의식화에서 빛이 번득인다.

이 점과 관련하여 필자의 뇌리에 가장 강력히 떠오르는 하나의 장면이 있다. 자신의 월남 길을 회고한 에세이에서 보게 된 대목으로 약간 길지만 서술의 편의와 맥락을 위해 잠시 인용하기로 한다.

정확히 1950년 12월 6일이었다.

그날 오전 중 원산 시내에서 3킬로쯤 떨어진 농촌에서 전 날 들은 뒤숭숭한 소문을 확인하려고 시내 친척 집에 와서 하룻밤 자고 이미 텅 비어 있다시피 한 하원산(下元山) 선창가에 나가 엉뚱하게도 서호진(西湖津) 간다는 배에 몸을 실었다. 근일중으로 원자폭탄이 투하된다면서 사방 90리 바깥으로 나가야만 산다는 소문이 떠돌아 이미 이틀 전부터 사람들은 너도 나도 거리로 몰려나와 이리 밀리고 저리 밀리고 있었던 것이다. 그러니까 그날 12월 6일 오전에 내가 하원산 선창가로 나왔을 때는 희한하게도 주위는 조용하고 고즈넉하였다. 파아란 겨울바다에 맑은 햇살만 내려 쏟아지고 있었다. 그리고 이 대목은 뒤에 생각해도 매우 상징적이다.

포장 친 통통배 하나가 파란 연기를 가느다란 연통으로 실낱같이 퐁퐁 내뿜으며 정박하고 있고, 평상 차림의 손님 몇이 들락날락하고 있었는데 그 통통배를 둘러싼 분위기는 전혀 이색적이었다. 제정신이 아니게 우왕좌왕하는 소위 피난민 군중과는 전혀 상관이 없는 분위기였다.

마치 이 판국에 원산 – 서호진 간의 정기여객선을 운항하는 것처럼도 보였다. 나는 별 뚜렷한 엄두는 없는 대로 덮어놓고 그 배에 올라탔다.

[……]

"이 배 어디로 갑니까."

중년 사내는 지나가는 소리처럼 퉁명하게 받았다.

"서호진 가요."

그뿐이었다. 여전히 배는 빠른 율동으로 채신머리없을 만큼 통통거리고, 그에 따라가는 연통에서는 퐁퐁퐁퐁 실낱 같은 파란 연기가 피어오르고 도무지 무슨 배인지 정체를 알 수 없었다. 몇 안 되는 승객들도 전혀 평상의 표정들이고 그냥 정기여객선 손님 같은 풍정(風情)들이었다. 그 너무나 자연스런 평상의 표정이 되레 뭔지 불가사의하고 이상스럽기만 하였었다.

[……]

잠시 후 나는 다시 물었다.

"이 배는 피난 나가는 배 아닙니까?"

그 중년 사내는 역시 전혀 표정이라곤 없이 무심하게 받는 거였다.

"피난 가려거든 윗선창가로 올라가보쇼. 이 배는 피난 가는 배가 아니라 서호진 가는 배요."

　　이리하여 나는 말없이 그 배에서 내렸다. 내려서 돌아보니 배는 여전히 언제쯤 떠나려는지, 퐁퐁퐁 율동 있게 통통거리며, 가는 연통으로 파란 연기를 내뿜고 있었다.

　　그 배는 내 뒷등에다 대고 이렇게 수군거리는 것 같았다.

　　'난리야 어느 근처를 돌아가건, 미군이 되돌아가건, 중공군이 나오건 오불관언이다. 그러게 우리와 무슨 상관이라는 말인가. 서호진에 볼일이 있어 갈 뿐이다. 가다가 못 가면 말지, 피난? 피난이라니, 제 살던 고향을 두고 어디로 간다는 말인가. 그냥 앉아서 죽게 되면 죽지, 가긴 어딜 가.'

　　1킬로 가량 올라가자 벌써 우왕좌왕 제정신이 아닌 군중 냄새가 물씬 풍겨왔다. 그것은 남쪽으로 남쪽으로 살기 위하여 미친 듯이 허비적거리고 있는 군중 떼거리 그것이었다.

　　"군인, 군속, 치안경찰 가족은 오른켠으로 질서 있게 서라. 군인, 군속, 치안대 가족은 오른켠……."

　　높이 매단 마이크에서는 카랑카랑한 목소리가 터져나오고 있었다. 나도 결국 이 남행 군중 속에 섞여, 해질 무렵에야 하얀 물갈기를 가르며 높은 겨울 파도를 헤치고 질주해온 쾌속정에 올라탈 수 있었다. 그리고 그것은 바로 운명이었다. 운명이란 이렇듯 순간에 결판이 나는 것이다.[1)]

　　이미 서술 자체가 다분히 소설적이기도 하거니와, 무엇보다 보여주고자 하는 내용 자체가 소설 이상의 깊고도 강력한 인상을 던져 준다. 물론 거기서 작가는 자신의 외톨박이 삶에 대한 자탄과 함께, 서호진 간다던 배를 통하여 의젓하고 뿌리 깊은 처신의 표본 같은 것을 말하고자 하였다. 그래서 작가는 '그때 그 서호진 간다던 배는, 남쪽으로 피난을 나와서 30여 년을 지낸 나에게 이따금씩 첨예한 비수처럼 꼬나박혀오곤 한다. 비록 죽을 때는 죽더라도 제 고향에 앉아서 죽겠다는 배포, 끝내는 바로 그것이 사는 길로 이어지기도 할 것이다. 최소한, 차라리 죽는 한이 있더라도 이산가족이라는 형식의 어중간한 삶의 양태는 낳지 않았을 것이다. 제 고장에

---

1) 「이산가족과 통일문제」, 『제멋대로 산다지만』. 우석, 1984년

앉아서 못 죽을 만큼, 그다지도 허둥지둥댈 만큼, 무슨 큰 죄를 지었더란 말인가'라고 비장하게 말한다. 시실 이런 인식은 나름대로 음미해볼 여러 여지가 있다. 그러나 필자가 주목하고자 하는 바는 '나'의 모습이다. 이 운명적 선택 앞에서 의외로 '자아'는 숨어 있다. 마치 숨바꼭질처럼 자아는 눈길을 사로잡는 한 곳을 보고 있으면서 발걸음은 정반대편으로 돌려져 있었던 것이다. 물론 이후의 설명은 이때의 자기 자신을 다소간 회한의 시선으로 응시하는 듯 보이지만, 이는 사후적인 판단일 뿐 그 당시는 모습을 감춘 운명처럼 순간의 마술로 납작 엎드려 있다.

그런데 꼭 이 대목과 연관되는 것은 없다 할지라도, 작가가 직접 체험한 그때의 이야기와 그때를 다룬 소설을 비교해보면 양자간에는 미묘한 차이가 있다. '작가의 체험이란 문제에 대해서는, 일단 이것이 예술로 드러나기까지 미묘한 굴절과 부식 과정을 겪는 것이어서 문제가 간단치 않아요. 특히 창작하는 사람의 입장에서 볼 때 말이지요. 그러나 한편 내용 있는 실제 체험은 창작에 있어 긴요한 것입니다. 특히 소설가에게는 참으로 뛰어난 탁발한 재능이 없는 한, 일단은 보다 깊고 보다 넓은 체험이 필요조건이지요. 그 다음에야, 그 체험을 남과 다른 독특한 감각이나 시각으로 창작을 통해 드러내는 것이 문제가 됩니다'(「당대적 삶에 뿌리내리기」)라는 발언은 이호철 소설의 한 본질을 말한 것에 다름 아니다. 따라서 작가는 자신이 직접 경험한 체험을 기반으로 하여 많은 작품을 썼지만, 이미 '남과 다른 독특한 감각이나 시각'이 작동되고, 그에 따라 '미묘한 굴절과 부식 작용'을 거친 것이기에 이른바 순수 객관적인 체험의 재현과는 거리를 취하게 마련이다. 사실 「인민군 정찰중대에서 부산피난까지」·「실향의 언덕에 서서」·「작가일기」·「사리원 출신의 경비조장」과 작가 자신이 작성한 연보 등을 보면 적어도 해방 후부터 한국전쟁 전후까지를 그린 작품들 대다수가 그가 직접 체험한 사실을 자가수분(自家受粉)한 것들이다. 말하자면 문학적 변용의 산물이지만, 작품의 기본적인 시·공간은 작가 자신이 직접 체험한 시·공간과 거개 일치한다는 뜻이다. 그의 소설 상당수가 이른바 신변소설의 범주에 속하게 되는 것도 이처럼 일상적 경험세계를 견고하게 붙들고 있기 때문이다.

오히려 이때 결정적으로 중요한 변용의 방향타는 이른바 작가로서의 상상력과 창조력일 것이다. 그리고 거기엔 세월의 흐름과 함께 변화되어온 작가 자신의 인식력과 세계관이 그 힘을 운반하고 있을 것이다. 이 점에서 그가 세운 일종의 문학적 세계는 곧 자아의 자기 정립에 근거한 것이며, 결국 세계에 대한 의식의 근거가 자기 의식으로 귀결된 셈이다. 따라서 이때의 자아는 세계 속의 일부가 아니라, 세계의 가능 근거로서 경험된 세계를 넘어서는 초월적 존재이다. 즉 경험된 세계는 나에 의해 경험된 세계이므로, 세계가 존재한다는 것은 곧 그것을 경험하는 내가 존재한다는 것을 의미한다. 따라서 경험된 세계가 통일적이라는 것도 그것을 경험하는 나의 의식의 통일성을 전제하지 않는 한, 불가능한 것이 된다. 그만큼 '자아'의 무게가 크다.

이렇게 볼 때 『남녁 사람 북녁 사람』은 분명 자신이 과거 겪었던 체험의 고향을 떠나 그것을 초월하는, 그러나 '탈향의 방식'이 아니라 떠나온 것으로 다시 돌아와 머무르는 '귀향의 방식'이다. 사실 작가가 직접 진술한 체험의 기록은 이런 식의 자아 문제까지 폭넓게 담고 있는 것은 아니다. 열아홉의 고등학교 3학년생이라면 그 때의 삶이란 전쟁이라는 극한 상황에 떠밀려 살아온 삶이었으리라는 것은 누구나 짐작할 수 있는 일이다. 그때를 시간이 흐른 후 저만치 냉정히 대상화시켜보았을 때 그곳은 분명 빠른 속도로 자기를 떠미는 이런저런 흐름과 요동, 그리고 거기 집적된 상이한 지각들의 다발일 것이다. 이를테면 그때의 마음이란 그 안에서 여러 가지 지각이 연속적으로 그들의 현상을 만들고 지나가고 다시 지나가며 사라지고 또 지각들이 무한히 다양한 사태와 상황들로 혼합되는 그런 일종의 극장과도 같은 것이리라. 앞서의 인용문은 그런 측면에서 자기 의식의 심각한 괴리와 혼돈상을 보여주는, 짐작컨대 세계 앞에 주인됨으로써보다는 '운명'이란 마술로 포용할 수밖에 없는 예로서 읽혀지기도 한다. 가령 『남녁 사람 북녁 사람』에서 헌병이 한 포로를 살려주고, 얼마 후 다른 한 포로를 즉석에서 총살하는 이해하기 힘든 공포의 순간에 '나'는 이 헌병에게 명백히 아첨한다. 여기에 대해 이런저런 설명을 덧붙이면서 이렇게 서술한다. "아니아니 바로 지금의 그 '이 시점에서의 생각'이라는 게, 옳고 그름을 가려보는 시각이 벌써 과하게 낑겨든 바로 그만큼은 정확지가 못하다. 그 어떤 보편성이라거나 상투성의 바다로 한 발 이미 디밀어져 있는 것이다. 그런 기준으로는 애당초에 그 극한적인 상황의 설명이 불가능해지는 것이다."라고.

따라서 우리는 이호철의 독특한 체험세계만큼이나 소설 속의 자아, 이른바 초월된 자아의 형상과 사유체계에도 깊은 관심을 두지 않을 수 없다. 말하자면 작가는 사회법칙의 강제력과 자율적 주체 사이의 관계에 상당한 관심을 기울여, 분명 외적 현실에 상당한 관심을 기울이면서도 궁극적으로 그 속에서 보여지는 사람의 양태와 본성의 문제에 초점을 맞추고 있기 때문이다.

3.

이호철의 소설은 먼저 소설 속의 자아가 보여주는 일상의 경험적 의식에서 현실세계와 자기 의식이 뚜렷이 구분된다. 서로 관여하고 서로를 요청하는 관계이면서도 물과 불의 사이처럼 대립적이다. 이른바 현실세계를 의식하면서 동시에 그것이 나 자신이 아니라는 생각은 그의 소설 어디에서나 마주할 수 있는 소설적 토양이다.

[……] 마치 깊은 대지의 숨결마냥 극히 억제된 피아니시모로, 그러나 장중하게 바이칼호수 근방의 러시아민요를 불렀다. 협곡을 돌아가는 기적 소리, 깎아지른 바로 손에 닿을 듯한 시커먼 바위산, 깊은 골짜기와 짙은 녹음. 마악 해질녘이어서 찻간 속으로 맑은 햇살이 잠깐 들이비쳤다가는 금방 빠져나가며 갑자기 서늘한 짙은 그늘이 수울 들이밀고, 곧 다시 잠깐 잠깐 환하게 밝아지고, 이렇게 음영이 엇바뀌는 속을 우리는 극히 억제된 피아니시모로 장중히 흐르다가, 갑자기 불기둥마냥 포르트시모로 폭발하며 절정으로 치달았다. 드디어 석왕사를 지나고 나산역을 지나 안변에 이르러서야 시계가 갑자기 트이며 차창 멀리 명사십리 바닷가 솔숲이 보이고, 이때쯤 우리의 노래는 완전히 무르익어 있어 종착역인 원산역에 이제 금방 가 닿는다는 것이 여간 아쉬운 느낌이 아니었다. 지금까지도 이 점만은 변함이 없다. 이때의 그것은 서정적인 러시아 민요나 그 비슷한 노래들과 함께 30여 년 전의 나의 고등학교 적 추억 속에서 여직도 가장 따뜻한 것으로 남아 있다. 가지가지의 보고, 토론, 비판, 격문 일색의 딱딱한 군중집회, 상투형 일색의 지긋지긋한 홍수사태에서 잠시 놓여나 숨통을 틀 수 있는 곳이 바로 그 청년구락부 합창부였던 것이다.2)

사회란 이처럼 강제력으로 현시된다. 그 강제력에서 탈주할 수 없는 자아는 숨통을 틀 수 있는 곳으로 자연스럽게 잠입한다. '노래'로 상징화되는 이 낭만성을 워즈워스식대로 '자연스러운 감정의 자발적인 넘쳐 흐름'과 같다. 가령 더 어린 나이였던 태평양 전쟁 기간 중에 보여지는 이런 자화상도 마찬가지이다.

> 차라리 본때 있게 전쟁을 맛보고 싶어 우리는 늘 기갈이 들어 있었고, 해안 쪽에 군용 비행장이 건설되어 근처 하늘에 연습기들이 떠 있는 그 시끄러운 소리만큼으로만 안타까운 모습으로 전쟁은 있었고, 딱지 그림 속의 육탄 용사의 모습으로만 전쟁은 먼 그리움으로 있었을 뿐 정작 살갗에 와닿는 전쟁은 그 어디에도 없었다. 그리고 어느날 전쟁은 끝나 있었다.
> 맞다. 그때도 우리는 마침 떠오른 봄 햇살이 가득 들어찬 이 동해선 열차 속에서 신이 나서 군가를 불렀고, 맥고모자를 쓴 어른들에게 조용히 하라는 야단을 맞곤 했었다. 그러나 야단맞을 때만 잠깐씩 멈추었다가는 금방 다시 고래고래 합창이 터지곤 했었다.[3]

소년기에서 청년기로 넘어가는 무렵의 이런 조재에서 보여지는 것은 다른 무엇보다도 자발성에 대한 보이지 않는 갈구이다. 사회에 대한 자의식의 산물로서 사회와의 거리감보다는 소년기의 사회에 대한 무관심과 무관계성이 이 자발성을 더욱 자극한다. 원래 자발성이 가능하기 위해서는 어쨌든 자유로운 상황이 기본적인 조건으로 구비되어야 한다. 사회적인 것이든 심리적인 것이든 억압이나 금기가 있는 곳에서 자발성이 스스로 행동으로까지 고양되기를 기대하기란 불가능하다. 그러나 해방 후 소년기를 벗어나 청년기로 진입할 무렵, 말하자면 사회에 대한 관심과 관계가 본격적으로 형성되던 때 북한체제가 자신과 적대적이었음을 작가는 여러 곳에서 되풀이 강조한다. 그런데 노래는 바로 그 체제가 자신에게 허여해준 유일한 자발성의 공간이다. '내가 청년구락부 합창단에 들었던 것은 학교 안에서 매일같이

---

2) 「남에서 온 사람들」.
3) 「칠흑 어둠 속 질주」

벌였던 딱딱하고 상투적이고 악악대는 과(過)정치적 집회들의 그 지겨움에서 빠져 나올 수 있는, 나로서는 오로지 하나밖에 없는 도피 수단이었음은 그들 누구 하나 상상조차 못하고 있었기 때문이다'라는 진술이나, 동시에 '통일조국의 첫 8 · 15 축 전 식장의 대합창단 성원에 끼여들 꿈에 아직은 부풀어 있었다'는 진술은 그것이 구체적 실례이다. 그리고 그것은 자연 순진 무구함으로 투영되어 나온다. 말하자면 자신이 부닥쳤던 사태에 대하여 극히 단순한 마음씨로 대처했던 것이며, 이것이 때 로 리듬이 있는 노래로 분출되어 나온 것이다. 이런 면모는 자신이 인민군으로서 담당했던 남쪽의 의용군을 상대로 한 노래 게임, 그리고 반대로 자신이 포로가 되 어 헌병의 관장 아래 이송되는 과정 중에 행해 졌던 노래 게임도 그런 인간사의 구체적인 표현들이었다. 그리고 때로 엄중한 상황에서 문득 마주친 자연현상을 두 고 느닷없이 발산하는 감탄사 '야하'도 마찬가지이다. 가령 포로들을 상대로 생사 를 판가름하는 긴장된 국면에서 소설 속의 내가 보여주는 행동을 보라.

　"아하, 하늘에 저 별들 봐라. 야하 정말로 굉장하다."
　꼭 어느 지정된 상대를 두고 한 말이 아니라, 그냥 이렇게 평상적인 억양과 목
소리로 지껄였다. 그러자 몇몇 사람이 피식 웃고 있는 것이 직감으로 느껴지는
속에, 옆에 서 있던 한 사람이 내 옆구리를 쿡 찔렀다. 지금이 어떤 판국인데 그런
한가한 소리를 하고 있느냐는 것일 터였다. 비단 그 사람뿐 아니라, 이 자리의 누
구나가 이런 나를 온전한 정신 가진 사람으로 보질 않고 시쳇말로 '도라이' 취급
하고 있는 것이 손에 잡힐 듯이 느껴졌다. 그러나 나는 막무가내로 그냥저냥 같은
소리를 지껄였다.
　"야하, 저 별들 봐라. 저렇게 별이 온 하늘에 가득 박혀 있다. 야하 굉장하다.
정말 굉장하네."

　바로 이러한 순진무구함. 예기치 못한 돌출된 행동, 눈앞의 현실 세계를 때로 희
롱까지 하는 낙천적 기질이야말로 이런 일련의 소설이 뿌리내리고 있는 소설적 자
아의 1차적 표징이다. 특히 초기작 「탈향」· 「나상」, 나아가 「판문점」 등 거의 모든
작품에서 이런 측면이 동일하게 존재하는 점에서 그것은 이호철 소설의 한 본질이

라고 해도 무방하다. 그러나 세계를 향해서 이러한 단순하고 근원적인 방식만으로 대결해서는 결코 현상세계를 넘어서는 진정한 서사적 힘을 얻을 수 없다(바로 이 각도에서 초기작과 연작소설 『남녘 사람 북녘 사람』의 차이를 이야기할 수 있을 법하다. 이들 작품은 이른바 산문적이라기보다는 시적이고, 나아가 포로와 월남민이라는 극한 상황의 한 단면을 제시하는 체험 자체에 충실한 상황성에다 등장인물 간의 친연성이 형성하는 일종의 분위기과 낌새로 소설적 힘을 구축한다).

말하자면 산문적 시 · 공간의 물살을 만들어내기 위해서 작가는 초월적 자아의 힘을 구사하여 사람 간의 대립과 갈등으로 무대를 만드는 바, 자신과 닮은 '자아'와 그렇지 못한 '비아'의 대립구도를 설정한다. 체험의 문학적 변용에서 그것의 가장 구체화된 징표가 바로 인물의 창조인 것도 이 점에서 측량될 필요가 있다. 『남녘 사람 북녘 사람』에 대한 한 인터뷰에서 작가 자신이 밝힌 것에 따르면 이 작품은 그때 겪은 일들을 그대로 살려서 만든 작품으로 갈승환 · 김석조 · 이장 등은 작가가 창조한 인물이고, 그 외의 인물인 장세형 · 장서경 · 노차순 · 헌병들은 실제 모델이라는 것이다. 그런데 사실 갈승환 · 김석조 · 이장 등은 이 연작소설에서 핵심을 이루는 인물들이다

「남에서 온 사람들」은 주인공이 인민군에 징집되어 그가 처음 대하게 되었던 몇몇 '남에서 온 사람들'에 대한 인상을 담은 작품이다. 여기서 '나'는 뒤늦게 인민군에 징집되어 '궐기대회니 열성자대회니 보고대회니 하는 것은 어떤 핑계를 대서라도 농땡이치려고만 하는 축'에 들었던 사람인데, 이제 반대로 남에서 올라온 의용군들을 대상으로 사상 · 정치 교양사업을 맡게 되었다. 이때 만난 인물 중에서 갈승환은 첫머리부터 가장 뚜렷하게 부조되는 인물이다. '서른 살 안팎의 깡마른 헌칠한 키에 무테안경을 끼고' '한여름임에도 짙은 까망색의 두툼한 텔스웨터 차림인 것부터가 첫눈에 유난히 돋보였'던 인물로서, 이른바 남로당원임을 내세워 '혼자만 중뿔나게 잘나려고 하는'인물로 대변된다. 반면 이에 맞선 인물로 '김석조'가 등장한다. 같은 남로당원임에도 어린 부르주아지 '김정현'을 따뜻하게 감싸주는 인간미 넘치는 인물이다. 비록 '나'와 어느 정도 거리를 취하고 있지만 그 본태(本態)는 '나' 와 동일하다.

한데 그 순간이었다. 그 옆에 앉아 있던 김석조가 갈갈갈갈하고 얼굴이 시뻘개
지면서 커다란 소리로 웃지 않는가. [……] 추호나마 거리껴하는 구석이라고는
없이 마치 폭죽 터지듯 하는 그의 직절(直截)한 웃음은 뭐랄까 단순히 우스운 광
경을 보고 못 참아서 웃는 그런 웃음이었지만, 김석조라는 사람의 무엇에나 쉽게
얽매이지 않는 활달하고도 솔직담백한, 그리고 강건한 일면을 흘낏 드러내고 있
었다.

이런 면모는 더 나아가 '나'와 자못 심각한 이야기를 나누는 와중에 문득 지척에
서 꿩 두 마리가 날아가는 장면을 보고 '어? 꿩이다. 꿩이다.' 하며 '야아, 여긴 꿩이
있네요'라며 '방금 주고 받은 말같은 것은 이미 전혀 상관을 않고, 오직 근처에 꿩
이 있다는 사실로만 두 볼에 홍조를 띠며 흥분'하는 모습에서 '나'의 또 다른 투사
체임이 드러난다.

소설 속에서 이런 개체성의 현실화는 바로 다른 개체성 속에서 자아를 재발견하
는 일이다. 타자의 부정과 긍정은 곧 자기 자리를 비추는 매개자 역할을 한다. 결과
적으로 소설적 자아는 다른 인간들과 단절되고 폐쇄된 것이 아니라 상호작용 관계
에 있으며, 각 개별자는 이 상호작용 안에서 비로소 자기 자신으로 존재함을 말해
준다. 결국 타자의 형상화는 곧 자기 자신을 위한 존재로 만드는 일이다.

따라서 '자아'와 '비아'의 대립구도는 이 일련의 소설을 이해하는데 핵심적인 역
할을 한다. 손쉽게 이야기하면 긍정적 인물과 부정적 인물 유형으로 크게 대별할
수 있고, 그것의 근거를 밝히는 일이 곧 작가의 세계관과 직결된다는 뜻이다. 이
점에서 갈승환과 짝을 이루는 또 하나의 매력 있는 인물형상으로 '풍용'을 들 수
있다. '어디다가 내놓아도 잘 떠들고 잘 놀고 대번에 분위기를 휘어 잡아 사람들을
한 방향으로 휘몰아가는 데' 재간이 있는, 그럼에도 우쭐대는 법이 없고 어느 자리
에서나 공손한, 그래서 애 어른 없이 모두가 좋아하는 사람이었다. 그런 그가 토지
분배 선정위원이 되면서 사람이 달라지기 시작했다. 차츰 말수가 적어지고 몸놀림
이 뻣뻣해져갔을 뿐 아니라 눈빛과 목소리에도 전에 없이 웬 독이 담겨가기 시작한
것이다. '사람이란 더러더러 공적인 자리로도 부딪치지만 더러는 사사롭게 만나서
허튼소리도 나누며 살아가게 되는 법, 그런데 어느 날부터 이게 웬일인가. 풍용이

에게서는 사사로운 것이 사그리 없어져 있었다. 동시에 그에게서 늘 감돌던 그 활달한 매력도 일거에 거짓말처럼 사그리 없어져 있었다'(「변혁 속의 사람들」).

여기서 우리는 권력에 의해서 한 개체성의 고유한 본래적 가치를 실현하기보다는 오히려 사회적이고 일반적인 차원에서 그에게 부여된 역할을 해내기만 하는 하나의 운명과 조우하게 된다. 결국 이때 개인은 사회 전체 체제 속의 일부분으로서 그에게 요구된 역할을 감당해나가야만 하는, 자기에게 주어진 역할에 충실하면서 정작 자아를 잃어가는 연기인일 따름이다 이미 개념화된 일반적인 것, 추상적인 것들이 현실의 구체적이고 개별적인 것들보다 더 근원적이고 우선적인 것으로 간주되며, 따라서 자기 뿌리를 가지고 생성하는 존재가 뿌리를 부식당하여 개별적 존재자가 일반적인 죽은 이념들로 변천된다. 최후의 것과 최초의 것이 도치되는 것이다.

반면 '김석조'와 좋은 짝을 이루며 앞의 인물형과 대조되는 인물로 '이장'을 들 수 있다. 포로 호송대열이 38선 북쪽으로 되넘어가서 마주하게 된 한 마을의 이장이었던 인물이다. 첫눈에 이런 벽촌에 파묻혀 살기엔 어딘지 아까워 보이는 마흔 살쯤 되어 보이는 비쩍 마른 체수 작은 사내로, 인공 때는 노동당원으로서 마을 세포위원장과 인민위원장을 겸직하고 있다가, 국군 수복 후에는 이장을 맡은 인물이다. 이에 대해 소설 속의 '나'는 이렇게 말한다.

그 사람은 보름 전 그때는 그런 쪽의 세상이니까 별 수 없이 그랬던 것이고, 밤낮이 없이 '당'이며, '도'며, '군'이며, '직맹'이며, '여맹'이며 그 밖에도 숱한 시엄씨들이 상부기관이라는 데서 닦달해대고 악악대는 걸 거의 혼자서 겪어내고 견뎌냈던 것이었다. 그렇게 그래도 그 사람만하니까 혼자서 갖은 애를 태우고 남모르게 속을 끓이면서도 그 정도로 감당을 하며 마을을 이만만이라도 유지해온 것이다, 라고 생각들을 하고 있는 거였다. 국군이 올라오고 세상이 바뀌었대서 이 사람이 쇠고랑을 차야 하는가. 그건 그렇게 될 일이 아니었다. 그이는 다시 마을 사람 총의에 의해 응당하게 새 리장이 된 것뿐이었다. 이리하여 요컨대는 사람인 것이다. 그만한 인품이 있어 그만한 마을의 지도자로 자연스럽게 추앙을 받아, 국군 수복 후의 새 세상에서도 리장 일을 보게 됐던 것이었다. 모름지기 사람 사는

세상의 제대로 생긴 모습은 바로 이러해야 하지 않을까.[4]

사실 이러한 '나'의 생각은 연작소설이 겨냥한 가장 주요한 목표일지도 모를 일이다. 어떤 체제이든 간에, 그리고 어떤 상황이든 간에 '사람 사는 세상의 제대로 생긴 모습'은 결국 사람됨에 의해 좌우된다는 사실이다. 특히 전쟁이라는 극한 상황을 살아남은 작가는 그 살아남음 속에서 생득적으로 이 점을 체득한 듯싶다. 가령 '저나 나나 이 마당에서는 피장파장이었고, 당장은 제가끔의 인품놀음' 즉 '실제 사람살이 본태(本態)', '생득적인 사람 됨됨이'가 관건이라는 것이다.

물론 모든 인물유형이 이렇듯 분명하게 체계화되는 양상으로 형상화되어 있는 것은 아니다. 가령 '헌병'과 같은 이는 상당 부분 긍정하면서도 또 비판을 받을 만한 측면도 존재하는 모순적 존재로 나타난다. 작가 자신의 표현에 따르면 "반란이라고까지는 할 수 없더라도, 반항하고 저항하는 '나'라는 것은 늘 존재하고 있지만, 만사를 수용하고, 허용된 범위 안에서 '저 생긴 대로들' 싱그럽게 살아가는 '나'들도 엄연히 있는 것이다. 극언하면, 복종이나 지배를 적극적으로 받아들이고 길들여지면서, 자기 자신들을 가꾸며 키워가는 프라틱한 존재들도 있는 것이다"(「순수소설과 통속소설」, 『산울리는 소리』, 정우사, 1994년). 이렇게 보면 궁극에 있어 작가가 보여주고자 하는 인물과 세계는 "자연 자체로 존재하는 '나'들이 살아가고 있는 실제세계"의 재현에 기반해 있는 것이다. 그만큼 작가는 개별적으로 존재하는 것들을 존재하는 것으로서 허락한다. 자연 일상적 생활에서 즉각적으로 이해되는 개념이나 직관에 근거한 표상들을 작가는 즐겨 사용한다. 그만큼 이론적으로 재해석되거나 과학적으로 재구성되기 힘든 면모를 가지고 있다. 그의 소설은 많은 인식론적 장애물을 스스로 설치한 셈이다. 우선 그는 '개념'에 반기를 든다. 왜냐 하면 개념화란 '실재하지 않는 것'을 실재하는 것으로, 혹은 '실재하는 것'을 실재하지 않는 것으로 오인하기 쉽다는 것이다. 이 점에서 그는 추상적인 개념, 법칙, 과학 이론의 필요성을 부정하지는 않지만, 그보다는 개개의 케이스의 풍부하고 어리둥절케 하는 복잡성에 관심을 더 기울인다.

---

4) 「남녀 사람 북녁 사람」.

따라서 어떤 상황에도 다양한 존재양상이 있게 마련이라는 사실을 작가는 강조한 셈인데, 그것이 곧 체제문제 등 환경조건 자체를 무화시킨 것은 아니다. 오히려 존재양상은 환경조건의 문제와 더 깊숙이 얽혀들어 있음을 강조한다. 이미 지금까지의 서술에서도 드러나듯이 작가는 기본적으로 남쪽 체제를 훨씬 우월한 체제로 바라보고 있다(그의 소설에 대한 평가에서 상대주의 문제도 한 번쯤 생각 해볼 일이다. 기본적으로 일상적 삶의 체험세계에 머무는 한 시야 속에 들어온 세계들만을 서로 견주는 방식이 될 것이기 때문이다). 이 점은 남로당원이었던 '조승규'의 북쪽 체제에 대한 첫인상과 '나'의 남쪽 체제에 대한 첫인상을 서술한 대목을 대비해보면 한눈에 드러난다.

① "[……] 중위 계급장을 단 상대 군관은 알았다고 쌀쌀맞게 받고 잠시 지그시 물끄러미 나를 바라보는데, 그 눈길이 그 이상 차가울 수가 없더군요. 진짜 그 차가운 눈길 하나로도 이 북쪽 세계가 대강 어떻게 생긴 세계라는 걸 대번에 알겠더군요. [……] 결국 이것이 내가 북에 와서 북의 체제에서 받은 첫인상이 된 셈이 됐습니다만."

② "[……] 그 첫인상은 그다지 나쁘지 않은 것으로 여태 남아있다. 내가 그때까지 5년 동안 겪어본 노상 시끄럽고 서슬 푸르고 악악거려대기만 하는 북쪽 체제와의 비교에서 우선 그렇다. 천양지차가 있었다. 실은, 거기 북쪽에는 자연 자체로서의 백성, 민중이 아니라, 일정한 규격으로 문자(文字)로 노상 내려 먹이는 몇몇 지식인 도당의 '인민'의식만이 회오리치고 있었다. 그리고 이 남쪽에는 부티 나는 카키 군복에다 선글라스며 송두리째 외국 것을 휘감고는 있었지만, 자연인 자체로서의 이 나라 민중이 어렵게 어렵게일망정 여전히 그 모습 자체로서 꿈틀거리고 있었던 것이다.5)

여기서 우리는 작가가 사람관계에서는 '사람 됨됨이', 체제문제에서는 '자연인으로서의 조선 사람 것'을 결정적인 기준치로 설정하고 있음을 짐작할 수 있다. 자연

---

5) 「남녁 사람 북녁 사람」.

개별적 자아와 국가와의 관계를 바라보는 작가의 독특한 관점이 작동한다. 그는 인간의 본성을 사회적 정치적 존재로 규정함으로써 국가를 그러한 인간 본성의 자기 실현을 위한 필연적 공동체로 간주하지 않고, 오히려 반대로 인간의 본성을 철저한 개인적 본질로 규정하면서 그것과의 연관 속에서 국가의 존재를 생각하는 입장에 서 있는 듯 보인다. 사실 우리에게 낯익은 관점은 인간을 사회적 동물로 규정하면서 개별적 자아의 자기 완성이 공동체적 전체 속에서 비로소 가능하다는 생각이었다. 그러나 개인과 국가의 관계를 사회적 본질 혹은 공동체적 이념이란 개념만으로 설명하는 것이 많은 한계를 가지고 있음을 역사 속에서 수없이 목도하였다.

이 점에서 작가는 사회나 국가보다 개인을 근본에 놓는 자세를 취한다. 개인으로서의 인간이 생득적으로 비도덕적일 수 있고('갈승환' 등), 때로 근본은 도덕적이지만 사회화를 거쳐 사회인으로 나타날 때 변질되고 타락되기도 함('풍용' 등)을 이야기 해 준다. 여기서 작가가 주목하는 바는, 대부분 한 개인인 자연인으로서는 도덕적인 사회인으로 타락되는 것이며, 따라서 사회악은 인간 개인의 본성(자연)이 아닌 집단적 사회구조(문화)에서 비롯되는 면이 크다는 사실을 은연중 강조한다. 이 경우 이기적인 사회인이 인간의 타락된 비본래적 모습이라면, 우리는 타락되기 이전의 본래적 자아의 모습인 자연인으로 되돌아가야 할 과제가 주어진다.

【 3부 】
성지와 속지, 그 공간의 형상화 의미(이상갑)
이호철의 소시민 연구(강진호) 외

성지와 속지, 그 공간 형상화의 의미

이상갑[*]

1. 이호철 소설의 배경과 작가의 상흔

1950년대 문학은 6·25를 중심에 두고 전개된다. 특정 사건이 특정 년대를 일률적으로 규정하는 것은 아니라 하더라도, 6·25의 경우 그와는 다른 시각을 요구하는 것이 사실이다. 6·25가 50년 벽두의 사건이지만 그 사건에 대응하는 방식은 50년대 중반을 넘어서면서 변모를 보이기 시작하는데, 이런 점에서도 6·25가 50년대 문학에 미친 영향의 범위를 확인할 수 있다. 50년대 전반기에는 외부 상황이 엄청난 파괴력을 지녔기 때문에 현실을 분석적으로 이해한다는 것은 사실 어려운 일이었다. 하지만, 50년대 중반을 넘어서면서 어느 정도 거리를 확보할 수 있어 즉자적인 대응방식에서는 탈피할 수 있었다. 50년대, 아니 6·25를 어떻게 규정하느냐는 이 글의 범위를 넘어선다. 다만, 6·25가 우리 의지와는 무관하게 외부에서 주어졌다는 사실, 그리고 전쟁의 상처가 새로운 세기를 맞이한 오늘날에도 여전히 현재형이라는 사실은 지적해 두고 싶다. 국군 포로, 미전향 장기수, 실향민이라는 단어가 아직도 우리 주위를 맴돌고 있기 때문이다.

문학사가 10년 단위로 구분되는 것은 아니다. 물론, 의도적으로 구분하고자 한

경우가 없었던 것은 아니다. 50, 60년대 비평의 중심에 서 있었던 이어령과 김현의 태도에서 그것을 확인할 수 있다. 전후 세대를 대변하는 이어령이 김현, 박태순, 박상륭, 유현종, 홍성원, 이청준, 김승옥 등의 젊은 작가들을 '제3세대'라고 명명하자, 이에 대응하여 김현이 전후 세대를 '55년대 작가'라고 하여 스스로를 차별화한 것이 그것이다. 그러나, 이런 차별화는 특정 집단의 문학행위를 부각시키려는 의도적인 전략의 일종이며 정상적인 시각은 아니다. 이런 단절적인 시각은 필연적으로 문학사의 단절까지를 불러올 가능성이 큰데, 사실 이어령, 김현 모두 '전통단절론'의 시각에서 결코 자유롭지 못했다. 더욱이 분단의 상처로 말해질 수 있는 50년대 문학의 문제의식이 여전히 미해결 과제로 남아 있다고 할 때 그같은 단절론적인 시각은 문학사의 황폐화를 초래할 수 있다. 이호철이 새삼 문제되는 것도 그가 시종일관 50년대 문학의 문제의식을 심화·확대시키고 있다는 점에서일 것이다.

50년대에 활동한 작가들 중에는 해방 이후에 등단한 이른바 '신세대 작가'들의 활동이 주목된다. 그 중에서 이호철은 1955년『문학예술』에「탈향」을 발표한 이후 줄곧 분단과 실향민 문제를 주된 테마로 형상화하고 있다는 점에서 특이한 위치를 차지하고 있다. 6·25를 전후로 하여 이데올로기의 상이함 때문에 어쩔 수 없이 월남하여 생활의 뿌리를 잃어버린 작가로, 이호철 외에도 황순원, 선우휘, 장용학, 최인훈, 강용준 등이 있다. 이들은 공산주의에 대해 거부감을 보이며 낯선 땅에서 뿌리를 드리우려는 의식이 앞서 있다고 하겠는데[1], 그러나 앞에서 지적했듯이 이호철만큼 실향의 문제를 시종일관 문제삼은 작가도 드물다. 특히, 이호철은 남한 현실에 뿌리를 내려야 한다는 작가 개인의 절대절명의 문제만이 아니라 그 문제를 당대 현실에 대한 작가의 독특한 시각과 결부지어 우리로 하여금 끊임없이 우리 사회를 성찰케 한다는 점에서 문제적이다. 남북 이데올로기를 처음으로 문제삼은 『광장』의 작가 최인훈과 비교해 보더라도 그의 작가적 위치를 짐작할 수 있다. 다대한 사유의 세계를 펼쳐보이는 최인훈의 문학세계가 '사랑과 시간'으로 말해질 수 있을 정도로 사변적이고 관념적인 성격이 강하다고 한다면, 이호철은 실향민을 포함하여 현대를 살아가는 다양한 인간 군상들의 삶의 기미를 포착하고자 한다. 생득

---

1) 김윤식·김현, 『한국문학사』, 민음사, 1973, 230~284쪽.

적으로, 이호철은 추상적인 이념에는 거부감을 가지고 있으며, 그 이념을 평범해 보이는 한 인물의 삶 속에서 구체화하고자 한다.

초기부터 이호철에 관심을 가져온 천이두는 50년대 문학을 '전쟁문학' 혹은 '전후문학'이라 규정짓고, 그 특징을 6가지로 요약하고 있는데, 절박한 현장의 문학 또는 보고문학, 고발문학, 엄숙한 교훈주의, 이슈가 뚜렷한 문학, 극한 상황의 설정, 가해자(전쟁) 대 피해자(개인) 사이의 역학 관계 위에서 빚어지는 액션, 풍자문학의 경향 등이 그것이다. 아울러 그는 50년대 문학의 단점을 두 가지로 지적하면서, 이 시기 문학이 한결같이 너무 격렬한 톤으로 일관함으로써 자아와 세계를 포괄적으로 바라볼 여유를 갖지 못했으며, 따라서 모든 문제가 지나치게 '공분(公憤)'이라는 이름으로만 제기되었을 뿐 그것을 개성적 구체성 속에서 포착하지 못하고 있다고 하였다.2) 즉 전쟁의 책임을 전쟁 그것에만 돌려버림으로써 주체적 존재로서의 자신의 책임의 소재를 뼈저리게 성찰해 볼 여유를 갖지 못했다는 것이다. 전쟁이 외부에서 주어진 성격이 강했고, 또 전쟁이라는 상황이 너무 압도적이었기 때문에 그것을 한 개인이 감당하기에는 역부족이었다는 사실을 인정하더라도 전쟁 그 자체를 절대시함으로써 구체적인 실감을 잃어버렸다는 이같은 지적은 흔히 50년대 문학의 한계로 이야기되는 '추상성'을 염두에 둘 때 상당히 설득력이 있다. 천이두의 지적에서 우리는 이호철 문학의 '구체성'을 재확인할 수 있는데, 그것은 「나상(裸像)」에서처럼 전쟁의 실감을 한 인물의 바보스러운 행동을 통해 근원적으로 문제삼고 있기 때문이다.

이호철의 초기 소설 문체와 관련하여 '무드의 미학'3)이라는 지적도 상당한 설득력을 얻고 있다. 이호철은 소리, 냄새, 빛깔 혹은 어떤 자연사물과 같이 작중현실에 어떤 분위기를 조성해 줄 만한 몇 가지 전형적인 요소를 도입하여 그것을 구체적인 작중의 액션과 밀착시킴으로써 그러한 요소들이 작품의 주제를 효과적으로 뒷받침하게 한다는 것이다. 이런 '무드의 미학'은 초기 단편 「탈향」에서부터 「소묘」, 『닳

---

2) 천이두, 「50년대 문학의 재조명」, 『현대문학』, 1985. 1.

3) 천이두, 「이호철론—묵계와 배신」, 『문학춘추』, 1965. 2. 이런 관점에서, 우리는 이호철의 다음과 같은 언급을 참고할 수 있을 것이다.
"좋아하는 작가를 들라고 하는 경우, 선뜻 머리를 내미는 것은 소설가가 아니라 역시 예술가이다. 이런 때 소설가로서 양보를 한다."(이호철, 「소설작가의 자세」, 『현대한국문학전집』 8, 신구문화사, 1981, 476쪽)

아지는 살들』(연작), 『소시민』에 이르기까지 지속되는 이호철의 소설미학으로 보이는데, 이호철은 이런 분위기의 창조와 함께 인간과 현실에 대한 그의 인식을 꾸준히 심화시켜 왔다고 하겠다.4) 이렇게 말할 수 있는 것은 이러한 독특한 분위기의 창조가 단순히 추상적이거나 환상적이라기보다 현실과의 연관 속에서 천착되고 있기 때문이다.

이호철 소설의 독특한 분위기는 왜곡된 현실의 분위기, 나아가 실향민으로서 남한 현실에 적응해가는 과정에서 생겨나는 작가의 독특한 시각과 관련되어 있다. 그의 소설에는 왜곡된 시대의 암울한 분위기와 함께 무위(無爲)의 삶이 짙게 드러나는데, 따라서 그같은 삶을 초래한 원인과 그 극복과정에 대한 해명은 이호철 소설이 배경으로 삼고 있는 시대에 대한 인식과 더불어 작가 개인의 정신적인 상처와 그 치유과정을 섬세하게 확인할 수 있다는 점에서 그의 소설을 이해하는 중요한 접근방식이 될 것이다. 무위의 삶의 원인과 그 극복과정에 대한 해명이라는 두 가지 관점에서 볼 때, 『소시민』은 이전의 작품 성과를 종합하면서 작가의 진정한 출발을 예고하고 있는데5), 이런 관점에서 이 글은 이호철 초기 소설의 한 매듭을 『소시민』까지로 보고 『소시민』에 이르는 과정을 살펴보고자 한다.

2. 『닳아지는 살들』 연작과 무위감(無爲感)의 정체

이호철 소설에 짙게 깔려 있는 무위감은 작품마다 미묘한 분위기를 가지고 나타

---

4) 이호철은 자신이 문체에 대한 강한 집착을 보인다고 말하면서, 문체에 대한 고려가 수사나 겉치레만의 문장에의 노력이 아니라 작가적 질과 작가정신의 집중도를 명확하게 체현하고 있는 것이라고 주장한 바 있다(이호철, 「1월 소설 월평─작가적 렌즈의 해이」, 『사상계』, 1965. 2).

5) 이런 지적은 이미 여러 연구에서 언급되어 왔는데, 그것을 소개하면 다음과 같다.
정명환, 「실향민의 문학─이호철의 『소시민』을 중심으로」, 『창작과 비평』, 1967 여름.
김치수, 「'소시민'의 의미─69년 작단의 문제작」, 『월간문학』, 1970. 1.
이보영, 「소시민적인 일상과 증언의 문학─이호철론」, 『현대문학』, 1980. 8.
정호웅, 「탈향, 그 출발의 소설사적 의미─이호철의 『소시민』론」, 문학사와 비평연구회 편, 『1960년대 문학연구』, 예하, 1993.
이상갑, 「60년대 문학과 '소시민 의식'의 의미」, 『국어국문학 논총』(유천 신상철 박사 화갑 기념), 문양사, 1996.
강진호, 「이호철의 '소시민' 연구」, 『민족문학사연구』 11호, 창작과비평사, 1997.

난다. 앞에서 우리는 이런 무위감이 우리 사회 곳곳에 뿌리박고 있는 타성, 안일과 같은 시대의 질곡과 함께 작가가 직접 체험한 고향상실에서 연유한다고 지적한 바 있다. 특히, 작가의 고향상실감은 작가가 남한 현실에 적응하는 과정에서 현실을 직시하는 데 장애요인으로 작용했을 수도 있다. 우리는 「탈각」의 여주인공 동연이 이북 여자의 자존심을 강하게 내세운다거나 그 외 이호철 소설의 많은 주인공들이 현실과 일정한 거리를 두고 관찰자의 입장을 취하고 있다는 사실에서 그같은 장애요인의 편린을 확인할 수 있다. 이호철 소설이 현실을 어느 정도 객관적으로 형상화하고 있는가도 따져보아야 하겠지만, 작가의 고향상실은 그의 내면 깊숙이 자리잡은 일종의 상흔과 같은 것이어서 쉽사리 극복될 성질의 것은 아니다. 작가는 어쩌면 이같은 상흔을 결코 드러내지 않고 감추고 싶어했을지도 모른다. 그러나, 이호철은 그 상흔을 여러 형태로 드러내고 있으며, 그리고 그 과정에서 한 개인의 문제를 우리 시대의 보편적인 문제와 연결짓는 탁월함을 보이고 있다. 이호철은 역사적, 거시적인 맥락을 단절해 버린 소박하고 단조로운 일상성은 조만간 그 작가 자신을 일상성의 먼지 속에 파묻히게 만들며, 따라서 일상의 여러 현상은 반드시 그 자체의 독자성으로만 있는 것이 아니라 개개의 지엽적인 것은 전체성의 파악 속에서만 그 의미가 드러나고 공감의 넓이와 진정한 리얼리티를 획득할 수 있다고 말한 바 있다.[6] 이호철이 개인적인 상흔을 시대의 보편적인 상흔과 관련시킨 데는 이처럼 현실을 바라보는 작가의 치열한 정신이 있었다. 분단과 통일에 대한 그의 끊임없는 노력이 그것을 증명해준다. 이런 관점에서, 개인사와 시대사가 교묘하게 결합되어 독특한 예술적 성과를 거두고 있는 작품이 『닳아지는 살들』 연작이라고 할 수 있다.

『닳아지는 살들』 연작은 「닳아지는 살들」(『사상계』, 1962. 7), 「무너앉는 소리」(『현대문학』, 1963. 7), 「마지막 향연」(『사상계』, 1963. 12)의 세 작품으로 구성되어 있다. 이 연작은 동일한 인물들을 중심으로 특별한 사건 없이 계기적으로 전개되기 때문에 세 작품을 함께 읽어야 그 의미가 온전히 드러나게끔 구성되어 있다.[7] '닳아지는',

---

6) 이호철, 「작가는 말한다—소설작가의 자세」, 『현대 한국문학전집』 8, 신구문화사, 1981, 471~477쪽.
7) 이 연작을 계기적으로 살펴보아야 할 이유는 이 연작에서 중요한 의미를 지니고 있는 '소리'의 의미에서도 확인할 수 있다.
　"꽝 당 꽝 당, 저 소리는 기어이 이 집을 주저앉게 하고야 말 것이다. 집지기 구렁이도

'무너앉는', '마지막'이라는 어휘가 풍기는 의미에서도 이를 확인할 수 있다.

이 연작은 60년대 초에 발표된 작품이지만 이호철 소설의 둔중한 분위기와 무위감을 집약적으로 보여준다. 먼저, 「닳아지는 살들」을 살펴보자. 우선, 이 소설은 한 집안을 배경으로 작품이 전개되고 있는데 이호철 소설에서 '집'이라는 공간의 문제가 작품 구성상, 그리고 주제 구현에 있어 중요한 의미가 있음을 암시한다. "오월의 어느 날 저녁이었다. 맏딸이 또 밤 열두 시에 돌아온대서 벌써부터 기다리고들 있었다. 서성대는 사람은 없으나 언제나처럼 누구인가를 기다리고 있는 분위기는 감돌고 있었다."[8]로 시작되는 이 소설은, 은행 두취로 있다가 현역에서 은퇴한 칠십이 넘은 반 백치 상태의 늙은 주인, 이런 시아버지를 닮아 무기력한 며느리 정애, 막내딸 영희, 하는 일 없이 막연하게 작곡가를 꿈꾸고 있는 아들 성식 등이 주요 인물로 등장한다. 이 집의 가장은 이북으로 시집간 후 이십 년 가까이 만나지 못한 맏딸을 막연하게 기다리는데, 이런 가장을 둔 나머지 가족들 모두 그런 막연한 기다림 속에서 무료한 생활을 영위하고 있다. 이 막연한 기다림은 막연한 대기상태로서, 이런 생활이 계속되면 그 스스로가 벗어날 수 없는 속성이 되어 사람을 역으로 구속하게 마련이다. 그러나, 역설적으로 이런 막연한 기다림을 통해 한 집안이 가장을 중심으로 한 가족임을 의식하고 함께 살고 있다. 하지만, 그들은 한 가족이라는 생각만 가지고 있을 뿐 서로 뿔뿔이 떨어져 있다.

가장의 권위는 오직 막연한 기다림 속에서만 유지되고 있는데, 막연한 기다림의 상태나 대기상태는 실제로 백치나 귀머거리의 상황과 별반 다를 것이 없다. 늙은 주인이 귀머거리이면서 반 백치 상태이며, 며느리 또한 거의 백치 상태인데 여기에서도 그같은 사실을 확인할 수 있다. 그런데, '백치'와 '귀머거리'는 실제 상황이라기보다 상징적인 의미로 해석될 수도 있다. 이들 가족은 모두 마음속으로는 "이북에 있는 언니가 열두 시에 돌아오다니"[9]라고 의심하면서도 그것을 찬찬히 따져볼

<hr>

눈을 뜨고 슬금슬금 나타날 때가 되었을 것이다. 그리고 향연이다, 마지막 향연이다. 유감이 없이 이별을 고해야 할 것이다. 모두 유감이 없이 이별을 고해야 할 것이다."(이호철, 「닳아지는 살들」, 『현대한국문학전집』 8, 신구문화사, 1981, 247쪽. 이하 작품 인용은 다른 경우를 제외하고 이 '전집'을 텍스트로 하며, 쪽수만 밝힘).

8) 「닳아지는 살들」, 247쪽.
9) 「닳아지는 살들」, 251쪽.

생각도 없고 거의 습관처럼 그런 생활에 익숙해져 있다. 이런 점을 염두에 둘 때, 이런 막연한 기다림의 상태는 남한 현실에의 적응을 앞둔 실향민이 가질 수 있는 망설임을 상징적으로 보여주는 것은 아닐까. 우리는 이 물음에 대한 해답의 실마리를 '귀머거리'와 '소리'의 대비에서 확인할 수 있을 것이다.

> 그러나 아득하기는커녕 형광등 불빛 밑에서 무엇인가 잔뜩 괴어서 출구를 찾는 기운으로 차 있었다. 무슨 일이건 처리하고 치러 낸다는 것에 이미 절망하고 있는 사람들이었다. 바깥은 바람이 세고 소용돌이가 칠 것이었다. 그러나 시간은 이 집채에 닿아서는 서서히 굼벵이 걸음을 걷다가 무참히도 정지되어 물큰 물큰한 열기를 뿜는 것이다.
>
> 시간은 그렇게 살이 찌고 부어오르고 그리고 이 집안 사람들은 지치고 어떤 사소한 일이건 무겁게 무겁게 감당을 해야 하는 것인지도 몰랐다.[10]

> 꽝 당 꽝 당.
> 먼 어느 곳에선 이따금 여운이 긴 쇠붙이 두드리는 소리가 들려왔다. 밑거리의 철공장이나 대장간에서 벌겋게 단 쇠를 쇠망치로 뚜드리는 소리 같았다. 근처에 그런 곳은 없을 것이었다. 그렇다면 굉장히 먼 곳일 것이었다. 굉장히 굉장히 먼 곳일 것이었다.
> 꽝 당 꽝 당.
> 단조로운 소리이면서 송곳처럼 쑤시는 구석이 있는 밤중에 간헐적으로 들려오는 그 소리는 이상하게 신경을 자극했다.[11]

바깥에서 들려오는 "꽝 당 꽝 당" 하는 소리는 집 안에 있는 사람들에게 "송곳처럼 쑤시는 구석이 있는", "방안의 벽 틈서리를 쪼개고도 있는" 혹은 "지축을 흔들 듯한" 소리로 들린다. 바깥은 바람이 세고 소용돌이가 치고 있는데, 말하자면 "꽝 당 꽝 당" 하는 소리는 그것이 어떤 성격의 것이든 폐쇄적인 한 집안의 몰락을 예

---

10) 「무너앉는 소리」, 264쪽.
11) 「닳아지는 살들」, 247쪽.

고하고 있다. 영희는 누구보다도 이 소리에 자각적이다. 그런데, 그녀는 집 안에 있을 때는 그 소리를 "우리와는 다른 무엇인가 싱싱한 것이 서서히 부풀어서 우릴 잡아먹을 것"12) 같은 것으로 느끼지만, 정작 집 밖에 나와 있을 때는 그 소리가 쇠붙이에 쇠망치 부딪치는 소리가 아니라 차라리 따뜻한 초여름밤의 가락을 띠고 있는 것처럼 느끼는데, 우리는 여기에서도 "꽝 당 꽝 당" 하는 소리가 한 집안의 폐쇄적인 분위기를 깨뜨리는 바깥 현실을 상징하는 것임을 알 수 있다. 선재는 이들 가족 중에 집 밖에서 활동하는 유일한 사람인데, 영희는 이런 선재와 마주하고 있으면 그 소리에 둔감해질 뿐 아니라 자신의 가족이 무언가 큰 '배경'을 놓치고 있으며, 서로 소모적으로 내뱉는 수다한 언어가 모두 값싸게 생각되는 것이다. 그런 만큼, 선재와 영희만이 당장 집을 나가자고 이야기할 수 있는 것이다.

　그러면, 바람이 세고 소용돌이가 치는 바깥은 어떠한가. 이 집안에서 이질적인 인물이 있다면 수산물 회사에 다니는 선재와 식모다. 선재와 식모가 활력을 지니고 있는 이유는 집에만 갇혀 있는 다른 인물들과 달리 그들은 외부와 끊임없이 호흡하고 있기 때문이다. 이런 점에서, 이 집안이 외부와 통할 수 있는 유일한 수단인 전화기가 응접실에 있지 않고 오히려 식객 노릇을 하는 선재의 방에 놓여 있다는 사실도 그냥 지나칠 수 없는 대목이다. 선재는 타고난 서민적인 기질을 거침없이 발산하고 있으며, 식모는 주인 영감이 백치가 된 후 집안에서 더욱 자유스러워지고 뻔뻔해지기까지 하면서 4·19와 5·16 때는 하루 종일 밖에 나가 있었으며, 외출이 잦을 뿐 아니라 시장을 보고 들어설 때는 "넓은 터전의 냄새"를 거칠게 풍기고 있다. 따라서 바람이 불고 소용돌이가 치는 바깥은 바로 4·19와 5·16의 소용돌이가 치는 60년대의 현실이라고 할 수 있는데, 그러나 아쉽게도 우리는 여기에서 60년대 현실에 대한 작가 나름의 시각을 확인하기는 어려운데, 바깥 현실이 "꽝 당 꽝 당" 하는 소리로 상징화되어 있을 뿐이며, 4·19와 5·16도 식모의 행동을 소개하면서 간단히 언급되고 있을 따름이다.

　「무너앉는 소리」는 「닳아지는 살들」보다 두 달이 지난 이후의 상황을 배경으로 하고 있다. 두 달 전에 들리던 소리는 이제 "온 집채가 울 듯이" 훨씬 예각적으로

---

12) 「닳아지는 살들」, 260쪽.

들려온다. 그런데, 이 소설에 오면 영희보다 맏며느리 정애가 그 소리에 더 자각적
인데, 그것은 영희와 선재의 현실가치의 수용과 맞물려 있어 보인다. 이와 관련하
여 주목되는 것은 이 집안의 가장인 늙은 주인이 두 달 전 처음으로 소리를 듣고
난 이후부터 이북에 있는 맏딸을 찾지 않는다는 사실이다. 그리고, 이미 우리는 「닳
아지는 살들」에서 이 집안에서 유일하게 바깥활동을 하는 선재가 "꽝 당 꽝 당"
하는 소리에 둔감할 뿐 아니라, 영희 또한 이런 선재와 함께 있을 때는 그 소리에
덜 민감하다는 사실을 확인하였다. 더욱이 「무너앉는 소리」에 오면 선재와 영희는
서로 관계를 맺은 후 빠르게 속물화되어 가는데, 바로 여기에서 영희가 정애보다
외부 소리에 덜 자각적이게 된 이유의 일단을 확인할 수 있다. 선재는 약혼녀 영희
외에 자신의 아기를 가진 또 다른 여자를 두고 있었는데, 이런 사실이 가족들에게
알려지면서 그는 급속도로 속물화되고 나약하게 된다. 선재의 타락은 선재 개인의
잘못이기도 하지만 한 집안의 굴레가 엄청난 구속감을 동반한 결과이기도 하다.
　「마지막 향연」은 이사를 앞둔 마지막 날 밤을 배경으로 하고 있다. 영희는 선재
와 결혼을 작정하고 따로 살림을 나갈 생각인데, 이전보다 훨씬 속취가 나는 모습
이다. 이들 가족은 식모를 제외하고 모두 다 이삿짐조차 챙겨놓지 않고 있는데, 식
모에게는 이들 모두가 병신으로 비춰진다. 지난 밤 향연 때문에 늦잠을 자는 가족
들과 달리, 식모와 이삿짐을 나르는 인부들이 주고받는 다음 장면에서 이들 가족의
처지가 잘 드러난다.

　　"저 어디서 오셨어요?"
　　"쓰레기 치러 왔소, 쓰레기 치는 사람이오"
하고, 인부 가운데 한 사람이 익살로 말하였다. 그러자 문이 열리고 식모가 내다
보고 반색을 하며 웃었다.
　　"이삿짐 나를 사람이에요?"
하고 물었다.
　　"쓰레기 치러 왔다니까?"
　인부들은 문 앞에 선 채 모두 건강하게 웃고 있었다. 시월의 하얀 볕이 뜰에
내리붓고 있었고, 집안은 고요했다. 모두 아직 잠이 들어 있는 것이었다. 어느새

인부들은 바지 가랑이들을 걷어올리고 집안으로 들어서고 있었다.13)

사소한 문제의 해결도 감당하지 못하는 이들 가족의 삶에 건강하게 웃는 인부들은 너무나도 평범한 일상적인 건강함으로 다가선다. 이들 가족 중에서 유일하게 외부와 교섭하고 있었던 선재가 바깥 현실을 "밑을 헤아릴 수 없는 수렁"에 비유하면서 자신들의 타성화된 삶이 자기들의 탓은 아니라고 말하는데, 그러나 그렇게 말하는 그 자신조차 인부의 "쓰레기"라는 말에서 제외되지 않는다. 그리고 우리는 그에게 또 다른 여자가 있다는 사실이 가족들에게 알려졌을 때 왜 스스로 반성하는 모습을 보이지는 않았는가 오히려 되물을 수 있다. 그러나, "새로운 기운은 여기와는 다른 아득한 곳에서 일어나고" 있다.

그러면, 이 "새로운 기운"은 구체적으로 어디에서 마련되고 있는 것일까. 일단 식모와 인부들의 삶에서 그것을 읽어낼 수는 있으나, 그렇다고 하더라도 그들의 삶에서 성글게 '민중'의 논리를 읽어내고자 하는 것은 지나친 단순화에 빠질 우려가 있다. 이 소설이 발표된 60년대 이후부터 오늘날에 이르기까지의 시대 변화를 염두에 두고 '민중'에 대한 개념정리도 보다 정치하게 이루어져야 하겠지만14), 요컨대, 식모와 인부의 건강함이란 '생활'이 있는 자가 누릴 수 있는 가장 소박한 권리에 다름 아니다. 그러하기에, 극도의 타성에 젖어있는 이들 가족과의 대비에서 그들의 건강함이 뚜렷이 부각되는 것이다. 식모와 인부의 삶이란 자신의 노력의 대가로 살아가는 삶, 정상적인 사회라면 누구나 누려야 하고 누릴 수 있는 그런 삶일 따름이다. 이들 가족이 짙은 무위감에 빠져 있는 것은 기본적으로 그들이 정당한 노동의 대가로 살아가는 것이 아니라 은행의 명예역으로 이름을 걸고 있는 가장에게 매달들어오는 돈으로 넉넉하게 생계를 꾸려갈 수 있었기 때문이다.

'생활'이 없는 자의 안일함, 이것이 이들 가족이 무위감에 사로잡힌 한 가지 원인인 셈인데, 그러나 선재의 삶을 볼 때 그가 그 자신을 철저히 반성하지는 못하고 있다 하더라도 한 개인의 힘으로는 어떻게도 해볼 수 없는 이 '바닥'의 문제도 무시

---

13) 「무너앉는 소리」, 294쪽.
14) 이호철의 경우, 작품 「진노」에서 화자의 입을 통해 민주주의가 주체적으로 수용되지 못한 우리 현실에서는 민중이 부당하게 신격화되어서는 안 된다는 생각을 피력하고 있다.

할 수는 없는 것이다. 여기서 우리가 '바닥'의 문제를 타성과 무위감에 젖어있는 한 '집안'의 문제와 병치시켜 보면, 『닳아지는 살들』 연작은 60년대 현실에 대한 훌륭한 알레고리의 일종일 수 있다. 나아가 이같은 무위감은 남한 현실에의 적응을 앞둔 실향민의 망설임에서 연유하고 있음을 확인할 수 있다는 점에서 작가의 원체험에 자리잡고 있는 깊은 상흔을 확인할 수 있다. 그러므로, 이 굴레와 같은 무위감을 극복해 나가는 과정은 작가 개인의 고향상실감이라는 상흔을 치유하는 길이면서 모든 인간이 정상적인 삶을 누릴 수 있는 토대를 만들어가는 일이기도 하다.

3. 강인한 성격에의 의욕과 망설임의 세계

우리는 앞에서 이호철 소설이 짙은 내성적 분위기를 풍기고 있으며, 이 내성적 분위기를 조장하는 장치와 등장인물들의 생의 무력감이 적절한 조화를 이루어 독특한 소설적 분위기를 형성하고 있음을 살펴보았다. 이런 독특한 소설적 분위기는 현실에 적응하지 못하고 부유하는 인물들의 뿌리뽑힌 삶에서 연유하는 바 큰데, 더욱이 이호철의 경우 그 뿌리뽑힘이란 일종의 운명적인 것이어서 색다른 조망이 요구된다. 따라서, 이호철의 예술적 성공은 이같은 개인사적 체험을 어떻게 시대의 보편적인 문제와 관련시키느냐에 달려 있다고 하겠는데, 『소시민』 이전까지의 작품 중에서 「판문점」을 제외하면 이런 지적에 썩 부합하는 작품은 없어 보인다. 『소시민』의 정씨 아들의 그 '열끼 있는' 정열에도 불구하고 진정한 의미의 '시민' 또는 '시민정신'이 분단된 현실에서 과연 가능한 것이겠는가 하는 문제의식이 『소시민』이 드러내고 있는 의미로 보이는데, 분단 상황에서 초래되는 '바닥'의 삶은 남북한 체제를 동시에 비판하고 있는 「천명과 대열」에서 이미 날카롭게 지적되고 있다.

> "여러분, 여러분, 대한민국의 품은 여러분을 버리지는 않을 것입니다. 여러분의 그 자유에의 의지를 버리지는 않을 것입니다. 여러분을 전부 태워 드릴테니 질서를 유지하십시오. 여러분 여러분 고귀한 자유의 진가를 알고 자유를 찾아 나서는 여러분의 고귀한 뜻을 우리 대한민국은 따뜻하게 맞이할 것입니다."
>
> 마이크가 잠시 이쪽으로 맞바로 향했던 탓일까. 또렷한 소리가 바람을 타고 날

아왔다. 분명 저런 소리는 바람이나 타고 날아갈 그런 소리일 것이었다. 마을에 주저앉은 할아버지나 종조부나 종조모와는 하등 관련도 없을 것이었다.

(이거 굉장히 속물적으로 되는 판이군. 이제부터 결국 저런 속에서 살아가야 할 판이군.)15)

화자는 6·25 당시 남쪽으로 피난하려는 북한 주민들을 향해 남한측 안내원이 하는 안내 방송을 "바람이나 타고 날아갈 그런 소리"로 파악하면서, 임진왜란이나 병자호란 때는 정작 더 처참했다 하더라도 꿋꿋한 면이 있었을 것이지만 동족상잔의 피난살이는 속취가 난다고 말하는데, 이 말에서 우리 사회가 (이 '바닥'이) 안고 있는 문제의 근원이 어디에 있는가를 짐작할 수 있다. 우리는 '바닥'이라는 말의 자기비하적인 어감에서도 속취가 나는 소시민의 안일한 일상을 떠올릴 수 있는데, 사실 이 '바닥'이라는 말은 이호철 소설의 한 특징이라고 할 수 있는 독특한 분위기에 잘 어울리는 말이다.

이호철 소설의 주인공은 무위와 권태에서 벗어나는 과정에서 매우 충동적이거나 즉흥적이다. 한 지식청년이 한낮을 막연한 초조 속에서 지내다가 동네 아이들에게 싸움을 시키면서 발작적인 충일감을 느끼기도 하고(「살인」), 전혀 낯선 상대방에게 무작정 전화를 걸기도 하고(「기갈과 울림」), 한 군인이 5·16 이후의 무료함을 해소하기 위해 다시 전쟁이 일어나기를 바라기도 한다(「추운 저녁의 무더움」). 이들 작품의 의미는 그것이 충동적인 만큼 현실의 세부를 이해하는 데는 어려움을 준다. 그리고 이들 작품의 주인공은 모두 강인한 성격에의 의욕을 보이는데 그러나 역설적이게도 정작 강인한 성격을 가진 인물들 대부분은 죽음으로 생을 마감하는 경우가 많다. 「나상(裸像)」의 이야기 속에 나오는 형이 그렇고, 「부군」의 홍석이 그러하며, 「진노」의 성현과 「여울」의 석주가 또한 그러하다. 이것은 무엇을 말하는 것일까. 6·25와 4·19를 배경으로 삼고 있는 다음 작품들에서 그 의미를 살펴보자.

황순원에 의해 추천 완료된 작품 「나상(裸像)」은, 철과 '나' 두 사람의 대화 가운데 철의 이야기 속에 나오는 형제간의 이야기가 주된 사건을 구성하고 있다. 작품

---

15) 「천명과 대열」, 『세대』, 1963. 8.

마지막 부분에서 이야기 속의 동생이 철 자신으로 밝혀지면서 철이 '나'에게 하는 말 가운데 이 소설의 주제가 암시된다. 동생은 영리하고 이지적이지만 형은 아무 것에도 얽매이지 않고 바보스럽기까지 한데, 동생은 이런 형의 마음가락에 휩쓸려 들게 된다. 즉 동생은, 오연함이나 의지로써 얻어진 자신의 신념에도 불구하고, 포로로 잡혀 끌려가는 삼엄한 상황에서도 형이 감시병에게 태연히 세수를 하고 가자고 말하는 것을 보고 그에게서 어떤 위엄조차 느끼는 것이다. 이 소설이 우리에게 말하고자 하는 것은 오연함과 바보스러움, 이 둘 가운데 어느 것이 더 가치 있느냐는 절대적일 수 없으며, 따라서 모든 것이 훼손되는 전쟁 상황에서는 오연함이란 별로 가치가 없으며 오히려 바보스러움이 보다 인간다운 강인함을 지닐 수도 있다는 것이다. 「부군」 또한 전투를 앞두고 완호라는 인물이 홍석의 "성급한 전염성 있는 열의와 의지력, 결단력, 적극성과 즉물적인 생활태도, 굳건한 표정의 단일성"에 열등감과 모욕감을 느끼면서도 한편으로는 그에게 철저히 짓밟히고자 하는 심정이 잘 드러나 있다. 완호에게는 이 길만이 자신의 "인텔리 근성, 소시민 근성, 기회주의적인 요소, 자주성이 결여된 우유부단한 태도"를 넘어설 수 있는 유일한 길이기 때문이다.

이호철은 강인한 성격에의 욕망이 생기는 이유를 나름대로 제시하고 있는데, 4·19를 전후한 현실에 대한 작가의 시각을 담고 있는 「진노」에서 그것을 확인할 수 있다. 이호철은 화자의 입을 통해 해방은 2차대전 후 거저 얻은 것이고, 6·25 또한 우리의 의지와는 관계없이 외부에서 주어진 것이며, 그런 가운데서 민중은 이럭저럭 마련된 민주주의라는 틀 속에 박히듯 여전히 오랜 미몽에서 깨어나지 못하고 있는데도 어느 특수 계층의 이익을 위해 편리하게 과장되어 있다는 의식을 보여준다. 일방통행식 정치 체제, 즉 민중 앞에 '국왕'이 절대절명의 것으로 군림해서도 안 되지만, 민주주의라는 이름을 빌어서 민중이 필요 이상으로 과장되어서도 안 된다는 생각이다. 따라서, 개개인이 타성에서 탈피하는 일, 즉 체제의 외형보다 민주주의의 근간이 될 대중의 성격을 확립하는 일이 무엇보다 중요한데, 그러나 이런 뿌리깊은 대중의 성격을 확립하지 못했을 때 어느 개인의 비범한 몸짓이나 대담한 언동 같은 것에 강렬한 매력을 느끼게 된다는 것이다. 다만, 「나상(裸像)」의 화자 '나'가 철의 이야기에 거리를 두고 있었듯이, 이호철 소설의 화자 대부분은 강인한 성격을 가진 인물에 호감을 보이면서도 관찰자의 입장에 서서 그런 '열끼있는' 인물과는 거리를 두고 있다. 마찬가지로, 「진노」의 화자 '나'는 청년이 중심이 된 혁신정당의 조직부장 성현이 데모 주동자로 경무대 앞에서 첫 희생자가 되었다는 소식을 듣고 자신의 "허풍선이 교양이라는 것, 건방진 자만, 경멸벽 같은 것"에 대해 반성하기도 한다. 그러나 그는 성현의 때묻지 않은 단순성과 활달함, 집요한 강인함에 매력을 느끼면서도 스스로의 나약함 때문에 그와 거리를 유지하고 있다.

「여울」의 주인공 명호는 삶의 권태로부터 벗어나기 위해 뿌리에서부터 달라져야겠다고 생각하면서 3·15 부정선거 규탄시위에서 나타난 민중들의 분노가 단순히 부정선거에 대한 울분이 아니라 개개인들의 마음속에 사무친 지루함, 무위와 도식의 분위기를 짓부수고 몰아내는 서곡으로 파악한다. 그러나 그 또한 「진노」의 '나'처럼 적극성과 소극성 사이에서 방황할 따름이다. 「용암류」에도 4·19 이전의 암담한 분위기가 짙게 드러나 있다. 학교를 그만두고 여러 여자와의 사랑에 빠져있는 태규, 이런 태규를 자신의 처지와 비슷하다는 이유로 동정하는 동훈, 그리고 처음에는 태규, 동훈과 어울렸으나 큰일을 계획하고 있는 석주, 이들 사이의 미묘한 감정의 움직임이 구체적으로 그려져 있다. 동훈은 자신의 무미건조한 삶의 원인을 무료한 세상 탓으로 돌리고 있는데, 그러나 그는 석주의 냉엄한 현실감각에서 위엄을 느끼지만, 경무대 앞에서 석주가 첫 희생자가 되었다는 소식을 접하고 망연자실할 따름이다.

이호철은 신념이나 오연함, 강인한 성격에의 욕망 같은 것이 그것을 뒷받침해줄 토대가 허약할 때는 또 다른 위험을 불러올 수 있다는 사실을 줄곧 경계하고 있는데, 「나상(裸像)」과 「진노」의 '나'와 「부군」의 소년병 인규, 그리고 「용암류」의 동훈의 시각에서 그것을 확인할 수 있다. 이호철은 그것이 어떤 거창한 이념이건 또는 역사적 사건이건 간에 그것의 의미를 한 개인의 삶에서 관조적으로 확인하고자 하는 성격이 강하다. 그 과정에서 그가 소위 '소시민'의 자잘한 생활사에 지나치게 관심을 가지고 있는 것은 아닌가 하는 의구심을 불러일으키기도 하는데, 더욱이 그같은 관조적 태도가 작가 개인의 기질, 작가의 현실인식의 태도와 무관한 것은 아니나 실향민으로서의 작가가 남한의 현실 적응과정에서 보이는 망설임에서도 연유한다고 할 경우 그 의미는 제한적일 수밖에 없을 것이다. 다시 말해, 현실을 관조적

으로 본다는 것은 어떤 형태로든 현실에 직접 부대끼기보다 일정 정도의 거리가
전제되어 있는 것이기 때문이다. 따라서, 이호철은 실향민으로서의 현실 적응과정
에서 보이는 이중성이랄까 망설임을 어떤 형태로든 극복하면서 현실에 대한 균형
감각을 마련할 필요가 있었다고 하겠다.

4. 성지(聖地)와 속지(俗地)의 세계

「탈향」과 「탈각」은 이호철의 현실 적응과정에서 보이는 망설임과 그것을 넘어
서고자 하는 의욕을 잘 보여준다. 김동환은 전후소설에 나타나는 현실의 추상화 방
법에 관해 논하면서 전후 작가들의 고향상실의 원인으로 월남과 군 입대를 들고
있다. 그는 "한 상황 속에서 그 상황을 선택한 자로 하여금 절대적 참여에 이르게
하는 것"으로 규정되는 '원초적 선택'(choix originel)이라는 개념을 사용하면서, 자의
에 의한 선택이라 할 수 있는 월남과 달리 타의의 군 입대로 인한 고향상실은 반공
이데올로기 또는 체제 선택으로 이어져 이런 경험을 한 작가들의 작품에서는 고향
에 관계된 '뿌리 찾기' 문제는 발견되지 않는다고 지적하는데16), 그러나 월남과 군
입대의 동기를 '자의 / 타의'로 단순히 구분할 수 있는가는 의문이다. 이호철의 경우
만 하더라도 고등학생의 몸으로 인민군에 동원되어 참전하였으나 국군에 의해 포
로로 잡혔다가 풀려난 후 가족을 남겨둔 채 단신 월남한 이력을 가지고 있다. 이처
럼 한 개인에게 있어서도 변화가 많은 상황에서 월남이나 군 입대의 동기를 자의냐
타의냐로 간단히 구분하는 것은 무리가 있어 보인다.

이호철 소설에서 '뿌리 찾기'의 문제는 「탈향」, 「탈각」에서 집요하게 추구되고
있다. 「탈향」의 '나'(19세)·하원(18세)·광석(24세)·두찬(24세)은 중공군이 밀려올
때 "무작정" 탄 배 때문에 부산까지 내려왔다. 이것이 그들의 고향상실감을 더욱
짙게 만드는데, 그들은 서로 이십촌 안팎의 친척간으로 화차간을 집으로 삼고 생활
하면서 전쟁이 끝나면 언제든지 고향에 돌아갈 생각을 하고 있다. 그러나, 고향에
돌아갈 날이 갈수록 아득해지자 그들은 각자 자신의 실속을 차리게 되는데 여기에

---

16) 김동환, 「한국 전후소설에 나타난 현실의 추상화 방법 연구」, 『한국의 전후문학』, 한국현
   대문학연구회 편, 1991, 205~225쪽.

서 서로 갈등이 일어난다. 그들 중 붙임성이 좋아 토박이 부두 노동자와 어울려 다니는 광석과, 무뚝뚝하면서도 실속만 차리는 두찬은 그렇지 않아도 위태로운 집안에 균열을 가져오게 된다. 이를 보며 겁 많고 눈물 많은 하원은 항상 울먹거릴 따름이며, '나'는 객관적인 입장에서 이들 모두를 관찰하고 있다. '나'는 광석의 행동에서 자조와 자랑스러움을 동시에 느끼지만, 항상 자신의 실속만 챙기는 두찬에게는 못마땅한 마음을 가지고 있다. 광석이 열차 사고로 죽은 후, 하원은 '나'에게 이런 두찬과 떨어져서 둘이서 살거나, 만약 고향에 가게 되면 광석과 두찬을 애당초 못 봤다고 하자고 말하는데 이런 하원의 말에 대한 '나'의 반응에서 이 소설의 의미를 읽어낼 수 있다.

> 무엇인가 못 견디게 그리운 것처럼 애탔다. 그러나 누가 알랴! 지금 내 마음 밑 속에서 일어나는 돌개바람 같은 것을……. 아 어머니! 이미 내 마음 밑 속에선 하원이를 버리고 있는 것이다. 순간, 나는 입술을 악물었다. 와락 하원이를 끌어안았다. 눈물이 두 볼을 흘러내렸다.[17]

위의 인용에 나오는 '나'의 행동을 어떻게 이해해야 할까. '나'는 하원의 말에 동의한 것인가 동의하지 않은 것인가. 「탈향」에서 이 부분에 대한 해석이 매우 중요한데, 그런 만큼 섬세한 해석이 요구된다고 하겠다. 정호웅은 '나'의 행동이 얄팍한 인정주의 그리고 돌아갈 기약이 없는 고향에의 그리움으로 눈물이나 흘리고 있는 감상주의와 단호히 결별하고 새로운 현실을 향한 출발의 의미를 지니고 있다고 본다.[18] 그러나, 이런 분석은 제목의 '탈(脫)'이라는 자구에 지나치게 의미를 부여하고 있어 보이는데, 앞뒤의 문맥을 고려해볼 때 '나'의 행동은 새로운 현실에 뿌리를 내리려는 자가 그 일에 소극적인 자에게 가하는 '비난'[19]이라기보다는 오히려 새로운 현실에 뿌리를 내리려는 순간에 그 일에 소극적인 자를 보고 일어나는 '미움

---

17) 「탈향」, 317쪽.
18) 정호웅, 「탈향, 그 출발의 소설사적 의미―이호철의 『소시민』론」, 『1960년대 문학연구』, 문학사와 비평연구회 편, 예하, 1993, 84~85쪽.
19) 정호웅, 「50년대 소설론」, 『1950년대 문학연구』, 문학사와 비평연구회 편, 예하, 1991, 54~57쪽.

과 연민'으로 해석하는 것이 더 정확할 것이다. 이런 이중적인 마음은 '나'가 하원에게 "미안함과 책임감"을 동시에 느끼는 데서도 확인할 수 있는데, 여기서의 '미움' 또는 '미안함'이란 새로운 현실에 뿌리를 내리려는 자가 그 일에 소극적인 자를 보고 느끼는 마음이며, '연민' 또는 '책임감'이란 그럼에도 불구하고 마음속에 일어나는 갈등과 망설임을 달리 표현한 말이다. 이런 이중적인 마음은 「탈향」의 속편 격인 「무궤도 제2장」에 잘 드러나 있다.

> 그도 그럴 것이 청년은 겨우 스무살이어서 사리(事理)를 분간하는 데 좀 성급한 편이요, 가주 피란을 나와 고향 친구들과 화차살이를 하다가 한 놈은 화차에 깔려 죽고 한 놈은 도망을 가고 나머지 둘이 남았었는데 그여히 청년도 견딜 수 없어 남은 한 놈을 팽개치고 터무니 없이도 글안겨오는 자유감과 가냘픈 가책과 세찬 흙탕물 속으로 휩쓸려 들어가기 직전의 전율 섞인 공포스런 긴장과 [……] 이런 복잡한 심경들을 겹쳐 안고 어느 캄캄한 밤, 화찻칸을 뚫쳐나오고 말았든 것이다. 이 거리에서 새로히 살아보리라는 패기(覇氣)도 만만스럽게.
> 그러나 새로운 자기는커녕 도리어 스스로의 의지(意志)로써 고향을 포기해 버렸다는 비장한 죄의식(罪意識)만이 날이 갈수록 짙게 마음 가운데 도사려앉는 것이고, 이럴수록 이 부산거리 바닥에서 댕그렁한 자신이 무겁게 짓눌려오기만 하는 것이었다.[20]

「무궤도 제2장」은 「탈향」의 시간배경보다 1년 후의 상황을 다루고 있는데, 이 소설에서는 「탈향」의 하원, '나', 두찬은 각각 헤어져 살고 있다. 그런데, '나'는 단호하게 하원을 버린 후 술집여자와의 결혼을 앞두고 자유를 만끽하면서도 하원에 대한 미안함과 스스로 고향을 버렸다는 죄의식 때문에 괴로워하고 있다. 이를 통해 볼 때, 실향민의 뿌리내리기 작업이 얼마나 고통스러운 일인지 짐작케 한다. 「탈각」은 이 점을 확인하는 데 가장 좋은 자료가 된다.

「탈각」은 「탈향」과 「무궤도 제2장」의 문제의식을 더욱 확대하여 실향민의 생태

---

20) 이호철, 「무궤도 제2장」, 『문학예술』, 1956. 9.

를 '집'이라는 공간을 통해 구체적으로 형상화하고 있다. 「탈각」에 나오는 형석, 필구, 동연은 모두 1·4후퇴 때 같은 배를 타고 나온 실향민이다. 형석과 필구는 부산에서 두 달 정도 부두 노동을 하다가, 필구가 제면소에 취직이 되자 형석은 미군부대 식당 종업원을 거쳐 세탁소를 경영하기도 했다. 환도 후에는 형석이 제당회사를 설립할 구상 중에 있고, 필구는 형석의 세탁가게를 맡아 운영하고 있다. 그들과 함께 살고 있는 동연은 이북에 있을 때 인연을 맺은 남한 출신의 강준장과의 사이에 딸 혜선을 두고 있고 형석의 집 안채를 전세로 얻어 살고 있다. 동연은 남편에게 본처가 있다는 사실을 알고 난 후 그날부터 형석의 집에 들어와 살게 된 것인데, 그녀는 남편으로부터 받은 위자료를 놀리며 당구장 경영을 계획하고 있다. 그런데, 형석은 이미 남한 여자와 결혼하여 자녀까지 두고 있는데, 필구는 이런 형석을 두고 "괘씸하다, 도리에 어긋난 짓이다, 이런 법이 없느니라, 고향이 지척이야, 아비어미가 시퍼렇게 살아 있어"라고 하며 "아주 여기 눌러앉을 참이야?"라고 나무라지만, 그 또한 동연과 결혼할 생각을 갖고 있다. 그러나 이들 셋은 모두 이럭저럭 지내다가 고향에 돌아갈 것이라는 생각에 사로잡혀 있는데, 필구는 자기와 동연이 서로 가까워지는 것을 못마땅하게 여기는 형석을 보면서 차츰 동요하기 시작한다.

그러나 이즈음에 와서 필구는 되씹듯 되씹듯 혼잣속으로 뇌이는 것이다. <이젠 어차피 나도 이놈의 데다가 엉덩이를 늘어 붙이고 살아야 될 판이다. 임시변통도 유만부득이지 말이 되나. 아득한 나날을 밤낮 임시루 살 수야 없잖나. 돌아갈 껄 예상하구, 그러니까 임시루 도대체 어느 장날까지 임시야? 어느 장날까지 임시냔 말야. 요는 나도 이젠 좀 살아봐야겠다아 이 말이지. 쥐꼬리만한 고향이랬자 형석이나 나나 동연이나 피차의 상판대기에서 겨우 느낄까 말까 아닌가, [……] 머 말라죽은 고향이야? 이럴 바엔 차라리 그까짓 군더더기같은 고향나부래기는 깨끗이 집어치우자, 깨끗이. 그리구 시작이다. 그러니까 결국 새출발이다 새 출발!>21)

---

21) 이호철, 「탈각」, 『사상계』, 1959. 2.

형석은 자신과 동연, 필구가 모두 가능하면 이대로 늙거나 이대로 있다가 고향에 돌아갔으면 하는데, 사실 이미 남한에서 처자까지 거느린 형석으로서는 필구와 동연을 비난할 근거는 없다. 필구와 동연의 동요에도 불구하고 그들 셋이 살고 있는 '집' 자체가 그들에게 "고향의식", "성지의식", "공동의식"을 갖게 하는데, 동연은 혜선의 학비 때문에 한 달에 한 번씩 찾아오는 남편조차도 절대 '집' 안으로 들이는 법이 없다. 동연이 필구와의 결혼을 앞두고 남편과의 문제를 매듭짓기 위해 처음으로 남편을 집 안으로 불러들이는데, 이런 동연을 두고 형석이 하는 말에서 "성지의식"의 의미가 잘 드러난다.

> 순간 나서던 형석은 멈칫 돌아섰다.
> 「그래애? ……. 바야흐로 성지(聖地)가 속지(俗地)로 떨어지시는군」
> 동연이도 요란하게 마주받았다.
> 「아무렴, 속지(俗地)다 뿐이겠어. 삼천만 사람을 모여들이구, 문을 열구, 지붕두 벗겨버릴 수 있으면 오죽 좋을라구. 합창을 부르구, 합창을 부르구, 건강하게 합창을 부르구, 그리구 곰팽이 낀 성지(聖地) 내음새는 깨끗이 씻어 낸대나, 어차피 살 바에야 떳떳이 살아야지, 자 어때요? 이만하문」22)

형석은 독자적으로 당구장을 사려는 동연의 행동이 "이제까지 귀하게도 가누어 온 이 집채, 성지를 파방(罷榜)쳐버리게 되는 첫 실마리"라고 생각하는데, 그러나 「탈각」의 진정한 의미는 소설 결말에서 이런 형석과 동연의 처지가 역전된다는 사실에서 드러난다. 형석은, 결혼을 앞둔 필구와 동연을 두고 너희 둘이 결혼하여 나가면 자기만 "억울하게도 완전히 타향사람 되버리구"라고 하며 두 사람을 원망했지만, 정작 결혼하여 나간 필구와 동연이 "고향의식"을 더 강하게 느끼는 데 반해, 형석은 오히려 제당회사의 중역자리를 차지하고 거친 세파와 호흡하고 있다.23)

---

22) 「탈각」, 앞의 책.
23) 이호철 소설을 통해 볼 때, '결혼'과 '집'에 대한 실향민의 의식은 매우 중요한 존재론적 과제로 보인다. 이호철은 「나상(裸相)」, 「여분의 인간들」에서도 '결혼'과 '집'을 통한 정착의지를 중요한 테마로 다루고 있다.

동연과 필구가 "고향냄새 나는" 형석에게서 해방되었다고 생각했지만 역설적이게
도 그들이 그렇게 벗어나고자 했던 굴레와도 같은 "고향의식"을 결혼 후 더 강하게
느끼는 것은, 자기들이 살고 있는 방이 바로 고향이 아닌가 하는 착각, 다시 말해
자신들이 이미 고향에 돌아와 있다는 착각 속에 그들이 빠져 있기 때문이다. 즉 필
구와 동연은 같은 고향사람으로서 여전히 "성지의식", "고향의식", "공동의식"을
느낄 수밖에 없었다. 그 결과 필구는 형석을 비판하던 때와는 달리 "암, 돌아가야
지, 돌아가야 하구 말구, 돌아가야 하구 말구"라고 중얼거리기도 하는데, 이런 필구
의 "고향의식"은 "너희들 둘만 고향 돌아간 턱이로군. 오붓하게 고향냄새 나게 알
뜰하게 고향냄새 나게 자알 살아라"라는 형석의 말에서 이미 암시된 바 있다.

특히, 필구와 동연이 결혼하여 나간 후 형석은 필구가 경영하던 세탁가게 자리에
큰 대문을 세우고 대대적으로 '집'을 수리하는데, 이것은 실향민의 현실적응이라는
관점에서 「탈각」이 무언중에 드러내는 깊은 의미일 것이다. 따라서, '집'을 수리한
후 현실과의 교섭과정에서 보이는 형석의 변화는 그의 앞으로의 행로에 시사하는
바가 많다.

5. 실향민의 균형감각 회복과 그 의미

이호철 소설은 『소시민』을 기준으로 하여 하나의 흐름이 정리되는 것 같다. '순
수 / 참여' 논쟁과 '소시민 / 시민' 논쟁과의 관련성에서 보거나, 작가의 문학적 전개
과정에서 보거나 『소시민』이 차지하는 비중은 결코 무시할 수 없다. 그것은 『소시
민』이 위의 두 논쟁이 무색할 정도로 '작품'으로 보여준 측면 때문일 것이다. 『소시
민』의 문제의식은 크게 두 가지로 요약될 수 있을 것이다. 우선 '소시민'의 의미가
종국적으로는 분단이라는 '반국적'(半國的) 현실에서 유래하고 있다는 것이며, 다른
하나는 그같은 '소시민'의 의미가 실향민이라는 작가의 개인사적 체험과 관련되어
있다는 점이다. 『소시민』의 주된 배경인 부산은 특정 지역의 의미를 벗어나 모든
사람이 정신적 공황상태를 앓고 있는 남한 사회 전체를 상징하는 비중을 가지고
있는데, 말하자면 소시민적인 안일과 타성에서 벗어나기 위해서는 개개인의 노력
도 중요하지만 그 개인을 규정하는 전체 사회의 건강함이 전제되어야 한다는 것이

다. 적어도 『소시민』의 문제의식에 비추어볼 때 우리가 '소시민의식'을 극복하고 진정한 의미의 시민의식을 확보하기 위해서는 분단이라는 모순된 사회체제가 개선되어야 하며, 이럴 경우 작가의 개인사적 상흔에 해당하는 실향민의식도 비로소 해결의 실마리를 찾을 수 있다는 것이다. 『소시민』 이전까지의 소설은 모두 이같은 『소시민』의 문제의식에 수렴될 수 있다.

지금까지 살펴본 이호철 소설은 대부분 소시민의 일상과 함께 짙은 무위감과 둔중한 분위기를 드러내고 있는데, 이는 전쟁과 시대의 혼란과 무관하지 않다. 소설 속의 주인공은 이런 무위감을 극복하기 위해 강인한 성격을 가진 인물에의 의욕을 보이기도 하나 대부분 그 인물을 거리를 두고 관찰하고 있다. 이것은 현실을 직시하려는 작가정신의 치열함일 수도 있고 현실에 대한 일정한 '거리두기'의 일종일 수도 있다. 다시 말해, 이같은 '거리두기'가 그의 문학의 리얼리티를 확보하는 면도 부정할 수 없지만 실향민으로서의 이호철이 남한 현실에 적응하는 과정에서 가질 수 있는 망설임의 일종일 수도 있다.

이런 점에서 이호철 소설의 짙은 무위감을 초래한 원인은 시대의 질곡과 함께 작가가 직접 체험한 고향상실이라는 이중의 의미를 지니고 있다. 그러므로 이 같은 무위감을 극복해가는 과정은 건전한 사회건설에 대한 욕구와 함께 작가 개인의 뿌리내리기 문제와 직결되어 있다고 하겠는데, 뿌리내리기 문제는 『닳아지는 살들』 연작과 「탈향」, 「탈각」에서 구체적으로 형상화되고 있다. 이들 세 작품 모두 망설임의 세계에서 자유롭지 못하지만, 그 중에서 「탈각」은 현실과 진정한 의미에서 교섭하기 위해서는 일종의 "공동의식", "고향의식", "성지의식"을 느끼게 하는 '집'의 테두리를 벗어나야 한다고 보는데, 이것은 실향민의 현실적응 문제를 깊이 있게 드러내고 있다는 점에서 매우 중요한 의미를 지니고 있다. 그러므로 이 후의 이호철 소설의 전개방향은 '집'을 수리한 연후에 보이는 「탈각」의 주인공 형석의 행로와 일치하리라 전망할 수 있는데, 『소시민』의 문제의식도 이런 연장선상에 있다고 하겠다. 『소시민』의 등장인물들은 이미 성지와 속지의 구분조차 무의미한 '제면소'라는 공간에 각자의 이해관계에 따라 출입하며 거친 세상과 호흡하고 있다는 점에서, 이전의 문제의식을 수용하면서 이호철 소설의 본격적인 출발을 예고하고 있다.

이호철의 『소시민』 연구

강진호[*]

1. 『소시민』의 문제성

이호철의 이름 앞에는 관사처럼 '실향민 작가', '월남 작가'라는 말이 따라붙는다. 한 작가를 굳이 월남 작가, 실향민 작가라는 관사로 한정할 필요는 없겠으나 그럼에도 불구하고 이호철에게 그 말이 붙는 것은 그만큼 작가의 특징을 잘 집약하고 있기 때문일 것이다.

1932년 원산에서 태어나 6·25 전쟁 중에는 인민군으로 참전하여 국군 포로가 되었고, 단신 월남하여 우여곡절 끝에 부산에서 정착했던 그 신산스러운 삶이 이호철 소설에는 문신과도 같이 아로새겨져 있다. 이호철은 월남하여 남한 사회에 뿌리를 내리려 애써 왔던 자신의 개인적 체험을 분단된 역사를 상징하는 하나의 계기로 수용하였고, 그래서 한 개의 사소한 일화에 지나지 않는 작품이라도 거기에는 분단의 아픔이 짙게 배어 있다. 제4회 대산문학상을 수상한 『남녘사람 북녘사람』은 열아홉의 소년으로 인민군에 동원된 뒤 국군 포로가 되어 풀려나기까지의 경험을 근간으로 하고 있으며, 60년대의 대표작인 『소시민』은 피난지 부산에서 제면소 직공으로 일할 당시의 기억을 되살려 쓴 작품이다. 그리고 분단문학의 중요한 성과로

---

* 문학평론가.

평가되는「판문점」이나「탈향(脫鄕)」또한 작가의 실제 체험에 힘입고 있다. 그래서 실향민작가, 월남작가라는 말은 단순한 관사가 아니라 실향민으로서 겪을 수밖에 없는 향수와 분단의 통한이 배어 있는, 이호철 소설을 규정하는 원형질이자 상상력의 모태인 셈이다.

1964년 7월부터 다음해 8월까지『세대』지에 연재된 장편『소시민』1)은 이호철 소설의 특성을 전형적으로 보여주는 작품이다. 6·25 동란 당시 부산 완월동 제면소를 배경으로 거기서 생활하고 있는 10여 명의 인물을 그리고 있는 이 작품은 뿌리뽑힌 자들의 처절한 현실 적응문제2)를 다루고 있다. 그런데 작가의 시선은 이들이 벌이는 다양한 사건들의 얽힘에 모아지기보다는 그 이면을 투시하여 한층 본질적인 곳을 향한다. 인물들의 부침과 소시민화 과정을 통해서 작가가 궁극적으로 주목한 것은 건전한 비판정신이 사라지고 대신 속물주의가 판을 치는 전후의 일상(日常)이고, 나아가 전후 사회의 구조적 재편과정이다. 그래서 이 작품은 "한 시대가 가고 새 시대가 오는 전환기적 변동상을 담아 내고 있다"는 평가3)를 들을 수 있었고, 또 "소시민적 일상과 그 한계를 점검하고 그것을 넘어선 삶의 가능성을 조심스럽게 모색한 작품"이라는 평가4)를 받기도 하였다. 하지만 이런 논의들은 대체로 평론 수준의 것이고, 또 작품의 내재적 특질을 제대로 밝혀 내지도 못한 것으로 보인다. 말하자면 이러한 성과에 도달하게 된 작품의 내적 특성이라든가 작가의식의 심층은 해명되지 않았고, 단지 주제적인 측면에서 내용을 분석했을 따름이다. 따라서『소시민』에 대한 이해는 작가의식이라든가 작품의 내적 특질에 대한 구명을 전제해야 할 것이다.

『소시민』의 문제성은 대략 두 가지로 정리할 수 있다. 하나는, 『소시민』은 이호

---

1)『소시민』은『세대』지에 발표된 이후 신구문화사(68), 삼중당(72), 강미문화사(79), 청계출판사(79), 문학사상사(94), 동아출판사(95)에서 각각 출판되었다. 이 과정에서 72년과 79년 두 번에 걸친 개작이 이루어지는데, 79년 이후의 작품은 모두 강미문화사판을 저본으로 삼고 있다. 본고는 60년대 문학과의 관련하에서『소시민』을 살피는 까닭에『세대』지에 발표한 원문을 그대로 재수록한 '신구문화사판'을 텍스트로 하며, 작가가 '결정본'으로 명시한 '강미문화사판'을 참고자료로 한다.
2) 이상갑,「60년대 문학과 '소시민의식'의 의미」,『유천 신상철박사 화갑기념논총』, 문양사, 1996. 참조.
3) 정호웅,「탈향, 그 출발의 소설사적 의미」,『1960년대 문학연구』, 예하, 1993, 85쪽.
4) 백낙청,「작가와 소시민」,『문』, 민음사, 1981, 해설.

철이 월남민으로서의 실향감과 격절감에서 벗어나 현실로 관심을 돌리면서 나온, 초기에서 중기로 넘어가는 중간 지점에 놓이는 작품이라는 점이다. 즉 작가의 체험이 어떻게 객관화되고 현실과 결합하는가를 보여주는 중요한 단서를 제공하는 작품이 『소시민』이다. 알려진 대로 이호철 소설은 크게 두 개의 경향으로 나누어진다. 「탈향」, 「만조」 등 자신의 체험세계를 그대로 드러내며 전후의 암담한 현실을 문제삼은 작품군과 「판문점」, 「닳아지는 살들」 등 소시민들의 불안한 삶을 분단현실과 결부지어 파헤친 작품군이다. 전후문학으로 분류될 수 있는 전자는 대부분 전쟁 당시 인민군으로 참전했다가 국군 포로가 되고, 이후 단독으로 월남하여 겪게 된 작가 자신의 뼈아픈 체험을 소재로 삼고 있다. 여기에는 「탈향」에서처럼, 고향에 대한 향수와 뿌리뽑힌 자로서의 무위감이 짙게 배어 있다. 한편, 분단소설로 분류될 수 있는 후자의 경우에는 화자의 시선이 점차 객관성을 회복하면서 민족과 역사 현실에 대한 비판과 극복의 의지를 주로 드러낸다. 「판문점」과 같이 분단된 현실을 망각하고 점차 소시민적 삶에 젖어들면서 분단 현실에 이역감(異域感)을 느끼는 소시민의 일상을 환기하거나 『남녘사람 북녁사람』처럼 분단과 전쟁을 되돌아보며 양 체제의 문제를 지적하는 게 이 부류 소설의 특징이다. 이 과정에서 분단 현실을 망각하고 속물로 전락해 가는 천박한 세태에 대한 비판은 「부시장 부임지에 안가다」, 「판문점」에서처럼 매우 신랄한 형태를 보여주기도 한다. 이호철 소설을 이렇게 두 부류로 나누어 볼 때 『소시민』은 두 경향이 혼재하면서 전자에서 후자로 이동하는 추이를 보여주는 작품이다. 화자의 시선이 주관적이고 감상적인 데서 벗어나 점차 객관적이고 관조적인 모습을 띠는 것은 그 단적인 증거라 하겠는데, 그런 점에서 『소시민』에 대한 고찰은 이호철 소설의 서사원리 전반을 이해하는 매개고리와도 같은 셈이다.

　다음으로, 근대성(modernity)의 측면에서 『소시민』을 문제삼을 수 있다. 『소시민』에서 다루어지는 현실은 전시 하의 후방이지만 서사를 조종·규율하는 것은 60년대 중반을 살아가는 작가의 시선이다. 곧, 『소시민』은 60년대 들어서면서 본격화된 근대화의 열풍 속에서 사회 전반에 만연된 천민 자본주의적 파토스와 소시민 의식의 연원을 6·25로 거슬러 올라가 천착하고, 그것을 통해서 궁극적으로 한국 사회의 성격을 문제삼은 작품이다. 근대화 정책으로 인한 생산량의 증가와 국제 정세의 변화는 삶의 질을 향상시키기보다는 오히려 내실 없는 외형만을 팽창시켰고, 속물주의와 물신주의의 확산은 분단 극복이라는 민족 최대의 현안마저 외면하는 무심한 세태를 만들었다. 북한 체제에 환멸을 느껴서 월남하였고 어떻게든 남한 사회에 새로운 삶의 둥지를 틀고자 했던 이호철은 이 척박한 현실의 연원이 궁극적으로 6·25라는 동족상잔의 전쟁에 놓여 있다는 사실을 날카롭게 간파한다. 6·25가 한국 사회에 남긴 것은 국토의 황폐화나 인명의 살상과 같은 물량적인 것이기보다는 오히려 건전한 비판정신과 미래에 대한 꿈을 앗아갔다는 점, 일견 평범한 듯한 이 주제를 집요하게 천착한 작품이 『소시민』이다. 그래서 작품의 배경을 이루는 것은 전쟁이지만, 사실은 전투가 벌어지는 전장이 아니며 대신 여러 종류의 사람들이 뒤엉켜 발버둥치는 '부산'으로 상징되는 전후의 현실이고, 더 구체적으로는 근대화의 물결이 넘실대는 60년대의 한 복판이라 해도 과언이 아니다. 그러므로 『소시민』에 대한 고찰은 파행과 왜곡으로 얼룩진 전후 현대사의 시원(始原)을 살피는 일이기도 하다.

이 글은 이런 문제의식을 바탕으로 『소시민』의 특성을 살피고자 하는데, 특히 주목하고자 하는 대목은 작중의 '화자'이다. 이호철을 대변하는 화자는 작가의 고유한 가치와 지향을 담고 있거니와, 가령 고향을 추억하면서 보여주는 현실에 대한 무위감과 감상에 젖어 눈물 흘리는 모습은 작가 이호철의 실제 모습이라 해도 과언이 아니다. 이들은 하나 같이 월남민이고 고향을 등진 사람들이다. 그래서 『소시민』을 포함한 초기작에서 목격되는 '화자'는 '고향 상실'이라는, 이른바 '부재자(혹은 부재하는 본질)'에 대한 작가의 염원을 담고 있다. 아도르노의 말대로, '부재자'는 실재하고 있지는 않지만 그럼에도 불구하고 현실을 비판적으로 바라보게 하는 어떤 기준5)을 의미한다. 상실된 고향에 대한 기억이 속악한 현실을 바라보고 평가하는 기준이 되고, 그런 점에서 그것은 현실을 이해하고 비판하는 척도와도 같다. 유토피아적 이념과도 같은 이 '부재자'에 대한 염원이 초기작 이래 이호철 소설의 한 축이 되는 까닭에 작품 속의 현실은 상대적인 비판의 대상으로 제시되는 것이다. 초기의 분단소설과 풍자소설에서 보이는 현실에 대한 비판과 공격은 이런 데서 비롯되는 것이라 할 수 있다. 그리고 이런 시각이 『소시민』 전반에 관철되는 까닭에,

---

5) 여기에 대해서는 아도르노의 『미학이론』(홍승용 옮김, 문학과지성사, 1984)의 164~172쪽 참조.

전시하의 단조로운 일상이 나열되고 있음에도 불구하고 작품은 세태소설로 전락하
지 않고 리얼리즘적 면모를 갖게 되는 것이다.

본고는 이러한 고찰을 통해서 『소시민』의 서사적 특성과 작가의 궁극적인 지향
을 확인하게 될 것이다.

2. 화자의 이중성과 『소시민』의 비판적 힘

『소시민』은 장편임에도 불구하고 별다른 사건이 없는 소설이다. 피난시절 화자
가 잠시 일했던 부산 완월동의 제면소와 거기에 모여 사는 사람들의 자질구레한
일상이 단조롭게 서술되는 까닭에 극적 긴장감이나 서사적 감동은 상대적으로 약
하게 드러난다. 더구나 후반부는 작가의 주관적 진술이 장황하게 서술되어 마치 관
념소설과도 같은 따분함을 주기도 한다. 최원식이 이 작품을 두고 "시간의 파괴성
을 승인함으로써 획득되는 작가의 냉소적 체념이 작품의 밑바닥에 숨쉬고 있기 때
문"에 근본적으로 '세태소설'의 범주를 넘지 못한다고 본 것은 이와 무관하지 않을
것이다.6) 하지만 다른 한편에서는 이 작품을 50년대와 60년대, 그리고 오늘 이 시
대까지 일관하게 관통하고 있는 분단시대의 핵심을 여실하게 보여준 작품이라고
평가하기도 한다.7) 물론 두 사람은 서로 다른 기준에서 작품을 보고 있으나, 사실
『소시민』은 이 두 극단의 평가를 받을 수밖에 없는 내적 특성을 함께 갖고 있다.
그것은 무엇보다 작중 화자의 이중적인 성격을 통해서 드러난다.

여러 논자들의 지적처럼 화자인 '나'는 매우 특이한 성격의 인물이다. 어떤 때는
아주 냉정하고 이지적인 모습을 보여주다가도, 한편으로는 쉽게 눈물 흘리고 감상
에 빠져드는 변덕스러운 성격의 소유자이다. 가령, 제면소에 취직하는 과정에서 주
인보다도 그 마누라의 더 지체가 높다는 것을 몇 마디 말로써 간파하고, 또 조직
노동자의 냄새를 풍기는 김씨의 본질을 직감적으로 포착해내며, 징병 검사장에서
는 첫눈에 검사장의 비리를 꿰뚫어 보는 등 이면을 포착하는 날카로운 통찰력을
갖고 있다. 하지만 이런 통찰력에도 불구하고 걸핏하면 감상에 빠져들어 천안 색시

---

6) 최원식, 「1960년대의 세태소설」, 『이호철 전집6』, 청계연구소출판국, 1991, 400쪽.
7) 염무웅, 「개인사에 부각된 민족사」, 『소슬한 밤의 이야기』, 청아출판사, 1991, 393쪽.

의 사소한 호의에도 감동하여 눈물을 흘리고, 강영감의 발인날에는 손가락을 질겅
질겅 깨물며 슬픔에 젖어든다. 또 주인 마누라의 성적 노리개가 되어 성관계를 맺
은 뒤에는 걸핏하면 눈물을 쏟아낸다. 이렇듯 상반되고 모순된 성격의 소유자가
『소시민』의 화자이다. 이런 상반된 모습은, 이 작품이 65년의 시점에서 전시하를
회상하면서 쓰여졌고 그래서 과거와 현재를 갈팡질팡하는 모습을 보인 것8)이라고
설명할 수도 있으나, 사실은 이런 이중적인 모습이 바로 감성적이면서도 동시에 이
지적인 작가 이호철의 실제 성격이고 서사의 특성이라고 할 수 있다.

　이호철 소설은 대부분 작가 자신의 실제 체험에 바탕을 두고 있다. 이를테면 이
호철은 자신의 체험을 근간으로 서사를 구성하며 또 그것을 사실적으로 전달함으
로써 작품의 진실성을 높인다. 물론 작가가 자신의 체험을 가공 없이 드러내는 것
은 아니다. 이호철은 자신의 체험을 이야기하듯이 서술하고 그래서 주인공(혹은 화
자)과 작가는 거의 동일인물로 드러나는 경우가 많다. 이 과정에서 작가 특유의 순
진하고 원초적인 감각이 개입되고 그것이 작품의 중요한 특성을 구성한다. 말하자
면 이호철 소설의 중요한 특성은 대상을 감각적으로 포착하고 기록하는 데 있다.
이호철 소설에 보이는 수많은 묘사들은 냉철하고 객관적인 시점에 의해서 전달되
기보다는 오히려 화자의 민감한 주관적 감성에 의해 매개된다. 그래서 독자들은 사
건과 사물들을 직접 대하고 있다는 느낌보다는 오히려 독특한 개성적 감수성의 프
리즘을 통해서 대상을 보고 있는 듯한 착각을 갖게 된다.9) 그런데 이때의 감수성은
현실적 이해타산이나 논리적 연관 위에 기초해 있는 것이 아니라 사물을 직정적으
로 파악하는 본능과도 같은 직관력에 바탕을 둔 까닭에 논리적이기보다는 감성적
이고, 그로 인해 이념적·정치적 차원을 훨씬 넘어서는 근본적인 것을 일깨워 주기
도 한다.10)

　더구나 현실을 바라보는 시각에는 고향에 대한 근원적 기억이 내장되어 있는 까
닭에 주변 현실은 그에 비추어 파악되고 비판되는 속악한 공간으로 나타난다. 전쟁
으로 인해서 어쩔 수 없이 고향과 가족을 등져야 했고, 그렇다고 남한 사회에 쉽게

---

　8) 정명환, 「실향민의 문학」, 『창작과비평』, 1967, 여름호, 243쪽.
　9) 앞의 염무웅의 글 참조.
10) 앞의 정호웅의 글 참조.

정착하지도 못했던 작가의 '상실감'이란 작품을 구성하는 근원적 파토스나 다름없다. 단편 「큰산」에서 확인할 수 있듯이, 이호철에게 있어서 고향이란 현실의 불완전성, 필요성, 모순성 등에 의해 구성된 일종의 '부재하는 본질'11)과도 같은 곳이다. 화자가 고백하고 있듯이, '큰 산'은 "마음 속에 형태 없는 넉넉함으로 자리해 있"을 뿐만 아니라, "그곳에 그렇게 그 모습으로 뿌리 깊게 웅거해 있다는 것이 늘 안심이 되"는 그런 존재이다. 또 그곳은 자연의 운행이 오차 없이 진행되고 인간의 품위와 인정이 본질적으로 유지되는 곳이기도 하다. 고향을 잃었다는 것은 이 삶의 태반이자 지향점을 잃었다는 것을 말한다. 이런 상실감으로 인해 화자는 세상이 어수선하고 숨어 있던 악이 활개를 치는 곳이 되었다고 한다. 이호철을 사로잡고 있는 고향이란 이와 같은 존재였던 것이다(여기서 인간의 근원적 삶을 파괴한 것은 바로 공산주의로 상징되는 인위적인 도식과 환상, 그리고 그것의 '시스템화'라고 이호철은 말한다. 여러 곳에서 밝힌 바 있는 이런 생각이, 후술하겠지만, 『소시민』에도 근본적으로 관철되어 있다).

이런 상징적 의미를 지니고 있기 때문에 이호철에게 고향이란 단순한 추억의 대상이 아니라 현실의 부정성을 인식하고 비판하는 근거로 작용한다. 화자가 광석이 아저씨를 비판했던 것은 고향에서의 투박함을 상실했기 때문이고, 천안 색시를 통해서 한 세대의 몰락을 봤던 것도 그녀로부터 더 이상 고향의 순수한 이미지를 찾을 수 없었기 때문이다. 그래서 화자는 "나의 살아가는 일에 대해선 근원적으로 완강하게 무관심 태세를 견지하였"고, "이 바닥 전체가 어느 광활한 천지와는 외떨어진 폐쇄된 속으로만 느껴지는 것이었다"(「이단자 4」)고 고백한다. 『소시민』에서 작중의 인물들이 무분별한 성행위에 몰입하고 자기모멸의 연민에 빠져드는 것은 그 어느 곳에서도 삶의 의지처를 찾지 못한 월남민으로서의 이 무위감 때문인 것이다. 강영감의 시체를 옆에 두고 그 딸 매리에게 첫눈에 "가슴이 와들와들 떨리는" 사랑을 느낀다거나 주인집 마누라와 놀아나면서 그녀를 발기발기 찢고 싶다는 격한 충동에 사로잡힌 것은 그런 심리에서 비롯된 처절한 몸부림인 것이다.

그런 점에서 작품에서 매우 독특한 형상으로 제시되는 정옥에 대한 화자의 병적인 집착은 자기 모멸감에서 벗어나 참된 가치를 찾고자 하는 작가의 의지를 상징하

---

11) 앞의 아도르노 『미학이론』 참조.

는 것으로 이해할 수 있다. 더구나 그녀는 속된 현실에서는 찾을 수 없는 존재라는 점에서, 앞에서 언급한 부재하는 진실, 혹은 숨은 가치를 상징하는 인물이기도 하다. 『백치』(도스토예프스키)의 주인공 '무이슈킨'을 연상시키는 '정옥'은 눈 하나가 없는 병신이고 불륜으로 잉태된 불행한 출생담을 갖고 있는 인물이다. 그렇지만 그녀는 어릴 적부터 총기가 남달라서 주변 사람들의 사랑을 독차지하였다. 더구나 그녀는 속악한 현실을 부정하는 정결한 양심을 갖고 있는 까닭에 "이상하도록 투명함과 경건한 분위기"를 뿜어내는 인물이다. 그녀는 또한 "착하고 예쁘고 아름다운 사람들"이 "꽃필 자리"를 찾는 순결한 꿈을 간직하고 있으며, 그러한 꿈을 지녀야만 스스로를 반성하고 안일주의에 빠지지 않을 수 있다고 믿는다. 기독교 신자가 아니면서도 방안에 성모 마리아 상을 걸어 두고 매일 감상했던 것은 성모의 초상을 간직함으로써 스스로를 반성하고 정화할 수 있다는 이유에서였다. 비록 현실성이 떨어지고 감상적인 모습을 보여주기도 하지만, 그럼에도 불구하고 화자가 그녀에게 병적인 집착을 보이는 것은 그녀가 바로 자신의 행동을 규율하는 근거와도 같았기 때문이다. 화자가 천박한 속물이자 기회주의자인 김씨에게 찬사를 보내다가도 정옥과 마주앉으면 돌연 "김씨가 얼마나 비천한 인물인가를 알게 되었다"고 생각하는 것이나, 또 자신의 신념을 굳건하게 지켜 왔던 정씨가 정옥의 죽음과 더불어 급격하게 몰락하는 것은 정옥이 이들 모두에게 삶의 의지처이자 준거나 다름없었기 때문이다. 이렇듯 정옥은 「큰산」에서 표명된 '큰 산'처럼 현실을 비판하고 행동의 방향을 제시하는 나침반과도 같은 존재이다.

이호철은 월남 후 이 순수한 기억을 간직하면서 부평초와도 같은 현실을 견뎌 왔던 것으로 보이며, 『소시민』의 비판적 성격 역시 이 화자에 의해 현실이 관찰되고 비판된 데서 비롯된 것이라 할 수 있다.12) 그래서 "과연 이 지점에서 각자는 어

---

12) 그런데 『소시민』 이후의 작품에서는 이런 모습이 점차 내면화되고 대신 물신주의에 젖어 들고 점차 소시민화되는 현실에 대한 날카로운 비판을 보여준다. 「판문점」과 『소시민』으로 이어지면서 이후 『남녘사람 북녘사람』에서 분명한 모습을 드러낸 이런 경향을 통해서 분단극복을 위한 이호철의 집요한 노력을 발견할 수 있다. 분단을 넘어선다는 것은 결국 남북한의 동질성을 회복하는 것이고 아울러 분단 현실에 대한 객관적 인식을 전제하는 것이다. 그래서 이 부류에는 남과 북에 대한 냉정한 비판이 돋보인다. 남한의 경직된 사회 분위기를 비판한 「1965, 어느 이발소에서」라든가, 남한 사회의 양면적 속성을 문제삼은 「북에서 온 사람들」, 자유주의와 대비되는 북한의 경직성을 비판한 「남에서

310

느 곳으로 향하고 있는 것인가. 나는 나 나름의 감수성과 비평안으로 이 완월동 제
면소를 둘러싼 한 사람 한 사람을 적지 않은 호기심으로 바라보기 시작하였다"는
진술은 현실에 대한 단순한 관찰이 아니라, 그런 현실을 수용하지 않을 수 없는,
그럼에도 불구하고 그것에 만족하지 못하는 아이러니(irony)한 심리를 표현한 것이
고, 이런 심리로 인해 『소시민』은 세태소설과도 같은 단편적 일화의 나열에도 불구
하고 당대 사회의 심층을 비판적으로 포착해내는 성과를 얻게 된다.

3. 전후 사회의 재편과 천민 자본주의의 형성 과정

『소시민』에는 여러 인물이 등장한다. 다양한 궤적을 보여주는 이 인물들은 화자
의 태도에 따라 크게 두 부류로 나누어진다. 하나는 화자의 비판적 시선이 투사된
인물들이고, 다른 하나는 상대적으로 화자의 애정이 모아진 부류이다. 전자는 전쟁
과 격변의 시기를 신분 상승의 기회로 이용하는 사람들이고, 후자는 그러한 현실에
적응하지 못하고 경제적으로 몰락하는 인물들이다. 전자의 인물들은 과거를 훌훌
털어 버리고 빠르게 현실에 적응하는 사람들이지만, 후자는 과거와 이념에 구속되
어 현실에 적응하지 못하는 사람들이다. 이 두 부류의 인물들이 만들어 내는 독특
한 세계가 곧 폐허 속에서 새롭게 꿈틀대는 한국 사회의 이면(裏面)을 상징하는 셈
이다. 그런데 여기서 주목할 대목은 김씨나 천안 색시, 고향 사람처럼 맨몸으로 전
후 사회에서 살아남은 자들에 대한 화자의 태도이다. 화자가 이들에게 비판적 시선
을 보내는 것은 이들의 사회적 처신과 행동이, 과거의 양심이라든가 의지와는 무관
한 전후 사회의 천민성을 단적으로 상징하기 때문이다. 돈 이외에는 어떠한 가치도
인정하지 않는 김씨나 농촌의 투박한 인정을 팽개치고 물신주의에 젖어 든 천안
색시 등은 화자의 머리 속에 각인된 '부재하는 그 무엇'과는 거리가 먼 존재들이다.
그렇기 때문에 이들에 대한 화자의 시선은 비판적일 수밖에 없으며, 이를 통해서
우리는 전후 사회의 천민성과 소시민성의 연원을 이해하게 된다.

　김씨는 과거 적색노조에 관여했던 활동가였으나 지금은 그 과거를 훌훌 털고

온 사람들」 등이 그 구체적인 예가 된다. 이렇게 볼 때 『소시민』은 그 중간 지점에 놓여
있는 작품이다.

'돈'을 위해서 자신의 모든 것을 바친 인물이다. 현실은 돈 많은 놈이 우위에 설 수밖에 없으며, 따라서 과거의 이념이나 주장이란 무력한 구호일 수밖에 없다는 생각에서 이제 "별의별 쌍놈의 짓 다 해서 돈만 벌면 그날부터 양반도 될 수 있는기라"는 가치관을 갖게 되었다. '미군부대 근처에서 새롭게 일어나리라'는 주술 같은 예언처럼 그는 미군 물품을 빼돌려서 돈을 긁어모으고, 얼마 안 있어 이승만 정권 수하의 청년단 체육부장의 감투를 쓰고 나타난다. 이 김씨와 잠시 동거하기도 했던 천안 색시 역시 김씨 못지 않은 수완가로 제시된다. 그녀는 본래 충청도 촌여자의 투박함과 인정을 지니고 있었으나 급속도로 "도회지의 못된 버릇"을 익혀서 15년 후에는 부호가 되어 있었고 훨씬 나이가 아래인 남자를 남편으로 골라잡아 살고 있었다. 그리고 화자의 동향 사람인 광석이 아저씨 역시 남다른 수완가로 등장한다. 그는 모든 인습적인 것, 농촌적인 것을 타기하려 드는 등 제 나름으로 가장 진취적인 사람으로 자처했고, 마침내 '장사'밖에 살길이 없다는 신조를 갖게 되었다. 그는 풀빵 장수에서 상점 주인으로 변신을 거듭하면서 마침내 이승만 정권의 관제 데모에도 앞장서는 발빠른 정치적 행보를 보여준다. 이렇듯 이들은 전후의 혼란을 신분 상승의 기회로 이용한 인물들이고, 새롭게 부각되는 사회계층을 대변하는 사람들이다.

그런데 이들이 도달하는 최종적인 귀착지는 기껏 추악한 속물들의 세계거나 아니면 반성 없는 소시민의 세계에 불과하다는 데 작가의 시선이 모아진다. 김씨나 천안 색시 등은 모두 과거를 완강히 부정하고, 그로 인해 윤리적 공동상태에 빠져든 인물이다. 김씨는 한때 이념을 위해 젊음을 바쳤지만 지금은 그 이념과는 무관한 삶을 살고 있고, 천안 색시는 과거의 투박하고 촌스러운 것을 과감히 벗어 던지고 김씨 못지 않은 속물로 변신하였다. 그리고 고향 사람 역시 농촌과 농민의 삶을 부정하면서 상업의 길로 들어섰다. 이들은 하나같이 과거를 부정해야 할, 즉 한 때의 열정 정도로만 생각하고 대신에 '돈'이라는 물신의 힘에 전폭적인 신뢰를 보여준다. 그래서 이들의 눈에는 정씨나 신씨처럼 과거에 속박된 인물은 초라한 퇴물로밖에 여겨지지 않는다. 과거의 정결성과 윤리 대신에 물신주의가 자리잡았고 결국 이들은 탐욕스러운 소시민으로 전락한 것이다.

　　"봐라, 이제부터 어떤 세상이 시작되는지 아나? 이걸 똑바로 알아야 하능 기라.
[……] 이런 소리 지껄이는 걸 쌍놈이라고 생각할 사람이 있겠지만, 쌍놈이 안되
면 대관절 어짜겠다는 거고? 어쩔기여? 내 원참, 대관절 어찌 됐다는거고? 별의별
쌍놈의 짓 다 해서 돈만 벌면 그날부터 양반도 될 수 있능기라. 그래서, 그래서
그게 어찌됐다는 거고?"13)

　　물신의 노예로 전락한 까닭에 이들이 성적 허무주의에 빠져든 것은 어쩌면 자연
스러운 귀결이기도 하다. 수시로 남자를 바꾸면서 성적 탐닉에 몰두하는 주인집 여
자의 무절제한 편력이나, 아버지의 장례를 치르기도 전에 성적 쾌락에 빠져든 매리,
천안 색시와 본 마누라 사이를 오가면서 이중생활을 하는 김씨 등은 모두 당대의
윤리적 공동(空洞)상태를 보여주는 사례들이다. 이들에게 성이란 생산이나 근원적인
소통의 수단이 아니라 단지 무력감을 잊기 위한 도구이거나 일시적인 쾌락의 수단
일 뿐이다. 작중 화자인 '나'의 진술처럼, "집단으로서의 규범에 반항을 할 수 있을
때 사람은 뜨거운 정열을 발산할 수 있는 것이지만 그런 규범을 완전히 잃어버릴
때 각 개개인은 무의미하게 부풀어 오"르고, 결국 "성(性)의 난무"에 빠져든 것이다.
이렇듯 성은 가치관 부재와 혼란, 그로 인한 무위감의 상징으로 제시되며, 그런 까
닭에 작품 전반은 짙은 허무주의로 물들게 된다. 이런 점에서 이 작품은 전후 사회
전반에 만연된 허무주의와 환멸의 정조를 날카롭게 포착하는 성과를 얻는다.
　　그런데, 보다 중요한 것은 이러한 윤리적 허무주의가 이승만 정권의 부정과 결합
하여 독재 권력을 유지하는 사회적 기반으로 구조화된다는 데 있다. 『소시민』이 보
여준 중요한 성과의 하나는 이런 대목을 날카롭게 포착한 것이라고 할 수 있다. 그
것은 김씨와 '고향 아저씨'의 행동을 통해서 확인할 수 있듯이, 이들은 타락한 정권
에 기생하여 자신들의 치부욕을 한껏 충족할 수 있었고, 지지기반이 약했던 정권은
그것을 바탕으로 취약한 정권을 연명할 수 있었다.
　　언급한 대로 이들의 삶을 견인하는 요소는 '돈'이며, 동시에 그것을 바탕으로 하
는 신분 상승의 욕망이다. 이들이 이승만의 하수인으로 전락하는 것은 순전히 '돈'

---

13) 『소시민』(신구문화사판), 108쪽.

때문이었다. 작품에서 암시되듯이 당시 이승만은 전쟁 중이었음에도 불구하고 권력 유지에 혈안이 되어 있었다. 이승만을 지지하는 데모가 자주 길거리를 휩쓸었던 것은 이승만이 재집권을 하는 과정에서 조작된 것으로, 『런던 타임스』가 "한국에서 민주주의를 바라는 것은 쓰레기통에서 장미꽃이 피기를 바라는 것과 같다"라는 말이 나온 시점에서 발발한 사건이었다. 국회에서 기반이 약했던 이승만은 재집권을 위해서 대통령제를 골자로 하는 개헌안을 통과시키려 했는데, 그 방법은 우선 국회를 공격하고, 다음으로 지방의회를 통해 국회에 압력을 넣고, 마지막으로 이러한 압력을 통해서 국회로 하여금 직선제 개헌을 하게 한 뒤 재선되는 것이었다. 백골단과 땃벌떼 등 정체 불명의 폭력 단체란 바로 이정권에 의해 날조된 관변 단체들이었던 셈이다.14) 작품 속의 김씨나 고향 사람이 관제 데모에 앞장섰던 것은 물론 이러한 정치적 상황을 이해하고 한 것은 아니다. 화자의 진술대로 관제 데모가 살벌한 분위기를 빚어내고 있었지만, 데모 행렬에는 "웬 산만한 것, 무작정한 것이 감돌"았고, "길가의 군중은 그저 조용하게 가라앉아서 건너다보"고만 있었다. 그것은 당시 이승만이 행정 능력과 전쟁 수행 능력을 갖추지 못하여 대내, 외적으로 많은 비난을 받았고 그런 까닭에 대부분의 국민들이 냉담한 반응을 보였던 사실과도 일치한다.

그런데도 김씨와 고향사람은 이런 어수선한 상황에 십분 이용하여 "가장 진지하고 심각하게" 자기의 정치적 거취를 결정한다. 신분상승의 기회를 거머쥔 까닭에 이들에게 중요했던 것은 현재의 혼란이 지속되는 것이지 어떤 식으로든 변화되는 것은 아니었다.

사실 그는 그후 급속도로 부풀어 갔다.

두 달 후에는 자유시장 안에 제대로 점포를 하나 잡게 됐고 제법 육중한 잡화상을 차린 것이다. 이렇게 되면서 그는 날로 대한민국의 충성스러운 국민의 한 사람이 되어 갔다. 이승만씨에 대한 평가는 확고 부동이었다. 농촌 구석의 한 사람이었던 자기에게 별안간 이런 길을 열어 준 것이 이승만씨의 그 민주주의의 덕

---

14) 김도현, 「1950년대의 이승만론」, 『1950년대의 인식』, 한길사, 1981, 61~76쪽.

이라고 생각하고 있었다. 민주주의란 그의 경우 이런 면에서 가장 좋은 체제인 것이었다. 그는 모든 인습적인 것, 농촌적인 것을 타기하려 들고 제 나름으로 가장 진취적인 사람으로 자처해 갔다.15)

정치구조가 바뀌고 사회적 비리가 척결된다는 것은 힘겹게 거머쥔 작은 기득권이나마 잃을지도 모르는 불안정한 상황을 의미하고, 그런 까닭에 그런 변화를 환영할 수는 없는 일이었다. 자유 시장에 점포 하나를 잡게 되자 점차 "대한민국의 충성스러운 국민의 한 사람이 되어 갔다"는 고향 사람의 진술처럼, 미약하나마 사회 구조에 편입된 까닭에 중요한 것은 그것을 유지하는 것이었고, 그래서 이승만씨에 대한 평가는 확고부동일 수밖에 없었던 것이다. 김씨 등의 정치적 선택은 바로 이같은 개인적 욕구와 이승만 정권의 정치적 욕구가 부합되었기에 가능했던 것이다.
　이렇듯 『소시민』은 부침하는 인물들의 행동을 통해서 전후 사회의 성격을 실감나게 포착해내는데, 이 일련의 과정이 바로 한국 자본주의의 천민성을 상징하는 것으로 이해할 수 있다. 자본주의 경제는 경제 주체들 상호간의 신뢰와 근면이라는 도덕적 기반 위에서 뿌리내릴 수 있는 체제이고, 따라서 직업으로서 체계적이고 합리적으로 정당한 이윤을 추구하려는 정신적 태도가 자본주의의 추진력이자 정신이다. 그런데, 합리적인 경제활동을 전제하지 않고 투기나 정치에 의존하는, 이른바 '모험가' 자본주의(곧 천민 자본주의)는 탐욕과 이기주의를 특징으로 하는 까닭에 본래의 자본주의 정신과는 거리가 멀다. 유태교도들에게서 자주 목격되는 이러한 현상은 정상적인 자본주의의 발전을 왜곡하고 사회적 혼란을 가중시키는 중요한 요소가 되는데16), 김씨나 고향 아저씨 등은 바로 그 전형적인 모습이다. 이들에게는 윤리적 정결성이나 공동체적 유대감이란 존재하지 않으며 오직 추악한 물신주의만 존재한다. 우리 사회가 질풍노도의 성장가도를 달려왔음에도 불구하고 여전히 전근대적인 질곡에서 벗어나지 못한 것은 이렇듯 출발에서부터 뚜렷한 한계를 안고 있었기 때문이다. 이런 점에서 『소시민』은 전후 자본주의의 태생적 한계를 사실적

---

15) 『소시민』(신구문화사판), 180쪽.
16) M.베버, 박성수 역, 『프로테스탄티즘의 윤리와 자본주의 정신』, 문예출판사, 1988, 121~122쪽.

으로 포착해내는 문학적 성과를 얻게 된다.

4. 이데올로기의 몰락과 시민의식의 생성과정

『소시민』에서 주목할 수 있는 두 번째 항목은 이승만 정권 반대투쟁에서 4·19
로 이어지는 건전한 비판정신(혹은 시민의식)에 관한 것이다. 전쟁을 경과하면서 한
국 사회에는 물신주의와 속물주의가 만연했으나, 다른 한편에서는 4·19에서 한일
회담 반대로 이어지는 건전한 비판정신 또한 배양되고 있었다. 작가의 회고대로,
『소시민』을 쓸 당시인 1964,5년은 "한일 교섭이 한창 진행 중인 때여서 대학가를
중심으로 그 반대 데모가 거의 절정에 이르러 있어 서울 일원에 계엄이 퍼지는 등,
온통 시끌시끌하던 때"였다. 그래서 작가는 작품을 쓰면서 당대 현실의 분위기를
고려하지 않을 수 없었던 것으로 보인다. "이 작품을 쓰던 64,5년 그 당시 우리 상
황의 핵심 이슈와 이 작품의 작중 무대가 되어 있는 부산 피난지 상황과의 연결이
라는 대목에 약간이나마 신경을 쓰지 않을 수 없었"17)다는 진술에서 그런 사정은
확인된다. 액자형식의 이 작품에서 액자의 틀이 되는 서술의 시점은 60년대 중반이
고, 액자 속의 시점은 전쟁 말기인 51년으로 되어 있지만 작가가 정씨를 비롯한 강
영감, 정씨 아들 등 양심을 지키며 살아가는 인물들에게 깊은 관심을 보였던 것은
그런 의도와 무관하지 않을 것이다. 정씨를 비롯한 이들 인물은 시류에 민감하게
반응하지도 않으며, 그렇다고 빼어난 수완을 갖고 있지도 못하다. 그래서 새로운
사회가 형성되면서 몰락할 수밖에 없는 사람들이지만, 그럼에도 불구하고 작가는
타락한 현실에 맞서는 이들의 의지와 양심적 행동에 깊은 공감을 표시한다. 특히
정씨와 그의 아들에 대한 애정 어린 시선은, 60년대 상황을 의식하면서 썼다는 작
가의 말처럼, 집필 당시의 심경을 구체적으로 반영한 것으로 보인다.

한때 적색노조에 관여했다가 무기력하게 전락하기는 했지만 정씨는 어려운 생활
속에서도 막연하게나마 미래에 대한 믿음을 갖고 있는 인물이다. "돈 많은 놈이 우위
에 서게 되"는 현실 속에서 "겉늙은이"로 전락하기는 했지만, 정씨는 과거 한 때 김

---

17) 이호철, 「자서」, 『소시민』, 강미문화사, 1979, 6쪽.

316

씨의 상관으로 남로당 계열의 하부조직에도 관여했던 인물이다. 그는 과거를 송두리째 부정하고 그와는 전혀 다른 방식으로 살아가는 김씨와는 달리 과거의 신념을 내면화하고 "일관된" 삶을 유지하려는 사뭇 곧은 모습을 보여준다. 비록 객관적 근거에 바탕을 둔 것은 아니지만, 정씨는 십 오 년이 걸리든 이십 년이 걸리든 언젠가는 앙양기가 다시 도래하리라는 믿음 속에서 속된 현실과의 타협을 완강하게 거부한다.

> "앙양기(昂揚期)는 너무나 덧없이 지나갔능기라. 앙양기는 짧고 급하지만, 퇴조기(退潮期)는 길고 지리하고 지그자그가 많지. 퇴조기로 접어들고, 모든 사람은 개인으로 뿔뿔이 흩어지고, 모든 개인은 곪아터져서 고름을 흘리기 시작하였고, 난 원래가 약한 자라. 퇴조기에 접어들어서 패배주의의 손길에 휘어잡히게 태어났능기라. [……] 허나, 패배의 수렁에 빠져서도 내 길을 돌아보면 일관하기는 하지. 적어도 마차를 바꾸어 타지는 않거든, 이제 앙양기로 접어들려면 이 십년은 더 걸릴 기라. 적어도 십오년은 걸릴 기라."18)

말하자면 정씨는 현실 자체를 거부하는 강영감과는 달리 현실의 대세를 인정하면서도 자신의 믿음을 완전히 포기하지는 않은 사람이다. 화자는 그의 믿음이 일종의 '도식'이고 '환상'에 불과하지만, 그럼에도 불구하고 그것이 있어야만 사회 발전이 가능하다는 정씨의 말에 공감한다. 국수집 인부로 여덟 식구를 부양하는 힘겨운 생활을 하면서도 끝내 신념을 잃지 않는 정씨에게서 화자가 "물들지 않는, 전염되지 않는 정신"을 발견하고 "대단한 사람"이라고 평가했던 것은 이런 이유에서였다. 이런 데서 우리는 전후 사회의 새로운 가능성을 찾고자 하는 작가의 의도를 읽을 수 있는데, 그런 의도를 보다 구체적으로 보여주는 인물이 정씨의 아들이다. 정씨의 아들은 "정씨의 얼굴을 단단하게 압축시킨 듯한 강기(剛氣)"를 지녔고, 이전 세대에서는 찾아볼 수 없는 "확신에 차" 있는 청년이다. 어린 시절부터 그에게는 "소년답지 않은 적의"가 번득였고, 그 눈에서 화자는 "칠칠한 바람"을 느낀 적이 있었다. 15년 후에 다시 만난 그는 한일회담의 주체는 20대가 되어야 하고, "구체적 상

______
18) 『소시민』(신구문화사판), 209쪽.

황의 구체적 인식"만이 정념의 단계를 넘어 문제의 본질을 직시할 수 있다는 생각
을 내보이며 한층 성숙한 인물로 성장해 있었다. 비록 간단하게 처리되고는 있지
만, 정씨 아들이 "외세배격과 주체성 회복이라는 명제를 내걸고 데모를 일으킨 그
학생 데모의 주동자"로 성장했다는 진술은 그가 과거 정씨와 같은 곧은 신념과 행
동의 소유자라는 것을 암시해준다.

사악한 이기심과 짙은 허무주의가 지배했던 전후의 현실에서 이런 인물들에게
주목했다는 것은 그런 현실과 결별하여 새로운 가능성을 찾으려는 작가의 의도를
암시한 것이고, 이런 점에서 이 작품은 사멸하는 것에 대한 동정을 보인 작품이라
기보다는 오히려 건전한 시민의식을 통해서 현실 타개의 전망을 찾으려는 모색으
로 이해할 수 있다.

그런데, 주목할 점은 이 과정에서 정씨나 그 아들에 대한 화자의 시선이 일관성
을 유지하지 못하고 자주 상반되는 모습을 보여준다는 사실이다. 이를테면 화자는
정씨의 주장에 동조하면서도 한편으로는 부정하는 정반대의 태도를 취하면서 이들
에게 전폭적인 신뢰를 보내지 않는다. 가령, 직업적 혁명가들이란 이지보다 정열이
앞선 낭만주의자들이고 동시에 천성적인 반항아들이며, 더구나 그들이 지향하는
유토피아라는 것은 일종의 환상일 뿐이라고 생각한다. 현실이란 이런 것보다는 훨
씬 "차겁게 흘러가는 것"이고 "모든 도식과 추상을 뛰어넘어서" 존재하는 것이다.
그렇기 때문에 정씨나 그 아들은 "환상에 사로잡힌 사람"일 뿐이라는 게 작가의
생각이다. 그런데, 화자는 이런 생각을 토로하다가도 곧 바로 그것을 부정하는 뜻
밖의 모습을 보여준다. 말하자면 자신의 생각이 "쓰잘 것 없는 심려(深慮) 취미이고
공론(空論)"이라며, 따라서 "정씨 말이 맞기는 맞능기라"라고 돌연히 입장을 바꾼다.
이를테면 정씨나 그 아들과 같은 "파괴적인 정열" 속에서 "새로운 가능성의 실마리
가 생기고, 새싹이 돋아" 오른다고 생각하며 그에게 공감을 표시하는 것이다.

이런 상반된 태도로 인해 작품의 시점은 흔들리고, 작가의 의도가 무엇인지를 의
심스럽게 한다. 그러면 과연 어떤 모습이 작가의 진실일까? 『소시민』이 60년대 현
실을 반영하고 있음에도 불구하고 미흡하게 느껴지는 것은 이런 착종된 심리에서
비롯된 것이고, 그것이 후일 개작으로 연결된 것이라고 할 수 있다.

이호철이 72년과 79년 두 번에 걸쳐 『소시민』을 개작하면서 정씨 아들에 대한 화자의 시선을 180도 바꾼 것은 여러 가지로 음미할 수 있다. 강미문화사판 서문에서 작가는 "큰 덩어리의 구성은 어쩔 수 없는 대로 문장에만 어느 정도 손을 댔다"19)고 했으나, 사실은 화자의 시각과 태도를 완전히 바꾸어 시점의 혼란을 조정하고 자신의 의도를 보다 일관성 있는 것으로 만들어 놓았다. 신구문화사판 『소시민』에는, 앞에서 언급한 것처럼 화자가 정씨의 아들에게 깊은 애정과 신뢰감을 보여주고 그를 통해서 새로운 가능성을 찾고자 했으나(①), 강미문화사판에서는 이런 모습이 완전히 사라지고 대신 말만 앞세우는 되바라진 인물로 그를 바라본다(②).

① 이런 그의 얘기는 두서가 없고 별반 갈피도 없었으나 그것은 짧은 시간에 많은 것을 얘기하고 싶은 욕심에서인 듯싶었다. 여하튼, 잔잔하게 낮은 목소리로 강철의 말뚝을 박는 듯한 확신에 찬 그의 목소리는, 그 이전의 세대 속에서는 찾아볼 수 없던 것임은 확실하였다.
죽어간 정씨가 이렇게 정씨의 아들 같은 모습으로 둔갑을 해 나온 것이나 아닌가 하는 착각이 들었다.(신구문화사판, 229쪽)

② 죽어간 정씨가 이렇게 아들 같은 모습으로 둔갑을 해 나온 것이나 아닌가 하는 착각이 들었다. 그러나 역시 이 청년도 정씨가 그렇게도 경멸하던, 벌써 입부터 되까진 자가 되어 가고 있는 것이나 아닌지.
지나간 나날들을 그들 나름으로 저렇게 단순직절하게 얘기하기는 쉬울 것이다. 얘기란, 말이란 그런 것이다. 이 청년도 이미 너무 심하게 그런 맛에 맛들여 있는 것이나 아닐까. 말의 힘 같은 것을 지나치게 과신하고 있는 것이나 아닐까. 그런 위태위태한 생각이 분명히 스쳐갔다. 오냐 너 옳다 너 옳다 하고 한 손을 절레절레 내흔들고 싶어졌다.(강미문화사판, 282쪽)

이제 정씨 아들은 새로운 세대의 가능성이 아니라, 단지 "말의 힘 같은 것을 지

---

19) 『소시민』(강미문화사판), 7쪽.

나치게 과신하고 있는” “입부터 되까진 자”일 뿐이다. ‘정씨’에 대한 태도 역시 이전과는 완전히 다르게 조정된다. 앞 항에서 언급한 것처럼, 원작에서 화자는 정씨와 다른 생각을 갖고 있음에도 불구하고 결국은 그를 인정하고 존경하는 태도를 보여주었지만 강미문화사판에서는 그런 내용이 완전히 삭제되어 있다. 특히 정씨에 대한 화자의 우호적 시선이 두드러진 22절은 거의 전부가 다른 내용으로 대체되어 있다. 혁명이란 환상에 불과하지만 그래도 그것이 있어야 “새로운 가능성의 실마리”가 보인다는 정씨의 말에 동의했던 화자의 생각이 강미문화사판에서는 완전히 삭제되고 대신 그 자리에 거제도로 포로들이 이송되는 장면과 월남 직전 합창부로 활동했던 작가의 체험이 삽입되어 있다.

그러면 이러한 개작을 어떻게 이해할 수 있을까. 그것은 세계관의 변화까지 암시하는 것일까? 이호철의 다른 작품과 자전적 회고, 혹은 대담을 통해서 확인해 볼 때 그것은 세계관의 변화라기보다는 오히려 작가 자신의 가치와 지향을 한층 구체화한 것으로 이해할 수 있다. 가령, 이호철은 인간의 삶이란 어떤 이념이나 열정으로 도식화할 수 없는 ‘미묘한 그 무엇’이라고 생각한다. 그래서 문학을 통해서 “삶의 미묘함”을 “어루만져 부드럽게 이끌고, 섣불리 어느 한 기준으로 잣대를 마련해서 자의대로 재고 맞추고, 옳고 그름을 가리고, 어느 한쪽을 잘라 내는 것과 같은 오만한 무리(無理)”를 삼가야 한다고 말한다.[20] 더구나 “특정 이념에 입각한 거창한 ‘프로그램’ 같은 것, 더 나아가 그것의 시스템(system)화, 그것은 바로 비극의 시작이다. 모든 것이 쉽사리 시스템으로 수렴되고 시스템 속에 옭아매어져 파묻혀 버릴 때, 최소한의 ‘인간적 온기’, ‘사람살이의 본원적인 활달함과 자연스러움’, ‘인간 천성에 대한 이해’ 같은 것은 설자리가 없어진다.”고 말한다. 이런 진술에 비추자면, 현실에 대한 도식적인 재단과 배타적인 신념으로 무장한 ‘정씨 아들’의 행동이란 기껏 말만 되바라진 ‘오만한 무리’와도 같고, 그 지향점이 무엇이든 결국은 인간의 본원적 삶을 왜곡할 수밖에 없다는 게 이호철의 생각이다. 말을 바꾸자면, 공산주의뿐만 아니라 민주화를 위한 투쟁도 그것이 시스템화되고, 환상으로 인간을 구속

---

20) 이런 작가의 생각은 다음 글들에서 구체적으로 피력되고 있다. 즉, 「촌단(寸斷)당한 삶의 기록」(『이호철 문학앨범』, 웅진출판, 1993), 『문단골 사람들(이호철의 문단일기)』, 프리미엄북스, 1997), 「탈향, 그 신신한 역사적 삶의 도정」(『실천문학』, 1997, 봄) 등.

한다면 동의할 수 없다는 게 이호철의 생각이고, 그런 이유로 두 인물에 대한 태도를 조정한 것으로 보인다. 따라서 개작은 세계관의 변화라기보다는 내재화된 가치관이 시대의 변화와 더불어 외화된 것이라고 볼 수 있다.

그렇다면 원작 『소시민』에서 보인 작가의 태도를 어떻게 이해해야 할 것인가. 그것은 작가 스스로 강미문화사판 서문에서 밝혔듯이, 60년대의 사회 분위기에서 비롯된 것이 아니었을까. 『소시민』을 쓰면서 이호철은 60년대의 사회 분위기를 의식하지 않을 수 없었다고 말한 바 있는데, 여기에 비추자면 『소시민』은 4·19와 한일회담 반대데모를 이어지는 당대 사회의 고양된 분위기를 무의식적으로 수용한 결과로 볼 수 있다. 사회적 신념과 열정에 휩싸인 정씨와 그 아들에 대한 긍정적 시선은 그런 사회 분위기를 단적으로 표현한 것이다. 말하자면, 원작 『소시민』은 4·19의 영향에 힘입어 쓰여진 작품이고, 72년과 79년의 개작은 60년대의 흥분에서 벗어나면서 자신의 본모습을 구체화한 것으로 정리할 수 있다. 이런 변화를 거쳐 이호철은 이후 일관된 특성이라 할 수 있는 현실에 대한 냉엄하고 비판적인 시선을 확립하게 되며, 그런 점에서 『소시민』은 전후문학적인 분위기에서 벗어나 새로운 단계로 진입하는 이호철 소설의 결절점이라 할 수 있다.

5. 60년대 소설사의 우람한 봉우리

1955년이래 오늘까지 40여 년에 걸쳐 쉬지 않고 작품활동을 하고 있는 이호철은 아직도 문학에 대한 긴장을 풀지 않고 있다. '임시 가건물'과도 같은 남한에서의 삶을 견디면서 현역 작가로 여전히 왕성한 활동을 지속한다는 것은 그 자체만으로도 경탄의 대상이 되기에 충분하다.

『소시민』은 이 뚝심 있는 작가가 자기 세계를 확고히 하는 과정에서 산출된 역작이다. 『소시민』은 초기의 감상에서 벗어나 작가 특유의 천성과 가치관이 현실에 뿌리내리는 과정에서 산출된 작품이다. 화자의 흔들리는 시선이나 태도는 「탈향」이래 지속된 고향에 대한 상실감과 연결되어 있지만, 그럼에도 불구하고 한편에서는 주변에 대한 냉엄한 시선을 늦추지 않는다. 이 상반된 모습에서 우리는 이후 작품에서 본격적으로 개화되는 작가의 분석적이고 냉철한 태도의 한 단면을 엿보게 된다. 『소시민』이 일견 혼란스러운 모습을 보여주는 것은 이 두 시선이 착종되어 드러난 데 원인이 있고 그것이 때로는 신변 잡기와도 같은 장황하고 세말적인 대목들을 낳게 된 것이다. 하지만 그럼에도 불구하고 작가 특유의 생래적인 감각과 직관력은 전후 한국사회의 심층구조를 예리하게 포착해내는 성과를 얻게 된다. 김씨와 광석이 아저씨, 천안 색시, 정씨 등은 모두 전후 현실을 상징적으로 보여주는 인물들이고, 이들이 보여주는 탐욕적인 신분상승과 축재과정이 곧 전후 사회의 천민성과 소시민화 과정을 상징하는 것이다.

그런데 작가의 감수성이 현실적 이해타산이나 논리적 연관 위에 기초해 있는 것이 아니라 사물을 직정적으로 파악하는 본능과도 같은 직관력에 바탕을 두고 있는 까닭에 『소시민』에서 현실에 대한 거시적 시각이나 전망을 찾기는 쉽지 않다. 소설의 인물들은 존재와 상황에 대한 깊은 천착을 보여주기보다는 단지 자신들이 살아온 삶을 이야기해 줄뿐이다. 그래서 현실의 한 측면이 예각적으로 포착되긴 하지만 현실에 대한 전망을 마련하지는 못한다. 가령, 정씨 등에 대한 화자의 시각이 개작과 더불어 비판적으로 바뀐 것은 그들의 행동이 '시스템화'화 되었다는 이유 때문이다. 이념을 통해서 미래를 꿈꾼다는 것은 환상에 불과하다는 것이고, 이런 생각에서 이호철은 이들에 대해서 단호한 비판을 감행한 것으로 보인다. 물론 이런 시각에는 북한 체제에 대한 환멸과 삶의 연륜에서 우러난 깊은 통찰이 깃들어 있고, 또 지난 80년대의 고양된 사회 분위기와 그 경직성을 생각할 때 상당한 호소력을 갖는 것은 사실이다. 하지만, 작중 정씨의 주장처럼 그런 '시스템화'를 통해서 현실의 악이 제거되고 사회가 발전한다는 사실을 과연 부정할 수 있을까. 중요한 것은 시스템화된 이념을 다시 인간적인 것으로 조정하고 그것을 다시 한 단계 진전시키는 인간의 지혜와 열린 시선이 아니겠는가. 월남자의 남다른 감각과 시선으로 산문정신을 심화하고 이념에 대한 냉정한 천착을 보여주어 60년대 소설사의 우람한 봉우리로 솟아 있음에도 불구하고, 이호철 소설에서 아쉬움이 느껴지는 것은 이런 대목에서일 것이다.

세태의 실감과 화법의 매력
— 이호철의 {서울은 만원이다} —

이동하*

『서울은 만원이다』는 이호철이 1966년 『동아일보』에 연재했던 장편소설이다. 이 작품 속에서 1966년 당시의 서울은 다음과 같은 식으로 묘사되고 있다.

서울은 넓다.

아홉개의 구(區)에, 가(街), 동(洞)이 대충 잡아서 삼백팔십이나 된다.

동쪽으로는 청량리 너머로 망우리, 동북쪽으로는 의정부를 바로 지척에 둔 수유리, 우이동, 서쪽으로는 인천 가도 중간의 영등포 끝, 동남쪽으로는 한강 건너의 천호동 너머, 서남쪽으로도 시흥까지 이렇게 굉장한 면적을 차지하고 있다.

그러나 이렇게 넓은 서울도 삼백팔십만이 정작 살아 보면 여간 좁은 곳이 아니다.

가는 곳마다, 이르는 곳마다 꽉꽉 차 있다. 집은 교외에 자꾸 늘어서지만 연년이 자꾸 모자란다. 일자리는 없고, 사람들은 입만 까지고 약아지고, 당국은 욕사발이나 먹으며 낑낑거리고, 신문들은 고래고래 헛소리만 지른다.

거리에는 사철 차들이 붐비고 여관, 다방, 음식점, 술집, 극장, 당구장, 바둑집이 우글우글한다. 입으로는 못살겠다고 저저금 아우성인데, 다방도 음식점도, 바둑

---

* 문학평론가.

집도, 당구장도, 삼류 극장도 늘어만 가고 있다.

겨우 370만 정도의 인구를 가지고 "가는 곳마다, 이르는 곳마다 꽉꽉 차 있다"고 비명을 지르는 모습은 서울 인구 1천만을 돌파한 지 오래인 현재의 시점에서 보면 착잡한 웃음을 금할 수 없게 만드는 풍경이지만, 그 당시로서야 가장 정직한 실감임에 틀림없었을 것이다.

이호철은 이런 "정직한 실감"에 바탕을 두고 한 편의 흥미진진한 세태풍속도를 독자들 앞에 종횡무진으로 펼쳐서 보여준다. 그 세태풍속도의 분위기는 위에 인용된 대목에서 이미 뚜렷하게 실감되는 바와 마찬가지로 다분히 풍자적인 것이지만, 그 내면에는 따뜻한 인간애와 한 줄기의 애수가 깔려 있는 것이기도 하다.

이 소설의 골격을 이루고 있는 것은, 고향 통영의 가난한 집을 떠나 돈을 벌어 보겠다면서 서울로 뛰쳐 올라왔다가 이런저런 경로를 밟은 끝에 결국 창녀가 된 길녀라는 이름의 젊은 여성과 그 주변 사람들이 펼쳐가는 각양각색의 인생 역정이다. 길녀가 다방에서 일하던 시절 그를 범한 바 있고 길녀가 말없이 떠나버린 후에도 계속 그를 찾아 헤매는 월부책 판매원 기상현, 길녀의 단골손님으로 "돈을 벌기도 그른 사람이지만 세상이 곤두선대도 굶지는 않을 사람"인 남동표, 역시 길녀의 단골인 피부비뇨기과 의사, 길녀를 한동안 첩으로 맞아들여 살림을 차린 바 있는 "서린동집 영감", "서린동집 영감"의 아내, 처음부터 끝까지 "법학도"라는 별칭으로만 등장하는 그 아들, "법학도"와 결혼을 하게 되는 "금호동" 처녀와 그 가족들, 길녀의 유일한 친구로 창녀생활 끝에 병에 걸려 죽는 미경, 길녀가 "서린동집 영감"의 곁을 떠난 후 그 자리를 비집고 들어가는 "복실엄마" 등등이 바로 그 주변 사람들이다. 소설은 이 수많은 사람들의 행적을 다양하게 전개해 나가다가, 결국 길녀가 서린동집 영감과도 헤어지고 남동표와도 헤어지지만 그렇다 하여 오매불망 그를 기다리고 있는 기상현에게로 돌아오지도 않은 채 종적을 감추어 버리는 것으로 끝맺는다. 이 소설의 맨 마지막 부분은 다음과 같이 되어 있다.

그러나 아무튼 서울은 만원이다.

의욕적인 새 시장을 만나 서울은 화려하게 단장이 되고 곳곳에 빌딩은 서고 사람들은 날로날로 문주란의 노래 같은 것에나 잠겨들기를 좋아하고, 차관은 들어오고, 차관은 물론 유효적절하게 쓰이고 있을 것이었다. 적어도 우리 선량한 국민들은 그렇게 믿기로 하자. 그렇게 안 믿을 도리가 있는가.

이제 차관을 다 갚고, 우리의 근대화가 흔하게 돌아가는 말대로 이루어지고, 제2차 5개년경제계획이 성공리에 이루어지고, 그때 모두 옷을 갈아입고 모두 하루하루의 삶이 건실해지고 활기에 차 있게 될 때, 그때 우리 앞에 새옷으로 단장한 길녀도 나타날 것이다. 일단 그렇게 믿기로 하자. 그 시기를 오년 후쯤으로 잡을까.

그럼 그때 다시 길녀와 같이 만나기로 하고, 빠이, 빠이, 안녕.

그러나 5년은커녕 30여 년이 지난 후까지도, 길녀의 후일담을 내용으로 한 속편은 씌어진 바 없다.

대략 위와 같은 내용으로 이루어져 있는 『서울은 만원이다』에서 가장 빛나는 개성을 이루고 있는 측면은, "서술자의 화법은 어떠하며 그가 세상을 바라보는 관점은 또 어떠한가?"라는 물음과 관련된 측면이다. 지금부터 이 점을 조금 구체적으로 이야기해 보기로 한다.

시점의 측면에서 『서울은 만원이다』를 살펴보면, 많은 부분이 주인공 길녀의 시점으로 되어 있지만, 때로는 남동표나 기상현과 같은 다른 등장인물의 시점으로 되어 있는가 하면, 또 때로는 어떤 등장인물의 시점도 빌리지 않고 아예 서술자 자신이 직접 시점의 주체로 나서서 사태를 관찰하는 경우도 비일비재함을 알 수 있다. 결국 이 작품의 서술자는 다양한 시점 사이를 왔다갔다하면서 자신의 판단에 따라 그때그때 적절하게 어느 하나를 선택하여 표현으로 옮기고 있는 셈이다. 그런데 이러한 표현의 작업을 실제로 수행하면서 그가 취하고 있는 태도는, 언어의 구사에서나 사태의 해석에서나 자신의 개성을 조금의 거리낌도 없이 자유롭게 쏟아내는, 아주 개성이 강한 것이다. 그 결과 이 작품은 프란츠 K. 슈탄첼이 말하는 '주석적 소설'의 한 전형을 이루고 있다. 예를 들어서 이야기해 보자.

한일회담 반대 소리가 터져나오면 저저금 반대다 소리를 합창하고, 한구석에서 찬성이다 하면 눈치 보아가면서 찬성이다 소리나 하고, 모두가 서울 사는 사람은 눈치 한가지밖에 안 남아 있다.

십이월로 접어들자 한일회담은 국회 안팎에서 끙끙거리며 고비를 기어오르고, 사람들은 벌써부터 체념 속에 빠져들기 시작하였다.

한일회담을 왜 반대하는가, 왜 찬성하는가, 신문의 한 귀퉁이나 우국적인 잡지의 한 귀퉁이에서만 맴돌던 이런 소리들도, 저희들끼리 목이 쉬도록 악악대다가 드디어는 지쳐서 나자빠지고 태반의 사람들은 그런 골치아픈 것에서 슬슬 놓여나고 있었다.

되든 안 되든, 끼리끼리 잘들 해보래라 식이었다.

어떤가? 언어의 구사에서나 사태의 해석에서나 자신의 개성을 조금의 거리낌도 없이 자유롭게 쏟아내는 서술자의 대담성이 약여하게 드러나지 않는가?

"위에 인용된 부분은 어떤 등장인물의 시점을 빌리지 않고 서술자 자신이 직접 나서서 관찰한 내용을 기록한 대목에 해당하니까, 서술자가 자신의 대담성을 드러내기도 쉬웠던 것이 아니겠느냐? 그 정도를 가지고 뭐 인상적인 것이라고 말할 것까지야 있겠느냐?" 하고 반문하는 사람이 있을지 모른다. 그렇다면 다음의 대목은 또 어떤가?

길녀와 하룻밤 자고 난 그 이틀 후, 다시 서린동집으로 찾아간 기상현은 하늘이 샛노랗게 보일 정도로 낙심천만이었다. 금호동 근처에 오만원짜리 전세방까지 미리 보아두고, 계약금 일부까지 치르려다가 일단 길녀와 애기나 하고 치르리라 하였는데 계약 안 하기를 천만 잘했다.

기상현인들 이틀쯤 고민이 없을 수는 없었다. 길녀의 근황은 짐작한 대로였지만 그래도 혹시나 싶었는데 게다가 기상현은 길녀가 이렇게 된 것이 오로지 자기 탓이라고만 **지나치게 심각하게 생각하고 있었다.**

이럴수록 기상현은 길녀와 꼭 결혼하리라, 아직 서울 때를 덜 탄 촌놈답게, 자기가 책임을 져야 하겠다느니, 구렁텅이에서 구해낼 의무가 있다느니, **서울 물정**

모르는 **성인군자연한 생각만 사려먹었다.**(강조 인용자)

위에 인용된 부분은 기상현의 시점에서 관찰된 내용을 서술자가 수용해서 말로 옮겨 놓은 것이다. 그런데 서술자는 이러한 "말로 옮기기" 작업을 하면서, 기상현의 시점에서 관찰된 내용을 그대로 적는 것으로 만족하지 않고, 자기나름의 판단을 거침없이 개입시킨다. 기상현보다 높은 자리에 서서 그를 내려다보면서, 너의 그런 생각은 지나치게 심각한 거야, 너는 아직 서울 때를 덜 탄 촌놈이어서 그런 생각이나 하고 있는 거야, 서울 물정 모르는 성인군자연한 생각이나 계속 하고 있다니 너도 참 한심하군……. 이러한 판단을 거침없이 개입시키고, 그것을 또 말로 표현해 내고 있는 것이다. 참으로 요란하고 야단스러운 화법이다. 바로 이처럼 요란하고 야단스러운 화법이 가져다 주는 재미가 『서울은 만원이다』의 중요한 특징인 것이다.

그러면 이러한 화법을 통해서 우리가 읽어낼 수 있는 서술자의 "세상을 바라보는 관점"은 어떤 것인가? 그것은 한마디로 말하자면 공격적인 냉소주의자의 그것이다. 그 점은 위의 첫번째 인용문에서도 여실히 드러나며, 두번째 인용문에서도 여실히 드러난다. 이 점은 워낙 명백한 것이어서 긴 말이 필요하지 않을 것이다.

그런데 서술자의 이러한 관점에 대하여 "그것은 건강하지 못한 것이다"라는 말로 비난하는 사람이 틀림없이 있을 것이다. 이러한 비난에는 충분히 일리가 있다.

하지만 『서울은 만원이다』의 서술자가 보여주고 있는 위와 같은 관점은, 다른 많은 소설들에서 흔히 나타나는 도덕적 엄숙주의자들의 평범하면서 오만한 관점보다는 오히려 훨씬 더 건강한 것일 수 있다. 후자의 관점들에서 일반적으로 드러나는 문제점은 현실을 심하게 왜곡해서 보는 오류 위에 다시 자기 회의를 모르는 오만의 과오가 포개져 있다는 점이다. 그런데 『서울은 만원이다』의 서술자가 보여주고 있는 냉소주의는 많은 도덕적 엄숙주의자들의 시각만큼 현실을 심하게 왜곡해서 보는 것이 아니다. 우선 이 점 하나만으로도 그것은 많은 도덕적 엄숙주의자들의 시각보다 더 건강하다는 평가를 받을 수 있다. 그뿐만이 아니다. 『서울은 만원이다』의 서술자가 보여주고 있는 냉소주의는, 많은 도덕적 엄숙주의자들이 견지하고 있는 오만의 과오로부터 벗어나 있다. 앞에서 『서울은 만원이다』의 개요를 소개하

는 가운데 인용했던 작품의 말미 부분 가운데 일부를 다시 가져와서 이 점을 살펴
보자.

> 차관은 들어오고, 차관은 물론 유효적절하게 쓰이고 있을 것이었다. 적어도 우
> 리 선량한 국민들은 그렇게 믿기로 하자. 그렇게 안 믿을 도리가 있는가.

위의 대목에 나타나 있는 "그렇게 믿기로 하자. 그렇게 안 믿을 도리가 있는가"
라는 표현은 말할 나위도 없이 "완전한 언론자유와 행정의 투명성이 보장되고 있
지 않은 상황에서, 정책당국의 발표를 액면 그대로 믿을 수는 없다"고 하는 불신의
감정을 기저에 깔고 있다. 하지만 위의 표현을 잘 음미해 보면, 그러한 불신의 감정
을 표현하는 서술자의 표정은, 별다른 자신감 혹은 오만을 담고 있는 것이 아님을
깨달을 수 있다. 망설임이 깃들여 있는 것이다. 그런데 바로 이런 식으로 망설일
줄 안다는 것, "정책 당국의 발표는 전부 참말임을 나는 믿노라" 하고 선포하지도
않지만 "정책 당국의 발표는 전부 거짓임을 나는 분명히 아노라" 하고 자신만만하
게 선포하고 나오지도 않는 신중성 혹은 겸손을 유지하고 있다는 것 —이것이야말
로『서울은 만원이다』의 서술자를 도덕적 엄숙주의에 입각해 있는 많은 소설들의
서술자보다 더 건강한 존재로 만들고 있는 중요한 요인이라 하지 않을 수 없다. 그
리고 이러한 사실의 당연한 결과로서,『서울은 만원이다』의 서술자가 독자에게 주
는 영향 또한 도덕적 엄숙주의에 입각해 있는 많은 소설들의 서술자가 주는 영향보
다 더 건강한 것이 된다.

결국,『서울은 만원이다』라는 소설은, 자본주의 체제 위에서 전개되고 있는 현대
서울 사회의 삶을 형상화해 나가되, 얼핏 보기에는 처음부터 끝까지 공격적인 냉소
주의로 일관하고 있는 것 같으면서도, 그 심층에 있어서는 자못 신중하고 겸손한
자세를 견지하고 있다는 점에서, 참으로 귀중한 개성을 확보한 작품이라고 평가될
수 있다.

그렇다면, 작가인 이호철로 하여금『서울은 만원이다』라는 작품에 이처럼 귀중
한 개성을 부여할 수 있도록 만든 정신적 원동력은 어떤 것일까? 그가『서울은 만

원이다』를 발표한 지 30년이 지난 후인 1996년에 단행본으로 출간한 『남녘 사람, 북녘 사람』이라는 소설 속에 다음과 같은 대목이 들어 있는 것을 보면, 위의 물음에 대한 답을 어렵지 않게 추측해 볼 수 있다.

어찌 보면 도무지 개판이었는데 그런 일 하나하나가 엄연히 눈앞의 현장으로 벌어지는 데야 어쩔 것인가. 이건 그때로부터 50년 가까이 지난 현 시점에 와서 다시 한 번 곰곰이 되씹어보는 생각이거니와, 이게 바로 내가 처음으로 해후했던 대한민국의 원형(原型)모습이었고, 지난 50년 간 살아온 이 대한민국이라는 실체의 적나라한 모습이었다. 대소 사건들 하나하나마다 지나놓고 보면 그야말로 '개판'처럼 보이는데, 어느새 그것이 '주조(主潮)'를 이루며 나라 전체가 망하기는커녕 활기차게 뻗어가는 데야 어쩔 것인가. 이 나라의 개개 성원들 한 사람 한 사람이 고삐 풀린 말마냥 타고난 제 생긴 대로들 활기차게 돌아가는 데야 어쩔 것인가. 그리하여 '허무'니 '망조'니, 그런 쪽으로 말하기 좋아하는 축들이 더러 주기적으로 한 소리 되지껄여대기도 하지만, 끝내는, 이런 게 모름지기 사람 사는 세상의 본래 모습인지도 모른다. 모든 일은 어느새 그냥 그렇게 벌써 기정사실화되면서 이미 끝나 있었던 것이다. 온 나라를 뒤흔드는 크고 작은 사건들마다 그러했고, 개개적으로 부딪치는 일들도 거의 예외없이 그러했다. 그리하여 개개의 똑똑하답신 언설들은 행차 뒤의 시끄러운 나팔소리이기가 일쑤였다.

위에 인용된 구절은 이호철이 6·25 당시 겪었던 체험에 바탕을 두고 쓴 자전적 소설의 일부이다. 그러니만큼 위의 인용문 속에 등장하는 일인칭 서술자의 진술은 작가인 이호철 자신의 육성에 가까운 것으로 보아 무리가 없다. 한데 그의 진술을 읽어 보면, 『서울은 만원이다』의 서술자가 일관되게 공격적인 냉소주의를 드러내면서도 정작 그 심층에서는 신중하고 겸손한 태도를 견지하고 있는 사실이 금방 떠오르면서 저절로 고개가 끄덕여지는 것이다. 물론 위의 인용문에 나타나 있는 입장 자체가 반드시 가능한 최상의 것인가에 대해서는 반론을 제기할 소지가 없지 않다. 하지만 그러한 입장이 많은 도덕적 엄숙주의자들의 일면적 시각, 자기회의를 모르는 오만, 그리고 경직된 획일주의에 비해 소중한 장점을 가지고 있는 것임은 도저히 부정할 수가 없다. 그리고 『서울은 만원이다』라는 작품은, 이호철이 쓴 많은 소설들 가운데서도 이러한 입장의 장점을 가장 잘 살려낸 작품 가운데 하나로 우리 문학사 속에 뚜렷한 한 자리를 차지하고 있는 것이다.

체험과 회상의 두 가지 양식

— 최인훈의 {화두}와 이호철의 {남녁사람 북녁사람}

한수영*

I.

최인훈의 『화두』(민음사, 1994)와 이호철의 『남녁사람 북녁사람』(프리미엄 북스, 1996)이 각각 90년대 중반에 발표되면서, 이른바 '분단문학'의 전개과정에는 또 하나의 이정표가 만들어지게 되었다. 이 두 작가는 1950년대 후반에 등단하여(이호철이 1955년, 최인훈이 1959년) 지금까지 현역으로 활동하고 있을 뿐만 아니라, 두 사람 모두 함남 원산에서 한국전쟁 중에 남쪽으로 내려온 월남세대라는 공통점을 지니고 있다. 그리고, 그런 개인사의 독특한 체험이 월남 이후에 전개된 그들의 문학 활동에 중요한 근원과 바탕을 이루고 있다는 점에서도 비슷하다.

'분단문학'이란 용어는 학문용어로서의 엄정함을 지니고 있지는 않지만, 전쟁과 분단이라는 특수한 역사 경험을 지닌 우리의 사정과 형편에 의해 여러 가지 면에서 유용하게 쓰이고 있는 비평 용어인데, 문학이 현실의 규정성 안에 놓여 있고 우리 문학에 대한 현실 규정력의 테두리 가장 외곽에 분단의 극복과 통일에 관한 민족의 소망과 바램이 자리잡고 있음을 전제할 때, 실상 분단체제가 지속되는 한 모든 문학은 '분단문학'의 외연 안에 포괄될 수밖에 없다는 역설도 성립한다. 그런 가운데

---

* 선문대 교수.

서도, '분단문학'의 가장 중요한 고갱이에 해당하는 내용이란 무엇보다도 분단과 전쟁으로 피폐해지고 뿌리뽑혀진 우리 민족의 삶, 그것의 과거와 현재 그리고 미래에 대한 문학적 형상화라고 상정해 보면, 이호철과 최인훈, 이 두 작가가 걸어온 문학의 노정이야말로 '분단문학'의 전개과정과 거의 하나로 합쳐지는 것이라고 하지 않을 수 없다. 그 겹쳐지는 부분의 무늬와 울림을 살펴보는 것이 이 글의 중심 내용을 이루게 된다. 그러나, 무엇보다도 이 두 작가가 이른바 세계사의 일대 전환이 일어나고 있는 90년대 중반에 들어서, 그들이 월남을 감행하고 이후 남쪽에서 살아온 수십 년 세월의 내용과는 전혀 다른 국면이 전개되고 있는 이 상황에서 다시 그들의 문학의 발원지에 해당하는 분단과 전쟁에 관해 발언하고 있다는 사실이 우리가 주목할 첫째 대목에 해당한다. 그리고 그와 동시에, 두 작가의 원체험을 이루고 있는 전쟁과 분단에 관한 실존적 경험이 두 사람의 작품에 투영되는 방식, 그리고 그 방식의 궤적이 가장 최근 작품에 해당하는 『화두』와 『남녁사람 북녁사람』에 이르러 어떤 변이와 동종(同種)을 형성하고 있는가의 문제가 주목할 두번째의 대목에 해당한다.

2.

4·19 직후에 발표된 최인훈의 『광장』은, 분단 이후 최초로 남북한의 양 체제를 (더 정확히 말하자면 양 체제를 뒷받침하고 있는 이데올로기를) 동시에 비판하면서 분단의 질곡을 본격적으로 문제삼았다는 점에서 획기적인 작품으로 평가받아 왔다. 작가의 출세작이기도 한 『광장』은 분단문제를 정면에서 다룬 최초의 작품으로 평가받고 있지만, 실상 이 작품에서 중요하게 드러나는 것은 '분단상황'이라는 어떤 구체적인 역사적 현실이 아니라, 남이든 북이든 그 두 쪽에서 내세우는 이데올로기가 이데올로기 자체의 순수한 이념형식으로 현상하지 못하는, 척박한 토양에 관한 환멸의식이라고 할 수 있다. 그리고 그의 이러한 인식은 서구적 근대의 튼튼한 합리주의를 꾸려낼 만한 두터운 시민계급이 이 땅의 현재에는 존재하지 않는다는 사실의 확인에서 비롯된 것이다. 최인훈의 의식을 관류하고 있는 한국 현대사에 대한 이 환멸은, 이후에 발표되는 그의 작품에 줄기차게 반복되어 나타난다.

그런 의미에서, 최인훈의 등장이 우리 현대소설사에서 차지하는 의미는 여러 가지로 규정될 수 있겠지만, 『광장』에서 『화두』에 이르는 긴 노정을 가로 지르는 하나의 의미연관으로서, 무엇보다도 '근대'에 관한 역사적인 성찰과 진지한 고민을 지적할 수 있다.

이것은 최인훈이 본격적으로 활동하는 60년대의 바로 앞 시대인 50년대의 소설사와 비교해 볼 때 분명해진다. 1950년대의 우리 소설은 대체로 '근대'와 관련해서 '서구와의 동시성'이라는 미망에 사로잡혀 있었다.[1] 조금 더 부연해서 설명하자면, 1950년대의 작가와 지식인은 전쟁과 전후 현실을 읽어내는 자신들만의 인식의 지도를 마련하지 못하고 있었고, 그 지도를 서구 전후 사회의 그것으로 곧바로 대체해 놓고 있었다. 그러다 보니, 한국의 역사적 현실이 안고 있는 특수성이 문학의 영역 안으로 들어올 여지가 거의 없었다. 전후에 실존주의가 그토록 이 땅의 작가와 지식인들을 매료시켜 역사와 현실을 인식하는 유일한 지표의 역할을 한 것도 이런 사정과 무관하지 않다.

60년대 최인훈 소설의 의미심장함은, 바로 이러한 50년대식의 '세계적 동시성' 또는 '보편성의 미망'을 깨뜨리고, 우리의 '근대'가 서구의 '근대'와 얼마나 다른가, 더 구체적으로 말하자면 얼마나 '지체(遲滯)'되어 있으며, 얼마나 '비균질적이고', '불균등한가' 그리고 얼마나 '결여된 형태로서의 왜곡된 근대인가'에 대해 심각하게 고민하는 모습을 보여준 데 있다. 그러므로, 최인훈의 이러한 문제 제기는 50년대 작가들이 우리의 '근대'와 '서구의 근대'가 지닌 차이를 특별히 의식하지 않고, 그저 '충만한 근대'가 제기하는 모순과 문제점들을 넘어서기 위해 노력하는 것이 과제라고 여겼던 것에 견주면 한결 구체성과 시의성을 획득하고 있는 것이다.

『광장』 초판본의 서문에 나오는 꽤 널리 알려진 구절, '아세아적 전제의 의자를 타고 앉아서 민중에겐 서구적 자유의 풍문만 들려 줄 뿐 그 자유를 '사는 것'을 허락치 않았던 구정권하에서라면 이런 소재가 아무리 구미에 당기더라도 감히 다루지 못하리라는 걸 생각하면서 빛나는 4월이 가져온 새 공화국에 사는 작가의 보람을 느낍니다.'[2]에서 읽혀지는 4월 혁명에 고무된 가쁜 숨결과 감동도 그러하지만,

---

1) 이 문제에 대해서는 졸저, 『문학과 현실의 변증법』(새미 1997) 제 4장에 실린 1950년대에 관한 일련의 글을 참조할 수 있다.

『광장』 전편을 통해 제시되고 있는 남북한의 이데올로기에 관한 양비론적 접근도 그가 60년대 들어서 보여준 이 '근대'에 관한 값진 성찰과 연결지어 이해할 때 비로소 그 의미의 핵심에 다가설 수 있다. 『회색인』의 시간이 4월 혁명이 일어나기 직전인 1958년 무렵인 것은, 그가 『광장』 서문에서 밝혔던 4월 혁명에 거는 기대와 희망이 좌절된 것과 관련된다. 4월 혁명은 잠시 작가 최인훈에게 시민혁명을 통한 완미한 근대의 출현을 기대하게끔 고무시켰으나, 다시 4월 혁명의 좌절을 경험하면서, 이 시민혁명의 실패와 좌절이 어디에서 비롯되는 것인가 근원에서부터 재탐구할 필요를 느꼈고, 그런 과정에서 '지체와 불균등으로서의 아시아적 근대'에 관해 고민하게 되었던 것이라 짐작할 수 있다.3)

그러므로 최인훈 소설은, 그 근저를 형성하는 원체험에서부터 의식의 높은 단계에 이르기까지, 그 사유 과정의 애초 출발점에는 서구의 근대가 하나의 이념형으로 놓이게 되고, 그 종착지점인 현실 가운데에서는(즉 우리의 역사 속에서는) 이념형으로서의 근대가 여러 형태로 균열과 결핍상을 드러내는 것을 목도하는 형식으로 구성되어 있다. 60년대 최인훈 소설이 던져준 하나의 가능성이라면, 바로 그러한 불균등과 지체로서의 '한국적 근대'를 새롭게 주목한 것이다.

그러나 한편으로는, 최인훈은 자신이 발견한 지체와 불균등으로서의 한국의 근대화에 대한 환멸의 대안으로 서둘러 이성의 보편주의에 호소함으로써 구체적인 역사적 공간을 건너 뛰려고 노력한다. 『화두』를 살펴 보는 자리에서 이 점에 대해 좀더 자세한 논의가 있을 터이지만, '보편성에 대한 미망'이라는 측면에서 보자면, 50년대의 한계와 최인훈의 한계는 '보편성'이라는 같은 중심을 지닌 두 개의 동심원이라고 할 수 있다. 다만, 최인훈은 '차이'와 '결핍'을 발견하고 그 문제에 천착했다는 점이 50년대의 작가들과 다르다. 하지만, '완미(完美)한 근대'는 여전히 그에게는 하나의 보편으로 작용하는 것이다. 그리고, 그 '완미한 근대'의 내용은, 이성과 합리에 기반해 있는, 이성과 합리가 관철되는 세계의 질서라고 할 수 있다. 자유와

---

2) 최인훈, 『광장』(문학과 지성사 1976), 16쪽.

3) 4·19혁명에 대한 기대와 좌절이 한국의 근대성에 대한 성찰의 새로운 계기가 되는 경우는 비단 최인훈만이 아니다. 이를테면 김수영 역시 4·19를 계기로 근대성에 대한 새로운 인식을 보여주는 중요한 인물 중의 하나이다. 60년대 중반에 발표되는 「거대한 뿌리」와 「현대식 교량」과 같은 일련의 작품은 이런 관점에서 중요한 의미를 지닌다.

사랑은 이성과 합리의 세계 질서를 뿌리로 해서 피어나는 꽃에 해당한다. 혹은 그것의 현상형식이다.

그런 점에서『광장』을 통해 보여준 이데올로기 비판이 남과 북을 동시에 비판하는 양비론적 태도로 귀결될 수밖에 없었던 이유도 자명해지는데, 그것은 어느 쪽도 모두 근대의 결여형태로 존재하면서, 그러한 상태에 안주하거나 근대를 넘어서려는 몸짓을 보여주기 때문인 것이다. 이러한 인식의 구도 아래에서는 이데올로기의 내용이나 그 현실 정합성 여부는 훨씬 뒤의 문제로 돌려지게 된다.

3.

1950년대의 우리 소설계는 가히 월남작가의 시대였다고 해도 지나친 말이 아닌데, 당시 활동하던 작가의 숫자로도 그러하거니와, 작품의 미적 성취에 있어서도 월남작가들의 작품에서 두드러진 바가 훨씬 컸다. 사정이 그렇게 된 첫째 이유는 월남작가들이 북쪽의 사회에 제대로 적응하지 못하고 남으로 내려온 것과 마찬가지로, 남쪽 사회에도 제대로 적응하지 못하고 늘 주변인이자 경계인으로 남을 수밖에 없었기 때문이다. 개인으로 보자면 이것은 몹시 불행하고 바람직스럽지 못한 상황이지만, 거꾸로 그런 처지였던 까닭에 남북한 사회를 둘다 비판적으로 볼 수 있는 일정한 거리와 여유를 가지게 되었고, 이 점이 재남(在南)작가들에 비해 50년대의 시대와 현실을 훨씬 더 구체적이고 비판적으로 형상화할 수 있는 조건이 되었던 것이다. 그런 점에서『광장』의 이명준이 남북한 양쪽 모두에 극심한 환멸을 경험하고 결국 그 둘을 모두 부정하게 되는 것은, 월남작가들이 공유하고 있던 분단의식의 일단을 극단적으로 증류하여 보여준 것이라고 할 수 있다.

이호철 역시 월남작가가 우리 현대소설사에서 차지하는 이러한 역사적 의미의 반열에서 결코 빼놓을 수 없는 작가의 한 사람이다. 그는「탈향」에서부터「나상」과「판문점」,「무너앉는 소리」연작을 거쳐 장편『소시민』에 이르기까지 월남민의 뿌리뽑힌 삶과 의식의 정처(定處) 없음에 대해 끈질긴 천착을 시도했다. 그는 때로 사뮤엘 베케트의 부조리극을 떠올리게 하는 파격적인 실험을 시도하기도 했지만, 소설의 주조는 대체로 냉철하고 건조한 리얼리즘이라고 할 수 있다.

그러나 그가 소설을 통해 형상화한 분단 체험과 분단 의식은 최인훈의 그것과는 다소 길이 달랐다. 그의 소설에 등장하는 인물들이 대체로 월남민이며, 그런 까닭에 남쪽 사회에서도 제대로 적응하지 못하고 늘 비판과 냉소를 일삼는 일종의 국외인(局外人)으로 떠도는 것은 최인훈 소설의 인물과 비슷하지만, 궁극에 가서는 '타락한 자유'조차도 순결한 이념의 등에 올라탄 '경직된 통제'에 비하면 훨씬 더 가치있다는 결론에 도달한다는 점에서 다르다. "자갈밭에 뒹굴어도 이승이 좋다"는, 민중적인 낙천성을 유감없이 드러내는 속담이 있는데, 이호철의 소설에는 이런 성격의 낙천성이 초기부터 그 밑바닥을 흐르고 있다.

최인훈과 비교하여 말하자면, 최인훈의 경우는 이데올로기가 지닌 순수한 이념태(理念態)에 경도되며, 그것이 현실 속에서 구현되는 현실태(現實態)가 이념태와 괴리되는 것에 절망한다. 그러므로 엄밀하게 말하자면, 『광장』의 이명준이 맞닥뜨리는 이데올로기에 대한 환멸은 실상 이데올로기 자체에 대한 환멸이 아니라, 그것의 현실태에 대한 환멸이라고 보는 것이 옳다. 그러나 이호철은 처음부터 이념이나 제도 자체의 체계화에 그다지 커다란 신뢰를 부여하지 않는다. 작가가 개인적인 회고 형식의 글 여기저기에서 밝힌 바 있지만, 남한에 와서 처음 느낀 것이 북쪽의 경직된 사회 체제에서는 도저히 구경할 수 없는 활달 그 자체로서의 사람의 표정이었노라고 고백한다. 이호철에게 이념이나 제도가 환멸스러운 것은 그것의 체계화가 현실과 부정합을 빚어내기 때문이 아니라, 그 체계화가 인간의 인간다움을 파괴시키는 것에서 비롯된다. 그러므로, 이호철의 소설에서는 고향을 떠나 삶의 뿌리를 잃은 월남민의 황폐하고 서늘한 유민의식이 도사리고 있는 다른 한켠에, 낯선 땅에서 새로운 뿌리를 내리고 살아야 한다는, 그리고 이제는 그렇게 살 수밖에 없다는 절박함이 현실주의적인 긴장된 모습으로 자리잡고 있다. 분단으로 인한 월남민의 소외와 설움이 전자에서 우러나오는 것이라면, 민중적 낙천성은 이 후자쪽에서 번져 나오는 것이라고 할 수 있다.

『광장』의 이명준에 견줄 만한 이호철 소설의 인물로 「판문점」의 진수가 떠오른다. 진수는 형네 식구의 삶에서 뿜어나오는 부르주아적 속물근성과 도덕적인 타락, 물질의 비후(肥厚)함에서 비롯되는 정신의 황폐함 따위에 강한 환멸감과 거부감을 느낀다. 그리고 진수에게는 그것이 곧 남한 사회 전체를 짓누르고 있는 부패와 불결의 징후로 느껴진다. 그러나, 판문점에서 북측의 젊은 여기자와 논전을 벌일 때에는 돌연 진수는 그나마의 '타락한 자유'를 옹호하게 된다.

> 그럼 자기를 팽개치고 무엇이 남아요? 놀고 싶고 적당히 나쁜 짓 하고 싶은 자유란 최고급이지요. 사람은 원래 그렇게 생겨먹었어요. 그것을 크낙한 관용으로써 받아들일 수 있는 사회가 있어요. 부피와 융통이 있는, 그런 것이 적당히 용서가 되면서도 전체로 균형이 잡혀 있는 […] 참, 어느 것이 허풍선이냐 따질까요? 자기조차 팽개쳐 버린 신념덩이가 허풍선이냐, 그렇지 않으면 적당히 자기를…….4)

북쪽 여기자에 대한 진수의 태도는 진실하기보다는 다소 위악적(僞惡的)인 면모를 보인다. 그러나 그 위악적인 제스츄어 역시 온전히 거짓이라기보다는, 경직된 통제와 질서, 진수의 표현을 인용하자면 '사람도 어떤 효율의 데이터로 간주하는 그쪽 사회의 모랄의 질(質)'5)에 대한 거부감의 크기를 드러낸다.

장편 『소시민』은 월남 이후 최초로 발견한 남한 사회의 그 '타락한 자유'와 그 속에서 피어 오르는 그것 나름의 '질서와 역동성'에 대한 기록에 해당한다. 이 소설에 가치판단을 위한 잣대가 거의 드러나지 않는 것은, 주인공이자 화자가 19세의 청년이며 일종의 통과의례로서 그가 새로운 세계로 진입하는 과정을 그리고 있기 때문이기도 하지만, '타락한 자유'가 그것 나름의 질서와 체계를 형성하고 있음을 발견한 경이로움이 이 소설 전체를 지배하고 있기 때문이다. 이것은 주인공이 5년 동안 살았던 북한에서는 도저히 경험할 수 없는 세계에 속하는 것이다.

『화두』와 『남녘사람 북녁사람』에 이르기까지 두 사람이 보여준 분단과 전쟁에 관한 인식의 내용을 다시 한번 정리하자면, 최인훈의 경우에는 전쟁과 분단을 겪으면서 '이성에 기반한 완미(完美)한 근대의 결여 형태'로서의 현실 역사에 대한 절망과 이성의 보편성에 기댐으로써 그것을 관념적으로 극복하려는 노력이 주조를 형성하고 있음에 비해, 이호철의 경우는 '완미한 근대'의 이념형이나 제도 및 체제의

---

4) 이호철, 「판문점」, 385쪽. 『현대한국문학전집 8권』(신구문화사 1965).

5) 이호철, 앞의 책, 382쪽.

정합성보다는 현실의 구체성을 통해 발현되는 인간의 자유에 대한 갈망이 더 우선
적인 자리를 차지한다고 볼 수 있다. 차선(次善)이거나 혹은 차차선(次次善)에 머무를
지라도, 남쪽 사회가 지닌 자유와 역동성의 가치에 좀더 기울어졌던 것은 이런 연유
라고 할 수 있다. 물론 이호철의 이러한 경사(傾斜)가 속악한 반공이데올로기로 전
락하여 어떤 경우에도 남쪽이 북쪽보다는 낫다는 체제우위론의 오류에 빠졌다는
말은 결코 아니다. 오히려, 아니 바로 그런 인식 때문에 이호철은 누구보다도 남쪽
사회를 떠받치고 있는 자유의 이념과 가치를 그것 본래의 형태로 복원하기 위한
싸움에 적극적으로 나설 수 있었다.

　90년대 중반에 발표된 『화두』와 『남녁사람 북녁사람』은 이러한 분단 인식의 스
펙트럼에서 어디쯤에 놓여 있는 것일까. 그들이 공유하고 있는 전쟁과 분단 그리고
월남 체험의 바탕과 소설을 통해 드러나는 상이한 인식의 도정, 그 교차지점에서
이 두 소설은 변한 것과 변하지 않은 것을 어떻게 보여 주는 것일까.

4.

　『화두』는 "모든 위대한 문학적 작품들은 하나의 장르를 정립하기도 하고 해체하
기도 한다"6)라는 말을 떠올리게 만든다. 이 작품은 우리가 가진 기존의 소설 장르
의 범주로는 다 아우를 수 없는 광대한 외연을 지니고 있다. 장르의 고정된 규범을
해체하는 것에 환호작약하는 사람들에게 이 소설은 일종의 포스트모더니즘 소설로
읽히기에 충분한 조건들을 지니고 있다. 우선 이 소설은 존재하는 텍스트와 텍스트
사이의 의미맥락을 통해 자신의 텍스트를 형성하고 있으며(거듭 반복되는 조명희의
「낙동강」과 이태준의 「해방 전후」, 박태원의 「소설가 구보씨의 일일」에 대한 다시 읽기와 그
것들과 『화두』 사이에 존재하는 상호텍스트성을 생각해 보라), 자기 자신의 작품에 대한
패러디와 다시 쓰기의 반복이 시도된다(주의깊게 읽은 독자라면 2권 도입부는 최인훈의
『소설가 구보씨의 일일』 도입부를 다시 쓰고 있음을 발견할 수 있다. 『회색인』에 등장하는
주요 모티프들은 이 소설에 죄다 다시 쓰기를 통해 등장한다. 전체적으로 이 소설은 최인훈의

---

6) 발터 벤야민, 「프루스트의 이미지」, 『발터 벤야민의 문예이론』, 반성완 역(민음사, 1983)
　102쪽.

소설들에 등장하는 주요 모티프의 다시 쓰기에 해당한다고 해도 과언이 아니다). 여행기(2권의 대부분을 이루는 러시아 기행)가 등장하는가 하면, 드라마투르기에 해당하는 극작의 과정에 대한 기술(「옛날 옛적에 훠이훠이」의 창작 과정과 연출 및 상연에 대한 긴 고찰)이 나오고, 세계와 인간에 대한 철학적 잠언이 길게 나열된다.

무엇이라고 한 마디로 규정하기 힘든 이 긴 소설은, 프루스트의 『잃어버린 시간을 찾아서』의 짜임 원리에 대한 벤야민의 다음과 같은 언급을 생각나게 한다.

> 잘 알다시피 프루스트는 그의 작품에서 실제로 일어났던 삶이 아니라 삶을 체험했던 사람이 바로 그 삶을 기억하는 방식으로 삶을 기술하였다. [……] <u>여기에서 기억하는 작가에게 가장 중요한 역할을 하는 것은 그가 체험한 내용이 아니라 그러한 체험의 기억을 짜는 일, 다시 말해서 회상하는 일이기 때문이다.</u>(밑줄—인용자)7)

인용문의 이 구절은 『화두』의 거의 맨 마지막에 해당하는 인상깊은 문장, '나 자신의 주인일 수 있을 때 써둬야지. 아니 주인이 되기 위해 써야 한다. 기억의 밀림 속에 옳은 맥락을 찾아내어 그 맥락이 기억들 사이에 옳은 연대를 만들어내게 함으로써만 나는 나 자신의 주인이 될 수 있겠다. 그 맥락, 그것이 '나'다. 주인이 된 나다.(2권, 542~543쪽)'와 그대로 포개진다. 그리고 이것이야말로, 길고 긴 『화두』의 근본적인 짜임의 원리에 해당한다.8) 이 논리를 좀더 밀고 나아가자면, 『화두』가 작가 최인훈의 최후 작품은 아니겠지만 지금까지 써온 소설의 잠정적인 종착지라고 가정해 보았을 때, 그동안 발표된 많은 소설들은 각각의 기억이 지니는 단편적인 의미맥락의 하나에 해당한다고 볼 수 있다. 그것들은 하나의 섬으로 존재해 있었다. 그리고 『화두』에서 작가는 따로따로 떠 있는 그 '섬'들을 모두 불러모아 그것들 사이에 유기적이고 총체적인 의미맥락을 맺어주고 싶은 욕심을 부렸던 것이라고 볼 수 있다.

최인훈에게 있어서는 체험 자체가 중요한 것이 아니라, 체험의 회상형식이 중요

---

7) 발터 벤야민, 앞의 글, 103쪽.
8) 이런 관점에서 『화두』를 성실하게 분석한 글로, 우찬제 「현실의 유형인 · 인식의 세계인, 그 가역반응」(『세계의 문학, 1994 여름)을 들 수 있다.

하다. 그리고, 이 때의 회상은 베르그송의 유명한 '순수기억'과 상통한다. 베르그송은 인간의 자아란 '기억의 총체'라고 말했다. 그리고 그 기억을 '습관적 기억'과 '순수기억'으로 나누었다. '습관적 기억'이란 '신체적 기억'이라고도 부르는 것인데, 현재적 행동의 요구에 의해 발현되는 반복에 의한 기억을 가리킨다. 그에 비해 '순수기억' 또는 '정신적 기억'은 개인 생애의 특이한 실존적 사건을 회상하도록 만들어주는 정신의 직관을 말한다. 이것은 '습관적 기억'과 같이 객관적으로 규정가능한 시간을 요구하는 것이 아니라 정신의 직관에 의하여 단번에 이루어진다. 그리고 그 추억의 시간은 임의로 늘리거나 줄일 수도 있다.9)

『광장』이 전쟁과 분단의 구체적인 역사 공간을 다룬 것이 아니라, 증류된 이데올로기에 관한 비판이듯,『화두』역시 해방 직후에서부터 1990년대 중반에 이르는 긴 시간의 경과와, 북한과 남한, 그리고 미국과 러시아에 이르는 광대한 공간의 이동이 이루어지고 있지만, 그 광대한 시공간 속의 모든 일은 실존적이고 주관적인 '회상이라는 도가니' 속에서 맑고 투명하게 증류되어 나타난다.

이 소설 전체는 이러한 회상들의 끊임없는 변주로 구성되어 있다. 그 다양한 변주의 주제 부분을 내 나름으로, 그리고 앞절에서 잠시 언급했던 최인훈 소설의 한 특질적 양상으로 환원시켜 정리해 보자면 역시, 그것은 이념과 이론이라는 이성의 순수한 현상형식과 그것의 현실태(現實態) 사이의 괴리에서 오는 절망과 단절감이다. 이 소설 전체를 통해 계속 반복되는 회상의 모티프인 중학교 시절의 '자아비판회'를 예로 들어 보자. 화자는 W시의 중학교를 다닐 때 글재주를 인정받아 교내신문의 주필로 활동한다. 그러다가, 전학오던 날의 학교 풍경에 관한 글을 쓰고 이내 그것이 소년단 지도교사의 눈에 어긋나 학교가 끝난 뒤 특별한 형식의 자아비판회에 회부당하게 된다. 그 자아비판회는 단지 글의 내용을 문제삼는 것이 아니라, 화자인 소년의 모든 것(그가 속한 계급과 가정과 성장환경과 의식의 총체)이 오류였음을 강제로 자백하도록 만드는 무시무시한 재판(?)의 일종이었다. 이 '자아비판회'를 마치고 돌아오는 길에 화자는 숲에서 격심한 구토를 체험한다. 이 사건은 화자가 서적을 통해 세계를 인식하기 시작한 이후 최초로, 그리고 결정적으로 혼란을 경험하

---

9) 김형효,『베르그송의 철학』(민음사, 1991), 37쪽.

는 첫 계기에 해당한다. 그것은 이상으로 설정하고 있던 합리의 세계가 현실의 논리와 부딪치면서 빚어내는 괴리와 균열의 경험이었다. 그리고 이어지는 가족 전체가 겪어야 했던 삶의 터전의 앗김(재산의 박탈과 월남), 떠돌이 생활(북한에서 남한으로, 그리고 다시 남한에서 미국으로 이어지는 정신과 육체의 망명), 전쟁의 소용돌이는 그 최초의 불합리한 세계의 폭력의 연장선상에 놓이면서 화자에게 끊임없이 해결을 요구하는 하나의 '화두'로 자리잡는다.

> 결과적으로 지금까지도 나는 북한 정권에는 중대한 결함이 있다는 인식을 유지한다. 북한뿐 아니라, 소련까지도 그렇게 보인다. 그들의 대의명분과 현실 사이의 괴리(물론 내 눈에 비치는)를 설명하는 데 지금 현재까지 나는 성공하지 못하고 있었다. 그것이 현실의 괴리인지, 내 인식의 괴리인지를 알아야 하는 것은 나의 의무였다. [……] 그러면서 불혹(不惑)이라는 이 나이에 이르도록 나는 이 문제를 해결하지 못하고 있었다. 이 문제를 해결하지 못한 자리에서 글을 쓴다는 것은 또 무엇인가.(1권, 432쪽)

화자는 W시에 중학생의 몸으로 경험한 불합리한 세계의 폭력과 그것으로 버티고 있는 거대한 체계의 세계(곧 그것은 현실 사회주의일 것이다)에 대한 풀리지 않는 의문을 느낀다. 그 세계에 대한 명료한 자기 대답을 구하지는 못했으나 고등학생 시절에 읽은 조명희의 「낙동강」, 그리고 미국 체류 시절에 우연히 구해서 읽은 영어판 『자본론』 등으로부터, "비록 현실이 내게 어떤 불리한 판결을 내리더라도 내게는 상소할 수 있는 '이성의 법정'이 있다"는 자기 위안을 마련함으로써 그 상처에 관한 자기치유의 방법을 모색한다. 그러나 그것은 '화두'에 대한 분명한 깨달음은 아니다. 화자는 소련이라는 거대한 제국의 몰락을 목격한 후에야, 그리고 그 현장을 여기저기 직접 관찰하고 구경한 후에야 비로소, 결국 현실에 존재하는 비합리와 비이성의 폭력은 '이성'에 의한 것이 아님을 역사 속에서 발견하게 된다. 화자에게는 소련의 붕괴와 현실 사회주의의 몰락이야말로, 멀리는 중학교 시절 소년단 지도교사의 멘탈리티의 연장선상에 자리잡은 거대한 비합리와 비이성의 제국의 붕괴를 의미하는 것이다. 그는 이렇게 말한다. '「낙동강」이란 '명문'만 있었을 뿐, 『자본론』

이란 '명문'만 있었을 뿐, 그에 걸맞는 현실은 비슷한 것도 지구의 그 부분에는 없었다는 결론
인가? 혁명 후 70년이 지난 오늘, 저 고르바초프라는 동무가 저렇게 횡설수설하는 것을 보
면.(2권, 270쪽)'

　소련 기행에서 얻은 조명희의 자료더미에 끼어 있던, 신경제정책에 대한 누군가
의(레닌일 수도, 혹은 다른 당간부일 수도, 급기야는 작가의 창작일 수도 있는) 연설문건에
그토록 감동하는 이유는 그 연설문건이 그에게 이성에 대한 새로운 확신을 경험하
도록 해주었기 때문이다. 그는 이 문건을 통해 중학교 이후부터 오래도록 계속된
이성의 보편성에 대한 방황과 혼란을 마감하고, 궁극적으로 이성의 법정과 제단으
로 복귀하는 기꺼운 이성의 사제(司祭)로서의 감동을 토로한다.

　　<u>슬픈 육체를 가진 짐승이 별들이 토론하는 소리를 낼 수 있다니.</u> 알만한 것을
　다 알고, 검토할 만한 것을 다 검토하고, 실무자의 자상함까지 다 지니면서도, 해
　야 할 일을 하는 것 말고는 이 땅 위에서 달리 할 일이 없는 것을 알고 있던 이만
　한 문체로 연설할 수 있는, 저만한 그릇의 사람들이 이 세기의 새벽 무렵에 저
　성안에서 인간의 운명을 놓고 신들과 언쟁하고 신들에 상관없이 할 일을 시작한,
　그렇게 된 곡절이었군요. 이처럼 조리 있게 시작된 출발이 주인을 쫓아낸 찬탈자
　들에 의해 다른 길에 들어서면서 자기도 속이고 남도 속여오다가 결국 망한 것이
　군요.(2권, 510쪽. 밑줄―인용자)

　작가는 한마디로 갈파한다. '사람은 이성말고 무엇과 타협하겠는가'고. 그에게
「낙동강」이나 『자본론』이나 그밖에 만났던 모든 '명문'들은 이성의 육화(肉化)와
다를 바 없었다. 일견 복잡해 보이는 이 회상형식의 구조는 도식화하면 다음과 같
은 궤적을 그리게 된다. "서적을 통한 이성과 합리의 세계에 대한 신뢰의 구축―
중학교 자아비판회 사건을 통한 신뢰의 붕괴와 혼란―이성과 비이성 사이에 내
재하는 극복할 수 없는 간극에 관한 육체적인 혹은 정신적인 유민 체험―현실 사회
주의 붕괴로 재확인하는 이성의 힘과 그에 대한 신뢰의 회복."
　『화두』를 읽는다는 것은, 작가가 우리에게 제공하는 사유의 긴 여행에 동참하는
것과 같다. 그러나 그 여행은 낯선 풍물과 이국의 정조에 관한 발견과 경이로서의

여행이 아니라, 교리와 신앙의 확인을 위해 떠나는 신도의 성지 순례 같은 것이다. 우리는 누구인가. 이성과 합리에 기반한 '근대'라는 종교가 발원지를 떠나 새롭게 전파된 개척지의 유민들이다. 소설 속의 미국 체류기는 발원지를 찾아 나선 성지 순례기에 해당한다. 러시아 기행은 이교도가 지배하는 낯선 땅에서 잠시 이성과 합리는 박해를 받았지만, 여전히 그 구원의 섭리가 인류의 역사에 관철되고 있음을 확인하는 고해성사의 또다른 이름이다. 이 사유의 여행 속에서 남과 북이란 무슨 의미를 띠고 있을까. 그것은 '이성이 지배하는 근대'라는 새로운 종교가 재래의 샤머니즘의 완강한 저항에 부딪쳐 아직도 미처 뿌리를 내리지 못하고 겉도는 '결핍의 공간'이다. 그러므로, 『광장』이 분단을 다루었으면서도 실제로는 분단이라는 역사적 사건의 구체성과는 관련없는 이데올로기 비판이었듯이, 『화두』 또한 분단과 전쟁에 관한 역사적 구체성과는 커다란 관련이 없다.

　『화두』를 이루고 있는 것은 하나의 거대한 관념의 형이상학이다. 그리고 이것은 '순수기억'이라는 주관적 회상으로서만 가능한 '섭리 구현'의 역사관이다. 그러므로, 인간이 형성하는 역사적 구성물로서의 현실이 들어설 여지가 없다. 인간의 역사란, 그리고 그 현실의 역사 속에서 형성되는 온갖 제도와 가치체계와 물질 연관은 그것 자체로 하나의 자족적인 완결의 구조 속에 놓여 있지 않으며, 끊임없이 이어지는 주객관적인 환경이나 조건과의 관계에 의해 이루어지는 것이다. 이를테면, 이 소설 속에서 비이성과 비합리의 몰락을 증거하는 현실 사회주의 체제조차도, '이성'의 유무로 간단히 판단내릴 수 없는 철저히 역사적 구성물로 존재하는 것이다.[10] 심지어는 역사 전개 과정에서 나타나는 심각한 오류조차도, 그 오류의 직접적인 피해자에게는 당연히 매우 불편하고 억울한 노릇일 터이지만, 딱히 선악의 명료한 구분 아래에서 발생한다거나, 이성과 비이성의 분명한 경계선 위에서 생겨나는 것은 아니다.

　이를테면, 작가의 원체험의 소인(素因) 중에서도 가장 강력한 것으로 남아 있는 중학교 시절의 '자아비판회'만 하더라도, 해방 직후 전개되었던 북한의 사회주의

---

10) 하나의 가설이긴 하지만, 현실 사회주의 체제(혹은 국가사회주의)가 세계전쟁시대가 낳은 철저히 역사적 산물이라는 와다 하루끼(和田春樹)의 관점(『역사로서의 사회주의』, 고세현 옮김, 창작과 비평사, 1994 참조) 같은 것이 이러한 형이상학에 대비되는 사회주의관의 하나가 아닐는지.

개혁 프로그램이 안고 있는 불가피한 역사적 오류로 해석할 여지도 존재한다. 불가피한 오류란 그 오류 자체가 정당하다는 것이 아니라, 오류를 형성할 수밖에 없도록 만든 안팎의 더 상위의 조건들이 작용하면서 발생하는 오류를 가리킨다. 이럴 때, 오류는 한계로 바뀌게 된다. 그리고 한계란 고정불변의 본질이 아니라 가변적인 상대적 가치에 해당한다. 다시 '자아비판회'로 돌아 가자면, 이것은 하나의 체제가 비이성과 비합리에 뿌리내리고 있음을 증명하는 체제의 원형질로 해석할 수도, 그렇지 않을 수도 있다. 식민지적 근대화를 겨우 수십년 타율적으로 경험했을 뿐인 상황에서, 자본주의적 근대를, 그나마 왜곡된 형태로 잔존하고 있던 그것을 그 근본부터 넘어서고자 시도한다는 것은, 무수한 '과정의 오류'를 필연적으로 동반한다. 문제는 그것을 역사의 전개 과정에서 형성되는 오류나 한계로 이해할 것인가, '선/악'이나 '이성/비이성', '본질/현상'과 같은 관념적이고 본질론적인 이분법으로 서둘러 환원할 것인가 하는 점이다.

과학이 도저한 추상의 세계에 속하는 것이고, 역사학 또한 인류의 행위 전체에서 뚜렷이 괄목되는 단일한 합법칙성의 발견에 이끌리는 과학의 분과라면, 소설은 그 도저한 추상의 세계와 합법칙성의 체계와는 다른, 피와 살과 뜨거운 숨결과 땀내로 얼룩진 육체의 세계 속에서 존재하는 어떤 것이 아닐까. 분단의 극복과, 남북한 민중들이 합의할 수 있는 통일의 밑그림을 그려내기가 이토록 어려운 노릇은, 그것이 복합적이고 중층적인 여러 가지 삶의 겹무늬로 누적된 '사람 살이'의 어려움에서 비롯되는 것이다. 이를테면, 남북한 사람들의 이질성이나 동질성과 같은 단어도, 말로 내뱉기는 쉽지만 그 단어의 내포를 이루고 있는 실제의 국면은 얼마나 구체적이며 살아 꿈틀대는 것일까. 소설은 그것에 관해 이야기할 수 있어야 하지 않을까. 증류된 의식의 세계 속에서 이런 꿈틀대는 생명과 살림의 구체적인 모습은 포착되기 어려운 것이 아닐까.

5.

최인훈의 『화두』가 그 자신이 앞서 발표했던 많은 작품들에 관한 재해석이자 재의미화 작업을 작품 구성의 한 축으로 형성하고 있듯이, 이호철의 『남녘사람 북녁

사람』역시 작가가 이전에 발표한 많은 작품들과 여러 층위에서 겹치고 얽혀 있다. 우선, 주인공의 계보로 보자면 「탈향」과 『소시민』의 주인공이 곧 『남녘사람 북녘사람』의 주인공과 겹친다. 시간 순서로 보자면 실상 『남녘사람 북녘사람』이 「탈향」과 『소시민』보다 앞서 일어난 체험공간의 일이다. 또한 작가가 서문에서 밝혔듯이, 「나상」이란 단편은 『남녘사람 북녘사람』의 모티프이자 의미맥락의 최초 원형에 해당하는 작품이다. 이 정도만 해도, 『남녘사람 북녘사람』의 짜임 원리 역시 일종의 상호텍스트성에 기초해 있으며, 분단과 월남에 관한 그의 주요작품들의 계보와 중층적인 의미연관을 형성하고 있음을 알 수 있다.

『화두』와 다른 점이 있다면, 『화두』가 체험의 내용보다도 체험에 관한 기억의 현상형식에 크게 기울어져 있는 것에 비해, 『남녘사람 북녘사람』은 체험의 내용 자체에 좀더 밀착해 있다는 점이다. 그리고 『화두』가 기억 자체의 실존성과 주관성을 아예 처음부터 전제하고 출발한다는 것, 그 회상형식이 지닌 의미맥락의 일반화에 대해서는 크게 염두에 두지 않는다는 것, 그리고 그것을 굳이 다른 사람에게 설득하려고 애쓰지 않는다는 것과는 달리, 『남녘사람 북녘사람』은 끊임없이 그 체험의 내용에 관한 일반화를 의식하고 있다는 점이 다르다고 할 수 있다. 즉, 주관적 체험의 의미를 예외적이거나 개인적인 체험의 영역에 묶어두려 하지 않고, 계속해서 그것의 객관화와 일반화를 시도한다는 것이다.

체험을 의미화하는 『남녘사람 북녘사람』의 서사전략은 크게 두 가지로 나눌 수 있다. 그 첫째는 체험 내용의 예외성과 개별성에 대한 독특한 작가의 의미부여이며, 다른 하나는 인물에 대한 파악 방식과 형상화 방식의 독특함이다. 그리고 이 두 가지는 궁극에 가서 하나로 합쳐지게 된다.

첫째 문제부터 살펴 보자. 작가가 전쟁 체험을 통해 쌓아올리는 경험의 내용은, 상식의 차원에서나 또는 과학적 필연의 차원에서 생각할 법한 그런 인과성의 논리와는 애초에 거리가 먼 극히 예외적이고 개별적인 사항들로 가득 차 있다. 그저, 단순한 한 독자의 입장에서 말해 보자면, 우리가 영화나 소설 따위를 통해 무수하게 만나고 간접체험하는 전쟁의 이미지 그리고 그 상황 속에서 부대끼는 인간 군상의 이미지들과 이 소설이 우리에게 체험의 내용으로 제시해 주는 것은 너무 다르고 이질적이어서 그것 자체가 하나의 생경한 감동으로 다가오게 되는 것이다.

체험의 내용을 구성하고 있는 몇 가지 삽화들만 예로 들어보자. 이 소설의 첫머리에는 포로로 잡힌 화자와 국군 헌병의 심문 장면이 나온다. 이 심문 장면은 살벌한 전쟁판의 포로심문과는 사뭇 다르다. 심문관인 헌병은 이런 일 자체에 짜증을 느끼고 있으며, 심문의 내용이란 포로의 수첩을 뒤적여 거기에 적힌 개인의 단상(斷想)을 재미삼아 물어본다든지, 포로의 취미를 확인하는 것이 고작이다. 포로는 심문관인 헌병의 질문에 신이 나서 포로라는 자신의 처지도 순간적으로 잊어버린 채 자기의 문학 취향을 열심히 읊어대기도 하고, 헌병이 꺼내든 사진에 관한 장황한 설명을 하기도 한다. 작가 역시 이 체험의 낯설음을 의식하고 있다.

도대체 이게 포로신문인가 뭔가, 엄연히 이쪽은 포로이고, 그쪽은 신문이라는 직분을 담당하는 헌병이다. 그런데 이 꼴은 도대체 뭔가. 난데없이 똘스또이? 체홉? 발작? 피차의 투도 그렇고, 분위기도 그렇고 주고받는 말 내용도 그렇고, 우리는 어느새 지극히 사사(私私)로워져 있었던 것이다. 여기에는 어느 누구도 간여할 수가 없었고, 침범할 수가 없었다.(17쪽)

이러한 예는 이 소설 속에서 무수히 자주 등장한다. 특히 화자가 포로로 잡힌 이후의 경험을 그린 첫 장 「남녘사람 북녘사람」이 그러하다. 포로와 감시헌병들이 행군의 지루함을 달래기 위해 남쪽의 유행가와 북쪽의 군가와 선전선동가요를 교대로 합창하는 장면, 포로의 집 근처를 지난다는 단 한가지 이유로 포로를 임의 석방하는 장면, 포로들에게 돈을 거두어 떡과 군것질거리를 사러 장을 보러 가는 장면 등등…….

『남녘사람 북녘사람』은 기실 80년대 중반부터 연작 형태로 연재되었던 것을 한꺼번에 묶은 것이다. 순서로 따지자면 맨 앞의 '남녘사람 북녘사람' 장(章)이 맨 나중에 발표되었지만, 이 중편을 맨 앞에 놓은 것은, 전쟁과 분단에 관한 해석의 주춧돌, 혹은 나아가 세계와 현실에 관한 해석의 중심이 이 첫장에서 제시되고 있기 때문이다. 남북한을 동시에 체험한 작가의 목소리는 작품의 곳곳에 현재의 관점에서 삽입된다.

어찌 보면 도무지 개판이었는데 그런 일 하나하나가 엄연히 눈앞의 현장으로 벌어지는데야 어쩔 것인가. 이건 그때로부터 50년 가까이 지난 현 시점에 와서 다시 한번 곰곰이 되씹어보는 생각이거니와, 이게 바로 내가 처음으로 해후했던 대한민국의 원형(原型)모습이었고, 지난 50년간 살아온 이 대한민국이라는 실체의 적나라한 모습이었다. 대소 사건들 하나하나마다 지나놓고 보면 그야말로 '개판'처럼 보이는데, 어느새 그것이 '주조(主潮)'를 이루며 나라 전체가 망하기는커녕 활기차게 뻗어가는데야 어쩔 것인가. [……] 이런게 모름지기 사람 사는 세상의 본래 모습인지도 모른다. 모든 일은 어느새 그냥 그렇게 벌써 기정사실화되면서 이미 끝나 있었던 것이다.(59쪽)

세상과 인간을 이해하는 이러한 눈은 『화두』의 세계관과 아주 좋은 대조를 이룬다는 점에서 흥미롭다. 가령, 『화두』에서는 50년대의 군대에서 저질러지던 부조리와 편법에 관해 다음과 같이 회상하는 대목이 나온다.

군대라는 것이, 황산벌에서 국가의 흥망을 눈앞에 둔 병사들의 지고지순한 상황이라고 반드시 알고 왔다는 것은 아니지만, 와서 겪을 때까지는 보통 훈련병의 심적 구조는 그런 공식 정서에서 그리 멀다고도 할 수 없는 것이 아닌가 싶다. 직접 경험한 일이 아닌 분야에 대해서는 분업사회의 생활자들은 대개 도식적인 공식 이데올로기에 의해 방향지어진 틀을 가지고 대강 판단하는 것이 보통이다. [……] 실지의 군대생활은 이런 정서들을 차례로 무너뜨리고 그 자리에 실지 값대로의 모습을 만들어주었다. 아마 사전에 이런 인식이 있었더라면 많은 사람들이 징병을 기피하려는 노력을 좀더 진지하게 해보았을 것임에 틀림없다.(2권, 197쪽)

『남녘사람 북녁사람』은 공식의 이데올로기를 부정하려고 애쓴다. 소설 초두의 헌병과 인민군 포로의 대면 장면에서부터, 그것이 공식의 관계를 무너뜨린다는 점에서 화자에게 신선한 감동을 불러 일으킨다. 이 점에서 『화두』의 화자가, 기왕에 존재하는 공식의 이데올로기가 지켜지지 않는 것에 충격과 부당함을 느끼며 합리적 질서에 대한 향수를 느끼는 것과는 대조를 이룬다. 이호철은, 공식의 이데올로기, 또는 공식의 관계란 제도와 체계가 인위적으로 만들어낸 것이며, 그것이 인간 본연의 모습을 종종 위장시키거나 상황에 종속되게 만듦으로서 그 본연의 모습을 잃도록 충동한다는 점에서 그것을 거부하고 싶어한다.

이러한 판단은 북쪽에서 5년 동안 겪은 사회주의 체제의 경직성과 혁명 과정에서 발생한 오류와 혼란의 반대급부로 더욱 강화된 형태로 굳어지게 된다. 위 인용문의 목소리에는 「판문점」의 진수가 북측 여기자와 논전을 벌이면서, 예의 그 '타락한 자유'에 관한 옹호론에서 보여주던 위악적 면모마저도 걷혀 있다. 작가는 비록 타락한 형태이나마 자유의 가치가 소중하고 소망스러운 것은, 그것이 인간의 인간다운 본성을 그나마 덜 해치는 까닭 때문이라고 본다.

'인간의 인간다움'이란 기실 매우 정의내리기 어려운 모호한 개념이지만, 이 소설이 지닌 또 하나의 특징은 그러한 인간의 원형에 관한 편집증에 가까운 집착이라고 할 수 있다. 인간의 원형에 대한 파악. 이 경우 원형이란 특정한 역사적 상황이나 이념 혹은 제도 아래에서의 인간의 대응논리가 아니라, 어떤 상황이나 경우이든 인간이 본래 지니고 있는 성품과 인간됨됨이로서의 원형이라는 뜻이다. 그런 까닭에, 「남에서 온 사람들」편에 등장하는 전형적인 서울 부잣집의 도련님 김정현, 또는 남로당원 출신인 갈승환과 김석조, 그리고 「변혁 속의 사람들」편에 나오는 고향의 풍용이 같은 인물들에 대한 이호철의 소묘방식은 철저히 원형에 관한 관심으로 일관되고 있다.

어떤 상황에서든 자기 이해관계를 중심으로 약삭빠르고 눈치껏 움직이며 나서기 좋아하고 잘난 체 하는 인물들에 대해서는, 작가는 체제와 이념을 초월해 생래적인 거부와 혐오감을 갖고 있다. 그래서 의용군으로 강제징집되어 세상물정 모르는 남한 국회의원의 아들인 김정현의 순진하고 깨끗한 인간성과 타고난 노동계급이자 남로당원이면서 언제나 열혈당원임을 내세우는 갈승환 같은 인물을 견줄 때, 체제논리로는 당연히 김정현을 미워하고 갈승환을 선택해야 할 것이지만, 오히려 김정현 쪽에 인간적 친밀감을 더 강하게 느끼게 되는 것이다. 이것은 김석조의 경우에도 해당한다. 어리배기에다 다소 덜 떨어진 것처럼 보이는 이 인물이 실상은 골수 남로당원이며 투쟁경력이나 당원경력이 갈승환보다 훨씬 윗길이라는 것을 화자는 직감한다. 그러나 북의 체제가 갈승환을 택하고 김석조를 버리는 것을 보고, 이 체제의 문제가 어디에 있는가를 역시 직감한다. 이러한 판단은 딱히 이론적인 탐구나 과학적 분석을 통해 얻어진 것이 아니라, 인간의 원형에 대한 작가의 직감과 신뢰에서 비롯되는 것이다. 그리고 이것은 이념이나 제도에 대한 불신과 혐오로 이어진다.

이 소설을 형성하고 있는 여러 개의 흥미로운 삽화와 개별 사건들, 그리고 다양한 인물 군상은, 무엇보다도 우리가 제도 교육을 통해 고정된 이미지와 편견으로 지니고 있을 북한에 대한 하나의 틀을 분쇄하고, 비록 오십 년 저쪽의 시간에 해당하는 일이라고 하지만, 분단과 전쟁의 공간 속에서 남북한의 살아 있는 인간을 체험하도록 만드는 의미있는 간접 체험을 제공해 준다. 그리고 각각의 인물들은 화자의 시선에 포착됨으로써, 비록 제한된 시각 안에서나마 원형에 대한 그 특유의 감각으로 형상화되어, 한 사람 한 사람이 생생하게 살아 있는 개성적 인물로 다가온다. 화자가 체험한 개별적인 여러 사건들 또한, 전쟁이라는 극한상황의 일반논리를 뒤집고, 일상의 느슨함과 세상 이치의 헐거움을 보여 줌으로써 일종의 즐거운 역설을 느끼도록 한다. 체험의 해석에 관한 한, 이 소설은 먼저 경험한 사람으로서 가질 법한 권위와 위세 같은 것이 완전히 제거되어 있다.

그러나, 이 소설이 우리에게 전해주는 개인 체험과 그 해석을 둘러싼 하나의 '독특함'을 벗겨 내고 나면, 우리는 이 소설의 근간을 이루고 있는 체험의 '개별성'과 그 해석의 '주관성'에 어쩔 수 없는 일종의 의심과 회의를 갖게 된다. 다시 말하면, 이 소설에서 중요한 이야기 단위를 이루고 있는 삽화와 인물들은 '개별적이면서도 동시에 당대 역사의 보편적인 부분을 감싸 안아야 하는', 소설에 관한 하나의 당위적 요구를 충실히 해결해 주지 못하고 있다. 그 원인은 무엇보다도 사태의 본질을 인식하는 데 있어서 이 소설이 기대고 있는 '정서와 직감'의 방법에 있다. 가령, 북한의 토지개혁 과정을 다루고 있는 '변혁 속의 사람들'편을 살펴 보자.

작가는 토지개혁이라는 객관적인 역사적 사건의 의미보다도, 그 과정에서 '풍용이'라는 한 인물의 변화 과정을 이야기함으로써, 결과적으로 토지개혁의 부정적 측면을 전면에 부각시키는 서술전략을 구사하고 있다. 평소에 놀기 좋아하고 잘 웃고, 무슨 모임이든지 그가 빠지면 재미가 없는, 다른 동네에서 시집 온 새색시들이 가장 먼저 낯을 익히는 인물, 그가 풍용이다. 그 풍용이가 해방 이후에 공청의 책임 간사와 현주동 토지분배 선정위원으로 뽑히면서 급격하게 달라지기 시작한다. 한마디로 줄이면, 타고난 농사꾼이자 민중적 광대의 전형이던 풍용이가 지식인이나 관료들의 전형으로 탈바꿈하게 되었다는 것이다. 말수가 적어지고 몸놀림이 뻣뻣해지며, 눈빛과 목소리에 웬 독기가 서리기 시작하는 것, 허튼 소리가 줄고 절대 헤프게 웃지 않으며, 입만 열었다 하면 당의 공식적인 선전선동의 말들이 청산유수로 쏟아져 나오게 되었다는 것, 급기야는 토지개혁 때 땅마지기깨나 공으로 장만한 사람들마저도, 기왕에 땅은 얻어 놓은 것이고 당장 사람이 성가셔서 못 견디겠다는 불평들을 쏟아내게 된다는 것이다. 작가는 풍용이라는 인물을 하나의 대표단수로 삼아서, 그 당시의 북한의 정세—결코 계량화될 수 없고, 가시적인 지표로 환원될 수 없는, 그러나 사람들이 가장 피부와 의식으로 민감하게 반응하게 되는—의 변화를 말하고 있는 것이다. 그러나, 설사 그런 변화의 의미에 우리가 특별히 주목한다고 하더라도, 토지개혁이라는 일대 사건이 지니는 사회경제적 의미, 더구나 해방 직후라는 역사적 시공간 속에서 그것이 차지하는 의미는 이러한 정서적 비판으로 상쇄되거나 무화될 수 없는 역사적 보편성을 띠고 있는 것이 아닐까.

그리고, 문학이나 예술에 종사하는 사람의 중요한 역할과 소명이, 토지개혁이라는 역사적 사건의 실증적 지표와 결과 그 이면에 존재하는, 보이지 않는 정서와 풍속과 사람들의 의식의 변화를 민감하게 포착하여 그것 나름의 의미를 드러내 보여주어야 함을 인정한다고 하더라도, 그러한 비가시적 변화의 내용 또한 가시적이며 현실적인 변화와 적절하게 맞물린 형태로 그려내는 것이 예술과 문학의 중요한 소명이 아닐는지. 이러한 비판의 논지를 좀더 진행시켜 보자면, 이 소설에서 '인간다움'이라고 규정되는 많은 것들이 실상은 작가에게 친숙하고 익숙한 세계를 가리키는 하나의 지시대상일 뿐, 익숙하고 친숙한 것이 곧 '선(善)'이라고 할 수는 없는 논리의 비약이 생긴다. 가령, 해방 직후에 문중회의의 사회적 지위나 문벌 중심의 농촌공동체가 급격하게 사회주의 행정체계로 개편되는 과정의 조급함을 개혁의 오류로 지적하고 있는데, 문벌 중심으로 형성되는 집성촌의 농촌공동체 역시, 철저히 봉건적 산물이며 그것 자체가 곧 인간이 꾸려가야 할 집단이나 공동체의 원형에 해당한다고는 보기 어렵지 않겠는가. 이런 사례에서 나타나듯이, 이 소설에서는 작

가에게 익숙한 것과 아름다운 것이 곧 보편적 선이자 미덕으로 금세 둔갑해, 일체
의 제도와 질서가 제공하는 공식적인 가치와 이데올로기를 부정하는 논리의 근거
로 작용하게 된다.

체계란, 근본적으로 배타적 동질성을 원리로 하여 만들어지는 것이다. 그런 점에
서 체계에 포섭되지 않는 이질적인 대상은 체계의 범주에서 탈락되고 버려진다. 작
가가 체계의 이러한 배타적 동질화 과정에 환멸을 느끼고, 그것에 포섭되지 않아
버려지거나 배척당하는 개별적 원형들에 무한한 애정을 지니는 것은, 넓은 의미에
서 체계(화)나 도구적 합리성을 근간으로 삼고 있는 근대에 대한 환멸의식과 연결된
다. 사회주의 개혁 프로그램이 농촌공동체의 전통적 질서를 파괴하는 양상을 지켜
보면서 느꼈던 작가의 환멸도, 어떤 의미에서는 근대적 체계나 합리화와 그에 대비
되는 봉건적 가치체계(작가의 용어로 바꾸자면 원형의 아름다움이 보존되는)의 충돌에서
비롯된 것이라고 볼 수 있다.

그러나 분단의 극복이라는 실천적인 관점에서 살필 때, 60년대 이후부터 이호철
이 견지하고 있었고, 그리고 그 연장선상에 있으면서 최근에 들어와 훨씬 강화된
모습으로 나타나고 있는 이러한 태도는 남북한 양쪽에 고루 적용되어야 옳은 것이
아닐까 생각한다. 남쪽이, 일그러진 형태나마 북쪽에 비해 인간의 원형을 그것대로
지켜낼 만한 토양이었음을 강조하는 순간, 그의 비판은 균형을 잃게 되고, 읽는 사
람에 따라서는 작가의 의도와 상관없이 일방적인 체제우위론으로 변질될 가능성을
지니고 있는 것이다. 정서와 직관은 논리와 검증의 상호보완적 관계에 놓인 것이
지, 그것만의 독자적인 세계를 형성할 수는 없는 것이 아니겠는가. 필연과 인과의
논리에 지배되는 세계에서 우연과 예외적인 것을 맞부딪치게 함으로써, 체계적인
논리와 필연에 대한 혐오를 낳고, 나아가서는 지식의 체계나 지식인에 대한 불신[11]
으로 나아간다면, 그것은 남북한이 안고 있는 중첩된 모순의 진정한 극복과는 멀어
질 수밖에 없는 문제제기일 것이다.

---

11) 이에 대한 작가 이호철의 최근 심경은, 필자가 연초에 쓴 방담기(訪談記), 「탈향, 그 신산
　　한 역사적 삶의 도정」(『실천문학』, 1997. 봄호)을 통해 좀더 가까이 들여다 볼 수 있을
　　것이다.

6.

독일의 통일 과정에서 있었던 동서독 지식인과 작가의 논쟁들[12]을 지켜보면서, 그 논쟁의 추이와 결과는 접어두고라도 동서독의 지식인들간에 그런 논의들이 가능할 수 있었던 조건과 환경이 몹시도 부러웠다. 우리는 분단의 극복과 민족의 통일이 지상과제임을 누구도 부인하지 않으면서, 정작 그 문제를 해결하기 위해 거쳐야 할 과정이 너무도 소연한 것에 매우 익숙해 있다. 이것은 서로 모순되는 일이다. 활발하고 생산적인 논의 그 자체가 분단 극복의 한 과정이자 모습이 아닐까. 진정한 통일운동이란 국체의 통합과 국토 영유권의 단일화 같은 정치적인 영역의 작업도 중요하지만, 그에 못지 않게 계량화할 수 없고 눈에 보이지는 않지만 남북의 민중들이 서로의 처지를 이해하고 수용하는 과정을 반드시 거쳐야 한다고 믿는다. 그리고 문학이 통일에 기여할 수 있는 여지도 그런 측면에서 생겨나는 것이 아닐는지.

남쪽의 통일에 관한 논의는 한편으로는 차고 넘쳐 보이면서도, 대체로 한 가지 목소리로 윤색되어 있는 것 같으며, 진정으로 남북한 사람들을 위한 통일이 무엇인가에 관해 열띤 논쟁을 벌이는 다양한 목소리는 찾아 보기 어렵다. 사정이 그렇게 된 근본적인 이유는 통일에 관한 논의가 아직도 완전히 자유롭지 않은 탓이다. 그러나, 그보다 더 피부로 와닿는 이유는, 최근 북한이 겪고 있는 심각한 경제적 어려움과 정치적 난맥상, 그리고 국제 사회에서의 고립 등을 지켜보면서 쉽사리 체제경쟁에서의 승리나 우월감에 젖어들게 되는 심리적 기제의 작용이라고 할 수 있다. 북한의 경제난이나 식량난, 그리고 체제 위기론이 대두할 만큼 안팎으로 심각한 어려움에 봉착한 현실은 아무도 부인할 수 없는 명백한 사실이라고 하더라도, 그것 자체가 남한의 역사적 전개 과정에서 제기된 많은 오류와 현재 안고 있는 문제점들을 깝싸르고 무화시키는 근거로 작용할 하등의 이유가 없지 않은가. 작금에 일었던 개발독재의 정당화 시도나 박정희 회고 열풍은 이런 남북한의 경제지표에서 드러

---

12) 『논쟁―독일통일의 과정과 결과』, 프리데만 슈피커・임정택 공편, 창작과 비평사, 1991.

난 비교우위의 결과론에 상당 부분 기대고 있다.

80년대 말부터 시작된 현실 사회주의권의 붕괴와 90년대 들어와 확대심화되고 있는 북한의 정치경제적 어려움은 많은 지식인과 작가들에게 20세기의 세계사와 한국의 현대사에 관한 새로운 성찰의 계기로 작용했다. 더욱이, 남북한을 막론하고 우리 근대 지식인을 옥죄고 있던 이데올로기의 문제, 그리고 남북한을 가운데 두고 치러야만 했던 체제선택의 문제와 그 결과 등에 대해서, 90년대의 급격한 변화는 잠정적인 대답과 해결의 실마리로 작용하기에 충분한 세계사적 사건이라고 할 수 있다. 90년대 중반에 접어 들어 월남작가 그룹을 대표한다고 볼 수 있는 최인훈과 이호철이 각각 무게있는 장편을, 특히 한 사람은 소설을 거진 20년만에 새로 쓰면서 세상에 내놓게 된 연유에는 이러한 객관적인 조건이 작용하고 있었음을 짐작하기에 어렵지 않다.

이호철의 『남녘사람 북녘사람』과 최인훈의 『화두』가 소중한 것은, 이들이 전쟁을 체험한 세대이며 동시에 월남 1세대라는 점, 그리고 이 두 소설들이 모두 그들의 북쪽 체험을 중요한 바탕으로 형성되었다는 점 이외에도, 전쟁 체험세대이자 북한 사회주의 체제의 경험자가 아니면 이야기할 수 없는 것들을 우리에게 들려 준다는 점에서 그러하다.

그러나, 본론에서 살펴 보았듯이 이 노작가들의 작품이 지니는 긍정성의 이면에는 각각 추상적 보편주의로의 함몰과 구체적인 사실의 개별성 자체에 침잠하는 분단 의식과 세계 인식의 양 편향이 자리잡고 있음을 발견하게 된다. 그리고 이러한 인식의 편향에는 현실 사회주의권의 붕괴와 북한 체제가 당면한 현재의 난맥상이 일종의 결과론으로 작용하고 있지 않은가 생각해 본다. 결과론이란 쉽게 풀자면, "끝이 좋으면 다 좋다"는 것이 아니겠는가. 그 과정에 관한 진지한 질문과 탐구야말로, 분단의 극복과 통일, 혹은 그보다 더 상위에 놓이는 인간과 제도와 역사에 관한 근본적인 물음을 실답게 만드는 것이 아닐까.

이 소설들이 지니고 있는 큰 미덕의 하나는 체험의 절대화를 요구하지 않는다는 점이다. '내가 겪은 것이 곧 세계의 전부'라고 주장하지 않는 까닭에, 체험과 회상에 관한 이 두 개 소설의 양식화가 안고 있는 어쩔 수 없는 빈 공간은, 그러므로 새로운 세대의 몫으로 돌려지게 될 것이다. 아직, 우리는 전쟁을 체험하지 않은 세

대가 이 문제에 정면으로 다가서는 문학사적 증좌를 발견하지 못하고 있다. 그것이
새로운 문학에 거는 우리의 기대와 희망이다.

안으로부터 열리는 새로운 관계성에의 지향
— 이호철 론

권명아[*]

> 우리들은 결코 참된 역사가들이 되지 못하며, 언제나 얼마쯤은 시인들이고, 우리
> 들의 감동은 아마도 잃어버린 시밖에는 표현하지 못하는 것이다.(바슐라르)

1. '논리'를 넘어선 통합적 세계에의 지향

이호철은 1955년 「탈향」으로 등단한 이래 지금까지 활발한 작가생활을 계속하고 있다. 전후에 등단한 많은 작가들이 붓을 놓고 다른 직종으로 '전업'을 하는 경우가 비일비재한 상황에서도 이호철이 오랜 기간 동안 지속적이고 일관된 작품 활동을 보여주고 있다는 그 사실 하나로도 이 작가의 문학사적 무게를 논할 수 있다. 한 평론가의 말처럼 이 이유를 밝히는 것 자체가 하나의 문학사적 과제라고도 할 수 있다. 이호철이 줄곧 문학을 '고수'할 수 있었던 것은 그에게 있어 문학이란 '자기동일성 확보'를 위한 필사적인 노력의 소산이었기 때문이라고 할 수 있다.[1] 이러한 자기동일성 확보의 일환으로서의 문학이란 작가 이호철에게 꼬리표처럼 따라 다니는 '실향민 의식'과도 상통한다. 그러나 이호철에게 '실향민 의식'이란 단순한 감상주의나 공허한 휴머니즘과는 그 출발에서부터 차원을 달리한다. 등단작 「탈향」의 세계는 "얄팍한 인정주의, 돌아갈 기약 없는 고향에의 그리움으로 눈물이나 짜고 있는 감상주의와 결별하고 단독자로"[2] 서는 과정으로, 이는 이호철 작품의 "출발의

---

* 문학평론가.

1) 김윤식, 「소설가와 예술가의 갈등 – 이호철의 작품 세계」, 『무너앉는 소리』, 청계, 1988.

시간"이다. 이호철 작품 세계의 출발점이 바로 이 '탈향'의 순간, '실향민 의식'에
내재한 감상주의와 공허한 휴머니즘과 결별하고 '고향 없음'의 이 현실에 직면하는
순간에서 시작되었다는 것은 의미심장하다. 그러나 '고향 없음'의 현실에 직면한 작
가는 바로 이 "남한 사회의 '얄팍한 싸가지 없음성'에 대한 견딜 수 없는 혐오감"3)
속에서 가치 지향의 세계로서 '고향'을 되확인 한다. 그러나 이 가치 지향의 세계로
서 '고향'은 '실향민 의식'의 발현으로서의 복고적인 퇴행의식과는 구별될 필요가
있다. 이호철의 작품에서 등장하는 가치 지향적 세계로서 '고향'은 단지 유년기의
기억이나 회고의 형식을 지닌 것이라기보다, 이 얄팍한 '고향 없음'의 세계에 대한
비판적인 준거이자 지향점이 된다. 작가 스스로 자신의 작품 세계의 원형이라고 꼽
는4) 「만조」는 이러한 작가의 가치 지향점으로서 '고향'의 의미를 보여준다.

> 이렇게 창고 속에 사람들을 가두어 넣고 목총을 메고 있는 것이 그 무슨 소꿉장
> 난처럼 여겨졌다. 이런 생각을 없이 하려고 두 눈은 연성산 틈바구니 사이로 내려
> 다보이는 먼 거리의 불빛을 바라보며, 야아 저 불빛 봐라, 저 불빛 봐라 하고 속으
> 로 빠르게 중얼거리기만 하였다. 그러나 그 불빛도 한참을 바라보고 있으면 천지
> 간에 이어지는 데라곤 없이 비천하게 왜자자해 보이고 소꿉 풍경처럼 허황해 보였
> 다. 이쪽 하늘의 성근 별들이 훨씬 육중하고 뿌리가 분명해 보이는 것이었다.5)

전쟁의 와중에서 국군과 인민군이 서로 갈릴 때마다 패를 지어 서로 죽이고 해코
지하는 상황에서 대대로 한 집안의 씨족으로 이루어진 이 마을은 상대방을 창고
속에 가두어 두고 그저 이 상황이 잘 지나가도록, 서로가 해치지 않고 그저 지나갈
수 있도록 지내려고 하지만 항시 긴장은 잠재되어 있다. 이런 와중에 어린 인걸은

---

2) 정호웅, 「서늘한 맑음, 감각의 문학」, 『반영과지향』, 세계사, 1994.
3) 이호철, 정호웅 대담, 「단독자의 삶과 문학」, 『반영과지향』 재수록.
4) "내 작가적 출발은 바로 이 계열의 주인공에서부터 비롯되었다고 볼 수 있고 내 작가생
   활은 「만조」에서 시작되었다고 하겠다. 그런 만큼 이 계열의 주인공은 나로서도 가장 향
   수를 불러일으키는 세계이다. 내 작품세계가 어떻게 변모해 가든지, 그 변모의 '바로 미
   터' 구실을 이 계열의 주인공이 내보인다 할 수 있다."(이호철 「내 작품의 주인공들」, 『산
   이 울리는 소리』, 정우사, 1994).
5) 「만조」, 작품집 『문』(민음사, 1981)에서 재인용.

사람들이 갇힌 창고 속에 들어가 "요즈음의 마을 사정을 지껄이고 어랑타령을 부르고 하면서" 거드럭대기까지 한다. 전쟁이라는 상황이 초래한 상호간의 대립을 일시적으로 해소하는 인걸의 '천진난만함'은 거리의 불빛을 왜소하게 만드는 육중한 뿌리를 간직한 하늘의 별들과 대응된다. 이러한 인걸의 천진난만함은 폐쇄된 상황성으로 가득 찬 전후문학의 '보편적인' 특질들과도 구분되며, 이 천진난만함이 작품을 이끌어 가는 주된 시점이 아닌 하나의 지향적 세계의 단편으로 드러난다는 점에서 판단을 유보할 수 있는 어린 아이의 눈을 통해 전쟁과 분단의 현실을 조망한 성장소설의 형식과도 구분된다.

가치 지향점으로서 '천진난만한' 세계의 '구체상'이 드러나는 것은 이호철의 대표작이자 그의 작품세계의 전, 후기의 분할점으로 평가되는 「판문점」6)에서이다.

눈이 왔다.
눈에 묻힌 판문점은 장난감처럼 동그만하고 납작해 보였다.

판문점을 처음 방문하게 된 진수는 출발을 앞둔 날 "밤새 판문점에 쫓겨다니는 꿈"을 꿀 정도로 판문점이라는 대상에 대해 분단체제에 사는 일상인들이 누구나 느끼는 미묘한 공포감을 갖고 있었다. 그러나 진수의 판문점 행을 꺼림칙해 하는 형과 형수의 태도에서 진수는 자신이 느낀 감정과는 또 다른 묘한 "이역감"을 느낀다. 또한 판문점 행 버스 속에서 외신기자들의 시시껄렁한 대화들을 들으며 진수는 그것과는 또 다른 "뚜렷한 이역감"을 느끼게 된다. 막상 판문점에서 진수는 그 곳에서 벌어지는 일이란 그저 어수선하고, "진지하게 우울한 표정으로" 서로 형식적인 고함이 오가는 "민족의 에너지를 쓸데없이 좀먹는" 작태라고 느낀다. 그러한 판문점의 형식적인 진지함과 대조적으로 진수는 다소 위악적인 제스츄어로 북에서 온 여기자와 말싸움을 벌이는 데, "남쪽 사람과 북쪽 사람이 여기서 만날 때 으레 짓는 그 경계와 방어 태세가 껴묻은 표정으로" 자신을 피해 가는 그녀의 뒷모습을 보며 "기집애, 조만하면 쓸만한데, 쓸만해"하며 혼자 씁쓸히 미소짓는 진수의 모습

---

6) 1961년 『사상계』, 3월호, 작품집 『문』에서 재인용.

은 "악착같이 정연한 논리로 쓸모 있게 사는 것"이 오히려 서로에게 장벽만을 안겨준다는 작가 의식의 단면을 보여준다. 진수에게 서로가 만날 수 있는 가능성은 이쪽의 덕지덕지한 것과 저 쪽의 맨 몸뚱이를 모두 털어버리고 모든 것을 하나로 감싸는 비나 눈의 통합력과 같은 어떠한 원초적인 통합의 세계에서이다.

> 생철지붕이 와랑와랑 와라랑 하자 울부짖던 스피이커 소리가 멀어졌다. 대뜸 땅 위엔 보얀 빗물 안개가 서리고 하늘과 땅이 그대로 굵은 물줄기로 이어졌다. 순간 회담 장소 안에 앉은 사람들도 일제히 밖을 내다보며 눈이 휘둥그래졌다. 굉장한 소나기군. 모두 이렇게들 생각하는가 보았다. 그 놀랍도록 일률적인 표정이 기묘한 역설을 느끼게 했다.

인간이 만들어 놓은 빛의 세계가 원초적인 뿌리를 간직한 별에 의해 그 의미가 왜소해지듯이(「만조」), 인간이 그어놓은 경계와 상호간의 장벽은 비라는 자연의 섭리 앞에서는 그 나뉨 자체가 무색해진다. 그러나 이러한 점이 이호철 작품에 드러나는 가치 지향적 세계가 자연의 충만함이나 생명력으로 환원된다는 것을 의미하는 것은 아니다. 그에게 있어 이러한 본원적인 통합의 세계는 현재의 분할과 분열, 소통되지 못함을 넘어 선 새로운 질서의 창조의 문제이자 그 질서의 성격을 상징하는 것이다. 물론 그것은 새로운 질서에 대한 상징 이상도 이하도 아니라는 점에서 이호철 문학의 특색이 있다. 그는 이러한 새로운 질서의 상징으로서 '고향'을 그 상징적 의미 이상으로도 이하로도 확대하지 않는다. 새로운 통합의 세계, 새로운 질서의 상징으로서 '고향'은 현실에서 충족되지 못하는 근원적인 소망의 투영물일 뿐, 낭만적 회귀의 대상이 되지는 않는다. 그러나 그 새로운 질서의 가능성이 여전히 상징성으로만 존재한다는 점은 한편으로는 이호철 작품이 역사적 전망이 부재하다거나[7], 소시민적 일상의 한계를 점검하는 작업만을 되풀이하는 아쉬움[8]을 남긴다는 타당한 지적을 받는 요인이 된다. 그러나 이러한 한계에도 불구하고 이호철의 작품이 갖는 미덕은 이러한 가치지향으로서 '고향'의 상징성이 항상 치열한 현

---

7) 권영민, 「닫힘과 열림의 변증법」, 『문 / 4월과 5월』, 청계, 1989.
8) 백낙청, 「작가와 소시민」, 작품집 『문』, 민음사 1981.

358

실 탐구의 결과로(전제조건이 아닌) 도출된다는 점이다.

즉 이호철의 작품이 논리의 영역을 넘어선 본원적인 통합의 세계에 대한 가치 지향을 내포한다고 했을 때, 그 지향은 성급히 논리화할 수 없는 삶의 교활함을 포착하는 작가의 치열한 산문정신의 결과라고 할 수 있다. 이호철의 작품세계는 특정한 시대에 대한 의식적 접근보다는 살아져왔던 삶을 '있는 그대로' 재현함으로써 살아감의 당대적 존재양상을 재구하는 것이[9] 특징적이라고 할 수 있는 데, 분석적, 논리적 접근보다는 "직감에 와 닿는 낌새만으로 그려"[10]내는 그의 창작 방법은 논리의 그물에 포괄되지 않는 삶의 물줄기를 그러안는 장점을 지니기도 한다. 논리화될 수 없는 삶의 교활함의 낌새를 포착함으로써 삶의 한 복판에서 한 발자국도 벗어나지 않는 작가의 창작 방법의 특징이 바로 이 삶의 얄팍함을 넘어선 새로운 삶의 가능성을 징후로서만, 상징으로서만 내비치게 하는 것이다. 따라서 앞서 살펴본 가치 지향의 세계로서의 '논리'를 넘어선 통합의 세계는 그의 치열한 현실 탐색과 분리될 수 없는 본질적 요소가 된다. 작가는 스스로 자신의 이러한 경향을 "소설가 속에 다소간 동서하고 있는 예술가"라고 표현한 바 있다.

> 상상력이라는 것은 절제가 없는 법이고 논리가 곧이곧대로 좇아가다가는 그 상상력의 불씨는 결국 사그라지고 만다. 무한한 융통성, 내재하는 자유, 종횡무진한 비약, 이것이야말로 소설가들이 사수해야 할 최후의 보루이다. 그러나 그 이전에 소설가가 할 일은 소설가라는 凡夫의 새삼스러운 확인이고 이런 확인 속에서 새삼 할 일이 많아지고 부지런해질 수 있는 것이다. [……] 소설가가 예술가를 짐짝으로 여기고 팽개칠 때 그것은 亡兆다. 남는 것은 바삭바삭하게 건조한 논리의 무더기뿐이다. 그러나 짐짝으로 여기건 안 여기건 예술가는 소설가와 더불어 집요하게 도사리고 있기 마련이다.[11]

---

9) 임규찬, 「'판문점', '소시민', 그리고 '큰 산'」, 『소시민』, 한국소설문학대계, 동아출판사, 1995.
10) 이호철, 정호웅 대담, 앞글.
11) 이호철, 「소설가의 자세」, 『사상계』, 1965, 현대한국문학전집, 신구문화사, 1981 재수록.

작가 스스로 말한 바와 같이 이호철의 작품 세계는 이러한 '소설가'와 '예술가', 즉 논리의 세계와 논리에 포섭되지 않는 세계가 공존하면서 다소간 대결하기도하고, 모순되기도 하고, 때로는 어느 한 편이 우세한 양상을 보이기도 한다. 그러나 이호철 문학의 진수는 바로 이러한 두 세계가 상호 모순적이면서도 상보적인 모습으로 공존하는 작품들이라고 할 수 있다.[12)]

2. 고향 없음과 주인 없음의 '동일성'

전쟁의 고통이 우리들의 피부에 달라붙어 우리의 낮과 밤을 더럽히고 있다. 많은 사람들은 중립주의적인 정치에서 피난처를 찾고 있다. 그러나 이러한 무의식조차 고통을 야기시킨다.(안토니오 네그리 / 펠릭스 가따리)

결국 이렇게 그들은 누구인가를 기다리고 있는 셈이었다. 늙은 주인은 맏딸을, 정애는 아직 한 번도 본 적이 없는 맏시누이를, 영희는 언니를, 성식은 누님을 기다리고 있는 셈이었다. 그러나 사실은 그 누구도 분명하게 기다리고 있다는 의식은 없었다. 도대체 그건 말도 안되는 소리였다. 그저 모두가 막연하게 기다리고 있다고 생각하고 있을 뿐이었다. 그런 것이라도 없으면 한 집안에서 한 가족이라고 살 명분이 없게 되는 셈이었다.[13)]

「닳아지는 살들」은 이후에 발표된 「무너 앉는 소리」, 「마지막 향연」과 함께 『무너 앉는 소리』라는 연작 장편으로 재발간 되었다.[14)] 「닳아지는 살들」은 한 집안의

---

12) 이호철은 최근의 대담에서 자신은 단편에 더 걸맞는 작가인 듯하다고 하면서, 낌새에 의존한 창작법이나 본원적인 '천진난만성'이 자신의 작품세계의 출발이자 근원임을 확인하고 있다. 이는 이전의 소설가와 예술가의 '동서'관계가 예술가의 우위 쪽으로 무게 중심이 이동되고 있는 것이라고 볼 수 있다. 이호철, 정호웅 대담 앞글.
13) 「닳아지는 살들」(1962년 『사상계』 7월호), 「무너앉는 소리」 (1963년, 『현대문학』 7월호), 「마지막 향연」(1963년, 『사상계』, 12월호), 『현대한국문학전집』(신구문화사)에서 재인용.
14) 많은 논자들은 이 연작이 일정한 형식적 성과를 거두었음은 인정되나, 오히려 「닳아지는 살들」이 보다 주요한 작품으로 독자적으로 평가될 필요가 있으며, 이후의 작품들은 일종의 후일담이나 부가적인 차원이라고 평가하는 경우가 많다. 대표적인 경우는 김윤식, 백낙청 앞 글 참조.

응접실을 무대로 자정을 전후한 이 식구들의 막연한 기다림이 구성의 뼈대를 이루고 있다. 사실 이 작품에서는 특별한 행위가 부재한 채, 이 식구들의 막연한 기다림과 시간이 지날수록 점차 가까워지는 '꽝 당 꽝 당' 소리가 작품의 주요한 모티브가 되고 있다. 이북에 남겨둔 큰 딸이 자정에 돌아온다는 비현실적인 '사실'을 앞두고 이 가족들은 항상 이러한 기다림의 의식(儀式)을 되풀이하고 있다. 가족들은 모두 이 기다림이 "말도 안 되는 소리"라는 것을 알면서도 그 기다림을 "한 가족이라고 살 명분"으로 생각하고 실행한다. 이 기다림은 이 가족들을 가족이게끔 하는 구성력이 된다. 동시에 이 기다림에 얽매인 가족들의 삶은 "과거에 얽매인" 삶(「무너앉는 소리」)이어서 가족들을 무기력하고 소모적인 파멸로 이끄는 것이기도 하다. 즉 이 기다림은 가족들을 가족으로써 구성하는 요인이자, 동시에 가족을 파멸로 이끄는 요인이 된다. 그러나 이 기다림의 모순성은 작품의 문면에 드러난 것이라기보다 작품 내에 잠재된 모순적 층위이다. 이 기다림과 동시에 진행되는 "꽝 당 꽝 당" 소리 역시 작품 내에서 상호 모순적인 속성을 띤다. 따라서 이에 대한 평자들의 해석도 상반된 경우가 많다. 대표적으로 천이두는 이 꽝당 소리는 일종의 광물성 소리로서 인간의 개성을 말살하고 주체를 소멸시키는 현대의 메커니즘으로 해석하고, 이에 따라 작품의 주 인물인 영희는 이 집단적 메커니즘에 대한 피해자로서의 자의식을 드러내 보이고 있다고 평가한다.15) 반면 임규찬은 이 꽝당 소리가 "1961년 당시 이 남쪽 세상에서 느끼는 '북쪽'의 소리"였다는 작가의 진술을 토대로, 그 소리는 "일상적 삶의 억압 속에서 그 억압을 뚫고 불쑥 솟구쳐 나오는", 소리이며 "그 속에 담긴 자연의 끌어안음은 본래적 천성의 숨소리이다"라고 상반된 평가를 보여준다.16) 이러한 상반된 평가가 제기될 수 있는 것은 작품 내부에 이 상반된 속성이 잠재되어 있기 때문이다. 즉 작품은 사실상 이 영희 일가의 몰락이 주된 모티브가 되고 있으며 이 일가의 몰락을 부추기는 것이 막연한 기다림이라면, 그 몰락의 징후를 표상하는 것이 바로 꽝당 소리이기 때문이다. 그러나 작품 내의 다양한 차원 속에서 이 기다림은 단지 몰락을 부추기는 것 뿐 아니라, 이 가족이 가족이게끔 하

---

15) 천이두, 「피해자의 미학과 이방인의 미학―'닳아지는 살들'과 '후송'을 중심으로」, 『현대문학』, 1963, 10~11.
16) 임규찬 앞글.

는 구성 요인이 되기도 하는 것으로, 꽝당 소리는 몰락의 징후인 동시에 이 가족들에게 부재한 무엇인가를 암시하고 있는 것이다.

"방 안의 벽 틈서리를 쪼개고" 있는, "기어이 이 집을 주저앉게 하고야 말" 이 꽝당 소리는 이 집의 이중의 부재를 암시한다. 그 소리는 큰딸로 상징되는 근원적인 충일감의 부재이며, 동시에 그 부재로 인해 무너져 가는 이 식구들을 붙잡아 세워줄 새로운 삶의 방식의 부재라는 이중의 부재이다. 그런데 이 이중의 부재는 무엇보다도 이 가족의 구성요소이다. 즉 이 가족은 바로 이 이중의 부재에 의해 구성되어지며, 따라서 이 기다림은 이들을 하나의 가족이게끔 구성한다. 이때 이 가족의 상징성은 이호철이 즐겨 사용하는 '소시민'과 직결된다. 분단체제는 그 속에서 살아가는 이들에게 결락감과 상실감을 유발시키지만(실향민인 경우, 또는 전쟁 체험 세대에게 그 부재 의식은 더욱 강할 수밖에 없는데) 오히려 그 결락감과 상실감이 이 분단체제의 '소시민'들을 그 체제의 주민으로 구성하는 '호명'의 기제가 된다. 이는 레드 콤플렉스가 현재 분단체제 남쪽의 주민들의 강한 결속력으로 자리잡고 있음에서도 알 수 있다. 그러나 이러한 지배적 이데올로기에 포섭된 '주민'들의 주체성이 안정되고 통일된 성격을 구성하는 것은 아니다. 이러한 지배 이데올로기는 항상 그 내부에 모순을 갖게 마련이며, 그 속에서 구성되는 주체 역시 통일되고 안정된 것이 아닌 모순적인 정체성을 갖는다. 따라서 이러한 지배 이데올로기에 대한 전복은 어떠한 새로운 주체들의 '창조'에 의해서라기보다는 이러한 지배 이데올로기의 모순성의 틈새 속에서 찾아질 수 있다. 이호철은 '소시민'의 주체성의 이러한 통일되지 않음, 모순성을 누구보다 적확하게 포착하고 있기도 하다.

이 가족들은 스스로 부재하는 주인(언니)에 대한 기다림에 종속되어 있으면서도 자신들을 규정하는 집의 '주인'에 대해 일종의 적대감을 갖고 있으며, 이로 인해 그 주민됨에 대해 끝없는 혼란에 처해 있다. 자정이 되어 나타난 식모를 가상의 언니로 대체하면서 영희는 "이제 정말 우리 집 주인이 나타났군요."라며 "적의로" 불타는 눈길을 보낸다. 즉 이 가족은 상실된 근원적인 충일감에 대한 기억에 사로잡혀 있으면서, 그 사로잡혀있음에 의해 형성된 정체성의 균열을 스스로 감지하게 되며, 따라서 지금과는 다른 새로운 무엇, 그들이 사로잡혀 있던 것과는 다른 어떤 새로운 질서를 갈망하게 된다. 이때 꽝당 소리는 이 가족들의 사로잡힌 정체성의 모순과 균열의 틈새를 가시화하는 것이다. 물론 이 가족들은 여전히 그 새로운 것, "우리와는 다른 무엇인가 싱싱한 것이 서서히 부풀어서 우릴 잡아먹을 것 같은" 피해의식에 사로잡혀 있다. 그러나 이러한 진술은 작가가 의도적으로 "자꾸자꾸" 강조하는 작가의 의식적인 부가의 작업이다. 즉 작품 내에서 이 가족의 정체성의 모순성과 균열을 그려내는 작가의 작업이 직감적인 것에 의존한 결과라면, 그 가족들을 "쓰레기"로 만들고, 무엇인가 다른 지점에서 새로운 질서가 부각된다는 진술은 작가의 의식적인 차원에서 이뤄지고 있다고 볼 수 있다. 따라서 꽝당 소리 자체도 이러한 두 가지 차원이 뒤섞여 상호 모순적인 해석을 유발하게 된다. 이와 같은 텍스트 자체의 균열 현상은 「닳아지는 살들」, 「무너 앉는 소리」, 「마지막 향연」으로 이어지는 연작 형식 속에서 영희 일가를 바라보는 작가의 시선의 분열에서도 볼 수 있다. 「닳아지는 살들」에서 작가는 돌아오지 않을 언니를 기다리는 의식을 수행하면서 분열되어가는 영희 일가의 삶을 한편으로는 깊은 연민의 시선으로 바라본다. 따라서 이 작품에서는 이 가족을 채워줄 근원적 충일감의 부재와 새로운 삶의 질서의 부재라는 이중의 부재 속에서 갈등하며 분열되어가는 영희 일가라는 소시민의 집의 균열과 새로운 삶의 질서에 대한 이들의 갈망이 여전히 의미있게 그려진다. 그러나 이후의 「무너앉는 소리」와 「마지막 향연」에서는 이들 일가의 몰락의 당위성이 부각되면서 작가의 시선은 뚜렷하게 혐오의 시선으로 변모한다. 「닳아지는 살들」이 영희 일가에 대한 작가의 연민과 혐오의 시선의 교차 속에서 분단 체제의 소시민의 정체성의 필연적인 균열 양상을 포착할 수 있었던 것과 달리 「무너앉는 소리」와 「마지막 향연」에서는 이들 일가의 몰락의 당위성에 대한 강조와, 새로운 삶의 질서는 이곳이 아닌 다른 곳에서 올 수 있다는 작가의 의식적인 의미부여로 인해 이 집의 균열과 틈새는 이 집의 주인들의 삶의 질서에 대한 모색을 위한 '발판'의 의미를 상실하고 단순한 몰락의 징후로만 드러나게 된다. 그런 점에서 이 『무너 앉는 소리』 연작은 이호철의 작품 세계의 이질적인 층위들을 고스란히 간직하고 있는 중요한 텍스트라고 할 수 있다. 실향의식이라는 부재감과 남한 사회의 얄팍함에 대한 혐오감에서 비롯된 또하나의 부재감, 즉 근원적인 충일감의 부재와 새로운 삶의 질서를 찾을 수 없는 부재감이라는 이중의 부재감 속에서 이호철의 작품은 분단 체제의 한국 사회의 모순과 소시민적 삶의 균열을 첨예하게 포착해낸다. 그러나 때로는 이호철의 작품은 이 이중의 부재감 속에서 스스로 균열된 양상을 보여준다. 『무너 앉는 소리』 연작에 나타난 영희 일가에 대한 작가의 연민과 혐오의 시선의 교차에서 볼 수 있듯이 작가는 되돌이킬 수 없는 과거에 사로잡힌 이 집의 부재 의식을 한편으로는 거부하면서 한편으로는 깊은 연민을 드러낸다. 이는 현실적 삶 속에서의 이 집의 의미에 대한 태도에도 마찬가지로 드러나는데 작가는 이들 일가의 몰락의 당위성을 재차 역설하지만 사실 그 역설 속에는 이들 일가의 몰락에 대한 안타까움이 공존한다. 「닳아지는 살들」은 이러한 작가 내부의 상호 모순적인 시선이 교차되고 충돌함으로써 오히려 영희 일가로 상징되는 분단 체제의 소시민의 집의 현주소를 낌새로서 적확하게 포착하고 있다.17) 이 영희 일가로 대표되는 이들 분단 체제의 '소시민'의 집은 그 자체로서 그들의 '집'의 실재태와 잠재태를 동시에 체현하고 있다. 그 '집'의 실재태란 이미 무너지고 있는 모습이라면, 그 잠재태는 그들의 무한한 기다림으로 상징되는 과거의 원초적 집, 현재에 부재하는 원초적 집과 그 현재의 부재를 회복할 미래의 진정한 집을 동시에 함축하고 있다.

> 그 '큰 산'이 그곳에 그렇게 그 모습으로 뿌리 깊게 웅거해 있다는 것이, 늘 우
> 리들 존재의 어떤 근원을 이루고 있었던 것이다.

「큰 산」18)은 하나의 고무신짝을 두고 벌이는 마을의 침묵의 소동을 통해 '큰 산'의 부재가 사람들의 삶을 어떻게 왜곡시키는가를 보여준다.19) 이 동네는 "텔레비

---

17) 이런 점에서 이호철의 문학세계는 소시민이라는 '불안정한 존재'(조동일 「사회적인 변동과 소시민의 생리」, 『현대한국문학전집』, 신구문화사,1981)를 탐구하면서 소시민의 타락과 몰락을 강조하는 『소시민』과 같은 작품보다는 소시민적 삶 자체의 균열을 통해 그 속에서 새로운 삶의 질서를 모색하는 「이단자」 연작이나, 「여벌집」, 「문」과 같은 작품에서 문학적 성과를 찾을 수 있다고 보인다. 『소시민』 역시 전후의 사회적 변동 속에서 타락과 성장의 다른 길을 걷는 이 시대 소시민적 삶의 다면성을 보여주지만 이 작품은 소시민적 삶의 내적 질서에 대한 탐구로는 이어지지 못한채 세태적 측면이 강화되어 있다. 이는 전후의 소시민적 삶을 '타락'으로 일방적으로 규정짓게 되는 작가의 이중의 부재감과 내적 균열과도 밀접히 관련되어 있다고 보인다.
18) 작품집 『문』에서 재인용.
19) 작가는 이 작품의 창작 동기에 대해 다음과 같이 진술한다. "사실은 이 작품은 중산층 문제를 다루려는 의도로 쓴 작품입니다. 60년대말, 소장 사회학자들을 중심으로 중산층

전 안테나가 무성해 있고, 갓 대학 출신의 젊은 샐러리맨 부부가 많이 살고 있는 동네인데도, 한 밤중이면 굿하는 꽹과리 소리가" 끊이지 않는 동네이다. 즉 겉으로 는 합리적입네하고 살지만 실상 그 속은 비합리적 속성들이 공존하는 동네이다. 어 느 날 화자의 집 마당에 허연 남자 고무신짝 하나가 덩그라니 놓여져 있는 것을 발견하고는 이 부부는 이상한 "불길한" "공포감"에 싸여 그 고무신짝을 남의 집 마 당으로 던져 버린다. 화자에게 그 고무신짝은 어릴 적 태평양 전쟁 말엽 고향에서 보았던 고무신짝의 이미지와 결부되어 원초적 공포를 유발하게 된다. 그 공포는 바 로 그가 태어난 이후로 항상 자신의 삶을 지탱해주던 '큰 산'을 처음 상실했을 때의 원초적 공포와 결부되어 있다. 그러나 어찌된 일인지 다음날 그 고무신 짝은 다시 그들 부부의 마당에 얌전히 놓여 있는 것이다. 이제 그 고무신 짝은 이들 부부에게 만이 아니라 마을 사람 모두에게 하나의 '액'으로 환치된 것이다.

그렇게 액(厄)은 이웃 집으로 옮아 보내고, 제 집은 일단 마음을 놓았을 것이다. 그러자 담장 안에 웬 고무신 짝 하나가 떨어진 것을 본 그 집에서도, 그렇게 제 집으로 들어온 액을 멀리는 못 쫓고, 그날 낮이면 낮, 밤이면 밤에, 근처 이웃집으 로 또 던져 버렸을 것이다.

이렇게 마을에는 고무신짝에 대한 공포가 편재하게 되고 이에 따른 자기보존 본 능 또한 편재하다는 사실이 반증된다. 작품 속에서 마을 사람들이 왜 한결같이 이 고무신짝을 액으로 여기는지는 드러나지 않는다. 그저 화자가 내뱉는 "'큰 산'이 안 보여서 이래, 모두가"라는 진술에 함축되어 있을 뿐이다. 그 '큰 산'은 "우리들 존재의 어떤 근원을 이루고 있던 것"이며, "야산을 야산이도록, 강을 강이도록, 이 만한 분수의 들판을 들판이도록, 저렇게 빠안히 건너다 보이는 우리 마을을 우리

<hr>

논의가 활발하게 펼쳐진 적이 있습니다. 내가 보니 별로 신통찮아요. 그래서 '니들이 뭘 아느냐. 자 봐라. 내가 한 번 끝내주게 쓴다'라는 오만한 생각으로 덤벼들었는데, 이게 돼야지. 순 연설만 나오는 겁니다. 고민고민하다 떠오른 것이 고무신짝인데 이걸 꼭 어 디서 본 것 같은 느낌이 들어요."라며, 이 작품의 큰 산을 북한의 김일성이라고 지레짐작 한 간첩 사형수 김모씨의 독후감을 듣고는 "이 양반 이 작품을 자기 식으로 읽었구나"라 고 고소를 금치못했다고 한다. 이호철, 정호웅 대담. 앞 글.

마을이도록, 제 분수대로 제 자리에 쏘옥 들어 앉"도록 해주는 근원이다. '큰 산'은 삶의 질서이자 각자 삶만큼 자신의 주인이 되게 하는 구성 요소인 것이다. 그러나 이 마을의 '소시민'들은 이러한 삶의 질서가 부재한 채, 자신의 삶의 주인이 되지 못하고 공포의 액을 스스로 내파할 힘을 갖지 못한 채 자기 보호벽 속에서 '소시민' 으로 '성장'해 간다. 한편 작가가 텍스트 내에서 말하고 있는 것의 차원을 넘어서 왜 이 마을 사람들이 일개 고무신 짝에 대해 그토록 비합리적인 공포를 갖게 되는 가를 살펴 볼 수도 있을 것이다. 화자에게 그 고무신 짝은 유년의 기억, '큰 산'을 잃어버린 최초의 기억과 맞닿아 있다. 마찬가지로 다른 모든 마을 사람들은 이러한 원초적인 집단적 공포를(따라서 원형이라고 할 수 있는) 갖고 있는 것이다. 이 분단 체 제의 주민들에게 원형으로 자리잡은 공포, 자신의 삶의 질서가 송두리째 뽑힌 원형 적 공포는 다름 아닌 전쟁이라고 할 수 있다. 물론 전쟁은 이 작품이 발표된 1970년 대라는 시점에서 보더라도 이미 20년이 가까운 과거의 일이며, 그 전쟁을 직접 체 험하지 않은 세대들 또한 존재한다. 그러나 그 전쟁에의 공포는 분단체제의 주민들 에게는 하나의 원형으로 자리잡아 되풀이 확인되며 지배 이데올로기에 의해 더욱 강화된다.[20] 결국 이 원형적 공포를 극복하고 자신의 삶의 주인이 되는 것은 이호 철에게 있어 자신의 주인이 될 수 있는 삶의 질서의 회복이며, 그를 위한 자신 내부 의 내파적 힘의 고양에 놓여져 있다.

3. 지금까지와는 다른 방식으로 살고 생각하자

자본주의적 파괴를 아래로부터 침식하려는 영역들에서 수많은 꽃들이 만발하 게 하자. 삶, 예술, 연대 그리고 행동의 수많은 기계들로 하여금 낡은 조직들의 어리석고 경직된 오만함을 쓸어버리게 하자! [……] 그것을 알지도 못하는 상태

---

20) 그러나 단지 이것이 분단 체제의 이 곳에만 국한된 문제는 아니다. 이는 자본주의 메커 니즘의 확대재생산 방식과 밀접한 관련을 맺는다. "제 3차 대전은 이미 시작되었다. 이 전쟁은 "30년 전쟁"처럼 30년 이상이나 계속되고 있다. 언론이 하루도 빠짐없이 "전쟁이 있을 것 같다"고 떠들어댐에도 불구하고 어느 누구도 그것을 인정하지 않고 있다. 그러 나 그것은 자본주의의 재조직화로부터 세계프롤레타리아들에 대한 자본주의의 잔인한 공격으로부터 유래하고 있다." 안토니오 네그리, 펠릭스 가따리 ,「지금까지와는 다른 방 식으로 살고 생각하자」(1984~5), 『자유의 새로운 공간』(갈무리, 1995.)

에서, 그것을 지탱하는 분자적 운동들의 불협화음에도 불구하고 하나의 조직적 결정체가 집단적 주체성들의 방향을 향해서 열리고 있다. […] 지금까지와는 다른 방식으로 생각하고, 살고, 실험하고, 투쟁하라: 바로 이것이, 이미 더 이상 자신을 '자족적인' 계급으로 생각할 수 없으며 사회적 중심성이라는 오만한 신화들과 인연을 끊음으로써 잃을 것이라고는 없고 오직 얻을 것이 있을 뿐인 노동자 계급의 모토일 것이다.(네그리 / 가따리)

「여벌집」21)은 여벌 재산인 C동의 집을 두고 벌이는 부부의 행태를 통해 소시민적 삶의 "은밀한 낌새"를 적확하게 포착한 작품이다.22) 여벌집에 대해 "집 쥔으로서의 오기"로 나가는 아내나 "전세들어 있는 사람의 비굴"로 나오는 셋집 아낙에게서 남편인 '나'는 제 실속 차리기에 정신없는 소시민의 욕망을 보지만 그런 '나'도 그저 약간의 자기 반성을 동반한 동일한 욕망 추구에 빠져 있다. 그것은 "모든 사람들은 모든 사람들이 이 때까지 기대어서 살던 그 모든 사람의 버릇을 그냥 좇아서 살고 있기 때문"이다. 이기적인 무한한 욕망 추구에서 탈피하기 위해서 그들은 지금까지 기대어 살던 그 모든 사람의 버릇을 벗어나 다르게 생각하고 다르게 살 필요가 있다.

「이단자 3」, 「이단자 5」23)는 특히 이러한 다르게 삶에 대한 작가의 시각이 돋보이는 작품이다. 이 두 작품은 모두 상반되는 두 인간간의 관계의 전환에 초점이 맞춰져 있고, 이에 따라 단편에 걸맞는 사태의 전환이 작품의 주된 구성 요소가 된다.

「이단자 3」은 "체력 향상이니 회원 야유회니 하고 설쳐 쌓는" 청산 조기회 회장 곽인석과 그런 패거리들을 떨거지 취급하는 박영재와의 반목 속에서 자신의 삶의 주인됨과 그 주인됨을 통한 질서의 마련이 어떠한 것이어야 하는가를 보여준다. "끽 한데야 조기회" 따위를 하면서 "요즘 세상에 이런 일이나마 자체 내에서 자치적으로 해 간다는 것을 모두가 여간 대견해 하지 않는다는 말이오"하며 자랑을 해

---

21) 『월간중앙』, 1972년 1월호, 작품집 『이단자』, 창작과비평사, 1976에서 재인용.
22) 백낙청 앞글 참조.
23) 「이단자 3」(『창작과비평』, 1973년 여름호), 「이단자 5」(『월간중앙』, 1974년 1월호), 작품집 『이단자』에서 재인용.

대는 곽인석을 영재가 떨거지 취급을 하는 것은 그가 이전에 살던 "180번지의 기억" 때문이다. 그 180번지 동네의 삶이야말로 영재에게는 진정한 '자치'를 구현한 삶이다.

> 흔히 질서니 하지만 사람들 각자가 살고 있는 현장 속으로 깊이 들어가 보고 나서 해야할 소리이다. 이 180번지 일대의 주민으로서는, 이 이상의 어떤 질서를 기대할 수가 있다는 말인가. 그들은 저들 사는 필요만큼의 질서를, 더도 덜도 아니게 필요한 만큼 처음부터 스스로 차려가고 있었던 것이다.

이에 반해 곽인석의 '자치'란 스스로도 새마을 운동이나 서청의 기개 운운하듯이 지배 이데올로기 그 자체이다. 그러나 문제는 이러한 곽인석씨가 영재의 비웃음에 대한 오기로 이 '자치 사업'을 자꾸자꾸 밀고 나가다가 그만 지배 이데올로기의 참을 수 없는 부분까지를 건드리게 된 점이다.

> 그렇기도 하거니와, 파출소에서는 조기회가 조기회로만 운영되기를 원하고 있었을 뿐, 그 이상의 차원으로 이러고 저러고 나오는 것이 귀찮고 시끄러웠을 것이다. [……] 새마을 사업이건, 무엇이건 소정의 루우트를 통해서 소정의 양식으로 이루어져야만 저들로서는 편하고 믿음직하지, 저런 식으로 자체니 자치니 하고 포치고 차치며 들고 나오면 불편해지는 것이다.

이제 곽인석씨는 경찰에 쫓기는 몸이 되어 사라지고 영재는 그런 곽인석씨를 찾아 나선다. 곽인석씨의 '변화'는 그 자신의 의식의 어떠한 변화도 없이, 자신의 의도와는 무관하게 발생한 것이다. 그는 전혀 의식하지 못한 채 지배 이데올로기의 틈새를 비집고 들어간 것이다. 영재는 그런 곽인석씨의 '변화'에 직면하여 "결국은 누구나 자기가 사는 사정 속에서 바로 사는 분수만큼 단서는 있고 길을 열린다는 평범한 사실"을 되확인 한다. 영재 역시 그저 의식만 앞섰지 어떠한 실천도 하지 않는 부류의 인간이었지만 이로 인해 곽인석씨를 찾아 나섬으로써 새로운 전환을 갖는다. 곽인석씨의 의식 없는 실천과 영재의 실천 없는 의식은 이렇게 만나게 된

다. 그러나 그 만남은 '의식 있는 실천'이라는 단순한 변증법으로 환원되지는 않는
다. 작가는 여기서 그 만남은 바로 삶의 우위성 속에서, 즉 자신이 사는 그 삶 속에
서 단서 찾기를 통해 가능하다는 인식을 보여준다. 이는 자기 분수만큼만 행동하면
된다는 상대주의적 논리라기보다 삶의 현장 속에서 찾아지는 단서들, 즉 지배 이데
올로기 바로 그 안에서 그 이데올로기를 내파하는 힘의 가능성을 확인하는 작업이
다. 물론 이는 작가가 여전히 소시민적 삶에 한 발을 들여놓고 있기 때문에 그 소시
민적 논리로부터 완전히 벗어나지 못한 것이라고 평가될 수도 있다.24) 또한 작가의
이상적 모델이 180번지 동네의 기억에서도 드러나듯이 다원화와 분권화에 입각한
반 중앙집권적 형태라는 점과도 무관한 것은 아니다.25) 그러나 소시민적 삶의 논리
바로 그 안에 그 삶의 논리를 벗어날 내파의 힘이 존재한다는 것은 누구도 부정할
수 없는 사실이며, 그 사실의 인정이 다른 새로운 대안적 계급에 대한 부정으로 환
원될 성질의 것은 아니다.

　「이단자 5」는 이러한 삶과 의식의 전환이라는 문제를 분단 문제와 결부시켜 보
여준다. "남북 관계에 무슨 새로운 일만 벌어지면 업 삼아서 전화를 걸어오는" 송
가는 현우 집안의 일종의 골칫덩어리이다. 송가와의 첫 만남은 작가인 현우가 모
일간지에 이북에 두고 온 동생에게 보내는 편지를 실은 직후에 이루어진다. 자신이
현우의 동생일지도 모른다는 송가의 전화를 받고는 현우의 집안은 "갑자기 큰 우
환거리라도 생긴 듯이 불안해"졌다. 현우는 항시 이북에 두고 온 가족과 고향을 그
리워하지만 실상 동생이 나타났다는 '사실'에 공포감을 떨치지 못한다. 그는 그저
"자신이 사는 분수만큼 밖에 남북 관계를 생각하고 있지" 않았던 것이다. 이런 현
우의 면모를 "분명한 의식으로는 아니었을 망정, 그러나 그럴수록 더 첨예한 감성
으로" 파악하고 있는 송가는 현우의 이런 점을 은근히 경멸하고 현우는 이런 송가
가 귀찮으면서도 왠지 쉽게 관계를 끊지 못한다. 반면 송가는 현우와 달리 남북 문
제에 대해 맹목적인 듯하면서도 나름의 논리를 지니고 있다.

---

24) 백낙청 앞글.
25) 이호철은 "중앙 권력과는 별도로 오랜 관습과 유무형의 제도로써 자치적으로 모든 일을
　　합리적으로, 그야말로 완만하게 해결해 나가는 사회"였던 농촌 공동체의 기억은 잊을 수
　　가 없으며 자신이 희구하는 바람직한 사회의 모습은 "민주사회, 다원화와 분권화, 그리
　　고 자유롭고 활달한 개성 발현이 보장되는 그런 사회"라고 밝히고 있다. 대담 앞글.

> 만나고 안 만나고의 차원으로만 접근할 문제는 이미 아니지 않겠습니까. [······]
> 남이나 북이나 막론하고 잘 먹고 잘 지내고 잘 살던 사람들로부터 달라져야 될껍
> 다. 형님부터 말임다. 문제는 그 점임다. [······] 이북의 가족 문제를 이러구 저러
> 구 엄살 부릴 문젠 이미 아니라는 말임다. 전체와 전체를 놓고 그런 단위로 접근
> 해야 함다.

송가의 이러한 타당한 지적에도 불구하고 현우가 그 소리를 "순진한 소리"쯤으
로 치부해 버릴 수 있었던 것은 그가 내심 송가를 집도 절도 없는 떠돌이쯤으로
치부함으로써 부양할 가족이 있는 자신과는 근본 처지가 다르다는 위안을 갖고 있
었기 때문이다. 따라서 현우는 송가를 자신의 가족과 절대 결부시키지 않고 송가와
의 관계를 집 밖의 관계로 한정한다. 그러나 송가 역시 한 가족의 가장임을 안 순간
현우의 자기위안은 부서진다. 그는 송가의 "순진한 소리"가 사실은 그의 삶 깊숙이
뿌리박은 논리였다는 것을 알게 된 것이다. 아내와 함께 집으로 찾아 온 현우를 보
며 송가는 "처음부터 이래야 했던 겁다. 생각이 정말로 비슷하다면 사는 것부터 이
렇게 열려 들었어야지요. 이게 단초인 겁다. 단초랑이요."라며 기뻐한다. 서로 자신
의 기존의 삶의 논리와 사고 방식을 버리고 다르게 살고 생각함으로써 안으로부터
열리는 소통의 관계 속에서 진정한 새로운 삶의 단초는 열리는 것이다. 즉 새로운
삶의 가능성은 밖으로부터 차단되고 이 땅의 주민들은 그 안에 스스로 갇혀 있지
만, 밖에서 잠긴 그 문은 안에서부터 열릴 가능성을 이미 내포하고 있다. 안으로부
터 열릴 문은 바로 그 안에 갇힌 자들이 그 속에서 서로 진정한 소통을 이룰 때
안으로부터 밖으로 열리게 된다.

이러한 열림의 메커니즘은 단편 「門」26)에서 상징적으로 드러난다. 이 작품은 이
호철의 특징인 감각적 포착이 뛰어나게 발휘되고 있으며, 감옥에 갇힌 인물의 심리
의 추이의 포착을 통해 '갇힘' 속에서 '문' 찾기의 과정을 보여준다. 특히 이 작품은
서술자의 개입 없이 의성어와 의태어의 반복적 사용을 통해 인물의 행동을 가시화
함으로써 인물의 심리를 극적으로 제시한다. "절거덕 쇳소리"에 감방에 영문도 모

---

26) 『창작과비평』, 1976년 봄호, 작품집 『문』에서 재인용.

른 채 갇힌 사내는 "엉거주춤"한 태도로 자그마한 소리에도 "화다닥" 놀란다. 완강하게 닫힌 문은 조그만 바람 소리에도 "덜커덩 덜커덩" 소리를 내지만 그 소리는 열림의 가능성보다는 완강한 닫힘을 더욱 상기시킨다. 사내는 그저 안절부절못하면서 절거렁거리는 키이 소리에 아둥바둥 몰두하여 그 소리를 따라 몇 날이고 감방 안을 우당탕거리며 왔다갔다한다. 사내의 '갇힘'에 대한 두려움은 열쇠에 대한 집요한 집착으로 환치되지만 그 집착은 결국 문이 열릴 수 없다는 절망의 표현이기도 하다. 그러나 한 달쯤 이렇게 지낸 어느 날 "옆 방, 옆 방"하며 쿵 쿵 울리는 옆방의 소리와 그 쪽에서 건너온 몇 쪼가리의 반찬에 사내는 더 이상 갇힘을 두려워하지 않는다.

> 이젠 이웃이 생겼다. 사내는 비로소 여간 마음이 든든해지는 것이 아니었고 바
> 로 그 순간부터 사내는 그렇게도 아둥바둥 신경을 곤두세웠던 키이 쪽에는 전혀
> 냉담해지는 것을 느꼈다. 이제 이 정도면 이 생활도 살아낼 만하다, 하고 사내는
> 어금니를 악물었다.

어금니를 악무는 사내의 행위는 노상 "엉거주춤"하고 "기웃기웃"거리고, "소스라치게" 놀라고 "삐쭉" 내다보고 하던 지금까지의 사내의 행동 양식과는 전혀 다른 양식이다. 그는 이웃과의 새로운 소통을 통해 다른 행동 양식을 갖게 된 것이다. 결국 문은 그 문을 잠근 주인의 손에 들린 키이에 의해 열리는 것이 아니라 갇힌 자들의 새로운 행동양식과 사고 방식, 삶의 새로운 질서 속에서 안으로부터 열리게 되는 것이다.

4. 반(反)-동일성으로서 통합의 세계

이호철에게 새로운 바람직한 사회란 바깥으로부터 잠긴 문을 안으로부터 열어내는 새로운 관계성의 창출에 의해 가능하다. 그 새로운 관계성은 '논리'의 영역을 넘어 선 통합의 세계이다. 그 통합의 세계는 이전의 농촌 공동체의 자치적이고 '합리적'인 모습에 대한 기억에서 출발하지만 봉건적 공동체와는 속성을 달리한다. 이

호철에게 통합의 세계는 다원화와, 분권화, 그리고 개성의 자유로운 발현이라는 언급에서도 알 수 있는 바와 같이 상호간의 최저한도의 차이를 전제로 한 사회이다. 물론 이는 작가의 '전체성'에 대한 '혐오'와도 무관하지 않다. 총체성과 다른 의미에서 '전체성'이란 가상적인 것의 동일화(민족, 국가, 이념, 공동체주의 등의)를 통해 인간의 '존재론적 차이'를 무화시키고 결국은 동일성에 의한 억압의 이데올로기로 전환된다. 분단 체제의 주민들은 이러한 가상적인 것의 동일화에 의해 구성되면서, 바로 그 구성의 동일화될 수 없는 모순의 틈새 속에서 분열되어 있다. 그 분열은 때로는 이념 혐오와 극단적 민족주의에의 경도로 나타나기도 한다. 그러나 바로 그 분열 속에서 이 분단 체제의 주민들은 그 동일화 기제의 모순성을 첨예하게 의식하기도 한다. 물론 이호철의 지향이 어떠한 뚜렷한 상을 우리에게 제공하는 것은 아니다. 그러나 그의 작품과 그에 대한 다양한 논의들을 통해 우리는 단지 실향민의 이념 혐오와는 다른 반(反) 동일화로서의 통합적 세계라는 일견 모순적인 듯한 가능성을 스스로에게 제기해 볼 수도 있을 것이다. 한편 작가 스스로도 인정하듯이 그가 여전히 장편에서는 단편에서 보인 것과 같은 '성과'를 보여주지 못하는 것은 '논리'에 포착되지 않는 낌새에 의존한 그의 창작 방법이 그 자체 내에 다양한 진폭을 내포하고 있다는 사실을 상기시킨다. 마찬가지로 反—'전체성'에 입각한 그의 사고 역시 반 동일화로서의 통합적 세계를 위한 하나의 디딤돌이 될 수도 있으나 동시에 방향 없는 무한한 안티 테제로 낙착될 가능성 또한 내포한다. 이는 그의 작품이 현실 비판의 정공법을 보여주는 경우와 세태적 측면과 풍자적인 희화성 사이에서 진동하고 있는 사실과 일치하는 지점이기도 하다.

참고문헌

권영민, 「닫힘과 열림의 변증법」, 『문 / 4월과 5월』, 청계, 1989.
김윤식, 「소설가와 예술가의 갈등」, 『무너앉는 소리』, 청계, 1988.
백낙청, 「작가와 소시민」, 『문』, 민음사, 1981.
이호철 · , 정호웅 대담, 「단독자의 삶과 문학」, 『반영과 지향』, 세계사, 1994.
이호철, 「내 작품의 주인공들」, 『산이 울리는 소리』, 정우사, 1994.

이호철, 「소설가의 자세」, 『사상계』, 1965. 『현대한국문학전집』, 신구문화사, 1981 재수록.

임규찬, 「'판문점', '소시민', 그리고 '큰산'」, 『소시민』, 한국소설문학대계, 동아출판사, 1995.

정호웅, 「서늘한 맑음, 감각의 문학」, 『반영과 지향』, 세계사, 1994.

조동일, 「사회적인 변동과 소시민의 생리」, 『현대한국문학전집』, 신구문화사, 1981.

천이두, 「피해자의 미학과 이방인의 미학」, 『현대문학』, 1963, 10 · 11월호.

안토니오 네그리, 펠릭스 가따리, 『자유의 새로운 공간』, 이원영 옮김, 갈무리, 1995.

들뢰즈, 가따리, 소수집단의 문학을 위하여』, 조한경 옮김, 문학과지성사, 1992.

에티엔 발리바르, 「비동시대성 : 정치와 이데올로기」, 『알튀세르와 맑스주의의 전화』, 윤소영 옮김, 도서출판 이론, 1993.

에티엔 발리바르, 「푸코와 마르크스 : 명목론이라는 쟁점」, 『이론』, 1992년 겨울.

이호철 소설에서의 상황성과 역사성
― [무너앉는 소리] 연작을 중심으로

채호석[*]

1. 「무너앉는 소리」 연작 : 문제의 확인

이호철은 60년대 한국문학의 한 꼭지점이다. 다른 한 꼭지점이 김승옥이라면, 또 하나의 꼭지점은 최인훈이다. 김승옥의 60년대적 감각 혹은 감수성, 그리고 이호철의 역사의식, 마지막으로 최인훈이 보여주는 그 깊은 관념성이 60년대 우리 소설을 구성하는 삼각형이라고 할 것이다. 이 세 사람이 그리고 있는 삼각형이란, 60년대 우리 소설을 보는 일종의 지도, 혹은 프리즘과 같은 것이라고 할 수 있다. 이를 통해 작가들의 위치를 찾아볼 수 있고, 또 작가들이 갖고 있는 색채를 확인할 수 있기 때문이다.

그러나 이러한 삼각형의 구도란 어쩔 수 없이 정적이다. 그렇기 때문에 이 삼각형으로는 변화와 시간성을 잡아내지 못한다. 변화가 미세할 경우는, 그럼에도 그 변화가 중요할 경우에는 더욱 더 문제가 된다. 그렇다면 이 삼각형의 틀에 시간성을 부여하지 않으면 안 된다. 그런데 그 시간성을 부여해야만 하는 작가가 삼각형의 한 꼭지점을 이루고 있는 경우라면 어떻게 해야 할까. 지금까지의 대체적인 연구는 바로 이 지점에서 머뭇거리고 있다.

---

* 문학평론가.

여기에 또 한 가지의 어려움이 있다. 그것은 문학사의 문제, 문학사가 성립되기 위한 거리의 문제이다. 문학사를 위한 거리가 과연 확보될 수 있을까. 다시 말하자면 60년대를 역사적인 시기로서, 60년대를 현재의 '전사'로서 바라볼 수 있을 만큼의 거리가 주어져 있는가.[1] 이 거리의 확보와 미확보 사이에 60년대 문학 연구가 걸쳐 있을 것이다.

이호철의 소설들 가운데 많은 소설들은 60년대적인 소설로 읽히기보다는 동시대적인 소설로 읽힌다. 또 60년대에 발표한 많은 소설들은 리얼리즘적으로 읽히지 않는다. 리얼리즘의 주요한 표지, 곧 시대적 규정성과 그를 드러내주는 디테일이 드러나 있지 않기 때문이다. 그렇기 때문에 '무드의 미학'이니, 혹은 '분위기의 미학'이니, '상황성'의 작품이니 하는 평가가 내려질 수밖에 없다. 그리고 이러한 소설들은 바로 그 동시대적 표지의 부재, 혹은 약화 때문에 동시대를 떠나 자신의 보편성을 주장하고 나선다. 이러한 보편성은 때로는 특정한 시대를 넘어서는 보편성으로 읽힐 수 있기는 하지만, 때로는 바로 그 때문에 탈역사적으로 읽히기도 하는 것이다.

이 글에서는 「무너앉는 소리」 연작[2]을 중심으로 다루려고 한다. 특히 이 연작 가운데 「살들」은 이호철 초기 소설의 대표작 가운데 하나이며, 이호철 초기 소설의 양대 축 가운데 하나이다.[3] 그리고 이 소설로 이호철은 동인문학상을 수상한 바 있다. 「살들」과 그 연작이 중요한 이유는 이 작품이 단지 이호철의 대표작일 뿐만

---

1) 새삼스럽게 60년대에 대한 거리를 말하는 이유는 어떤 측면에서는 지금 우리 시대를 규정하고 있는 많은 부분들이 1960년대에 이미 시작되었기 때문이다. 1990년대를 거쳐 2000년대에 들어서면서 많은 것들이 변하였고, 그리고 이제 더 이상 60년대를, 아니 80년대조차도 동시대로 인식하고 있지 않은 사람들이 많지만, 그럼에도 불구하고 60년대 시작된 경제 개발, 그리고 성장의 신화는 아직도 우리의 삶을 규정하고 있는 것이 아닐까. 90년대 세대들의 앞서가기, 그리고 그 이전 세대의 뒤처짐. 이 사이에 우리 문학 연구가 있을 것이다.

2) 「무너앉는 소리」 연작은 「닳아지는 살들」(62.7), 「무너앉는 소리」(63.7), 「마지막 향연」(63.11) 세 편으로 이루어져 있다. 여기서 저본으로 사용한 것은 1988년에 청계연구소에서 발간한 이호철 전집 3권 『무너앉는 소리』이다. 이하 세 편은 각각 「살들」, 「소리」 그리고 「향연」으로 줄여 쓴다.

3) 다른 한 축은 물론 「판문점」이다. 「살들」과 「판문점」을 김윤식은 각기 예술가적인 소설과 소설가적인 소설로 구분한 바 있다. 김윤식, 「소설가와 예술가의 갈등」, 『무너앉는 소리 : 이호철 전집 3』, 청계, 1988 참조.

아니라, 이호철 소설의 주요한 특징이라고 일컬어지는 '분위기의 미학'과 또 한 축인 역사성, 혹은 분단의식이 이 소설 속에서 결합되어 나타나기 때문이다. 이를 일단 '상황성4)과 역사성의 결합'이라고 해 두자. 이 글에서는 이 두 가지 요소가 어떻게 이 소설 속에서 관계를 맺고 있는가를 살펴보고자 한다.

이호철의 「소리」 연작에 대해 처음 주목한 비평가는 천이두이다. 「살들」에 대한 본격적인 작품론이라고 할 수 있는 「피해자의 문학과 이방인의 문학」에서 천이두는 이호철의 소설들을, 세계 속에서 이방인일 수밖에 없는 존재와 세계 사이의 관계. 곧 "'나'와 세계 사이의 부조리의 대응관계"의 문제를 다루는 작품, 곧 "'나'의 실존적 의미는 무엇인가, '나'를 에워싼 상황과의 관계의 의미는 무엇인가"를 구명하려고 하는 '이방인의 문학'으로 규정한다.5) 이런 전제 아래 천이두는 「살들」에서의 쇠붙이 소리는 현대 메커니즘의 상징이라고 규정한다.

> 이 '응접실'의 숙명적인 몰락을 예언하는 듯한 불길한 운명의 촉수는 다름 아닌 현대 메커니즘이 파생하는 독소적 분위기였다. [……] 현대 사회는 개성으로서의, 자유로서의 인간을 용허하지 않는다. 오히려 그 개성과 자유의 말살을 요구한다.6)

결국 「살들」은 가해자로서의 집단 = 메커니즘, 피해자로서의 개체 = 영희의 자의식의 대응관계로 이루어져 있는 소설이라는 것이다. 개인과 사회의 대립이라는 이분법을 전제로 하는 이러한 판단은 여러 가지 점에서 문제를 가지고 있다. 물론 가장 큰 문제는 과연 밖에서 들리는 쇠붙이 소리를 메커니즘이라고 볼 수 있는가 하는 점이다. 후에 살펴보겠지만, 사실 이 소설 속에서는 이를 뒷받침할 만한 대목이 없다. 오히려 천이두의 글에서 주목할 만한 점은 이 소리를 듣는 인물이 영희라는 사실을 지목한 점이다. 이는 소리의 실체를 밝힘에 대단히 중요한 의미를 갖기 때문이다.

---

4) 이는 권영민이 「닫힘과 열림의 변증법」(『문학사상』, 1989.5)에서 사용한 용어이다.
5) 천이두, 「피해자의 문학, 이방인의 문학」, 『현대문학』, 1963. 10−11, 147쪽.
6) 「피해자의 문학, 이방인의 문학」, 152~3쪽.

천이두는 이후 이호철 초기 소설을 전반적으로 다루면서 이호철 소설의 특징을 '무드의 미학'으로 규정하고, 「삼들」에 대해서는 조금 다른 평가를 내리고 있다.7)

> 이 작품들은 넓은 의미에서 일종의 가족사라고 할 수 있는 성질의 것이다. [……] 말하자면 영희 일가의 몰락은 어제 오늘의 우연적 사실에서 비롯하는 게 아니라, 오랜 세월 사이의 필연적 인과율에서 비롯하고 있는 것이다.
> 이리하여 작자는 의식적이든 무의식적이든, 인간 및 그 상호의 역학관계의 의미를 명백한 역사의식을 가지고 인식하기 시작했다고 할 수 있다.8)

천이두는 이 소설들에서 가족사, 그리고 역사의식을 발견하고 있다. 물론 이러한 가족사 자체가 곧바로 역사의식의 증거가 될 수 있는가에는 의문의 여지가 있지만, 이 소설을 역사적 기록으로 볼 수 있는 단서를 마련해 준다는 점에서 중요한 기술이다.

권영민도 이호철 소설의 전체에서 '분단의 어두운 그림자'를 발견할 수 있다고 한다. 그리고 겉보기에는 그렇지 않아 보이는 「삼들」과 같은 상황성의 작품에서도 이 그림자가 엄밀하게 자리잡고 있다고 보고 있다.9) 「소리」 연작은 상황성의 인식에 관심이 집중되어 있는 소설로 "이들 작품은 모두 소설적 무대와 시간의 폭을 제약함으로써 소설 양식의 내면적 공간의 확대를 꾀하고 있으며, 그 결과로 상황성의 의미를 강조할 수 있도록 고안되어 있"10)다고 보고, 바로 이 연작이 보이고 있

---

7) 김치수는 「관조자의 세계 : 이호철론」(현대한국문학의 이론」, 민음사, 1972)에서 천이두가 말한 '무드의 미학'을 이호철의 관조적 입장으로 해석하면서 부정적으로 평가하고 있다. 곧 이호철의 초기 소설이 비참하고 잔혹한 현실을 대상으로 하고 있으면서도 서정적 아름다움을 느끼게 해 주는 이유가 바로 '관조적 입장' 때문인데, 바로 그 때문에 이호철의 초기 소설에는 주인공들의 존재론적 고민이 없다고 말하면서 부정적으로 평가하고 있다.
8) 천이두, 「묵계와 배신」, 『문학춘추』, 1965.2, 72쪽.
9) 권영민, 105쪽.
10) 권영민, 108쪽. 이러한 해석은 천이두의 해석과 상통한다. 천이두는 이 작품을 장막극의 최종막과 같은 느낌을 주는 소설이라고 한 바 있다. 시간과 공간의 제약이라는 연극적 규범을 철저하게 지켜나가고 있으면서, 갈등이 정점에 달해 해소로 치닫는 소설이라는 것이다. 천이두, 「피해자의 문학, 이방인의 문학」, 149쪽 참조.

는 "역사에 대한 전망이 부재하는 현실은 하나의 단절된 공간"[11] 이 오히려 역사성을 지닌다는 것이다. 하지만 바로 이러한 점 때문에 「소리」 연작은 한계를 갖는다고 본다.

> 이호철의 소설에는 근대적인 리얼리즘의 소설에서 맛볼 수 있는 적나라한 인생과 그 운명적인 전개과정을 만날 수가 없다. 그의 소설에는 영웅적인 주인공도 없고, 파동치는 역사의 과정도 없다. 삶의 총체적인 의미를 구현하고자 하는 소설적 전망도 확인하기 어렵다. 그는 치밀한 묘사와 구도를 통해 상황성의 의미를 극적으로 표출하고 있을 뿐이다.[12]

권영민이 「소리」 연작에 깔려 있는 분단의 그림자를 인정하면서도 이 작품에 대해 비판적인 이유는 바로 이 작품의 닫힌 공간 때문이다. 이러한 평가는 이 소설의 특징을 잘 드러내고 있으면서도 또한 아주 중요한 질문을 던지고 있다. 한 작품을 어떻게 해석할 것인가, 그리고 한 작품의 상징성을 어떻게 이해할 것인가 하는 질문 말이다.

이호규는 「소리」 연작을 "당대 남한 사회의 답답함과 권태로움이 연극적인 상황과 상징적인 소리를 매개로 제시되고 있는 작품"으로 규정하고, 그 속에서 "당대 남한 사회의 현재와 미래에 대한 묵시록적인 작가의 시각"을 발견한다.[13]

> 이 집안의 절망적인 가족 관계와 분위기는 곧 작가가 바라보는 60년대 한국 사회의 모습이다. 인간 관계는 친밀성을 잃어버리고, 사람들은 각자 이해 못하는 자기들만의 이해관계 속에서 서로를 바라보고, 자기의 내면을 결코 겉으로 드러내지 않는다. 그러한 사회는 전망이 없는, 몰락으로 치달을 뿐이다. 60년대 초반 이호철이 보았던 남한 사회는 그렇게 전망이 없는, 허물어져 가는 한 집안과도 같았던 것이다. 그러한 작가 인식은 제목에서 극명하게 드러난다. '살이 닿아지

---

11) 권영민, 110쪽.
12) 권영민, 109~110쪽.
13) 이호규, 「1960년대 소설의 주체 생산 연구」, 연세대 박사학위 논문, 40쪽.

고', 그래서 '무너앉고', 마침내는 '최후의 만찬'을 차릴 수밖에 없다는 절망적 인
식.14)

　바로 이렇게 허물어져 가는 집안을 상징적으로 나타내고 있는 것이 소리라는 것
이다.15) 천이두가 집안을 무너뜨리는 것이 바로 '밖'이라고 말할 수 있는 현대 사회
의 메커니즘이라고 했다면, 반대로 이호규는 현대 사회는 '밖'이 아니라 '안'이라고
말하고 있는 것이다. 이호규는 이 작품에서 선재라는 인물에 주목한다. 선재는 "자
신의 순수성을 지켜 나가기에는 그 집안 곧 당대 사회의 부정성이 너무나 강력"하
지만 그래도 "남한 사회의 탁한 물결 속에 아직 잠기지 않은 순수성을 지니고 있"
으며, 그 때문에 새로운 주체로의 가능성을 지니고 있는 인물이라는 것이다.16)

　　[······] 새로운 주체를 가능하게 하는 힘이란 '자신을 견지하는 것'이다. 그 자
　　신이란 '건강함과 풋풋함'이다. 애초에 자신의 본질을 이루는 그 건강함과 풋풋
　　함을 끝내 지켜내는 것, 그것이 새로운 주체를 가능하게 하는 힘인 것이다.17)

　이상 간략하게 살펴본 여러 논의를 통해서 이 「소리」 연작의 해석에서 논란이
되고 있는 사항들을 확인할 수 있다.
　제일 먼저 문제가 되는 것은 도대체 '소리'가 무엇을 의미하는가이다. 그 소리는,
메커니즘의 상징, 분열과 해체의 상징, 때로는 작가 자신의 말처럼, 당시의 북쪽의
소리로 규정되고 있었다. 어떻게 소리를 규정하는가에 따라 이 집안에 대한 규정도
달라지게 되는데, 한편으로 이 집안을 현대사회의 메커니즘에 의해 점령되어 가는
존재로 보는 입장에서부터18) 현대 자본주의에 의해 규정되고 있는 남한 사회라는
입장19), 혹은 남한 사회가 아니라, 남한 사회에서의 한 특수한 집단으로 보는 입

---

14) 이호규, 41쪽.
15) 이호규, 42쪽.
16) 이호규, 60쪽.
17) 이호규, 65쪽.
18) 이렇게 보는 경우, 이 집안은 때로는 '전근대적' 혹은 현대 이전의 사회를 의미하게 된다.
　　이 집안의 몰락이란, 결국 현대사회의 메커니즘의 전일화를 뜻하게 된다.
19) 이렇게 본다면, 이 집안의 밖(곧 소리가 들려 오는 곳)은 곧 남한 사회의 '밖'이 된다. 이

장20)까지 상당히 넓은 폭으로 자리하고 있다. 실상 이 집안을 어떻게 규정하는가에 따라 이 소설 속에서 부정되는 것, 그리고 암묵적으로 긍정되는 것이 달라지게 된다.

이러한 집안과 소리의 규정은 이 소설 속에 나오는 인물에 대한 규정에도 영향을 미치게 되는데, 가장 문제적인 인물이 월남민인 '선재'이다. 이 선재를 한편에서는 메커니즘의 대변인으로 보기도 하고, 그 반대 입장에서는 이 소설 속에서 가능성을 지닌(물론 그 가능성 또한 상황 속에서 사라지게 되지만) 인물로 평가하게 되는 것이다.

마지막 문제는 이 연작에 어떤 방식으로든지, 당대 사회가 연관되어 있을 터인데, 이 당대 사회의 연관성, 나아가서는 '분단'의 연관성을 어떤 방식으로 이해할 것인가 이다. '닫힌 공간'이라는 상징으로 읽을 수도 있을 것이고, 곧바로 분단의 피해자를 그린 소설로 읽을 수도 있는 것이다.

바로 「소리」 연작이 의미를 지니는 것은 이 소설 자체가 이러한 다양한 해석을 용인하고 있다는 점이다. 미리 말하자면, 이러한 해석의 다양성은 이 소설의 가장 큰 장치이고, 바로 이 점 때문에 이 소설은 언제나 새롭게 읽힐 수 있는 것이다. 더 나아가서 우리와 같은 존재의 삶이라는 것이 단일한 해석을 용인하지 않고 있음을, 우리가 맞닥뜨리고 있는 그리고 살아가고 있는 현실이라는 것이 그렇게 녹녹치 않은 것임을 거꾸로 보여주고 있는 작품이기도 하다. 그렇기 때문에 우리는 이 작품에서 어떤 일관된 해석을 끌어낼 수 없을지도 모른다. 작품이 다양한 해석을 허용할 뿐만 아니라, 그 속에서도 서로 상충되는 부분들을 지니고 있기 때문이다. 어쩌면 한편의 소설이 처음부터 끝까지 일관성을 지니고 있어야 한다는 것은 소설 혹은 문학에 대한 하나의 이데올로기일지도 모른다. 소설 한편의 완결성이란, 소설을 하나의 우주, 단일한 유기체로 생각하는 것이다. 이러한 단일한 유기체로서의 문학, 그리고 더 나아가면 완결성을 지닌 개체로서 생각하는 사고 방식이란, 때에 따라서는 소설의 외부를 인정하지 않는 견해로 나아갈 수 있는 것이다. 그렇다면 소설의 외부를 얼마만큼 인정할까가 다시 문제가 될 터이지만, 이 논의는 다른 자리로 넘기기로 하고, 여기서는 우선 소설이 드러내고 있는 모습을 따라가 보기로

밖에 대해, 이호철은 '북'이라고 직접적으로 말한 바 있다.
20) 이렇게 본다면, 이 집안의 밖은 소시민이라는 특수한 집단을 벗어난 다른 집단을 상정하게 된다.

하자.

2. 「무너앉는 소리」 연작의 '소리', 파국의 징조

「소리」 연작에서 소리는 도대체 어떠한 의미를 지니고 있는 것일까.21) 「소리」 연작에서는 각기 다른, 그러나 엄밀히 연관되어 있는 두 가지 소리가 나온다. 하나는 「살들」에서 반복적으로 나오고 있는, 그래서 이 소설의 진정한 주체라고까지 말해지는 "꽝 당 꽝 당" 하는 소리이다. 이 소리 자체에 대한 정보는 지나치게 제한되어 있다. 그 소리는 "여운이 긴 쇠붙이 뚜드리는 소리", "벌겋게 단 쇠를 쇠망치로 뚜드리는 소리", "그 쇠붙이에 쇠망치 부딪치는 소리", "쇠붙이 소리"라고만 되어 있다.

이 소리에 대한 다른 언급이란, 이 소리 자체에 대한 언급이 아니라, 그에 대한 추정, 혹은 그 소리가 집안의 사람들에게 미치는 영향의 기술에 지나지 않는다. 소리 자체에 대한 정보의 부재는 소리에 대한 의문을 낳는다. 그리고 마지막까지도 이 소리에 대한 더 이상의 정보가 주어지지 않음으로 해서, 다시 말해 이 소리가 무슨 소리인지 작가 자신이 밝히고 있지 않기 때문에 소리에 대한 의문은 더욱 커

---

21) 사실 조금더 근본적인 문제, 하지만 여기서는 해결하기 곤란한 문제는 소설미학적인 문제이다. 왜 소리를 해석하지 않으면 안 되는가 하는 문제. 그것은 이 소설에서 소리는 단순한 소리, 다시 말하자면, 어떤 물질적인 소리, 현실에 존재하는 하나의 현상으로서의 소리로만 해석될 수 없기 때문일 터인데, 어떻게 이러한 가능성이 생기는가의 문제이다. 이 소리는 이 소설 내부에 존재하는 다른 사물이나 인물 혹은 현상과는 구분된다. 밖에 비가 온다거나, 아니면 집안이 어떠한 구조로 생겼다거나 하는 것과는 질적으로 차이가 나기 때문이다. 왜 차이가 나는가. 작가가 끊임없이 소설 속에서 이 소설이 어떤 의미, 단순한 현상 이상의 의미, 곧 하나의 상징적인 현상으로서 이해해주기를 요구하고 있기 때문이다. 이 소리의 단순한 물리적 실체는 그저 쇠붙이 두드리는 소리, 혹은 단 쇠를 쇠망치로 두드리는 소리에 지나지 않는다. 여하간 「살들」은 어떤 면으로 볼 때, 지나치게 많은 정보와 지나치게 적은 정보를 동시에 주고 있다고 할 수 있다. 작품의 해석이라는 것이 한 편으로는 외적인 정보를 바탕으로 하면서도 기본적으로는 작품 속에 주어진 정보의 일정한 재배열이라고 할 때 그렇다는 말이다. 「살들」은 어떤 단일한 코드로 해석해 내기에는 지나치게 많은 정보를 주어, 정보끼리 서로 충돌하고 있는 반면, 또 각각의 코드에 관해서는 지나치게 적은 정보를 주고 있는 것이다. 앞서 말한 평자와 연구자들의 상반된 평가도 기본적으로는 이 때문인 것으로 보인다. 게다가 작가의 말 또한 이 해석의 어려움을 한층 더 높이고 있다. 「살들」에서의 쇠붙이 소리란, 1961년도 당시의 북쪽의 소리라는 것이다. 이 불투명한 말은 해석을 더욱 더 어렵게 하고 있다.

진다. 이 소리에 대한 의문의 증폭이 사실 이 소설을 끝까지 긴장 속에서 이끌어
가는 요소가 되는 것이다.[22]

그렇다면 왜 굳이 쇳소리여야 하는가와 이 쇳소리가 소설의 인물들에게 어떠한
반응을 낳는가에 대해 대답하지 않으면 안될 터이다. 그런데 천이두의 말대로 이
쇳소리가 어떤 메커니즘을 상징한다고 보기는 힘들다. 메커니즘을 상징하기 위해
서는 이 소리는 쇳소리보다는 기계소리인 편이 더 나았을 터이니까 말이다. 쇳소리
를 택한 것은 그것이 자연의 소리가 아니고, 그 때문에 소리가 신경에 거슬린다는
점 때문이라고 보는 것이 조금 더 타당하지 않을까. 메커니즘으로 보기에는 이에
대한 정보가 부족하다.

결국 남는 문제는 이 소리가 가져오는 반응일 터, 누가 이 소리에 신경을 곤두세
우고 있는가가 중요한 점이다. 이 소리에 신경을 곤두세우는 사람은 영희이다. 그
렇기 때문에 영희의 존재를 떠나서는 이 소리의 정체, 의미를 해명할 수 없다.

소설의 첫머리에서 사실상 이 소리의 존재, 혹은 의미는 거의 직접적으로 드러나
고 있다.

> 꽝 당 꽝 당.
>
> 먼 어느 곳에서는 이따금 여운이 긴 쇠붙이 뚜드리는 소리가 들려왔다. 밑 거
> 리의 철공소나 대장간에서 벌겋게 단 쇠를 쇠망치로 뚜드리는 소리 같았다.
>
> 근처에 그런 곳은 없을 것이었다. 그렇다면 굉장히 먼 곳일 것이었다. 굉장히
> 굉장히 먼 곳일 것이었다.
>
> 꽝 당 꽝 당.
>
> 단조로운 소리이면서 송곳처럼 쑤시는 구석이 있는, 밤중에 간헐적으로 들려
> 오는 그 소리는 이상하게 신경을 자극했다.

---

22) "이 작품에 일관하는 극적 긴장감은 어디서 오는가? 멀리서 들려오는 <꽝, 당, 꽝, 당>
　　하는 쇠붙이 소리에서 비롯하고 있다."(천이두, 「피해자의 문학, 이방인의 문학」, 151쪽)
　　; "이 작품을 구성하고 있는 기본 원리이자 육체는 물을 것도 없이 이 쇠붙이 뚜드리는
　　소리이며, [……] 기묘하게도 이 환청은 실체이기도 하다. 곧 환청이 그대로 물체, 물질적
　　인 존재로 군림하고 있는 형국이다."(김윤식, 「소설가와 예술가의 갈등」, 『무너앉는 소리
　　: 이호철 전집3』, 청계, 1988, 458쪽).

　　[……]

　　꽝 당 꽝 당.

　　그 쇠붙이에 쇠망치 부딪치는 소리는 여전히 간헐적으로 이어지고 있었다. 밤
내 이어질 모양이었다. 자세히 그 소리만 듣고 있으려니까 바깥의 선들대는 늙은
나무들도 초 여름밤의 바람에 불려서 그런 것이 아니라 저 소리의 여운에 울려
흔들리고 있었다. 저 소리는 이 방안의 벽 틈서리를 쪼개고도 있었다. 형광등 바
로 위의 천장에 비수가 잠겨 있을 것이었다. 초록빛 벽 틈서리에서 어머니는 편안
하시다. 돌아가서 편안하시다. 형편없이 되어가는 집안 꼴을 감당하지 않아서 편
안하시다.

　　꽝 당 꽝 당.

　　저 소리는 기어이 이 집을 주저앉게 하고야 말 것이다. 집지기 구렁이도 눈을
뜨고 슬금슬금 나타날 때가 되었을 것이다. 그리고 향연이다. 마지막 향연이다.
유감없이 이별을 고해야 할 것이다. 모두 유감없이 이별을 고해야 할 것이다.[23]

　　이 대목은 영희의 시점으로 기술되고 있다.[24] 영희는 먼저 이 소리가 방안의 벽
틈서리를 쪼갠다고 생각한다. 방안의 벽 틈서리를 쪼갠다면, 이 소리에 의해서 집
이 균열을 일으킨다는 것이다. 그뿐만이 아니라, 사실 존재하는 모든 것, 심지어 바
람에 흔들리는 나뭇가지까지 이 소리에 의해 움직이는 것으로 느껴진다. 그런데 정
애는 이를 그리 크게 염두에 두지 않는다. 영희에게만 그렇게 느껴지는 것이다. 영
희가 이 소리가 집에 틈을 만들 뿐만 아니라, 존재하는 틈을 벌려 놓는다고 느낄
수 있는 것은 영희가 이 집의 틈을 '먼저' 발견하고 있기 때문이다. 영희는 집안에

---

23) 이호철, 『무너앉는 소리 : 이호철 전집3』, 청계, 1988, 1~2쪽. 사실 이 대목으로 본다면,
「소리」와 「향연」은 이미 예고되고 있는 셈이다. 이 예고된 결말을 그려 낸 것이 「소리」
와 「향연」이라면, 김윤식이 말한 것처럼 뒤의 두 작품은 췌언에 지나지 않을 수도 있다.
물론 이러한 췌언을 쓰는 것이 바로 소설가이기는 하지만 말이다.
24) 「소리」 연작에서 시점의 변화는 대단히 불투명하다. 「살들」은 대체로 영희의 시점으로
그리고 「소리」와 「향연」은 정애의 시점으로 그려진다. 하지만 이는 정확하게 지켜지고
있지 않다. 정확하게 지켜지고 있는 것이 아니라 오히려 의도적으로 혼동하고 있는 듯한
느낌도 든다. 이러한 혼동, 작가의 시점과 인물의 시점과의 의도적인 혼합은 이 소설의
한 특징이라고 할 수 있다. 이렇게 함으로써, 등장 인물이 느끼는 감정은 등장인물의 것
으로서가 아니라, 바로 소설 전체의 것으로 느껴진다.

384

서 틈을 발견하였고, 그리고 그 때문에 불안에 차 있다. 언젠가는 무너질지 모르는 집안에서 그는 자신이 할 바를 알지 못하는 것이다.

소리는 여기서는 행위의 주체이다. 집을 '주저앉게 하고야 말' 소리인 것이다. 이렇게 주저앉게 하는 소리로 느껴지는 것은, 소리가 집을 무너뜨릴 것 같은 영희의 예감이란, 실상 사태에 처해서 아무런 행위도 할 수 없는 자신의 존재, 스스로 문제 해결의 주체로 나서지 못하는 자신에 대한 불안감에서 나오는 것이다. 그러므로 이제 소리는 물리적인 실체이기는 하지만, 그러나 또한 그만큼 심리적인 실체이기도 하다.

이 소리가 어떻게 변하는지 확인해 보자. "서른 네 살. 낯색이 해말갛구. 긴 다리가 바싹 여위구. 낮이나 밤이나 파자마 차림. 음악을 공부한다고 하다가 대학은 미술대학을 나오구. 미국을 두어 번 다녀온 뒤론 취직을 할 염도 않구. 그렇다구 딱히 할 일두 없구. 막연하게 작곡가를 꿈꾸고 있"25)는 오빠에 대한 진술 이후 소리는 살아난다. 집안에 대해, 집안의 미래에 대해 아무런 준비도 하지 않고, 그저 관조하고 있는 존재, 집안을 꾸려나가기에는 너무나 무력한 존재인 오빠를 보고 난 이후, 이 소리는 더욱 커지는 것이다. 이 소리의 커짐이 집안 몰락의 기운과 이어져 있는 것은 이로써 명확하다. 그리고 그것이 심리적인 존재라는 것은 바로 그 다음의 문장이 말해주고 있다. '카바이드 냄새' 그 알싸하고 가슴을 헤집는 듯한 그 낯선 냄새는 바로 광물성의 소리가 가져다주는 느낌이고, 영희가 자신과 집안에 대해 느끼는 느낌인 것이다.

하지만 소리는 항상 이와 같은 모습을 띠고 있지는 않다.

꽝 당 꽝 당.
쇠붙이에 쇠망치 부딪치는 소리는 여전히 계속되고 있었다. 바깥에 나와서 이렇게 술이 취한 선재와 마주 서 있어서 그 쇠붙이 소리는 훨씬 자극성이 덜해져 있었다. 차라리 싱그러운 초 여름밤의 가락을 띠고 있었다.26)

---

25) 『무너앉는 소리』, 5쪽.
26) 『무너앉는 소리』, 9쪽.

꽝 당 꽝 당.

쇠붙이 소리는 어느덧 평범하게 멀어져 있었다. 근육이 좋은 사내가 앉아서, 혹은 서서 뚜드리고 있을 것이었다. 불꽃이 튀기도 할 것이다. 그 근처 뜰에는 사람들이 둘러앉아서 이 거리의 이야기를 하고 있을 것이다. 5월 밤이 익으면 저녁 밥도 적당히 삭아지고, 모여 앉아서 얘기하기가 좋을 것이었다. 담뱃불이 두 서넛 발갛게 타고 있을 것이었다.[27]

영희가 선재와 집 밖 골목에서 서 있을 때, 그리고 영희가 선재가 토하는 것을 도와주면서 "감미가 곁들인 기묘한 서글픔이 전신으로 퍼"질 때, 그리고 동시에 "결국은 이렇게 낙착되고 있구나, 이렇게 되는구나 하고 생각했"[28]을 때, 쇠붙이 소리는 평범하게 멀어진다. 왜냐하면, 집밖이고, 그리고 선재와 함께 있고, 그리고 선재 때문에, 그와 함께 있기 때문에, 누군가랑 함께 있기 때문이다.

그러므로 소리가 날카롭고 신경을 파고드는 소리가 되기 위해서는 두 가지의 조건을 갖추어야 한다. 먼저 영희의 신경이 주위에 대해, 그리고 자신에 대해 날서 있어야 하며, 또한 집안과 집밖이 완강하게 대립되어 있어야 한다. 이 두 조건이 사라질 때, 소리는 더 이상 날카로운 것이 아니다. 그리고 소리는 '거리'의 소리, '집안'과는 대립되는 거리의 소리이라고 보아야 한다. 그리고 그것은 대장간의 소리이면서, 생활의 소리이고, "근육이 좋은 사내"가 보이는 건장함, 그리고 그에 묻어 나오는 건강함의 소리로 느껴진다. 결국 집밖에는 생활이 존재함에 비해 집안에는 생활이 존재하지 않는다는 결론이다. 쇠붙이 소리가 여기서 말하고 있는 것처럼, 생활의, 노동의 건강함의 소리라고 했을 때, 그것이 집안에서 날카롭게 느껴지는 것은, 그리고 집안의 몰락을 가져올 것으로 느껴지는 것은, 게다가 아무 것도 하지 않고 "안경알만 반짝이는" 오빠를 생각할 때면 더욱 자심해지는 이유는 그것이 건강한 생활의 소리이기 때문이다. 그러므로 소리는 물리적인 실체이기 이전에 심리적인 실체이다. 그 소리는 누구에게나 들릴 수 있지만 아무나 들을 수 있는 소리는 아니며, 또한 누구에게나 "뾰족뾰족한" 소리는 아닌 것이다. 그것을 자극적인

---

27) 『무너앉는 소리』, 10쪽.
28) 『무너앉는 소리』, 10쪽.

소리로 느끼는 것은 오히려 그것을 듣는 주체인 것이다.

영희가 선재의 방으로 올라와서 선재에게 안겼을 때, 밖에서 들리던 소리는 이제
퍽 가까이서 들리지만, 그럼에도 불구하고 신경을 자극하지 않는다. 오히려 창이
열려 있음으로 해서, 초 여름밤이 쾌적하게 느껴진다. 선재와 함께 있으면서, 선재
와 심리적 거리를 좁혀 가는 대목에서 소리는 아무런 역할을 하지 않고 있는 것이
다. 이 밖에서 들리는 소리는 집을 무너뜨릴 것이라고 했다. 틈새를 넓힘으로써 말
이다. 틈새는 벽의 틈새이고 물리적인 틈새이지만, 또한 가족들간의 거리, 의사 소
통이 이루어지지 않는 단절이기도 하다. 그러므로 소리는 이 단절을 확인해주는 것
이다. 단절을 확인해주면서, 바로 단절의 확인 때문에 신경이 쓰이는 것이다. 그러
므로 이 소리는 심리적 거리의 심리적 상관물이라고 할 수 있는 것이다. 이 틈새가
완전히 벌어지면 이제 모두가 각자도생하든지 아니면 모두 그대로 죽는 일만 남을
것이다. 거구로 인물간의 심리적 거리가 줄어들 때 소리는 약화된다.

이 소리가 심리적인 실체라는 사실은 다음 작품인 「소리」에서 확실해진다. 「소
리」에서는 이 소리가 안으로 들어와 있다. 그러나 안으로 들어오면서 이 소리는 더
이상 이전에 들리던 소리는 아니다. 소리의 질도, 소리를 느끼는 주체도 달라진다.
무엇이 달라지는가.

---

29) 『무너앉는 소리』, 12쪽.

리였다. 집채 어느 근처에서 나는 소리인지 알 수 없었다. 환청 같기도 하고, 분명한 소리는 아니었으나 [……] 쿵 쿵, 그렇다, 그 그늘진 둔탁한 소리는 두 달 전, 5월 어느 날 저녁의 꽝 당 꽝 당하던 그 먼 쇠붙이 소리가 어느새 슬금슬금 이 집채 안으로 기어 들어와 있는 것인지도 몰랐다. 이상한 일이지만 그 쇠붙이 소리는 그날 밤 하루 밤뿐이었다. 이튿날 저녁부터는 부신 듯이 없어져 있었다. 반짝반짝한 초조로움과 알정한 거리감을 더불고 있던 그 5월 밤의 쇠붙이 소리는 어느덧 이렇게 끈끈하고 그늘진 부피를 더해 이 집채 안으로 수울 들어와 있었다. '집이 울면 집안이 망한다던데' 하고 문득 정애는 생각하였다.[30]

지난날의 밖의 소음은 이제 안으로 들어와 있다. 그리고 그 소리를 느끼는 주체는 영희가 아니라 정애이다. 왜 영희가 아니라 정애인가. 영희가 느끼지 못하는 이유는 그가 결혼을 했기 때문이다. 그리고 이제 그 결혼에 자신의 삶을 묶어가고 있기 때문이다. 영희와 선재가 서로 사랑을 하건 말건[31] 그들은 그 관계 속으로 걸어들어간다. 그것이 최선이 아님을 알고 있음에도 불구하고 그것이 최악의 선택이 아니라는 이유로 그들은 그 관계를 받아들이는 것이다. 그들의 말대로 종국에는 그렇게 낙착된 것이다.

그렇기 때문에 이제 영희의 삶은 더 이상 집을 중심으로 이루어지지 않는다. 집

---

30) 『무너앉는 소리』, 21쪽.
31) 실제로 두 사람 사이의 관계는 사랑이라고 이름붙일 만한 것은 아니다. 오히려 절망의 끝에서 이루어진 어쩔 수 없는 선택, 각자가 서로 그렇게 원치는 않지만, 그러나 어쩔 수 없이 "그렇게 낙착"되고만 결혼이다. 영희가 바라고 있었던, 그리고 선재와 '약혼'한 지금도 바라고 있는 남자의 모습은 오빠의 모습이다. 하얀 피부에 가느다란 손. 그런 귀공자를 꿈꾸고 있는 것이다. 선재는 그와는 완연히 다르다. 그러나 그럼에도 불구하고 선재와 약혼을 하고 끝내는 집까지 얻어 나가기로 하는 것이다. 선재 또한 마찬가지이다. 집 밖에 다소는 멍해보이는, 영희와는 달리 신경이 '무딘' 그런 여자, 선재의 아이를 가진 지 5개월이나 되는 여인이 있는 것이다. 그러나 결국은 영희와 함께 살게 되는 것이다. 이 어쩔 수 없는 선택, 혹은 낙착이 이 소설에서 중요한 대목이다. 이는 주어진 삶에 대한 어떤 긍정과는 다르다. 오히려 절망 끝에 절망을 조금이나마 완화하기 위해서 혹은 그 스스로를 몰아가기 위해서 취하는 행위에 불과하다. 영희와 선재가 그럼에도 불구하고 집을 얻고, 또 자신이 집안의 주인인 것처럼 행세하는 것은 이제 그 관계 속에 자신을 완전히 집어 넣겠다는 의지의 표현이라고 할 수 있다. 그러나 그러한 모습은 아름다워보이지는 않는다. 아니 아름다워보이지 않는 것으로 기술되어 있다. 그것은 사실 바른 방향은 아닌 것이라고 작가는 말하고 있는 것이다.

의 해체에 불안해하던 영희가 이제는 집을 해체하는 적극적인 주체로 나서고 있기 때문이다. 비록 허깨비 같은 존재이기는 하지만, 그래도 아버지가 있는 집이 삶의 중심이 아니라, 선재가 삶의 중심이 되는 것이다. 집의 몰락이란 예정된 파국이다. 그리고 그러므로 이제 집을 무너뜨릴 것 같은 소리는 그에게는 들리지 않는다. 그렇기 때문에 어떤 점에서 「무너앉는 소리」와 「마지막 향연」은 후일담, 췌사에 지나지 않을 것이다. 후일담을 확인하는 것, 그 확인하고자 하는 욕망이 바로 소설가의 욕망이다. 지긋지긋하더라도 뒤를 확인하는 것. 그것이 소설가 아닐까. 시인이라면, 그 파국의 자리에서 멈출 것이다. 파국의 예고로 끝내는 것이 시인이라면, 소설가들은 그 파국을 따라가지 않으면 안 된다. 그것이 아무리 시시한 것이라고 하더라도 말이다. 소설가는 말한다. 이들이 대단히 새로운, 혹은 무게 있는 어떤 것을 갖고 있는 것처럼 보이지만 사실은 아무 것도 아니라는 것을.

소리의 차이는 소리의 질적인 차이고, 그리고 또한 소리를 느끼는 주체의 차이이다. 이제 소리는 '무너앉는 소리'이다. 그것은 행위자가 아니다. 단지 효과음일 뿐이다. 영희가 쇠붙이 소리를 틈새를 벌리는 소리로 들은 것은, 그 소리에 자신의 욕망을 투사하기 때문이다. 이제 완전히 갈라서자는 것. 그 욕망을 전적으로 받아들이지는 못하겠지만, 그래도 그것은 그의 욕망이다. 그리고 그것은 살부(殺父)의 욕망이기도 하다.

> "언니, 정말 빨리 이 집 내놓구 이사합시다. 교외에다가 조그만 집이나 사서
> [……] 전셋집들을 다 내놓아 정리하구. 아버진 하루빨리 세상 떠나시도록 하구.
> 올켄 이혼을 하구……."32)

살부의 욕망이란, 스스로 주체가 되고자 하는 욕망이다. 하지만 정애는 다르다. 정애는 틈을 벌리고 싶어하지 않기 때문이다. 오히려 정애는 틈이 벌어지는 것을 두려워한다. 틈이 벌어지면, 자신의 존재 자체가 위험에 빠지는 것이다. 이제까지 자신을 지탱해온 공간이 사라지기 때문이다. 시아버지의 '그늘' 아래서만, 다시 말

---

32) 『무너앉는 소리』, 7쪽.

하자면 '며느리'로서만 의미를 지니고 있는 정애에게 집의 몰락과 무너짐은 자신의
존재 이유 자체의 사라짐과 동일하다. 정애가 「살들」에서 끊임없이 늙은 시아버지
의 곁에 있는 것, 그의 팔짱을 끼고 있는 것도 바로 그 때문이다. 심리적 일체감,
혹은 자신의 존재 조건의 확인이다.

　그렇기 때문에 정애에게는 소리는 이제 틈을 '벌리는' 소리가 아니라 '무너앉는'
로 바뀌어 나타난다. 이 무너앉는 소리는 물론 집안의 몰락에 대한 불안이라는 심
리의 투사이다. 선재와 결혼을 하고 이미 집을 떠나기로 작정한 영희는 이 집안의
몰락에 대해 더 이상의 두려움이 없다. 그것은 빨리 해치우지 않으면 안될 일인 것
이다. 그렇기 때문에 영희는 아무런 소리도 듣지 못한다. 당연한 일이다.

　　　갑자기 정애가 놀라며 영희의 두 손을 다시 힘주어 잡았다. 새파랗게 질리면서,

　　　[……]

　　　"집에서 무슨 소리가 나요."

　　　[……]

　　　"아씨는 안 들리우?"

　　　정애가 속삭였다.

　　　"난 모르겠어요."

　　　영희가 말했다.

　　　[……]

　　　쿵 쿵.

　　　"저거, 저거 또 들려요,."

　　　정애가 또 자지러지듯이 속삭였다.

　　　"아이, 소리가 무슨 소리유?"

　　　영희가 신경질적으로 큰 소리로 말했다.

　　　"정말 안 들리우?"

　　　"난 안 들려요."

　　　순간 전등이 꺼졌다.[33]

정애는 집안이 무너지는 소리를 듣고 자지러지지만, 영희는 소리를 느끼지 못한다. 어쩌면 듣기를 거부하는 것인지도 모른다. "난 안 들려요."라고 영희는 말한다. 영희로서는 듣고 싶지 않고 들을 필요가 없기 때문에 듣기를 거부하는 것이다.

그러나 소리가 집밖에서 집안으로 들어오고, 그리고 소리를 느끼는 주체가 영희가 아니라 정애가 됨으로써, 「소리」는 「살들」에 비해 현저하게 긴장감이 떨어진다. 이제 갈등을 일으키는 주체가 제거되어 있기 때문이다. 이미 몰락은 확실해진 것이다. 「살들」의 경우, 더 이상 유지될 아무런 이유가 없는 집안을, 오히려 썪어 가고 내려앉아 가고 있는 집안을 벗어나고자 하는 영희와, 그럼에도 불구하고 실질적인 아무런 행위도 할 수 없는 영희 사이의 갈등, 그리고 그 갈등을 선명하게 드러내 주는 쇠붙이 소리의 반복이 긴장을 자아내고 있었다고 한다면, 「소리」에서는 이러한 긴장은 사라진다. 그리고 남는 것은 오직 어떻게 이 집안이 흘러갈 것인가 하는 점일 뿐이다. 실상 정애는 영희의 변화를 통해서 자신의 자리를 찾아나가고자 한다. 하지만 그 노력은 현실적인 행위로 연결되지 않음으로 해서, 소설 속에서는 기껏 남편에게 던져보는 말 이상의 것은 되지 않고 마는 것이다.

김윤식의 말처럼 「살들」에서는 이 소리가 단순한 '환청'이 아님으로 해서, 이 소설이 알레고리에서 벗어날 수는 있었지만, 「소리」에서는 이 소리를 어쩔 수 없이 알레고리적으로밖에는 읽을 수 없도록 되어 있는 것이다. 결국 「살들」의 소리가 「소리」의 소리와 동질적인 것이라고 한다면, 이 심리적 실체 혹은 환청을 실재하는 것으로 그려낸 「살들」은 기법상으로는 놀랄 만한 것이기는 하지만, 그러나 그럼에도 불구하고 그 외의 다른 것으로 읽어낼 수 없다는 점에서 제한되고 있는 것이다. 다른 방식으로 말하자면, 「살들」 이후에 쓰여진 「소리」와 「향연」은 바로 이 점에서는 오히려 「살들」의 열려 있는 해석의 가능성을 좁히고 있다고 할 것이다.

3. 이호철 소설의 상황성과 역사성

이호철 초기 소설의 특징을 가장 잘 짚어낸 사람은 천이두이다. 천이두는 「묵계

---

33) 『무너앉는 소리』, 34쪽.

와 배신」에서 이호철 소설의 특징을 '무우드의 미학'이라고 말하고 있다. 그리고 이 점에 대해서는 대체로 합의가 이루어져 있는 것 같다. 권영민도 "그의 초기 소설은 단편 소설의 양식이 추구하는 상황성의 의미를 극대화하는 데에 성공하고 있다는 점에서, 무드의 미학을 연출하는 스타일리스트로서의 성격을 그에게 부여하도록 한다."[34]고 지적하고 있다.

이들이 지적한 것처럼 이호철의 초기 소설의 특징 가운데 하나는 소설이 행위에 의해 지배되지 않고 상황이 주는 분위기에 의해 지배된다는 점이다. 이러한 상황성은 소설에서 서사를 배제한다. 서사란 행위에 의해 지배되는 것이다. 사건이 존재하고 그 사건의 전후를 기술함으로써 비로소 서사가 이루어진다고 한다면, 그런 의미에서라면 이호철의 소설 속에는 서사가 없다. 이처럼 분위기를 구성하고, 상황을 구성하는 데에서 서사는 커다란 중요성을 갖지 않는다. 단지 분위기를 형성하는 데 도움을 주는 요소이거나, 아니면 객관성의 환상을 불러일으키는 일종의 장치로서만 작동하게 된다.

그러나 이호철 소설 특유의 분위기를 가능하게 하는 것은, 바로 부차적인 것으로 놓여 있는 서사라고 보인다. 그리고 이 서사란, 또한 그 아래 역사를 깔고 있다. 다시 말하자면, 이호철 소설에서의 분위기는, '감추어진 서사=역사'에 의해서만 가능해진다는 것이다. 이렇게 됨으로써 이호철의 초기 소설, 특히 「소리」 연작(그 가운데서도 「살들」)은, 자신이 추방한 것에 의해서만 자신을 규정할 수 있다는 역설이 성립한다.

「살들」의 상황은 이렇다 : 늙은 아버지를 중심으로 식구들이 모여 있다. 아들은 안경을 쓰고 있고, 파자마 차림으로 신문을 읽으면서 코카콜라를 마신다. 이미 오래 전부터 집에 존재하고 있지 않는 맏딸이 밤 12시에 돌아온다고 한다. 그리고 계속 쇠붙이 소리가 들린다.

이것이 전부이다. 이러한 상황은 한 편의 부조리극과 같다. 그야말로 앞뒤도 없고, 밑도 끝도 없는 일종의 부조리극과 같은 상황이다.[35] 왜 맏딸을 기다리는지, 또

---

34) 권영민, 103~104쪽.

35) 이 작품을 놓고 안톤 체홉의 『벚꽃 동산』과 비교하는 논의는 여럿 있다. 안톤 체홉과 비교되는 것은 이 두 작품이 배경으로 깔고 있는 서사 때문이다. 『벚꽃 동산』이 구러시아의 몰락을 한 귀족 가문의 몰락에서 찾고 있는 것처럼, 「살들」 또한 은행장 가족의 몰락을 그리고 있기 때문이다. 물론 이 두 소설 사이에는 많은 차이가 있다. 그러나 그럼에도

아버지를 제외한 모든 사람들이 맏딸이 오지 못할 것이라고 생각하면서도 끊임없이 기다리는지는 알 수 없다. 또 왜 굳이 12시인지도 알 수 없다. 밖으로부터 효과음처럼 소리가 계속적으로 들려 오는데, 그 소리가 무슨 소리인지 알 수도 없다. 그저 맏딸이 온다고 하고, 사람들은 끔찍해하면서도 기다리고, 소리는 사이를 두고, 그러나 계속해서 들린다.

이러한 기본적인 상황 설정에는 어떠한 서사도 없다. 이 소설 속에서의 시간이란 인물의 행위에 의해서 규정되는 것도 아니고, 그렇다고 해서 역사적 시간에 의해 규정되는 것도 아니다. 소설 속에 진술되어 있듯이, 흐르는 시간은 이 속에서 정지한다. 오로지 흐르는 시간이란, 시계의 시침 이외의 것은 아니다. 그럼에도 「살들」이 긴장감을 유지할 수 있었던 것은 바로 알 수 없는 기다림과 끊임없이 들리는 '소리'에 의해서 가능한 것이다. 이 기다림과 소리만으로도 충분한 내적 긴장이 가능해진다. 오히려 그 기다림과 소리가 불투명한 것이기 때문에 긴장은 더욱 팽팽해진다고 할 수 있다. 그러나 이러한 긴장이란, 순전히 형식적인 것이라고 할 수 있다. 이렇게 긴장이 형식적인 것에 의해서 가능한 것일 때, 그것은 그 자체로 어떤 의미를 지니기보다는 하나의 상징, 혹은 알레고리로서 의미를 지니게 된다. 그리고 그만큼 추상화된다.

이러한 면모는 이보다 앞선 소설 「짙은 노을」(58.9)에서도 확인할 수 있다. 이 소설을 간략히 보자 : 삼일 국민학교 뒤에 야산이 있다. 이 야산에 하릴없이 올라오는 경구라는 사람이 있다. 어느 날 남자아이들과 여자아이들이 서로 말다툼하는 것을 본다. 남자아이는 죽여버린다고 말하고 여자아이들은 죽여보라고 말한다. 그리고 경구가 웃으며 남자아이에게 말한다. 마지막까지 해보라고. 그리고 사내아이는 여자아이 하나를 따라가서 그 아이를 죽인다. 그리고 그 말을 듣는 나는 "가벼운 귀염성스러움과 뭔가 시원스러움을" 느낀다. 경구라는 사내는 이 사건과는 아무런 관련이 없는 것처럼 되었고, 그 말을 하면서 익살맞은 미소를 띠었는데, 그 미소가 섬뜩하게 느껴진다는 이야기이다.

불구하고 함께 이야기될 수 있는 까닭은 그것이 한 집안의 몰락, 그것도 역사적인 것처럼 보이는 몰락을 그리고 있기 때문이다. 그러나 이와 같이 정리를 해 놓고 본다면 이 소설은 『벚꽃 동산』이 아니라 오히려 베케트의 『고도를 기다리며』와 같은 부조리극과 더 가까운 모습을 보이지 않을까.

이것이 이 소설 속에서 주어지는 모든 정보이다. 이 밖의 다른 정보는 주어지지 않는다. 이 소설 속에서 고유명사가 나오기는 하지만(삼일초등학교, 경구 등), 이러한 고유명사는 결코 리얼리즘 소설에서의 고유명사, 혹은 엄밀한 의미의 리얼리즘 소설이 아니라고 하더라도, 적어도 실제라는 환상을 불러일으킬 수 있을 만한 그런 표지는 아니다. 그렇기 때문에 이 소설 속에서 고유명사는 아무런 의미도 없다. 이처럼 소설 속에 그려진 대상이 자신의 고유한 속성을 잃어버릴 때, 소설은 이제 보편적인 '무엇'을 대체하는 것으로 읽히게 된다. 그리고 그만큼 탈역사적 혹은 탈시간적 보편성으로서 읽히는 것이다.

또한 「짙은 노을」에서는 행위도 큰 의미를 지니지 않는다. 행위와 사건이 서사를 구성한다고 했을 때, 이 소설의 서사는 살인의 교사와 그에 의해 이루어지는 살인이지만, 그 살인보다 중요한 것은, 살인을 둘러싼 대립, 의도되지 않은 살인 교사, 그리고 그에 의해 어린아이에게서 이루어지는 살인이 이끌어내는 분위기이다. 그리고 이 분위기는, 살인교사자인 경구, 그리고 그 소리를 들은 나의 반응에 의해 더욱 강화된다. 「짙은 노을」에서의 살인이란, 뫼르쏘의 살인이 강한 햇빛이 비치는 백사장에서 짧은 햇빛의 번쩍거림에 의해 이루어지듯이 그렇게 이루어지는 것이다.

이렇게 상황이 주는 느낌이 강조되면서, 그리고 짙어 가는 노을과 무위한 청년과 아이들의 살인이 엮어내는 분위기가 강조되면서, 실상 '살인'이라는 그 위험스러운 행위는 그야말로 사소한 것으로 떨어져버리고 마는 것이다.

이렇게 소설의 배경을 지우면서 소설은 제 연관성을 상실한다. 연관성을 상실한 상황이란, 보편적인 상황으로 인식되기 십상이다. 그러나 그럼에도 이 소설에서 아름다움을 느낄 수 있다면, 그것은 어린아이의 살인과, 그것을 사주하고 바라보고, 그리고 아무렇지 않게 말하는 자의 '익살스러운' 미소와의 병치에서 오는 것이리라. 이를 상황의 미학이라고 할 수 있을지도 모른다. 그러나 이러한 미학이란 아무리해도 탈역사성, 혹은 탈사회성, 이러한 말이 상투적이라면, 지극히 미학적인 것은 아닐까. 그러한 미학 속에서 발견해내는 아름다움이란 또 무엇이겠는가. 이를 예술가적인 면모라고 말할 수 있겠지만, 미학적인 구도 속에서 세상을 바라보고 구성해 내고, 그리고 그 틀 안에서 세상을 이해하는, 또 하게 하는 그러한 자세란 곧 미학주의라 이름 붙일 만한 것이 아니겠는가. 이러한 미학주의, 삶의 미학화라는 것이 갖는 위험성을 우리는 이미 역사에서 보아오지 않았는가.

「삶들」의 경우에서도 우리는 이러한 위험성을 발견한다. 사람들의 삶이 갖는 아름다움이 아니라, 그 삶을 처리하는 방식의 아름다움을 강조하고 있기 때문이고, 그리고 특정한 삶의 방식, 삶의 고통 혹은 즐거움을, 형식 속에서 보편화하는 경향이 있기 때문이다.

그러나 「삶들」은 「짙은 노을」과는 다르다. 「삶들」의 미학, 혹은 상황성을 살려내고 있는 것은 실상 그 상황성이 부차적인 것으로 놓고 있는 역사성이기 때문이다. 다시 말하자면, 이 상황성이란 오로지 그것이 부차화시킨 역사, 혹은 서사에 의해서만 규정되고 있다는 점이다. 그러나 그렇다고 해서 이 소설 속에 역사가 존재하는 것은 아니다. 단지 역사의 그림자만이 존재한다. 그 그림자는 인식되기에는 너무 작은 부분을, 그리고 그냥 지워버리기에는 너무 큰 부분을 차지한다.

「소리」 연작의 시간적 배경은 언제인가. 소설 속에서 언급되는 시간은 5월 하순의 어느 날이다. 그 해가 어느 해인지는 모르지만, 그 5월은 1962년의 5월이거나, 아니면 작가가 말하고 있듯이 1961년의 5월일 것이다.[36) 만일 작가의 발언이 믿을 만한 것이라고 한다면, 그 시점은 5·16 군사 쿠데타 직후이다. 소설 속에서는 5월이 마치 지나가는 말투로 기술이 되고 있다.

> 집안 전체를 통어해 나가는 줄이 끊어지면서 식모는 훨씬 자유스러워지고 활
> 발해지고 뻔뻔해졌다. [……] 부석부석하게 부은 듯한 약간 얽은 얼굴에 짙은 화
> 장을 하고 얼룩덜룩한 원피스 차림으로 외출이 잦았다. 4·19 데모나 5·16 때는
> 하루종일 밖에 나가 있었다. 설마 데모에는 가담 안 했을 터이지만 저자를 보아
> 가지고 들어설 때는 넓은 터전의 냄새를 거칠게 풍기고 있었다.[37)

그러나 이 지나가는 말로 언급하는 밖의 시간이란 실상은 대단히 중요하다. 식모는 "넓은 터전의 냄새를 거칠게 풍기고 있었다." 넓은 터전의 냄새, 4·19, 5·16이

---

36) 이는 이호철이 「삶들」의 소리에 대해, "1961년 당시 이 남쪽 세상에서 느끼는 '북쪽'의
소리"라고 하고 있는 것으로도 알 수 있다.
37) 『무너앉는 소리』, 6쪽.

휩쓸고 지나가는 밖은 집안의 냄새, 혹은 공기와는 완전히 다른, 혹은 대립되고 있다. 이 밖의 냄새가 소설 속으로 들어온다. 사실 이 밖의 냄새란 밖에서 들리는 쇳소리와 다름이 없다. 4·19, 5·16으로 이어지는 역사적 소용돌이가 집밖에서 용솟음치고 있는 것이다.

집안의 고요함과 무위함은 바로 이러한 역사적 시간과 연결됨으로써 비로소 좀더 구체적인 자리로 내려오게 된다. 이 집안이란, 단지 고요함과 무위함을 지닌 공간이 아니라, 거리의 역사로부터 고립된 채 존재하는 집인 것이다. 이 점이 「소리」 가운데에서는 좀더 명확하게 제시되고 있다.

> 바깥은 바람이 세고 노상 소용돌이가 친다. 그러나 시간은 이 집채에 닿아서는 서서히 굼벵이 걸음을 걷다가 무참히도 정지되어 물큰물큰한 열기를 뿜는다. 시간은 그렇게 살이 찌고 부어오르고, 그리고 이 집안 사람들은 지치고, 어떤 사소한 일이건 무겁게 무겁게 감당을 해야 한다.[38]

"바람이 세고 노상 소용돌이가" 치는 바깥이란, 실상 앞에서 말한 것처럼 바로 1960년대인 것이다. 집안은 이러한 집밖에 의해서만 규정되고 있는 것이다. 이러한 역사적 소용돌이, 거친 밖의 냄새는 집안의 사람들에게는 낯설고, 또 어느 정도는 불유쾌하다. 하지만 이러한 소용돌이, 냄새는 또한 매혹적이기도 하다. 누구에게 매혹적인가. 바로 이 집을 해체하기를 원하는 영희의 입장에서 그러하다. 영희는 집안에서 집밖을 꿈꾼다. 그 집 밖을 꿈꾸기란 물론 긍정적인 방식으로 이루어지기보다는 집에 대한 부정이라는 부정적인 방식으로만 이루어진다. 그러나 그럼에도 불구하고 영희는 이 집 사람들 가운데 가장 능동적인 인물이기도 하다. 그의 능동적인 행위가 단지 선재와 실질적 '결혼'을 하는 것으로 제한되어 있다고 하더라도 말이다. 영희를 제외하고는 이 집 사람들 가운데 밖의 존재는 없다.

이 집은 이 집안 사람들에게는 유일한 세계이다. 이 집안이 외부로부터 고립되고 유폐된 공간일 수 있었던 이유는 이 집안 사람들이 외부와 연관을 갖지 않을 수

---

38) 『무너앉는 소리』, 21쪽.

있었고, 또 가질 필요가 없었기 때문이다. 철저하게 유폐된 공간, 세계로부터 단절된 공간으로서의 집. 이러한 유폐가 가능했던 이유는 무엇일까.

　여기서 비로소 아버지의 존재가 드러난다. 아버지는 일선에서 물러난 은행장이다. 이 집이 철저하게 유폐된 공간일 수 있었던 것, 아니 집안 사람들이 세계로부터 물러나 집안에 칩거하고 살아갈 수 있었던 것은 바로 아버지가 갖는 힘, 경제적 힘에 의해서이다. 아버지가 지닌 경제적 힘과 권위가 무너지기 시작하였을 때, 이 집안의 붕괴도 시작된다. 그 붕괴를 막고 있는 것은 최소한으로 남아있는 아버지라는 존재이기 때문이다. 「살들」에서 아버지가 끊임없이 여전히 '주인'으로서 그려지고 있는 것도 그 때문이다. 그리고 그 아버지의 단 하나의 존재이유처럼 그려지고 있는 '기다림'을 모두 마치 자신의 기다림처럼 가지고 있는 것이다. 맏딸이 돌아올 수 없음을 알면서도 여전히 아버지를 따라 맏딸을 기다리는 것은, 가족의 해체, 아니 철저하게 고립된 왕국으로서의 집의 해체를 두려워하고 있기 때문이다. 그러므로 아버지를 제외한 다른 가족들의 기다림의 자세란, 실상은 집안의 몰락을, 그리고 이제 스스로 주체가 되지 않으면 안 되는 가족 개개인들이 자신들의 행위를 유예하는 것에 지나지 않는다.

　이러한 기다림을 견디지 못하는 존재, 스스로 주체로 서고자 하는 존재가 바로 영희이다. 영희는 한편으로 집안의 몰락을 두려워하면서도 또 한편으로는 집밖에 대해 매혹적인 시선을 던지고 있는 것이다. 물론 영희가 할 수 있는 일이란, 스스로 자신의 밖을 찾는 것이 아니라, 가장 가까운 곳에서 그 가능성을 찾는 것이었고, 그리고 그것은 선재와의 실질적인 결혼이었다.

　하지만 영희의 이러한 시도는 어느 새인가 실패로 돌아가게 된다. 밖의 냄새를 어느 정도 유지하고 있는 선재의 변화 때문이다. 선재는 어느 순간에서부터인가 이 집의 분위기에 적응하기 시작을 하고, 그리고 그 순간부터는 더 이상 '풋풋함'을 가지고 있는 존재가 아니라 집안의 분위기에 싸여 자신도 모르게 집안 사람들과 닮아 가는, 더 이상 구분이 되지 않는 존재가 된다. 이 밖의 냄새는 밖에서 들려오는 소리와 일정한 연관이 있다. 밖의 소리가 안의 소리로 변하였을 때, 그리고 안의 냄새가 더 이상 밖의 냄새로부터 방어될 수 없을 때, 영희가 알지 못하는 사이에 선재와 결혼하고, 그리고 선재를 따라, 밖의 기준에 따라 행동하기 시작했을 때 그

때 소설은 끝이 난다 .아니 결말로 향하여 급속도로 진전되기 시작한다.

  그렇다면 아버지의 기다림은 또 어떤 것인가. 「살들」에서 맏딸이 북으로 시집을 갔다는 것은 중요한 사실이다. 북으로 시집간 딸이 돌아오기 위해서는 분단되어 있는 남북이 다시 합치는 방법밖에 없다. 바로 이 점에서 이 소설은 분단소설로 읽힌다. 그러나 분단의 상처를 그리고 있는 것은 아니다. 오히려 일상 속에 개재되어 있는 분단을 그리고 있는 것이다. 이 분단은 이들의 삶 전체를 지배하고 있다. 일상에 개재한 분단이라고 말할 수 있을까. 이 기다림이 그냥 막연한 기다림이 아니라 구체적인 기다림이라는 점, 그리고 그 기다림을 야기한 것이 바로 분단이라는 역사적 사건이라는 점에서 이 소설에 다시 역사성이 개입하게 된다.

  그러나 이 기다림이란 또 누구의 기다림인가. 그것은 아버지의 기다림이다. 다른 사람들은 이 기다림의 포즈만을 취하고 있을 뿐이다. 아버지가 기다림의 주인이라면, 다른 사람들은 그의 조연일 뿐이다. 그렇기 때문에 이 기다림은 이중적인 성격을 띠게 된다. 아버지의 기다림은 세상으로부터 절연된 사람의 기다림이고, 그리고 세상으로부터 한 발 물러선 사람의 기다림이다. 아버지는 세상에서 은퇴하였고, 그리고 귀를 먹었다. 그는 「살들」에서는 여전히 주인이지만, 「소리」 이후에서는 더 이상 주인의 위치를 갖지 않는다.[39) 아버지의 기다림은 분단에서 오지만, 그 기다림, 분단의 영향이라는 것은 이제 더 이상 커다란 의미를 갖지 않게 되고 만다. 분단은 서서히 매일의 삶에서 물러나고 있는 것이다. 그 다음의 세대란 더 이상 기다림을 갖지 않는 세대이고, 그리고 분단에서 자유롭고자 하는 세대이다. 그렇다면 이 소설 연작은 어떻게 분단이 일상 속에서 자신을 드러내는가, 그리고 어떻게 일상에서 물러나는가를 보여주는 소설이라고 할 수 있다. 그리고 일상에서 분단의 그림자가 사라지는 이러한 양상은 월남민인 작가에게는 고통스러운 것일지도 모른다.[40)

---

39) 바로 이 때문에 「살들」과 「소리」(그리고 「향연」)는 연작이기는 하지만, 사실은 다른 소설이기도 하다. 두 소설은 같은 상황을 배경으로 하고 있지만, 두 소설의 갈등은 서로 다른 것이기 때문이다. 「소리」 이후에서는 더 이상 아버지의 기다림이란 의미를 갖지 않는다. 그것은 영희가 선재와 결혼하여 집안의 주도권을 행사함으로써 끝나고 만다. 이제 기다림은 더 이상 중요한 것이 아니다. 단지 기다림이 아니라, 기다림의 주인에게 매달려 있던 정애의 존재 정립이 문제가 될 뿐이다.
40) 이호철에게서 분단이 다시 문제가 되는 것은 이후 소설에서는 아주 다른 방식으로이다. 「문」이 그 대표적인 작품이라고 할 수 있다.

이 지점에까지 이르러서야 선재라는 인물이 부차적인 인물에서 주요한 인물로 떠오른다. 월남민 선재. 선재는 또한 「소시민」의 주인공이기도 하다. 월남민이란 이중적인 존재이고 그리고 경계인이다. 그들은 북에서 자발적으로 밀려난 인물들이지만, 그렇다고 해서 남쪽에 쉽사리 정착할 수 있는 인물도 아니다. 그들은 이 사회에서 이방인으로 존재한다. 이 이방인으로서의 월남민은 남과 북을 동시에 비추어 줄 수 있는 인물이다. 그들에게서 어떤 새로운 가능성을 찾을 수 있는가가 문제가 아니라 그들이 이방인으로서 존재한다는 것 자체가 바로 분단을 말해준다고 할 것이다.

월남민으로서의 선재는 현대 사회의 메커니즘에 철저하게 귀속된 인물이라고 할 수는 없다. 그는 끊임없이 자신의 존재에 대해 부정할 수밖에 없는 존재이고, 또한 경계인이기 때문이다. 그러나 그렇다고 해서 현대 사회/남한 사회의 부정성을 벗어버릴 수 있는 새로운 주체의 성격을 지니고 있는 것도 아니다. 오히려 문제는 이 '선재'가 실상 소설 속에서는 그리 커다란 위치를 가지고 있지 않다는 데 있다. 선재는 주동적인 인물이 아니라 이 소설 속에서는 하나의 배경에 지나지 않는다. 그러나 그가 존재함으로써 비로소 이 소설은 의미를 갖게 되는 것이다. 선재는 아버지의 기다림과 동일한 선상에 있는 것이다. 아버지의 기다림이 없다면 선재는 소설 속에서 아무런 위치를 지니지 않는다. 선재가 월남민이라는 사실 그 자체가 선재를 이 집안에 있게 만드는 조건이다. 그리고 선재는 이들 모두를 비추어주는 거울로서의 역할을 하고 있다.

그리고 그는 끊임없이 이 소설 속에서 안과 밖의 경계를 무너뜨리는 사람이다. 영희가 선재에게 끌린 것이 선재가 바깥의 사람이라는 점이라고 한다면, 선재는 거꾸로 자신의 안정된 삶, 남한에서의 정착을 위해서 영희와 관계를 갖는다. 둘 다 철저하게 계산된 것은 아니기는 하지만, 그렇다고 해서 그들의 결합을 상대에 대한 순수한 애정은 아니기 때문이다. 오히려 곳곳에서 이 두 인물은 자신의 선택이 어쩔 수 없는 것이라고 변명하고 있다. 그들의 최선의 선택이 아니라, 차악의 선택이라는 것이다. 안에서 경계를 뚫고 밖으로 나가고자 하는 영희의 욕망과 자리잡고자 하는 선재의 욕망이 만나서 얽히는 것이다. 이 두 욕망은 서로 얽혀서 적당한 지점에서 멈춘다. 그리고 그것은 하나의 독립된 가정을 꾸리는 것이면서 동시에 집안을 해체하는 것이다.

그런데 이 집안의 해체란 이중적일 수밖에 없다. 하나는 유폐된 공간에서의 삶, 세상과 절연된 삶이 더 이상 불가능해졌다는 것이고, 이제 그들이 어떠한 방식으로든 남한의 세계 속에서 그 시민으로 살아갈 수밖에 없어졌다는 것이다. 그리고 그것은 또 한편으로는 아버지 세대가 가지고 있는 그 기다림이 더 이상 불가능해졌을 뿐만 아니라, 그로부터 지탱되어오던 가족의 관계가 해체된다는 것이다. 그리고 그것은 그들을 규정짓고 있던 분단 상황으로부터 스스로 떨어져 나오는 것이다. 그러나 이러한 분리란, 실상은 영희가 꿈꾸고 있는 모습과는 전혀 다른 것이기도 하다. 영희는 소리를 통해서 집안의 균열을 감지하고 있었고, 그리고 집안의 분열은 그 안에 가족간의 관계의 해체를 의미하는 것이었다. 서로가 서로에게 아무런 의미도 없는 존재로서 단지 한 집안에서 살아가는 것은 무의미한 것으로 느껴졌던 것이다. 그렇기 때문에 선재와 관계를 갖는 것이지만, 그러나 이로써 결과된 것은 결국은 가족의 철저한 해체에 다름 아닌 것이다. 그렇기 때문에 이 집안을 유지하는 것, 아니면 이 집안을 해체하고 각자 자신의 살 길을 도모하는 것 모두 긍정성을 띠고 있지 못하게 된다. 그것은 결국은 그 기다림으로 부정할 수 있었던 현실을 긍정하는 것에 지나지 않기 때문이다.

이처럼 「소리」 연작에서의 '분위기의 미학'이란 실상은 철저하게 역사적인 것에 의해서 규정되고 있는 것이다. 이 소설 속에서 메커니즘을 읽어낼 수 있었던 것도, 그리고 분단의식의 그림자를 읽어낼 수 있었던 것도 모두 이 작품이 드러내고 있는 역사성과 상황성의 결합, 아니 역사성에 의해서 비로소 가능해지는 상황성 때문이라고 할 수 있을 것이다. 그리고 이 점이 이호철 소설이 지니는 고유함이라고 해야 할 것이다.

4. 새로운 가능성 혹은 관념성

이호철의 「소리」 연작에는 다양한 대립항들이 존재한다. 그것은 안과 밖과 같은 형식적인 대립항이기도 하고, 또 역사성을 띠고 있는 대립항이기도 하다. 어떤 점에서는 이 작품 자체가 상황성과 역사성의 대립을 드러내고 있기도 하다. 그리고 이러한 모습이 이호철이라는 작가를, 아니 「소리」 연작을 우리 문학사에서 특이한 존재로 남게 만드는 것인지도 모른다.

그러나 우리가 좀더 살펴보아야 할 것은 이 소설 속에서 이러한 다양한 대립항들이 전적으로 고정되어 있지 않다는 점이다. 영희의 날섬, 소리를 날카로운 쇳소리로 받아들였던 날섬이라는 것은, 무위하게 오직 맏딸을 기다림으로써만 생명을 부지해 가는 아버지, 무력하게 콜라나 마시고 신문이나 보는 그러한 오빠에 대한 거부감, 왠지 모르게 오빠에 대해 짓찧어놓고 싶은 심정에서 오는 것이지만, 곧 그와 대립되는 생활, 건강한 남성의 쇳소리, 건강한 노동에 대한 열망에서 오는 것이기는 하지만, 그가 선재와 함께 그 생활 속으로 들어갔을 때, 그 생활이라는 것은 그렇게 건강한 것도 아니었고, 또 그가 부정했던 부서져 있는 집안을 묶어주는 것도 아니었다는 사실이다. 그리고 그렇기 때문에 오히려 더욱 더 악착해지고, 그리고 주인인양 행세하고, 쓸데없는 경쟁심만 생기는 것이다. 그가 바랐던 생활을 하게 되었을 때, 그는 그가 원하였던 방식으로 살아나가는 것은 아니다. 전자를 관념으로서의 생활이라고 한다면, 후자는 아마도 자본주의 남한에서의 생활이라고 할 수 있을지 모르겠다. 그렇기 때문에 이러한 영희의 변화라는 것은 여전히 가족이라는 것을 하나의 은신처, 보호처, 그리고 유지되어야 할 것이라고 생각하는 정애로부터 비판받는 것이 아닐까. 선재와 함께 하나의 가정과 생활을 만들면서, 그리고 그들만의 집을 만들면서 영희가 보이는 모습이란 결코 바람직한 것으로 소설 속에 나타나지 않기 때문이다.

바로 이 점에 이 연작의 마지막 대목이 지니는 문제성이 있다. 이 소설의 마지막에서 이제까지 거의 아무런 역할도 하지 않던 존재가 가장 큰 힘을 발휘한다. 바로 식모이다. 그는 이 소설 속에서 아무런 역할을 하지 않으면서 그럼에도 소설 곳곳에서 이들을 바라보고 평가하는 존재이다. 이 집안의 단 하나의 예외적인 존재, 결코 이 집안 식구일 수 없는 존재인 식모는 이들을 끊임없이 평가하고 바라본다. 식모는 독자가 이들의 삶과 생각과 느낌 속으로 빨려들지 못하게 하는, 이들로부터 거리를 갖게 만드는 존재이다. 식모를 통해서 이들과의 거리가 비로소 형성된다. 그리고 「소리」 연작은 결국 이 식모에 의해서, 그리고 그와 동일한 외부의 존재에 의해서 결말 맺어진다.

시뻘겋게, 건강하게 생긴 인부들 중의 한 사람이 문패를 확인하고 초인종을 눌
렀다. [……]
"저 어디서 오셨어요?"
"쓰레기 치러 왔소. 쓰레기 치는 사람이오."
하고 인부 가운데 한 사람이 익살로 말하였다. 그러자 문이 열리고 식모가 내
다보고 반색을 하며 웃었다.
"이사짐 나를 사람이에요?"
하고 물었다.
"쓰레기 치러 왔다니까."
인부들은 문 앞에 선 채 모두 건강하게 웃고 있었다.
10월의 하얀 볕이 뜰에 내려 붓고 있었고, 집안은 고요했다. 모두 아직 잠이
들어 있는 것이었다.
어느새 인부들은 바지가랑이들을 걷어올리고 집안으로 들어가고 있었다.[41]

소설 「마지막 향연」의 마지막이다. 그리고 연작의 마지막이기도 하다. 「닳아지
는 살들」에서 시작하여 「무너앉는 소리」를 거쳐 「마지막 향연」에 이른 일련의 이
야기의 끝이기도 하다. 이 끝에서는 선명한 대비로 시작된다. 먼저 향연을 끝내고
아침까지 잠들어 있는 집안 사람들. 그들이 잠들어 있는 것은 죽은 것과 마찬가지
이다. 그들은 어제부로 죽은 것이다. 그런데 반면 인부들은 시뻘겋고 건강하게 생
겼다. 그들에게는 건강함이 있고, 밝음이 있고, 그리고 '익살'이 있다. 이 익살의 존
재는 대단히 중요하다. 왜냐하면 이 소설 속에서 집안에 있는 인물들은 모두 웃음
을 잃어버린 존재이기 때문이다. 웃음을 웃는 사람은 '식모'밖에 없다. 그러나 식모
는 안의 사람이 아니라 밖의 존재이다. 이 죽어 있는 집에 이제 마지막으로 건강한
인부들이 시뻘겋게 그을린 얼굴로 웃으면서·식모와 말을 나눈다. 그들은 '쓰레기'
를 치우러 왔다고 한다. 물론 이는 '익살'이다. 그러나 이 익살은 인부들에게는 익
살일지 모르나 소설을 읽는 독자에게는 섬뜩한 말이다. 왜냐하면 이제 어제의 향연

---

41) 『무너앉는 소리』, 53쪽.

402

의 여파로 아직 자고 있는 사람들은 모두 '쓰레기'이기 때문이다. 그들이 이 세상에서 할 역할은 모두 끝났다. 하나의 가족이 더 이상 아닌 것이다. 그렇기 때문에 그들은 이제 인부들에 의해 치워질지 모른다. 그들이 치워지건 그렇지 않건 그들이 쓰레기로 규정되는 것은 마찬가지이지만 말이다. 이는 사실 이제까지의 모든 행위, 모든 갈등이 사실은 아무런 의미도 없다고 선언하는 것이다.

이러한 선언이 도대체 무엇을 의미하는가는 이 소설의 내부로부터는 해석될 수 없다. 그것을 노동의 건강함이라든가, 아니면 지식인의 허위의식에 대한 비판이라든가, 더 나아가 건강한 '민중'으로부터의 비판이라고 말하는 것은 지나친 해석일 것이다. 이제까지의 지나치게 어둡고 음습한 닫힌 공간, 그리고 저녁 이후의 어두운 공간과 대립되는 지나치게 밝고 '건강한' 공간의 의미를 따져보는 것은 작품론의 한계를 넘어선다. 왜냐하면 그것은 작가론의 영역이기 때문이다. 다만 덧붙일 수 있다면, 이 소설 속에서 이 지나치게 밝고, 건강한 공간이란, 소설 전반을 지배하던 어둡고 음습하고 불건강한 공간만큼은 현실성을 갖고 있지 않다는 정도일 것이다. 이 집안을 지배하던 어둠과 음습함과 불건강성과 그리고 몰락의 느낌이라는 것은, 적어도 1960년대 초의 우리 역사의 한 풍경일 수 있지만, 그에 비해 식모와 이삿짐 일꾼들의 건강함이란 결코 실체를 갖고 있는 것이 아니기 때문이다. 그들은 이 소설 속에서 바깥의 존재가 아니다. 이 소설 속에서 밖이란 바람이 불고 또한 소용돌이치는 공간이기 때문이다. 이들이 밖의 존재이기에는 이들은 그 소용돌이의 냄새를 풍기고 있지 않다. 그렇기 때문에 이들은 소설 속에서 안도 아니고 바깥도 아니고 그렇다고 경계에 있지도 않은 그러한 존재이고, 그만큼 관념적인 존재이다. 이 관념적인 존재의 실체를 어떻게 확인하고 그려내는가는 이호철에게 부과된 아니 우리 문학사에 부과된 과제일지도 모른다. 그 한 실험이었던 80년대의 문학이 실패한 지점에서는 더욱 그러하다. 80년대의 문학 속에서도 여전히 그들은 관념이었기 때문이다.

비대한 풍속, 왜소한 이념
— {소시민}론

구모룡[*]

먼저 표제에 의문이 간다. 한국전쟁 당시 피난지 부산의 삶을 서술하면서 하필 소설의 표제를 '소시민'이라 했을까. 소설의 표제가 텍스트 해석에 있어서 작가가 부여하는 메타의미를 드러내는 것이라면 텍스트 해석에서 이에 대한 검토를 빠뜨릴 수 없다. 물론 표제를 먼저 검토함에 따르는 부작용도 없지는 않다. 이것이 텍스트의 세목을 접하기 이전에 하나의 선입견을 만들기 때문이다. 그럼에도 이것을 먼저 살피는 것은 이를 통해 작가가 지닌 서술의 입장을 알기 위함이다. 작가는 피난지의 삶을 소시민적 삶이라 규정함으로써 은연중 그 삶과 거리를 만듦과 동시에 그것을 극복해야 한다는 입장을 나타내고 있다. 그렇다면 작가가 규정하고 있는 소시민이란 누구이고 어떠한 삶을 선택하는가?

① 이렇게 지껄이는 김씨의 표정은 역시 그 어느 과거의 관록, 조직 노동자다운 투쟁 관록 같은 것을 보여주고 있었다.

그러나 그도 지난날 그를 떠받들어 주고 있던 모든 발판이 와해된 속에서 이렇게 일개 소시민으로 떨어져 있는 것이었다.(76)

---

* 한국 해양대 교수.

② 나는 그의 조상이 김해 구석에서 한 마지기 한 마지기 땅뙈기를 장만해 가며
소지주의 지체를 확립해 갔듯이, 그도 이 부산 바닥의 완월동 집에서 일단 잡
은 사소한 자기 지체의 소시민적 터전을 악착같이 확대하려 드는 셈이라고 생
각하였다.(88)

③ "정씨도 이젠 아주아주 소시민이 되어 버렸군요. 가장 경멸하고 얕보던 그 소
시민이. 하긴 소시민이란 쓰레기 같은 갖은 잡동사니를, 좋고 나쁜 인간성이란
인간성은 죄다 가지고 있는 것이겠지만."
정씨는 문득 정신을 차리려는 얼굴이 되다가, 도로 또 히죽이 웃었다.
"그렇지 않으면 별 수 있는가?"
"하긴 그렇기도 하겠군. 소시민이란 살기 편할 때는 소시민이지만, 불편할 때
는 엄살꾸러기가 되고, 이판사판인 마당에선 미친 깡패가 되거든. 위에 붙거나
아래에 붙거나 그렇게 붙어서 돌아가게 마련이지. 이를테면 골목 깡패가 되어
서 위쪽을 보호해주거나, 비굴하게 눈치나 살피며 아래쪽에 추파를 던지거나.
[……]"(300)[1]

　　이러한 인용에 의하면 소시민은 대략 다음처럼 정의된다: ① 지녀왔던 세계관을
포기하고 상황의 변화를 따라간다. ② 자기 터전에 집착한다. ③ 현실 세력의 변화
에 민감하다. 우선 이러한 정의만 보더라도 소시민의 개념이 부정적으로 쓰이고 있
음을 알 수 있다. 작가는 이러한 소시민 개념을 서술자나 등장 인물의 서술을 통하
여 처음부터 끝까지 견지한다. 이 점에서 이 소설의 서술은 미리 가정된 전제에서
출발하여 그 전제를 확인하는 과정이라 할 수 있다.
　　전제된 가정에 바탕을 두고 있기 때문에 시점은 대체로 내려다보는 위치에 있다.
화자 '나'가 자전적이라는 정보를 갖지 않더라도 발화의 시점과 태도에 있어서 작
가의 위치에 있음을 알기 어렵지 않다. 다시 말해서 '나'는 이 소설의 다른 인물들

---

1) 이 글의 대본은 이호철, 『소시민·살(煞)』(문학사상사, 1993)이다. 괄호 속의 숫자는 이 책
　 의 쪽수를 의미하고 이는 앞으로도 같다.

을 관찰하고 지켜보는 자이다. 전반적으로 '나'의 이야기로 서술되고 있으나 이것이 이 소설의 주된 줄기는 아니다. '나'의 이야기조차 연쇄적인 삽화로 처리되고 있기 때문이다. 결국 작가가 이 소설에서 이야기하고자 한 것이 '나'의 이야기는 아니라는 것이다.

전기적 정보에 의해 이 소설이 자전적 서술 형태라는 것은 잘 알려져 있다. 그러나 작가가 소설에서 '나'의 인물 형상화에 중점을 두고 있지 않고 '나'를 매개자로 삼고 있다는 점에 유념한다면 자전적 요소가 있음에도 '자전소설'이라 할 수는 없을 것이다. 자전소설이라고 할 경우 '나'에 초점이 놓이고 다른 인물들은 배경이 될 뿐만 아니라 '나'의 변화에 서술의 무게가 놓이기 때문이다. 따라서 이 소설은 작가의 세계관에 비친 소시민들의 삶을 거리를 두고 서술하였다고 할 수 있다. 아울러 소시민을 부정적으로 바라보았다는 점에서 자전적인 '나'를 그들로부터 분리시키려는 자아심리학이 개입하였다고 할 수 있다.

그렇다면 이러한 자아심리학은 어디로부터 연원하는가. 이는 말할 것도 없이 먼저 피난민이라는 특수한 정황에서 유래하는 것이라 할 수 있다. 피난민 의식에 내재한 이중적 질곡은 삶의 뿌리가 뽑혔다는 것과 새로운 상황에 적응해야만 한다는 것이다, 이러한 피난민의 눈에 비친 피난지의 삶이 일정한 거리를 전제한 가운데 그려질 수밖에 없는 것은 당연하다. 더군다나 회상의 관점에서 그것이 생애에서 가장 불행했던 한 시기라 한다면 거리는 더 커지게 마련이다. 작가의 피난민 경험이 이와 흡사한 것이라 보는데, 이러한 경험은 이 소설에서 한 시대를 그리되 그로부터 탈출하는 서술 전략에 의해 대상화된다. 결말(ending) 처리에서 15년을 훌쩍 뛰어넘어 과거와의 연속성과 불연속성을 말하는데 이르러서도 '나'의 변화나 심경은 그리 중요한 것이 되지 못하며 '그들'의 삶이 주된 대상이 된다. 어떻게 보면 '나'는 처음부터 소시민의 자리에 있지 않았다고 말하고 있는 것이다. 피치 못할 사정으로 소시민 속으로 피난하였을 뿐이라는 말이다. 그렇다면 소시민과 다른 '나'의 삶은 어떠한가. 아니면 '소시민'을 극복한 삶은 어떠한가. 이에 대한 답은 이 소설에 없다. 또한 이러한 답을 소설이 해야할 의무도 없는 것이다.

지나간 나날들을 그들 나름으로 저렇게 단순 직절하게 이야기하기는 쉬울 것

비대한 풍속, 왜소한 이념 **407**

이다. 이야기란, 말이란 그런 것이다.(327)

　이러한 서술의 경계(警戒)에도 불구하고 작가 스스로 소시민 규정에 따른 서술 태도의 획일성을 보이고 있는 것은 사실이다. 물론 이러한 지적은 관점이나 태도의 문제이지 서술의 세목 문제는 아니다. 이 소설의 강점은 단연 서술의 세목에 있다. 많은 경우 삽화적으로 처리되고 있는 약점에도 불구하고 이 소설은 한국전쟁 당시 피난지의 삶을 그려낸 소설을 대표한다. 피난지의 풍속을 수묵화 기법으로 그려내었다고 할 수 있다. 피점령지에 모여든 사람들이 보이는 삶의 여러 양상들이 풍속화로 그려진 것이다.

　여기서 이 소설에서 가장 문제가 되는 테마에 접하게 되는데 그것은 풍속의 비대화와 이념의 왜소화라는 현상이다. 피점령지적 삶에서 이러한 현상은 당연하다고 보아야 할 것이다. 당연하게 이념은 금기시될 수밖에 없을 것이기 때문이다. 이는 작품 속에서 '정씨'와 '김씨'의 삶을 통해 증거하고 있는 바이기도 하다. 그런데 문제의 핵심은 이처럼 당연한 현상을 서술하는 작가의 태도에서 찾아진다. 작가는 서술자를 통하여 풍속의 비대화 현상을 시시콜콜하게 그려내는 한편 이러한 풍속에 의한 이념의 죽음이라는 문제를 안타깝게 바라본다. 따라서 풍속과 이념의 대결은 좀체 진지한 국면을 갖지 못하고 풍속의 일방적인 승리로 귀착된다.

　그렇다면 작가의 입장은 풍속의 편에 있는가, 이념의 편에 있는가. 그 어느 편에 있지도 않다는 것이 우선 답이 될 것이다. 작가가 풍속의 비대화와 이념의 소멸이라는 현상 자체에 주목하고 있기 때문이다. 다시 말해서 이 소설이 비대해지는 풍속에 대결하는 이념의 비극적 귀결을 그려내고 있는 것은 아니다. 그리고 이러한 현상을 소설이 씌어진 시점(1964년)에서 이념으로 풍속을 비판하기에 여건이 충분히 성숙하지 않았다는 점을 들어 설명할 수도 있을 것이다. 그렇기 때문에 작가는 이념으로 풍속을 비판하기보다 소시민이라는 하나의 틀 속에 풍속을 가두어버린다.

　이 소설이 보이는 풍속화에서 우리가 깊이 관심을 가지고 읽어야 할 또 다른 테마가 있다면 그것은 한국 사회에 대한 천민 자본주의의 본격적인 상륙이다. 한국전쟁을 한국자본주의 발달과 관련하여 설명하는 여러 시각이 있을 수 있는데 그 가운데 전쟁을 통하여 기존의 가치 기반이 붕괴됨으로써 새로운 가치가 뿌리내리기 쉬웠다는 논리가 있다. 그럴 듯한 이야기이나 뿌리 없는 곳에 내려질 새로운 뿌리가 얼마나 튼튼할 것인가에 관한 질문을 덧붙여야만 보다 타당한 논리가 될 것이다. 이를 제외한다면 한국전쟁이 한국자본주의를 위한 복음이었다는 이해되지 않을 궤변으로 이어질 가능성도 없지 않기 때문이다. 이것은 일본의 침략이 조선에서 봉건제의 와해를 불러오고 역사를 발전시켰다는 희한한 논리를 연상하게 한다. 여하튼 한국전쟁이 한국 사회에 자본주의를 보다 쉽게 뿌리내리게 한 것은 사실이나, 이보다 더한 문제는 그 자본주의가 천민성을 띠게 만들었다는 것이다.

그런데 이러한 천민 자본주의가 가장 먼저 상륙한 곳이 임시 수도 부산이다. 이호철의 『소시민』은 피난지 풍속을 통하여 천민 자본주의의 시발을 그려낸다.2) 이 소설을 통하여 우리는 돈이면 무엇이든 할 수 있다는 천민자본주의의 논리가 팽배해져 가는 현상을 목격할 수 있다. 물론 이를 피난지 삶이라는 특수한 국면과 연결시켜 한시적인 현상이라고 말할 수도 있을 것이다. 그러나 적어도 작가는 천민 자본주의의 상륙을 맥아더의 인천 상륙보다 훨씬 역사적으로 의의 있는 사건으로 인식하고 있는 것 같다. 결말에서 15년이 지난 뒤의 삶도 그리 달라진 것이 없음을 말하고 있는 대목에 이르러 임시수도 부산을 통해 상륙한 천민 자본주의가 수도 서울까지 완전히 점령했음을 알게 한다. 여기서 우리는 하나의 비약을 가정할 수 있는 바, 한국민 전체가 피난민 의식에 사로잡혀 있는 것은 아닌가라는 것이다.

이호철의 『소시민』은 뜻하지 않게 중심이 된 주변부의 삶을 풍속화로 그려낸 작품이다. 한국전쟁 당시 피난지 부산은 임시수도라는 규정이 시사하듯 중심부 역할을 떠맡았다. 피점령 도시였기에 수많은 사람들이 몰려들어 일거에 난장(亂場)이 된 지역이다. 이를 두고 주변부의 한시적인 중심부로의 격상 현상이라고 할 수 있을 것인데 이호철의 『소시민』이 이를 잘 포착하고 있다. 이 점에 이 소설의 의의가 있다. 그러나 이 소설이 그 시대의 본질에 육박하고 있다는 것은 아니다. 이것은 주로 피난민이라는 작가의 자전적 경험이 간섭한 바로, 당시의 시대상황에 분명한 세계

---

2) 나는 이 점이 이 소설의 가장 큰 성과라고 생각한다.

관으로 접근할 수 없었다는 한계이다. 회고 서술인 탓도 있겠으나 당시의 삶을 소시민이라는 틀 속에 가두어 바라 본 것도 당대의 전체성를 설명하는 데 미흡하다. 전반적으로 회색빛 삶이 지배하고 있어 바람직한 가치의 정향성을 찾기 힘들다. 그렇지만 세목들로부터 천민성 자본주의의 운동 모습을 발견할 수 있어 본질적인 문제를 유추할 수 있다.3)

> 모든 상황은 그 상황 자체의 논리를 좇아 뻗어 가는 것이고, 일단 그 상황 속에 잠긴 사람들은 어쩔 수 없이 그 상황의 논리에 휘어들게 마련일 것이다. 이른바 상황의 메카니즘이라는 것이다. 그 상황의 메카니즘이 급한 소용돌이를 이루면 이룰수록 그 속에서 사람들이 변모해 가는 과정도 속도를 지니게 된다.
> 요컨대 그 상황의 메카니즘이 창조적인 것이냐, 해체되는 것이냐에 따라서, 새로운 인격의 유형이 빚어지기도 하고 전면적인 인격의 해체가 야기되기도 한다. 인격의 해체가 가장 빈번하게 일어나는 곳도 바로 그 사회 구조의 해체된 부분에서부터 비롯된다. 구조의 해체가 폭발성을 지날수록 그 속에서의 인격의 해체도 폭발성을 지닐 것은 당연하다.(216)

인용은 서술자의 목소리를 빌어 작가가 말하고 있는 것이라 할 수 있는데 바로 천민 자본주의가 뿌리내리는 과정을 시사하고 있다 할 것이다. 『소시민』은 작가가 전쟁과 자본주의의 상륙으로 빠르게 해체되는 한국 사회를 피난지 부산에서의 삶을 통하여 그려낸 작품이다. 해체 이후의 문제에 대한 논급이 생략되었지만 이 작품이 한국현대소설사에서 빠트릴 수 없는 것임에 틀림이 없다. 그런데 이 소설이 지닌 한계는 작가의 한계이기보다 육체를 지닌 인간의 한계에 다를 바 없는 것이므로 고통의 시대를 살아보지 않은 이로써 쉽게 논박할 성질의 것은 아니라고 할 수도 있다. 이 점에서 이 소설이 고통 속에서 쓴 일기에 바탕을 둔 점을 감안하여4),

---

3) 이러한 내용은 정호웅 교수가 지적한 '희망적인 비관주의'와도 연결된다.
　정호웅, 『한국현대소설사론』(새미, 1996), 154쪽.
4) 1951년초 몇 달 동안 피난 도시 부산의 초장동 제면소에서 일했던 경험을 토대로 삼아
　써낸 작품이다. 다행히 13년의 간격을 두고도, 국민학생용 산술 공책에다 연필 꽁다리로
　틈틈이 끄적거렸던 일기 부스러기가 남아 있어서, 당시의 제면소 분위기며 동료 직공들

고통으로부터 놓여나고자 하는 작가 개인의 값진 정신분석의 산물이라고도 할 수
있을 것이다.

의 윤곽이며, 뿐만 아니라 삽화 같은 것도 많은 도움이 되었다. 이호철, 「작가의 말」, 앞
의 책, 25쪽.

이호철의 『남녁사람 북녁사람』론

김재영[*]

I.

이호철의 『남녁사람 북녁사람』이 우선적으로 우리의 관심을 끄는 것은 이 작품이 한 소년의 인민군 병사 체험을 그의 관점에서 드러내고 있다는 점이다. 그 병사 체험은 실제 전투에는 거의 참가하지 못한 채로 포로가 되어 버리는 짧은 기간의 것이지만, 분명히 전쟁의 한복판에서 이루어지는 것이기도 하다. 이러한 점이 특히 주목되는 것은 단지 쉽게 얻어들을 수 없는 희귀한 이야기이기 때문은 아니다.

인민군은 조선민주주의 인민공화국의 군대이다. 대한민국의 국민들에게 '인민군'은 지금도 여전히 휴전상태에 놓여 있는 적군이다. 대한민국에게 조선민주주의 인민공화국은 국가가 아니다. 단지 반국가 단체일 뿐이다. 조선민주주의 인민공화국에게 대한민국이 갖는 의미 또한 이에서 크게 다르지 않다. 그런 점에서 대한민국과 조선민주주의 인민공화국이 한반도 바깥에서 갖는 의미는 한반도 내부에서는 통용되지 않는다. 대한민국을 인정하는 한 '인민군'이 반국가적인 무장세력 이외의 방식으로 의미화되는 것은 원천적으로 봉쇄되는 것이다.

하지만 이러한 상황은 대한민국이라든가 조선민주주의 인민공화국이라는 각자

---

* 연세대 강사.

가 내세우는 공식적인 명칭을 버리는 순간 단번에 역전된다. 남한과 북한, 남조선과 북조선 또는 이남과 이북이라는 흔히 통용되는 말 속에서 이들은 하나의 반쪽임을 분명하게 드러낸다. 그리고 그러한 성격은 시간을 거슬러 올라갈수록 강화된다. 이 둘의 대립은 남한과 북한에 별개의 정부가 수립되는 것에 의해 공식적으로 이루어진다고 할 수 있지만, 그 대립이 고착화되는 것은 전쟁이라는 비극적 상황을 겪고 휴전체제가 이루어지는 1953년에서부터일 것이다. 이 소설의 배경이 되는 한국전쟁은 분명히 대한민국과 조선민주주의 인민공화국 사이의 대립이 폭력으로 실현된 것이다. 하지만 전쟁이 진행되고 있는 중에도 개별적인 삶의 실상에 있어서 대한민국과 조선민주주의 인민공화국은 하나이기도 하고 둘이기도 한 어떤 것이다. 이 시기에 형은 인민군으로, 동생은 국군으로 전쟁에 참여하는 집안의 이야기는 그리 기이한 것이 아니다. 대부분의 사람들은 체제를 선택했다기보다는 자신들이 살아온 고장에서 삶을 영위했고, 그 곳이 남쪽이었기에 대한민국의 국민이, 또는 그 곳이 북쪽이었기에 조선 민주주의 인민공화국의 인민이 되었다고도 할 수 있다. 남한의 국군이나 북한의 인민군이 되는 과정 또한 이러한 사정에서 크게 다르다고 할 수 없을 것이다. 전쟁의 와중 속에서 한 인물이 북한군에게 잡히면 북한군이, 남한군에게 잡히면 남한군이 될 수도 있었던 것이 당대 삶의 실상이기도 한 것이다. 그렇게 본다면 인민군 병사든 국군 병사든, 대한민국이라든가 조선 민주주의 인민공화국이라는 틀을 전제로 그 개별적인 사람들의 삶에 다가간다는 것은 심히 부당한 것일 수도 있다. 그들 대부분은 남한과 북한조차도 아닌 남녘사람이나 북녘사람 정도의 관계 속에서 생각해야 그 실제 모습이 온전하게 드러날 수 있는 사람들인지도 모른다.

하지만 대한민국이나 조선 민주주의 인민공화국은 하나의 가상이나 허위의식인 것이 아니라 그 안에서 살아가는 모든 사람들의 삶을 간섭하고 규율하는 실체이기도 하다. 개별 인간의 차원에서도 인민군이 된다든가 국군이 된다는 것은 어떤 형태이든 선택의 결과라고 할 수 있다. 그것이 분명히 이념적인 차원에서 이루어지는 것이든, 단순히 자기가 어느덧 소속하게 된 공동체의 논리를 따르는 것이든, 아니면 강제적으로 이루어지는 것이든 하여튼 선택은 이루어지는 것이다. 또 어떠한 방식의 선택에 의해서 그들이 인민군 또는 국군으로 존재하게 되었든, 그들은 이미 대한민국과 조선민주주의 인민 공화국이 형성하는 사회적 관계의 의미망에서 벗어날 수 없는 것이기도 하다.

이 작품이 이러한 두 의미망 중 우선적으로 어디에 근거하고 있는지는 제목이 이미 명료하게 드러내고 있다. 이 작품집의 제목인 『남녘사람 북녘사람』은 상당히 의식적으로, 그렇기 때문에 노골적으로 대한민국이나 조선민주주의 인민공화국의 제도적·이념적 틀로 작중 인물들의 삶에 다가가는 것을 거부하고 있는 것이다. 그러한 밖에서 둘러씌워지는 틀을 벗어버렸을 때 남는 것이 무엇일까? 이 작품은 그것이 사람 바로 벌거숭이의 사람들이라고 하고 있다.

그러한 점에서 이 작품은 작가가 동일한 체험에 근거하고 있다고 말하고 있는 초기 단편 「裸像」에서 그리 멀리 떨어져 있지 않다. 「나상」은 철이라는 인물이 들려주는 한 형제의 이야기이다. "형은 좀 둔감했고 위태위태하도록 솔직했고, 결국 좀 모자란 축이었다."[1] 전쟁이 일어나자 형제는 모두 군인이 되었고, "一九五一년 가을, 제각기 놈들의 포로로 잡혀, 놈들의 후방으로 인계돼 가다가 둘은 더럭 만났다."[2] 그 상황에서도 "형은 주위에 대한 째록한 관심과 놀라움과 솔직성을 여전히 지니고 있"[3]어 태평하다면 태평하게 주변의 밤나무라든가, 날이 저무는 것, 까마귀 떼 등을 보고 놀라움을 표현하곤 하거나, 걸핏하면 울음을 터트려, 다른 포로나 경비병들 또 동생에게조차 좀 모자란 것으로 치부된다. 하지만 저녁 식사 시간에 밥한 덩이를 얻으면, 잠자리에 들 때까지 기다려 그것을 동생에게 나누어주는 인물이기도 하다. 결국 다리에 담증이 있었던 형은 계속되는 행군을 견디지 못하고, 길에서 쓰러져 죽음을 당한다. 그의 동생이기도 한, 이야기를 들려준 철이 나에게 묻는다.

자, 넌 어떻게 생각하니? 형이라는 사람의 그 모자람이라든가 혹은 둔감이라는 것을……. 결국 형의 그 둔감이란 어떤 표준에 의한 의례적인 몸짓이라든가, 상냥스러움, 소위 상대편에 눈치껏 적응하고 또는 냉연(冷然)하고 할 수 있는 능력의

---

1) 이호철, 「나상」, 『현대한국문학전집 8』, 신구문화사, 1965, 318쪽.
2) 윗책, 319쪽.
3) 윗책, 319쪽.

결핍, 이런 것을 두고 하는 말이 아니겠느냐 말이다 ……. 그러나 동생은 그렇지 않았다. 그 표준에 의거해서 생활을 다투어 나가는 마음의 긴장을 잃지 않고 있었다. 결국 그 일정한 표준의 울타리 속에서 민감하다든가 우아하다든가 교양이 높다든가, 앞날이 촉망된다든가 이런 소릴 들을 수 있었다. [……] 그러나 포로로 잡힌 그들 형제 중에서 누가 더 둔감하다고 보겠느냐, 형이냐? 동생이냐? 그 둔감이란 뜻부터가 어떻게 되느냐……? 과연 누가 더……4)

이러한 말에서 이 작품이 던지고자 하는 질문이 무엇인가는 어렵지 않게 짐작된다. 삶에 둘러씌워진 '표준의 울타리' 안에서 이루어지는 삶의 평가에 대한 의문이고, 때문에 그 울타리를 걷어 내었을 때야 비로소 올바로 '사람'이 보이지 않겠느냐는 생각이라고 할 수 있다. 작가가 밝히고 있듯이 이 작품은 스스로 인민군이 되었었다는 사실을 드러낼 수 없었던 시대에 쓰여진 것이다. 때문에 이 작품에서 삶에 덧씌워진 울타리라는 것은 상당한 추상의 수준에서 드러나고 그만큼 포괄적이기도 하다. 하지만 앞에서 이야기했듯 인민군이라는 존재는 그 자체로 우리 삶의 구체적인 사회적 연관을 상기하지 않을 수 없는 것이다. 때문에 그것은 분단과 통일이라는 복잡하고도 미묘한 문제, 그 다층적인 의미망들과 연관되는 것이다.

그런 점에서 본다면 '벌거숭이의 사람'이라는 것이야말로 실제 삶의 모습과는 거리가 먼 하나의 이념, 이데올로기에 불과한 것일 수도 있다. 때문에 이 작품이 벌거숭이의 사람을 드러내려한다 할 때, 이는 작중 인물들의 실체의 문제라기보다 하나의 관점 또는 방법론의 문제라고 할 수 있다. 작가 또한 이러한 점을 충분히 의식하고 있는 것으로 보인다. 그렇기에 이 작품의 제목은 "사람"이 아니라 "남녘사람 북녘사람", "남녘사람 북녘사람"도 아닌 "남녘사람 북녘사람"이다. 특정한 사회적 관계 안에서 사람들은 다른 무늬의 삶을 만들어 간다. 이 작품의 제목은 그러한 '차이'에 대해서도 작가가 깊은 관심을 기울이고 있음 또한 상징적으로 보여주고 있다. 하지만 그 차이 또한 '벌거숭이의 사람', 작중 화자가 종종 사용하는 말로 한다면 '본래적인 사람살이'의 모습을 근거로 해서만 올바로 바라볼 수 있지 않겠느냐

4) 윗책, 326쪽.

는 생각이 곧바로 이 작품의 방법론을 형성한다고도 할 수 있다. 그것은 한 마디로 단순화한다면 체제를 통해서 사람을 보는 것이 아니라, 우선 사람을, 그리고 그들의 사람살이를 통해서 체제를 본다는 방법론이라고 할 수 있다.

때문에 이 작품을 읽어나가는 과정은 작중인물인 '내'가 겪어 나가는 다양한 사람들과 만나나가는 과정이다. 이 때 이 소설의 화자인 '나'의 특성, 어떠한 일에 참여하고 있다기보다는, 온통 모든 관심을 사람에 대한 파악과 판단에만 쏟고 있는 듯한 화자의 특성 또한 쉽게 이해될 수 있다.

2.

이 소설집을 읽어 나가면서 그렇게 가장 처음 만나게 되는 인물은 「헌병소사」에 등장하는 남한의 헌병이다.5) 화자는 울진 지역에서의 전투에서 후퇴 중 포로가 되어 있는 상황이고, 첫 포로 심문을 담당하고 있는 헌병이 그의 눈을 통해서 드러나는 첫 인물인 것이다. '나'에게 그 헌병은 "세련된 헌병 완장에다 선글라스는 끼고 있었지만", "으리으리한 그 겉모양에 비해서는 의외로 사람이 말랑말랑해, 벌써 살짝 호감조차 느껴지려고"6) 하는 인물이다. 실제로 그 헌병은 포로심문이라는 상황

---

5) 『남녀사람 북녁사람』이라는 단행본은 네 편의 연작소설이 묶여 있는 형식인데, 「남녁사람 북녁사람」(1996), 「남에서 온 사람들」(1984), 「칠흑 어둠 속 질주」(1985), 「변혁 속의 사람들」(1987)의 순서로 되어 있다. 작중 사건의 시간적 순서로 따진다면 「남녁사람 북녁사람」이 가장 나중에 와야 할 것이고, 또 이러한 순서로 작품이 발표된 것이기도 하다. 작가는 "아직 한 번도 단행본으로 엮여지지 못한 뒤의 두 작품(「헌병소사」와 「남녁사람 북녁사람」으로 단행본에서는 이 둘이 합쳐져서 「남녁사람 북녁사람」이 되어 있다 : 인용자)을 책 머리에 놓음으로써, 90년대 오늘의 남북 두 체제의 '차이점'에다 역점을 두는 배열로 하였다"라고 이러한 편집의 뜻을 밝히고 있다. 이 때문에 화자의 경험의 순서와는 달리 우리 독서의 순서에서 처음 만나게 되는 인물은 이 헌병이 된다.
앞으로 이 논문의 텍스트는 이 단행본으로 할 것인데, 작가가 "기왕에 산발적으로 발표되었던 것과 본 작품집에 실린 것에 언어 구사 등에서 차이가 나는 것은 본 작품집의 것이 정본(正本)임을" 밝히고 있기도 하고, 양 텍스트의 차이가 작품의 의미 해석에 별 차이를 가져오지 않을 정도의 것으로 생각되기 때문이다. 참고로 그 양 텍스트의 차이에 대해 간단히만 언급하면, 「칠흑 어둠 속 질주」만이 눈에 띌 만한 차이를 보여주고 있다. 작품의 1절과 2절의 순서를 뒤바꾸었으며, 작중에서 불려지는 노래가 상당량 더 삽입되었고, 마지막에 김상수 선생의 후일담이 첨가되어 있다. 하지만 이 작품에서 드러나는 이러한 차이도 작품의 의미에 어떤 변화를 가져오는 것으로 보이지는 않는다.
6) 이호철, 『남녀사람 북녁사람』, 프리미엄북스, 1996, 13쪽. 앞으로 이 작품에서의 인용은

에서 '나'의 수첩을 뒤적이며, 어떤 작가를 좋아하냐는 상황에 어울리지 않는 질문
을 던져 둘 간의 관계를 지극히 사사롭게 만들기조차 한다. 때문에 그 헌병은 '나'
에 의해 이렇게 파악된다.

> 다시 말해, 이 전쟁 자체에 대해 어느 특정인이거나, 어느 한 쪽, 큰 체제의 테
> 두리 같은 것에 전혀 매이지 않은, 자연인 조선사람, 한국사람으로서의 독자적인
> 시각(視角) 하나는 두루뭉실하게일망정 단단히 갖고 있어 보였다.(13)

이러한 면은 "저런 식의 말랑말랑한 형태거나, 그 어디에도 매이지 않은 자신만
의 독자적인 시각 같은 건 상상조차 할 수 없는", "인민군에서 이런 일을 관장(管掌)
하는 정치보위부 사람들"(13)과 즉각적으로 대비되는데, 이는 화자가 작품 곳곳에
서 드러내는 북한 사회에 대한 비판이 어디에 근거하고 있는가를 명료하게 드러내
고 있는 것이기도 하다. 화자가 드러내는 남한에 대한 호감이나 북한에 대한 비판
이 근거하고 있는 것은 바로 그 커다란 테두리, 체제가 요구하고 있는 것에서 벗어
나 사고하고 행동할 수 있는 가능성 그 자체이지 그 이상도 그 이하도 아니다. 이러
한 것이 한 체제의 요구 자체를 인정하는 것으로 오해되어서는 곤란하다.
　화자는 이 헌병과의 만남을 '대한민국과의 첫 해후'라고 하고 있는데, 화자가 헌
병의 이러한 점에 "와락 괄목(刮目)해지며, 벌써 강한 선망감 비슷한 것이 일"(13)어
나는 이유 또한 그 가능성의 지점, 자연인 조선사람, 한국사람으로서의 독자적인
시각이야말로 화자가 다른 인물들을 보아나가는 데, 견지하고자 하는 하나의 자세
이기 때문이다. 그러므로 '내'가 만나는 인물들은 나에게 인민군이나 국군으로 존
재한다기보다는 자연인으로 존재한다. 그리고 이 때 그 사람됨의 파악은 거의 직감
적으로 이루어지며, 이때 중요한 것은 좀처럼 변하지 않는 '성격'과 같은 것이다.
작가는 한 대담에서 자기 작품의 인물들에 대하여 다음과 같이 말하고 있다.

> 인간(이:인용자) 시대상황에 의해 규정되는 사회적 존재인 것은 아무도 부정할
> 수 없고 내 문학 속 인물들 또한 이같은 존재로써 그려졌습니다. 그러나 개개의

인용문 뒤에 쪽수만 밝힘.

인생은 이보다 더 깊은 어떤 본래적 원형(운명)의 시대상황에 대한 발현태 또는 변용태입니다. 이것을 날카롭게 꿰뚫어 적절하게 반영하는 게 문학이라는 것이 문학에 대한 정열의 밑바탕에 놓인 내 평소의 문학관입니다.[7]

여기서 사용되는 본래적 원형이라는 말은 논란의 여지가 많다. 때문에 그의 인물 형상화 방식을 '원형에 대한 탐구'라고 이해하는 연구자라 하더라도, 이러한 방식의 의미에 대해 거의 상반된 평가를 내리기도 한다.[8] 작품 안에서 이 좀처럼 변하지 않는 성격과 같은 것이 개별적인 차원에서 작용할 때 그것은 개성적인 형상을 창조하는 데 기여하는 것으로 보인다. 우리가 실제 삶에서 만나는 인간들 또한 저마다의 독특한 성격을 드러내고 있음은 분명하고, 이것은 또한 사회적 형성이라는 관점에서만은 해명될 수 없는 어떤 것이기도 하다. 하지만 작가도 말하고 있듯이 "인간이 시대상황에 의해 규정되는 사회적 존재인 것" 또한 아무도 부정할 수 없는 것이다. 문제는 시대상황에 의해 규정되는 사회적 존재의 소설적 드러냄이 어떻게 가능할 것인가이다. 그것은 일방적인 시대상황의 규정이라든가 그 규정의 결과만으로는 결코 드러날 수 없는 어떤 것이다. 그것은 주체와 상황과의 상호작용, 그 상호작용이 하나의 형성과정으로서 의미화되지 않는 한 불가능한 것이다.

그런 관점에서 이 작품이 사람됨됨이의 형성을 과정으로서 드러내는 부분은 거의 없는 것으로 보인다. 이는 이 작품의 이야기가 '나'라는 인물의 체험의 울타리를 좀처럼 벗어나지 않는 것에 우선적으로 기인한다. 「변혁 속의 사람들」에서 화자는 그 점을 이와 같이 말하고 있다.

---

7) 정호웅·이호철 대담, 「단독자의 삶과 문학―소설가 이호철 씨를 찾아서」, 『반영과 지향』, 세계사, 1995.

8) 이 원형 탐구는 대상을 직감적으로 파악하는 것과 연관되어 있는데, 이호철의 작품에 대해 '인간원형의 탐구'라는 말을 처음 쓴 것으로 보이는 정호웅은 이를 이호철이 범상한 작가가 아님을 보여주는 단적인 증거라고 높이 평가하고 있다. 반면에 한수영은 『남녀사람 북녘사람』을 논하는 자리에서 이러한 이호철의 방식이 체험의 개별성에 침잠하는 이 작품의 결함과 연관되어 있는 것으로 보고 있다.

정호웅, 「서늘한 맑음, 감각의 문학」, 『이호철문학앨범』, 웅진출판사, 1993.

한수영, 「체험과 회상의 두 가지 양식―최인훈의 『화두』와 이호철의 『남녀사람 북녘사람』」, 『실천문학』 48호, 1997 가을.

[······] 내가 지난 5년 동안 직접 보고 겪은 북의 실상은 대강 이런 것이었다.
그리고 이것은 거듭 분명히 해야 할 점인데, 조승규 씨가 받은 그 첫인상이라는
것이 이때까지 그가 살아온 처지와 형편만큼의 것일 것이듯이 나도 그 점 예외일
수는 없었다. 어디까지나 내가 살아온 처지와 입장만큼에서 보고 겪은 그것이었
다.(309)

하지만 그보다도 중요한 것은 형성에 대한 이야기조차 어떤 틀을 전제로 한다는
생각 때문인 것으로 보인다. 작중에서 화자는 "사람살이의 세부세부 실제 국면"이
라는 것은 어떤 상투화나 일반화에서 벗어나 있음을 주장한다.

사람살이의 세부세부 실제 국면은, 사실은 하나하나 분명하게 시비를 가리는
것으로 가려지기보다는, 당장 드러나 있는 그런 식으로 단지 존재하는 것인지도
모른다. 이리하여 '이 세계란 그렇게 있는 것의 전부이다.' 그리고 '세계는, 여러
사실에 의해서, 그것 모두가 사실이 되어 있다는 것에 의해서 결정되어져 있다.'
'왜냐하면 사실의 전부야말로, 바로 그렇다는 것도, 또한 그렇지 않다는 것의 모
든 것도, 결정하기 때문이다.'라고 하는 루드비히 비트겐슈타인의 말과 같은 것인
지도 모른다.(54)

이 작품에서 이러한 입장을 보다 강화시키는 것은, 화자가 놓여 있는 상황이 전
쟁이라는 극한 상황이라는 것 때문이기도 하다. 화자는 우연이라고 밖에는 달리 설
명할 수 없는 이유로 생과 사가 갈리는 상황을 여러 차례 경험한다.
우선 처음 87연대에서 폭격을 받았을 때 "내가 들어앉아 있던 호에서 불과 20미
터인 호 하나에 폭탄이 정통으로 뚫고 들어가 터지는 바람에 그 속의 여남은 명은
서로 엉겨 범벅이 되어 시체조차 온 데 간 데 없었고, 피와 살점이 흙더미에 녹아들
어 과하게 끓인 팥죽마냥 걸쭉해져 있"(144)는 상황을 목격한다. 그리고 그 폭격으
로 그날 아침 열차편으로 원산에 막 온 김일성 대학, 평양사범대학 학생들 또한 날
벼락을 맞는다. 특히 남쪽의 포로가 되어 주문진으로 가던 중에 있었던 '삼척 사람,
홑바지 저고리'의 죽음이나 인구(仁邱) 못 미쳐서 단지 헌병의 호의로 집으로 돌려

보내지는 또 다른 홑바지 저고리 차림의 의용군의 일화에는 어떤 합리적인 설명도 불가능한 것으로 보인다.

이런 하나하나의 사건을 의미화 할 수 있는 중심을 형성한다는 것은 불가능할 것이다. 그 때문에 이 작품은 한 인물의 경험이라는 중심 축을 따라 이야기가 진행되고, 연작의 사건들은 시간적으로도 거의 연속되어 있음에도 불구하고 대단히 삽화적으로 구성되어 있다. 사건들이 그 자체로 어떤 의미 있는 연관을 형성하고 있다기보다는, 화자가 다양한 인간 유형을 경험하는 배경과 같은 것으로 물러나 있는 것이다.

그렇기에 이 작품에서 유일하게 변화를 보여주는 인물이고 그 때문에 삶 자체는 그야말로 서사적 화폭을 확보하고 있는 유일한 인물이라고 할 수 있는 '풍용이 아저씨'의 삶이 드러날 때도 일면적이다. 특히 이 '풍용이 아저씨'라는 인물은 "거의 원천적이고 생득적인 그의 사람 됨됨이"(112)에 문제가 있는 것으로 파악되는 그의 막내이모부나 "본시 두 눈매가 사납고 목소리가 짜랑짜랑하게 오지그릇 깨지는 소리가 나서 어릴 적부터 문중에서는 싹수없는 아이라고 돌려놓았"(305)던 인물인 수찬이와는 전혀 다른 됨됨이의 인물이라는 점에서 화자의 비판적인 북한체제에 대한 인식에 있어 중심적인 역할을 하고 있다.

풍용이는 화자의 십칠촌쯤의 할어버지뻘인 인물로 "애 어른 없이 동네 안에 풍용이를 좋아하지 않은 사람이 없"고 "그렇다고 본인은 추호나마 우쭐대는 법도 없었고, 문중 어른들이 모인 마땅히 공손해야 할 자리에서는 또 지극히 공손"한 "사람 싹싹하고 인정 많고 무슨 일이거나 궂은 일일수록 앞장을 서 애 어른 통틀어 온 문중의 촉망을 한 몸에 모았"(280)던 인물이다. 그러나 토지분배 선정위원으로 뽑힌 이후 급격히 사람이 달라지기 시작하여 "차츰 말수가 적어지고 몸놀림이 뻣뻣해져갔을 뿐 아니라 눈빛과 목소리에도 전에 없이 웬 독이 담겨가기 시작"(282)한다. 결국 "토지개혁을 겪고 나서 다시 그 뒤로 시당, 도당, 그리고 중앙당이 주관하는 한 달짜리, 석 달짜리, 육개월짜리(간부양성소 : 인용자)를 다녀올 적마다 풍용이는 더욱 더 급격하게 달라져 갔다."(284) 화자는 이러한 것이 그 사회의 대세였다고, 그렇기에 누구나가 풍용이처럼 되거나 그런 쪽을 혐오하거나 양단간에 하나를 택할 밖에는 달리 살아갈 길이 없었다고 하고 있다.

이러한 풍용이의 변화 과정은 분명히 하나의 체제에 대한 감각 속에서 드러난다. 하지만 그것은 풍용이의 내면이 전혀 드러나지 않음으로써 하나의 형성과정을 보여주는 것, 그런 의미에서의 사회적 존재로서의 인간을 보여주는 것이라고는 할 수 없다. 그렇기에 좀처럼 변하지 않는 성격이나 사람 됨됨이와 같은 것이 왜 풍용이에게는 잘 적용되지 않는지를 알 수 없기도 하다.

하지만 하여튼 시대상황과의 연관 속에서 인물을 드러내는 이러한 장면은 상투화나 일반화를 벗어나고자 하는 이 작품의 하나의 방법론과 길항한다. 실은 이러한 방법론이나 세계관의 논리적 귀결은 삶에 어떤 일반적인 원리나 연관된 의미의 불가능성을 드러내는 방향으로 나아가는 것일 수밖에 없는 것일 것이다. 하지만 이 작품은 그와는 전혀 다른 방향으로 나아가고 있는 것이기도 하다. 체제에 대한 인식에서도 그러하지만, 그보다 근본적으로 본래적 원형이라는 것을 유형과 같은 것으로 일반화하고자 하는 욕구 또한 끊임없이 드러내기 때문이다.

「남에서 온 사람들」에서 화자에게 강한 인상을 남기는 인물 중의 하나인 갈승환은 첫 만남에서 바로 화자의 막내 이모부를 떠올리게 한다. 화자가 풍용이라는 인물을 떠올리는 것도 영변동무와의 유형적 대비를 통해서이다. 간성에서 만났던 헌병과 연관하여 화자는 "막말로 작금 90년대의 우리 사회 곳곳에서 내노라고 혼자서만 잘난 듯이 설치려고 드는 사람, 소위 15대 국회 같은 정계 진출을 꿈꾸는 사람들의 태반도, 대강 저런 쪽의 유형들이 아닐까."(76)라고도 한다. 이에는 바로 "그 옛날 열아홉 살 애송이 적에 그런 생각까지 먹었을 리는 없지만, 나는 그 때 이미 그 나이대로도 두루뭉실하게일 망정 그 어떤 핵심은 꿰고 있었던 것이 아니었을까"(76)라고 덧붙여 그러한 일반화가 당시를 회고하는 서술자의 것임을 드러내고 있다.

실로 이 작품에 등장하는 인물들 중 많은 이들이 크게 두 유형으로 나뉘어 있다고도 할 수 있다. 갈승환이나 막내 이모부, 행군 중 도망하려다 죽음을 당하는 김덕진과 양근석, 포로 생활 중에 보는 대열참모, 해방 직후 한마을 사람이었던 수찬이 등이 한 계열을 이룬다면, 김석조, 장세운, 장서경, 마을 이장, 화자의 부친 등은 또 다른 계열을 이루고 있다. 물론 이런 식의 계열화에 제도적·이념적 틀은 거의 작용하지 않는다. 이러한 계열 형성에 유일하게 작용하는 것은 '벌거숭이 사람'이라는 기준, 다른 식으로 말한다면 사람 됨됨이라는 것이다. 작품 안에서 이런 유형적 나눔은 일단은 체험 자아의 경험에 의지하는 것이고, 이는 화자에 의해 이야기되는 그들의 행위나 행태에 의하여 입증되는 것이기도 하다. 그런 점에서 단순히 체험 자아의 직관이라기보다는 서술자아의 일반화된 판단 틀이 작용하고 있는 것이다.

그렇다고 한다면 이 작품이 보여주는 '단지 그런 식으로 존재하는' 개별 사실들에 대한 집착은 역설적으로 가장 큰 추상의 세계와 직접적으로 연결되는 것이기도 하다. '사람 됨됨이'라는 기준이야말로 가장 일반화되고 추상적이고 상투적인 큰 틀이라고도 할 수 있기 때문이다. 그런 점에서 본다면 이 작품은 그 자체로 어떤 착잡함, 모순에 봉착하고 있다고 할 수 있다. 그 모순을 드러내고자 하는 것은 이 작품의 형성을 문제 삼는 것일 게다. 그리고 이를 위해서는 이 작품의 화자인 '나'의 특성에 주목하지 않을 수 없다.

3.

이 소설이 기억을 드러내는 방식, 기억을 구성하는 방식은 상당히 자연스럽지만, 그 나름으로 독특한 것이라고 할 수 있다. 이 작품의 화자인 '나'는 19세의 인민군 병사인 동시에 1980년대에 또는 1990년대에 대한민국의 국민으로서 30년 전의 일을 회고하는 인물이다. 이 경험자아와 서술자아의 분리는 작품 안에서 종종 드러난다.[9] '옛날 열아홉살 애송이'를 회상하거나, 당시의 인물을 90년대의 정치인에 비유한다던가, 또는 80년대 내란음모사건의 일화를 이야기하거나, 당시 인물들의 후일담을 이야기하는 서술자아가 직접적으로 모습을 드러내는 수많은 지점들에서 우리는 이 소설의 서술자가 19살의 애송이가 아님을 느낄 수밖에 없기 때문이다.

하지만 경험자아가 만나 나가는 당대 인물들의 삶을 바라보는 시선, 관점에서 이 경험자아와 서술자아는 거의 아무런 거리도 갖고 있지 않은 것으로 보인다. 이 소설의 화자이자 주인공이 나이에 비해 너무 걸맞스러운 것이 아니냐는 질문에 작가

---

9) 이 경험자아와 서술자아의 분리는 논리적인 차원에서 이루어지는 것이다. 작품에서 동일화되어 있는 한 인물을 갈라볼 수 있는 것은 시간적 간격과 같은 것이 아니라, 경험자아가 서술자아의 반성의 대상이 될 수 있기 때문이다.

는 다음과 같이 대답하고 있다.

> 물론 그 당시에 그런 생각들을 하고 있었던 건 아닙니다. 지금의 내가 그 속에
> 녹아 있지요. 그 당시에 징집된 인민군들이나 포로들, 그리고 남쪽 군인들에 대해
> 소설에 쓰인 것과 같은 관찰을 했던 것은 아니에요. 하지만, 분명히 그 원형에 가
> 까운 감각은 이미 그때도 지니고 있었어요. 이것이 내 천품인지는 모르겠으나, 나
> 는 인간들이 지닌 섬세한 부분을 보는 눈이 있어요. 구체적인 특정 상황 속에서
> 인간들은 아주 빠르게 움직이고 선택하고 판단하지요. 제각기의 욕망과 성품과
> 교양을 바탕으로. 그걸 보아내는 거지요.10)

경험자아와 서술자아의 거리는 감각과 논리화의 거리 정도라고나 할 수 있을 것
이다. 그리고 그 감각과 논리화가 상치되는 경우는 없다. 이는 화자인 '내'가 소설
안에서 거의 완벽하게 관찰자의 위치에 놓여 있기 때문이다. 이미 경험자아 자체가
다른 작중인물들에 대해 서술자아만큼의 충분한 거리를 갖고 있는 것이다. 그러나
그보다 중요한 점은 이 작품의 경험 자아가 서술자아에 의해 거의 반성되지 않는다
는 점이다. 혹 반성이 이루어진다 하여도 그것은 매우 조심스러운 어떤 것이다.

> 그 진남포 사람에게 무작정하고 아첨이 하고 싶어졌다. 지금 이 시점에서 생각
> 하면, 너무너무 놀란 김에 덜덜 떨릴 만큼 흥분되어서 제정신 없이 그랬는지도
> 모르지만, 아니아니 바로 지금의 그 '이 시점에서의 생각'이라는 게, 옳고 그름을
> 가려보는 시각이 벌써 과하게 낑겨든 바로 그만큼은 정확치가 못하다. 그 어떤
> 보편성이라거나 상투성의 바다로 한 발 이미 디밀어져 있는 것이다. 그런 기준으
> 로는 애당초에 그 극한적인 상황의 설명이 불가능해지는 것이다.(44~45)

작중의 '나'의 삶이 '그냥 그렇게 존재하는' 차원에 놓이게 되는 것과 그 어떤
보편성이나 상투성의 틀에서 벗어나고자 하는 이 작품의 방법론은 직접적으로 연

---

10) 한수영, 「탈향, 그 신산한 삶의 역사적 도정」(이호철대담기), 『실천문학』 45호, 1997. 봄,
    403~404쪽.

관되어 있다. 아니 다른 어떤 인물의 삶보다도 '나'의 삶이야말로 그냥 그렇게 놓여
있는 상태에 있다고 할 수 있다. 또 그러한 점과 '내'가 일에 참여하고 있는 존재라
기보다는, 단순한 국외자로서의 관찰자와 같은 존재로 작품에 존재하고 있다는 작
품의 서술특성도 직접 연결되어 있다. 실은 이 작품의 방법론은 주인공이기도 한
화자인 '나'의 삶이 어떤 방식으로든 의미화되는 것에서 비껴나 있는 상황을 위한
것이라고도 할 수 있다. 그렇기에 이 작품 속의 '나'의 삶은 이런 경우 흔하게 등장
하는 '성장의 서사'11)에서 벗어나 있다. 그리고 이것이야말로 개별적 사실에의 집
착과 추상적인 일반화에의 욕구 사이에서 일어나고 있는 이 작품의 모순의 근저에
서 작용하는 무의식으로 우리를 인도하는 것이다.

우리는 다시 이 작품의 19살의 주인공이 인민군임을 상기할 수밖에 없다. 이 작
품에서 '나'라는 인물은 그 자체로 주목을 끌지 않도록 용의주도하게 이루어져 있
다. 하지만 북한사회에 대해 끊임없이 비판적인 인식을 드러내고 있음에도, 자의반
타의반 형식으로나마 그는 '인민군'으로 존재한다. 도대체 그 '나'는 무엇을 하는
것일까, 그리고 그 삶은 어떻게 평가되어야 할 것인가가 물어지지 않을 수 없다.
작가는 이에서 완전히 자유롭지 못하다. '나'는 기차를 타고 전선으로 나아가는 도
중, 두 번이나 큰 문제 없이 그 자리를 떠날 수 있는 기회를 갖는다. 하지만 '나'는
그것을 선택하지 않는다. 그리고 그 선택에 대해 스스로 이렇게 말하고 있다.

> 내가 안변 역두에서 처음 떠날 때나 흡곡역에 잠깐 섰을 때나 의당 당연히 이
> 기차 쪽을 버리지 못한 것은 처음부터 장서경 같은 사람을 기준으로 한 것은 아
> 니었었다. 그런 짜잔한 타산이거나 음습한 얽매임 같은 것은 아니었다. 사실이 그
> 러했지만 나는 이 기차에서 떠난다는 생각 같은 것은 애초에 할 수가 없었다. 그
> 것은 말도 안 되는 소리였다.(227~228)

이 인용문은 남쪽에서 올라온 의용군들과 함께 한 첫 오락회의 상황에 이어져
나오는 것이다. 노래 속에서 화자가 느꼈던 신명, "전쟁이 지금 어디서 어떤 식으로

---

11) 한 개인이 성장 과정이라는 관점에서 삶과 사건이 의미화된다는 것을 말한다.

벌어지고 있는지, 그리하여 지금 각자가 어떤 처지에 와 있는지 일체 아랑곳할 필요가 없었고, 오직 뜨거운 이 분위기에 녹아들어 손뼉을 치며 고래고래 후렴을 따라 부르는 데만 온 정신을 쏟고 있었다."(226)는 그 상황, 그를 상기하면서 화자는 인용문의 인식에 도달하고 있다.

하지만 여기서도 우리에게 남겨지는 것은 어떤 모호함이다. 그 자리에 있었던 '나'의 삶이 어떻게 의미화될 수 있을지는 여전히 분명하지 않을 것이다. 그런 점에서 작가가 단행본을 엮으면서 유일하게 손을 본 부분이 바로 이 부분이라는 점 또한 심상치 않다. 그 변화는 단순하다면 단순한 것이다. 원래 오락회에서 불려지던 노래가 '신고산 타령'뿐이었는데, 단행본에서는 '민족의 약동', '의병창의가 1', '의병창의가 2', '의병노래 2', '안사람 의병노래', '의병격중가', '복수가' 등의 노래가 덧붙여 있다. 이것은 보다 정확한 세부를 확보하여 당시 상황을 보다 생생하게 재현하는 것이겠지만, 단지 그러한 것일까? 이 노래들 안에서 그 자리에 있었던 어떤 삶의 의미에 약간의 더함이 이루어지기를 의도한 것은 아닐까? 아니 그것은 차라리 의도라기보다는 어떤 무의식의 작용이라고 해야 할 것이다.

이 작품의 서술자아는 '전쟁기간 중에 월남하여 대한민국의 국민으로서 30년 이상을 살아온 사람'으로서의 작가와 거의 분간할 수 없다. 그러한 자신의 삶을 의미화하면서, 비록 자신이지만 전쟁 중의 '인민군 병사'의 삶을 의미화할 수 있는 방식은 무엇일까? 그것은 아직은 비껴갈 수밖에 없는 어떤 것이 아니었을까? 그리고 그것을 비껴가는 방식이야말로 이 작품의 모순된 방법의 한 측면을 이루는 것이라고 할 수 있을 것이다. 하지만 이것은 작가가 또는 화자가 무슨 체제에 대한 눈치보기와 같은 것을 하고 있다는 말은 아니다. 그렇다면 거기에 무의식과 같은 말이 필요하지는 않을 것이다. 하지만 거기에는 분명히 '대한민국'이 작용하고 있다.

그것은 이 작품이 드러내는 의미가 아니라, 그 형성 자체가 하나의 역설에 도달하고 있음을 지적하고자 하는 것이다. 커다란 틀을 버리고 삶의 실제 국면만, 어떤 이념적·제도적 틀을 버리고 '본래적인 사람살이'만을 고집하는 화자의 무의식에는 이미 훨씬 강하게 대한민국과 조선민주주의 인민공화국이라는 사회적 관계가 작용하고 있을 수밖에 없었다는 것이고, 그것이 이 작품을 이러한 모습으로 있게 하고 있다는 의미에서의 역설인 것이다. 그렇다면 이제 드는 의문 중의 하나는 작가는 왜 이런 방식으로나마 자신의 삶에 대한 본격적인 반성을 피해가면서 그 어려운 드러냄을 시도하는 것일까이다.

4.

　그러한 점을 고려할 때, 예사로이 넘겨버릴 수 없는 것이 이 작품의 대부분이 1980년대 중반에 발표되었다는 점이다. 작가는 단행본의 머리말에서 시대의 변화가 이 작품을 가능케 하였다고 말하고 있지만, 이 작품들이 발표되는 84년에서 87년까지의 기간은 여전히 군사독재 정권인 제5공화국 시대였다. 적어도 변혁이나 남북문제를 터놓고 이야기할 수 있는 시점은 아니었다고 할 수 있다. 그를 상징적으로 보여주는 것이 이 연작의 첫 두 편이 발표되는 '신작소설집'이라는 형식의 책이다. 제5공화국 출범과 더불어 폐간되는 『창작과 비평』은 여전히 그 상태에서 벗어날 수 없었고, 이 '신작소설집'이라는 것들은 출판사에서 그러한 공백을 메우는 한 방식으로 기획된 것으로 판단되는 것들이다. 그러므로 시대상황이 이 소설이 쓰여지는 것을 가능하게 했다면, 그것은 폭압적 정치체제의 사라짐 같은 것이 아니라, 그 시기에 이루어지고 있던 변혁운동의 성장과 관련되어 있는 것으로 보인다. 이 시기 남한의 변혁운동 세력들이 상당한 정도로 사회주의적 전망을 받아들이고 있었으며, 그와 더불어 북한 사회주의의 실상에 대한 관심 또한 고양되고 있었다는 상황이 주목되지 않을 수 없다. 당시에 고양되고 있던 북한에 대한 관심 또한 단지 호기심과 같은 것은 아니었다. 한편으로는 변혁의 전망을 기획하는 것과 관계되어 있었으며, 그 안에는 통일에 대한 전망 또한 당연히 포함되어 있었다는 점에서 본다면, 이 소설들은 이러한 변혁운동, 또는 변혁의 전망에 대한 개입으로서의 의미를 갖게 된다.

　그러한 점에서 앞에서 살펴본 이 작품의 유일한 개작부분은 다시 한번 주목된다. 그 때 그 자리에 있었던 사람들이 부르던 노래들은 우리 역사 속에서 면면히 이어져 내려온 변혁운동과 직접적으로 연관되어 있는 것이다. 또 그 중의 어떤 것들은 바로 이 작품이 발표되는 80년대에 다시 불려지는 노래이기도 했던 것이다. 그렇다면 이 작품의 무의식의 한 축에 '대한민국'이라는 체제가 놓여 있다면, 다른 한 축

에는 변혁운동의 역사가 놓여 있다고 할 수 있을 것이다. 그리고 그것을 이해할 때
이 작품이 왜 유독 북한사회나 북한체제에 대해서 강력한 일반화에의 욕구를 드러
내는가를 이해할 수 있다. 그가 겪은 북한사회야말로 변혁운동의 한 가운데 놓여져
있던 바로 그러한 곳이었다. 그가 경험한 것은 그 변혁운동이라고 것이 이루어내는
물결이었고 그것이 당대인들의 삶에 만들어내는 무늬였다고 할 수 있을 터인데, 그
는 그것을 파괴로서 경험하고 있는 것이다. 때문에 그것은 되풀이되어서는 안 될
어떤 것이었다. 그렇다고 본다면 이 작품은 변혁을 꿈꾸는 사람들에게 던지는 하나
의 질문의 형식으로 존재하고 있다. 그 질문은 남북분단의 역사라든가 통일의 전망
에 대한 논리적 객관화의 차원에서 이루어지는 것은 아니다. 대신에 그것은 '본래
적인 사람살이'의 올바른 모습을 끊임없이 고민하는 한 개인의 체험에서 비롯되고
있다. 그리고 그 체험이라는 것은 이른바 논리라든가 이념의 거짓됨조차 포함하고
있는 것이라는 점에서, 변혁을 꿈꾸는 사람에게는 더욱 더 소중한 어떤 것일 수도
있다.

이호철 소설의 일반론 및 작품론

인쇄일 초판 1쇄   2001년 03월 30일
        2쇄   2015년 03월 01일
발행일 초판 1쇄   2001년 03월 30일
        2쇄   2015년 03월 03일

편저자 천 이 두
발행인 정 진 이
발행처 새미
등록일 1994.03.10, 제17-271호

서울시 강동구 성내동 447-11 현영빌딩 2층
Tel : 442-4623~4 Fax : 442-4625
www. kookhak.co.kr
E- mail : kookhak2001@hanmail.net
ISBN 978-89-5628-536-8 *93800
가격 15,000원

★ 새미는 국학자료원 의 자매회사입니다.
*저자와의 협의 하에 인지는 생략합니다.